상

마쓰모토 세이초 단편 걸작선

MATSUMOTO
SEICHO

옮긴이 **이규원**

한국외국어대학교에서 일본어를 전공했다. 문학, 인문, 역사, 과학 등 여러 분야의 책을 기획하고 번역
했다. 2008년 현재 전문 번역가로 활동중이다. 옮긴 책으로 미야베 미유키의 『이유』와 다치바나 다카시
의 『천황과 도쿄대』, 쓰네카와 고타로의 『야시』, 『천둥의 계절』, 사토 다카코의 『한순간 바람이 되어라』,
『슬로모션』, 슈카와 미나토의 『도시전설 세피아』, 『새빨간 사랑』, 우에하시 나호코의 『야수』 등이 있다.

MATSUMOTO SEICHO KESSAKU TANPEN COLLECTION by MATSUMOTO Seicho ; compiled by
MIYABE Miyuki
Copyright © 2004 MATSUMOTO Nao / MIYABE Miyuki
All rights reserved.
First original Japanese edition published by Bungei Shunju Ltd., Japan 2004.
Korean soft-cover rights in KOREA reserved by
BOOKSPHERE PUBLISHING HOUSE under the licence granted
by MATSUMOTO Nao / MIYABE Miyuki arranged with Bungei Shunju Ltd., Japan
through The Sakai Agency, Japan and SHINWON AGENCY CO., KOREA.

이 책의 한국어판 저작권은 The Sakai Agency와 신원 에이전시를 통해
분게이슌주와의 독점계약으로 **도서출판 북스피어**에 있습니다.
저작권법에 의해 한국 내에서 보호를 받는 저작물이므로 무단전재와 무단복제를 금합니다.

* 이 도서의 국립중앙도서관 출판시도서목록(CIP)은 e-CIP 홈페이지(http://www.nl.go.kr/cip.php)에서 이
용하실 수 있습니다.(CIP 제어번호:CIP2009000771)

마쓰모토 세이초 걸작 단편 컬렉션

미야베 미유키 책임편집

MATSUMOTO SEICHO

序

북스피어

글쓰기 훈련을 받아 본 적이 없는 나는, 앞으로 어떤 소설을 쓸 것인지 방향을 정하지 못하고 있었다. 다만, 남들이 가는 길은 걷고 싶지 않았다.

1963년 11월
마쓰모토 세이초

서 문

미야베 미유키

올 일월 말, 기타큐슈 시 고쿠라에 있는 마쓰모토 세이초 기념관을 둘러보고 왔습니다.

그날은 공교롭게 눈이 내린데다 이미 해질 무렵이라 잿빛으로 흐린 하늘은 쓸쓸했고 냉기는 몸을 파고들었습니다. 하지만 관내는 밝고 따스하고 널찍해서 마음이 편안했고 언 손발도 금세 풀렸습니다.

기념관 한구석에 하마다야마에 있던 마쓰모토 세이초 씨의 집 일부를 똑같이 재현해 놓은 코너가 있습니다. 현관을 들어서면 오른쪽에 편집자가 찾아와 상의하거나 원고를 기다리던 응접실이 있고 그 너머에 서재와 서고가 있습니다.

서재 벽 쪽에 놓인 커다란 탁자와 의자. 많은 자료 도서와 사전류. 둘둘 말아서 세워 놓은 도판과 지도들. 그리고 바닥 융단에 점점이 찍혀 있는 담뱃불 자국.

"잠깐 자리를 비우신 것 같아요. 금방이라도 들어오실 것 같고."

함께 견학하던 사람들과 그런 이야기를 주고받았습니다. 팔걸이가 달린 회전의자는 정말로 조금 전까지 거기에 누가 앉아 있다가 잠깐 볼일을 보러 일어난 것처럼 조금 돌아가 있었습니다.

마쓰모토 세이초 씨는 메이지 42년(1909) 12월 21일에 태어났습니다.

생존해 있었다면 올해로 아흔다섯.

세상을 떠난 지 십이 년을 헤아립니다.

거장이 떠나고 십이지가 한 바퀴 돈 셈입니다. 잠깐 일어나 서재를 나갔을 텐데, 내내 돌아오지 않는 주인을 지금껏 끈기 있게 기다리는 그 의자에는 가실 줄 모르는 쓸쓸함과 깊은 경애심이 앉아 있습니다.

분게이슌주 문고 편집부에서,

"세이초 씨의 단편을 모아서 걸작 컬렉션을 만들어 보지 않을래요?"

라는 제안을 받은 것이 작년 가을이었습니다. 원래 세이초 씨의 단편을 좋아해서 나름대로 꽤 많이 읽었노라 자부하던 저는 두말없이 응했습니다.

그런데 막상 기획 작업을 시작하면서 놀라지 않을 수 없었습니다. 제가 넘겨받은 목록에 올라 있는 작품이 무려 이백육십 편! 꽤 읽었다고 자부하던 제가 제목을 보고 내용을 기억해 내며 꼽을 수 있었던 작품은 백삼 편에 지나지 않았습니다. 절반에도 미치지 못했지요.

하지만 오히려 그래서 더 흡족했습니다. 목록을 보고 세이초 씨의 작업 흐름을 따라 거장의 출발점부터 종착점까지 발자취를 더듬어 가며 걸작 컬렉션에 수록할 작품을 선정한다는 가슴 설레는 작업을 더욱 새로운 마음으로 시작할 수 있었기 때문입니다.

'책임 편집'이라는 중책을 맡았지만 저에게 이 작업은 꽃밭을 노니는 것처럼 즐거운 일이었습니다. 마쓰모토 세이초라는 거인의 커다란 발자국들 가운데 하나로 깡충 뛰어들고 보니 제 키만큼이나 깊은 발자취 안에는 색색가지 꽃들이 흐드러지게 피어 있었습니다.

결과적으로 모두 세 권이 된 이 걸작 컬렉션에 난해한 기획의도 같은 것은 전혀 없습니다. 세이초 씨의 전집과 여러 권의(더구나 저명한) 단편집을 늘어놓고 더없이 호사스런 도시락을 꾸미는 기분으로 편집에 임했습니다. 나중에 또 다른 기회에 따로 컬렉션을 꾸밀 수 있을 것 같아서 역사 · 시대 소설과 현대 미스터리 중에서도 고고학을 소재로 한 작품들은 제외했지만, 여기 실린 작품들은 어떤 것에도 구애받지 않고 제가 자유롭게 골라낸 것들입니다.

부디 문고본이라는 간편한 형식의 장점이 최대한 발휘되어서 마쓰모토 세이초의 오랜 팬은 물론이고 올해(2004) TBS 텔레비전 드라마로 제작된 〈모래 그릇〉을 계기로 마쓰모토 세이초 월드에 흥미를 갖게 되었다는 젊은 독자들까지 보다 폭넓은 분들이 부담 없이 즐길 수 있기를 바랍니다.

책임 편집 미야베 미유키

1960년 도쿄에서 태어났다. 고교를 졸업한 후에 잠깐 동안 속기 전문학교와 법률 사무소에서 일했다. 이때 '강연회 등의 테이프를 문자로 바꾸면서 다른 사람들에게 자신의 생각을 전하는 것의 훌륭함을 깨닫고, 좋아하는 추리 소설을 써 보고 싶다'는 생각이 들어 이 년 동안 고단샤 페이머스 스쿨 엔터테인먼트 소설 교실에서 수학했다. 그리고 세 번의 투고 끝에 「우리 이웃의 범죄」로 올요미모노 추리 소설 신인상을 받는다. 그의 나이 스물일곱 살의 일이다.

데뷔 이후 『마술은 속삭인다』로 일본 추리서스펜스 대상, 『용은 잠들다』로 일본 추리작가협회 상, 『화차』로 야마모토 슈고로 상, 『가모우 저택 사건』으로 일본 SF 대상, 『이유』로 나오키 상, 『모방범』으로 마이니치 출판대상 특별상, 『이름 없는 독』으로 요시카와 에이지 문학상을 수상하며, 명실 공히 일본을 대표하는 최고의 미스터리 작가로 군림한다.

미야베 미유키는 문단에서 '마쓰모토 세이초의 장녀'로 알려져 있으며, 스스로도 "마쓰모토 세이초야말로 자신의 고향이자 뿌리"라고 말할 정도다. 트릭을 중시하는 본격 미스터리와 달리 범죄의 사회적 동기와 배경을 파헤치는 그의 장기 역시 세이초에게 물려받은 것이다.

또한 시대 소설과 대하 드라마를 좋아한 아버지 덕분에 시대 소설에서도 발군의 기량을 발휘하고 있는데 봉건 사회를 사는 서민의 고통에 주목한 사회파 시대 미스터리 『외딴집』과 함께, 작은 마을의 일곱 가지 불가사의를 소재로 한 『혼조 후카가와의 기이한 이야기』, '주신구라'를 모티브로 삼은 『흔들리는 바위』, 무시무시한 에도의 괴이한 이야기를 담은 『괴이』 등을 발표하며 현대물을 넘어서는 역량을 과시하고 있다. 이는, 픽션과 논픽션, 평전, 현대사와 고대사를 넘나들었던 스승 마쓰모토 세이초와 비견할 만하다.

현재 하드보일드 소설가 오사와 아리마사(大澤在昌), 추리 소설가 교고쿠 나쓰히코(京極夏彦), 미야베 미유키(宮部みゆき), 이렇게 세 사람의 성을 딴 사무실 '다이쿄쿠구(大極宮)'를 만들어 함께 활동하고 있다.

「마쓰모토 세이초 걸작 단편 컬렉션」
상권 차례

이 작품집에는 요즘 시각으로 보면 장애인을 차별하는 표현 내지는 차별적 표현으로 받아들일 수 있는 부분이 있지만, 그것은 작품에 묘사된 시대가 안고 있던 사회적·문화적 관습의 부정적 측면이 반영된 표현이며 그 시대를 보여 주는 표현으로서 어느 정도 허용하지 않을 수 없다고 봅니다. 작자에게 장애인 차별을 조장할 의도가 없었을 뿐만 아니라 작자가 이미 고인이라 수정할 길도 없는 상황입니다. 독자 여러분께서는 부디 그 점을 양해하고 읽어 주시기 바랍니다.   §분게이슌주 문고 편집부

일러두기

- 옮긴이 주는 따로 표시하지 않고 본문에 작은 글꼴로 표시했습니다. 제4장에서 마쓰모토 세이초가 작성한 주는 '마쓰모토 세이초 주'로, 각각의 사료에 달린 주는 '인용 사료 주'로 표시했습니다.
- 본문에 쓰인 문장 기호는 다음과 같습니다.
  출판 단행본 : 「 」
  단행본에 실린 단편 등의 글 : 「 」
  신문, 잡지, 문집 형태의 문서 : 《 》
  신문, 잡지 등에 연재되거나 실린 글, 드라마와 영화의 영상물, 노래 : 〈 〉

1

귀장의 첩밥점

아득 〈고대라 읽기〉전

콩갈나

해체—미야베 미유키

이번 기획을 맡을 때부터 저는 무슨 일로 누구를 만나더라도 볼일이 일단락되면 어김없이,

"그런데 마쓰모토 세이초 작품 중에 어떤 작품을 좋아하세요?"

하고 가만히 묻는 질병에 걸리고 말았습니다. 처음 만나는 영화사 관계자나 한밤중에 만난 택시 운전사한테까지 그랬으니 중증도 상당한 중증이었습니다. 결과적으로 설문을 한 셈인데(자세한 이야기는 중권으로 미룹니다), 사실 지금은 조금 아쉬움을 느끼고 있습니다.

기왕 질문할 바에는 이렇게 물어봤어야 했다고 생각하기 때문입니다.

"당신이 처음 읽어 본 마쓰모토 세이초의 작품은 무엇인가요?"

'무슨 작품을 좋아하느냐'라고 물으니 누구라도 망설일 수밖에요. '잠깐 생각 좀 해 보고요'라는 대답이 많았습니다. 한 작품만 꼽기가 어렵다는 의견도 있었습니다. 당연하지요. 하지만 처음 읽은 작품이 무엇이냐고 묻는다면 기억을 되살리기만 하면 되니까 대답하기가 쉽겠지요. 제 불찰이었습니다.

자, 지금 이 페이지를 펼쳐 든 당신은 그 질문에 어떻게 대답하겠습니까? 『점과 선』일까요? 『제로의 초점』일까요? 「귀축」이나 「의혹」을 꼽았다면 당신은 십중팔구 영화까지 보았겠지요?

저는 「잠복」이 처음이었습니다. 갓파노벨스고분샤에서 출간한 소설 시리즈 판 마쓰모토 세이초 단편 전집으로 읽었습니다. 애초에 제가 세이초 씨의 장편보

제1장 거장의 출발점

다 단편에 더 친숙한 것도 이 전집 덕분이었습니다.

자, 그럼 여기서 퀴즈 하나.

"마쓰모토 세이초 씨의 데뷔작은 무엇일까요? 제목을 말씀해 주세요."

이 질문에 예를 들어 『점과 선』이라고 대답하는 것은 인정상 충분히 이해할 수 있습니다. 하지만 유감스럽게도 그것은 아닙니다. 『모래 그릇』이라고 대답했다면, 당신은 아직 중학생 아닌가요? 드라마로 본 거겠죠? 자신이 처음 접해서 선명한 인상을 받은 작품을 그대로 작가의 데뷔작으로 믿고 마는 것은 흔히 있는 일이지만(적어도 그 독자에게는 그 작가의 데뷔작이겠지요) 이 역시 정답이 아닙니다.

정답은 단편 「사이고사쓰西鄕札」. 1950년 《주간아사히》의 '백만인의 소설'이라는 현상 공모에 삼등으로 입선한 작품입니다. 이때 세이초 씨의 나이 마흔하나였습니다.

「어느 〈고쿠라 일기〉 전傳」

이 장 제목을 '출발점'이라고 정한 이상 여기에는 마땅히 「사이고사쓰」를 넣어야겠지만 감히 그것을 제쳐 놓고 다른 작품을 택했습니다. 왜냐하면 이 작품이 제28회(1952년 하반기) 아쿠타가와 상을 받았기 때문입니다. 그렇습니다! 마쓰모토 세이초 씨는 아쿠타가와 상 수상 작가였습니다. 나오키 상이 아닙니다. 사회파 추리 작가라는 간판이 너무 압도적이라 이 사실을 깜빡 잊어버리기가 쉽지만요.

제가 이 컬렉션 기획으로 매일 룰루랄라 하고 있을 무렵 출판계는, 아니 세상은 두 명의 새로운 아쿠타가와 상 수상자와 그 작품을 축복하고 있었습니다. 제130회(2003년 하반기) 가네하라 히토미 씨의 『뱀에게 피어

싱』과 와타야 리사 씨의『발로 차 주고 싶은 등짝』이 그것입니다.

제28회부터 제130회까지이므로 대략 오십 년 세월이 흘렀군요. 반세기입니다. 세상은 많이 변했습니다. 한편 사람 마음은 의외로 쉽사리 변하지 않은 것이 아닐까 하고 생각합니다.

『뱀에게 피어싱』도『발로 차 주고 싶은 등짝』도 현대를 살아가는 젊은이의 '기댈 곳 없음'을, 그리고 그런 현실과 싸우면서도 타협해 나가는 일상을 그렸다고 봅니다. 이는 곧「어느〈고쿠라 일기〉전」의 주인공 다노우에 고사쿠와 상통합니다. 고사쿠도 당시 세상에 기댈 곳이 없었습니다. 그런 그가 자신의 존재 근거로서 소중히 여기며 결코 놓치지 않으려고 매달렸던 삶의 목적이 '고쿠라 시절의 모리 오가이의 발자취를 조사한다'는 것이었습니다.

다노우에 고사쿠가 살았던 시대는 몸매 가꾸기도 아이돌 스타를 추종하는 풍조도 없었습니다. 그래서 그는 학문의 길을 택합니다. 그것을 해서 언젠가 보답을 받겠다거나 출세를 하겠다는 타산에서가 아니라 그걸 하지 않고서는 살아갈 수가 없었기 때문입니다.

아무리 발버둥 쳐도 살기 힘든 세상을 살아가는—'어쨌든 지금 살고 있고 앞으로도 살아갈' 인간을 현재진행형으로 자세히 그리는 것이 아쿠타가와 상이 지향하는 순문학이라면「어느〈고쿠라 일기〉전」은 분명 순문학입니다.

그런데 다노우에 고사쿠는 실존 인물입니다. 이 작품은 전기 소설이라고 할 수 있을지도 모릅니다. 다만 실존한 다노우에 고사쿠와 작중의 다노우에 고사쿠의 인생에는 몇 가지 차이점이 있다고 하는군요.

왜 그랬을까? 세이초 씨는 왜 소설 속 다노우에 고사쿠의 모습에 변화를 주었을까? 이 흥미로운 수수께끼와 이에 대한 훌륭한 추론은 아토다

다카시 씨의 『소설 공방 십이 개월』(슈에이샤)에서 볼 수 있습니다. 관심 있는 분은 한번 읽어 보십시오.

바로 이 대목까지 썼을 때 분게이슌주 편집부에서 연락이 왔습니다.

"올해 마쓰모토 상 수상작가 야마모토 겐이치 씨가 좋아하는 작품으로 「사이고사쓰」를 꼽아 주셨습니다."

「사이고사쓰」도 이 컬렉션으로 읽을 수 있습니다. 하권 제9장 '마쓰모토 세이초 상 수상 작가에게 물었습니다'를 읽어 보십시오.

「공갈자」

그럼 세이초 씨에게 미스터리 작가로서 출발점에 해당하는 단편은 무엇일까요? 역시 1955년에 발표한 「잠복」이겠지요.

하지만 「어느 〈고쿠라 일기〉 전」에 이어서 「잠복」을 싣는 것은 어떨까요. 두 작품을 나란히 늘어놓고 "컬렉션입니다"라고 한다면 너무 단조로워서 미야베의 내공이 의심을 받고 말겠지요.

이렇게 한참 고민하는데 담당 편집자가 조언을 해 주었습니다.

"「잠복」 전에도 범죄를 다룬 단편이 두 편 더 있어요. 「공갈자」와 「거리의 여죄수」라는 작품입니다."

오오, 이렇게 고마울 수가!

「거리의 여죄수」는 제목 그대로 여죄수가 등장하지만 내용은 애절한 연애 소설. 그래서 「공갈자」를 택하기로 했습니다. 1954년 《올요미모노ォール讀物》에 실린 작품입니다.

정작 세이초 씨 자신은 이 작품을 그다지 탐탁지 않게 여겼던 것 같습니다. '후기'가 시큰둥하거든요.

'이런 이야기라면 요즘은 다른 소설에 너무 많이 나와서 더는 귀할 것도 없다.'

선생님, 어찌 그런 냉담한 말씀을. 그렇지 않습니다. 저는 이 작품에 등장하는 류타의 심상이 현대 스토커와 일맥상통하는 점이 있는 것 같아 내심 두려움에 떨었습니다. 마지막 두 줄에서 여주인공 다에코와 함께 독자들까지 벼랑 가장자리에 세우고야 마는 필치가 참으로 처참하고 생생합니다.

어느 〈고쿠라 일기〉전傳

(메이지 33년 1월 26일)

온종일 눈보라다. 그 모양이 북쪽 지방과 같지 않다. 바람이 먹구름 한 덩이를 밀고 오면 눈꽃이 어지러이 날리는데 오히려 하늘 한쪽 구석 창공에서는 햇볕이 새어 나오는 것을 볼 수 있다. 규슈의 눈은 겨울 소나기라고나 할까.

(모리 오가이* 〈고쿠라 일기〉)

1

쇼와 15년(1940) 가을 어느 날, 시인 K·M은 모르는 이가 보낸 편지 한 통을 받았다. 발신자는 고쿠라 시 바쿠로마치 28번지에 사는 다노우에 고사쿠라고 되어 있었다.

K는 의학 박사라는 본업보다 탐미적인 시나 희곡, 소설, 평론 따위를 쓰는 작가로 더 알려졌다. 네덜란드 문화 연구로도 이름을 알린 그는 에도 정서와 이국의 멋을 아우르는 독특한 예술 취향으로 평가받고 있었다. 이런 문인에게 낯선 이가 원고를 부쳐 오는 일은 드물지 않다.

하지만 이 편지는 시나 소설 원고를 평해 달라고 부탁하는 내용이 아니었다. 요약하자면, 자신은 고쿠라에 사는데 현재 고쿠라 시절의 모리 오가

• 모리 오가이(1986~1922). 본명 모리 린타로. 전의(典醫) 집안에서 태어나 자신도 도쿄대 의학부를 졸업하고 육군 군의가 된다. 동시에 나쓰메 소세키와 이름을 나란히 하는 일본을 대표하는 문호이다.

이의 자취를 조사하는 중이다, 별첨한 초고는 조사 작업의 일부인데 이런 작업이 과연 가치가 있는지 선생이 한번 봐 주었으면 좋겠다는 내용이었다. 다노우에라는 사람은 막연한 기대를 품고 편지를 보낸 것이 아니라 K와 오가이의 관계를 알고서 보낸 듯했다.

K는 같은 의사였던 오가이를 깊이 사색하여 지금까지 「모리 오가이」, 「오가이의 문학」, 「어느 날의 오가이 선생」 등 오가이에 관한 소론이나 수필을 꽤 여러 편 써 왔다. 그해만 해도 봄에 〈오가이 선생의 문체〉를 《문학》이란 잡지에 발표한 참이었다.

K가 흥미를 느낀 이유는 이 편지를 보낸 이가 고쿠라 시절의 오가이를 조사하고 있다고 했기 때문이다. 오가이는 메이지 32년(1899)부터 삼 년간 제12사단 군의부장으로 고쿠라에서 지냈는데, 당시 쓴 일기의 행방이 그때까지 오리무중이었다. K도 자신이 편찬 위원으로 있는 이와나미 출판사의 『오가이 전집』을 펴내면서 「일기편」에 수록하려고 당시 백방으로 손을 써서 찾아보았지만 끝내 찾지 못했다. 그래서 세상의 오가이 연구자들은 중요한 자료가 빠졌다고 유감스러워했다.

다노우에라는 사람은 오가이의 고쿠라 시절을 꼼꼼하게 조사하고 다니는 중이라고 했다. 끈기가 필요한 작업이다. 사십 년 세월이라는 모래가 그 발자국을 메워 버려 지금은 고쿠라에도 오가이가 자기 고장에 살았다는 사실을 아는 이가 드물다고 필자는 말했다. 당시 오가이와 교유하던 사람들은 모두 세상을 떠났다. 그러므로 혈연들을 찾아내서 오가이에 관한 이야기를 듣고자 한다는 것이었다. 그리고 실제 사례가 적혀 있었다. 읽어 보니 흥미로웠다. 연구나 초고나 모두 미완성 상태였지만 완성되면 뭐가 되든 읽어 볼 만한 것이 나오겠다 싶었다. 문장도 미더웠다.

그는 오륙일 뒤에 답장을 보냈다. 쉰다섯의 K·M은 상대가 청년이라는 점을 고려하여 격려를 듬뿍 담아 친절하게 썼다.

그런데 이 다노우에 고사쿠라는 사람은 과연 어떤 사람일까, 하고 그는 궁금해했다.

2

다노우에 고사쿠는 메이지 42년(1909)에 구마모토에서 태어났다.

메이지 33년(1900)경 구마모토에 국권당이라는 정당이 있었다. 오쿠마의 조약 개정에 반대하며 결성된 국수적인 당인데, 삿사 도모후사가 맹주로서 당시 전국적으로도 유명했다. 당원 중에 시라이 마사미치라는 자가 있어 삿사와 함께 정치 운동에 평생을 바쳤다.

시라이에게는 후지라는 딸이 있었는데 예쁘기로 소문이 자자했다. 하루는 후지가 구마모토에 내려온 젊은 황족을 스이젠지 절 정원에서 접대하는 일을 맡았는데, 숲 속 오솔길을 지나가는 그녀의 자태가 젊은 귀인의 마음을 깊이 흔들었다. 귀경한 귀인이 아가씨에게 장가들게 해 달라는 바람에 측근이 경악했다는 이야기는 지금도 구마모토에 남아 있다.

후지의 아리따움은 해가 갈수록 더해져서 혼담이 비 오듯 들어왔다. 하나같이 좋은 혼처였다. 하지만 정치를 하는 시라이의 처지 때문에 어떤 혼담도 결실을 거두지 못했다. 어느 혼담에 응하면 나머지 사람들에 대한 의리가 서지 않았던 것이다. 시라이가 자기 조카 다노우에 사다이치에게 후지를 시집보낸 것은 전적으로 궁여지책이었다. 그렇게 하면 누구한테도 원망 살 일이 없고 여러 사람에게 의리를 지킬 수 있는 것이다. 다노우에 사다이치는 후지 같은 미녀를 어부지리로 얻었다.

두 사람은 결혼하여 아들 하나를 낳았다. 그 아들이 다노우에 고사쿠이다. 메이지 42년 11월 2일생으로 호적에 올라 있다.

아이는 네 살이 되도록 무슨 까닭인지 혀를 놀리지 못했다. 다섯 살이되고 여섯 살이 돼도 말을 제대로 하지 못했다. 입을 맥없이 벌린 채 침만흘렸다. 게다가 한쪽 다리가 성치 않아 질질 끌고 다녔다.

부모는 애가 타서 여기저기 병원에 데려갔지만 어느 의사도 정확한 진단을 내리지 못했다. 신경계통 문제라는 것은 알았으나 병명은 알 수 없었다. Q대에도 데려가 보았지만 여기에서도 모른다고 했다. 대부분의 의사는 소아마비일 거라고 했는데 어느 의사의 말처럼 목뼈 부근에 발생한 종양 같은 것이 천천히 발달하여 신경계를 건드렸으리라는 짐작이 실상에더 가까울지도 모른다. 그게 사실이라 해도 치료법은 없다고 했다.

자기 처신만 생각해서 조카에게 딸을 시집보낸 시라이 마사미치도 이런불행한 아이가 태어난 일에 책임을 느끼고 크게 걱정하며 여러 사람에게묻고 다니고 치료비도 내 주었다.

시라이는 정치 운동을 하는 한편 영리사업에도 조금은 관여했는지 모지門司 지역을 기점으로 하는 규슈철도회사 창립에 이름을 올렸다. 이것이지금의 국철 가고시마 본선이다. 시라이는 이 철조 부설의 공로자 가운데한 사람으로 기록되어 있다.

다노우에 사다이치가 규슈철도회사에 들어간 것은 시라이의 연줄 덕분이었다. 다노우에 일가는 직장 때문에 고쿠라로 이사했는데, 고사쿠가 다섯 살 때였다. 시라이는 고쿠라의 바쿠로마치에 땅을 사서 딸 내외에게집을 지어 주고 셋집도 대여섯 채 지어 주었다. 정치 운동에 몰두하느라조상한테 물려받은 재산을 탕진한 시라이는 본디 돈벌이에 서툴러 평생

이렇다 할 재산을 만들지 못했다. 후지가 부모한테 받은 것은 그 집이 거의 전부였다.

바쿠로마치는 고쿠라 북단으로, 바로 앞이 현해탄으로 이어지는 히비키나다 바다였다.

그래서 그 집은 밤낮 거친 파도 소리에 휩싸여 있었다. 고사쿠는 파도소리를 들으며 자랐다.

고사쿠에게는 여섯 살 무렵의 추억이 하나 있다.

아버지가 세놓은 집에는 가난한 가족이 살고 있었다. 노부부와 다섯 살쯤 되는 계집아이가 살았는데, 노부부는 아무래도 그 아이의 부모가 아닌 듯했다.

예순쯤 되는 백발노인은 새벽마다 일하러 나갔다. 색 바랜 핫피_{직공 등이 작업복 삼아 맨 위에 걸쳐 입는 웃옷}에 모모히키_{작업복으로 입는 통이 좁은 바지}를 입고 짚신을 신었다. 노인은 손잡이에 달린 커다란 방울을 흔들며 걸어 다녔다.

고사쿠의 부모는 이 가족을 '전편꾼'이라 불렀다. '전편꾼'이란 아무래도 노인의 직업을 말하는 것 같았다. 전편꾼이 무엇인지 고사쿠는 알지 못했다. 그는 종종 노인의 집에 가서 계집아이와 놀았다. 계집아이는 눈이 크고 살갗이 하얀 얌전한 아이였다. 그가 놀러 가면 할머니가 반가이 맞으며 떡을 구워 주었다.

고사쿠의 말은 둔한 혀로 더듬는 통에 무슨 뜻인지 알아듣기가 힘들었다. 게다가 왼발이 마비되어 절름발이였다. 그 집 할아버지 할머니가 고사쿠에게 친절했던 까닭은 집주인의 자식이라는 것 말고도 이런 불행한 몸뚱이를 동정한 탓이기도 했다. 그는 훗날 이런 연민에 강하게 반발하지만 여섯 살 꼬마에게는 아직 그런 감정이 있을 리 없어서 아무 사심 없이 노부부의 환대를 누렸다. 계집아이는 오스에짱이라 했는데 달리 놀이 친구가 없는 그에게는 유일한 동무였다. 말하자면 그가 생전 처음으로 어렴풋이 좋아했던 아이다.

할아버지는 아침 일찍 집을 나서서 고사쿠가 아직 이불 속에 있을 때 집 앞을 지나갔다. 딸랑딸랑 방울 소리는 조금씩 동네에서 멀어지다가 마침내 쉬 가시지 않는 희미한 여운을 귓속에 남기고 사라진다. 고사쿠는 베개에 얼굴을 묻고 귀를 기울여 점점 가늘게 사라져 가는 방울 소리를 듣는 것이 좋았다. 그 소리는 어린 마음에 달콤하면서도 구슬픈 느낌을 일으켰다. 해가 지면 할아버지는 다시 집 앞을 지나 돌아온다.

음, 전편꾼이 돌아오는구나, 아버지도 술잔을 기울이다가 방울 소리가 들리면 그렇게 중얼거리곤 했다. 할아버지는 그처럼 늦게까지 일을 했다. 가을밤 히비키나다의 파도 소리에 섞여 바깥을 지나는 방울 소리가 들려오면 희미한 서글픔을 느꼈다.

전편꾼 일가는 일 년쯤 살다가 갑자기 야반도주를 했다. 예순이 넘은 노인의 몸뚱이로는 살림을 꾸려나갈 수 없었던 것이다. 고사쿠가 가 보니 셋집 문은 굳게 닫혀 있고 아버지 붓글씨로 '세놓습니다'라고 적힌 종이가 붙어 있어 왠지 참담한 기분이 들었다.

고사쿠는 노인 일가가 지금쯤 어떻게 살고 있을까, 하고 종종 생각했다. 할아버지가 흔드는 방울 소리는 이제 들을 수 없다. 어쩌면 머나먼 낯선 땅에서 방울을 울리고 있을지도 모른다고 생각하니 저절로 그 지방 풍경까지 그려졌다.

이 추억은 그를 오가이로 이끄는 계기가 되었다.

3

다노우에 사다이치는 고사쿠가 열 살 때 병사했는데 눈을 감는 순간까지 아들의 몸을 걱정했다. 발음도 똑똑지 않고 입도 늘 벌린 채 침을 흘리는 절름발이 자식의 모습은 부모로서 견디기 힘들었을 것이다. 여기저기 병원을 찾아다녔다. 가까운 병원은 물론이고 하타나 나가사키까지 데리고 갔지만 만나는 의사마다 고개를 갸웃거렸다. 확실한 병명조차 알아내지 못했다. 기도나 민간요법 같은 것도 전부 시도해 보았다. 다노우에 가의 재산은 아들의 효험 없는 요양에 거의 다 쓰였다.

사다이치가 죽었을 때 후지는 서른 살이었다. 이제 막 중년에 접어들어 미모는 일종의 고아함까지 갖췄다. 재혼 이야기는 여러 곳에서 들어왔다. 구마모토에서 아주 좋은 혼담이 들어온 것은 빼어난 미녀라는 십 년 전 소문이 남아 있었기 때문이다.

후지는 모든 혼담을 거절했다. 개중에는 상당히 매력적인 혼처도 있어서 아무리 큰돈이라도 고사쿠 요양에 아낌없이 쓰겠다는 사람도 있었다. 하지만 후지는 그런 제안이 어디까지 진심인지 알 수 없었고, 그저 미끼 같은 소리로밖에 들리지 않았다. 누구와 재혼하더라도 고사쿠를 곁에서 떼어낼 마음이 없었을뿐더러 이렇게 성치 않은 아이가 새 가정에서 어떤 대접을 받을지 눈에 선했다. 그녀는 평생 고사쿠 곁을 떠나지 않기로 작정하고 재혼 생각을 아예 버리고 말았다. 허리띠를 졸라매면 셋집 대여섯 채로 생계를 이을 수 있었다.

소학교에 들어간 고사쿠는 늘 입을 벌리고 다니고 발음도 분명치 않아 누구의 눈에도 백치로 보였다. 하지만 실제로 학급의 어느 아이보다 공부를 잘했다. 말을 하지 못해서 교사도 가능하면 대답을 요구하지 않았지만 시험 성적은 늘 우수했다. 소학교 시절에만 그런 것이 아니라 사립 중학교에 진학해서도 뛰어난 성적을 얻었다.

후지는 말할 수 없이 기뻤다. 이 아이가 몸만 성했다면, 하며 어느새 눈물을 흘리곤 했지만 여하튼 두뇌가 남보다 좋다는 것은 기쁘기 한이 없었다. 홀어미에 외아들이다. 몸은 성치 않아도 후지에게는 지팡이 같고 기둥 같은 아들이었다.

그즈음 후지의 아버지 시라이 마사미치는 이미 세상을 뜨고 없었다. 평생 정치 운동만 하며 살아서 죽은 뒤에 보니 유산은 없고 빚만 남아 있었다. 시라이 가는 구마모토 번의 가로家老가신의 우두머리 집안으로 명문에 속했지만 마사미치 대에 이르러 재산을 탕진하고 만 것이다. 유족은 빚에 쫓겨야 했으므로 후지는 친정에서 아무런 도움도 받을 수 없었다.

훌륭한 학교 성적은 고사쿠에게도 세상에 대하여 다소 자신감 비슷한 것을 품게 하고, 불구자가 품기 쉬운 어두운 열등감을 물리칠 수 있게 해주었다. 하지만 역시 고독은 피할 수 없었다. 그는 문학서를 즐겨 읽게 되었다.

고사쿠의 중학교 친구 중에 에나미 데쓰오라는 사람이 있었다. 에나미는 문학청년으로 이 지방 상사에 근무하면서 시 따위를 쓰고 있었다. 근무 중에도 장부 밑에 원고지를 숨겨 놓고 남몰래 뭔가를 쓸 만큼 열심이었다. 그는 고사쿠와 이상하게 마음이 맞아 고사쿠 평생의 유일한 친구가 되었다.

어느 날 에나미가 고사쿠에게 소설책 한 권을 보여 주며 말했다.

"이건 모리 오가이의 소설인데, 그중에 「독신」이라는 걸 읽어 보게. 오가이가 고쿠라에서 지낼 무렵의 얘기가 씌어 있어서 재미있더군."

고사쿠는 책을 빌려 읽다가 뜻밖에 가슴을 흔드는 구절을 만났다. 감동에 겨워 며칠 동안 그 내용이 머리를 떠나지 않았다. 다음과 같은 구절이었다.

밖에는 어느새 눈이 내린다. 이따금 발자국을 찍으며 뛰어가는 전편의 방울 소리가 들린다.

전편傳便이라고 하면 외지인들은 모를 것이다. 이것은 도쿄에 수입되기 전에 고쿠라에 수입되어 있던 두 가지 서양 풍습 가운데 하나다. (중략)

우선 그중의 하나가 전편이다. 프러시아에서 태어난 하인리히 폰 슈테판독일의 우정 장관으로 그의 지도 아래 1874년 만국우편연합이 결성되었다이 천하에 우편망을 교묘하게 설치한 뒤로 편지 왕복에 불편이 없어지기는 했으나 그것은 몇 날 몇 달이 걸리는 용건에서나 이용할 만하다. 하루 이내 시간을 요하는 용건을 보려면 우편은 너무 느리다.

랑데부모임, 데이트를 한다고 해도 내일 어디서 만나려면 우편으로 충분하다. 그러나 애가 타는 연애라서 오늘 밤 어디서 만나자고 전하려면 우편은 보탬이 안 된다. 그럴 때 전보를 치는 사람이 있을지도 모른다. 허나 이는 닭 잡는 데 소 잡는 칼을 쓰는 격이다. 게다가 딱딱한 배달 방식이 살풍경하지 않은가. 그럴 때는 역시 두 발로 뛰는 심부름꾼이 아쉽다. 회사 휘장이 달린 모자를 쓰고 이 거리 저 거리에 서 있으니 편지를 시내로 부치거나, 도중에 장을 봐서 거치적거리는 물건을 자택으로 나르게 하거나, 여하튼 무슨 일에나 이용할 수 있는 것이 전편이다. 편지나 물건을 맡기면 회사 도장이 찍힌 종이를 내준다. 의외로 착오가 없다. 고쿠라에서 전편이라고 하면 이 심부름꾼을 말하는 것이다.

전편에 대한 해설이 그만 길어졌다. 고쿠라의 눈 내리는 밤, 집 밖이 고요한 시간에 전편의 방울 소리가 딸랑딸랑딸랑 바쁘게 들려온다.

고사쿠는 어린 시절 추억을 되살렸다. 전편꾼 할아버지나 계집아이가 눈앞에 떠올랐다. 그때는 전편꾼이 무엇인지 몰랐다. 그런데 지금 뜻밖에도 오가이가 유래를 가르쳐 주었다.

'집 밖이 고요한 시간에 전편의 방울 소리가 딸랑딸랑딸랑 바쁘게 들려온다'는 그대로 그가 어린 시절에 실감한 것이었다. 베개를 베고 누우니 할아버지가 흔드는 방울 소리가 실제로 들려오는 것 같았다.

고사쿠가 오가이의 글에 친숙해진 까닭은 이런 그리운 추억이 계기였으나 오가이의 고삽한 문장도 고사쿠의 고독한 마음에 잘 어울렸을 것이다.

4

후지는 고사쿠의 장래를 생각해서 양복점에 도제로 들여보냈다. 기술을 배우게 하기 위해서다. 하지만 그는 채 사흘을 견디지 못했다. 왼 다리가 불편한 탓도 있지만 직인의 세계라는 데가 마음에 들지 않았다. 후지도 억지로 떠밀지 않아 이후 고사쿠는 죽을 때까지 돈벌이가 되는 일을 갖지 못했다. 생계는 후지의 삯바느질이나 집세로 꾸렸다.

고사쿠의 용모는 아는 사람들은 지금도 얘깃거리로 삼는다. 육 척 가까운 키에 얼굴 절반이 일그러지고 입은 한시도 다물 줄 모른다. 축 늘어진 입술은 늘 침으로 번들거렸다. 그런 남자가 한쪽 다리를 끌고 어깨를 위아래로 흔들며 걸었으니 길에서 마주친 사람들은 어김없이 뒤를 돌아 한 번 더 살펴보았다. 백치로밖에 생각할 수 없었던 것이다.

고사쿠는 거리를 돌아다니면서도 사람들이 어떤 눈초리로 자기를 쳐다보는지 일절 관심이 없는 것처럼 보였다. 에나미가 일하는 회사에도 거리낌 없이 나타났다. 여사무원은 구경거리라도 나타난 양 일삼아 의자에서 엉덩이를 쳐들고 쳐다보았다.

고사쿠는 말을 심하게 더듬어 발음이 똑똑지 않았다. 에나미는 익숙하지만 다른 사람들은 뜻을 알아듣지 못했다.

"에나미 씨, 저치 바보 아냐?"

고사쿠가 돌아가면 누구나 대개 빙글거리며 그렇게 물었다.

무슨 소리, 저래 뵈도 당신들보다 똑똑해, 하고 에나미는 역정을 내며 대답했다. 실제로 에나미는 고사쿠를 존경했다. 고사쿠가 자신의 비참한 몸에 절망하지 않는 것에 내심 감탄하고 있었다.

하지만 에나미도 알지 못했다. 고사쿠가 자기 몸에 절망하며 얼마나 번민하는지 남들이 알 수는 없었다. 그저 번민할 뿐 무너지지 않았던 것은 두뇌에 어느 정도 자부심이 있었기 때문이다. 말하자면 그것은 깃털처럼 미덥지 못한 버팀목이기는 해도 유일하다면 유일한 희망이었다. 자기가 남들 눈에 어떻게 비치더라도 두고 봐라, 하고 생각할 수 있었던 것도 거기에서 비롯되었다. 그것이 유일한 구원이었다.

다른 사람은 모르겠지만 때로는 일삼아 과장되게 바보 같은 몸짓을 했다. 그런 몸짓을 흉내일 뿐이라고 생각하고, 때로는 자신의 진짜 몸조차 흉내 같은 것이라고 착각함으로써 조금이나마 자신을 위로했다. 남들이 웃어도 태연할 수 있었다. 오히려 그가 먼저 웃어 주고 싶을 정도였다. 제 몸뚱이를 짐짓 남들 앞에 까발리는 것 같아도 자기처럼 팔로 감싸 안듯 꽁

꽁 가리는 사람도 없었던 것이다.

당시 고쿠라에는 시라카와 게이치로라는 의사가 있었다. 큰 병원을 운영하는 그는 어느 소도시에나 한 명쯤 있는 지도자격의 문화인이었다. 자산가인데다 장서도 많았다. 지방의 시인, 가인, 화가, 문학청년, 향토사가들을 모아 모임을 꾸리고 스스로 그룹의 중심에 앉아서 후원자 비슷한 사람이 되었다. 병원 경영은 순조로웠다. 일종의 지방 유지다. 선대 기쿠고로든 하자에몬이든두 사람 모두 일본의 전통 무대극 가부키의 유명 배우 이 지방에서 흥행을 하기 전에는 반드시 먼저 인사를 하러 찾아왔을 정도였다.

시라카와와 알고 지내던 에나미는 고사쿠를 데리고 가서 인사를 시켰다. 시라카와는 쉰 살이 다 된 키가 큰 사람이었다. 자네, 책 좋아하나? 그가 고사쿠에게 물었다. 좋아합니다, 고사쿠가 대답하자, 그럼 내 서고에서 장서 목록 만드는 일을 도와주지 않겠나? 하고 말했다. 그때부터 고사쿠는 시라카와의 서고에 무시로 드나들기 시작했다. 서고에는 상태가 좋은 책이 삼만 권 가까이나 있었다. 철학, 종교, 역사부터 문학, 미술, 고고학, 민속학 등을 망라하여 흡사 도서관 같았다. 책을 좋아하는 시라카와가 오랫동안 사 모은 것이다.

고사쿠는 거의 매일 찾아왔다. 책 정리는 따로 담당자가 한 사람 있어서, 특별히 할 일이 없는 그는 대개 책을 읽으며 시간을 보냈다. 서고가 있는 본관과 병원은 떨어져 있었고 두 건물은 긴 복도로 연결되어 있었다. 간호사가 쉴 새 없이 그곳을 왕래한다. 이 여자들을 힐끔거리는 일도 낙이 아닐 수 없었다.

시라카와 병원의 간호사들에 대해서는 미인만 모아 놓았다는 말이 나돌 정도였다. 저녁이 되면 시라카와는 몇몇 간호사를 데리고 거리로 산책하러 나갔다. 오가는 사람 중에 일행을 되돌아보지 않는 이가 없었다. 아름다운 아가씨들을 앞뒤로 거느리고 걸어가는 훤칠한 시라카와는 자연스럽게 이목을 끌었다. 때로는 고사쿠도 일행을 뒤따르곤 했다. 입을 보기 흉하게 벌리고 침을 흘리며 한쪽 다리를 저는 고사쿠의 모습은 일행과 대조의 묘를 자아냈다. 사람들은 어김없이 실소를 터뜨렸다. 하지만 고사쿠의 재능을 인정하는 시라카와는 개의치 않고 그를 데리고 다녔다. 시라카와의 눈에 든 것은 고사쿠에게 큰 행운이었다.

시라카와는 전부터 논문을 준비하고 있었다. 모교 Q대에 제출할 계획이었다. 주제는 '온천 연구'. 자료는 진작부터 모으고 있었다. 하지만 일이 바쁜 시라카와는 기차로 두 시간이나 걸리는 Q대까지 빈번하게 나갈 수가 없었다. 평소 그것을 고민하던 시라카와는 고사쿠를 대학에 대신 보내는 해결책을 생각해 냈다. 요령을 설명해 주고 참고 문헌을 베껴 오게 했다.

고사쿠는 일 년 이상 Q대에 드나들었다. 시라카와가 예상한 대로 고사쿠의 열성은 대단했다. 이때부터 고사쿠는 무엇인가를 조사하는 작업에 대한 흥미를 붙였는지도 모른다.

그러나 이미 '온천 연구'라는 같은 주제로 학위를 딴 사람이 나타나는 바람에 시라카와는 갑자기 연구 의욕을 잃어버렸다. 고사쿠의 노력도 수포로 돌아갔다. 하지만 이 일을 계기로 시라카와는 고사쿠를 두터이 지원하게 되었다.

시라카와는 매달 고사쿠 들이 말하는 대로 신간 서적을 사들였다. 물론 그 책들을 그가 직접 다 읽는 것은 아니었다. '시라카와 장서'라는 장서인을 찍고 서고에 꽂아 두게 했다. 고사쿠가 하는 일은 정리 번호를 붙이는 일과 그것을 읽는 일이었다. 그즈음 이와나미 판 『오가이 전집』이 출판되었다. 쇼와 13년(1938)경이다.

5

『오가이 전집』제24권의 「후기」는 오가이가 고쿠라 시절에 쓴 일기가 분실된 전말을 소개하고 있다.

오가이는 메이지 32년(1899) 유월, 규슈 고쿠라에 부임했다. 그 후 35년(1902) 삼월 도쿄로 돌아갈 때까지 삼 년을 이 지방에서 보냈다. 이 시절에 썼던 일기는 다른 이에게 청서를 부탁하여 보존했지만, 전집을 낼 때 찾아봐도 행방이 묘연했다. 한 측근이 간초로모리 오가이의 저택의 서고 한구석에 있는 책 상자 속에서 보았다고도 했으니 일기가 있었던 것은 분명한 사실이다. 다만 누가 가지고 나갔는지 행방을 감추었다고 한다. 일기를 찾으려 편집자도 출판사도 백방으로 손을 썼지만 결국 찾아내지 못했다.

오가이는 마흔이 채 되지 않은 한창 시절에 고쿠라에 부임했다. 그의 독신 생활은 간소하기 그지없어 나중에 집필하게 되는 「독신」이나 「닭」에 나오는 풍모 그대로였다. 그 뒤 어머니가 권하는 미모의 아내와 재혼한 것도 이곳에 있을 때였다. 삼 년간 작성된 〈고쿠라 일기〉의 분실을 온 세상이 다 안타까워했다. 마침내 찾을 수 없다는 결론이 나자 〈고쿠라 일기〉는 세상 사람들에게 그 숨겨진 부분의 용적과 중량을 느끼게 했다.

고사쿠의 마음이 동한 것은 이 사실을 알고 나서였다. 어릴 적 전편꾼의 방울 소리에 대한 추억이 뜻밖에 오가이의 글로 되살아난 이래 고사쿠는 오가이의 글을 읽으며 점점 그에게 빠져들었다. 그리고 이제 〈고쿠라 일기〉가 분실되었다는 사실을 알게 되자 아직 보지도 못한 일기에 자기와 똑같은 피가 흐르는 듯한 그리움 비슷한 감정마저 느꼈다.

말 그대로 두 발로 걸어 다니며 자료를 모으고 오가이의 고쿠라 생활을 기록하여 사라진 일기를 갈음해 보자는 착상을 고사쿠는 어떻게 얻었던 것일까? 당시는 야나기다 구니오의 민속학이 일반에 유행하기 시작할 때였다. 시라카와 그룹의 청년들 사이에도 민속학 열풍이 불어 《부젠》이라는 잡지'부젠'은 고쿠라가 속해 있던 옛 지방 명칭까지 나왔다. 동인들은 향토에서 자료를 '채집'하여 매호에 실었다. 고사쿠도 처음에는 고쿠라 시절의 오가이에 대해 향토지에 기고할 생각을 했지만, 점차 민속학의 '자료 채집' 방법을 이용하여 〈고쿠라 일기〉라는 공백을 메우는 작업을 하자는 쪽으로 생각이 바뀌었다. 고쿠라 시절의 오가이를 알고 있는 관계자들을 찾아다니며 한두 마디라도 좋으니 샅샅이 채집하자는 것이다.

고사쿠는 이 작업에 온몸을 던지기로 했다. 광맥을 발견한 광산꾼처럼 힘차게 일어났다. 평생 이것과 씨름하자고 작정했다.

고사쿠의 결심을 듣고 제일 기뻐한 이는 후지였다. 자식이 난생처음 희망에 불타올랐다. 어떻게든 성공하게 해 주고 싶었다.

후지는 벌써 쉰 가까이 되었다. 하지만 미모 덕분에 마흔 정도로밖에 보이지 않았다. 지금까지 많은 유혹이 있었다. 그것을 다 뿌리치고 고사쿠를 유일한 버팀목으로 삼아 살아왔다. 그런 불구 자식에게? 라는 것은 모자와 상관없는 사람들이나 하는 이야기다. 실제로 후지는 고사쿠를 남편처럼 받들고 아기처럼 보살폈다. 아들이 엉킨 혀로 오가이에 대해서 하는 이야기를 어머니는 짐짓 행복한 얼굴로 듣고 있었다.

당시 고쿠라 거리에는 긴 수염을 늘어뜨리고 훤칠한 키를 검은 옷으로 감싼 늙은 외국인이 있었다. 가와라구치에 교회를 가지고 있는 가톨릭 선교사로서, 프랑스인 F. 베르트랑이라고 했다. 이미 상당한 노령인데 오가이가 고쿠라에서 지낼 무렵 프랑스어를 가르쳐 주었던 사람이다.

고사쿠는 먼저 베르트랑을 방문했다.

베르트랑은 고사쿠의 이상한 몸을 보고 필시 병자가 영혼의 구원을 위해 찾아왔다고 생각했을 것이다. 하지만 고사쿠가 더듬거리는 말로 오가이의 추억을 들려달라고 말하니 온화한 눈을 접시처럼 크게 떴다. 물론 그는 무엇 때문에 오가이에 대해 묻느냐고 반문했다. 고사쿠의 설명을 듣자그는 두 손을 비비며 그것 참 좋은 생각이라고 대답하고는 수염 난 볼로미소를 지었다.

"벌써 오래전 일이라 내 기억도 가물가물합니다. 하지만 모리 씨는 나에게 가장 깊은 인상을 남긴 사람이오."

파리에서 태어난 베르트랑은 젊은 시절에 일본으로 건너와 사십 년 이상 살았기 때문에 일본어가 유창했다. 얼굴에는 일흔 살 노령만큼 주름이 그어져 있었지만 맑고 깊은 물빛 눈동자를 가만히 허공으로 처든 채 먼 과거를 되살리며 띄엄띄엄 이야기를 하기 시작했다.

"모리 씨는 프랑스어에 열심이었소. 매주 일, 월, 수, 목, 금요일에 왔는데, 시간은 늘 정확했고 심하게 지각한 적이 없었소. 어떤 때는 사단장 연회가 있는데도 여기에 오는 바람에 부하가 걱정되어 말을 끌고 그를 데리러 달려왔을 정도였소."

그는 냄새 좋은 파이프를 피우며 말을 이었다.

"프랑스어를 배우러 여기로 오는 사람은 그 밖에도 많았지만, 제대로 배운 사람은 모리 씨밖에 없었소. 그 사람은 어학 실력이 뛰어났어요. 사실은 그만한 독일어 소양이 있었기 때문이겠지. 그는 업무가 끝나면 일단 집으로 퇴근했다가 바로 여기로 왔소. 기모노로 갈아입고 잎담배를 피우며거리를 산책할 겸해서 오는 거라고 했소. 걸어서 삼십 분 거리였으니까."

그는 이런 이야기로 시작하여 잇달아 기억을 끄집어 내며 들려주었다.

고사쿠는 이삼일가량 드나들며 메모를 했다.

에나미에게 보여 주자 이렇게 격려해 주었다.

"아주 훌륭하지 않은가. 바로 이거야, 이거. 좋은 글이 되겠어."

에나미의 우정은 고사쿠 평생에 유일한 등불이 되었다.

베르트랑은 프랑스로 돌아가게 되었다고 기뻐했지만 얼마 지나지 않아 고쿠라에서 타계했다.

6

이제 고사쿠는 '안코쿠지 씨' 유족을 만나고 싶었다. 단편 「두 사람의 우정」에서는 안코쿠지 씨, 「독신」에서는 안네이지 씨로 나온다.

> 안코쿠지 씨는 내가 고쿠라에서 교마치 집으로 이사할 때부터 매일 나를 찾아왔다. 내가 퇴근하고 돌아와 보면 어김없이 안코쿠지 씨가 와 서 기다리고 있다가 저녁 식사 때까지 있었다. 그동안 나는 안코쿠지 씨에게 독일 원서로 철학 입문을 낭독해 주었다. 그러면 안코쿠지 씨는 나에게 유식론을 강의해 주었다.(「두 사람의 우정」)

안코쿠지 씨는 오가이가 도쿄로 돌아가자 이별을 견디지 못하고 뒤따라 도쿄로 올라왔다. 그러나 지방에 있을 때와 달리 오가이는 매우 바빴다. 독일어는 F군—훗날 제일고등학교도쿄대의 전신 중 하나 교수 후쿠마 히로시가 대신 가르쳐 주었지만, 기초부터 가르치니 매우 갑갑해했다. 안코쿠지 씨는 불교 경전에 밝아 오가이에게 유식론唯識論을 강의할 만큼 학식이 있었고, 오가이에게 독일어를 배울 때도 기초를 건너뛰어 처음부터 독일 원서 철학서를 놓고 한 문장 한 문장, 더구나 애써 불교 용어를 구사하며 해석해서 이해했었는데, F군은 어격부터 일일이 분석해야 한다고 했으니, 교수법에 기함을 하고 만 것이다. 높고 깊은 철학의 이치를 이해할 수 있는 두뇌를 가진 안코쿠지 씨도 나이 탓인지 명사나 동사의 어미 변화를 기계적으로 암기하는 데 질려서 독일어 공부를 중지하고 말았다. 그는 오가이가 러일전쟁으로 만주에 가 있을 때 병에 걸려 귀향하고 말았다.

　　나는 안코쿠지 씨가 어학 때문에 크게 고생하다가 병에 걸린 것은 아닌가 걱정했다. 아무리 복잡한 논리라도 쉽게 이해하는 사람이 오히려 기계적으로 암기해야 하는 어격 규칙 때문에 고생했다니, 상상만 해도 딱하기 짝이 없었다.
　　내가 만주에서 해를 넘기고 개선하고 보니 안코쿠지 씨는 이미 규슈로 돌아가 있었다. 고쿠라 근처 산속 절에 주지로 들어갔던 것이다.(「두 사람의 우정」)

　안코쿠지 씨의 본명은 다마미즈 슌코라고 했다. 다이쇼 4년(1915) 오가이 일기에는 '10월 5일, 슌코 스님의 부음을 받았다. 후쿠오카 현 기쿠 군 니시타니무라에 있는 고쇼지의 주지였다. 제자 다마미즈 슌린에게 조전을 부쳤다'고 되어 있다.
　폐병이었다. 슌코는 청년 시절에 소슈 오다와라에 있는 사이조지 절의 세이켄텐카이를 사숙私淑하여 열심히 학문에 힘썼는데, 공부를 무리하게 하여 병을 불렀다.

슌코에게는 자식이 없었다. 고쇼지 절도 벌써 몇 번이나 주인이 바뀐 상태였다.

고사쿠는 니시타니무라 동사무소에 가서 슌코의 연고자가 있는지를 물었다.

"슌코 스님의 미망인 다마미즈 아키 씨가 지금도 생존해 계시는데, 이 지역 미타케 부락의 가타야마 집에 살고 있습니다."

직원이 그렇게 일러 주었다.

오가이는 '고쿠라 근처 산속'이라고 썼지만, 그곳은 사 리가 넘었다. 이 리쯤 되는 곳까지는 버스가 다니지만 거기부터는 산길을 걸어야 한다.

고사쿠는 도시락을 넣은 가방을 어깨에 메고 물통을 들고 짚신 차림으로 길을 나섰다. 후지가 걱정을 했지만 괜찮다고 안심시키고 출발했다.

버스를 내려서 접어든 산길은 험했다. 게다가 일 리 이상 걸어 본 적이 없는 고사쿠에게는 보통 사람의 십 리 이상에 상당했다. 몇 번이나 길가에 앉아 쉬었는지 모른다. 숨이 차 어깨를 들썩였다.

다만 때마침 늦가을이라 산은 단풍으로 물들었다. 숲 속에서 종종 때까치의 날카로운 소리가 들리는 것 말고는 가을볕 아래 조용한 산속은 거리에서는 맛볼 수 없는 정취가 있어 고사쿠의 고행을 그나마 위로해 주었다.

산으로 에워싸인 미타케 마을은 주머니처럼 좁은 분지에 있었다. 기타 규슈에서는 보기 드물게 하얀 벽과 붉은 기와를 얹은 집이 많았다. 유복한 집이 많아 보이고 어느 집이나 규모가 컸다. 산허리에 산문山門이 보이는 곳이 바로 고쇼지 절이었다. 고사쿠는 그 지붕 밑에 지금도 '안코쿠지 씨'가 살고 있을 것 같아서 잠시 멈춰 서서 쳐다보았다.

가타야마의 집을 찾아가니 고쇼지 바로 밑이었다. 하지만 그가 여기에 다다르는 동안 그의 등 뒤에는 어느새 호기심 어린 눈을 반짝이는 부락 사람들이 모여 있었다. 절름발이에 얼굴도 특이하게 생긴 고사쿠가 신기했던 모양이다.

밭에서 돌아와 마당 초입에서 소 멍에를 벗기고 있던 가타야마의 당주라는 사람은 예순쯤 된 농부였는데, 이 사람도 고사쿠를 보고 조금 놀란 얼굴로 서 있었다. 농부에게 자기가 찾아온 까닭을 전하는 것은 아주 힘든 일이었다. "무슨 일이오? 다마미즈 아키는 내 누이인데" 하고 그가 마침내 빙글빙글 웃으며 물었다. 희미한 웃음은 고사쿠의 몸을 살펴본 탓이다.

고사쿠는 가능한 한 천천히 사정을 설명했다. 하지만 불명료한 발음으로 "오가이, 오가이" 하고 거듭해도 늙은 농부는 통 알아듣지 못했다. 그는 벙어리나 바보를 쳐다보는 눈초리로 "누이는 집에 없어, 몰라" 하고 답하며 손짓을 했다.

이 리나 되는 산길을 고사쿠는 헛되이 돌아갔다. 바위처럼 무거운 마음 탓에 돌아가는 길은 더욱 힘들었다.

후지는 집에 돌아온 고사쿠를 마주하자마자 지칠 대로 지친 안색을 보고는 결과가 어땠는지 금세 알아차렸다.

"어땠니?"

고사쿠는 얼른 대답하기도 힘들 만큼 피로가 쌓인 몸을 다다미에 뉘며 만사가 귀찮다는 듯, 집에 없더라고 중얼거리듯이 대답했다. 아들이 어떤 대접을 받았는지 후지는 금세 알아차렸다. 딱해서 견딜 수가 없었다.

"내일 다시 가 보자, 나랑 같이."

잠시 후 후지가 격려하듯이 말했다.

이튿날 후지는 이른 아침에 인력거 두 대를 불렀다. 도중에 있는 버스 종점에서는 탈것을 부를 수 없으므로 집에서부터 타고 가는 수밖에 없었다. 왕복 팔 리. 인력거 삯만 해도 후지의 아슬아슬한 한 달 생활비의 절반에 해당한다. 고사쿠가 모처럼 밝힌 희망의 등불을 여기서 꺼뜨릴 수는 없다는 일념이었다.

시골길을 인력거 두 대가 앞뒤로 나란히 달리는 것은 혼례 말고는 좀처럼 볼 수 없는 풍경이었다. 밭에서 일하던 사람들은 허리를 펴고 쳐다보았다. 가마를 맞이한 가타야마 집에서는 크게 당황했다.

후지는 이렇게 찾아온 뜻을 전하며 선물을 내밀었다. 그녀의 고귀한 몸가짐과 온화한 인사말은 그들로 하여금 몸 둘 바를 모르게 했다. 알고 보면 역시 시골 사람들이다. 두 사람을 안으로 들이고 마침 집에 있던 노파를 불러 주었다.

다마미즈 아키는 이때 예순여덟으로, 체구가 작고 눈에 애교가 있는 노파였다. 계산해 보면 남편 안코쿠지 씨하고는 이십 년 가까이 차이가 났다. 듣고 보니 슌코하고는 초혼이었고, 마을 사람이 고쇼지 절에 정착시키려고 억지로 인연을 맺어 주었다고 한다. 따라서 오가이가 고쿠라에 있을 때는 아직 혼인을 하지 않았다는 소리다.

그러나 그녀는 역시 남편 슌코가 살아 있을 때, 고쿠라 시절의 오가이에 대해서 많은 이야기를 들었다고 했다.

7

고사쿠는 지금까지 베르트랑과 슌코의 미망인에게 들은 이야기를 정리하고 초고를 작성하여 도쿄의 K · M에게 보냈다. K를 택한 것은 전에 그의 저서를 읽었거니와 오가이 전집 편찬위원 가운데 한 사람이라는 사실을 알았기 때문이다.

고사쿠는 K에게 편지를 써서 아직 진행중이기는 하지만 이런 조사 작업이 가치 있는 일인지 어떤지 선생이 봐 달라고 부탁했다.

이는 정말로 그의 본심이었다. 혼자 생각만으로는 안심할 수 없었다. 자기가 뭔가 턱없이 헛된 일에 매달리는 것 같다는 불안감이 종종 엄습했다. 누구든 권위 있는 사람에게 물어보지 않으면 마음이 안정되지 않을 것 같았다. 의미 없는 일에 몰두하는 게 아닌가 하는 두려움이 있었다. K에게 편지를 보낸 것은 바로 그 점을 확인받기 위해서였다.

이 주쯤 지나서 고사쿠는 양질의 봉투에 K의 이름이 인쇄된 편지를 받았다. 가슴을 졸인 고사쿠는 두려움에 잠시 봉투 뜯기를 주저했다. 답신은 다음과 같았다.

배계拜啓

귀한 서신과 귀한 원고를 잘 받아 보았습니다. 매우 좋은 내용이라 감탄했습니다. 막 출발한 작업이라 뭐라 확언할 수는 없지만, 이대로 완성한다면 훌륭한 내용이 나올 것 같습니다. 〈고쿠라 일기〉의 행방을 알 수 없는 지금, 귀하의 연구는 의미가 깊다고 봅니다. 한층 진력하시기를 기원합니다.

됐다 싶었다. 기대 이상의 답신이었다. 희열이 순식간에 파도처럼 가슴에 철철 흘러넘쳤다. 글을 자꾸 되읽을수록 환희가 부풀었다.

"잘됐구나. 고짱, 잘됐어."

후지는 들뜬 목소리로 말했다. 모자는 얼굴을 마주 보며 눈물을 글썽였다. 이로써 고사쿠의 인생에 희망이 비춰 들었다고 생각하니 후지는 기쁨을 표현할 수조차 없었다. 자기 마음도 어두운 밑바닥에서 가까스로 탈출구의 광명을 발견한 것 같았다. 후지는 K의 편지를 불단에 올리고 그날 저녁에는 팥밥을 지었다.

고사쿠가 시라카와에게 찾아가 편지를 보여 주자 시라카와는 몇 번이나 되읽고 고개를 끄덕이며 기뻐해 주었다. 에나미는 자기 일처럼 흥분하며 만나는 사람마다 K선생한테 이런 편지를 받는다는 건 대단한 일이라고 역설했다.

자, 이제 방향은 정해졌다. 그렇게 생각하니 고사쿠는 갑자기 자신감이 커지고 가슴이 뛰는 것을 느꼈다.

하지만 그 뒤 조사 작업은 그다지 진척되지 않았다. 오가이가 처음 이사한 집은 가지야마치였다. 그곳에는 현재 어느 변호사가 살고 있었고 집 주인은 훨씬 전부터 우사미라는 사람이었다. 고사쿠는 어머니와 함께 우사미를 찾아갔다. 후지가 따라간 것은 일전에 미타케에 갔을 때 겪은 경험 때문인데, 그 후로는 후지가 늘 고사쿠의 통역 같은 존재로 따라다녔다.

우사미의 당주는 노인이었다. 찾아온 뜻을 고하자, 글쎄요, 하며 고개를 갸웃한다. 나는 양자로 들어와 아무것도 몰라요, 아내가 어릴 적에 귀여움을 받았다고 하니 물어보면 뭔가 기억하고 있을지도 모르겠군요, 허나 아무래도 너무 오래전 일이라서, 하고 웃으며 노파를 불러냈다.

소설 「닭」은 이 집이 배경이다. 따라서 고사쿠는 꼭 뭔가 듣고 싶었다. 그러나 불려 나온 노부인은 눈초리에 온화한 주름을 모으고 웃으며 이렇게 대답할 뿐이다.

"아이구, 아무것도 생각나질 않아요. 내가 여섯 살 때 얘기니까요."

오가이는 이 집에서 신교마치로 이사했다. 이곳은 「독신」에,

고쿠라의 눈 내리는 밤이었다. 신교마치 오노토요 집에서 손님 두 사람이 우연히 만났다.

라고 나오는 집이다.

지금은 어느 교회로 쓰이고 있는데 오가이가 살던 시절에는 누가 주인이었는지 누구한테 물어도 알 수가 없었다. 고사쿠는 문득 시청 토목과에서 조사해 보자는 생각이 스쳐 메이지 43년(1910) 장부까지 거슬러 올라가 조사해 달라고 해서 당시 땅 임자가 아즈마라는 사람이었음을 알게 되었다. 이 사람의 손자가 후나마치에 있다는 것을 알아내고, 혹시 물어보면 알 수 있을지도 모른다는 기대를 가지고 찾아가 보니 그곳은 유곽이었다.

아즈마 아무개라는 기방 주인은 고사쿠의 몸을 심술궂게 쳐다볼 뿐 오가이에 관계된 것은 전혀 몰랐다.

"그런 걸 조사해서 어따 쓰시게?"

하고 옆에 있는 후지에게 툭 내뱉듯이 말할 뿐이었다.

그런 걸 조사해서 어따 쓰시게? 그가 툭 내뱉은 이 말이 고사쿠의 마음 깊은 곳에 가시처럼 박혔다. 아닌 게 아니라 이런 작업에 의미가 있을까? 괜한 일에 나 혼자 오기를 부리는 것은 아닐까, 하는 의심이 고개를 쳐들었다. 그러자 문득 자기 노력이 전혀 쓸데없어 보이고 갑자기 떠밀려 난 기분이 들었다. K의 편지마저 겉치레 인사로밖에 생각되지 않았다. 희망은 갑자기 사라지고 새카만 절망이 엄습해 왔다. 이런 절망감은 이후에도 종종 불쑥불쑥 일어나 그는 머리카락을 쥐어뜯으며 괴로워했다.

하루는 고사쿠가 오래간만에 시라카와 병원에 가 보니 한 간호사가 허물없는 태도로 다가왔다. 야마다 데루코라는 콧대가 쪽 고른 아가씨였다.

"다노우에 씨가 모리 오가이에 대해서 조사하고 있다고 선생님께서 말씀하시던데, 사실인가요?"

하고 물었다. 데루코의 이야기는 솔깃했다. 실은 자기 백부가 고주산広寿山의 스님인데, 오가이가 종종 놀러 왔다는 이야기를 하더라, 찾아가 보면 뭔가 흥미로운 사실을 알 수 있을지도 모른다는 것이었다.

고사쿠는 그 순간 창공을 본 것처럼 기운이 솟았다.

"가신다면 내가 안내해 드릴게요."

데루코가 이렇게 말해 주었다.

고사쿠는 기대를 품었다. 고주산이란 고쿠라 동쪽 산기슭에 있는 후쿠주센지 절의 다른 이름이다. 구 번사藩士번에 속한 무사의 보제사菩提寺조상들의 묘를 두고 장례나 제사를 올리는 절로, 창건자는 황벽종의 즉비明나라 시절 푸젠성 출신의 승려로 일본에 건너와 활약했다였다. 오가이는 고쿠라 시절에 〈즉비 연보即非年譜〉라는 것을 썼던 만큼, 고주산을 자주 찾았을지도 모른다. 당시의 스님 중에 누구든지 아직 살아 있다면 뜻밖의 이야기를 들을 수 있을지도 몰랐다.

그날은 따뜻한 초겨울 날이었다. 고사쿠는 야마다 데루코와 함께 고주산에 올랐다. 걸음이 느린 고사쿠에게 데루코는 발을 맞춰 주었다. 숲 속에 절이 있는지 낙엽 태우는 연기가 숲에서 흘러나오고 있었다.

데루코의 백부라는 사람을 만나 보니 일흔쯤 되는 노승이었다.

"모리 씨는 절의 오랜 기록물이나 오가사와라 가문의 기록 따위를 내주면 반나절이나 꼼꼼하게 살펴보곤 했지요. 선대 주지가 살아 계셨더라면 더 많은 것을 알 수 있었을 텐데. 두 분이 대화하는 모습을 내가 멀리서나마 자주 보았으니까."

스님은 차를 홀짝이며 이런 말도 했다.

"한번은 부인과 같이 오신 적도 있어요. 부인에 대해선 이제 기억나지 않지만 이 절에서 부인이 읊은 시를 알고 계신지?"

노승은 불길에 바짝 말린 듯한 얼굴을 기울이고 기억을 더듬는 표정으로 시구를 떠올리며 종이에 적어 보였다.

불자拂子 든 즉비 화상이 우리 낭군을 닮아서 웃었네 매화꽃 날리는 법당

이른 봄 오가이가 새색시와 나란히 산사를 노니는 풍경이 눈에 보이는 듯했다.

"그래, 모리 씨는 선禪에도 열심이어서 매주 날을 정해서 동호인을 모았어요. 사카이마치의 도젠지라는 절에서 말이오."

8

고사쿠와 데루코는 나중에 개산당開山堂을 둘러보았다. 어두운 불당 안에는 절을 세운 즉비의 목상이 먼지를 쓰고 색 바랜 검은 빛으로 앉아 있었다.

"오가이 씨가 저 얼굴을 닮았을까요?"

데루코는 하얀 치열을 보이며 재미있다는 듯이 웃었다. 즉비 얼굴은 기괴했다.

두 사람은 숲을 빠져나와 하산 길에 들었다. 길 양쪽은 낙엽이 두텁게 쌓이고 이파리를 떨어뜨린 나목裸木 우듬지들 사이로 겨울 햇살이 비껴들

고 있었다. 다리가 불편한 고사쿠는 데루코에게 한 손을 맡기고 있었다. 부드럽고 나긋나긋한, 체취도 달콤한 젊은 여인의 손가락이었다.

고사쿠는 자신의 추한 몸뚱이를 전혀 꺼리지 않는 것처럼 보이는 데루코의 태도에 적이 당황했다. 젊고 아리따운 아가씨가 아닌가. 이런 여자가 이렇게 스스럼없이 곁에서 부축해 주기는 처음이었다. 고사쿠는 자기 형편을 잘 알았기 때문에 여자에게 특별한 마음을 품어 본 적이 없었다. 하지만 데루코한테 손을 맡기고 마치 연인처럼 숲 속을 걷고 있자니 역시 그의 가슴도 술렁이지 않을 수 없었다. 데루코와 함께 거닌 겨울 나절 기억은 점차 잊기 어려워졌다.

고사쿠도 어느새 서른둘이다. 혼담은 벌써부터 있었다. 하지만 맞선을 보면 어김없이 어그러졌다. 특별히 재산이 많은 것도 아니니 이런 불구자에게 시집올 여자는 아무도 없다. 색시만 와 준다면, 하며 후지의 마음고생이 이만저만 아니었다. 주위 모든 사람에게 부탁해 놓았지만 혼담들은 하나같이 결실을 보지 못했다. 젊을 때는 마구 들어오는 혼담에 곤혹스러웠던 후지가 며느리를 들이지 못해 말할 수 없는 고통을 맛보고 있었다.

이럴 때 나타난 데루코가 후지에게는 커다란 희망이었다. 데루코는 고사쿠 집에도 종종 놀러 오게 되었다. 고주산에 간 이래 그와 데루코는 그 정도로 허물없는 사이가 되어 있었다.

고사쿠의 감정을 데루코가 알고 있었는지는 알 수 없었다. 그녀는 천성적으로 애교가 있는 사람이라 시라카와 병원에 드나드는 어느 남성하고도 친했다. 그녀가 고사쿠의 집에 놀러 오는 이유도 말하자면 기분풀이 같은 것일 뿐 특별한 무엇이 있지는 않았다.

그러나 후지나 고사쿠는 데루코의 방문을 어떤 의미로 받아들이려고 했다. 그의 집에 데루코 같은 젊은 미인이 놀러 오기는 거의 파천황 같은 일이었다. 후지는 데루코가 오면 마치 공주님 맞이하듯 환대했다.

하지만 후지는 데루코에게 차마 아들에게 시집와 달라고 부탁할 용기는 없었다. 지금까지 데루코와 비교도 되지 않을 만큼 인물이 모자란 여자하고도 계속 혼담이 깨졌다. 후지는 데루코에게 혹시나 하는 기대를 품으면서도 거반 체념하고 있었다. 그 체념 속에서도 역시 뭔가 기적 같은 것을 기대하고 있었다.

도젠지는 작은 절이었다. 담 안쪽에 자라는 목서가 도로에서 보였다. 후지와 고사쿠가 고리庫裡를 돌자 안경을 쓴 통통한 스님이 하얀 옷을 입고 나왔다. 수상쩍어하는 눈길로 고사쿠를 빤히 쳐다본다.

후지가 공손한 말투로, 고주산 쪽에서 들었는데 여기서 메이지 32년, 33년쯤에 오가이 선생이 선 모임을 가졌다고 합니다만 혹시 아시는지요? 하고 묻자 스님은 무뚝뚝하게 말했다.

"뭐 그 비슷한 이야기를 들어 본 적은 있지만 우리 조부 때 일이라 난 아무것도 몰라요."

굳은 표정을 보니 더 물어도 소용없을 성싶었다.

"당시 일들이 뭔가 기록으로라도 남아 있지는 않을까요?"

하고 확인해 보았지만,

"그런 거 없어요."

역시 쌀쌀맞게 대답했다.

실망해서 절 문을 나섰다. 새삼 사십 년 세월이 느껴졌다. 시간의 모래가 흔적을 곳곳에서 메우고 있는 것이다.

도로를 걷고 있는데 뒤에서 목소리가 따라왔다. 돌아보니 아까 그 하얀 옷을 입은 스님이 손짓한다.

"이제야 생각이 났어요. 당시 절에 기진^{寄進}되었다는 목어가 있는데 한 번 보시려우? 이름이 새겨져 있어요."

스님이 말했다. 본바탕은 친절한 사람인 모양이다.

목어는 오래 묵어 검게 퇴색해 있었다. 기진자 이름을 가까스로 판독할 수 있는 정도였다. 하지만 그 이름을 보고 고사쿠는 숨을 삼켰다.

> 기진　　　다마미즈 슌코
> 　　　　　모리 린타로
> 　　　　　니카이도 유키부미
> 　　　　　시바타 다다유키
> 　　　　　야스히로 이사부로
> 　　　　　가미카와 쇼이치
> 　　　　　도카미 고마노스케

뜻밖의 발견에 고사쿠는 깜짝 놀라 수첩에 옮겨 적었다. 중요한 단서였다. 오가이, 슌코 외에는 고사쿠도 모르는 이름들이고 이 절의 승려도 알지 못했다. 그러나 어떻게 해서든 신원을 밝혀내면 새로운 자료를 얻을 수 있는 길이 열릴 것 같았다.

고사쿠는 고쿠라에 오래전부터 살아온 지인들 거의 전부에게 묻고 다녔지만 이름들을 아는 이는 아무도 없었다. 에나미도 짚이는 사람이 없다고 했다. 고사쿠는 시라카와한테도 갔다. 시라카와는 온갖 사람들과 교류가 있으니 뭔가 알 것 같기도 했다.

"나도 모르겠는걸."

시라카와는 명단을 보며 말했다.

"다만 야스히로 이사부로라는 사람은 도모이치로와 어떤 관계가 있을지도 모르겠군. 미로쿠 씨한테라도 물어보면 어떨까."

야스히로 도모이치로는 만주철도 총재 등을 역임한 사람이다. 반대당으로부터 '호빵'이란 별명을 얻기도 했다. 이 사람의 조카가 야스히로 미로쿠인데 독신에 술 좋아하는 늙은 화가였다.

고사쿠는 미로쿠의 집을 찾아갔다. 그는 골목 안 공동 주택 한 칸에 사는데 문밖으로 나온 사람은 동거인이었다.

"야스히로 씨는 도쿄에 갔습니다. 당분간 돌아오지 않을 거예요."

그녀가 그렇게 일러 주었다.

실망해서 집에 돌아와 보니 고사쿠에게 뜻밖의 편지가 와 있었다. 오가이의 동생 모리 준사부로가 보낸 편지였다.

내용은 'K씨를 통해 귀하에 대하여 들었다. 이번에 내가 형에 대해서 글을 쓰는데, 고쿠라 시절에 대해서 알고 싶다. 귀하의 조사 작업에 지장이 없다면 가르침을 받고 싶다'라는 대단히 정중한 글이었다.

고사쿠는 기꺼이 답장을 보냈다.

1942년에 출간된 모리 준사부로의 『오가이 모리 린타로』에는,

> 고쿠라 시 바쿠로마치의 다노우에 고사쿠 씨는 형이 그곳에 남긴 자취를 조사하였는데—

라고 하며 고사쿠가 베르트랑을 만난 이야기 따위가 실려 있다.

9

『오가이 전집』을 보면 오가이가 고쿠라 시절 지역 신문에 발표한 글은 다음과 같다.

> 〈내가 규슈의 부호라면〉—메이지 32년 《후쿠오카 일일신문》
> 〈오가이 교시(모리 오가이의 호)는 누구인가〉—메이지 33년 《후쿠오카 일 일신문》
> 〈고쿠라 안코쿠지〉—메이지 34년 《모지신보》
> 〈와케노 기요마로와 아다치야마 산〉, 〈다시 와케노 기요마로와 아다 치야마 산〉—메이지 35년 《모지신보》

고사쿠의 착상은 당시 신문사의 고쿠라 지국이 오가이에게 연락해서 원고를 받았을지 모른다는 것이었다. 《모지신보》는 벌써 오래전에 없어졌으므로 《후쿠오카 일일신문》의 후신인 《니시니혼 신문사》에 알아보는 수밖에 없었다.

메이지 32년, 33년경의 고쿠라 지국장 이름과 만약 아직 생존해 있다면 주소를 알고 싶다고 신문사 총무과 앞으로 편지로 문의했다.

문의에 대한 성과는 거의 기대할 수 없었다. 오십 년 가까운 옛날 일을, 더구나 일개 지방 지국장의 이름을 신문사가 지금까지 기록으로 남겨 두었을까? 더구나 신문사는 도중에 조직이 바뀌었다. 다행히 이름을 알 수 있다 해도 아마 생존해 있기는 힘들 것이다. 물론 현주소도 알기 힘들 것이다. 고사쿠의 문의는 요행수를 기대한 것에 불과했다.

그러나 얼마 후 도착한 답장은 거의 기적에 가까운 내용이었다.

조사해 보니 메이지 32년부터 36년까지 고쿠라 지국장은 아소 사쿠
오 씨였습니다. 현재 당 현 미쓰마 군 야나가와초의 절에 기거하고 있
지만, 절 이름은 알 수 없습니다.

절 이름은 몰라도 좋았다. 이 정도면 충분했다. 작은 마을이니 절을 다
돌아다니면 알 수 있으리라.

고사쿠는 애가 닳아 가만있을 수가 없었다.

"그렇다면 같이 가 보자꾸나."

후지가 이렇게 말을 꺼낸 것은 고사쿠가 바란다면 어디까지라도 따라가
주고 싶은 마음 때문이었다.

두 사람은 기차를 탔다. 그즈음은 벌써 전쟁이 상당히 진척되어 있었
다. 기차 창문으로 보이는 시골 풍경도 대부분의 농가마다 '출정 군인' 깃
발을 세워 놓고 있었다. 승객의 대화도 대개 전쟁과 관련한 것이었다.

고쿠라에서 기차로 세 시간, 구루메에서 내려 다시 한 시간쯤 전차를 타
고 야나가와에 도착했다. 아리아케카이 만에 면한 십삼만 석의 성시城市영주
의 성 주변에 발달한 도시는 최근 물의 고장으로 이름이 알려졌다. 길을 걸어 봐도
물가에 버드나무를 심은 강이나 해자가 곳곳에 보이는데, 마을은 왠지 폐
허 같은 분위기에 고요히 잠겨 있는 것 같았다.

야나가와에 있는 어떤 절이라고 했다. 절 이름은 모르지만 시골이니까
일단 가서 절 두어 군데만 돌아다녀도 뭔가 단서가 나오리라 믿고 기대에
부풀어서 갔다. 하지만 마을 사람에게 물어보니,

"야나가와에는 절이 스물네 개나 있는걸요."

라고 한다. 후지와 고사쿠는 앞이 막막했다. 절이 그렇게 많을 줄은 생각도 하지 못했다. 네다섯 곳을 찾아가 보았지만 역시 단서를 얻을 수 없었다.

두 사람은 길가 바위에 앉아 쉬었다. 그곳 해자에도 물이 차 있어 건너편 회벽의 하얀색이 비치고 있었다. 하늘은 활짝 개고 그저 작은 구름 한 조각만 불안정하게 걸려 있었다. 묘하게 쓸쓸하게 생긴 구름이었다. 생각 없이 바라보자니 고사쿠의 마음에는 또 견디기 힘든 공허감이 번져 왔다. 이런 조사를 하러 다니는 것이 무슨 소용인가. 대체 의미가 있기나 한 걸까. 공허하고 싱거운 짓을 자기만 요란하게 생각하고 어리석은 노력을 거듭하는 것은 아닌가.

후지는 옆에 앉은 고사쿠의 어두운 안색을 보자 가련한 생각이 들었다. 그래서 끌어 주려는 듯이 먼저 일어나며,

"자, 기운을 내야지, 고짱."

하고 걷기 시작했다. 후지가 더 열심이었다.

스물네 개 절들을 하나하나 탐문하고 다녀야 한단 말인가 하는 생각이 들었지만 뜻밖의 장소에서 단서를 발견했다. 길을 걷는데 문득 '야나가와 초 사무소' 간판을 보고 여기에 물어보자는 생각이 떠올랐다.

조악한 탁자에 앉아 서류를 작성하던 여사무원에게 물으니 아소 사쿠오라는 이름만 듣고도 반응해 주었다. 하지만 절 이름은 역시 기억하지 못한다고 하면서 옆에 있던 나이 많은 동료와 상의했다. 여자가 그거라면 아무개 씨한테 물어보면 알 수 있을 거라고 말하자 젊은 여사무원은 고개를 끄덕이고 아무개란 사람에게 전화를 걸려고 자리에서 일어났다.

전화는 좀처럼 교환수가 나오지 않는 듯했다. 손가락으로 전화기를 몇 번이나 딸깍딸깍 눌렀지만 통 반응이 없다.

"요즘은 전화국이 바빠서 그런지 잘 받아 주질 않네요."

여사무원은 변명처럼 말했다. 스무 살쯤 되어 보이는 아가씨였는데 전체적인 얼굴 윤곽부터 눈매 따위가 어딘지 야마다 데루코를 닮았다고 후지는 생각했다.

최근 전화국이 바빠진 이유도 전쟁의 혼란이 이 시골 성시에까지 미쳤기 때문이다. 가까스로 전화가 연결되자 여사무원은 상대방과 문답하며 종이에 연필로 필기했다.

"아소 씨는 여기 계시다고 합니다."

그녀는 메모를 건네주고 길을 자세히 가르쳐 주었다.

후지는 공손하게 감사를 표하고 밖으로 나섰다. 겨우 알아냈다는 안심과 여사무원의 친절에 마음이 밝아졌다. 그녀가 야마다 데루코를 닮은 것도 흐뭇했다.

후지에게는 데루코가 방금 그 사무원같이 친절한 아가씨처럼 보였다. 시집만 와 주면 불편한 고사쿠를 상냥하게 도와줄 것 같았다. 그렇게 생각하니 데루코를 향한 마음이 간절해졌다. 후지는 옆에 나란히 걷는 고사쿠에게 말을 건넸다.

"그런데 고짱. 데루코가 시집을 와 줄 것 같으니?"

고사쿠는 아무 대답도 하지 않았다. 표정을 보니 곤혹스러워하는 듯했다. 불편한 몸을 끌며 이렇게 낯선 곳을 돌아다니는 고통 때문인지 데루코의 본심을 알지 못하는 안타까움 때문인지는 알 수 없었다. 후지는 고사쿠를 위해서 고쿠라에 돌아가면 작심하고 데루코에게 간절하게 이야기해 보자고 결심했다.

덴소지 절은 선사禪寺였다. 번조藩을 창설한 사람의 아버지에 해당하는 전국무장전국 시대에 활약하던 무장의 보제사였다. 안내를 청하자 마흔쯤 되는 여자가 나와서 "제가 아소입니다만" 하고 말했다.

"아소 사쿠오라는 분은?"

"예, 아버지입니다."

정정하다는 대답이다. 아직 생존해 있었다. 고사쿠와 후지는 저도 모르게 환호를 올릴 만큼 반가웠다. 즉시 용건을 전하자,

"글쎄요. 워낙 노령이시라 어떨지 모르겠네요."

고개를 갸웃하며 웃었다.

"연세가 어떻게 되시는데요?"

"여든하나입니다."

그러더니 일단 안으로 들어갔다가 곧 나와서 말했다.

"자, 안으로 드시지요. 아버지께서 만나 보겠다고 하시네요."

10

고사쿠는 야나가와에서 돌아오자 아소의 이야기를 정리했다.

직접 오가이를 접촉했던 만큼 아소 사쿠오의 이야기는 기대 이상이었다. 여든하나라고 하지만 아주 정정했다. 기억이 흐려진 부분도 있었지만 치매 기운 때문은 아니었다.

"오가이 선생께서 아주 가까이 대해 주셨소. 관청에서 퇴근하시면 종종 우리 집 앞에 오셔서, 아소 군, 아소 군, 하고 부르셨지. 같이 산책도 하고 안코쿠지 절에도 종종 같이 갔소. 그럴 때 선생은 참 활달하셨어. 내가 업무차 사령부에 찾아가도 군의부장실로 부르셔서 큰 소리로 우스갯소리를

하시며 웃으셨소. 그럴 때면 옆 부관실에서, 각하(당시 소장)께서 저렇게 흥겹게 얘기하는 상대가 누구일까 궁금해서 문을 열고 들여다보니, 웬걸 그게 나거든. 그 사람들도 아소는 각하와 꽤 가까운 사이인 게 분명하다고 말할 정도였소. 오가이라고 하면 다들 어려운 사람처럼 생각하지만 우리 한테는 아주 소탈하셨소."

라는 이야기로 시작되었다. 그곳에 세 시간 정도 있었는데 오가이의 사택까지 무시로 드나들었다는 노인은 오가이의 일상생활을 누구보다 잘 알고 있었다. 고사쿠의 자료가 덕분에 제법 풍부해졌다.

"그러나 공사 구별이 아주 엄격했소. 일단 군복 입은 사람을 만나면 그렇게 엄하실 수가 없었지. 한번은 내 친척 중에 약제관을 하는 사람이 놀러 왔기에 편한 마음으로 선생한테 데리고 갔던 적이 있소. 친척은 그때 대위인지 뭔지 하는 계급장이 달린 군복을 입고 있었는데, 이거야 원, 어찌나 엄하게 대하시던지, 옆에서 보기도 딱할 정도였소. 그런데 이삼일 지나 그 친척이 이번에는 기모노 차림으로 찾아가자 요전번하고는 딴판으로 정중하게 손님으로 대접하고 현관까지 환송해 주는 거요. 고쿠라 거리를 평상복으로 산책할 때는 아는 이가 인사를 하면 웃는 낯으로 정중하게 인사하는데, 군복을 입고 고쿠라 역에 사람을 마중하러 나가실 때면 플랫폼에 의자를 내놓게 하고 기차가 도착할 때까지 오만하다 싶을 만큼 꼿꼿하게 앉아서 누가 인사를 해도 답례도 제대로 해 주시지 않았소. 선생은 또 시간에 엄한 분이라 모임 같은 데 늦게 오는 사람은 아무리 유력자라도 절대로 안으로 들이지 않았소. 여자에 관해서는 아주 조심스러우셔서 당신이 독신이라는 이유로 하녀도 꼭 두 명을 두었소. 어쩔 수 없이 집 안에 하녀가 하나밖에 없을 때는 밤에 이웃집에 부탁해서 묵게 하는 식이었소. 산주테이라는 요정에 있던 아가씨를 좋아하셔서 종종 찾아갔는데 결코 혼자 불러내지 않고 늘 자매와 함께 두 사람을 불렀소. 당시 사단장 이노우에 씨도 독신이었는데 이분은 본능이 가는 대로 행동해서 선생과 좋은 대조를 이뤘지. 아주 근면한 분이라 밤에도 서너 시간밖에 주무시지 않을 정도였소.『즉흥시인』도 그 시절에 번역하셨던 거요. 각 번의 고문서도 열심히 조사하셨고. 원래 내가 선생과 가까워진 계기도 야나가와 번의 옛 기록을 알선해 드리면서부터였소. 그리고 고쿠라 번의 사족士族 후지타 고사쿠라는 심리학자한테 심리학을 배우셨소. 이 사람의 손자가 고쿠라 우오마치에 살고 있을 거요. 선생이 심리학에 흥미를 느낀 것은 동향 사람 니시 아마네의 영향이 아닌가 생각되는군."

아소 이야기는 이런 내용으로 시작되어 오가이의 생활을 두루 언급하는데 도통 끝날 것 같지 않았다.

고사쿠는 전부터 의문이던 도젠지 절의 목어에 새겨진 명단을 꺼내서 보여 주었다.

"아하, 이것은―."

하고 노인은 스스럼없이 말했다.

"니카이도는 《모지신보》의 주필이었소. 시바타는 개업의였고 야스히로는 약종상, 가미카와는 고쿠라 재판소 판사, 도가미는 시립병원 원장이었소."

그 말을 들으니 짚이는 바가 있었다. 「독신」에 나오는 '병원장 도다', '재판소의 도야마'는 이들이 모델일 것이다.

고사쿠는 아소의 이야기를 초고로 작성하는 한편 도젠지 멤버의 행방을 열심히 찾아다녔다. 이는 신원만 알면 어려운 일이 아니었다. 시바타 다다유키의 장녀가 시내 개업의 부인이 되었음을 알고, 그녀를 통해 다른 이들의 주소도 잇달아 알아낼 수 있었다. 특히 유일하게 도가미 고마노스케가 후쿠오카에 건재하다는 소식에는 펄쩍 뛸 만큼 기뻤다.

　노화가 야스히로도 도쿄에서 돌아왔고 오가이 집에서 하녀로 일했다는 유쿠하시에 사는 먼 친척한테서도 편지가 왔다. 이것은 고사쿠가 하는 작업이 신문에 보도된 덕분이었다. 오가이가 가이코샤1877년에 창립된 육군 장교들의 친목 및 학술연구를 목적으로 한 단체에서 강의하던 크라우제비츠의 전쟁론을 들었다는 노군인, 연회 때면 종종 시중을 들어서 오가이를 잘 안다는 여관 '우메야'의 주인이었던 노파 후지타 고사쿠의 아들 등, 오가이와 관계가 있던 고쿠라 사람들이 잇달아 나타났다.

　고사쿠는 야마다 데루코가 혼담을 거절한 뒤에 이렇게 더욱 분발하게 되었다. 데루코는 후지에게,

　"어머, 어머니, 정말로 그런 생각을 하신 거예요?"

　하며 소리 내어 웃었다. 그녀는 나중에 입원 환자와 연애를 하다가 결혼했다. 이 일로 모자는 서로 더욱 애정으로 챙기고 두 사람만의 체온으로 버텨 나가게 되었다.

　고사쿠의 자료는 점차 분량이 많아졌다.

　하지만 전쟁이 진행되면서 그의 작업은 점점 어려움이 많아졌다. 아무도 이런 천착에 관심을 주지 않게 되었다. 적기가 무시로 소이탄을 머리 위로 떨어뜨리니 오가이나 소세키를 생각할 형편이 아니었다. 누구나 당장 내일 살아 있을지 죽을지 모르는 판이었다. 사람을 찾아 돌아다니는 일은 생각할 수도 없었다. 전쟁이 끝날 때까지 고사쿠도 각반을 차고 공습을 피해 피난하지 않을 수 없었다.

11

전쟁이 끝났지만 사정은 더욱 비참해졌다. 전부터 그의 병세는 조금씩 악화되고 있었지만, 식량 결핍이 악화에 박차를 가했다. 한 사람은 노파이고 한 사람은 환자인지라 장보기도 힘들었다. 마비 증세가 심해져 걸어 다니기가 힘들어지고 일어서기도 어렵게 되었다.

고사쿠는 내내 자리보전을 했다. 인플레가 심해지고 집세 말고는 기댈 만한 수입이 없었다. 집세를 약간 인상하는 것으로는 인플레를 쫓아갈 수 없었다.

셋집이 한 채씩 사라졌다. 생각해 보면 시라이 마사미치도 자기가 마련해 준 셋집이 이런 식으로 모자의 급한 불을 꺼 주리라고는 예상하지 못했으리라. 후지는 암시장에서 쌀이나 생선을 구해다가 고사쿠에게 먹였다.

"어때, 고짱, 맛있니? 이건 나가하마의 생선이야."

가까운 어촌에서 낚시로 잡는 생선이었다. 고사쿠는 고개를 끄덕이고 바닥을 기어 밥과 생선을 맨손으로 집어 먹었다. 이제 젓가락을 쥘 수도 없게 된 것이다.

에나미는 고사쿠를 들여다보러 자주 들렀다. 눈치가 빠른 그는 올 때마다 어디서 계란이나 쇠고기 따위를 구해서 들고 왔다.

"어서 일어나서 그걸 완성해야지."

에나미가 들여다보며 말하면 '요즘은 꽤 좋아졌으니까 다시 천천히 시작해 봐야지 하고 생각중이네'라는 이야기를 평소보다 더 알아듣기 힘든 발음으로 말했다. 얼굴은 살점을 발라낸 듯 야위었다.

패전 후 몇 년 지나지 않아 셋집을 전부 팔고 살림집도 절반을 남에게 세를 주고 모자는 안쪽에 있는 한 평 반짜리 방에 틀어박혔다. 긴 세월과 쉼 없이 현해탄의 해풍을 겪어 온 집은 이제 처마마저 기울고 있었다. 문틀과 창 들은 어디고 할 것 없이 다 덜컹덜컹 했다.

고사쿠는 여전히 자리보전했다. 병세가 멈추었는지 좋아지지도 나빠지지도 않았다. 때때로 도코노마_{방 한쪽에 바닥을 조금 높게 해 놓은 장식용 공간로} 기어가 자기가 쓴 글을 꺼내 볼 때가 있었다. 그것이 한 보따리 가득이었다. 발로 걸어서 모은 그의 〈고쿠라 일기〉였다. 그는 에나미에게 부탁해서 정리해 볼까 생각했다. 그때까지도 건강이 좋아질 거라는 확신이 있었다. 다 나았을 때 할 일을 이리저리 공상하며 흡족해하곤 했다.

1950년 말이 되자 그의 병세는 갑자기 깊어졌다. 후지는 밤낮 잠도 못 자고 간병했다.

어느 날 밤 마침 에나미가 와 있을 때였다. 지금까지 깜빡깜빡 잠이 들곤 하던 고사쿠가 문득 베개에서 머리를 들었다. 무엇에 귀를 기울이는 듯한 모습을 보였다.

"왜 그러니?"

후지가 묻자 입안에서 뭐라고 웅얼거리며 대답하는 것 같았다. 이때는 이미 안 그래도 알아듣기 힘든 발음이 더욱 심해져서 벙어리에 가까운 상태가 되어 있었다. 하지만 후지가 다시,

"왜 그러니?"

하고 묻고 귀를 가까이 대자 묘하게 분명한 발음으로 말했다.

방울 소리가 들린다는 것이었다.

"방울?"

하고 되묻자 고개를 까딱했다. 그리고 얼굴을 베개에 묻듯이 떨어뜨리

더니 다시 가만히 귀를 기울이는 모습이었다. 죽음을 맞은 사람의 혼탁한 뇌가 무슨 환청을 들었을까? 한겨울의 바깥에는 발소리조차 없었다.

그 밤이 물러가기 전에 혼수상태에 빠진 그는 열 시간 뒤에 숨을 거두었다. 눈발과 볕이 갈마드는, 오가이가 '겨울 소나기'라고 말했던 그런 날이었다.

후지는 고사쿠의 쓸쓸한 칠일제가 끝나자 구마모토의 먼 친척 집으로 옮겼다. 유골과 초고 보따리가 그이의 소중한 이삿짐이었다.

1951년 이월, 도쿄에서 오가이의 〈고쿠라 일기〉가 발견된 것은 잘 알려진 사실이다. 오가이의 아들이 피난처에서 들고 돌아온 잡동사니 가득한 옷장을 정리하다가 이 일기를 발견한 것이다. 다노우에 고사쿠가 이 사실을 모르고 죽은 것이 불행인지 다행인지 알 수가 없다.

—《미타문학》(1952년 9월)

공갈자

1

비는 내리 사흘을 내리다가 하루 동안 갰다. 그리고 그날 밤에 다시 내리기 시작했다.

아침에는 그리 굵은 비가 아니었지만 열시 넘어서부터 눈도 뜨지 못할 정도로 퍼부었다. 비라기보다는 물이 곧장 지축을 사납게 때리는 듯했다. 무시무시한 소리였다. 물안개가 자욱하여 시야가 닫혀 버렸다. 먹을 풀어 놓은 듯한 구름에 땅거미가 진 것처럼 어두웠다.

나중에 조사해 보니 그날 하루 강우량이 육백 밀리미터였다. 도쿄 지방 연간 평균 강우량이 약 천오백 밀리미터이므로 일 년 동안 내릴 양의 삼분의 일 이상이 하루 동안 내린 셈이다.

사람들은 집 안에 웅크리고 앉아 목소리를 삼킨 채 폭포 같은 비를 바라보았다. 우려가 곧 현실이 되었다. 이 호우로 후쿠오카, 구마모토, 사가 등 규슈 각 현에 걸쳐 사망자 육백육십 명, 행방불명 일천 명, 완전히 유실된 가옥이 육천 채에 달했다.

오전 열한시경 치쿠고 강은 위험 수위를 넘었다. 붉은빛을 띤 물줄기는 강의 양쪽 기슭에 있는 제방 높이까지 차올라 찰랑거리며 흘러갔다.

평소 강가 풀밭에 소를 놓아먹이던 온화한 강 풍경과는 딴판이었다.

상황을 살피고자 강가로 나와 있던 소방대원도 너무나 처참한 풍경에 숨을 죽이고 있었다.

"제방이 위험하다!"

열두시쯤 그들 사이에서 이런 소리가 들렸다.

치쿠고 강, 야베 강은 지금까지 수도 없이 범람하며 피해를 주어 왔다.

종종 닥치는 홍수는 일본의 치수 공사가 허술하다는 것을 말해 주었다.

"제방이 위험하다!"

하는 소리는 겁을 먹은 주민들 마음에 시커먼 공포를 안겼다.

K 구치소는 치쿠고 강에서 천 미터 남쪽에 있다. 이때 수형자 이백 명을 수용하고 있었다.

제방이 위험하다는 소식이 전해지자 구치소장은 수형자 전원을 가까운 지방재판소 지부 2층으로 옮기기로 했다. 구치소는 낡은 단층 건물이므로 제방이 무너지면 탁류에 가라앉고 만다.

"모두 감방에서 나오게 해서 집합시켜라."

뚱뚱한 노소장이 부하에게 명했다.

호우 때문에 출근한 대원이 매우 적었다. 그날은 검찰사무관 일곱 명이 수형자 이백 명을 감시해야 했다.

감방에서 나온 이백 명을 정렬시킨 다음, 소장의 유도로 지방재판소 지부 2층에 수용했다. 빈방은 물론이고 복도에까지 앉혔다.

수형자들은 감방에서 나와 즐거워했다. 신기하다는 듯이 창밖의 비를 내다보았다. 얼굴마다 생기가 돌았다. 세상이 호우로 난리를 치러도 격리된 그들에게는 아무 관계없는 일이었다. 오히려 재미있어했다. 그들은 세상에 일종의 적의를 품고 있었다.

이백 명은 양반 다리를 틀거나 무릎을 껴안고 앉아서 그때까지는 얌전히 있었다. 재판소 안이므로 수갑도 채우지 않았다. 검찰사무관 일곱 명이 여기저기 서 있었다. 오후 한시쯤이 되자 하늘이 희미하게 밝아지고 빗줄기가 조금 가늘어졌다. 사람들이 미간의 주름을 조금 폈을 때 인간의 안이함을 비웃듯이 치쿠고 강 제방이 무너졌다.

붉은 탁류가 미친 듯이 시내로 흘러들었다. 절규가 터졌다. 거리는 강이 되고 급류가 되었다. 물방울을 튀기며 물이 집 안으로 흘러들었다. 수압 때문에 문이 부서지고 물은 소용돌이를 치며 쳐들어왔다. 집이 흔들렸다.

물높이가 순식간에 높아졌다. 차양에 닿더니 지붕 아래쪽이 잠겼다.

유목流木이 화살처럼 흘러왔다. 누군가 비명을 지르며 떠내려갔다.

이쯤 되자 동요한 수형자들이 술렁이기 시작했다.

"소장. 이곳도 위험합니다. 우리를 풀어 줘야 살지 않겠소."

"인명이 위험해졌을 때는 석방한다는 규정이 있잖소."

"맞아, 맞아."

저마다 소리를 지르며 팔을 휘둘렀다.

소장은 낭패했다.

"조용히!"

"떠들지 마. 떠들지 말라고."

검찰사무관 일곱 명이 급하게 진압에 나섰다.

이제 엉덩이를 붙이고 앉아 있는 수형자는 없었다. 이백 명은 눈앞에 닥친 이변에 흥분해서 살기가 등등했다.

"소장. 석방해. 해산시켜!"

"석방이다! 석방이다!"

와아! 하고 고함을 질렀다.

소장은 손을 들어 뭐라고 말했다.

"가만히, 가만히 있으라니까. 그 자리에 있어! 흩어지지 마! 조용히 해!"

검찰사무관들이 필사적으로 막았다. 모두 얼굴에 땀을 뻘뻘 흘리고 있었다.

심상치 않은 환호가 터졌다.

창가에 있던 수형자 한 무리에서 갑자기 창문을 넘어 소용돌이치는 탁류로 뛰어든 자가 나타났다. 이어서 불과 몇 초 사이에 네다섯 명이 몸을 던졌다.

미결수를 포함한 수형자 스물세 명이 홍수 속에 집단 탈주를 했다.

2

오무라 료타는 정신없이 흙탕물 속으로 뛰어들었다. 그는 어부의 아들이었다. 수영이라면 자신이 있었다. 탈주할 생각은 없었지만 앞다투어 뛰어드는 다른 수형자를 보고 저도 모르게 창틀에 발을 걸치고 몸을 날렸다.

물속으로 자맥질을 했다. 본능적으로 인가가 밀집한 방향을 피해 한적한 지대를 향해 헤엄쳤다. 범죄자의 심리다.

범죄라 해도 그는 상해죄로 송검된 미결수다. 싸우다가 상대를 칼로 찔렀다. 찌르지 않으면 자기가 어떻게든 당했을 터이므로 피장파장일 뿐 죄를 지었다고 생각하지는 않았다. 료타 같은 남자는 싸움이나 도박을 죄의식과 연결 짓지 않는다.

구치소를 탈주했다는 것만이 켕겼다. 간수 부족을 틈타 탈주했으므로 일종의 탈옥이다. 이것은 당연히 죄라고 생각했다.

그 의식이 민가가 뜸한 쪽으로 료타를 헤엄치게 했다.

잡다한 부유물이 떠내려가고 있었다. 무너진 집, 옷장 같은 가재도구, 나무판, 전봇대, 나무. 몇천 개인지 모를 만큼 수없이 떠내려 오는 목재가 가장 위험했다.

치쿠고 강 상류는 목재 산지다. 분고의 산속에서 베어 낸 소나무, 삼나무, 노송나무가 히타 시내 부근에서 모인다. 히타는 지류 두 줄기가 합류하는 지점으로, 이 물의 고장도 범람한 물에 혹독한 참상을 빚었다. 그곳에 쌓여 있던 재목이 일제히 떠내려 왔다.

류타는 그런 위험물을 피해서 헤엄쳤다. 물길에 휩쓸릴 것 같았다. 그는 시내 반대쪽을 향해 치쿠고 강을 가로질러 인가가 없는 외곽으로 피하려고 했다. 그러려면 물길이 더 빠른 쪽으로 헤엄쳐 가야 한다.

류타는 점차 지쳐 갔다. 헤엄이라면 자신 있던 그도 세찬 물줄기를 이겨내기 힘들겠다고 느꼈다. 벌써 헤엄치는 것 자체가 위험해지고 있었다.

이젠 될 대로 되라, 하고 생각했다.

눈에 띈 집을 향해 헤엄쳐 갔다. 아래층은 이미 잠기고 2층만 물 위에 나와 있는 집이었다.

류타는 기둥을 붙들고 아래층 지붕으로 올라섰다. 수면이 찰랑찰랑했다. 우듬지만 튀어나온 정원수가 수초처럼 살랑살랑 흔들리고 있었다.

그는 2층 난간에 다리를 걸치고 마루로 들어갔다. 잘 지은 집이었다. 한 칸짜리 도코노마에 검은 광택이 나는 기둥. 족자, 치가이 선반, 장식물, 파릇한 기운이 도는 새 다다미, 얼마 전까지 어두운 마룻바닥 감방에서 보낸 류타에게는 궁전 같았다.

그는 푹 젖은 죄수복을 벗고 제 집처럼 서랍을 열었다. 정신이 번쩍 들 만큼 색깔이 화려한 이불이 들어 있었다. 그 위에 개켜져 있는 눈처럼 하얀 담요. 깔끔한 잠옷. 짙은 남색의 남성용 무늬다.

류타는 잠옷을 꺼내 입고 다다미 위에 벌렁 드러누웠다. 몸이 밑으로 꺼져 버릴 것처럼 편안했다.

자유란 참 좋구나, 하고 절절하게 느꼈다.

집 주위에서 소용돌이치는 탁류 소리도 걱정스럽지 않았다. 노래라도 흥얼거리고 싶은 심정이었다.

그때 다다미 밟는 소리가 났다.

"악!" 여자의 비명이 들렸다.

류타는 깜짝 놀라 벌떡 일어났다. 젊은 여자가 창백한 얼굴로 뻣뻣이 서 있었다. 집 안에 아무도 없는 줄 알았는데 사람이 남아 있었다. 류타도 깜짝 놀라 여자를 쳐다보았다.

스물서넛쯤 되었을까. 아름다운 여자였다. 눈을 한껏 크게 벌리고 얼굴에 핏기가 가셨다.

"미안합니다. 이렇게 불쑥 폐를 끼쳐서."

류타는 고개를 숙였다. 그럴 듯한 핑계가 얼른 생각나질 않아 이상한 인사가 되고 말았다.

"주인아주머니 되세요? 죽다 살아났습니다. 물에 떠내려 왔거든요."

류타는 자기 처지를 설명했다.

그 말도 여자를 안심시키지는 못했다. 하긴 그 집의 잠옷을 입고 있었다. 여자는 두려움이 섞인 날카로운 눈길로 남자를 쳐다보았다.

"누구세요?"

여자가 떨리는 목소리로 말했다.

"흙탕물에 떠내려 온 사람입니다. 가까스로 댁의 기둥을 붙들고 기어올라 왔습니다. 죽다 살아났네요."

류타는 말했다.

"아주머니. 담배 한대 빌릴 수 있습니까?"

넉살을 떤 것은 상대를 안심시키기 위해서였다. 응접탁자 위에 놓인 상자에서 담배를 꺼내 입에 물었다.

여자는 불안을 풀지 못하고 몸을 도사리고 있다. 그런데도 달리 아무도 나오지 않는 것을 보고 류타는 이 집에 저 여자 혼자뿐이라는 사실을 알았다.

"아주머니는 혼자 계세요? 미처 피하질 못했군요."

류타가 말했다.

여자는 얼굴이 창백해졌다. 약점을 들켰다는 공포였다. 눈동자가 허공에 달라붙은 표정이었다.

"나가 줘요."

여자가 얼어붙은 입술을 움직였다.

"나가?"

저 물속으로? 류타가 기가 막혀 웃으려고 할 때 집이 쿠쿵, 하고 흔들렸다.

"이런!"

류타가 외마디를 질렀다.

3

류타가 몸을 밖으로 내밀고 보니 떠내려 온 커다란 목재 네다섯 개가 이 집 벽에 걸려 있었다. 유목들이 성냥갑에서 쏟아진 성냥개비처럼 무수히 떠내려 왔다. 저것들마저 걸린다면 이 집은 압력 때문에 산산조각 나서 떠내려갈 터였다.

"아주머니, 나만 나가서는 안 되겠는걸요. 그쪽도 나가야지. 봐요, 집이 무너지고 있어요."

류타가 손으로 가리켰다.

물길을 타고 춤추며 돌진해 오는 열 몇 개나 되는 유목들이 보였다.

집이 다시 흔들렸다.

여자가 저도 모르게 류타에게 뛰어왔다. 눈은 공포로 휘둥그레 열려 있고 콧구멍이 힘겹게 호흡하고 있었다.

"바깥양반은요?"

"출장 갔어요."

드디어 사실을 실토한다.

"그 밖에 아무도 없소? 아이는?"

여자는 고개를 가로저었다. 입술이 얼어 말을 하지 못한다.

"좋아. 헤엄칠 줄 아쇼?"

"조금은 할 줄 알지만, 이렇게 흐르는 물에서는―."

"알았소. 그럼 내 몸을 꼭 붙드쇼."

여자는 순간 뒤로 물러났지만, 류타가 그녀의 손을 힘차게 끌어당겼다. 집이 무너지면 다 끝이다.

"자, 어서. 뛰어듭니다. 온갖 것들이 떠내려 오니까 조심하쇼."

헐떡이는 듯한 여자의 몸을 포옹하듯 안고서 류타는 탁류로 몸을 던졌다. 류타는 자맥질을 하자마자 격렬하게 허우적대는 여자 때문에 질겁했다. 조금은 헤엄칠 줄 안다고 했는데 전혀 하지 못했다. 류타를 꼭 껴안은 채 발길질을 하며 목에 매달렸다.

수량이 늘고 물길이 더 사나워져서 아까하고는 사정이 크게 달랐다. 몸뚱이는 아무런 저항도 하지 못한 채 떠내려갔다. 류타는 낭패했다.

여자는 물속에서 마구 버둥거리며 매달렸다. 류타의 몸은 젖은 실몽당이처럼 점점 가라앉았다.

몇 분이 지났는지 알 수 없다. 얼마나 떠내려갔는지도 알 수 없다. 시간도 거리도 방향도 종잡을 수 없었다.

여하튼 몸이 뭔가 딱딱한 것에 닿았다. 류타는 허겁지겁 그것을 붙들고 매달렸다. 발을 걸고 얼굴을 물 밖으로 내밀었다. 물을 토하며 거칠게 숨을 들이켰다. 교각이었다. 다리 상부는 유실되어 자취도 없었다.

여자는 여전히 류타의 몸에 매달려 있었다. 류타가 한 손으로 여자의 옆구리를 안고 있었던 것은 무의식에서 나온 행동이었다.

안간힘을 써서 겨우 기슭에 다다른 류타는 여자를 그곳에 뉘었다. 여자는 백지장 같은 얼굴로 의식을 잃고 있었다. 물을 많이 삼킨 듯했다.

기슭이라고 하지만 보통 강기슭이 아니라 나무가 많은 높은 지대에 있는 보리밭 한가운데였다. 저지대 수풀이나 숲은 바다처럼 변한 너른 물에 절반쯤 잠겨 있었다.

추수 전인 보리가 노랗게 영글어 있다. 여자의 몸을 뉘자 키만큼 자란 보릿대가 한쪽으로 쓸리며 쓰러졌다. 자연스럽게 보릿대 자리가 마련된 것이다. 류타는 여자를 안았다. 물속에서 안았던 느낌하고는 달랐다. 차갑게 젖은 피부에 희미하게나마 온기가 있었다. 몸은 축축하고 무겁고 끈적끈적했다. 상반신의 차갑게 젖은 옷을 벗겼다.

다섯시에 가까웠지만 검은 구름이 드리워 저물녘처럼 어두웠다. 어둠 속에서 여자 몸뚱이의 허연빛이 희미하게 떠올랐다.

류타는 한쪽 무릎을 꿇고, 세운 무릎에 여자의 명치가 눌리도록 엎어 놓고 한 손으로 여자의 이마를 받치고 다른 손으로 등을 두드렸다. 여자는 무의식 속에서 고통스러워하다가 물을 토했다.

바닷가에서 자란 류타는 물에 빠진 사람을 구조하는 모습을 익히 보아 왔다.

다행히 비가 잠시 그쳤다.

물을 토한 뒤 다시 원래 자세로 바로 뉘었다. 의식은 아직 돌아오지 않았다. 하얀 사지가 축 늘어졌다.

류타의 얼굴에 골똘한 표정이 비쳤다. 작심을 하고 여자 몸에 걸터앉아 양 무릎을 땅에 댔다. 양 손바닥을 여자 가슴 밑에 대고 쓸어내렸다가 쓸어 올렸다. 하나, 둘, 하나, 둘, 하며 일정한 속도를 가늠하며 인공호흡을 계속했다.

여자의 상반신이 그때마다 흔들렸다. 머리카락은 흐트러지고 눈은 감겨 있고 보기 좋은 콧구멍이 보인다. 야무진 입매가 위를 향해 절반쯤 벌어지고 하얀 이가 들여다보였다.

류타의 숨이 거칠어졌다. 십오 분. 이십 분. 당장에라도 뭔가 다른 의지가 꿈틀거릴 것 같았다.

여자의 이 사이로 한숨이 새어 나왔다. 희미하게 움직인다.

여자의 의식이 깨어난 것이다. 류타는 안도했다.

여자는 눈을 크게 떴다. 눈은 떴지만 잠시 의지가 작동하지 않는다. 의아하다는 눈초리로 보고 있다.

"오, 정신이 들었나 보군."

류타가 말을 건넸다.

여자는 제 얼굴을 들여다보는 남자의 얼굴을 의식했다. 반 벌거숭이 사내가 제 몸에 걸터앉아 있었다.

"아아."

여자가 목구멍 속에서 쥐어짜는 듯한 소리를 냈다. 자신의 알몸과 자세에서 뭔가를 직감했던 모양이다.

류타는 당황하며 여자에게 설명하려고 했다.

일이 고약해지고 있었다.

두어 사람의 목소리가 다가오고 있었던 것이다. 탈옥수 류타는 본능적으로 도망치기 시작했다.

뛰기 전에 류타는 여자 귓가에 급하게 변명을 속삭였다.

"아주머니, 걱정할 일 없소."

낭패한 순간이기는 했지만 공교로운 말이다. 이 말은 어느 쪽으로도 받아들여질 수 있었다. 걱정할 일은 없었소, 라고 했어야 좋았는지도 모른다.

여자는 비통한 목소리로 울었다.

4

규슈의 등뼈와 비슷한 산속 계곡에 강 상류가 구불구불 흐르고 있다. 계곡물을 막아 수력 발전에 이용하려는 댐 공사가 진행중이었다.

1951년에 시작된 공사는 아직 절반도 진행되지 못했다. 완성되면 출력 일만 킬로와트 이상을 발전할 수 있다.

규슈 서해안을 달리는 간선에서 지선으로 갈아타고 산 쪽으로 달리기를 세 시간. 종점에서 버스를 타고 다시 네 시간, 그리고 공사장 전용 트럭으로 한 시간을 요하는 불편한 지점이다. 해발 오백육십 미터. 갈수록 계곡물은 깊어지고 골짜기는 가팔라진다.

오무라 류타는 댐 공사장에서 인부로 일하고 있었다.

그로부터 일 년, 류타는 날품팔이를 하며 각지를 떠돌았다. 쫓긴다는 의식이 늘 따라다녔지만, 일 년이 지나자 어느새 불안감도 옅어졌다.

그래도 어느 마을에서 댐 공사장 인부를 모집한다는 공고를 보고 즉시 응한 것은 그곳이 산속이었기 때문이다.

"일당은 얼마나 줍니까?"

류타는 모집원에게 물었다.

"하루 사백 엔이야. 야근하면 수당을 주고. 자넨 몸이 실하니 얼마든지 벌 수 있겠구먼."

모집원은 볕에 그을린 류타를 위아래로 훑어보며 말했다. 류타는 오 척칠 촌이다. 스물일곱 젊음이 정력을 발산하고 있었다.

"식비는 얼마나 듭니까?"

"하루 세 끼에 백오십 엔. 거기에 이불 빌리는 값이 한 장에 십오 엔. 그것 말고는 일용품 값이 조금 들 뿐 아무것도 필요 없어. 그러니 돈이 쌓이지."

"가둬 놓고 죽도록 일만 시키는 것 아니오?"

"물정 모르는 소리. 옛날 같은 줄 아나. 요샌 엄연히 법률이 있잖아. 노동기준법에 따라 여덟 시간 근무야. 병에 걸리면 병원에서 치료해 주고 다 나으면 쉬게 해 준다고. 후생 시설도 있고."

"아무튼 가 봅시다."

이렇게 산속 공사장으로 왔다. 세상에서 한참 떨어진 첩첩산중 오지라서 류타도 마음을 놓았다.

공사 현장을 중심으로 다양한 건물이 서 있었다. 시공사 직원 숙사, 하청회사 직원 숙사 등은 제법 괜찮은 건물이지만, 류타가 들어간 노무자 합숙소는 조잡한 임시 건물이었다. 그것을 여러 칸으로 쪼개 놓았다. 공장이라 불리는 십장 한 사람, 그 밑에 사무장과 서기가 한 사람씩, 이렇게 세 명이 넓은 방을 하나씩 차지하고. 나머지 네 평쯤 되는 방에 열 명이 잔다. 이 합숙소에만 육십 명 정도가 있다.

이런 합숙소가 '△△조합'이라 불리는 공사 청부업자 밑에 수십 개나 있었다.

착암기를 운전하거나 케이블 크레인이나 벨트 컨베이어 기계 담당자, 트럭 운전사 같은 숙련공은 공부エ夫라고 해서 인부와 구별하여 부른다.

인부는 류타처럼 특별한 기술이 없는 잡역부를 말한다. 흙을 져 나르거나 광차를 밀거나 바위를 캔다.

"너는 저 일을 해."

사무장이 류타를 배치한 곳은 원석을 캐는 작업조였다. 원석은 기계로 분쇄하고 컨베이어로 옮겨 콘크리트로 만들어서 제방 거푸집에 부어 넣는다. 하나같이 대대적인 기계 작업이다.

원석을 캐는 산은 산허리를 알몸으로 노출한 채 우뚝 서 있었다. 고개를 쳐들고 올려다봐야 할 높이였다. 류타는 그 산에 올라가서 일했다.

다이너마이트를 장치해서 폭파시키는데, 굉음이 땅을 부르르 떨게 하고 사방의 산과 계곡을 먼 천둥처럼 뒤흔든다.

류타는 그 소리를 들으면 기분이 좋았다.

하늘에는 하얀 구름이 손에 잡힐 듯 흘렀다. 멀리 건너다보니 짙푸른 산악은 파도처럼 중첩되어 천 미터가 넘는 봉우리가 여러 개 보였다.

아래를 내려다보니 계곡물이 가늘게 보이고, 완성되면 높이 백삼십 미터, 폭 백사십 미터에 이른다는 새하얀 제방이 아직 삼분의 일 높이로 푸른 계곡에 끼워져 있다.

움직이는 케이블 크레인, 트럭, 콩알만 해 보이는 노무자, 다양한 건물의 반짝이는 지붕들, 쉴 새 없이 들리는 기계음, 심산유곡의 자연을 깎아내는 장쾌한 인공 풍경이었다.

"아아."

한숨과 함께 류타는 작업하다 쉴 때면 바위에 앉아 그런 풍경을 바라보았다. 담배가 달다.

"어이, 또 뭘 그렇게 바라보누?"

조금 떨어진 곳에서 가지 우이치가 말을 걸었다. 가지는 서른이 넘은 남자인데, 류타와 같은 인부로 같은 합숙소에 있다. 도박할 때도 한 패거리다. 오사카에서 흘러들어온 뜨내기다.

"응?"

"어이, 이봐. 저길 봐, 저기."

가지가 손으로 가리킨 쪽을 보니 아래쪽에서 파란 자동차 두 대가 햇빛을 반사하며 꼬부랑길을 올라오고 있었다.

"뭐지?"

"A전기의 신임 출장소장이야. 오늘 첫 시찰을 나온 거지."

시공사 A전기주식회사도 직원을 출장 보내 공사를 감독한다. 그들 고급사원은 사택에 살고, 그 밖의 인력은 숙박소에서 합숙한다. 최근 그 출장소장이 경질된 것이다.

"흐음."

류타는 자동차들을 멍하니 바라보았다.

5

자동차 두 대는 이시하라 산 앞에서 멈추었다. 차에서 누가 내렸다. 예닐곱 명 정도다. 나란히 서서 이쪽을 올려다본다. 가운데 남자 두세 명이 뭐라고 설명을 한다. 신임 소장으로 짐작되는 사람도 보인다. 하청업자 간부가 뒤를 따르고 있다.

류타의 눈길은 그들에게 향하지 않았다. 옆에 나란히 서 있는 여자의 하얀 얼굴로 쏘는 듯한 눈초리를 보내고 있었다. 산뜻한 순백색 원피스를 입은 기품 있는 모습이다.

얼굴이 낯익다. 그때 그 여자다. 구치소를 도망쳐 탁류를 함께 헤엄친 여자다. 물을 토하게 하고 인공호흡 처치를 해 준 그 여자다. 일 년 전 얼굴을 착각할 리는 없었다.

류타는 이상한 기분이 들었다. 이런 곳에서 다시 만날 줄은 몰랐다. A전기 출장소장 아내로 재회하다니 세상이 참 좁다고 생각했다. 더구나 이런 산속에서.

여자는 물론 류타를 알아보지 못했다. 설명이 끝나자 일행과 함께 다시 자동차로 돌아갔다. 일행의 고급차는 반짝거리는 광택을 쏘면서 사라졌다.

"어때. 좋은 여자지? 간만에 미녀를 보았네. 가시와베에서는 못 봐, 저런 여자는. 저런 여자를 안아 볼 수 있다면 하룻밤에 삼천 엔이라도 내놓겠다."

옆에서 가지가 말했다. 가시와베란 댐에서 이 리쯤 아래에 있는 산골 온천장으로, 싸구려 게이샤나 접대부도 있다. 가지는 종종 그곳에 놀러 간다.

"어때, 류타, 아까 넋 놓고 보더구먼, 아랫도리가 뻐근하지? 오늘 밤 혼자 기분 내면 곤란해."

가지는 커다란 입을 벌리고 웃었다.

류타는 잠자코 생각하고 있었다.

그날 밤 그는 도박에서 돈을 잃었다. 왠지 기분이 차분해지지 않는다. 승부에 몰입할 수 없었다.

도박은 다른 합숙소 안의 골방에서 벌어진다. 현장에서 제일 먼 합숙소로, 뒤로 계곡물이 흐른다. 경찰의 손길이 미치지 않는 산속이라도 이목을 피할 수 있는 곳을 택한다. 노무계에서 금지령이 떨어졌기 때문이다. 제법 커다란 계곡물 소리를 들으며 화투를 쳤다.

수입이 뻔하니 큰돈을 걸지 못한다. 이백 엔, 삼백 엔을 다투는 승부다.

류타는 육백 엔을 잃고 그곳을 나왔다. 가지는 류타를 힐끔 보며 말했다.

"뭐야, 벌써 만세야?"

자기는 따고 있는지 자리를 지켰다. 만세란 체념하고 자리를 털고 일어나는 것을 말한다.

류타는 자기 골방으로 돌아가다가 문득 걸음을 멈췄다. A전기 사택에 가 보고 싶어진 것이다. 지금까지 해 본 적이 없는 생각이었다.

가서 뭘 어떻게 하겠다는 마음은 없었다. 그저 사택을 보고 싶었다.

사택은 공사 현장이 내려다뵈는 높은 곳에 있다. 폭 넓은 길을 내고 땅을 골라 나무나 화초를 보기 좋게 가꾸어 놓았다.

류타는 그곳까지 올라가서 위쪽을 올려다보았다. 아무도 보이지 않는 깊은 밤이다. 별이 총총한 밤하늘을 배경으로 똑같이 생긴 사택이 세 채 나란히 검은 그림자가 되어 있었다. 제일 왼쪽이 소장의 사택이라는 것은 류타도 알고 있었다.

창문에 불이 꺼져 캄캄했다.

저 집 안에 여자가 자고 있다. 류타는 자기 양 무릎 아래 누워 있던 그때 그 여자의 얼굴을 떠올렸다.

한낮의 기계 소음도 사라지고 깊은 산의 냉기가 류타의 살갗에 얼얼하게 스며들었다.

이튿날부터 류타는 낮에 작업하면서도 사택을 힐끔거리게 되었다. 사택은 높은 지대에 있어 작게 보인다. 세 채 가운데 왼쪽 끝 집이다. 어젯밤과 달리 햇볕 아래 밝게 떠올라 있었다.

사람은 보이지 않았다. 여자 모습이 보이지 않을까 기대했지만, 끝내 그림자도 보이지 않았다.

류타는 여자를 만나고 싶었다. 만나서 뭘 하겠다는 생각은 없었다. 이야기를 하고 싶었다. 함께 거센 물줄기에 떠내려가다가 가까스로 살아났다. 그리웠다. 다만 그리웠을 뿐이다. 그저 그뿐이라고 생각했다.

한번 찾아가 보자. 작업이 있는 날은 갈 수 없다. 행색이 지저분하기도 하고 공장이나 사무장의 눈도 있다. 그래. 다음에 비 오는 날 가 보자. 비가 오면 작업을 쉰다. 현장에도 사람이 별로 없다. 다른 사람 눈을 피해서 찾아갈 수 있다. 류타는 그렇게 결심했다. 밤에 찾아가기는 역시 켕겼다.

일당제라서 노무자는 일을 쉬는 비 오는 날을 싫어한다. 하지만 류타는 비가 오기를 기다렸다.

이삼일 지났지만 활짝 갠 날만 이어졌다.

"비는 언제 오려나."

일을 마치고 돌아가는 길에 류타가 하늘을 올려다보며 말하자 나란히 걷던 가지가 대꾸했다.

"무슨 소리야, 날품팔이는 비 내리면 굶어야 하는데."

이윽고 비 내리는 날이 왔다.

6

류타는 빨아둔 셔츠와 별로 더럽지 않은 바지를 입고 골방을 나섰다. 우산이 없어 작업모를 쓰고 소매 없는 비옷을 걸쳤다.

방에 뒹굴고 있던 가지가 고개를 쳐들고 소리쳤다.

"저런, 저런, 어이, 색남^{色男}, 일찌감치 가시와베에 내려가서 계집 얼굴이나 보려고?"

류타는 산비탈을 오르면서 가슴이 설레었다. 만나면 그쪽도 틀림없이 깜짝 놀라리라. 반가워해 줄 것이 틀림없다고 생각했다.

사택으로 가는 넓은 길로 나섰다. 자갈을 깐 깨끗한 길이다. 왼쪽 끝 집으로 다가갔다. 왠지 가슴이 뛰었다.

깔끔한 현관이다. 합숙소 골방하고는 전혀 다르다. 뒤가 켕겨 집 뒤로 돌아갔다. 잘 닦아 놓은 유리창에 물방울무늬 사라^{紗羅} 커튼이 쳐져 있다. 실내 가구 따위가 희미하게 비춰 보였다.

흠칫 하며 걸음을 멈췄다. 뒷문이 열렸다. 눈을 동그랗게 뜨고 이쪽으로 얼굴을 향한 하얀 앞치마를 두른 여자가 류타를 보고 감전된 사람처럼 뻣뻣하게 멈춰 섰다.

그녀는 눈을 휘둥그레 뜨며 극단적인 경악을 드러냈다. 이마는 창백하고 입술은 바르르 떨렸다.

류타는 깜짝 놀랐다. 일 년 전 그 집에서 처음 보았을 때와 똑같은 표정이었다. 아니, 가만 보니 여자의 표정은 더 복잡했다.

"아주머니."

류타가 말을 건네자 여자는 얼른 몸을 돌려 집 안으로 뛰어 들어갔다.

류타는 어, 하고 생각했다. 아무 말도 나오지 않았다.

소리를 내며 닫힌 뒷문을 노려보았다. 이게 무슨 태도란 말인가. 출장소장 여편네가 그렇게 대단한가. 물에 빠진 것을 구해준 사람이 여기 현장 인부라고 말도 붙이지 말란 말인가.

주먹을 쥐었다. 분노가 목소리로 바뀌어 당장에라도 고함을 지르며 뒷문을 부서져라 두드릴 것 같았다.

하지만 가까스로 참았다. 속을 달랜다는 것이 이런 걸 두고 하는 말이었다. 좋아, 누가 쳐다보기나 할 줄 알고. 더러운 년.

땅에다 침을 탁 뱉었다. 속이 쉬 가라앉지 않았다.

발걸음을 돌렸다. 혼자 욕설을 뱉으며 열 발자국이나 갔을까. 문득 뒤에서 문 열리는 소리가 들렸다. 어? 하며 뒤를 돌아보았다.

여자가 뛰어온다.

류타는 숨을 삼켰다. 무슨 일이 일어난 걸까.

여자는 류타 앞 세 발자국 거리까지 와서 멈췄다.

류타를 응시한다. 강한 눈초리다. 아니, 필사적인 눈빛이었다.

"여기 얼씬거리지 말아 줘요. 자, 이거 받아요. 다시는 오지 말아요."

격한 말투로 말하고 류타에게 종이 꾸러미를 내밀었다. 류타가 저도 모르게 그것을 받아들자,

"알았죠? 다시는 오지 말아요."

하고 전보다 조금 누그러진 말투로 말했다. 눈동자에 뭔가 호소하는 빛

이 감돌았다.

그러고는 냉큼 도망치듯 돌아갔다. 다시 문 닫히는 소리가 들렸다.

류타는 어안이 벙벙했다. 모든 것이 오 분 사이에 일어난 일이지만 한순간처럼 느껴졌다. 그는 손에 남은 종이 꾸러미를 펼쳤다. 착각이 아니라는 증거였다. 오천 엔이 들어 있었다.

오천 엔. 이건 무슨 돈일까.

류타는 도리질을 했다. 무슨 뜻으로 이 돈을 주었지? 오천 엔, 오천 엔이라. 무슨 돈이지?

비에 젖어 미끄러운 산길을 내려가며 생각했다. 홍수 때 구해준 사례가 아님은 알고 있다. 그런 태도는 아니었다. 다른 무엇이었다.

그것이 무엇인가? 오천 엔. 무슨 돈인가?

비가 굵어졌다. 비옷이 얇아 밑으로 물이 스며들었다. 셔츠가 젖기 시작했다. 피부에 선뜩하다.

아하, 그거다, 하고 짐작이 갔다. 움직이던 발이 저절로 멈췄다.

그때 물에서 안아 올렸을 때 여자는 물을 잔뜩 먹고 의식을 잃은 상태였다. 보리 위에 뉘고 차갑게 젖은 옷을 벗겼다. 여자가 정신을 차렸을 때 그는 인공호흡을 해 주던 중이라 말 타는 자세였다. 그렇다. 정신을 차렸을 때 여자는 왠지 울기 시작했던 것 같다. 오해하면 곤란할 것 같아서 그도 뭐라고 말해 주려고 했지만, 사람들이 다가오는 소리를 듣고 허겁지겁 도망쳤기 때문에 제대로 설명해 주지 못했다. 그래, 잊고 있었군.

그럴 만도 했지만, 여자는 여전히 오해를 하고 있다. 의식이 없는 동안 반라가 되어 어떤 몹쓸 일을 당했다고 믿고 있다.

그래서 그렇게 그를 두려워하고 있다. 남편에게는 틀림없이 비밀로 했을 것이다. 그러니까 그가 집에 찾아오는 일이 무서운 것이다.

오천 엔—알았다. 입막음이다.

류타는 그제야 혼자 웃었다.

—알았죠? 다시는 오지 말아요, 라고 했겠다.

여자의 속을 알았으니 이쪽도 방법이 있다.

"재밌네. 사람을 우습게 보는군. 오천 엔으로 떠밀려 날 줄 알고?"

이번에는 소리 내어 말했다.

비가 심해져 류타가 밟고 있는 황토에 몇 줄기 개울이 흐르고 있었다.

7

그 여자—다케무라 다에코는 오무라 류타를 뜻밖의 장소에서 마주치고는 넋이 나갈 만큼 놀랐다. 실신할 뻔한 경악 뒤에 느낀 것은 몸을 후들거리게 하는 공포였다.

다에코는 홍수가 나던 날 보리밭에서 있었던 일이 악몽 같았다. 그녀는 의식이 없었다. 남자와 단둘밖에 없었다. 무슨 일이 있었는지 알 수 없었다. 기억에 남은 것은 의식이 돌아왔을 때 알몸이나 다름없던 자기 모습과 남자의 자세였다. 그것이 결정적이었다.

남자는 부리나케 도망쳤다. "아주머니, 걱정할 일 없소"라고 말했다. 몸뚱이를 핥아먹고 난 악마의 속삭임이었다.

다에코한테도 약간의 위안은 있었다. '무슨 몹쓸 짓을 당했을지도 모른다'는 염려는 있어도 '그런 일이 있었다는 증거'는 없다. 그것이 위안을 주기는 했다. 하지만 절대로 없었다고 단언하기도 어렵다. 모든 것이 의식이 없을 동안 일어난 일이고, 의식이 돌아온 뒤에도 너무 당황해서 냉정하게 무엇을 확인하지는 못했다. 그 점은 시간이 흘러도 늘 모호했다. 결국 위안은 완전한 위안이 아니었다.

남편한테는 말하지 못했다. 말할 수 있는 일이 아니었다. 영원히 캄캄하고 끔찍한 비밀이었다. 홍수에 떠내려가다 기슭에 밀려온 것을 지나가던 사람이 구해주었다는 아내의 행운을 남편은 믿고 있었다.

남편이 댐 공사장 출장소장이 되어 전근하라는 명을 받았을 때는 남편 혼자 부임해도 될 것을 굳이 졸라 산속으로 따라왔다. 사람이 많은 도시를 떠나 산골에 들어가서 한두 해 정도 마음을 쉬게 하고 싶었다.

그런데 이곳에 그 사내가 있다니, 이 무슨 악연이란 말인가.

류타와 사택 뒤에서 마주쳤을 때 다에코는 본능적으로 방어를 생각했다. 사내가 왜 자기 집을 찾아왔는지 직감했다. 역시 그때 끔찍한 일이 있었단 말인가. 그래서 그녀를 발견하자 만나러 온 것이다. 마치 정부라도 찾아오는 양 아무 예고도 없이 집 뒤에서 불쑥 나타났다.

남편이 알면 안 된다는 방어 심리가 전광석화처럼 움직였다. 집에 들어가 오천 엔을 종이에 싸 가지고 나와서 건네주었다. 주의 깊게 생각하기 전에 본능적으로 취한 조치였다. 남자를 집에 얼씬하지 못하게 하고 싶은 마음뿐이었다.

하지만 이 사려 부족한 임기응변은 자신을 지키기는커녕 오히려 스스로 뛰어들어 상대방의 먹잇감이 되도록 만들었다.

그저 그녀를 만나 보고 싶었을 뿐인 류타에게 그녀 스스로 치명적인 약점을 내보인 셈이다.

그 뒤로 지옥이 열렸다.

열흘쯤 지나 뒷문을 쿵쿵 두드리는 자가 있어서 나가 보니 류타가 서 있었다. 다에코는 얼굴이 새파래졌다.

일이 끝난 저녁이라 흙투성이 작업복을 입고 있었다. 작업복 어깨에 장작 세 다발을 메고 있다.

"아주머니. 장작을 패 왔습니다. 이걸 때세요."

류타는 입속에 웃음을 물고 말했다.

"장작 같은 거 필요 없어요."

다에코는 작지만 꾸짖는 투로 말했다. 남편이 안에 있다. 가슴이 두근 거렸다.

"요전번에 대한 인사입니다. 그런데 죄송하지만 이천 엔만 빌려 주세요."

다에코는 굳은 얼굴로 류타를 노려보았다.

가져온 장작은 문을 두드릴 핑계였다.

다에코는 지지 않으려고 류타를 노려보았지만, 큰 키에 눈빛만 빛나는 류타의 그을린 얼굴에 기가 꺾여 이내 힘을 잃었다.

옷장으로 돈을 가지러 갔다. 남편은 둥근 어깨를 드러낸 채 신문을 읽고 있었다. 그 뒷모습이 두려웠다.

천 엔짜리 지폐 두 장을 류타에게 일부러 봉투도 없이 건네주며 말했다.

"이제 오시지 말았으면 해요. 앞으로는 절대로 안 돼요."

말투는 꾸짖음보다 애원에 가까웠다.

'나한테 이렇게 요구할 권리가 어디 있어요? 당신과 내가 무슨 관계가 있다는 거죠?'

다케무라 다에코는 상대방의 대답이 두려워 차마 말하지 못했다. 이렇게 야무진 말로 대항하지 못하는 약한 모습이, 남자로 하여금 한 발자국 두 발자국 더 들이밀 틈을 주었다.

일주일쯤 지나 류타는 또 문을 두드렸다.

장작을 메고 웃고 있다.

"필요 없어요, 돌아가세요."

안간힘으로 말해도 움직이려 하지 않았다. 그녀는 다시 이천 엔을 가지러 방으로 돌아가는 수밖에 없었다.

다에코는 영리한 여자였지만 너무나 자신을 두려워하고 남편을 두려워했다. 임신을 극도로 두려워하면 상상임신을 하기도 한다. 그녀는 자신의 망상을 이제는 진실이라고 확신했다. 공포 때문에 끝없이 돈을 뜯기지 않을 수 없는 처지에 빠졌다.

연옥의 고통이었다. 류타는 몇 번이나 염치없이 찾아왔다.

사태는 다케무라 다에코에게 더욱 가혹하게 변해 갔다.

8

가지는 요즘 갑자기 돈 씀씀이가 좋아진 오무라 류타를 내심 수상쩍게 생각했다.

전에는 자기와 마찬가지로 쪼들리며 지냈는데, 요즘은 급료가 나오기 전에도 지갑에 천 엔권 몇 장이 항상 들어 있었다.

도박장에서도 전에는 판돈이 이백 엔이나 삼백 엔이었는데, 오백 엔, 육백 엔이나 걸었다. 계속 잃어서 한 푼도 없을 줄 알았는데 이튿날이면 여전히 천 엔권을 가지고 있었다.

현장 부근에서는 장사꾼들이 농가를 절반만 빌려서 노무자를 상대로 다양한 장사를 하고 있다. 청주나 소주를 파는 선술집이나 식당도 있고, 기계를 서너 대 갖춘 파친코까지 있었다.

류타는 그런 곳에서도 돈 씀씀이가 헤펐다.

가지는 뭔가 있다고 생각했다. 떠돌이 특유의 후각이었다.

"류짱, 어디 쏠쏠한 돈줄이라도 잡았구먼. 그렇지?"

농담처럼 찔러 보았지만,

"무슨 소리야" 하고 류타는 코웃음을 쳤다. 가지는 '이놈 봐라' 하고 생각했다.

가지는 류타의 행동을 은밀히 감시하기 시작했다. 노나는 일을 독차지할 셈이냐, 하는 시샘이 있었다.

가지 같은 사내가 마음먹고 감시하기 시작하면 류타의 행동을 읽어 내기는 어려운 일이 아니다.

가지는 어느 날 외출하는 류타를 보고 몰래 뒤를 밟았다.

류타가 A전기 출장소장 집 뒷문을 두드리고, 밖으로 나온 부인한테 돈을 받는 모습을 보았을 때는 너무 뜻밖이라 얼른 믿기지 않았을 만큼 어안이 벙벙했다.

대체 무슨 사정일까.

막연히 류타가 부인을 협박해서 돈을 뜯어내고 있다고 짐작했다. 이유는 모른다. 그걸 알면 더없이 좋겠지만 그녀가 협박당하고 있음을 알아낸 사실도 큰 수확이었다.

자, 그럼 어떻게 할까. 상대가 아름다운 부인인 만큼 가지는 담배를 맛있다는 듯이 피우며 궁리했다.

류타를 붙들고 '이봐, 나도 한자리 끼자' 하고 말해 볼까? 아니, 그랬다가 거절하면 그걸로 끝이다. 협박의 근거를 모르니 힘을 쓰기도 곤란하다. 무엇보다 돌아올 몫이 작아진다. 몫이 작아지는 것은 싫었다.

가지는 결국 여자에게 직접 부딪혀 보기로 작정했다. 다 알고 있다는 표정을 보여 주는 것이다. 여자의 남편이 아무것도 모른다는 사정쯤은 눈치 챘다. 이것이 급소라고 생각했다.

류타가 알면 어떡하지? 그것은 그때 가서 해결할 일이라고 가볍게 넘겼다. 놈이 했던 대로 하면 된다.

게다가 그는 이곳 댐 공사에 슬슬 진력이 난 상태였다. 이 산을 떠나는 대가로 거리낌 없이 일을 저지르고 싶었다.

가지는 처음 그녀가 자동차에서 내리는 모습을 보고 류타에게 '저런 여자를 안아 볼 수 있다면 하룻밤 삼천 엔이라도 내놓겠다'라고 했지만, 잘하면 공짜로, 아니, 저쪽한테 용돈까지 받으면서 그런 기회를 누릴지도 모른다.

가지는 당장 행동에 옮기지 않았다. 기회는 딱 한 번밖에 없다. 실패하면 그걸로 끝이다.

기회는 우연한 모습으로 뜻밖에 빨리 왔다.

류타가 다쳤다. 다이너마이트를 터뜨릴 때 어중간하게 대피한 탓에 암석 파편에 왼쪽 어깨뼈에 금이 가고 살이 찢어져 오 센티미터나 꿰맸다.

류타는 골방에 누워서 지냈다. 닷새고 엿새고 계속 열이 났다.

아파서 누워 있다 보니 지금까지 작업이 끝나고 돌아와 밤에만 누웠던 골방하고는 전혀 느낌이 달랐다. 낯설기도 하고, 묘하게 무서운 자리에 누워 있다는 기분이 들었다.

류타는 외로웠다. 병으로 드러누우니 고독이 사무쳤다.

이불 속에 누워 그 여자를 떠올렸다.

류타는 그녀를 괴롭히고 있다. 그런 일이라도 없었다면 그녀와 아무 관계도 없었을 것이다. 그녀에게 그렇게 믿게 하고 그 가설의 약점을 찔러서 돈을 우려내는 것 말고는 두 사람 사이에 아무 인연도 없다. 두 사람의 관계를 잇는 유일한 끈은 그녀에게 돈을 우려내러 찾아가는 행위뿐이다. 그럴 때만 잡부인 그가 소장 사모님과 대등해진다. 아니, 우월한 사람이 된다.

류타는 그녀를 사랑했는지도 모른다. 그래서 그녀를 괴롭히는 짓을 그만두지 못한다. 그 짓이라도 계속하지 않는 한 그녀를 볼 수 없기 때문이다.

여자는 그가 찾아올 때마다 증오에 찬 눈으로 노려본다. 여자에게 이것은 이승에서 겪는 지옥이다. 지옥의 악귀가 돈을 뜯으러 오는 것이다. 류타를 만나면 무력한 여자의 얼굴은 한없는 경멸과 분노로 창백해진다.

류타는 그녀의 그런 얼굴을 볼 때마다 마음이 약해지지만, 그렇다고 기가 꺾이면 그것으로 끝이다. 자기와 그녀를 연결하는 끈이 끊어지고 만다. 인연의 끈이 끊어지는 고통이 더 절망적일 것 같았다.

류타는 그녀가 좋았다. 만나고 싶었다. 싫어하고 증오해도 좋았다. 마음대로 만나러 갈 수 있는 그 끈을 놓고 싶지 않았다.

걸어서 갈 수 없는 이 시간이 불안했다.

류타는 이불 위에 엎드려 그녀에게 보낼 편지지에 희미하게 묻어나는 연필로 편지를 썼다. 편지는 가지에게 전해 달라고 부탁하기로 했다.

가지는 흔쾌하게 편지를 받아들고 전달하는 척하다가 도중에 봉투를 찢고 내용을 보았다.

아주머니. 저는 일하다 다쳐서 누워 있습니다. 이 편지를 전하는 사람에게 이천 엔을 주십시오. 심각한 부상은 아닙니다.

"바보 자식. 자기 뜻대로 될 줄 알았지."

가지는 편지를 찢어 버리고 씨익 웃었다.

그는 소장 집을 찾아갔다. 일부러 현관에서 초인종을 눌렀다. 남편이 집에 없을 때임은 알고 있었다. 마침내 칼을 뽑은 것이다.

다에코가 나왔다. 아아, 이 여자다, 하고 가지는 속으로 고개를 끄덕였다.

그녀는 가지에게 수상쩍어하는 눈길을 보냈다. 류타한테 당해서 신경이 예민해졌나, 하고 생각했다.

"아주머니시군요. 이거 실례합니다. 실은—."

말을 꺼내며 현관에 한 발을 들여놓고 안으로 들어섰다. 여하튼 일단 현관에 들어서야 한다. 다에코가 흠칫하며 뒤로 물러섰다.

"실은 아주머니가 아는 젊은 놈을 부리는 사람이올시다. 헤헤."

남자는 의미 없이 고개를 꾸벅했다. 이것이 의미심장했다. 과연 다에코의 안색이 변했다.

"그놈이 요새 돈 씀씀이가 헤프더라고요. 나는 감독인 만큼 '너 요새 무슨 못된 짓을 하고 있지' 하고 캐물었죠. 처음엔 순순히 자백하지 않았지만 끈질기게 추궁하니까, 이게 웬일입니까, 이 댁에서 돈을 타내고 있다는 겁니다. 나도 처음엔 거짓말이라고 생각해서—."

추근추근 혼자 말하며 여자를 슬쩍 살펴보니 무릎 위에 있던 손가락이 희미하게 떨리고 있었다.

효과가 있군, 하고 가지는 내심 빙긋이 웃었다.

가지는 다에코한테 일만 엔을 뜯어냈다.

그는 이렇게 말했던 것이다. 이제 류타가 다시 와서 폐를 끼치는 일은 없을 것이다. 하지만 어떤 사정이 있는지는 몰라도, 마지막이라 생각하고 일만 엔을 주었으면 좋겠다. 그 돈으로 류타를 설득하겠다.

다에코는 류타가 다친 것을 모른다. 류타는 상처가 아물 때까지 여기 찾아오지 못하리라. 그다음은 내 알 바 아니다, 라고 가지는 생각했다. 이 여자를 속이기만 하면 된다. 속여서 일만 엔을 뜯어내고, 여자의 몸도 품어 보고 내빼는 것이다.

그 계획이 이런 이야기를 꾸며 내게 했다.

이 돈은 틀림없이 류타에게 전하겠다. 그러나 내 말만으로는 아주머니가 불안할 테니까 내일 내가 류타를 이 집에 데려다가 아주머니 앞에서 맹세하게 하겠다. 혹시 이 집에서 만나는 게 곤란하다면 다른 곳이라도 좋다, 라고 말했다.

'혹시' 다음 말이 함정이었다. 두 남자가 집에 찾아오는 것을 싫어하리라는 것은 뻔한 일이었다.

본심이야 이제 다시는 만나고 싶지 않을 테지만, 여자는 류타를 만나 일만 엔의 효과를 확인하고 싶을 것이다.

"이 집에서는 곤란해요. 어디 다른 곳은 없나요?"

과연 여자는 짐작하던 함정으로 들어왔다.

"그럼 내가 내일 아주머니를 데리러 오지요. 말로 설명해도 모르실 테니까. 사람 눈이 없는 곳이 좋겠지요."

여자는 하얀 얼굴로 불안하게 끄덕였다.

장소도 생각해 두었다. 사람 발길이 거의 없는 곳이다. 남편한테 다 말해 버리겠다고 협박하는 것이다. 지금까지 류타에게 돈을 주어 왔다는 사실이 무엇보다 심각한 약점 아닌가. 이게 마지막이다. 요구가 먹히지 않을 리는 없다. 다소 위험은 있지만, 그래서 더 재미있다.

가지는 싱글벙글 웃는 낯으로 합숙소로 돌아왔다. 합숙소하고도 내일이면 끝이다.

류타의 머리맡에 섰다.

"어이, 편지는 잘 전했어."

가지는 짐짓 아무렇지도 않게 큰 소리로 말했다.

"고맙네, 뭘 주지 않던가?"

류타는 의아하게 물었다.

"아무것도 없던데."

'바보 자식. 아무것도 모르고.'

가지는 속으로 웃었다.

류타는 가지 얼굴을 지긋이 쳐다보며 잠자코 있었다.

10

이튿날, 류타가 이불 속에 누워 있는데 말하는 소리가 귀로 들어왔다.

"가지란 놈이 사택 사모님이랑 산길을 올라가는 걸 마주쳤는데, 어딜 가는 거지?"

낮 시간에 교대하는 인부였다.

류타는 이부자리에서 벌떡 일어났다.

"가지가? 어디서 보았어?"

덤빌 것처럼 물었다. 갑자기 가슴이 쿵쾅거리는 것을 느꼈다.

인부는 자기가 만난 장소를 일러 주었다.

류타는 급하게 나갈 준비를 했다. 어깨 상처가 현기증이 날 만큼 아팠다. 열도 있다.

"류타, 류타. 위험해. 어딜 가는 거야?"

하는 소리가 들렸지만 뒤도 돌아보지 않았다. 눈에서 불이 나는 듯하고, 심장은 격하게 고동쳤다.

오랫동안 자리보전한 탓에 발이 허공을 걷는 것처럼 안정감이 없었다. 몸이 후들후들 흔들렸다. 류타는 이를 악물었다.

쨍하게 맑은 햇빛이다. 하지만 하얀 댐도 케이블 크레인도 철탑도 뾰족한 하라이시 산도 푸른 산악도 묘하게 검게 퇴색한 흑백 그림처럼 현실감이 없었다.

푸르러야 할 하늘이 검다. 태양이 하얗다.

숨이 차다. 이러다 죽나 보다 싶었다.

가지를 만날 때까지 쓰러지면 안 된다고 생각했다. 여자에게 무슨 나쁜

일이 일어나고 있는 것 같다. 가지가 뭔가 일을 꾸미고 있다. 가지는 그런 놈이다. 류타는 인부가 전해 준 대로 발을 산길 쪽으로 옮기며 가지가 하려는 짓을 짐작해 보았다. 류타의 행동을 보고 속사정을 넘겨짚은 가지가 그녀를 협박했을 것이다. 분노가 타올랐다. 가지를 용서할 수 없다. 자신의 비열함과 추악함을 가지를 통해서 실감하자 흥분이 배가되었다. 가지에게 분노한 것인지 자신에게 분노한 것인지 알 수 없었다.

나무가 무성하다. 밤처럼 어두운 덤불 속. 그 속을 빠져나가자 풀밭 위에 새하얀 볕이 흘러넘쳤다. 앞쪽에 천사백오십 미터 고지가 보였다.

이야기 소리가 귀에 들어왔다. 먼 듯도 하고 가까운 듯도 한 목소리. 방향만은 알 수 있었다. 길에서 벗어난 잡목이 우거진 숲이다. 다투는 소리다.

다에코를 풀밭 위에 쓰러뜨리고 올라타 있던 가지가 류타를 보고 벌떡 일어났다. 잡초들이 뒤따라 일어섰다.

"가지!" 하고 류타가 먼저 다가섰다. 질투가 불길처럼 타올랐다.

어어, 혹은 아아, 하고 신음 비슷한 소리를 내면서 가지가 도망치려는 기미를 보였다. 키가 오 척 칠 촌이나 되는 류타가 살벌한 안광과 악귀 같은 표정으로 앞을 가로막은 채 앞으로 나아갔다.

시야 구석으로 그녀의 모습이 힐끔 들어왔다.

그것도 한순간, 그는 가지를 향해 뛰어들었다. 서로 팔이 뒤얽힌다. 두 몸뚱이가 한 덩이가 되어 쓰러졌다.

"위험해, 위험해!" 가지가 절규했다.

데굴데굴 굴렀다.

공중에서 흔들리는 케이블 소리가 바로 옆에서 들려오고 있었다.

"으아악."

가지가 비명을 질렀다.

우둑뚝 나뭇가지 부러지는 소리가 났다. 풀이 파도처럼 술렁거렸다.

덤불 사이로 빠져나간 두 남자의 몸뚱이가 계곡물을 향해 깎아지른 절벽으로 떨어졌다.

그 뒤를 따라 나뭇잎, 부러진 나뭇가지, 흙 따위가 비처럼 우수수 쏟아져 내렸다.

—《올요미모노》(1954년 9월)

2

My Favorite

일 년 만 에 기다린
지 방 식 을 구 독 하 는 여 자
이 윙 시 리
상 제 의 부 인

애초에 제가 좋아하는 단편을 뽑아 놓은 컬렉션인데 이 장을 특별히 'Favorite'이라고 한 것은 제가 좋아하는 작품 중에서도 특히 감탄했던 네 편을 모아 놓은 까닭입니다.

「일 년 반만 기다려」

명작 중의 명작. 이것을 읽지 않고 미스터리를 논하지 말지어다.

줄거리의 핵심은 형사소송법의 어느 규정 'ㅇㅇㅇㅇ'(글자를 감춘 것은 헤살꾼이 되기 싫어서입니다. 이미 읽은 독자는 "맞아, 맞아" 하며 큰소리로 맞장구쳐 주시겠죠)입니다. 이 규정을 주제로 한 훌륭한 추리 소설이라면 여러 작품을 들 수 있지만, 이 작품은 그야말로 효시나 다름없습니다. 형사 재판에서 ㅇㅇㅇㅇ에 의해 이런 판결이 나올 수 있다는 사실을 일반에 널리 알린 작품이기도 합니다.

1957년《별책 주간 아사히》에서 이 작품을 접한 많은 독자가 온 일본에서 '아' 하는 탄성을 올렸을 것을 생각하면 왠지 가슴이 시큰하다고 할까, 콧방울이 발랑거린다고 할까, 제 작품도 아닌데 괜히 우쭐한 기분이 되고 마는 것은 명작의 향기에 취한 까닭이겠지요.

작중에 참으로 딱한 역할을 맡게 된 여성 평론가 다카모리 다키코 여사. 요즘도 운 나쁘게 이런 처지에 서고 마는 언론인이 있을 것 같습니다.

와이드 쇼나 뉴스 쇼 같은 데서 말입니다.

「지방지를 구독하는 여자」

신문에는 크게 나눠 전국지와 지방지가 있습니다. 작가가 신문 연재소설을 쓸 때 전국지라면 신문사와 직접 계약을 하고 집필한 소설을 그 신문에만 연재하지만, 지방지일 때는 사정이 달라서 작중에 나오는 간결한 설명처럼 작가가 각 지방지와 계약을 하는 것이 아니라 지방지에 소설을 중개하는 통신사에 원고를 넘기면 통신사에서 지방지에 소설을 보내 주는 형태가 됩니다. 대개 소설은 전국의 여러 지방지에 보내지는데, 작가의 손맡에는 작품이 실린 모든 지방지가 전달되는 것이 아니라 일반적으로 '기준 게재지'(대개는 맨 처음 게재한 신문)가 우송됩니다. 그러므로 이 작품에서는 《고신신문》이 주인공이자 탐정 역할인 작가 스기모토 다카시의 연재소설 〈야도전기野盜轉奇〉의 기준 게재지인 셈입니다.

지방지 연재는 고급 무대에 비유할 수 있는 전국지보다는 조금 위력이 떨어지지만 아주 즐거운 작업입니다. 지방지 지면에는 전국지에서는 결코 뉴스가 되지 못하는 해당 지방의 작은 사건이나 지방색을 보여 주는 기사가 여러 꼭지 실리므로, 작가도 친근감을 느끼면서 써 나갈 수 있습니다. 심리적으로 가깝다는 독특한 점이 있기 때문에 독자한테 편지라도 받을라치면 기쁨은 더욱 특별하지요.

그런 토대가 있으므로 굳이 다른 지방의 신문을 우편으로 구독해 주는 독자가 있다는 사실을 알면 큰절이라도 하고 싶을 만큼 반갑겠지요. 기억에 남는 독자일 수밖에 없습니다.

지금까지 길게 설명한 사정이 이 단편의 배경이 됩니다.

앞머리에 한 여성이 '썰렁한 음식점'에서 주카소바 라멘을 먹고 있습니다. 끝까지 다 읽은 뒤 다시 한번 앞머리로 돌아와 그곳을 읽어 보십시오. 그녀가 외로이 요기를 하는 것은 곧 어떤 볼일을 앞두고 있기 때문입니다. 그것을 알면 이 주카소바 라멘이 가슴이 아플 정도로 애달픕니다.

「이외지리理外之理」

요즘은 소설에서 한자로 '理'라고 외자를 쓰고 '고토와리이치, 도리'라고 읽게 하는 경우가 늘고 있더군요. 이 작품의 제목은 '이외지리'인데, 작품의 주제는 '사람을 움직이는 마음의 이치'입니다.

시라카와 시즈카 선생의 『상용자해常用字解』에는 이렇게 되어 있습니다.

옥을 갈아 옥 표면의 무늬를 드러내는 것을 이理라 한다.

거기에서 비롯된 용례로 '이해理解 : 사물의 도리를 깨달아 아는 것'이라고 적혀 있습니다. 요즘은 천연석이 뜨고 있어 액세서리나 부적이 유행이지만, '理'라는 한자가 성립하는 데도 옥이 숨어 있었다니 흥미롭군요.

작품에서 기고가 스가이 겐도가 쓰는 액귀縊鬼 일화는 오카모토 기도의 『한시치 도리모노초半七捕物帳일본 탐정 소설의 효시작. '한시치'는 주인공 이름, '도리모노초'란 에도 시대의 범죄 수사를 다루는 이야기를 말한다』에라도 나올 법한 이야기입니다. 누구에게 스스로 목을 매달게 하거나 제정신을 잃고 칼부림 난동을 일으키게 하는 악령─이라고 할까, '도오리모노'나 '도오리마'우연히 스쳐 지나가던 집이나 인간에게 해를 끼치고 순식간에 사라진다는 악귀에 대해서는 에도 시대 이야기책에서 많이 다루었습니다. 액귀는 눈에 보이지 않는다는 이야기도 있지만 널판 조각이나 헝겊 조각 같은 모양을 하고 있어서 담을 넘어 흐늘흐늘 날아온다는 이야기도 있습니다. '도오리모노에 씌다'라는 표현은 바로 그런 널판 조각이나 헝겊 조각을 만나 갑자기 정신이 이상해지는 것을 가리키겠지요.

이 작품은 대단히 어둡고 무서운 결말을 보여 줍니다. 그 공포의 복선으로,

> "아니요, 그 여자는 도망갔습니다."
> 하고 아무렇지도 않게 말해 버렸다. (방점은 미야베 미유키)

스가이 겐도의 이 대사가 서늘한 기운을 풍깁니다.

「삭제의 복원」

1990년 작품입니다. 한번 읽어 보시면, 이미 거장이 된 세이초 씨가 창작 인생의 만년기 가운데 가장 말년에 들어선 뒤에도 고쿠라 시절의 모리 오가이에 대하여 데뷔 때와 다름없이 깊은 관심이 있음을 알 수 있습니다.

아울러 최근의 인물을 연구 대상으로 삼을 때는 지적 호기심만으로 치달아서는 안 된다, 대상에 대한 경애와 겸양, 그리고 사실에 대한 냉정한 관찰안이 없으면 아무리 샅샅이 조사하고 철저히 고찰해도 중요한 무엇을 결여하고 만다는 올곧은 신념도 읽을 수 있습니다. 이는 후배 작가들에게 주는 세이초 씨의 직언이며 그들에게 거는 희망이기도 하겠지요. 소설가 하타나카 도시오와 시라네 가네요시의 치열한 공방은 그대로 세이초 씨가 젊은 작가들에게 주는 조언이구나, 라고 전 느꼈습니다.

작품 말미에 하타나카 도시오는 슈테판 츠바이크의 저서를 읽습니다. 츠바이크는 오스트리아에서 태어난 저명한 전기 작가로 많은 인물 평전을 썼습니다. 마리 앙투아네트 전기로 츠바이크를 접한 독자도 많을 겁니다. 전기 바르게 쓰기에 대하여 이토록 성실한 글을 남긴 츠바이크는 나치스 독일의 대두에 절망하여 자살로 생을 마감합니다.

츠바이크가 살아서 히틀러 평전을 썼다면. 세이초 씨가 건재하셔서 이를테면 옴진리교 사건을 취재하여 소설을 썼다면.

아아, 그런 작품이 사무치게 그립습니다.

일 년 반만 기다려

1

먼저 사건에 대하여 쓰겠다.

피고는 스무라 사토코, 나이는 스물아홉. 죄목은 남편 살해.

사토코는 전쟁중에 ××여전을 졸업했다. 졸업 후 어느 회사에 취직했다. 전시에는 남자들이 징집되어 어느 회사나 일손이 부족했으므로 여성을 대거 채용한 시기가 있었다.

전쟁이 끝나자 징집되었던 남자들이 속속 돌아오고, 남자 사원 대신 채용했던 여사원들은 점차 필요가 없어졌다. 전쟁이 끝나고 이 년이 지나자 전시에 고용되었던 여성들이 일제히 퇴사하였다. 스무라 사토코도 그 가운데 한 사람이었다.

그녀는 같은 회사에 근무하는 사람을 좋아하게 되어 퇴직하자마자 그와 결혼했다. 스무라 요키치라는 남자인데, 그녀보다 세 살 연상이다. 그는 중학교(구제)밖에 나오지 못해서 여전을 졸업한 사토코에게 동경심 비슷한 것을 품고 구애했다. 이것으로도 짐작할 수 있듯이 그는 어딘지 여린 구석이 있는 청년이었다. 사토코는 사실 그런 모습에 끌렸다.

그 뒤로 팔 년 동안 부부는 탈 없이 살았다. 아들딸도 하나씩 두었다. 요키치는 학벌이 없어 장차 출세할 가망이 없는 평사원이었지만 성실하게 근무하여, 급료는 적어도 조금씩 저축을 하며 생활해 갈 수 있었다.

그런데 쇼와 이십 몇 년도에 회사 실적이 부진해지자 사원들이 해고되었다. 특별히 유능하다는 평가는 받지 못하던 요키치는 나이 많은 이들과 함께 해고되었다.

요키치는 당황했다. 연줄을 놓아 두세 군데 회사를 전전했다. 업무가 맞지 않거나 너무 박봉이었기 때문이다. 결국 사토코가 나서서 맞벌이를 해야 했다.

그녀는 처음에 상호은행의 집금인으로 일했지만 몸만 피곤할 뿐 수입이 너무 박해서 일하다가 알게 된 여자의 소개로 △△생명 보험 회사의 보험 모집원이 되었다.

처음에는 성과가 시원치 않았지만 조금씩 나아졌다. 요령은 선배가 소개한 여자가 일러 주었다. 사토코는 그리 미인은 아니지만 눈이 크고 고른 치열을 보이며 웃는 입술 모양에 애교가 있었다. 게다가 여전을 졸업했으니 모집원 중에서는 인텔리에 속하여 고객을 대하는 말투에서도 어딘지 지적인 분위기가 났다. 고객에게 호감을 주게 되자 일하기도 점차 수월해졌다. 보험 가입을 권하는 요령은 끈기와 애교와 화술이다.

그녀는 일만 이삼천 엔 정도의 월수입을 올리게 되었다. 세상사가 늘 그렇듯이 반면에 남편 요키치는 완전히 일손을 놓고 말았다. 무엇을 해도 감당하지 못하는 남편은 마땅한 일을 찾아내지 못했다. 이제는 사토코의 수입에 의존하는 수밖에 없었다. 그는 아내에게 미안해, 미안해를 연발하며 집 안에서 뒹굴었다.

사토코의 수입은 월급이 아니라, 얼마 안 되는 고정급이 붙긴 해도 사실상 성과급이었다. 실적이 좋지 않은 달은 서글플 만큼 얄팍했다.

각 보험 회사 모집원들은 서로 치열하게 경쟁했다. 넓은 도내에 한 뼘의 빈틈도 없이 경쟁의 탁류가 소용돌이치고 있었다. 더 이상 신규 개척은 불가능하다고 생각될 때도 있었다. 도내에 전망이 흐리다면 뭔가 다른 길은 없을까 하고 그녀는 궁리했다.

사토코가 주목한 것은 댐 공사 현장이었다. 전력 회사마다 전원을 개발하기 위해 유행처럼 댐 공사를 하고 있었다. 그런 공사는 ××건설이니 ×

×조합이니 하는 대형 토건 회사가 청부하는데, 한 공사장에 일하는 인원이 수천 명이고 만 명을 넘기는 곳도 있다. 그들은 모두 위험한 둑 쌓기나 다이너마이트 폭파 작업 등에 투입되므로 늘 사망이나 부상 위험에 노출되어 있었다. 현장은 대개 교통이 불편한 산속 오지여서 눈치 빠른 보험 모집원들도 거기까지는 들어가지 않고 있었다. 아니, 애초에 생각이 미치지 못했다.

사토코는 그곳이야말로 처녀지임을 직감했다. 그녀는 친한 여성 모집원을 설득해서 가까운 현의 산속 댐 공사 현장으로 함께 찾아갔다. 여비 일체는 물론 자비로 부담했다.

주거가 일정치 않은 떠돌이 인부는 제외하고 토건 회사 소속의 기사나 부기사, 기계 담당자라든지 현장 주임 같은 자들을 대상으로 했다. 이들은 회사원이라 안심할 수 있다고 보았다.

새로운 분야는 성과가 매우 만족스러웠다. 그들은 이미 집단적으로 보험에 가입해 있었지만, 위험을 몸으로 느끼고 있었으므로 만나서 권유하기만 하면 별 거부 반응 없이 응해 주었다. 실적은 신명날 만큼 좋았다. 보험료 납부는 교통이 불편한 사정을 고려하여 누구한테나 일 년치 단위로 받았다.

그녀의 예상은 적중했다. 덕분에 수입이 두 배로 뛰어 삼만 엔을 넘는 달이 이어졌다.

그제야 살림이 편해졌다. 그러자 남편 요키치는 거기에 호응하듯 더 나태해졌다. 의존이 심해져서 이제는 사토코의 벌이에 모든 것을 기대는 모습이었다. 일자리를 찾아 나설 의욕조차 잃고서 날이 갈수록 안이함에 젖어들었다.

뿐만 아니라 요키치는 지금까지 삼가던 술을 마시며 다니게 되었다. 늘 집을 비우는 사토코는 생활비를 남편에게 맡겼다. 그는 생활비에서 술값을 슬쩍 빼냈다. 처음에는 푼돈이었지만 날이 갈수록 대담해졌다. 수입이 늘어난 탓이다.

사토코는 자기가 밖에서 뛰어다닐 동안 집 안에 틀어박혀 있는 남편이 얼마나 우울할까, 하고 배려하여 될수록 너그럽게 대했다. 게다가 아내 눈치를 살피며 살금살금 마시는 남편의 어린애 같은 비굴함이 보기 싫어서 퇴근해 돌아오면 가끔 남편에게 술이나 마시고 오라고 먼저 권하기도 했다. 그러면 남편은 과연 마음이 가벼워지는지 반가운 표정으로 외출했다.

그런 요키치가 밖에서 여자를 사귀었다.

2

결과를 생각하면 사토코에게도 어느 정도 책임이 있다고 해야 할 것이다. 상대 여자를 요키치에게 소개한 사람이 사토코였기 때문이다. 여자는 사토코의 동창이었다.

여자는 와키타 시즈요라는 여학교 시절 급우였다. 어느 날 길에서 우연히 마주쳤다. 시즈요는 남편과 사별하고 시부야에서 주점을 시작했다고 한다. 그때 명함을 받았다. 여학생 시절에는 예뻤던 시즈요도 몰라볼 정도로 야위고 수척하여 얼굴이 여우상으로 변해 있었다. 모습을 보니 주점의 규모나 형편도 능히 짐작할 수 있었다.

"조만간 한번 놀러 갈게."

사토코는 친구와 헤어졌다. 시즈요는 그녀의 수입을 듣고는 부럽다고 말했다.

사토코는 집에 돌아와 요키치에게 그 이야기를 했다.

"언제 한번 한잔하러 가 볼까. 당신 친구라면 술값도 깎아 줄 테고."

그는 그렇게 말하며 사토코의 얼굴을 곁눈으로 살폈다.

사토코는 어차피 마실 거라면 저렴한 곳이 좋을 테고 시즈요도 도울 수 있다고 생각해서,

"그래요. 한번 가 보는 게 좋겠네요."

하고 대답했다.

얼마 후 요키치는 정말로 시즈요의 주점을 다녀와서 사토코에게 보고했다.

"얼마나 좁은지 대여섯 명만 들어서도 꽉 차더군. 꾀죄죄하긴 해도 비교적 좋은 술들을 갖다 놓았어. 당신 덕분에 나한테는 싸게 주던걸."

"그래요? 그거 잘됐네요." 사토코는 말했다.

사토코는 매달 한 주 정도는 댐 공사 현장으로 들어갔다. 고객과 안면을 트면 다른 공사 현장을 소개해 주곤 해서 A댐, B댐, C댐 하는 식으로 도느라 한가할 틈이 없다. 덕분에 수입이 줄어드는 달이 없었다.

돈은 전부 요키치에게 주어서 살림을 맡겼다. 이 가정에서는 남편과 아내의 자리가 뒤바뀌었다. 그것이 잘못이었다고 나중에 그녀는 술회한다.

요키치의 나태는 점점 심해지고, 아내 몰래 돈을 빼내서 술을 마실 때만 기민해졌다. 그 짓도 시간이 지나면서 대담해졌다. 사토코가 일을 마치고 돌아와 보니 두 아이가 배를 곯고 울고 있었다. 낮에 나갔다는 남편은 밤늦게 술 냄새를 풍기며 돌아왔다.

사토코가 참다못해 핀잔을 주자 요키치는 낯이 변해서 큰 소리로 화를 내는 일이 잦아졌다. 나는 남편이야, 식모가 아니라고, 술 마시는 거야 세

상 모든 남편이 다 하는 짓이야, 나가서 조금 번다고 잘난 척하지 말란 말이야, 하고 소리쳤다.

처음에는 남편의 자격지심에서 나온 화풀이라고 생각하여 동정하기도 했지만 사토코의 분노는 점차 커졌다. 말다툼이 잦아졌다. 요키치는 오기를 부리듯 돈을 들고 나가 한밤중에 취해서 돌아왔다. 사토코는 일을 마치고 돌아와서도 저녁밥 차리랴 아이들 씻기랴 정신이 없었다. 댐 공사 현장으로 출장을 갈 때는 자기가 없는 동안 아이들을 보살펴 달라고 옆집에 따로 부탁해야 했다.

심약한 남자의 내면에 이런 광포함이 숨어 있었나 싶을 정도였다. 요키치한테 얻어맞는 일이 매일처럼 반복되었다. 무엇보다 심각한 점은 요키치의 낭비로 살림이 궁지에 몰린 것이다. 수입이 삼만 엔이나 되는데도 배급쌀도 못 사고 쩔쩔맬 때가 있었다. 아이들의 학부모회 회비나 급식비도 밀리는 처지가 되고 아이들 입힐 옷도 사 줄 수 없었다. 뿐만 아니라 요키치는 술에 취해 들어오면 곤히 자는 아이들을 들깨워 난폭하게 굴곤 했다.

아는 사람이 보다 못해 당신 남편에게 여자가 생겼다고 사토코에게 귀띔해 주었다. 상대가 와키타 시즈요라는 사실을 알았을 때 그녀는 놀라 미치도록 분노했다. 귀띔해 준 사람에게는 도저히 못 믿겠다고 말했다. 필시 미련한 여자로 비쳤겠지만 이성적으로 처신하자고 생각하며 감정이 드러나지 않도록 억눌렀다. 상대 여자에게 달려가 드잡이를 하거나 이웃들이 다 듣도록 요란하게 다투지 않은 것도 이성이 억제했기 때문이었다.

요키치에게 억제된 목소리로 힐난하자 되려 이렇게 지껄였다.

"너 같은 것보다 시즈요가 훨씬 나아. 조만간 너랑 헤어지고 그 여자랑 살 거다."

그 뒤로 말다툼을 벌일 때마다 요키치의 입에서 그 말이 튀어나왔다.

요키치는 장롱 속에 든 옷까지 꺼내다가 전당포에 잡혔다. 사토코가 집을 비우니 제멋대로 할 수 있었다. 그녀는 입을 옷이 하나도 남지 않아 옷을 갈아입을 수도 없었다. 전당포에서 빌린 돈은 고스란히 여자에게 갖다 바쳤다. 요키치가 시즈요를 알고 반년도 지나지 않아서 생활이 그렇게 궁핍해졌다.

사토코는 세상에 자기처럼 불행한 여자도 없다고 생각하며 울었다. 자식의 장래를 생각하니 밤에도 잠을 이룰 수 없었다. 그래도 아침이면 부어오른 눈두덩을 찜질로 가라앉힌 뒤에 미소를 그려 붙이고 고객을 만나러 돌아다녀야 했다.

쇼와 이십 몇 년 이월의 어느 추운 밤, 사토코는 잠든 아이들 곁에서 울고 있었다. 요키치의 모습은 집에 들어왔을 때부터 볼 수 없었다. 아이에게 물으니 아빠는 저녁에 나갔다고 한다.

열두시가 지나고 한시가 가까워져서야 문 두드리는 소리가 들렸다. 두 평 남짓한 방 두 칸이 전부인 집이었다. 다다미도 곳곳이 헤져 그녀가 마분지를 대 수선했다. 그 다다미를 밟고 현관으로 내려가 문을 열었다.

이후에 벌어진 일은 그녀의 진술서를 보는 것이 좋겠다.

3

"남편은 잔뜩 취해서 창백한 얼굴에 눈을 치켜뜨고 있었습니다. 내가 눈물을 흘리는 모습을 보고 아이들 머리맡에 양반다리를 하고 앉더니, '왜 우냐, 내가 술 마시고 왔다고 우는 얼굴로 속을 긁으려는 거지' 하며 욕을 하기 시작했습니다.

어렵게 일해서 번 돈을 절반 이상 술값으로 들고 나가고, 아이들 학교에 낼 돈도 못 내고 배급쌀도 못 사는 상황인데 어떻게 그렇게 매일 밤 술을 마시고 다닐 수 있느냐고 대꾸했습니다. 늘 반복되는 말다툼이었습니다. 남편은 그날따라 더 난폭했습니다.

'조금 번다고 잘난 척이냐. 내가 백수라고 무시하냐. 나는 밥버러지가 아니다'라며 무섭게 윽박질렀습니다. 그리고 '너는 질투하는 거야. 바보 같은 년아, 네 얼굴은 질투할 면상도 못 돼. 꼴 보기 싫어' 하면서 갑자기 내 얼굴을 때렸습니다.

또 폭행이 시작되는구나 싶어 내가 몸을 웅크리자 '이제 너하고도 끝났다. 시즈요랑 살 거니까 그리 알아' 하고 뭐가 그리 재밌는지 껄껄 웃기 시작했습니다. 나는 모욕을 견뎠습니다. 이상하게도 질투심은 생기지 않았습니다.

시즈요의 성격이 어떻게 변했는지는 모르지만 설마 이런 변변치 못한 남자의 아내가 될 생각은 없을 테고, 결국은 돈을 바라고 남편이 말하는 대로 장단을 맞춰 주었을 뿐일 텐데, 그 말주변에 놀아나는 남편에게 화가 났습니다.

그러자 남편은 '너, 그 눈깔이 뭐냐. 그게 남편을 쳐다보는 눈초리냐' 하면서 '에잇, 지겨워' 하고 소리치더니 벌떡 일어나 내 허리며 옆구리에 발길질했습니다. 내가 숨도 못 쉬고 꼼짝 못하고 있는 모습을 보더니 이번에는 아이들 이불을 발로 휙 걷어 냈습니다.

잠자던 아이들이 눈을 뜨자 갑자기 멱살을 쥐고 때리기 시작했습니다. 술주정을 할 때 남편이 늘 하는 짓입니다. 아이들이 '엄마, 엄마' 부르며 울었습니다. 나는 정신없이 일어나 봉당으로 뛰어내려 갔습니다.

아이들의 불행한 미래와 나의 비참한 처지도 무서웠지만 당장은 공포심이 앞섰습니다. 정말 무서웠습니다. 내 손에는 대문을 잠글 때 쓰는 박달나무 몽둥이가 들려 있었습니다.

남편은 여전히 아이들을 때리고 있었습니다. 일곱 살배기 아들은 울면서 도망쳤지만, 다섯 살배기 딸은 얼굴이 불에 덴 것처럼 빨개진 채 눈을 치뜨고 쉰 목소리로 히잉히잉 울면서 맞고 있었습니다.

나는 몽둥이를 번쩍 쳐들어 있는 힘껏 남편 머리를 내리쳤습니다. 남편은 처음 한 대에 비틀거리며 나를 돌아다보려고 했습니다. 겁에 질린 나는 다시 정신없이 몽둥이로 때렸습니다.

남편은 그제야 무너지듯이 엎어졌습니다. 쓰러진 남편이 다시 일어날까 무서워서 다시 몽둥이를 치켜들어 머리를 세 번째로 내리쳤습니다.

남편은 다다미 위에 피를 토했습니다. 불과 오륙 초 사이였지만 나에게는 오랜 노동이 끝난 것처럼 느껴졌습니다. 나는 지칠 대로 지쳐서 맥없이 주저앉았습니다……."

스무라 사토코의 남편 살해 범죄 사실은 대체로 이상과 같다.

그녀는 자수하고 구금되었다. 본인 진술을 근거로 경시청 수사1과에서 상세하게 조사한 결과 진술이 사실과 정확히 일치함을 확인했다. 스무라 요키치의 사인은 박달나무 몽둥이의 강타에 의한 후두 두개골 골절이었다.

사건이 신문에 보도되자 여론은 스무라 사토코를 동정하여 경시청에는 시민들의 위로 편지나 위문품이 쇄도했다. 대개는 부인들이 보낸 것이었다.

공판이 시작되자 동정은 더욱 고조되었다. 특히 여성지는 이 사건을 크게 다루어 평론가의 비평을 곁들여 게재했다. 물론 스무라 사토코를 동정하는 평론이었다.

평론가 중에서도 이 사건에 큰 흥미를 느끼고 가장 많은 발언을 한 사람이 여성 평론가로 알려진 다카모리 다키코였다. 그녀는 신문에 사건이 보도될 때부터 의견을 발표했으며 여러 잡지, 특히 여성지에 자세한 글을 기고했다. 그녀가 발표한 글을 종합하면 다음과 같은 요지가 될 것이다.

이 사건은 일본 가정의 남편 폭력을 잘 보여 준다. 경제력이 없으면서도 가정을 돌보지 않고, 생계비로 술을 마시고 정부를 두었다. 이 남자는 아내의 불행도 자식의 장래도 전혀 생각하지 않았다. 더구나 그 술값은 아내가 가녀린 몸으로 일해서 번 생계비였다.

중년 남성은 피로에 젖은 아내에 권태를 느끼고 다른 여자에게 흥미를 느끼기 쉽다고 하지만 이는 용서할 수 없는 배신행위다. 일본 가족 제도에서 볼 수 있는 남편의 특수한 지위가 이러한 이기적인 자의식을 낳았다. 일부에서는 여전히 이런 악습을 관대하게 보는 관념이 있는 것 같다. 이는 반드시 타파해야 한다.

이 사건은 더욱 비극적이다. 정부의 술집에서 잔뜩 취해서 돌아와 살림을 혼자 책임진 아내에게 폭력을 휘두르고 자식까지 때린 남편의 모습에는 인간성이라고는 눈곱만치도 없었다.

스무라 사토코가 남편을 그 지경에 이르도록 놔둔 것은 역시 아내는 순종해야 한다는 잘못된 전통 관념 때문이다. 고등교육을 받아 상당한 교양을 가지고 있는 아내임에도 이런 과오를 범했다. 그녀의 과오를 인정하면서도 나는 한 여성으로서 그 남편에게 의분과 깊은 분노를 느낀다. 자기를 학대하고 사랑하는 자식까지 때리는 남편을 보면서 그녀가 앞날에 대한 불안과 공포에 시달린 것은 당연한 일이었다.

그녀의 행동은 정신적으로는 차라리 정당방위였다고 생각한다. 그녀의 심리와 처지를 이해하지 못하는 사람은 아무도 없다. 그녀에게 최대한 가벼운 판결이 내려져야 한다. 나는 감히 무죄를 주장하고 싶다.

다카모리 다키코의 의견은 세상 여성들의 공감을 얻었다. 그녀의 집에는 전적으로 동감한다는 편지가 매일 수북이 배달되었다. 개중에는 선생이 직접 특별변호인이 되어 법정에 서 달라고 요청하는 사람도 적지 않았다.

다카모리 다키코라는 이름은 이 사건을 계기로 더욱 높아졌다. 그녀는 자기가 영향력을 행사할 수 있는 여성 평론가들을 동원하여 재판장에게 스무라 사토코에 대한 감형 탄원서를 연명으로 제출했다. 실제로 그녀는 특별변호인을 자청하고 나설 정도였다. 그녀의 통통한 기모노 차림은 고개 숙인 피고 모습과 함께 신문에 커다랗게 실렸다. 이에 자극을 받은 듯 전국에서 재판소로 탄원서가 날아들었다.

판결은 '징역 삼 년, 집행 유예 이 년'이었다. 스무라 사토코는 일심에 즉시 승복했다.

4

어느 날이었다.

다카모리 다키코에게 낯선 남자가 찾아왔다. 일단은 바쁘다고 둘러대서 거절했지만, 스무라 사토코 사건과 관련하여 선생의 가르침을 받고 싶다고 하기에 응접실로 들어오라고 해서 만나 보게 되었다. 명함에는 오카지마 히사오라고 되어 있고 왼쪽 주소 자리는 무슨 일인지 까맣게 덧칠되어 지워져 있다.

오카지마 히사오는 겉보기에 서른쯤 되고 건장한 체구에 얼굴은 볕에 그을려 건강한 빛을 띠고 있었다. 굵은 눈썹과 오똑한 코와 두툼한 입술은 정력적이라는 인상을 풍겼지만 눈은 소년처럼 맑았다. 다키코는 깨끗한 눈빛에 호감을 느꼈다.

"무슨 일이신가요? 스무라 사토코 씨와 관련된 일이라고 하셨는데?"

그녀는 갓난아기 같은 통통한 손가락으로 명함을 든 채 물었다.

오카지마 히사오는 소박한 태도로 바쁘실 텐데 불쑥 찾아와서 죄송하다고 말하고 스무라 사토코 사건에 대해서는 잡지 같은 데서 선생의 고견을 빠짐없이 읽으며 탄복했다고 말했다.

"여하튼 다행입니다, 집행 유예가 돼서."

다키코는 동그란 얼굴에 자리 잡은 작은 눈을 더욱 가늘게 뜨며 고개를 끄덕였다.

"선생님의 힘이죠. 다 선생님 덕분입니다."

오카지마는 말했다.

"아뇨, 내 힘이라기보다."

다키코는 낮은 콧잔등에 주름을 모으고 웃으며 대답했다.

"사회 정의의 힘이죠. 여론의 힘이었어요."

"추진한 사람이 선생님이셨으니까 역시 선생님의 힘이 주효했지요."

다키코는 애써 반론하지 않고 웃었다. 잘록한 턱이 귀엽다. 얇은 입술이 벌어지자 하얀 이가 엿보였다. 상대의 칭송을 받아들이는 만족감이 배어나고 있었다. 명사가 가지고 있는 절제된 자부심에서 나오는 너그러움이 미소가 되어 감돌았다.

그런데 이 남자는 대체 무엇을 알고 싶어서 찾아왔을까. 말투를 보면 스무라 사토코를 깊이 동정하는 것 같기는 한데. 다카모리 다키코는 자연스레 눈길을 비켜 응접실 창문을 통해 뜰을 내다보았다.

"저는 스무라 씨를 조금 압니다."

오카지마는 다키코의 마음을 읽어 낸 것처럼 말했다.

"스무라 씨 권유로 그 회사 생명 보험에 가입했거든요. 그래서 이번 사건이 남의 일 같지 않습니다."

"아, 그랬군요."

다키코는 이해가 간다는 듯이 턱을 끌어당겼다. 턱에 두 개의 골이 생겼다.

"붙임성 있고 친절하고 좋은 부인이었어요. 그런 부인이 남편을 죽이다니 도저히 믿지 않았을 정도입니다."

오카지마는 자기가 받은 인상을 말했다.

"그런 여자가 격정에 휩싸이면 놀라운 일을 벌이기도 하죠. 그동안 참고 또 참아 왔으니까. 나도 그런 처지였다면 똑같은 일을 벌였을지 몰라요."

다키코는 변함없이 눈을 가늘게 뜨고 말했다.

"선생님이?"

오카지마는 조금 놀란 듯 눈을 크게 떴다. 이 냉정한 여성 평론가도 남편이 애인한테 정신이 팔리면 여염집 부인처럼 소동을 피울까, 하고 의심스러워하는 듯한 눈초리였다.

"그럼요, 욱하면 어디 이성이 끼어들 여지가 있나요. 스무라 사토코 씨처럼 여전을 졸업한 여자라도 말이죠."

"그 욱하는 행동 말입니다만,"

오카지마는 맑은 눈으로 그녀를 쳐다보았다.

"스무라 사토코 씨에게 뭔가 생리적인 문제는 없었습니까?"

오카지마의 두툼한 입술에서 난데없이 생리라는 말이 튀어나오자 다키코는 조금 낭패했다. 그리고 범행 당시 생리중이 아니었다는 사실을 당시 재판기록에서 확인했던 것을 떠올렸다.

"특별히 그런 문제는 없었던 것 같은데요."

"아뇨."

오카지마가 조금 겸연쩍어하는 표정을 지었다.

"그 생리를 말하는 게 아닙니다. 그러니까 평소 육체적인 부부관계 말입니다."

다키코는 미소를 없앴다. 이 남자가 뭔가 조금 알고 있는 듯한데 무엇을 묻고 싶은 것일까.

"그렇게 물으신다면 남편 스무라 요키치에게 신체적인 문제라도 있었다는 겁니까?"

"그 반대입니다. 스무라 사토코 씨에게 문제가 있지는 않았나 하는 겁니다."

다키코는 잠시 말이 없었다. 시간을 끌려는 것처럼 식은 차를 한 모금 물고 새삼 오카지마에게 눈길을 향했다.

"무슨 근거라도 있나요?"

논쟁 상대와 맞설 때는 상대의 약점을 찾고자 냉정하게 근거를 요구하는 평소의 태도로 돌아가 있었다.

"아뇨, 근거라고 할 만한 것은 아닙니다만."

오카지마 히사오는 다키코가 지긋이 쳐다보자 이내 기가 죽은 표정이 되었다.

"그러니까, 이런 겁니다. 제가 스무라 요키치 씨의 친구를 조금 아는데,

그 친구의 말로는 요키치 씨는 오래전부터, 그래요, 일 년 반쯤 전부터 아내가 전혀 응해 주질 않는다고 불평했다고 합니다. 그래서 어쩌면 스무라 사토코 씨 쪽에 부부관계를 못할 만한 생리적인 문제가 있었던 것은 아닐까 하고 생각했습니다."

"모르겠군요."

다키코는 조금 언짢은 낯으로 대답했다.

"재판 당시 기록이라면 특별변호인으로서 빠짐없이 읽어 보았지만, 그런 내용은 없었습니다. 예심에서는 당연히 그런 부분도 조사했겠지만. 기록에 없으니 사토코 씨에게 그런 생리적인 문제가 있었던 것은 아니었을 겁니다. 요키치 씨가 정부를 만나고 다니니까 사토코 씨가 관계를 거절했던 것 아닐까요?"

"아뇨, 그건 요키치 씨가 와키타 시즈요 씨와 사귀기 전에 있었던 이야기입니다. 그러니까 이상하다는 겁니다. 사토코 씨에게 신체적인 문제가 없었습니까? 그렇다면 조금 이상하군요."

오카지마의 눈빛이 뭔가를 궁리하는 듯했다.

5

다카모리 다키코는 미간에 희미한 주름을 모았다. 그 주름은 그녀의 눈처럼 가늘고 얕았다.

"이상해요? 그건 무슨 뜻입니까?"

"왜 남편을 거부했는지 모르겠다는 겁니다."

오카지마가 작은 목소리로 말했다.

"여자들은,"

다키코는 남자를 경멸하는 듯한 말투로 대답했다.

"때로는 부부생활에 깊은 혐오감을 느끼기도 합니다. 남자들은 여자의 그런 미묘한 생리적 심리를 이해하기가 조금 힘들지도 모르지만."

"그렇군요."

오카지마는 고개를 끄덕였지만 여전히 잘 모르겠다는 표정이었다.

"그런데 사토코 씨가 그렇게 거부하기 시작한 것이, 남편 요키치 씨가 와키타 시즈요와 친해지기 반년쯤 전이라고 한다면 주목할 만하지 않느냐는 겁니다. 즉, 사토코 씨의 거부가 반년 정도 계속되고 나서 요키치 씨와 시즈요 씨의 관계가 시작됩니다. 그 두 가지 사실에 어떤 인과 관계가 있지 않을까 생각합니다."

오카지마는 짐짓 인과 관계라는 어려운 단어를 썼지만 그 의미를 다키코는 금방 알아들었다.

"그럴 수도 있겠지요."

그녀는 얇은 눈썹을 더 가까이 모으며 말했다.

"요키치 씨의 욕구불만이 시즈요 씨에게서 분출구를 찾았다, 그런 말씀이군요."

"그렇습니다."

오카지마는 다음 말을 꺼내기 전에 담배를 한 대 뽑아 들었다.

"와키타 시즈요 씨는 사토코 씨의 옛 친구입니다. 애초에 요키치 씨를 시즈요 씨의 술집으로 안내한 것도 사토코 씨입니다. 그럴 생각은 없었겠지만 결국 남편과 시즈요 씨가 연결되는 계기를 만든 사람은 사토코 씨였으니까요."

오카지마가 담배에 불을 붙이는 동안 다키코의 가는 눈이 반짝 빛났다.

"당신은 사토코 씨가 일부러 남편을 시즈요에게 이끌었다고 말하고 싶은 건가요?"

"아뇨, 그렇게까지 단언할 수는 없습니다. 그러나 결과를 보면 적어도 연결한 역할은 한 셈입니다."

"결과론을 말하자면 한이 없습니다."

다키코는 조금 강한 말투로 응수했다.

"결과가 당사자 의향하고는 전혀 다르게 나오는 일이 많으니까요."

"그건 그렇습니다."

오카지마는 순순히 동의했다. 그의 두툼한 입술이 파란 연기를 토해 냈다. 연기는 창으로 비껴드는 햇살을 만나자 밝게 퍼졌다.

"그러나 의도한 대로 결과가 나올 수도 있습니다."

그는 가만히 말했다.

이것 봐라, 하고 다키코는 생각했다. 오카지마의 말투에서 단단한 덩어리가 느껴졌다.

"그럼 사토코 씨가 처음부터 그렇게 계산했다는 겁니까?"

"속마음이야 본인밖에 모르지요. 그저 추정할 뿐입니다."

"그렇게 추정한 근거는?"

"사토코 씨가 요키치 씨에게 돈을 주고 시즈요의 술집에 가서 술을 마시라고 한 겁니다. 처음 얼마간이지만."

"하지만 그것은,"

다키코는 가는 눈을 깜빡이며 반박했다.

"사토코 씨의 배려에서 나온 말이었습니다. 남편이 직장을 잃고 집 안에서 뒹굴고 있어요. 아내가 일을 위해 매일 집을 비우니 남편이 우울할 거라고 생각해서 너그럽게 배려한 겁니다.

시즈요 씨의 주점에 가 보라고 한 것은 술값을 깎아 주리라고 생각했기 때문이라고 합니다. 게다가 기왕에 마시는 거라면 어려운 친구에게 보탬이 되고 싶은 마음도 있었어요. 친절이 그런 결과를 부를 줄은 꿈에도 생각하지 못했지요. 당신의 부정적인 추측에는 찬성할 수 없군요."

"그럼 그것은 사토코 씨의 관대한 마음에서 나왔다고 해 두지요."

오카지마는 또 고개를 끄덕이며 말했다.

"친절한 마음에서 했던 일인데, 남편이 아내를 배반하고 시즈요 씨에게 빠지고 말았다. 아내가 벌어온 돈을 여자와 술로 탕진해 버렸다. 집안 살림까지 들고 가 전당포에 넘겼다. 생활이 금세 어려워졌는데도 개의치 않고 여자와 놀아나며 매일 밤늦게 돌아왔다. 돌아와서는 술주정을 부리며 처자식을 학대했다.

사토코 씨의 관대함이 재앙을 불러 이제 시즈요 씨 때문에 생활이 망가지고 말았습니다. 말하자면 시즈요 씨는 사토코 씨가 증오해야 마땅한 적이 되었어요.

그런데 왜 사토코 씨는 시즈요 씨에게 단 한 번도 항의하러 가지 않았을까요? 적어도 그 지경까지 가기 전에 시즈요 씨를 만나 그러지 말라고 부탁해도 좋았을 텐데 말입니다. 서로 모르는 사이도 아닙니다, 친구였어요."

"흔한 경우죠."

다키코는 조용히 대답했다.

"세상에는 남편의 정부를 찾아가 머리끄덩이를 잡는 아내가 많습니다. 자신을 해치는 어리석은 짓이죠. 교양 있는 부인은 그런 남부끄러운 짓으로 자존심을 망가뜨리지 않아요. 남편의 수치는 곧 아내의 수치입니다. 아내 된 처지에서 체면과 책임을 생각하지요. 사토코 씨는 여전을 졸업한 인텔리이므로 몰상식한 행동은 할 수 없었던 겁니다."

"그렇군요, 그럴지도 모르겠습니다."

변함없이 오카지마는 일단 말을 받아들였다.

"그러나 말입니다."

그는 여전한 말투로 말했다.

"사토코 씨는 이유도 없이 반년 동안이나 남편을 거부하고 있었습니다. 그러면서 남편을 와키타 시즈요 씨에게 연결시켰어요. 상대는 미망인이고 주점을 경영하는 여자입니다. 남편은 술을 좋아하고 생리적으로 갈증 상태에 놓여 있습니다. 위험한 조건은 다 갖췄습니다. 당연히 두 사람 사이가 진척되었어요. 사토코 씨는 사태를 방관이라도 하듯이 상대 여자에게 항의 한번 하지 않았고요. 이렇게 놓고 보면 거기에 어떤 의지가 흐르고 있는 것처럼 보입니다."

<h2>6</h2>

다카모리 다키코의 졸린 듯 가늘게 뜬 눈에서 적의의 빛이 새어 나왔다. 그녀의 응접실은 차분하고 조화가 잘 잡혀 있었다. 벽지 색깔, 표구한 그림, 응접세트, 네 구석에 놓인 가구류 등이 모두 그녀의 세련된 취향을 말해 주고 있었다.

그러나 정작 주인은 그 분위기에서 조금 비켜나고 말았다. 그녀의 표정은 초조감으로 흔들리고 있었다.

"의지라면 스무라 사토코 씨가 그런 계획을 세웠다는 겁니까?"

다키코는 조금 빨라진 말투로 되물었다.

"추정입니다. 추정의 근거 재료는 이것뿐이지만—."

"대단히 빈약한 재료에서 나온 추정이군요."

다키코는 상대방 말이 끝나기 무섭게 응수했다.

"상대가 누구든 나는 직접 만나 보면 대개 알 수 있어요. 나는 이 사건에 관계한 이래 방대한 조서를 읽고 특별변호인으로서 스무라 사토코 씨를 여러 차례 만났습니다.

기록 어디에도 당신이 그렇게 짐작할 만한 근거는 나오지 않아요. 또 사토코 씨를 만나 보고 지성과 풍부한 인격에 감동을 받았습니다. 맑은 눈동자는 순진 그 자체예요.

이런 사람이 왜 남편에게 폭행을 당해야 했나, 하며 새삼 그 남편에게 의분을 느꼈습니다. 그렇게 훌륭하고 교양 있는 부인은 흔치 않습니다. 나는 내 직감을 믿어요."

"사토코 씨가 교양이 풍부하다는 데는 저도 동감입니다."

오카지마는 두툼한 입술을 움직여 말했다.

"정말로 그렇게 생각합니다."

"그런데 당신은 어떻게 사토코 씨를 알게 되었나요?"

다키코가 물었다.

"아까도 잠깐 말씀드렸다시피 저는 스무라 사토코 씨의 권유로 생명 보험에 가입했습니다. 말씀드린다는 걸 깜빡했는데, 저는 도호쿠 산속에 있는 △△댐 건설 현장에서 일하고 있습니다. ××조합 소속 기사입니다."

오카지마 히사오는 그제야 신분을 밝히고 이야기를 이었다.

"산속 생활은 업무 말고는 모든 것이 무미건조합니다. 그도 그럴 것이

철도가 지나는 마을에 가려면 트럭을 타고 한 시간 반이나 비포장 길을 달려야 하는 산속이니까요. 일이 끝나고 저녁이 되면 할 일이 하나도 없습니다. 먹고 자는 일이 전부죠.

개중에는 공부를 하는 사람도 있지만 그런 사람들도 점차 주위의 무료한 분위기에 휩쓸리게 되지요. 저녁이면 내기 장기나 내기 마작이 벌어집니다. 매달 두 번 있는 휴일에는 일 리쯤 떨어진 산기슭의 작은 마을로 가서 댐 공사장을 보고 급조된 불건전한 가게에 들어가 회포를 푸는 것이 고작입니다. 그런 가게에서는 한 사람이 잠깐 동안 일만 엔도 쓰고 이만 엔도 씁니다.

그리고 다시 산으로 터벅터벅 걸어서 돌아오는 길에 만족을 느끼는 이는 아무도 없습니다. 우리는 학교를 졸업하고 스스로 원해서 이 일을 시작했지만 이산 저산 떠돌아다니다 보면 도시 분위기가 그리워집니다. 웅장한 산악만으로는 역시 허전한 거죠."

오카지마의 말투는 어느새 처연하게 변해 있었다.

"물론 연애를 하는 사람이 없지는 않습니다. 그러나 상대 여자가 모두 근처 농촌의 아가씨들이죠. 지성이나 교양 따위는 찾아볼 수도 없어요. 그저 여자라니까 상대할 뿐입니다. 달리 여자가 없으니 하는 수 없이 어울릴 뿐이죠. 환경이 그러니 달리 방법이 없습니다. 불만스럽다는 데는 변함이 없지요. 그렇게 어울리던 남자들은 곧 후회하고 체념합니다. 딱한 노릇이지요."

다키코는 잠자코 듣고 있었다. 뚱뚱한 몸을 조금 움직이자 의자가 삐걱거렸다.

"그때 나타난 사람이 보험을 팔러 멀리 도쿄에서 찾아온 스무라 사토코 씨와 후지이 씨라는 여자들입니다. 후지이 씨는 마흔 가까운 부인이라 조금 달랐지만 스무라 사토코 씨는 모두 좋아했습니다.

그리 미인은 아니어도 남자에게 호감을 주는 얼굴이죠. 게다가 지적입니다. 지성을 애써 과시하는 것이 아니라 밑바닥에서 어느새 배어 나온다는 느낌이었습니다. 그러자 얼굴까지 아름다워 보이니 묘한 일이죠. 아니, 산속에서는 분명히 미인이었습니다. 그녀가 하는 말, 억양, 몸짓 따위는 오랫동안 접해 보지 못한 도쿄 여자의 그것이었습니다. 모든 사람이 그녀를 좋아한 것도 무리가 아니었지요.

그녀는 누구한테나 친절하고 상냥했다고 합니다. 물론 비즈니스 때문이겠지요. 다들 알면서도 마음 씀씀이에 감격했습니다. 자기가 보험에 가입하는 것은 물론이고 먼저 나서서 지인이나 친구를 소개했습니다. 아마 그녀의 실적은 기대 이상으로 좋았을 겁니다. 그녀는 한 달에 한 번이나 두 달에 한 번씩 찾아왔는데 모두 환영했습니다. 그녀는 그런 환대에 보답하려는 것처럼 종종 사탕 같은 선물을 들고 왔습니다. 보잘것없는 선물이지만 모두 기뻐했습니다. 도쿄 백화점의 포장지만 보고도 향수에 빠지는 사람이 있을 정도였습니다."

여기서 오카지마는 잠깐 말을 끊고 잔에 남아 있던 식은 차를 마셨다.

"모두 호감을 품었던 원인이 또 하나 있었습니다. 그건 그녀가 스스로 미망인이라고 말하고 다녔다는 겁니다."

거반 감겨 있던 다키코의 눈이 번쩍 열리며 오카지마의 얼굴을 쳐다보았다.

"어쩔 수 없는 일이겠지요. 보험 판매 실적도 모집원의 매력이 많이 작용할 테니까. 극단적으로 말하자면 물장사하는 여자들이 다들 독신이라고 말하는 것과 마찬가지입니다. 홀몸이니까 이렇게 돌아다닐 수 있는 거라고 스무라 사토코 씨는 미소를 지으며 말했습니다. 아무도 의심하지 않았습니다. 개중에는 그녀에게 연애편지 비슷한 걸 보내는 사람도 나타났습니다."

7

오카지마는 꺼진 담배에 다시 불을 붙이고 하던 이야기를 계속했다.

"물론 사토코 씨는 주소를 가르쳐 주지 않았습니다. 편지는 전부 회사로 갔지요. 그런 작은 기만도 용서해야겠지요. 영업을 하자니 어쩔 수 없었을 겁니다. 하지만 그 기만 때문에 그녀에게 노골적으로 접근하는 몇몇 남자들이 생기고 말았습니다.

그런 남자 중에는 그녀에게 둘이서 오지 말고 혼자 오라고 요구하는 사람도 있었습니다. 두 여자는 현장에 감찰하러 오는 사람을 위하여 지어 놓은 딱 한 채밖에 없는 숙소에서 묵었는데, 그 숙소로 몰려가 늦게까지 버티고 앉아 있는 사람도 있었습니다.

사토코 씨는 언제나 웃는 낯으로 그런 유혹을 피했습니다. 직업상 상대가 불쾌하지 않도록 교묘하고 부드럽게 피하는 요령을 알고 있었습니다. 그녀는 결코 부정한 여자가 아니었습니다. 그것은 단언할 수 있습니다. 그러나……."

그러나, 라고 말할 때부터 오카지마의 말투가 조금 달라진 것 같았다. 명상을 하면서 중얼거린다고 해도 좋은 말투였다.

"그러나 댐 공사 현장에는 멋진 남자가 많습니다. 자기 일에 생명을 불태우는 남자들 말입니다. 듣기 좋게 말하자면 첩첩산중에서 대자연에 도

전하는 남자들입니다. 대자연을 인간의 힘으로 바꾸려는 대역사입니다. 정말로 사나이다운 사나이들이지요.

그런 남자들을 볼 때마다 사토코 씨 마음속에는 변변치 못한 자기 남편이 혐오의 대상으로 떠올랐을 게 틀림없습니다. 그 대조는 날이 갈수록 심해졌겠지요. 한쪽은 늠름하고 멋지게 보이고 다른 한쪽은 초라하고 궁상으로 보이고—."

"말씀 중에 미안하지만,"

듣고 있던 여류 평론가는 불쾌감을 노골적으로 드러내며 말허리를 잘랐다.

"그건 당신의 상상입니까?"

"제 상상입니다."

"상상이라면 길게 들을 필요가 없겠군요. 나도 당장 해야 할 일이 있으니까."

"죄송합니다."

오카지마 히사오는 머리를 한 번 숙였다.

"그럼 지금부터는 간단히 말씀드리겠습니다. 스무라 사토코 씨가 산사나이 가운데 한 명에게 호감을 품었다고 상상해도 부자연스럽지는 않겠지요. 상대 남자도 그녀에게 호감 이상의 감정을 품고 있었다고 가정합시다. 그것도 무리는 아니겠지요. 그녀가 미망인이라고 믿었으니까. 그리고 세상에 이렇게 지적인 여자도 없을 거라고 생각했겠지요—.

사토코 씨는 고민했을 겁니다. 그녀에게는 요키치라는 남편이 있습니다. 너무 싫기만 한 남편이요. 한쪽으로 마음이 기울수록 남편으로부터 자유로워지기를 원했습니다. 요키치 씨는 절대로 그녀를 놓아 주지 않을 테니까 이혼은 도저히 가망이 없습니다. 그녀가 자유로워지는 길은 남편이 죽는 것뿐입니다. 그녀의 말대로 미망인이 되는 겁니다. 하지만 불행하게도 요키치 씨는 건강했습니다. 일찍 죽기를 바랄 수 없다면 그를 죽음으로 유도하는 수밖에 없습니다."

다카모리 다키코는 낯이 하얗게 질려 얼른 말도 못하고 있었다.

"남편 살해는 중죄입니다."

오카지마는 이야기를 계속했다.

"남편을 죽여도 자기가 사형에 처해지거나 죽을 때까지 감옥에서 살아야 한다면 아무 의미도 없습니다. 명석한 그녀는 궁리했습니다. 남편을 죽여도 실형을 받지 않을 방법은 없을까 하고 말입니다. 딱 하나 있습니다. 집행 유예가 되는 겁니다. 집행 유예라면 다시 범죄를 저지르지 않는 한 자유롭게 살 수 있습니다. 그 방법밖에 없었습니다.

그러려면 정상 참작이라는 조건이 필요합니다. 당시 요키치 씨는 경제력은 없었지만 달리 비난받을 조건은 없었습니다. 그러므로 그런 조건을 만드는 수밖에 없습니다. 그녀는 냉정하게 조건을 만들었습니다. 요키치 씨의 성격을 충분히 계산하고서 말입니다. 이제 남은 일은 파 놓은 고랑으로 정확하게 물을 끌어들이듯 요키치 씨를 끌어들이는 것입니다. 그녀는 일 년 반 계획으로 그걸 시작했습니다.

먼저 처음 반년 동안 남편의 잠자리 요구를 계속 거부해서 그를 갈증 상태로 빠뜨립니다. 이것으로 첫 번째 바탕을 만들어 둡니다. 다음은 미망인 몸으로 주점을 운영하는 여자를 만나게 합니다. 목마른 남편은 틀림없이 그 여자에게 밀착하리라 계산한 겁니다.

만약 와키타 시즈요가 안 된다면 다른 여자를 생각했겠지요. 그런 종류의 여자는 많을 테니까. 와키타 시즈요의 성품은 사토코 씨가 원하는 그대로였습니다. 요키치 씨는 그녀에게 빠져들었습니다. 그의 파멸적인 성격은 술주정과 함께 가정을 망가뜨렸습니다. 그녀의 진술에 나오는 대로입니다. 다만 그런 현장에 매번 입회한 증인이 없으므로 그녀의 주장에 과장이 있을지도 모릅니다. 그런 과정이 약 반년입니다.

반년 동안 요키치 씨는 아내가 예상한 인물로 변하고, 아내가 계산한 대로 행동했습니다. 이제 정상 참작 조건이 완벽하게 갖춰졌습니다. 그녀의 계획과 요키치 씨의 성격이 더 바랄 나위 없이 완벽하게 맞아 들어간 것입니다.

그녀는 실행에 옮겼습니다. 다음은 재판입니다. 판결은 애초에 계산한 대로 나왔습니다. 이 판결이 떨어지기까지가 또 약 반년입니다. 즉, 처음에 조건을 만들기 시작한 뒤로 일 년 반만에 끝났습니다. 그래요, 계산이 맞았다면 이른바 여론도—."

오카지마가 말을 끊고 여성 평론가의 얼굴을 바라보았다.

다카모리 다키코는 낯이 파랗게 질려 있었다. 그녀의 동그란 얼굴에 핏기가 가시고 얇은 입술은 희미하게 떨고 있었다.

"당신은,"

다키코의 낮은 콧방울이 발름거렸다.

"상상을 말하는 건가요? 아니면 분명한 증거라도 있나요?"

"상상만은 아닙니다."

볕에 그을린 얼굴로 오카지마 히사오가 대답했다.

"스무라 사토코 씨는 제가 청혼하자 일 년 반만 기다려 달라고 대답했으니까요."

그 말을 마치자 그는 담뱃갑을 주머니에 넣으며 의자에서 일어날 채비를 했다.

응접실을 걸어 나가기 전에 다시 한번 여성 평론가를 돌아보며 말했다.

제2장 **My Favorite**

"그러나 내가 아무리 이렇게 주장해도 사토코 씨의 집행 유예에 변동이 생기지는 않을 겁니다. 그것은 안심하셔도 좋습니다. 설령 그만한 증거가 나와도 재판은 일사부재리니까. 판결이 확정되면 피고에게 불리한 재심은 법률로 인정되지 않습니다. 사토코 씨는 거기까지 계산했던 것 같습니다. 다만—."

그는 아이 같은 눈동자를 지긋이 향하며,

"다만 단 한 가지 계산착오가 있었다면 일 년 반을 기다린 상대 남자가 떠나 버렸다는 겁니다."

말을 마친 그는 고개 숙여 인사하고 응접실을 걸어 나갔다.

—《별책 주간 아사히》(1957년 4월)

지방지를 구독하는 여자

1

시오타 요시코는 고신신문사에 선금을 보내고 《고신신문》 구독을 신청했다. 이 신문사는 도쿄에서 준급행 열차로 두 시간 반쯤 걸리는 K시에 있다. 그 현에서는 유력한 신문이라고 하지만 물론 도쿄에는 이 지방지를 판매하는 가게가 없다. 도쿄에서 이 신문을 보려면 본사에 직접 구독 신청을 해서 우송받는 수밖에 없다.

그녀가 돈을 현금등기우편으로 보낸 것이 이월 이십일일이었다. 그때 돈과 함께 동봉한 편지에 그녀는 이렇게 썼다.

귀지를 구독하고자 합니다. 구독료를 동봉합니다. 귀지에 연재중인 〈야도전기野盜傳奇〉라는 소설이 재미있어서 구독을 신청하는 겁니다.
십구일 자 신문부터 보내 주시기 바랍니다…….

시오타 요시코는 이미 《고신신문》을 본 적이 있었다. K시 역 앞의 썰렁한 식당에서였다. 주문한 주카소바 라멘이 완성될 때까지 시간을 때우라고 여점원이 조잡한 식탁 위에 놓아 주었던 신문이다. 역시 지방지답게 투박한 활자에 촌스러운 판면이었다. 특히 삼면은 이 지역에서 일어난 사건으로 채워져 있었다. 화재로 주택 다섯 채가 불탔다느니 동사무소 사환이 공금 육만 엔을 횡령했다느니 소학교 분교가 신축되었다느니 현회 의원의 어머니가 사망했다느니 하는 기사들이었다.

이면 하단에는 시대 소설이 연재되고 있었다. 두 무사가 칼싸움을 벌이는 삽화가 곁들여져 있다. 스기모토 다카시가 작가라는데 들어 본 적이 없는 이름이었다. 소설을 절반쯤 읽었을 때 주문한 음식이 나오자 요시코는 신문을 접어 옆으로 치워 두었다.

요시코는 신문 이름과 신문사 주소를 수첩에 적어 두었다. 〈야도전기〉라는 소설 제목도 기억해 두었다. 제목 밑에 '(54회)'라고 적혀 있다. 신문 발행일은 십팔일. 그랬다, 그날은 이월 십팔일이었다.

세시가 되려면 아직 칠 분쯤 남아 있었다. 요시코는 식당을 나와 거리를 걸었다. 그 도시는 분지에 자리 잡고 있었다. 이번 겨울에는 만나기 힘든 따스한 햇볕이 고지의 맑은 공기 속으로 녹아들고 있다. 분지 남쪽 기슭으로 산들이 완만하게 줄지어 달리고 새하얀 후지 산 윗부분이 그 위로 절반쯤 드러나 있었다. 햇빛 상태 때문에 후지 산이 묘하게 흐릿해 보였다.

대로 정면에는 하얀 눈을 뒤집어쓴 가이코마가타케 산이 보였다. 태양은 백설에 비스듬히 광선을 던지고 있었다. 눈 덮인 산은 산비탈의 주름과 광선 때문에 가장 어두운 부분부터 가장 밝은 부분까지 굴절된 명도를 가진 계단을 만들고 있다.

산의 오른쪽 시야에는 누런 빛깔을 기조로 한 가깝고 낮은 산들이 겹쳐져 있었다. 계곡 속까지는 보이지 않았다. 하지만 그곳에서 뭔가가 시작되려고 한다. 능선의 모습은 요시코에게는 시사적이고 뭔가 의미가 있는 것처럼 비쳤다.

요시코는 역 앞으로 돌아왔다. 역 광장에 군중이 모여 있었다. 뭐라고 글자가 적힌 하얀 깃발 몇 개가 검은 군중 위에서 나부꼈다. '환영 ××대신 귀향'이라고 적힌 깃발이었다. 새 내각이 한 달 전에 들어섰는데, 깃발에 이름이 오른 신임 대신*주이 이 지역 출신임을 요시코도 짐작할 수 있었다.

제2장 My Favorite

곧 군중 사이에서 웅성거림이 일어나고 동요가 시작되었다. 누군가 만세를 외쳤고 박수 소리가 요란하게 터졌다. 멀리 흩어져 있던 사람들이 뛰어와 집단의 가장자리에 가세했다.

연설이 시작되었다. 남자는 조금 높은 자리에 올라가 입을 놀리고 있었다. 벗겨진 머리에 겨울 햇살이 쏟아진다. 가슴에는 커다란 하얀 장미를 달았다. 조용해진 군중 속에서 종종 박수 소리가 폭발하듯 일어났다.

요시코는 그쪽을 바라보고 있었다. 요시코 혼자가 아니다. 옆에 서 있는 한 남자도 군중을 바라보고 있었다. 연설을 듣고 싶어서가 아니라 군중이 길을 막아 하는 수 없이 멈춰 서 있을 뿐이다.

요시코는 남자의 옆얼굴을 훔쳐보았다. 넓은 이마와 날카로운 눈과 높은 콧대를 가지고 있다. 한때는 그 이마도 총명해 보였고 눈매도 믿음직스러웠고 콧대도 마음에 들었다. 그 기억도 이제 허망한 것이 되어 버렸다. 하지만 남자의 구속은 그때나 지금이나 변함이 없다.

연설을 끝낸 대신이 마침내 연단에서 내려왔다. 군중이 흩어지기 시작하면서 틈새가 생겼다. 그 속으로 요시코는 걷기 시작했다. 남자도, 그리고 또 한 사람도.

그녀는 세시에 마감하는 우체국 창구에 아슬아슬하게 도착해서 고신신문사 앞으로 현금등기우편을 부칠 수 있었다. 얇은 영수증을 핸드백에 넣고 치토세카라스야마에서 전차를 탔다. 시부야의 가게까지는 오십 분이 걸렸다.

'바 루비콘'이라는 네온 간판이 걸린 업소에 도착한 요시코가 뒷문으로 들어섰다.

"안녕하세요."

그녀는 지배인이나 동료와 보이 들에게 인사를 건네고 탈의실로 뛰어들어 가 화장을 했다.

가게는 이제야 잠을 깨는 참이다. 뚱뚱한 마담이 막 미용실에서 만지고 온 머리 모양을 하고 모두에게 칭송을 받으며 들어왔다.

"오늘이 벌써 이십일일, 토요일이구나. 오늘도 다들 수고해 줘."

그다음에 지배인이 마담을 의식하며 여급들에게 훈시를 했다. A씨는 이제 의상 좀 바꾸는 게 어때? 하는 잔소리를 들은 당사자가 얼굴을 빨갛게 물들였다.

요시코는 그런 훈시를 멍하니 흘려들으며 '이제 이 업소도 그만두어야 하나 보다' 하고 생각했다.

그녀의 눈앞에 배 한 척이 파도를 가르고 있다. 요즘은 밤낮없이 그 풍경이 떠오른다. 드레스 가슴께에 손을 대 보니 아플 정도로 박동이 뛰고 있었다.

2

《고신신문》은 그로부터 사오 일 뒤에 도착했다. 사흘치를 한꺼번에 보내 주었다. 구독을 신청해 주셔서 대단히 고맙습니다, 라는 정중한 인사말이 인쇄된 엽서도 끼워져 있었다.

요구한 대로 십구일 자 신문부터 있었다. 요시코는 십구일 자 신문을 펼쳐 사회면을 살폈다. 어느 집에 절도범이 들었다느니 해안이 무너져 사람이 죽었다느니 농협에 부정이 있었다느니 이제 곧 기초의회 의원 선거가 시작된다느니 하는 따분한 기사밖에 없었다. 그리고 K역 앞에서 연설하는 ××대신의 사진이 크게 실려 있었다.

요시코는 이어서 이십일 자 신문을 펼쳤다. 특별한 일은 없었다. 이십일일 자도 펼쳐 보았다. 역시 평범한 기사밖에 없었다. 그녀는 신문 더미를 벽장 구석에 던져 두었다. 포장용이나 무엇으로 쓰게 될 터였다.

그 뒤로 매일 신문이 배달되어 왔다. 넓은 갈색 띠지 위에 시오타 요시코라는 이름과 주소가 등사판으로 인쇄되어 있었다. 월정 계약 독자로 등록된 모양이다.

요시코는 매일 아침 아파트 우편함으로 신문을 가지러 갔다. 그리고 이부자리에서 갈색 띠지를 잘랐다. 밤 열두시에 돌아오므로 늘 아침이 늦다. 이불 속에서 신문을 펼치고 구석구석 천천히 읽었다. 특별히 흥미를 끄는 기사가 없었다. 요시코는 실망해서 머리맡에 신문을 던져 두었다.

그것이 매일처럼 반복되었다. 그때마다 실망도 거듭되었다. 그러나 갈색 띠지를 자르기 전에는 늘 기대를 품었다. 그 기대를 십수 일이나 끌고 나갔다. 하지만 내내 변화가 없었다.

변화는 십오 일째 되는 날 찾아볼 수 있었다. 즉 신문 배달이 열다섯 번째 이루어졌을 때였다. 그것은 신문 기사가 아니라 생각지도 못한 엽서 한 장이었다. 보낸 이는 스기모토 다카시라고 되어 있었다. 그 이름을 보면서 요시코는 어디서 본 기억이 있다고 생각했다. 평소 주변에서 보던 이름은 아니지만 모호하게나마 분명히 기억에는 있었다.

요시코는 엽서를 뒤집어 보았다. 서툴기 짝이 없는 글씨체였다. 글을 읽고 금세 상황을 이해했다.

생략하옵고. 목하 《고신신문》에 연재중인 제 소설 〈야도전기〉를 애독해 주셔서 고맙습니다. 앞으로도 관심을 부탁합니다. 다시 한번 감사를 드리며…….

스기모토 다카시는 띠지 속에 접혀서 우송되는 신문에 소설을 연재하는 작가였다. 생각해 보니 요시코가 구독 신청 이유로 연재소설을 읽고 싶어서라고 적어 보냈는데 그 의견을 신문사에서 작가에게 전달한 모양이다. 감격한 작가 스기모토 다카시가 새로운 독자에게 감사장을 보낸 것이다.

작은 변화였지만 기대와는 달랐다. 쓸데없는 엽서 한 장이 날아들었다는 기분이다. 그런 소설 따위는 이미 읽지 않는다. 어차피 엽서의 글씨체처럼 유치할 게 뻔하다고 보았기 때문이다.

신문은 매일 정확히 배달되었다. 물론 요금을 냈으니 당연한 일이다. 요시코가 아침 잠자리에서 신문을 읽는 것도 어김없는 일과였다. 역시 아무것도 없었다. 이런 실망이 언제까지 계속될지 알 수 없었다.

마침내 구독을 신청한 지 한 달이 다 된 어느 날 아침이었다.

그날도 투박한 활자로 시골의 잡다한 사건들이 보도되었다. 농협 조합장이 도주했다느니 버스가 벼랑에서 굴러 떨어져 부상자가 나왔다느니 산불로 일 헥타르가 불탔다느니 린운 협곡에서 동반 자살을 한 남녀 시신이 발견되었다느니…….

요시코는 동반 자살 시신에 관한 기사를 읽었다. 장소는 린운 협곡 숲속이며 발견자는 삼림 경영국 감시인. 부패한 남녀 시체는 사후 일 개월 정도 만에 거의 백골로 변해 있었다. 신원은 알 수 없다. 드물지도 않은 사건이었다. 기암과 벽류로 이루어진 풍경 좋은 협곡은 자살이나 정사情死의 명소이기도 했다.

요시코는 신문을 접고 베개에 머리를 베고 이불을 턱까지 끌어올렸다.

시선을 천장으로 던졌다. 이 아파트도 묵을 대로 묵었다. 칙칙하게 변색된 천장에서는 나무판이 썩고 있다. 요시코는 그저 멍하니 응시한 채 누워 있었다.

이튿날, 신문은 마치 의무라도 되는 양 정사 시체의 신원을 보도했다. 남자는 서른다섯으로 도쿄 모 백화점의 경비원, 여자는 스물둘로 같은 백화점의 여직원이었다. 남자에게는 처자식이 있다. 흔해 빠진 얘기다. 요시코는 시선을 쳐들었다. 아무 감흥도 없는 표정이었다. 감흥 없는 평온함이라고 할 수도 있었다. 이 신문도 이제 흥미가 없어졌다. 그녀의 눈에는 다시 바다를 달리는 배가 선명하게 떠올랐다.

이삼일 뒤 고신신문사 판매부에서 엽서가 날아왔다.

독자님의 구독 기간이 이제 곧 종료됩니다. 계속 구독을 원하시면 신청해 주시기 바랍니다.

꽤 열심히 영업하는 신문사다.
요시코는 답장을 썼다.

이제 소설이 재미없어졌습니다. 계속 구독할 의사가 없습니다.

엽서는 가게에 출근하는 도중에 부쳤다. 우편함에 넣고 나서 걷기 시작했을 때, 〈야도전기〉 작가가 실망하겠구나, 하는 생각이 문득 스쳤다. 그녀는 그렇게 쓰지 말걸, 하고 후회했다.

3

스기모토 다카시는 고신신문사에서 회송되어 온 독자 엽서를 읽고 매우 불쾌했다. 더구나 이 여성 독자는 한 달쯤 전에 자기 소설이 재미있다고 신문을 구독해 준 사람이다. 그때도 신문사에서 엽서를 회송해 주었다. 자기도 짤막한 감사장을 보냈다. 그런데 이제 재미가 없으니 신문을 끊겠다고 한다.

"이래서 여성 독자들은 변덕스럽다니까."

스기모토 다카시는 화를 냈다.

〈야도전기〉는 지방지에 소설을 파는 어느 문예통신사를 위해 썼던 글이다. 지방지에 게재할 거라고 해서 상당 부분 오락 위주로 쓰기는 했지만 나름대로 심혈을 기울인 소설이었다. 결코 아무렇게나 쓴 원고가 아니라 자신감도 있었다. 그래서 특별히 그 소설을 읽고 싶다는 독자가 도쿄에 있다는 사실을 알고는 기분이 좋아서 감사장까지 보냈다.

그런데 같은 독자가 '재미가 없어져서 신문 구독을 중지한다'고 한다. 다카시는 쓴웃음을 지었지만 생각할수록 화가 났다. 왠지 희롱당한 기분이었다. 그리고 고개를 갸웃했다. 소설은 그 독자가 '재미있어서 읽고 싶다'고 할 때보다 '재미없다'고 구독을 중지하겠다고 할 때가 훨씬 재미있게 전개되고 있었기 때문이다. 줄거리는 더욱 흥미롭게 진전되어 많은 인물이 다채롭게 활약하는 장면이 연속되었다. 작가 스스로도 재미가 좋아지고 있다는 생각에 기분이 좋았던 참이다.

"그게 재미가 없다니."

그는 이상하다고 생각했다. 반응이 좋으리라 자신했던 만큼 이 변덕스러운 독자가 불쾌하기 짝이 없었다.

스기모토 다카시는 소위 잘나가는 작가하고는 거리가 멀었지만 일부 오락 잡지에는 단골로 글을 싣는 기량 있는 작가로 통한다. 독자의 호응을 얻어 내는 요령을 터득했다고 일찍이 자부해 왔다. 지금 《고신신문》에 연재하는 소설은 결코 질이 떨어지는 작품이 아니다. 오히려 기분 좋게 쓸수 있어서 필치에 탄력이 붙었을 정도다.

"영 개운치가 않군."

그는 이틀 정도 씁쓸한 뒷맛에서 헤어나지 못했다. 사흘째부터는 기분이 많이 나아졌지만 아무래도 마음 어딘가에는 그런 감정이 찌꺼기처럼 남아 있었다. 그것이 하루에도 몇 번씩 감정의 물 위로 떠올랐다. 힘을 기울여 쓴 작품을 전문가가 부당하게 폄하한 경우보다 더 마음에 걸렸다. 자기 소설 때문에 신문이 한 부라도 덜 팔리게 되었다는 분명한 현실이 불쾌했다. 요란하게 말하자면 신문사에도 면목을 잃은 기분이었다.

스기모토 다카시는 고개를 가로저으며 책상에서 일어나 산책하러 나갔다. 늘 다니던 익숙한 길 주변에는 옛날 무사시노 평야의 자취가 남아 있었다. 잎을 털어 버린 잡목림 너머에 J호수가 겨울 햇살에 반짝반짝 빛나고 있다.

그는 마른 덤불에 앉아 연못을 바라보았다. 한 외국인이 호숫가에서 커다란 개를 훈련하고 있었다. 개는 주인이 멀리 던진 나무토막을 주우러 달려갔다가 다시 주인 곁으로 달려 돌아왔다. 그 행동만 반복하고 있다.

그는 그 모습을 무심코 바라보고 있었다. 단조로운 반복 운동을 바라보다 보면 누구나 엉뚱한 생각이 번뜩이는 모양이다. 스기모토 다카시의 뇌리에 문득 한 가지 의문이 스쳤다.

"그 여성 독자는 내 소설이 연재되는 신문을 중간부터 읽기 시작했다.

재미있기 때문이라고 했지만 애초에 내 소설을 어떻게 알게 되었을까?"

《고신신문》은 Y현에서만 팔리며 도쿄에는 판매점이 아예 없다. 따라서 도쿄에서 알았을 리는 없다. 그렇다면 시오타 요시코라는 도쿄 여성은 전에 Y현 어디에 있었거나 도쿄에서 Y현에 왔을 때 그 신문을 보았던 것은 아닐까? 그는 개의 동작을 눈동자로만 좇으며 곰곰이 생각했다. 가령 그게 사실이라면 소설의 재미에 끌려 신문사에 직접 구독 신청을 할 정도로 열렬한 독자일 텐데, 불과 한 달도 지나지 않아 '재미없어서'라며 구독을 중단할 리는 없다. 더구나 소설 자체는 한창 재미있어지던 참이다.

이상해, 하고 생각했다. 내 소설이 재미있어서 신문을 신청한 건 아닌 것 같다. 아마 별생각 없이 내세운 이유일 뿐이지 실제로는 뭔가 다른 것을 보고 싶었던 것이 아닐까. 즉 그녀는 신문에서 뭔가를 찾고 있던 것은 아닐까. 그리고 그것을 찾았기 때문에 신문을 계속 구독할 필요가 없어진 것은 아닐까—.

스기모토 다카시는 덤불에서 일어나 빠른 걸음으로 집으로 향했다. 머릿속에서는 다양한 생각들이 물풀처럼 뭉실뭉실 떠다니고 있었다.

집에 도착한 그는 편지 보관함에서 전에 신문사로부터 회송되어 온 시오타 요시코의 엽서를 뽑았다.

귀지를 구독하고자 합니다. 구독료를 동봉합니다. 귀지에 연재중인 〈야도전기〉라는 소설이 재미있어서 구독을 신청하는 겁니다. 십구일 자 신문부터 보내 주시기 바랍니다…….

여성치고는 매우 반듯한 글씨체다. 그런 점보다 더 주목한 것은 신청 날짜에서 이틀을 거슬러 굳이 십구일 자부터 보내 달라고 했던 까닭에 대해서다. 신문은 빠르면 하루 전 사건을 보도한다. 《고신신문》은 석간이 없다. 그러므로 십구일 자부터 읽고 싶다는 것은 십팔일 이후의 사건을 알고 싶다는 의미가 되는 셈이다. 그는 그렇게 풀이했다.

그의 집에는 자기 작품이 게재된 신문이 매일 배달되었다. 신문철을 책상 위에 올려놓고 펼쳤다. 이월 십구일 자부터 꼼꼼하게 살펴 나갔다. 주로 사회면을 읽되 만일을 위해 광고란도 놓치지 않았다.

대상을 Y현 어딘가와 도쿄를 잇는 내용으로 한정해 보았다. 그렇게 생각하며 지난 기사들을 살펴나갔다. 이월 말까지는 그럴 듯한 것이 전혀 없었다. 삼월 치로 들어섰다. 오일까지는 그럴 듯한 것이 없었다. 십일까지도 마찬가지였다. 십삼일, 십사일. 마침내 십육일 자 신문에서 그는 다음과 같은 요지의 기사를 보았다.

  3월 15일 오후 2시경, 린운 협곡 숲 속에서 삼림 경영국 감시인이 남녀 동반 자살 시체를 발견했다. 부패하여 거의 백골로 변한 시체로 사후 약 일 개월로 추정된다. 남자는 쥐색 오버에 감색 양복, 연령은 37~8세 정도, 여자는 갈색의 성긴 체크무늬 오버에 같은 색깔 투피스, 추정 나이는 22~3세 정도. 유류품은 화장품이 든 핸드백 하나밖에 없었다. 그 속에 들어 있는 신주쿠에서 K역까지 왕복 차표로 보아 도쿄 사람으로 짐작된다…….

다음 날 신문은 두 사람의 신분을 보도했다.

  린운 협곡 동반 자살 시체의 신원은, 남자는 도쿄 모 백화점의 경비원 쇼다 사키지(35세), 여자는 같은 백화점 점원 후쿠다 우메코(22세)

로 판명되었다. 남자에게는 처자식이 있어 비련을 청산한 것으로 보
인다…….

"이거 같은데."

스기모토 다카시는 저도 모르게 중얼거렸다. 도쿄와 Y현을 연결하는 기
사는 이것 말고는 없다. 이 기사를 보고 시오타 요시코는 신문 구독을 중
지했을 것이다. 그녀는 이 기사를 보고 싶어 일삼아 지방 신문을 구독한
것이 틀림없다. 도쿄에서 발행되는 중앙지에는 실리지 않을 법한 기사다.

"잠깐만."

그는 다시 생각을 물고 늘어졌다.

'시오타 요시코는 이월 십구일 자라고 지정해서 신문을 받아 보았다. 시
체가 발견된 날짜는 삼월 십오일인데 사후 약 한 달이 지난 것으로 추정된
다고 했다. 그렇다면 이 정사는 이월 십팔일에 있었다고 봐도 무리가 없
겠군. 시간적으로 맞아떨어져. 그녀는 두 남녀의 정사를 알고 있었어. 신
문에서 그들의 시체가 발견되었다는 기사가 나오기를 기다리고 있었던 거
야. 무슨 이유일까?'

스기모토 다카시는 문득 시오타 요시코라는 여자가 궁금해지기 시작
했다.

그는 신문사에서 회송된 엽서에 적힌 시오타 요시코의 주소를 지그시
노려보았다.

제2장 My Favorite

4

스기모토 다카시의 의뢰를 받은 한 사립탐정 회사는 그로부터 약 삼 주쯤 후에 그에게 보고서를 보냈다.

의뢰하신 시오타 요시코에 관한 조사 결과를 다음과 같이 보고합니다.

시오타 요시코의 본적은 H현 ×군 ×촌. 현주소는 세타가야 구 도리야마초 1××번지 신쿠소 아파트입니다. 원적지 호적등본에는 시오타 하야오의 처로 되어 있습니다. 아파트 관리인의 말로는 삼 년 전부터 혼자 세를 내서 사는 얌전한 부인이라고 합니다. 최근 소련에 억류되어 있던 남편이 머지않아 귀국할 거라고 말했다고 합니다. 시부야의 루비콘이란 바에서 여급으로 일하고 있습니다.

바 루비콘에 가서 마담 이야기를 들어 보니 그곳에서는 일 년 전부터 일했으며 전에는 니시긴자 뒷골목에 있는 엔젤이란 바에서 일했다고 합니다. 품성이 좋아 단골도 여러 명 있지만 특별한 관계는 아니었다고 합니다. 다만 한 사람, 서른대여섯쯤 되는 마른 체구의 남자가 매달 두세 번 찾아와 그녀를 지명했다고 하는데, 그때마다 그녀가 술값을 계산한 것을 보면 이 남자만이 예전 엔젤 시절부터 깊은 관계를 맺었던 것은 아닐까, 하고 마담은 말합니다. 늘 단둘이만 박스 안에서 낮은 목소리로 이야기했다고 합니다. 언젠가 동료 여급이 당신 애인이냐고 물었더니 요시코가 매우 언짢아했다고 합니다. 요시코는 남자가 가게에 오면 늘 표정이 어두워졌다고 합니다. 남자의 이름을 아는 사람은 아무도 없었습니다.

바 엔젤에 가서 이야기를 들어 보니 요시코는 분명히 이 년 전까지 그곳에서 여급으로 일했으며 평판은 역시 나쁘지 않았습니다. 다만 여급치고는 썩 명랑한 편이 아니어서 알짜배기 손님은 붙지 않았다고 합니다. 여기에서도 루비콘에서처럼 한 남자가 자주 찾아왔는데, 그 남자는 그녀가 업소를 그만두기 삼 개월쯤 전부터 얼굴을 비치기 시작했다고 합니다. 즉 그 남자가 그녀를 만나러 오게 된 지 삼 개월 뒤 루비콘으로 자리를 옮긴 것입니다.

다음으로 의뢰하신 모 백화점 경비원 쇼다 사키지에 대해서 보고합니다. 쇼다의 부인을 찾아가 보니 남편이 죽었는데도 험담을 했습니다. 여자와 동반 자살을 했다는 사실에 분노한 것 같습니다. 경비원이라면 백화점에서 소매치기나 절도범을 막는 자리인데 쇼다는 많지도 않은 월급을 집에 절반밖에 내놓지 않고 나머지는 다른 여자와 놀아나는 데 썼다고 합니다. 동반 자살한 같은 백화점의 점원 후쿠다 우메코에 대해서는 부인도 이미 알고 있었으며 꼴좋다고 악담을 퍼부었습니다.

"남편 유골함은 불단에 올리지도 않았어요. 끈으로 묶어 벽장 구석에 던져 두었어요."

이렇게 말할 정도입니다. 시오타 요시코에 대해서 물어보자,

"그런 여자는 모르지만 여자라면 사족을 못 쓰는 인간이니 누구랑 무슨 짓을 했는지 알 게 뭡니까."

라고 대답했습니다. 부인을 달래서 쇼다 사키지의 사진을 한 장 얻는 데 성공했습니다.

사진을 들고 루비콘과 엔젤을 찾아가 물어보니 마담도 여급들도 요시코를 찾아오던 그 단골이 맞다고 확인해 주었습니다.

다시 신쿠소 아파트를 찾아가 관리인에게 사진을 보여 주자 그도 머

리를 긁적이며 대답했습니다.

"사실은 듣기 좋은 얘기가 아니라 말씀드리지 않았지만, 분명히 이 사람이 시오타 씨를 매달 서너 번 찾아왔고 이틀 정도 묵고 가는 일도 드물지 않았던 것 같습니다."

이런 정황으로 볼 때 시오타 요시코와 쇼다 사키지 사이가 내연 관계였음이 확실합니다. 다만 두 사람이 어떤 일로 맺어졌는지는 분명하지 않습니다.

그리고 지시하신 대로 시오타 요시코의 이월 십팔일 행적을 관리인에게 물어보니 날짜는 분명히 기억하지 못하지만 아마 그즈음 어느 날 아침 열시경에 아파트를 나갔던 적이 있다, 늘 아침에 늦게 일어나는 사람이 그날따라 이상하다고 생각했기 때문에 기억하고 있다고 대답했습니다. 루비콘에 가서 출근표를 살펴보니 요시코는 이월 십팔일 결근으로 되어 있습니다.

이상이 지금까지 조사한 결과입니다. 특별히 더 궁금한 사항이 있다면 추가로 조사해 드리겠습니다…….

스기모토 다카시는 이 보고서를 내리 두 번이나 읽고 감탄했다.

"역시 전문가답게 능숙하군. 용케 이렇게 자세히 조사했어."

이로써 쇼다 사키지와 후쿠다 우메코의 정사 사건에 시오타 요시코가 관계되어 있다는 것을 확인할 수 있었다. 틀림없이 그녀는 두 사람이 린운 협곡 숲 속에서 동반 자살한 사실을 알고 있었다. 사건이 일어난 날 그녀가 아침 일찍 아파트를 나섰고, 바 루비콘을 결근한 이월 십팔일은 정사가 있었던 날이다. 린운 협곡은 주오선中央線 K역에서 하차한다. 그녀는 그 두 사람을 어디에서 전송했을까? 신주쿠일까? K역일까?

그는 열차 시각표를 조사해 보았다. 주오선에서 K시 방면행 열차는 준급행이 신주쿠에서 여덟시 십분과 열두시 이십오분, 두 편이 있다. 야간행은 문제가 되지 않는다. 완행도 일단 배제해 두자. 탔다면 역시 준급행을 탔을 게 틀림없기 때문이다.

시오타 요시코가 아침 열시경 아파트를 나섰다면 열한시 삼십이분발 보통열차도 탈 수 있겠지만, 다음 편인 열두시 이십오분발 준급행을 탔다고 보는 것이 타당할 듯하다. 이 편은 K역에 오후 세시 오분에 도착한다. K역에서 린운 협곡 동반 자살 현장까지는 버스와 도보로 한 시간은 족히 걸릴 거리다. 정사한 쇼다와 우메코는 겨울 해가 지기 조금 전에 운명의 장소에 도착한 셈이다. 스기모토 다카시의 눈은 울퉁불퉁한 암석으로 에워싸인 협곡의 숲 속에서 두 남녀가 방황하는 모습을 상상했다.

정사는 약 한 달 뒤 삼림 경영국 관리에 의해 부패한 시체로 발견되어 세상에 알려질 때까지 시오타 요시코만이 알고 있었다. 그녀는 정사 사실이 세상에 알려지는 날을 현지 신문을 통해 알고 싶어 했다. 그날 그녀는 어디에 있었을까.

그는 다시 한번 이월 십구일 자 《고신신문》을 펼쳐 보았다. 해안 붕괴, 농협 부정. 기초의회 의원 선거. 특별한 사건이 없었다. 그리고 그 고장 출신이라는 ××대신이 K역 앞에서 연설하는 사진이 크게 실렸다.

그의 눈이 사진에 못 박혔다. 언젠가 지루한 반복 훈련을 하는 개를 바라볼 때처럼 머릿속에서 다양한 생각들이 어지럽게 솟아났다.

스기모토 다카시는 내일로 닥친 마감 원고를 제쳐놓고 머리를 싸매고 궁리했다. 그의 소설에 싫증이 났다는 한 독자가 그를 여기까지 끌고 올 줄은 짐작도 하지 못했다.

아내는 그가 소설 집필 때문에 고민한다고 생각하리라.

5

시오타 요시코는 동료 네다섯 명 속에 섞여서 손님에게 서비스를 하고 있었다. 그러다가 자신을 부르는 소리에 자리에서 일어났다.

"요시코 씨, 지명이야."

박스석으로 가 보니 마흔두셋 정도로 보이는 장발에 조금 통통한 남자가 혼자 앉아 있다. 요시코는 전혀 기억이 없었고 이 업소에서도 처음 맞는 손님이었다.

"당신이 요시코 씨요? 시오타 요시코 씨 맞지요?"

남자가 빙글빙글 웃으며 말했다.

요시코는 업소에서도 가명을 쓰지 않고 요시코라는 본명을 썼지만, 시오타 요시코라고 성까지 말하는 손님의 얼굴을 다시 살펴보았다. 어둑한 간접 조명 아래 있는 테이블에는 분홍빛 가리개를 씌운 스탠드 램프가 켜져 있다. 붉은빛 속에 떠오른 얼굴은 전혀 짚이는 데가 없었다.

"맞아요, 근데 누구시죠?"

그래도 요시코는 손님 옆에 앉았다.

"아, 나는 이런 사람이올시다."

남자는 주머니를 더듬어 모서리가 구겨진 명함 한 장을 꺼내서 내밀었다. 요시코가 전등 가까이 대 보니 '스기모토 다카시'라는 활자가 인쇄되어 있었다. 그녀는 "아" 하고 작은 소리로 말했다.

"그래요, 그쪽이 애독해 주시는 〈야도전기〉를 쓰는 사람이오."

상대 얼굴을 들여다보며 스기모토 다카시가 만면에 웃음을 띠고 말했다.

"정말 고맙소. 고신신문사에서 알려 주더군. 내가 일전에 인사장도 보냈을 거요. 실은 어제 그쪽 주소 근처를 지날 일이 있어서, 실례인 줄 알면서도 불쑥 아파트에 찾아가 보았는데 댁에 안 계시더군. 물어보니 여기서 일하신다고 해서 오늘 저녁 훌쩍 찾아와 봤소. 한번 만나서 인사나 하고 싶어서."

요시코는 어안이 벙벙했다. 그런 엽서 한 장에 흥미를 품고 일삼아 여기까지 찾아온단 말인가. 〈야도전기〉는 제대로 읽어 본 적도 없는데. 참 유별난 작가도 다 있네, 하고 생각했다.

"어머, 선생님이셨군요. 이렇게 여기까지 찾아오시다니, 송구스러워서 어쩌죠. 소설은 아주 재미있게 읽고 있어요."

요시코는 가까이 들여 앉으며 애교 섞인 웃음을 보냈다.

"고맙소."

스기모토 다카시는 흡족하게 웃으며 멋쩍은 듯 주위를 둘러보고는 칭찬했다.

"좋은 가게로군."

그러고는 요시코의 얼굴을 주뼛주뼛 쳐다보며 작은 소리로 말했다.

"상당한 미인이네."

"어머, 선생님도 별말씀을. 아무튼 이렇게 뵙게 돼서 정말 영광이에요. 오늘 저녁은 편하게 한잔 드세요."

여자는 맥주를 따르며 곁눈으로 웃었다. 이 사람은 내가 아직도 그 소설을 읽고 있는 줄 아는 걸까? 단 한 명의 독자에게 감격해서 이렇게 찾아오기까지 하다니, 어지간히 안 팔리는 작가인가 보다, 하고 생각했다. 아니면 여성 독자라는 점에 흥미를 느끼고 찾아온 걸까?

스기모토 다카시는 술을 거의 못 하는지 맥주 한 병에 얼굴이 금방 빨개졌다. 사실 요시코도 함께 마셨고 다른 여급 두세 명도 가세한 탓에 테이블은 금세 맥주병 일고여덟 개와 안주 접시 따위로 제법 어지러워졌다.

스기모토 다카시는 여급들한테 '선생님, 선생님' 소리를 들으며 더없이 흡족한 듯했고, 대략 한 시간 만에 돌아갔다.

그가 나간 직후에 요시코는 "어머" 하고 소리쳤다. 그가 앉았던 쿠션 바로 밑에 갈색 봉투가 떨어져 있다.

"그 선생님 것 같은데."

서둘러 밖으로 뛰어나갔지만 이미 자취를 감춘 뒤였다.

"괜찮아, 조만간 또 올 테니까 그때까지 맡아 두지 뭐."

요시코는 옆에 있던 여급에게 그렇게 말하고 기모노 속에 찔러 넣었다. 그리고 곧 잊어버렸다.

봉투가 다시 그녀의 의식 위로 떠오른 것은 일이 끝나고 아파트로 돌아와 옷을 갈아입으려고 오비_{기모노 허리에 감는 넓고 긴 띠}를 풀었을 때였다. 갈색 봉투가 다다미 위로 떨어졌다.

아, 그렇지, 하며 봉투를 주웠다. 봉투에는 양면 모두 아무것도 적혀 있지 않았다. 봉하지도 않아서 신문지 같은 내용물이 들여다보였다. 그래서 그녀도 별 부담 없이 내용물을 꺼내 볼 마음이 들었다.

신문지 절반 정도를 다시 네 조각으로 접은 크기로 오려 낸 신문 쪽지에는 ××대신이 K역 앞에서 연설하는 사진이 실려 있다.

새카만 군중 위로 하얀 깃발이 여러 개 나부끼고 군중보다 높은 위치에 대신의 모습이 있었다. 요시코가 전에 직접 본 광경이었다. 사진은 그때 모습 그대로였다.

요시코는 눈동자를 허공으로 향했다. 신문 쪽지를 들고 있던 손가락이 희미하게 떨렸다. 속옷에 중동끈이 하나뿐이라 앞섶이 맥없이 벌어져 있었다.

이것은 우연일까? 아니면 스기모토 다카시가 자기에게 보여 주려고 일부러 놓고 갔을까? 그녀는 당황하기 시작했다. 다리가 후들거려 다다미 위에 앉았다. 담요를 펼 마음도 생기지 않았다. 스기모토 다카시는 무언가 알고 있는 듯하다. 뭔가 목적이 있어서 이 봉투를 놓고 간 것 같다. 직감이었다. 우연이 아니다. 결코 우연은 아니다.

사람 좋은 통속 소설가인 줄 알았던 스기모토 다카시가 요시코에게는 갑자기 다른 인간처럼 보이기 시작했다.

그로부터 이틀 뒤 스기모토 다카시가 다시 가게에 나타났다. 그는 또 요시코를 지명했다.

"안녕하세요, 선생님."

요시코가 웃으며 곁에 앉았다. 영업용 웃음은 어딘지 딱딱하게 굳어 있었다.

오, 하며 스기모토 다카시도 웃으며 응했다. 변함없이 아무 저의도 없어 보이는 웃음이었다.

"선생님, 저번에 이걸 빠뜨리고 가셨어요."

요시코는 일단 일어나 자기 핸드백에서 갈색 봉투를 꺼내어 내밀었다. 입술에서 미소는 사라지지 않았지만 눈은 심각하게 상대방 표정을 보았다.

"아, 여기서 빠뜨렸군. 어디서 잃어버렸나 했는데, 고마워요."

그는 봉투를 받아 주머니에 넣었다. 여전히 빙글빙글 웃지만 웃음으로 가늘어진 눈이 요시코를 볼 때 한순간 번뜩인 것처럼 보였다. 하지만 이내 시선을 비켜 거품이 이는 컵으로 떨어뜨렸다.

요시코는 초조했다. 곧 한 가지 방법을 생각해 냈다. 위험하다는 생각도 스쳤지만 시도해 보지 않을 수 없는 일종의 실험 같은 것이었다.

"그게 뭐예요? 중요한 건가요?"

"그냥 신문에 실렸던 사진이야. K시에서 대신이 연설하는 사진."

스기모토 다카시는 하얀 이를 드러내며 설명했다.

"청중 가운데 조금 마음에 걸리는 얼굴이 찍혀 있거든. 내가 아는 사람인데, 린운 협곡에서 동반 자살을 한 남자야."

세상에, 하고 기겁한 사람은 같이 있던 여급 두 명이었다.

"그자는 알아보겠는데, 바로 옆에 여자 두 명이 있어. 아무래도 같이 갔던 여자들 같아. 군중과 조금 떨어져서 있는 걸 보면 말이야. 바로 그날 그자가 동반 자살했다고 볼 만한 근거가 있어. 그러나 동반 자살을 하려면 상대 여자는 한 명으로 족할 텐데 여자가 하나 더 있거든. 아무래도 이상해. 나는 여자 두 명의 얼굴을 자세히 보았으면 싶은데, 애초에 너무 작게 찍혀 알 수가 없거든. 그래서 이 신문을 오려 신문사에 보내고 필름 원판에서 확대해 받아 볼까 생각했지. 괜한 호기심처럼 보이겠지만 실은 조금 조사해 볼까 싶어서 말이야."

"어머, 무슨 탐정 같아요."

옆에 있는 여급 두 명이 소리를 모으듯 웃었다. 요시코는 숨이 턱 막혔다.

6

요시코가 스기모토 다카시의 진의를 파악한 것은 그때였다.

스기모토 다카시는 거짓말을 하고 있다. 사진에는 그런 사람이 찍히지 않았다. 자기가 사진을 자세히 뜯어봐서 잘 안다. 쇼다 사키지도 후쿠다 우메코도, 그리고 자기도 사진에는 결코 찍히지 않았다.

찍히지 않은 것을 찍혔다고 말하는 스기모토 다카시의 주장이 비로소 그녀로 하여금 명확한 판단을 내릴 수 있게 해 주었다. 자기를 시험하고 있다. 쇼다 사키지와 친구 사이라는 말도 거짓이 분명하다.

시험당했다! 이것 자체는 대단한 위협이 아니리라. 무서운 것은 그가 많든 적든 사건에 대해 냄새를 맡았다는 사실이다. 그 후각이 더 발전할까 두려웠다.

그런 공포의 그림자가 그녀의 마음에 더욱 짙게 드리운 것은 스기모토 다카시가 짐짓 천연덕스럽게 다음과 같은 시험을 낸 다음부터였다.

일주일쯤 뒤 그는 다시 가게에 나타났다. 역시 요시코를 지명했다.

"저번에 말했던 사진은 쓸모가 없더군."

그는 사심 없이 웃는 얼굴로 말을 꺼냈다.

"신문사에서 원판 필름을 폐기해서 없다는 거야. 유감이야. 그 사진에서 흥미로운 단서를 잡아낼 것 같았는데."

"그래요? 안됐군요."

요시코는 말하고 컵에 있던 맥주를 마셨다. 연극을 하는 그가 가증스러웠다.

스기모토 다카시가 문득 말투를 바꾸었다.

"아, 그렇지. 사진 얘기가 나와서 말인데, 내가 요즘 남들처럼 카메라를 만지기 시작했거든. 오늘 막 인화를 해 왔는데, 한번 봐 주겠어?"

"보여 주세요."

같이 있던 동료 여급이 기분을 맞춰 준다.

"이거야."

그는 주머니에서 사진 두세 매를 꺼내 접시 옆에 놓았다.

"어머, 엉큼하시긴. 데이트하는 연인 사진뿐이잖아요."

여급이 사진을 집어 들며 말했다.

"그래, 배경과 잘 어우러진 괜찮은 사진이지?"

스기모토 다카시는 빙글빙글 웃으며 말했다.

"취미도 참 요상하셔라, 모르는 연인을 찍으시다니. 요시코 씨, 이것 좀 봐."

여급이 사진을 건네주었다.

요시코는 스기모토 다카시가 주머니에서 사진을 꺼낼 때부터 어떤 예감이 있었다. 나쁜 예감이었다. 마음이 경계심으로 굳어 버리고 희미하게 떨렸다. 예감이 적중한 것은 사진을 받아들고 초점을 맞춘 순간부터였다.

한 쌍의 남녀가 시골길을 걷고 있는 뒷모습이었다. 무사시노 근방답게 초봄의 잡목림이 원근에 농담을 보태고 있었다. 평범한 보통 사진이다. 하지만 요시코의 눈동자가 문득 못 박힌 것은 인물의 옷차림이었다. 남자는 연한 오버에 진한 바지를 입었다. 여자의 오버에는 성긴 격자무늬가 분명하게 보였다. 흑백 사진을 보자 쇼다 사키지의 쥐색 오버에 감색 양복, 후쿠다 우메코의 갈색 체크무늬 오버에 같은 색 슈트가 요시코의 눈동자에 생생한 색채와 함께 떠올랐다.

역시 그렇구나, 하고 요시코는 생각했다. 각오를 다지자 박동은 그리 심하게 뛰지 않았다. 그녀는 고개를 숙이고 사진을 응시했다. 하지만 실은 스기모토 다카시를 응시하고 있었다고 할 수 있다. 그의 작은 눈 속에서 반짝이는 눈동자와 공중에서 부딪쳐 불꽃을 튀는 것을 느꼈다.

"대단하시네요."

요시코는 압력에 저항하듯 가까스로 고개를 들었다. 짐짓 아무렇지도 않게 사진을 주인에게 돌려주었다.

"잘 찍었지?"

그렇게 말하고 불과 일이 초였지만 스기모토 다카시는 요시코의 얼굴을 지긋이 쳐다보았다. 그녀가 사진을 보면서도 느꼈던 반짝이는 눈이 거기 있었다.

스기모토 다카시는 역시 눈치를 챈 것이다. 그는 마침내 확실하게 파악하게 될지도 모른다. 요시코의 마음에 바람이 거칠게 불어 대고 있었다. 그날 밤 그녀는 새벽 네시까지 잠을 이루지 못했다.

시오타 요시코와 스기모토 다카시는 그 뒤 빠르게 친해졌다. 그녀는 그가 가게에 오지 않으면 전화를 걸어 초청했다. 편지도 보냈다. 여급들이 손님에게 보내는 '비즈니스 레터'라 부르는 상투적인 영업용 편지가 아니라 감정이 담긴 글이었다.

누가 봐도 특별 대접을 받는 손님과 단골 여급의 관계가 되었다. 그 관계는 스기모토 다카시가 바 루비콘에 놀러 오는 횟수를 고려할 때 매우 빠르게 진척되었다. 속도가 얼마나 빨랐는지는 요시코가 그와 이런 약속을 나눌 정도였다는 것을 보면 알 수 있으리라.

"저기, 선생님. 조만간 저를 데리고 어디든 놀러 가 주시지 않을래요? 하루 정도라면 저도 가게를 쉴게요."

스기모토 다카시는 콧등에 주름을 모으며 흡족한 듯이 웃었다.

"좋지. 요시코가 가자면 어디든 가야지. 어디가 좋을까?"

"글쎄요. 조용한 데가 좋을 것 같아요. 오쿠이즈 같은 곳은 어때요? 아침 일찍 출발하는 일정으로."

"오쿠이즈? 아, 더욱 좋지."

"어머, 밀월여행 같은 건 아니에요, 선생님."

"에이, 그게 뭐야."

"금방 그렇게 되는 건 싫어요. 이번엔 순수하게 다녀오기로 해요. 오해가 없도록 선생님과 친한 여자분도 한 분 초청하세요. 그런 분 있죠?"

이 질문에 스기모토 다카시는 눈을 가늘게 뜨고 먼 데를 바라보는 눈빛을 했다.

"없지는 않지만."

"잘됐네요. 그런 분이 있다면 저도 친해지고 싶어요. 네, 좋죠?"

"응."

"왜요, 내키지 않는 표정 같은데요?"

"요시코랑 단둘이 아니면 의미가 없으니까."

"아유, 엉큼하긴. 그런 여행은 그다음에 해요."

"정말이지?"

"금세 그런 관계로 뛰어들 수는 없어요. 아시죠?"

요시코는 스기모토 다카시의 손을 잡아끌어 손바닥을 간질였다.

"좋아. 하는 수 없지. 이번엔 그렇게 다녀오자고."

그가 물러섰다.

"그럼 아예 지금 날짜랑 시간을 정하지."

"네, 좋아요, 잠깐만요."

요시코는 자리에서 일어났다. 사무실에 근무 시간표를 빌리러 가기 위해서였다.

스기모토 다카시는 평소 친하게 지내던 잡지사의 여성 편집자에게 특별히 부탁해서 동행을 허락받았다. 이유는 딱히 밝히지 않았다. 여성 편집자 다자카 후지코는 이 선생이라면 안심할 수 있다고 생각했는지 쉽게 허락해 주었다.

스기모토 다카시, 시오타 요시코, 다자카 후지코 세 사람은 오전에 이즈의 이토에 도착했다. 여기서 산을 넘어 슈젠지로 가서 미시마를 돌아보고 돌아온다는 계획이었다.

이제 곧 뭔가가 벌어질 판이다. 스기모토 다카시는 위태로운 기대감에 신경이 바늘처럼 곤두섰다. 그래도 애써 아무렇지도 않은 표정을 꾸미느라 무진 애를 썼다.

요시코는 태연한 모습이었다. 한 손에 비닐 보퉁이를 안고 있었다. 아마 도시락이 들어 있을 것이다. 짐짓 소풍이라도 가는 듯 유쾌한 모습이다. 두 여자는 스스럼없이 대화하고 있었다.

버스는 이토 시내를 출발했다. 끝날 것 같지 않은 산길을 기어 올라간다. 높이 올라감에 따라 이토 시내는 작게 가라앉고 사가미 만의 보랏빛을 품은 봄 바다가 펼쳐졌다. 바다는 멀리서 구름 속으로 녹아들고 있었다.

"와아, 멋지다."

여성 편집자가 절로 감탄했다.

바다도 곧 보이지 않게 되었다. 버스가 아마기 산의 첩첩이 이어진 봉우리를 헐떡거리며 넘는다. 몇 명 안 되는 승객은 대개 창문으로 비껴드는 따뜻한 햇살과 지루한 산 풍경에 질려 눈을 감고 있었다.

제2장 My Favorite

"자, 여기서 내립시다."

요시코가 말했다.

보이는 것이라고는 산밖에 없는 곳에서 버스가 멈췄다. 세 사람을 토해 내자 다시 하얀 차체를 흔들며 산길을 달려서 사라진다. 정류장 부근에는 농가 네다섯 채가 있을 뿐, 양쪽에서 연봉이 바짝 닥쳐 있었다.

이 근방 산속에서 놀다가 다음 버스나 다다음 버스로 슈젠지로 가자는 것이 요시코의 제안이었다.

"잠시 길을 걸어 보지 않을래요?"

요시코는 숲 속으로 휘어져 들어가는 산길을 가리켰다. 그녀는 줄곧 흥 겨워했고 이마에는 땀이 맺혀 있었다.

산길은 용출수 때문에 곳곳이 젖어 있다. 벚꽃 보기에는 이르고 매화는 지고 있었다. 정신이 아뜩해질 것 같은 정적이 귀를 압박했다. 어딘지 멀 리서 엽총 소리가 들렸다.

관목이 우거진 자리가 나왔다. 삼림에 구멍이 난 것처럼 숲이 끊겨 있 고, 풀밭 위에는 햇볕이 풍성하게 쏟아지고 있었다.

"이쯤에서 쉽시다."

요시코가 말했다. 다자카 후지코가 찬성했다.

스기모토 다카시는 주위를 둘러보았다. 아주 깊은 산속이구나, 하고 생 각했다. 여기라면 사람이 좀처럼 찾지 않으리라. 그의 눈은 린운 협곡 산 림을 상상하고 있었다.

"앉으세요, 선생님."

요시코가 말했다. 보퉁이를 풀자 비닐 보자기가 풀밭 위에 알맞게 펼쳐 졌다.

두 여자는 손수건을 깔고 두 발을 모아 풀밭 위에 뻗었다.

"정말 시장하네요."

여성 편집자가 말했다.

"도시락을 먹을까요?"

요시코가 제안했다.

두 여자는 각자 도시락을 꺼냈다. 다자카 후지코는 마분지 상자에 담아 온 샌드위치를 꺼냈다. 요시코는 일회용 나무 도시락에 빼곡히 담은 김초밥을 꺼냈다. 그것과 함께 주스 병 세 개가 풀밭 위에 굴렀다.

다자카 후지코는 샌드위치를 한 입 베어 물고 요시코와 스기모토 다카시에게 권했다.

"드세요."

"잘 먹겠습니다."

요시코는 거리낌 없이 샌드위치로 손을 뻗으며 다자카 후지코와 스기모토 다카시에게 작은 나무 도시락을 내밀었다.

"전 김초밥을 싸왔는데 늘 먹어서 별로예요. 괜찮다면 바꿔 드시지 않을래요?"

"좋아요. 바꿔 먹어요."

다자카 후지코는 주저하지 않고 나무 도시락을 받아 들더니 손가락으로 김초밥을 집어 들어 입안에 넣으려고 했다. 그때 김초밥이 손가락에서 벗어나 풀밭 위로 날아갔다.

"안 돼요, 다자카 씨."

그녀의 손가락을 친 스기모토 다카시가 안색이 변해서 벌떡 일어났다.

"독이 들어 있어요."

다자카 후지코가 어안이 벙벙해서 그를 올려다보았다.

스기모토 다카시는 시오타 요시코의 창백해져 가는 얼굴을 노려보았다.

요시코는 무서운 눈초리로 사내의 시선을 정면으로 받으며 피하려 하지 않았다. 불길을 뿜을 것 같은 눈동자였다.

"요시코. 그 손으로 린운 협곡에서 두 사람을 죽였지. 동반 자살처럼 꾸민 것도 당신이야."

요시코는 대답도 없이 떨리는 입술을 깨물고 있었다. 치켜 올라간 눈썹이 무서운 꼴을 만들었다.

스기모토 다카시는 그 얼굴을 향해 흥분한 듯 더듬는 목소리로 말했다.

"당신은 이월 십팔일 쇼다 사키지와 후쿠다 우메코를 유인해서 린운 협곡에 갔어. 방금 이 방법으로 두 사람을 독살하고 자기 혼자 빠져나왔지. 뒤에 남은 남녀 시체를 정사로 보이게끔 만들어 놓고. 범인이 따로 있다는 사실을 아무도 눈치 채지 못했지. 장소도 정사의 명소로 알맞은 곳이었어. 뭐야, 또 정사인가, 드문 일도 아니군, 하는 식으로 처리되고 말았지. 당신은 바로 그걸 노렸던 거야."

스기모토 다카시는 목울대를 움직이며 침을 삼켰다.

8

시오타 요시코는 입을 열지 않았다. 여성 편집자는 눈을 휘둥그레 뜨고 있었다. 조금이라도 움직이면 공기가 찢어질 것 같았다. 멀리서 총성이 들렸다.

"당신은 목적을 달성했지. 그러나 한 가지 마음에 걸리는 게 있었어."

스기모토 다카시는 내처 말했다.

"죽은 두 사람이 어떻게 되었을까 하는 걱정이었어. 당신은 쓰러지는 두 사람을 보고 도망쳐 왔으니까 결과가 궁금했던 거야. 그걸 확인하기 전에는 안심할 수 없으니까. 어때, 그렇지? 대개 범인은 범행 현장을 확인하고 싶어 하는 심리가 있어. 당신은 그것을 신문을 구독하는 것으로 대신하려고 했어. 그리고 경찰이 타살로 보는지 정사로 보는지도 알고 싶었을 거야. 그러나 도쿄에서 발행되는 신문에는 지방의 그런 작은 사건은 보도되지 않을지도 몰라. 그래서 당신은 린운 협곡이 있는 Y현의 지방지를 구독하기로 했어. 그건 현명했지. 다만 두 가지 실수를 저질렀어. 당신은 구독 신청을 하면서 신문사에 뭔가 이유를 대야 한다고 생각했을 거야. 내가 쓰고 있는 〈야도전기〉가 읽고 싶어서라고 했지. 의심을 받아서는 안 된다는 두려움 때문에 쓸데없는 이유를 쓴 거지. 그것이 내가 의심을 하게 된 계기였어. 또 하나는 십구일 자부터 보내라고 한 거야. 그래서 나는 사건이 그 전날인 십팔일에 일어났다고 짐작할 수 있었어. 과연 조사해 보니 그날 당신은 가게를 쉬었더군. 더 상세하게 말하고 싶지만 당신한테는 부질없는 일이겠지. 다만 나는 많은 상상을 통해서 당신이 신주쿠를 열두시 이십 오분에 출발하는 준특급을 탔을 게 틀림없다고 판단했어. 그 기차는 K역에 세시 오분에 도착하지. 거기에서 린운 협곡으로 가야 하는데, 그 시각에는 마침 ××대신이 K역 앞에서 군중을 모아 놓고 연설을 하고 있었어. 그건 신문에 사진과 함께 보도되었지. 나는 당신이 틀림없이 그 장면을 보았으리라 짐작했어. 그래서 신문에 실린 사진으로 당신을 시험해 보자고 생각했지."

스기모토 다카시는 다시 한번 침을 삼켰다.

"나는 어느 곳에 부탁해서 당신과 쇼다 사키지의 관계를 조사했어. 그 결과 당신과 쇼다 사이에 선이 하나 이어져 있음을 알아냈지. 더구나 쇼다는 함께 살해당한 후쿠다 우메코하고도 관계가 있더군. 정사한 시체라고 해도 세상이 의심하지 않겠지. 그래서 내 추리에 더 확신할 수 있게 되었던 거야. 나는 ××대신이 찍힌 신문 사진을 일부러 떨어뜨려 놓고 당신이 보게 했어. 작은 거짓말도 보탰지. 그래야 당신이 나에게 의혹을 품으리라 생각했기 때문이야. 즉 내가 당신을 시험하고 있다는 사실을 알리고 싶었어. 그것만으로는 부족할 것 같아서 정사한 시체의 옷차림을 신문 기사로 알아내고, 어느 젊은 친구에게 그와 비슷한 옷을 입혀 사진을 찍어서 당신에게 보여 주었지. 당신은 내가 시험하고 있다는 것을 그때 분명히 알았을 거야. 내가 두렵고 섬뜩했겠지. 이제 남은 일은 당신이 나를 유인하기를 기다리는 일이었어. 과연 당신은 나를 유인했어. 나와 친해지려고 서둘렀고 결국 오늘 이곳으로 꾀어 냈지. 당신은 여자 친구 한 명을 데려오라고 했어. 내 시체 하나만 발견되면 정사처럼 꾸밀 수 없을 테니까. 다자카 씨와 내가 김초밥을 먹었다면 속에 든 청산가리나 그 비슷한 독극물에 금방 숨을 거두었을 거야. 당신은 몰래 이 자리를 떠나겠지. 셋에서 하나를 뺀 두 사람의 정사 시체가 오쿠이즈 산속에 남는 거야. 그러면 세상 사람들은 입방아를 찧겠지. 아아, 사람 일은 모르는 거야, 그 두 사람이 정사할 만한 사이인 줄은 몰랐다고. 그리고 내 아내는 내 유골을 벽장 속에 처박아 둘지도 모르지."

문득 웃음소리가 들렸다. 시오타 요시코가 고개를 젖히고 목젖이 보이도록 크게 웃었다.

"선생님."

그녀는 웃음을 싹 지우고 차갑게 말했다.

"과연 소설가답게 잘도 만드시네요. 초밥에 독약이 들어 있다고요?"

"그래."

소설가는 대답했다.

"그래요? 그럼 독약이 있는지 없는지, 내가 이 자리에서 김초밥을 다 먹어 볼 테니까 잘 보세요. 청산가리라면 삼사 분 안에 죽을 거예요. 더 약한 독극물이라면 몸부림치기 시작하겠죠. 내가 아무리 버둥거려도 그냥 놔두세요."

시오타 요시코는 넋을 놓고 있는 다자카 후지코 손에서 나무 도시락을 뺏어 들고 냉큼 손가락으로 집어서 입 안에 넣기 시작했다.

스기모토 다카시는 숨을 죽이고 그 모습을 지켜보았다. 아무 말도 하지 못했다. 그저 눈만 부릅뜨고 쳐다볼 뿐.

김초밥은 일고여덟 개가량 들어 있었다. 요시코는 그것을 바쁘게 씹어서 목구멍으로 넘겼다. 놀라울 만큼 빠른 속도로 다 먹어 치운 것은 물론 오기의 발로였다.

"자, 다 먹었어요. 덕분에 배불리 먹었네요. 내가 죽는지 몸부림치는지 거기서 지켜보세요."

그렇게 말하고 그녀는 길게 자란 풀 위로 드러누웠다.

부드러운 태양이 그녀의 얼굴을 밝게 비추었다. 그녀는 눈을 감았다. 휘파람새가 지저귀고 있었다. 시간이 한참 흘렀다. 스기모토 다카시와 다자카 후지코는 여전히 옆에서 한마디도 못하고 있었다. 다시 긴 시간이 흘렀다.

시오타 요시코는 잠이 들었는지 미동도 하지 않는다. 하지만 감긴 눈 가장자리에서 눈물이 한줄기 흘러내렸다. 스기모토 다카시는 하마터면 말을 건넬 뻔했다.

그때 그녀가 벌떡 일어났다. 통겨 오르듯 갑작스런 행동이었다.

"자, 아마 십 분 정도는 지났을 거예요."

그녀는 스기모토 다카시를 노려보며 말했다.

"청산가리였다면 벌써 숨이 멈췄겠죠. 다른 독약이라도 징조가 나타났을 거예요. 그런데 이렇게 팔팔하잖아요? 당신의 망상이 얼마나 엉터리인지 아시겠어요? 어떻게 그렇게 무서운 말을 할 수가 있어요."

그녀는 그렇게 말하고 서둘러 빈 상자와 병을 비닐 보자기에 싸더니 옷에 붙은 풀을 털었다.

"돌아가겠어요. 그럼."

시오타 요시코는 그 한마디를 남기고 왔던 길을 성큼성큼 걷기 시작했다. 이상한 점은 찾아 볼 수 없었다. 걸음도 전혀 이상이 없었다. 그녀의 모습이 숲 속 나뭇가지들의 복잡한 교차 속으로 금세 사라졌다.

9

시오타 요시코가 스기모토 다카시에게 보낸 유서.

　선생님.

　내가 저지른 범죄는 당신이 말씀하신 그대로였습니다. 어디 하나 정정할 곳이 없습니다. 분명히 린운 협곡에서 두 사람을 죽인 것은 나였습니다. 왜 죽였는지, 당신의 추리가 거기까지는 미치지 못한 듯하니 마지막으로 그 점을 말씀드리겠습니다.

　내 남편은 전쟁이 끝나기 한 해 전에 징집되어 만주로 갔습니다. 결혼하고 반년도 안 되었을 때입니다. 나는 남편을 사랑했습니다. 그래서 만주에 있던 장병 대부분이 전쟁이 끝남과 동시에 시베리아로 끌려갔다는 소식을 듣고 크게 슬퍼했습니다. 그러나 건강하게 지내다 보면 언젠가는 돌아오리라 믿고 오랫동안 그 희망만 붙들고 살았습니다.

남편은 좀처럼 돌아오지 않았습니다. 마이즈루까지 남편을 맞이하러 헛걸음을 한 적도 한두 번이 아니었습니다. 남편은 본래 몸이 건강했으니 언젠가는 무사히 돌아오리라 믿고 오랜 세월을 혼자 기다렸습니다. 온갖 일자리를 전전했습니다. 여자 홀몸으로 살기는 쉽지 않았습니다. 마지막 직업이 바의 여급이었습니다. 니시긴자우라의 엔젤이란 업소였습니다.

여급이란 직업은 의상이 많이 필요합니다. 후원자가 없는 몸이라 옷값 마련하기가 쉽지 않았습니다. 나는 거의 바닥난 저금을 헐어서 어느 날 백화점에 드레스를 사러 갔습니다. 겉보기가 괜찮되 가장 싼 옷을 샀습니다. 그것만 사고 돌아왔으면 좋았겠지만, 문득 레이스 장갑 한 켤레를 사고 싶어서 특매장으로 갔습니다. 한참을 고르다 한 켤레를 사서 쇼핑백에 넣었습니다. 그리고 1층으로 내려가 문을 나서려고 하는데 한 남자가 정중하게 불러 세웠습니다. 그는 그 백화점 경비원이었습니다. 내 쇼핑백 속을 잠깐 보자고 했습니다. 사람 없는 곳으로 나를 데려간 그는 내 쇼핑백에서 장갑 두 켤레를 꺼냈습니다. 한 켤레는 포장지로 싸여 있지만 한 켤레는 맨 상품 그대로였습니다. 백화점 결제 검인이 없는 상품이었습니다. 나는 깜짝 놀랐습니다. 워낙 가벼운 물건이라서 아마 특매장 매대에서 쇼핑백 속으로 떨어진 게 틀림없다고 생각했습니다.

나는 그렇게 변명했지만 경비원은 믿어 주지 않았고, 내 주소와 이름을 수첩에 적었습니다. 나는 얼굴이 새파래졌습니다. 절도범이 된 것입니다. 남자는 히죽히죽 웃으며 일단은 나를 돌려보냈습니다.

그러나 그것으로 끝난 것이 아니었습니다. 더 무서운 일이 기다리고 있었습니다. 어느 날 그 사람이 내 아파트로 찾아왔습니다. 마침 출근 직전이었습니다. 남자는 다다미 위에 주저앉더니 이번 일은 자기 재량으로 봐주겠다고 했습니다. 나는 기뻤습니다. 내가 고의로 한 일은 아니지만 그런 오해를 받는 일을 모면했다는 생각에 가슴을 쓸어내렸습니다. 만약 업소나 아파트 주민에게 그 사실이 알려지면 어떡하나, 하고 매일 전전긍긍했기 때문입니다.

여자를 상대로 그렇게 약점을 파고드는 남자가 그다음에 어떻게 나왔을지는 상상하기 어렵지 않겠지요. 나는 나약했습니다. 용기가 모자랐습니다. 나는 그자의 강요에 저항할 힘을 잃었습니다. 그 남자, 즉 쇼다 사키지는 그 뒤 나를 따라다녔습니다. 그는 육체를 원했을 뿐만 아니라 때로는 용돈까지 우려냈습니다. 업소에 와서는 내 부담으로 술을 마시고 갔습니다. 나는 기둥서방을 만들고 말았습니다.

나는 남편을 원망했습니다. 왜 일찍 돌아와 주지 않는지, 그이만 돌아와 주었으면 이런 지옥을 겪지 않아도 좋으련만, 하고 생각했습니다. 괜한 자격지심이었는지도 모릅니다. 오히려 내가 남편한테 사죄해야 할 일이었습니다. 하지만 그때는 정말로 그렇게 원망했습니다.

쇼다라는 자는 너무 비열하여 도저히 남편과 비교할 수도 없습니다. 게다가 그는 여자도 많았습니다. 후쿠다 우메코도 그 가운데 하나였습니다. 그는 뻔뻔하게도 후쿠다 우메코를 나에게 대면시켰습니다. 아마 나의 질투를 부채질해서 애정을 만들어 나갈 심산이었겠지요. 내가 거기에 조금이나마 휘둘린 것은 대체 어떤 심리였을까요.

그러다가 소식이 없던 남편한테 소식이 왔습니다. 조만간 귀국할 거라고 했습니다. 나는 기뻤습니다. 파란 하늘을 만난 기분이었습니다. 그리고 고민했습니다. 쇼다 사기지 때문입니다. 남편이 돌아오면 모든 것을 고백하고 심판을 기다릴 생각이었지만, 그러려면 그전에 쇼다와의 관계를 끊어야 했습니다. 쇼다에게 사정을 설명하고 애원했지만, 그는 받아들이지 않는 것은 물론이고 오히려 나에게 더욱 정욕을 드러냈습니다. 그에 대한 살의는 이렇게 해서 생겨났습니다.

살해 방법은 당신이 추리한 그대로입니다. 후쿠다 우메코를 유인해서 린운 협곡에 같이 놀러 가자고 하자 쇼다는 이 기묘한 소풍을 반겼습니다. 정부 두 명을 데리고 간다는 사실에 변태적인 자부심을 느꼈겠지요.

기차는 신주쿠에서 열두시 이십오분에 발차하는 편을 약속했지만, 나는 그전에 열한시 삼십이분발 보통열차를 탔습니다. 기차에 세 사람이 함께 있는 모습을 누구 아는 사람이 볼까 두려웠기 때문입니다. 기차는 K역에 열네시 삼십삼분에 도착했습니다. 쇼다와 우메코가 올라탄 준급행이 닿기까지는 삼십 분 정도 시간이 있었습니다. 그동안 나는 역전 음식점에서 주카소바 라멘을 먹으며 당신의 소설이 실린 《고신신문》을 보았습니다. 기차에서 내린 쇼다와 우메코를 만났을 때 역 앞에서 ××대신이 연설을 하고 있었습니다.

나는 린운 협곡 숲 속에서 쇼다와 우메코에게 청산가리가 든 수제 모란병쌀과 찹쌀로 만든 경단에 팥고물 따위를 묻힌 떡을 먹였습니다. 두 사람은 금세 쓰러졌습니다. 남은 떡을 거두어서 돌아가면 정사한 시체만 남겠지요. 일은 계획대로 잘 진행되었습니다.

나는 안심했습니다. 이제 안심하고 남편의 귀국을 기다릴 수 있게 되었습니다. 마음에 걸린 부분이라면 두 사람의 시체를 경찰이 과연 정사로 판단할까 타살로 판단할까 하는 것이었습니다. 그래서 음식점에서 본 《고신신문》을 구독하기로 했습니다. 다만 소설을 이유로 내세운 탓에 당신의 의심을 사고 말았습니다.

나는 남편을 간절히 원했습니다. 그래서 이번에는 당신을 말살하려고 했습니다. 쇼다를 죽인 바로 그 방법으로.

하지만 그것도 간파당하고 말았습니다. 당신은 내 도시락의 김초밥을 의심했지만, 실은 독약은 주스 속에 있었습니다. 김초밥을 먹다가 목이 메면 주스를 단숨에 들이켜리라 짐작하고.

주스 병은 내가 그때 거두어 돌아왔습니다. 공연한 수고는 아니었습니다. 이제 곧 그것을 내가 마실 참이니까요…….

—《소설 신초》(1957년 4월)

이외지리理外之理

어떤 상품이 팔리지 않게 되었다면 누구나 그 원인을 품질이 떨어졌거나 경쟁 상품이 많아졌거나 구매층의 취향이 변했거나 판매 조직에 문제가 있거나 홍보에 문제가 있거나 하는 일반적인 요인 중에서 찾을 것이다. 상업 잡지도—그 '문화적인 면'을 제쳐놓는다면—역시 상품이란 범주에 들어갈 것이 분명하다. 따라서 그런 종류의 잡지가 뜻대로 판매되지 않을 경우 앞에 꼽은 일반적인 요인 중에서 이유를 찾게 될 것이다.

부진한 판매량을 개선하려면 품질을 높여서 경쟁 상품을 따돌리고 구매층의 동향을 파악하여 상품 이미지를 바꾸는 것이 선결 과제다. 그 밖에 판매 조직의 미비나 문제점 따위는 상품이 호평을 얻으면 뒤따라 저절로 개선되게 마련이고 홍보도 더 힘을 받게 된다. 이윤이 커지면 경영자도 홍보에 더 많은 돈을 지출하려고 한다. 이러한 일반론은 영리를 목적으로 하는 잡지에도 적용될 것이다. 잡지를 여러 종 발행하는 R사가 사장의 결정으로 여러 잡지 가운데 오락 잡지 《J—》를 대대적으로 개혁하게 된 까닭도 그러한 일반적인 양상과 정확히 일치한다.

R사의 다른 잡지들은 몰라도 《J—》의 판매 부수는 지난 오륙 년 동안 내내 떨어지기만 했다. 이 회사는 패전 직후 설립되었는데, 처음에는 《J—》가 가장 잘 팔리는 간판 잡지였다. 그러던 잡지가 어째서 부진에 빠졌느냐 하면, 특별히 경쟁지가 늘어나거나 품질이 나빠져서가 아니라 구매층 독자의 취향과 경향이 변했기 때문이다. 패전 직후 활자라면 뭐든지 사서 읽어 주던 무질서한 시기에 태어난 '저급한' 통속 소설은 점차 읽히지 않게 되었다. 독자의 교양이 높아졌다. 일반 상품으로 비유하자면 유

행에 뒤처지게 된 것이다.

　다른 출판사의 능력 있는 일꾼이 사장의 촉망을 받으며 신임 편집장으로 입사했다. 신임 편집장이 《J—》의 내용과 구성에 일대 변혁을 꾀한 것은 말할 것도 없다. 입사하기 전에 그가 내놓은 의견에 따르면 전쟁 이전의 오락 잡지들은 소학교 졸업자나 고등소학교 졸업자 정도의 수준이었지만, 지금은 고교 졸업자가 기준이 되었다. 아니, 고교 졸업자보다 대졸자가 늘어나는 추세이니 오락 잡지도 그들의 지적 수준에 맞게 변신해야 한다, 한자마다 발음을 표기해 주는 활자 잡지 이미지는 이제 자멸할 운명에 처했다, 라는 것이었다. 증거로 지성과 교양 수준이 상당히 높은 다른 소설 잡지들은 판매량이 하나같이 양호하지 않은가, 그걸 주목해라, 그런 잡지 속으로 뛰어들어야 한다, 심한 경쟁은 처음부터 각오해야 하지만 내용만 좋으면 충분히 승산이 있다, 라고 역설했다. 이는 잡지의 적자에 한창 고민하던 사장도 전부터 해 오던 생각이었으므로 의견은 완벽하게 일치했고, 그는 편집장으로서 사장의 촉망을 한 몸에 받게 되었다. 사장은 잡지 개혁 일체를 신임 편집장에게 맡겼다.

　신임 편집장은 먼저 필진부터 손을 댔다. 새 술은 새 부대에, 라는 교훈대로 묵은 술을 쏟아 버려야 한다고 역설했다. 필자들과 오랫동안 교류해 온 편집자들로서는 고정 필자에 대한 의리상 참으로 감당하기 힘든 일이었으나 신임 편집장의 지시가 엄하니 어쩔 수 없었다. 편집부원들은 각 필자들을 분담하여 직접 찾아가 사정을 설명하고 당분간 원고를 의뢰할 수 없을 거라고 양해를 구했다. 필자들은 열이면 열 불만스러운 얼굴이었고, 부려 먹을 때는 사정없이 부려 먹다가 방침이 바뀌었다고 헌 짚신짝 취급이냐고 대 놓고 항의하지는 않더라도 냉소적으로 반응하는 사람이 꽤 많았다. 담당 편집자들은 그저 머리를 조아릴 뿐이었다.

그러나 잡지가 새 방침을 천명했더라도 모쪼록 종전처럼 원고를 채택해 줄 수 없느냐고 부탁하러 오는 사람이 없지는 않았다. 자유기고가 스가이 겐도도 그 가운데 한 사람이다.

스가이 겐도는 소설가는 아니다. 말하자면 에세이 류를 쓰는 필자인데, 특히 에도 시대에 얽힌 이야기를 에세이식으로 쓰는 것을 장기로 삼았다. 그도 그럴 것이 그는 에도 시대 고서적을 풍부하게 접하고 있었다. 나이는 예순넷, 겐도는 호이고 본명은 토지로. 이마는 벗겨졌지만 오래전부터 밤 송이처럼 짧게 깎고 다녔다. 원래 엔슈 하마마쓰에 있는 선사에서 승려로 있었다고 하는데, 자신이 아니라고 하므로 정확한 사실은 알 수 없다. 하지만 한서漢書를 물 흐르듯 읽고 고문서의 꼬불꼬불한 서체를 활자체 읽듯이 속독할 수 있다고 한다. 여하튼 박람강기博覽强記한 사람이다. 편집자들끼리는 겐도 옹이니 겐도 노인이니 하고 불렀다.

그러므로 스가이 겐도는 에도 시대에 관한 실증적인 글을 쓰는 데는 부족함이 없었다. 그러나 그런 글은 《J—》와 맞지 않았다. 그래서 에도 시대의 항설巷說이나 일화 따위를 잡지에 맞게 고쳐 쓰게 해서 받아 왔다. 여섯 매 정도일 때도 있고 열 매 정도일 때도 있으며, 많아도 사십 매일본은 사백 자 원고지 기준를 넘지 않았다. 물론 분량은 편집자의 주문에 따랐다. 당시 겐도는 그 밖에 잡지 두세 종에도 비슷한 종류의 글을 기고하였고, 그런 글들을 따로 모은 단행본도 대여섯 권 출간했다. 그즈음이 겐도의 전성기였는데 그런 잡지들도 지금은 쓰러졌거나 살아남아도 시류에 맞지 않는 탓인지 원고 청탁이 끊기고 말았다. 마땅한 잡지만 있다면 스가이 겐도도 개성 있는 작가가 될 수 있었겠지만, 그는 마땅한 무대도 백락주나라 때 말을 보는 안목이 뛰어났던 사람으로, 후세에는 '인재를 알아 주는 사람'을 가리키는 말로도 쓰이게 되었다도 만나지 못했다. 원고는 연필은 물론이고 만년필조차 사용하지 않고, 꼭 붓으로 해서

체에 가까운 꼼꼼한 자체字體로 써 왔다. 한지에 검은 붓글씨가 적힌 괘선지 몇 매가 종이 노끈으로 우상귀에 단정하게 철해져 있다. 오자나 차자借字†

†한자 본래의 뜻과는 상관없이 음이나 훈을 빌려서 쓰는 한자나 탈자도 전혀 없다. 일설에 따르면 벼루에 먹을 가는 일과 종이를 꼬아 끈을 만드는 일은 겐도의 젊은 부인 몫이라고 한다. 전처는 십 년 전에 죽었다. 지금의 후처는 삼 년 전에 서가로 둘러싸인 그의 아파트 방 안에 들어앉게 되었다. 겐도는 집을 찾아왔다가 깜짝 놀라는 편집자에게 볼을 붉히며 겸연쩍어하는 얼굴로 짤막하게 부인을 소개했다. 후처는 겐도와 이십이삼 년이나 차이가 나는데, 본래 파출부로 일하던 여자 같다는 소문이었다. 피부가 희고 체격도 좋고 용모도 나쁘지 않았다. 애써 흠을 찾자면 말수가 적고 애교가 없었다. 부인의 데면데면함을 벌충하려는지 손님 앞에서는 겐도가 나름대로 신경을 써서 말이 많아지는 눈치였다. 남들 눈에도 초로의 겐도가 젊은 부인을 애지중지한다는 것을 쉽게 알 수 있었다.

어느 늦은 봄날, 겐도가 지금까지 자기를 담당하던 R사의 편집자 호소이를 찾아왔다. 안내 데스크에서 연락을 받은 호소이는 곤혹스런 표정을 지었다. 호소이는 담당 편집자의 의리가 아니라도 겐도를 높이 평가했다. 그래서 지금까지 스가이 겐도의 원고를 잡지에 즐겨 실었다. 원고료도 호소이의 재량으로 소설 원고 못지않게 높게 책정해 왔다. 일반적인 글의 원고료는 소설의 절반 정도로 낮았다. 그러나 호소이가 아무리 개인적으로 겐도의 글을 높이 평가해도 신임 편집장이 그런 글들은 단호하게 거절한다는 방침을 고집했다. 잡지 내용을 개혁하겠다는 것이 회사의 방침이었다.

그런데 겐도는 그렇게 거절당한 뒤에도 새 원고를 써서 호소이에게 보여 주겠다고 찾아왔다. 재미있는 내용이라 반드시 채택되리라는 자신감이 있어서가 아니라 어떻게든 원고를 채택하게 해서 돈으로 바꾸고 싶은 것이다. 키가 작고 말라서 사십 킬로그램 정도밖에 안 되는 겐도 노인은, 이번에는 잡지의 새로운 방향에 맞게끔 내용과 문투를 고상하게 바꿨노라고 하면서 번번이 호소이에게 원고를 보여 주러 왔다. 하지만 편집장은 에도 시대 일화는 고리타분하다 하여 눈길도 주지 않았다. 편집장은 글의 내용보다 기존 필자들의 이름을 목차에서 깨끗이 몰아낼 심산이었다. 특히 스가이 겐도는 고정 필자 가운데 한 명이므로 편집장의 거부 의지는 요지부동이었다.

호소이는 지난번에 겐도한테 받아서 묵혀 온, 한지 괘선지에 붓글씨로 쓴 원고가 들어 있는 봉투를 들고 아래층 응접실로 내려갔다. 의자에 얌전하게 앉아 있던 자그마한 겐도는 호소이가 한 손에 들고 오는 봉투를 보고 그 침침해 보이는 눈에 이내 실망하는 기색을 비쳤다. 늘 그랬듯이 겐도는 원고에 상당한 기대를 걸고 있었다. 지금까지 오랫동안 호소이가 겐도에게 집필을 의뢰하러 찾아갔지만, 잡지의 방침이 바뀌면서 이제는 겐도가 채택을 부탁하러 찾아오는 딱한 처지로 떨어졌다. 실은 벌써 열한 번째 방문이다.

"원고는 재미있게 읽었습니다."

호소이는 실망으로 풀이 죽은 겐도에게 그렇게 말하며 봉투를 테이블 위에 내려놓았다. 이렇게 돌려주려니 원고가 돌처럼 무겁게 느껴졌다.

"역시 안 되겠습니까. 내 딴에는 재미있는 내용이라고 생각했는데. 문투가 마땅하지 않던가요?"

겐도는 갈라진 목소리로 중얼거리듯이 말하고 고개를 갸웃거렸다. 겐도가 문투를 언급한 이유는 역시 잡지의 새로운 방침인 '고상함'에 나름대로는 부응하려고 애썼기 때문일 것이다. 하지만 그런 노력이 오히려 새 원고를 딱딱한 한문투로 만들고 말았다. 겐도는 그런 문체를 고급스럽다고 여기는 듯했다.

호소이가 원고를 재미있게 읽었다고 한 말은 순전히 인사치레만은 아니었다. 원고의 내용은 대체로 이렇다.

어느 번에 모(성은 불명) 야헤이타라는 술버릇 고약한 번사ᵇⁱ가 있었다. 하루는 번의 검술 선생을 모시고 문하생들이 술자리를 열었다. 검술 선생은 번주ᵇⁱ의 스승이기도 하므로 일동은 평소 선생에게 각별히 경의를 표했다. 그러나 문하생이 아닌 야헤이타에게는 그것이 못마땅했는지, 술잔을 비울수록 고약하게 술주정을 부려서 좌중을 모욕하고 마침내는 자기보다 검술이 강한 자가 없으며 여기 선생이라는 자도 실력은 나보다 못하다는 둥 폭언을 하였다. 마음이 상한 문하생들은, 그렇다면 이 자리에서 당장 선생과 겨뤄 보라고 했다. 야헤이타는 나이가 서른쯤 되는 덩치가 커다란 사내였다. 선생은 류쇼라는 노인으로, 근골은 굵지만 살집이 없고 허리도 조금 굽고 목소리도 작았다. 그러나 검술은 각별했다. 검술의 한 경지를 이룬 스승이므로 저 난폭한 자를 일격에 무릎을 꿇게 하리라고 제자들은 생각했다. 그래서 스승에게 결투를 권하고, 승부 결과로 울분을 풀려고 했다. 하지만 스승은 완강하게 사양했다. 문하생들 눈에는 그것이 스승의 겸허하고 웅숭깊은 자세로 비쳤다. 그러나 취한은 선생이 겁을 먹었다고 보았는지 더욱 오만하게 굴었다. 문하생들은 스승에게 어서 저자를 징벌하라고 종용했다. 스승도 더는 사양할 길이 없어 마침내 목도를 들고 일어섰다. 이리하여 야헤이타와 도장 한가운데서 대치했다. 승부는 문하생들이 지켜보는 가운데 눈 깜짝할 사이에 끝났다. 나이 든 선생이 혈기 넘치는 야헤이타의 일격에 피를 토하고 쓰러지고 말았다. 선생은 겸손함 때문에 시합을 거절했던 것이 아니다. 그것을 웅숭깊은 자세로 착각한 제자들이 스승을 빼도 박도 못할 곳으로 몰아넣고 무리하게 시합을 시켜서 죽음에 이르게 했다…….

겐도가 쓴 이 짧은 글은 단편 시대물이나 현대 소설로 고쳐 쓸 수 있는 소재였다.

그러나 스가이 겐도에게는 이야기를 소설로 환골탈퇴 시킬 재능이 없었다. 그는 그저 에도 시대의 수필, 예를 들면 『호구노우라가키19세기 중반에 묶인 수필 형식의 문집으로 당시 항간에 나돌던 기담과 괴담이 많이 실려 있다』라든지 『기이진사록奇異珍事錄』 같은 책에서 얘깃거리를 찾아내 그대로 짧은 글로 다듬었을 뿐이다. 호소이는 이런 종류의 원고를 연재해 줄 것으로 기대할 만한 다른 잡지를 떠올릴 수 없었다.

"정말 송구스럽습니다만, 이 원고는 돌려 드려야겠습니다."

호소이는 봉투 모서리에 손끝을 대고 겐도 쪽으로 살짝 밀었다.

닷새쯤 지나서 호소이는 다시 스가이 겐도의 열두 번째 원고를 건네받았다. 잡지사로 찾아온 겐도에게 차마 원고도 읽지 않고 그 자리에서 원고를 물릴 수는 없었다. 검토해 보겠습니다, 라고 했지만 결론은 이미 정해져 있었다.

"이렇게 염치없는 떼쓰기도 이번이 마지막이 될 것 같습니다."

겐도는 역시 거반 체념했는지 침통한 얼굴로 호소이에게 말했다.

"이 원고도 채택되지 않으면 원고 들고 오는 짓도 이제 그만두렵니다. 사흘 뒤 결과를 들으러 올 테니 그때까지 검토해 주십시오."

호소이는 사흘 뒤 겐도를 다시 만나야 한다는 사실이 살을 에듯 쓰렸다. 차라리 안내 데스크에 미리 말해서 담당 편집자가 자리를 비웠다고 이르게 하고 편지와 함께 반송 원고를 맡겨 놓을까도 생각했지만, 지금까지 겐도와 일해 온 의리로 보나 간절히 매달리는 노인의 모습으로 보나 차마 그렇게 잔인한 짓은 할 수 없었다. 이러나저러나 똑같이 원고에 퇴짜를 놓는 잔혹한 짓이라면 차라리 겐도의 얼굴을 보고 사과해서 노인의 마음을 조금이나마 풀어 주고 위로도 해 주고 싶었다.

사실 겐도가 바라는 것은 돈이었다. R사가 지급하는 원고료가 지금까지 겐도 부부의 생활을 지탱해 준 버팀목이었다. 이십 년 이상 어린 여자가 왜 겐도와 사는지는 모르나, 삼 년 전이면 겐도가 R사 외에 두세 개 잡지에 원고를 기고하고 단행본도 몇 권 출간해서 그리 많은 돈은 아니지만 인세도 받던 전성기였다. 파출부가 겐도의 수입과 소소한 '명성'에 끌려 함께 살기로 결심했으리라는 것은 쉽게 짐작할 수 있었다. 그녀는 좋은 기모노를 입고 점잖게 앉아서 어딘지 편집자를 내려다보는 '사모님' 역할을 하고 싶어 하는 것처럼 보였다. 잡지의 방침이 바뀐 뒤로 호소이는 벌써 석 달이나 그의 아파트에 찾아가지 않았지만, 그런 후처를 건사하며 생활을 책임져야 하는 겐도 노인이 꽤 고달프겠구나 하고 생각했다. 지금쯤 장서라도 내다 팔아서 근근이 생계를 잇고 있을 게 틀림없다. 장서 중에는 에도 시대 고서나 귀한 한서도 있었던 것 같다.

호소이는 우울한 기분으로 겐도가 열두 번째로 들고 온 원고를 책상 위에 내려놓고 대충 들춰 보았다. 이번 원고는 이 회 분량이었다. 이렇게 염치없는 떼쓰기도 이번이 마지막이 될 것 같습니다, 라고 했던 겐도 노인의 말이 떠올랐다.

첫 번째 이야기는 대강 다음과 같은 내용이었다.

고지마치에 본부를 둔 어느 무사단에 하야세 도베라는 사람이 있었다. 술을 마시면 우스꽝스러운 몸짓과 함께 만담을 잘해서 동료에게 인기가 많았다. 해가 길어진 어느 봄날, 단장 집에서 연회가 있어 저녁부터 술자리가 벌어졌는데, 참석하기로 약속한 도베가 나타나지 않았다. 단장의 측근들은 도베의 여흥을 기대했지만 아무리 기다려도 그는 오지 않았다. 동료들이 기분이 상해 있는데 마침내 도베가 대문에 나타났다. 그런데 그가 매우 서두르는 기색으로 집사에게 "실은 불가피한 일이 생겨서 문밖에 한 사람을 기다리게 해 놓았다. 그래서 오늘 연회에 참석할 수 없게 되어 양해를 구하려고 왔다. 지금 당장 가 봐야 한다"고 말했다. 집사는 그 말에 응하지 않고 "먼저 단장과 참석자들에게 그 뜻을 아뢸 테니 지시가 있을 때까지 여기서 기다리라"고 했다. 도베는 매우 난처한 얼굴이었지만 어쩔 수 없이 시키는 대로 했다. 집사가 단장에게 그 내용을 전하니 단장은 "무슨 일인지 모르겠군. 아까부터 좌중이 애타게 기다렸는데 설령 불가피한 일이라 해도 무슨 일인지 고하지도 않고 그냥 가는 법은 없다" 하며 도베를 술자리로 불러들였다. 단장을 비롯하여 모두가 도베에게 무슨 일이냐고 물었다. 도베가 대답하기를 "다른 일이 아니라 실은 구이치가이 문 안에서 목을 매기로 약속해 놓았으니 여기서 지체할 수가 없다. 당장 갈 수 있게 허락해 달라" 하며 좌중에 간청하는 것이었다. 단장은 매우 기이한 이야기라 생각하고 "이자가 넋이 나간 것 같다, 이럴 때는 술이 제일이다" 하며 도베에게 커다란 잔으로 연거푸 일고여덟 잔을 마시게 했다. "그럼 이만 물러가게 해 주십시오" 하고 다시 서두르는 도베의 입에 또다시 일고여덟 잔을 들이부었다. 단장이 "그럼 네 만담이나 한 자락 들어 보자" 하고 요구하자 도베는 경황없이 한두 마디 성대모사만 하고는 또 자리를 뜨려고 했다. 그것을 다시 눌러 앉히고 또 술을 마시게 했다. 그렇게 여러 사람이 번갈아 큰 잔을 권하는 가운데 단장이 가만히 도베의 모습을 살펴보니 그가 점차 차분해지고 있었다. 그리고 여기를 떠나야 한다는 생각도 잊어버렸는지 더는 그 이야기를 꺼내지 않게 되었고 넋이 나간 사람처럼 보이지도 않았다. 그때 측근이 들어와 "방금 조합에서 연락이 왔는데 구이치가이 문 안에서 누가 목을 매 자살했다고 합니다. 사람을 보내서 조사할까요" 하고 단장에게 물었다.

그 이야기에 단장은 무릎을 탁 치며 "그렇다면 도베가 이 집에서 나오지 않자 액귀가 대신 다른 자를 죽였구나. 이제 액귀가 도베한테서 떨어져 나갔다"고 큰 소리로 말했다. 단장이 도베에게 사정을 묻자 그는 멍한 표정으로 이렇게 대답했다. "꿈결 같아서 잘 기억하지는 못하지만 소인이 구이치가이 문 앞을 지나간 것이 저녁 전이었는데 한 남자가 소인에게 여기서 목을 매라고 했습니다. 소인은 거절하지 못하고 '좋다, 여기서 목을 매겠다. 그러나 오늘 단장 댁 연회에 참석하기로 약속했으니 먼저 거기 가서 양해를 구하고 나서 그대가 말하는 대로 목을 매겠다' 하고 말했습니다. 그 사람은 '그렇다면 좋다' 하고 여기 대문 앞까지 소인을 따라와 '어서 들어가 양해를 구하고 나오라' 하고 말했습니다. 그것이 자못 의리를 아는 사람의 말처럼 들려서 그자와 한 약속을 어기면 안 되겠다고 생각했습니다. 왜 그런 마음이 들었는지 지금 생각해도 통 알 수가 없습니다" 하고 도베는 꿈에서 깨어난 듯한 얼굴로 말했다. 다 듣고 난 단장이 그에게 이르기를 "그러면 이제라도 목을 맬 생각이 있느냐" 하고 묻자 도베는 제 목에 밧줄을 거는 시늉을 하고는 고개를 설레설레 가로저으며 "당치도 않습니다" 하고 몸을 떨었다. 사람들은 그가 액귀에 씌웠다가 헤어나 목숨을 건진 것도 다 술 덕분이라고 말했다…….

두 번째 이야기는 간단했다.

　호레키(1751~1764) 연간의 일이다. 에도에 '오데데코'라는 인형 놀이가 등장하여 크게 유행했다. 연한 황색 두건을 씌우고 소매 없는 하오리를 입힌 남자 인형인데, 갈대를 엮어 만든 인형 몸통 밑에 끈을 달아 놓고 인형 놀리는 자가 그것을 들고서 재주를 부린다. 그 뒤에서 악사들이 샤미센이나 북으로 요란하게 "오데데코덴, 스테테코텐" 하고 연주하고, 소리에 맞춰 다양한 모습으로 바꾸는데, 바꾸는 속도가 빨라서 에도에 인기 높은 흥행물이 되었다. 그러자 여기저기서 오데데코 인형이 속출했다. 그러나 에도 사람들의 마음은 죽 끓듯이 변한다. 조금 색다르게 개량한 것, 취향이 새로운 것이 나타나면 이내 인기가 그쪽으로 쏠리니, 그렇게 유행하던 오데데코도 곧 사그라지고 말았다. 그러자 인형도 창고에 방치되어 먼지를 뒤집어쓰게 되었다. 그런데 료고쿠 요카와초 신미치에 야로쿠라는 흥행사가 있었다. 이 사람이 하루는 갑자기 고열을 내더니 자리에 드러눕고 말았다. 그 모습이 그냥 감기몸살과 달랐다. 눈초리가 이상해지고 실성한 사람처럼 헛소리를 했다. 혀도 잘 돌아가지 않는 그의 말을 다른 사람이 가만히 들어 보니 그는 줄곧 누군가에게 사죄하는 듯했다. "미안해, 미안해, 오데데코가 한창 인기를 끌 때는 너를 금이야 옥이야 떠받들며 부리다가 유행이 사라지니까 마치 쓰레기처럼 창고에 처박아 두었으니 정말 미안하구나. 네가 화를 내는 것도 당연하다. 내가 너무 못되게 굴었다. 제발 용서해라. 부탁한다. 네가 화내는 것도 당연하다. 용서해라" 하고 말했다. 그렇게 창고를 향해 용서를 비는 것처럼 합장을 했다. 야로쿠는 쓰다 버린 오데데코 인형의 원령에 씌인 것이다. 유행할 때는 기분 좋게 추어 주며 부리다가 인기가 시들어 이용가치가 없어지자 헌 짚신짝처럼 내버렸다. 인정이 박하니 인형조차 원한을 품는다. 하물며 사람은 어떻겠는가. 배은 망덕은 말아야 하느니…….

호소이는 스가이 겐도의 두 글을 읽고, 특히 두 번째 「오데데코 인형의 원한」에 겐도의 통렬한 비난과 불만이 농축되어 있는 기분이 들었다. 에도 시대의 인형을 빌어 잡지사에서 퇴출당한 필자의 원한을 전하고 있는 것 같았다.

호소이는 여하튼 원고를 편집장에게 보여 주기로 했다. 어차피 싣지 않을 원고라지만 마지막으로 편집장에게 보여 준 이유는 겐도의 분노를 조금이나마 전하고 싶었기 때문이다.

야마네 편집장은 잡지사 두 군데를 거쳐 온 이 분야의 베테랑이다. 보통 키에 통통한 체격, 그리고 날카로운 얼굴은 개기름으로 번들거리는 인상이었다. 야마네도 겐도의 원고를 읽고 나더니 아랫입술을 빼죽이 내밀고 쓴웃음을 지었다.

"겐도란 노인이 꽤 뜨끔한 글을 써 가지고 왔군. 오데데코 인형이라니, 우리 사이에서 일어난 일을 고스란히 써 놓은 것 아닌가. 대체 이것은 노인이 창작한 이야기인가, 아니면 무슨 책에서 찾아낸 건가?"

겐도 노인은 결코 창작은 하지 않는다, 다 사료에서 찾아낸 거라고 호소이가 설명했다.

"그렇다면 정말 꼭 들어맞는 소재가 사료에 있었다는 말이군. 이거 상당한 솜씨 아닌가. 구이치가이 문에서 목을 매달라고 꾀는 귀신 이야기도 상당히 흥미롭군."

"그럼 그 글만이라도 실을까요?"

"천만에, 안 돼. 이제 와서 스가이 겐도라니, 안 될 말이지. 목차 면에 이름만 띄어도 잡지가 옛날로 돌아가 버린 것처럼 진부해 보일 거야. 노인한테는 안됐지만, 뭐, 시대 흐름이니까 어쩔 수 없는 일이라고 체념해 주길 바라야지."

야마네도 조금 어두운 말투로 말했다.

편집부에서는 겐도의 '액귀' 원고가 화제였다. 에도 시대에 실제로 있었던 일이라고 하지만, 정말로 이런 일이 있을 수 있을까, 하는 현실성이 논란이었다. 에도 시대라면 미신이 많은 시대이므로 있을 수 있는 일이라고 하는 사람도 있고, 아무리 옛날이라도 이런 황당한 일은 있을 수 없다, 실화라고 하지만 아마 풍문을 기록해 놓은 책에 나오는 내용일 테니까 믿을 게 못 된다는 사람도 있었다. 결국 겐도 노인의 생각을 들어 보면 어떨까, 하는 이야기가 나오게 되었다.

원고를 채택해 주었다면 모를까 이것으로 인연을 끊게 될 겐도에게 그런 질문을 던질 수는 없었다. 그러나 호소이는 그 이야기에 강한 호기심을 느꼈다. 그는 물어볼까 말까 망설였다.

약속한 사흘 후, 호소이가 저어하던 스가이 겐도가 그를 만나러 회사에 나타났다. 응접실로 내려가는 호소이의 마음과 발걸음은 무쇠 추를 여러 개 매달아 놓은 듯했다. 그러나 겐도를 막상 만나고 보니 의외로 호소이가 그렇게 걱정하거나 우울해할 정도는 아니었다. 겐도는 결과를 예상하고 있는지, 호소이가 들고 들어오는 두툼한 봉투를 흘낏 보고도 전처럼 안색이 흐려지거나 하지 않았다. 호소이가 말을 더듬으면서 사과의 말과 함께 지난번과 똑같은 이유로 거절한다는 뜻을 에둘러 전하자 겐도는 호소이의 말을 끝까지 듣지도 않고 순순히 말해 주었다.

"이제 괜찮아요, 호소이 씨. 나도 그제 밤쯤부터 내가 잘못이라는 걸 알았습니다. 알고 보면 이것도 다 시대 흐름이지요. 요즘 잘나가는 작가들도 언젠가는 시대의 파도에 밀려날 때가 오겠지요. 이것은 자연도태요 인류 진화의 법칙이므로 누구도 어쩔 수 없는 일입니다. 하물며 나 같은 늙은이가 계속 집필에 미련과 집착을 보인 것은 미련한 짓이었어요. 호소이 씨한테도 거듭 폐를 끼쳐서 면목이 없습니다."

노인은 의자에 앉은 채 양 무릎에 손을 얹고 벗겨진 머리를 호소이 앞에 깊숙이 조아렸다.

"그렇게 말씀하시니 뭐라 드릴 말씀이 없습니다. 어떻게 사죄를 드려야 할지⋯⋯."

호소이도 가슴이 미어졌지만 노인이 의외로 담담한 모습이라 그도 한시름 놓았다.

"그렇게 걱정해 주시지 않아도 괜찮아요. 이 원고라면 다른 잡지사에서 받아 줄 것 같으니까. 삼류 잡지이긴 하지만."

삼류 잡지든 서 푼짜리 잡지든 원고를 받아 줄 데가 있다는 소식에 호소이도 마음이 놓였다. 그래서 오늘 노인이 밝은 얼굴로 나타났구나 싶었다. 호소이는 노인에게 축하의 말을 해 주고 "빈말이 아니라 원고를 읽어 보니 아주 좋더군요. 그 잡지사 편집부에서도 좋아할 겁니다" 하고 말했다. 실제로 호소이는 원고를 다른 곳에 넘기기가 아까운 생각이 들었다. 하지만 스카이 겐도라는 이름이 목차 면에 등장해서는 잡지 자체가 퇴색되어 보일 거라는 야마네 편집장의 의견도 일리가 있으므로 편집장한테 무리하게 떼를 쓸 수도 없었다.

겐도의 밝은 모습에 호소이는 부담 없이 '액귀'의 현실성에 대해서 물어볼 수 있었다.

그러자 겐도는 진지한 얼굴로 말했다.

"이 이야기는 가세이(1804~1829) 시절에 스즈키 도야가 쓴 『호구노우라가키』에서 취한 겁니다. 『서박십종鼠璞十種·쓸데없는 이야기 모음집'이라는 의미. '서박'이란 북어처럼 말라비틀어진 쥐를 가리키며, 아무짝에도 쓸모없다는 뜻』이라는 근세 수필집에도 실려 있지요. 요즘 젊은 사람들은 매사 합리주의라서 이런 이야기를 허튼소리라고 일소에 부치겠지만, 옛날 일이라고 해서 그렇게 무시할 일이 아닙니다. 세상에는 이치로는 풀지 못할 '이외지리理外之理'라는 이상한 일이 적지 않거든요. 이 액귀만 해도 심리학자 선생들에게 물어보면 최면술 비슷한 심리 현상이라고 할지도 모릅니다. 하지만 그런 이론대로 맞아떨어지지 않는 현상도 있는 겁니다."

그렇게 말한 겐도는 문득 무슨 생각이 떠올랐는지 눈빛이 달라졌다,

"어떻습니까, 호소이 씨, 무슨 일이든 직접 해 보는 것이 제일이지요. 한번 「액귀」에 나오는 조건대로 실험해 보지 않겠습니까?"

그러고는 자기 담당이던 편집자의 얼굴을 들여다보듯이 쳐다보았다.

"그거야 해 봐도 상관은 없습니다만."

호소이는 노인이 그런 말을 꺼낼 만큼 마음의 여유를 되찾았구나 생각하니 자기도 어느새 마음이 가벼워져서, 노인에게 사죄도 표시하고 노인의 뜻을 존중한다는 것을 보여 주기 위해서라도 제안에 응하기로 했다. 물론 거기에는 호기심도 깔려 있었다.

노인이 거반 농담조로 제시한 '액귀'의 첫 번째 조건은 구이치가이 문으로 와야 한다는 것이었다. 그곳은 현재 치요다 구 기오이초에 해당한다고 했다.

"현재 요쓰야 초소에서 해자 옆길을 따라 아카사카 초소로 가다 보면 중간에 구이치가이 초소가 보이는데, 그곳에서 기오이초를 향해 좁은 토성 길을 건너가면 구이치가이 문이 있습니다. 지금도 예전 문의 돌담이 남아 있습니다. 그래요, 그래요, 호텔 뉴오타니로 가는 근방이죠. 호텔이 서 있는 근방이 이이 가의 저택, 그 옆이 기슈 가의 저택, 이이 가 앞에 오와리 가의 저택, 그렇게 세 개의 저택이 나란히 있으므로 그 세 가문의 이름을 한 자씩 따서 기오이자카라는 지명이 생긴 겁니다. 구이치가이 문이라고 해도 실제로는 성문을 만들지 않고 건乾 방위북서쪽를 지키기 위하여 목책만 설치했었지요. 토성 사이의 초입과 대문의 위치가 조금 어긋나 있어서 구이치가이 문'구이치가이'는 '어긋남'을 뜻한다이란 이름이 생겼겠지요. 지금은 그 책문 터에 쌓아 올린 돌담이 남아 있어요."

그런 방면의 이야기는 겐도 노인이 장기로 삼는 분야이다. 그런데 겐도가 이어서 말하기를, 구이치가이 문 터 돌담 모퉁이에 모레 밤 열한시 반쯤에 나와 주었으면 좋겠다. 요즘은 '액귀'가 출몰하지 않으니 내가 임시로 '액귀'가 되어 당신에게 구이치가이 문 안에 와서 목을 매라고 명령했다고 치자……

"그러니까 호소이 씨가 하야세 도베 역할을 하는 겁니다. 그 시각에 목을 매겠다는 약속을 했으니 반드시 그곳에 가야 하는 겁니다. 어때요, 예전 아카사카 이궁離宮 앞에서 동쪽 기오이초 방향으로 해자를 건너면 나오는 토성 입구입니다. 호텔 뉴오타니가 오른편으로 보이는 곳이지요. 잘 찾아오셔야 합니다."

호소이 씨가 직접 나와도 좋고, 호소이 씨는 하야세 도베 역할이니까, 불가피한 볼일이 생겼다 치고 나오지 않아도 좋아요. 다만 누구든 대신 목을 맬 사람을 보내 주세요. '액귀' 이야기에 나오는 조건대로 해 봅시다.

대리인이 나온다면 아마 그 사람이 스스로 목을 맬 마음을 먹게 될 겁니다. 세상에는 '액귀' 이야기 같은 이외지리가 있음을 알게 될 겁니다. 하지만 영 내키지 않는다면 아무도 나오지 않아도 좋습니다. 여하튼 나는 구경삼아 그곳에 나갈 테니까요, 하고 말했다.

호소이는 결국 농담처럼 약속을 정했지만 왠지 기분이 섬뜩해지는 것이 스스로 생각해도 묘했다. 작은 체구의 겐도 노인은 이 빠진 입을 벌리고 껄껄 웃었다.

노인이 의자에서 일어날 때, 호소이는 이것이 편집자로서 마지막 만남이라는 생각에 저도 모르게 이렇게 인사했다.

"사모님께도 안부 전해 주십시오."

겐도는 순순히 고개 숙여 응하는 대신 이번에는 미소를 지으며 아무렇지도 않게 말했다.

"아니요, 그 여자는 도망갔습니다."

"예? 어, 언제 말입니까?"

호소이는 놀랐다.

"한 달쯤 됐습니다. 말도 없이 집을 나갔어요. 역시 나이 차이가 너무 많이 나는 후처는 안 되겠더군요. 이제부터는 모든 일에 새로 씨앗을 뿌려야 할 것 같습니다. 다행히 이 원고도 다른 데 넘길 수 있을 것 같으니까요."

겐도 노인의 말투가 오히려 시원시원했다.

이틀 뒤 저녁, 편집장 야마네는 지정된 구이치가이 초소 토성 입구에 우산을 들고 혼자 나갔다. 열한시 반이었다. 오른쪽의 높다란 호텔 건물의 창문들도 대개 불이 꺼져 있었다. 해자 옆 도로에는 차량 불빛이 많이 보였지만, 이곳으로 드나드는 차량은 거의 없었다. 아침부터 가랑비가 긋다 말다 하더니 지금도 비가 가늘게 내리고 있었다. 하늘은 캄캄했다. 그 탓인지 인적도 끊겼다.

하야세 도베 역할을 맡기로 한 호소이를 대신하여 야마네가 나온 이유는 편집부에서 '액귀' 실험이 화제로 올랐을 때, 그렇다면 내가 가 보겠다고 나섰기 때문이다. 야마네는 허세가 있었고 호기심도 적지 않았다. 하지만 이 일에 나서기로 마음먹은 것은, 우선 자기가 편집장이 되면서 원고를 거절해 온 스가이 겐도에게 미안한 감정이 있었고, 이렇게 장난스러운 대면을 기회로 가볍게 사죄를 표하고 싶은 마음이 있었기 때문이다. 야마네는 담당 편집자 호소이를 내세워 온 탓에 겐도를 직접 만나 본 적은 없었다.

구이치가이 문이 있었다는 토성 입구 돌담 모퉁이에 커다란 보자기 꾸러미를 멘 작은 그림자가 등에 멘 꾸러미를 돌담에 얹어 놓는 듯한 자세로 서 있었다. 쓸쓸한 외등 불빛과 멀리 호텔 현관의 조명이 노인의 얼굴 절반을 도드라지게 했다. 돌담 위쪽으로는 소나무가 우거져 있었다.

"스가이 선생님이신가요?"

야마네가 거리를 두고 말을 건넸다.

"예. 그쪽은?"

겐도는 이쪽을 투시라도 하려는 듯이 살펴보았다. 눈동자의 절반이 가로등 조명에 반짝 빛났다.

"저는 J지 편집장 야마네입니다. ……그동안 저희 호소이가 신세를 많이 졌습니다."

가까이 다가선 야마네는 우산을 치우며 머리를 깊숙이 숙였다. 사죄하는 마음이 담긴 몸짓이었다. 그는 겐도의 젊은 처가 떠나 버렸다는 사실을 호소이를 통해 알고 있었다. 겐도의 벌이가 위태로워진 탓으로 짐작되는데, 그것에 대해서도 미안함을 느끼지 않을 수 없었다. 하지만 그렇다고 해서 공사를 혼동할 수는 없다는 생각도 하고 있었다.

"아, 예. 야마네 편집장님이십니까? 저야말로 오랫동안 신세를 졌습니다."

스가이 겐도는 컴컴한 곳에서 밝은 목소리로 정중하게 인사했다. 그 모습에서는 원한도 앵돌아진 모습도 전혀 볼 수 없었다. 신경을 쓰고 있던 야마네도 적이 마음이 놓였다. 겐도를 만나면 어떤 비난을 들을지 알 수 없다고 거반 각오를 하고 나왔다. 설마 얻어맞기야 할까 싶었다. 주먹을 휘두른다 해도 노인네 주먹이 아프면 얼마나 아프겠는가 생각했다. 부하 직원 한두 명이 함께 나가겠다고 하는 것을, 그래서는 '액귀' 실험 조건에 맞지 않는다고 거절했다. 혼자 나가도 별일 없을 것이다. 실제로 지금 눈앞에 있는 겐도는 체중 사십 킬로그램 정도에 키도 작고 빈약한 늙은이다.

"도베 역을 맡은 호소이 씨를 대신해서 나오신 건가요?"

노인은 웃으면서 말했다.

"액귀에 씌워 목을 매달려고 나왔습니다."

야마네도 웃으며 대답했다.

"이 돌담 중간부터 구이치가이 문 안쪽이 됩니다. 자, 그럼 돌담 위 토성으로 올라가 봅시다."

노인은 한 손에 우산을 들고 커다란 보자기 꾸러미를 걸머진 채 토성 위로 흔들리는 걸음으로 올라갔다. 토성 높이는 아래 도로에서 오륙 미터쯤 되었다. 토성 위는 폭 육칠 미터쯤 되는 산책로이고 양쪽으로 소나무나 벚나무 가로수가 서 있었다. 벤치가 몇 개 있었지만, 비 때문에 연인들 모습은 볼 수 없었다. 외등 주위로 쏟아지는 빗줄기가 보인다. 젖은 벤치 앞 한참 아래쪽에는 해자를 메워 만든 운동장이 있었다. 멀리 요쓰야 근방에 가로등이 줄지어 있다.

"어떻습니까, 목을 맬 마음이 생길 것 같습니까?"

짐을 지고 산책로를 걷던 겐도가 곁에 있는 야마네에게 역시 웃으며 물었다. 키가 작은 그는 야마네를 올려다보아야 했다. 등에 걸린 무게 때문에 몸이 뒤로 당겨지는 자세였다.

"아뇨, 아직 아무렇지도 않은데요."

야마네는 어처구니없다고 생각하면서도 짐짓 기대하는 것처럼 대답했다.

"그럼 앞으로 삼십 분 정도만 여기 있어 볼까요."

겐도가 말했다. 삼십 분 아니라 한 시간, 아니 날이 새도록 여기 있어도 목을 맬 마음은 전혀 생기지 않을 것이다. 최면술 같은 상태에 빠지기에는 자신의 육체와 신경이 너무나 건전하다고 야마네는 생각했다.

겐도는 변함없이 보자기 꾸러미를 등에 지고 있었다. 그것 때문에 걷는 모양이 꽤 불편해 보였다.

"등에 진 것은 무엇입니까?"

야마네는 아까부터 궁금했던 보자기 꾸러미에 대해서 물어보았다.

"집에 소장하던 책입니다." 겐도는 대답했다. "아는 고서점에 내다 팔려고 했는데 가격이 맞질 않아서 그냥 가지고 돌아왔습니다. 하지만 집에 가져다 놓고 여기로 나오자니 시간에 댈 수 없을 것 같아서 하는 수 없이 그냥 지고 돌아다니는 겁니다."

"책이라면 꽤 무거울 텐데 제가 잠깐 들어 드리지요."

야마네가 보다 못해 손을 내밀었다.

"그렇습니까. ……이거 미안해서 어쩌나. 그럼 부탁합니다."

책을 싼 커다란 꾸러미가 야마네 등으로 옮겨졌다. 오륙 킬로그램은 나갈 것 같았다. 야마네는 보자기 모서리를 가슴 앞에서 모아 묶었지만, 몸집이 통통한 탓에 길이가 조금 짧아서 매듭이 단단해졌고, 매듭이 그의 목에 닿았다. 그는 한 손에 우산을 들고 다른 손으로 매듭 부분을 잡고 있었다. 두 사람은 왔던 곳으로 돌아가기 시작했다.

"야마네 씨, 책이 한 권 떨어지려고 하는군요. 여기 철책 위에 짐을 그대로 얹어 놓아 보세요."

겐도의 말에 야마네는 산책로 옆 철책 위에 등에 진 보자기 꾸러미를 얹어 놓았다. 겐도는 높이 일 미터가 채 못 되는 철책을 사이에 두고 뒤로 돌아가서 "이제 됐습니다" 하고 말했다. 그 소리에 야마네가 허리를 펴며 일어섰다.

겐도가 우산을 던졌다. 그리고 야마네 등에 있는 보자기 꾸러미를 붙들고 온몸을 대롱대롱 매달렸다. 노인의 사십 킬로그램 체중이 육 킬로그램 책 보따리에 보태졌다. 균형을 잃은 야마네가 두 손을 위로 쳐들며 몸을 뒤로 젖혔지만 등과 꾸러미 사이에는 철책이 버티고 있었다. 그는 철책 위에 허리 윗부분을 기대기는 했지만 상체가 젖혀지면서 발끝이 땅에서 떠올랐다. 배후의 겐도는 보자기 꾸러미 위에 걸린 체중을 전혀 치우려 하지 않았다. 꾸러미의 딱딱한 매듭이 몸을 뒤로 젖힌 야마네의 턱 밑으로 파고들었지만 그는 끽소리도 내지 못했다. 몸뚱이는 철책에 막혀 뒤로 자빠지지도 못하고 그저 뒤로 젖혀진 채 두 발로 허공을 차며 공중에 뜬 꼴이다.

무거운 보자기 꾸러미를 지고 있다가 딱딱한 매듭이 경동맥을 압박하여 질식시킨 사고사로서, 매우 희귀한 사례다.

법의학 책은 그렇게 기록했다.

—《소설 신초》(1972년 9월)

삭제의 복원

1

소설가 하타나카 도시오는 기타큐슈 시 고쿠라 북구 도미노에 사는 구도 도쿠사부로라는 미지의 인물에게 편지를 받았다. 하타나카는 자기 작품과 관련하여 독자에게 종종 편지나 엽서를 받는다. 비판하는 의견도 있고 궁금한 점을 묻는 편지도 있다. 다만 칭찬하는 편지는 거의 없다.

구도 도쿠사부로라는 사람의 편지는 질문하는 내용인데, 하타나카의 저서가 아니라 I 출판사에서 출간된 『오가이 전집』(결정판)의 〈고쿠라 일기〉에 대하여 묻고 있었다. 이 출판사에서는 지금까지 『오가이 전집』을 36년 판과 52년 판 등 두 차례나 출간했고, 세 번째로 출간한 『오가이 전집』은 대형 장정에 '결정판'이라는 이름을 달았으며 〈고쿠라 일기〉가 수록된 제 35권은 1975년 1월 22일에 발행되었다.

구도 도쿠사부로는 편지에 〈고쿠라 일기〉의 「후기」를 복사해서 동봉했다. 이 「후기」는 36년 판에는 물론이고 52년 판에도 없었으며, 이번 '결정판'에 처음 수록되었다.

그러므로 하타나카도 '결정판'을 보고서야 그런 글이 있는 줄 알았다. 「후기」에는 '352쪽 하단 8행. 전 하녀 모토가 찾아왔다. 원본에 아래와 같은 내용을 한지를 붙여 삭제해 놓았다'라는 주가 붙어 있었다.

붓으로 글을 쓰던 오가이는 삭제할 때도 늘 먹으로 굵은 선을 그어서 지웠다. 〈고쿠라 일기〉는 오가이가 다른 사람을 시켜 붓글씨로 청서했는데, 커다란 한지를 붙여 놓은 이유는 삭제할 문장이 너무 긴 탓이었을 것이다.

「후기」에 따르면 그렇게 붙여 놓은 한지 밑에는 원래 이런 글이 있었다.

전 하녀 모토가 찾아와서 이렇게 말했다. 처음 시댁에 가 보았는데, 소네 정차장에서 차를 타고 이 리 길이다. 길은 매우 험하다. 하지만 집 앞에 바다가 있고 뒤에 산이 있어, 경치 때문에 사람 살기 좋다. 뒷산에 철쭉이 많아 간간이 놀러 오는 사람도 있다고 한다. 남편은 기쿠 군 마쓰가에무라 아자하타의 도모이시 사다타로이다. 지금 도쿄상업학교에 재학중이며 노모는 집에 남아 있다. 모토가 가서 노모를 모신다.

구도 도쿠사부로의 편지에는 이렇게 적혀 있었다.

배계

처음으로 편지를 올립니다. 저는 고쿠라 도미노에 사는 구도 도쿠사부로라는 자로서, 기쿠 군 마쓰가에무라 아자하타(현 기타큐슈 시 모지 구 하타)의 도모이시 사다타로 일족과 다소 연이 닿습니다. 도모이시 가는 동봉한 사본과 같이 모리 오가이의 고쿠라 가지마치 87번지 집에서 일하던 '하녀 모토'가 말한 시댁입니다.

제가 나름대로 조사해 보니 도모이시 사다타로는 메이지 22년(1889) 10월 14일 도모이시 류타로의 장남으로 태어나 다이쇼 8년(1919) 5월 5일 서른한 살로 상해 독일 조계租界의 동인병원에서 병사했습니다. 그때까지 그는 한 번도 혼인한 적이 없으며 독신으로 살았습니다.

도모이시 가는 예전에 마쓰가에무라 아자하타의 촌장으로 일족 중에서 학자나 의사 등이 많이 나왔으며 본디 교육에 힘을 쏟던 집안입니다.

오가이의 하녀 모토가 결혼을 위해 오가이 집을 그만둔 것이 메이지 33년(1900) 11월 24일(〈고쿠라 일기〉에 의함)인데, 당시 사다타로는

세는나이로 열두 살이었습니다. 그 뒤에도 사다타로가 도쿄상업학교에
진학한 사실이 없습니다.

　이처럼 모토는 사다타로보다 아홉 살이나 연상입니다. 〈고쿠라 일
기〉의 32년 9월 2일 부분에 하녀로 고용될 당시 기무라 모토의 나이가
스무 살이라고 되어 있습니다. 그전에 그녀는 내키지 않는 결혼을 강요
받았지만 끝내 견디지 못하고 시집을 뛰쳐나와 오가이의 하녀가 되었
는데, 그때 이미 임신한 몸이었음은 선생께서 『고쿠라의 오가이』에 서
술하신 바와 같습니다.

　메이지 33년 11월 24일 오가이 가를 그만둔 모토가 그로부터 엿새
뒤인 동월 삼십일 오가이를 찾아와 시댁에 대하여 왜 그런 허언을 했을
까요. 오가이는 그녀의 말을 믿고 일단 일기에 적었지만, 나중에 사실
이 아님을 알고 한지를 붙여 지운 것으로 생각합니다. 선생의 작품 『고
쿠라의 오가이』에도 있듯이 오가이 가의 하녀 중에는 제대로 된 자가
없었습니다. 도벽이 있는 여자, 외박을 하는 여자, 교활한 여자, 쌀과
채소를 빼돌리는 늙은 하녀뿐이었습니다. 그중에 오로지 모토 씨만이
성심성의로 오가이를 모셨습니다. 오가이도 모토 씨가 그만두고 떠남
을 애석해 했습니다. 그렇게 오가이 가를 그만둔 모토 씨가 왜 한 달도
안 되어 다시 그 집에 나타나 얼마 전까지 주인이던 오가이에게 시댁에
대하여 그런 허언을 해서 신의를 배반한 것일까요? 저로서는 그 점이
도저히 이해가 가지 않습니다.

　더구나 시댁은 소네 정차장에서 차로 이 리, 길은 매우 험악하지만
집은 바다에 면하고 산을 등졌으며 뒷산에 철쭉꽃이 많아 운운은 현재
의 실경하고도 일치합니다. 모토 씨가 마쓰가에무라 하타의 도모이시
가에 실제로 가 본 적이 있다고밖에 생각할 수 없습니다.

이상이 저의 의문점입니다. 바쁘실 터인데 송구합니다만 『고쿠라의 오가이』를 저술하시며 '하녀 모토'에 대하여 많이 언급하신 선생께 가르침을 받을 수 있다면 더없는 영광이겠습니다.

경구敬具.

실제로 하타나카는 예전에 오가이가 〈고쿠라 일기〉에서 고용살이 하녀에 대해 한 언급만 따로 모아서 『다이도코로 다이헤이키台所大平記다니자키 준이치로의 희극으로, 노작가의 집에 고용되었던 총 아홉 명의 하녀에 얽힌 이야기』 같은 글을 쓴 적이 있다. 그 글에 모토도 등장한다. 그러나 그리 깊이 조사해서 쓴 글은 아니었다.

그래서 하타나카는 구도 도쿠사부로에게 무난한 답장을 보냈다.

모토가 전 고용주 오가이를 찾아와 시댁에 대하여 허언을 했다면 그것은 아마 여자의 허영 때문이 아니겠습니까. 빈궁한 집안으로 시집갔다고 하면 전 고용주에게 부끄러울 테니까 특별한 악의 없이 사실을 곡해하지 않았을까 생각됩니다.

그러자 구도로부터 정중하게 사례하는 편지가 왔다.

저도 그렇게 짐작하고 있습니다. 감사합니다.

하타나카와 구도 도쿠사부로의 편지 교류는 그것이 전부였다.

그러나 하타나카는 내내 마음에 걸렸다. 구도에게 답변한 내용 정도로는 자기 자신부터 만족할 수 없었다. 구도가 지적한 대로 마쓰가에무라 하타의 도모이시 가의 주변 풍경은 '전 하녀 모토'가 오가이에게 전한 내용과 지나치다 싶을 만큼 일치한다. 모토는 도모이시 사다타로를 어떻게 알게 되었을까.

오가이는 메이지 22년 남작이며 해군 중장(조함술造艦術의 대가)인 아카마쓰 노리요시의 장녀 도시코와 결혼하여 23년 9월 장남 오토를 얻고, 그 달 말에 이혼했다. 그 후 십 년간 독신으로 지냈다.

고쿠라에서는 가지마치 87번지 우사미 가의 셋집에서 살았는데, 독신인 탓에 세인의 공연한 의심을 면하려고 하녀를 둘이나 고용했다. 당번 사병은 밤이 되면 병영으로 돌아가고 도쿄에서 데려온 마부 다나카 도라키치는 마구간에 딸린 방에서 잔다. 집 안에서 자는 사람은 오가이와 하녀 요시무라 하루뿐이었다. 오가이는 우사미 가가 고용한 하녀를 건너오게 해서 하루와 같이 자게 했지만, 그것도 오래 계속되지 못했다. 오가이 가가 급료를 더 많이 준다는 것을 안 우사미 가의 하녀가 다른 집으로 옮겨버렸기 때문이다. 하는 수 없이 오가이는 '하녀 두 명'을 고용하는 처지가 되었다.

일신상의 이유로 하루가 그만두고 나가자 소개꾼이 기무라 모토와 요시다 하루를 소개했다.

32년 11월 15일, 기무라 모토의 숙모 스에지 하나가 오가이를 찾아왔다. 일기에는 이렇게 나온다.

15일. 하녀 모토의 아주머니 스에지 하나가 찾아왔다. 처음 만나 보니 피부가 희고 키가 큰 중년 부인으로 얼굴에 재기가 넘친다. 그녀가 말하기를 지금 자신은 미야코 군 이마이의 소학교 교원으로 있다. 모토는 고아인데다 가난하다. 전에 친족이 혼처를 소개하여 아무개 씨에게 억지로 시집을 보냈지만 얼마 지나지 않아 뛰쳐나왔다. 당시 친족은 의

리상 제멋대로 뛰쳐나온 것을 허락하지 못하고 모토에게 다시 시집으로 돌아가라고 했다. 모토는 결코 돌아가지 않겠다고 했다. 다행히 이 댁에서 일할 수 있게 된 것은 친족으로서 정말로 다행이라고 생각한다. 그런데 지금 주인께 고해야 할 일이 있다. 모토가 임신을 했다는 것이다. 혼인 날짜로 짐작건대 분만은 내년 봄일 것이다. 주인께서는 그때까지 이 아이를 고용해 주시겠는가. 나는 이를 허락했다.

33년 1월 14일, 모토의 언니 덴이 모지에서 오가이를 찾아왔다. 덴의 남편 구보 주조는 모지에서 장사를 하고 있다.

> 14일. 일요일.
> 덴은 이마이 젠토쿠지 절의 주지 아무개의 장녀다. 키가 훤칠하고 살갗이 하얀 부인이며 이가 약간 튀어나왔다. 모토는 차녀. 삼녀 아무개는 열네 살이다. 남편은 독일 베를린에 있다. 주지 자리를 물려받을 예정이라고 한다.

하타나카는 후쿠오카 현 지도를 사서 펼쳐 보았다. 미야코 군이라는 군명은 있었다. 이마이라는 지명은 훨씬 남쪽 유쿠하시 시 근처에 있다.

지금의 '기타큐슈 시 모지 구'는 아다치야마 산이 있는 반도의 동부로써, 북쪽 돌출부 끝이 간몬 해협에 면하고 동쪽은 스오나다 바다에 면해 있다. 말하자면 모지 시내 뒤쪽인 셈이다. 골프장 기호 따위도 볼 수 있다. 예전의 '마쓰가에무라 아자하타'이다. 닛포 본선을 타고 이곳에 가려면 시모소네 역에 내려야 한다. 오가이가 한지를 붙여서 말소한 '하녀 모토의 담화'에 있는 예전의 '소네 정차장'이다.

이제야 알겠다, 하고 하타나카는 생각했다. 모토가 도모이시 가를 알고 있었던 까닭은 마쓰가에무라 아자하타의 도모이시 가와 교제가 있는 이마이의 친구를 따라 그 집에 가 보았거나 혹은 그 이야기를 전해 들은 적이 있었기 때문이리라. 현장 묘사가 실제와 일치하는 것은 한 번쯤 그 집 문지방을 넘어 보아서가 아닐까.

이로써 구도 도쿠사부로가 편지로 전한 의문과 자신이 느끼던 의문이 해소되었다고 하타나카는 생각했다. 하지만 이해가 가지 않는 점도 있었다.

모토의 아주머니(백모인지 숙모인지 알 수 없으나, 일단 숙모로 해 두자)이며 이마이 소학교의 교원이라는 스에지 하나는 오가이를 찾아와 '모토는 고아인데다 가난하다'라고 말했다. 그런데 모토의 친언니이며 모지에 사는 구보 주조의 아내 덴은 오가이에게 말하기를, 자기는 이마이 젠토쿠지 절의 주지 아무개의 장녀이며, 모토는 차녀이고 막내는 열네 살이며, 자기 남편은 베를린에 유학중이고 장차 주지 자리를 물려받을 예정이라고 말했다.

숙모 이야기와 친언니 이야기가 크게 어긋난다. 전자대로라면 모토는 고아인데다 가난하고 박복하다. 후자대로라면 모토는 아버지가 절의 주지이고 두 자매가 있으며 혜택받은 가정에서 자랐다.

대체 누구 말이 맞을까. 다른 사람도 아니고 모토가 모시는 고용주에게 가족이란 자가 뻔히 거짓말을 할 거라고 생각할 수는 없다. 고용주는 육군소장상당관少將相當官 군의감 제12사단 군의부장이다.

하타나카는 턱을 괴고 담배를 두어 대 피우며 생각했다. 담배 연기 속으로 떠오른 것은 한지를 붙여서 말소한 '주注'였다.

「후기」 '주'에 따르면 메이지 33년 11월 24일 '하녀 모토가 그만두고 떠나다'는 일기 원본의 '하녀 모토가 그만두고 시집을 가다'를 고친 것이며,

동월 삼십일의 '전 하녀 모토가 와서 말하기를, 처음 시댁에 가 보았는데' 이하를 모두 말소했다고 한다.

이것을 보면 기무라 모토에게 뭔가 심상치 않은 일이 있었던 듯하다. 메이지 33년(1900)이라면 구십 년 전이다. 하지만 전에 『고쿠라의 오가이』를 저술한 하타나카는 오가이가 전 하녀 모토가 전한 내용을 '전면 말소'한 것이 영 마음에 걸렸다.

하타나카는 차라리 고쿠라와 가까운 이마이의 젠토쿠지 절을 방문해 보기로 했다. 물론 메이지 32년, 33년 당시의 주지가 살아 있을 리는 없다. 현 주지는 4대째거나 5대째이리라. 하지만 신도는 정해져 있고 대대로 상속되었을 터이니 예전 일을 전해 들었을 것이다. •

〈고쿠라 일기〉를 읽어 보면 오가이가 가장 호감을 느낀 이는 처음 고용했던 '요시무라 하루'다. 그러나 집주인 우사미 씨의 가족이 그녀가 목욕하는 장면을 훔쳐보고 임신했음을 알고는 오가이에게 일러바쳤다.

하녀가 용모가 있고 도량이 넓다. 늘 웃으며 일하고 아양 떠는 모습이 전혀 없다. 내가 매우 사랑했다. 내가 하녀에게 임신에 대하여 물었다. 사람들이 네가 임신했다고 의심하는 것 같다고. 대답하여 가로대, 아닙니다. 하지만 이미 그런 소문이 돌고 있다. 원하시면 당장 그만두겠나이다. 내가 말했다. 너는 어디로 가려느냐. 가로대, 고향으로 돌아갑니다. 내가 가로대, 여비가 필요하거든 특별히 내주마. 가로대, 평소후하게 받았나이다. 청컨대 나리께서는 심려하지 마시오. 옷 보따리를

• 17세기 중엽, 막부가 불교 세력을 통제하고 기독교를 막고자 모든 백성에게 근처 사찰에 신도로 등록하도록 강제한 이래 사찰마다 신도가 정해져 있었고 그 관계는 대대로 이어졌다.

끼고 바로 떠났다.

내가 매우 사랑했다, 라고 오가이는 분명히 썼다. 물론 이 경우 사랑한
다는 말은 연애 감정을 뜻하는 것이 아니다. 오가이는 그녀에 대하여 '늘
웃으며 일하고 아양 떠는 모습이 전혀 없다'고 썼지만, 늘 웃는다는 말이
어딘지 매력적인 느낌을 전하는 듯하다. 하루는 '히고 국 히나고 출생'이
라고 되어 있는데, 히나고는 구마모토 현 아시키타 군 히나구를 말한다.
이곳은 저명한 온천장이다. 하루는 온천장에서 일했을지도 모른다. 그렇
게 해석하면 그녀가 오가이 집에 하녀로 일할 때 이미 임신해 있었다는 의
문도 얼추 짐작이 가기도 한다. 하루 같은 하녀라면 누구라도 호감을 품을
것이다. 그녀가 그만둘 때 고향으로 돌아갈 여비를 줄까, 하고 오가이가
말하자, 하루는 평소 나리께 후한 대접을 받았으니 필요 없다고 사양했다.
'옷 보따리를 끼고 바로 떠났다'는 구절을 보면 요시무라 하루의 시원스
런 모습이 눈에 보이는 듯하다.

오가이는 하루 뒤에 들어온 기무라 모토에 대해서는 특별한 인상을 기
술하지 않았다. '모토는 피부가 희고 통통'하다고 되어 있을 뿐, 구체적인
내용이 없다.

모토는 인내심이 강한 여자였다. 그녀 역시 전임자 하루와 마찬가지로
하녀로 들어올 때 이미 임신한 상태였다. 요시무라 하루는 아니라고 부인
했지만, 오가이는 이를 수치심 때문이라고 짐작했다. 그러나 모토의 경우
는 강요된 결혼 때문이었으며, 산달이 될 때까지 이 집에서 일하게 해 줄
수 있느냐고 숙모 스에지 하나가 처음부터 오가이에게 밝혔다.

오가이가 '큰하녀 모토'를 마음에 들어 한 것은 그녀가 충실하게 일했기
때문이다. 그 뒤에 들인 작은하녀들이 차분하지 못하고 품행이 불량하여

해고한 자가 많았지만 모토의 성실한 모습은 한결같았다.

　하타나카는 이미 『고쿠라의 오가이』에서 모토에 대해서도 서술한 적이 있다. 구도 도쿠사부로의 편지를 읽고 나자 예전에 쓴 저서가 자꾸 생각났다. 마침 쓰고 있던 원고가 막혀서 마음고생을 하던 때이기도 했다.

　여름 끝자락이었다. 산에도 바다에도 가 보지 못한 답답함을 털어 버리고 싶은 생각도 있었다.

　후쿠오카 이타즈케 공항에서 하카타 역으로 가서 신칸센을 타고 고쿠라 역까지 이십 분, 그리고 다시 닛포 본선으로 갈아탔다. 갈아타면서 기다리는 시간도 짧았고, 고쿠라에서 유쿠하시까지는 급행으로 이십 분이었다.

　유쿠하시 역전에서 구내 택시를 잡아 이마이 젠토쿠지 절로 가자고 하자, 나이가 지긋한 운전사가 고개를 갸웃하더니, 젠토쿠지라는 절은 들어본 적이 없는데, 기온사祇園社 근처요? 하고 오히려 반문했다. 지도에는 분명히 스사 신사라고 기입되어 있다. 이마이의 기온사스사 신사의 옛 이름는 이 근방에서 유명한 듯했다.

　하타나카가 이곳 지리를 전혀 모른다고 실토하자 운전사는, 그럼 누구한테 물어봅시다, 하며 역전 파출소로 들어갔다. 벽에 걸린 상세한 지도에는 절이 다섯 개나 표시되어 있었지만 젠토쿠지라는 이름은 보이지 않았다. 그래서 일단 절 두 군데를 돌아보았다.

　애초에 젠토쿠지는 없었다. 구십 년 전이라고 해도 시골이니 사찰 사정에는 변화가 없을 줄 알았는데, 안이한 판단이었다. 이곳은 전쟁으로 피해를 본 적도 없는 곳이다.

　젠토쿠지 절을 찾아 도쿄에서 왔음을 알게 된 택시기사는 유쿠하시 시청에 가서 알아보자고 했다. 그는 시청을 향해 달리면서, 사회과나 교육위원회라면 알 수 있을지 모른다고 조언했다. 택시는 아까 지났던 노랗게 물드는 논 옆 도로를 되돌아 달렸다.

결국 교육위원회에서 사실을 파악할 수 있었다. 메이지와 다이쇼 시대 관련 내용은 이미 향토사에 속했다. 진종_{일본 불교의 한 종파인 정토진종} 젠토쿠지 절은 다이쇼 11년(1922)에 역시 동종의 소겐지 절에 흡수되었다. 병합 당시 젠토쿠지 절 주지는 스기하라 료준이었는데, 메이지 33년 당시의 주지 이름은 알아낼 수 없었다. 메이지 33년에 구보 주조의 처 덴이 오가이에게 말한 바에 따르면, 세 자매의 부친은 '이마이의 젠토쿠지 절 주지'였다.

소겐지란 이름을 알았으니 길을 물을 것도 없었다. 이마이는 작은 도시다. 택시는 왔던 길을 다시 한번 동쪽으로 되짚었다. 논 너머로 커다란 강이 숨바꼭질을 했다. 저것이 하라이카와 강이오, 하고 마음이 편해진 운전사가 말했다.

'하녀 모토의 숙모 스에지 하나는 현재 이마이의 소학교 교사다'라는 〈일기〉 내용이 하타나카의 머리에 떠올랐다.

"이마이 소학교는 어디쯤입니까?"

"소학교가 두 군데 있는데, 어느 쪽을 말씀하시나?"

"글쎄, 그건 미처 듣지 못했는데요. 이마이에 스에지라는 집안이 있나요?"

"스에지 씨라면 많아요. 대개 분가한 집안이라든지 친척이라든지. 내 친척 중에도 스에지 씨가 있어요."

하타나카는 입을 다물었다. 물정을 모르니 섣불리 말할 수가 없었다.

소겐지 절에 도착했다. 그럴 듯한 주차장이 있을 만큼 커다란 절이다. 처마가 들린 커다란 지붕이 우뚝 솟아 있고 높다란 섬돌 앞에 커다란 종려나무가 사방으로 잎을 벌렸다. 하타나카는 절이 뜻밖에 화려한 데 놀랐다.

고리도 컸다. 넓은 현관 앞에 회반죽을 바른 봉당에는 꽤 많은 남녀의 나막신과 구두가 가지런히 놓여 있었다. 신도들의 모임이라도 있는 것 같았다.

중년의 스님이 나타났다. 주지는 지금 교토 본산에 가셨습니다. 저는 주지 스님 부탁을 받고 이곳을 지키고 있는 번승番僧입니다만. 여기 모이신 분들은 하이쿠 동호회원들입니다. 저하고는 관계가 없습니다. 무슨 일이신지요?

"시 교육위원회에서 안내를 받고 왔습니다. 이곳에서 다이쇼 11년에 젠토쿠지 절을 흡수했다고 들었습니다."

"그렇습니다."

"그때 젠토쿠지 절의 주지 스님이 스기하라 료준 씨였다고 하던데, 메이지 32년, 33년경에는 어느 분이 주지 스님이셨는지요?"

"글쎄요, 모르겠군요."

"혹시 기무라 씨라고 하지 않던가요?"

"그렇게 오래된 일은 모릅니다. 주지 스님이 계시면 알 수 있겠지만."

주지 스님이 교토 본산에 가 있다니 어쩔 수 없었다. 하타나카는 고리 앞에서 물러났다.

절 앞 도로는 세 갈래로 나 있었다. 이만한 절이니 제법 큰 공동묘지가 있으리라 짐작하고 행인에게 물으니 삼백 미터쯤을 똑바로 가면 있다고 가르쳐 주었다.

공동묘지는 숲을 없애고 만든 낮은 구릉에 있었다. 붉은 흙을 드러낸 그곳은 여전히 숲을 베어 내며 묘지를 확장하는 중이었다. 토건회사 인부들이 어깨에 땀을 흘리며 배수로 공사를 하고 있었다. 볕은 여전히 따가웠다.

하타나카는 숲 옆으로 난 길로 걸음을 옮겼다. 삼림 밑에 묘지가 모두 오래 묵은 것이라는 사실은 검게 퇴색한 묘석으로도 알 수 있었다. 네모난 탑들 가운데 종종 오륜탑이나 보협인탑寶篋印塔도 보였다. 하타나카는 어느 책에선가 보협인탑이 분고에 많다고 읽은 적이 있었다. 그는 오이타 현으로 들어선 기분이 들었다분고는 옛 행정 구역명으로, 현재의 오이타 현과 거의 일치한다. 하타나카가 지금 서 있는 곳은 후쿠오카 현이다.

소나무 숲은 손질을 해 주지 않고 자라는 대로 방치해 두어서 이른바 '영원靈園사원에 딸린 공동묘지를 꾸며서 이르는 말'다운 풍치는 없었다. 완만한 내리막을 이룬 삼림 안쪽에 있는 묘지는 어둑해 보였다.

소나무 숲과 깎아 낸 땅의 경계가 주요 통로인데, 그 길에서 좌우로 좁은 샛길이 여러 가닥 갈라져 공동묘지의 각 묘소 앞으로 이어졌다. 주요 통로 변에 있는 묘석은 대개 오래 묵었지만 훌륭한 것들이었고 담을 두르고 있었다. 위계훈등位階勳等을 새긴 것은 군인의 묘이리라.

하타나카의 발이 어느 묘석 앞에 마비되듯이 멈췄다.

묘소는 세 평쯤 되며 삼단 돌단이 있고 높은 기단과 받침돌 위에 일 미터 정도 각석탑이 올려져 있었다.

〈스에지 하나의 묘〉

위에 가문家紋이 새겨져 있다. 명자꽃 무늬였다. 화강암은 고색이 창연했지만 각자가 깊고 글자체도 문장도 새로 새긴 것처럼 까맸다.

　　하녀 모토의 아주머니 스에지 하나가 찾아왔다. 처음 만나 보니 피
　부가 희고 키가 큰 중년부인으로 얼굴에 재기가 넘친다…….

그 여성에 대한 인상적인 묘사로서, 오가이 연구가들이 대개 이 글을

인용한다.

하타나카는 묘 앞을 떠나기 힘들었다.

스에지 하나의 묘는 젠토쿠지 절이 소겐지 절에 합병될 때 여기로 옮겨졌다. 세 사람이 통로를 걸어와 하타나카 뒤쪽으로 지나간다. 그들은 하타나카를 연신 돌아보며 걸어갔다. 우두커니 서서 묘석을 바라보는 하타나카를 멀리서 온 친척인 줄 아는 듯했다.

하타나카는 그곳을 떠나 샛길로 들어가 보았다. 붉은 땅을 드러낸 넓은 구릉이 거기부터 시작된다. 그곳에는 아무도 찾지 않는 묘표가 모여 있었다. 구획이라 해도 정돈되지 않아서 상당히 난잡했다. 여기도 젠토쿠지 절에 있던 묘를 이장한 곳이었다.

이곳은 세심하게 살펴봐야겠다고 생각했다. 어쩌면 덴과 모토의 부모 기무라의 묘가 있을지도 모르기 때문이다.

계단을 이룬 비탈에 가지런히 줄지어 있는 묘들을 십오 분쯤 살피던 하타나카는 높은 석탑들 사이에 가라앉듯 낮게 자리 잡은 두 기(基)의 거무죽죽한 묘석을 발견하고 시선을 고정했다.

〈기무라 덴의 묘〉

〈기무라 모토의 묘〉

덴의 성은 언제 기무라로 환원되었을까?

구보 주조와 이혼했던 것이다.

묘석은 받침대밖에 없는 옹색한 것이었다. 묘석 본체의 키도 다른 것들의 절반밖에 되지 않았다. 측면으로 돌아가 보았다. 기무라 덴은 '메이지 37년 3월 27일 몰', 기무라 모토는 '메이지 43년 11월 5일 몰'이라고 기록되어 있었다.

하타나카는 자매 묘 앞에 합장했다. 향도 조화도 술잔도 준비해 오지 못한 것이 안타까웠다. 옹색한 묘석을 보고 있자니 '모토는 고아인데다 가난하다'고 했던 스에지 하나의 말이 실감 났다. 오가이에게 '세 자매'라고 거짓을 고했던 맏언니 덴은 이혼 뒤 어떻게 살았을까?

돌아가는 길에 다시 스에지 하나의 묘 앞을 지나갔다. 하타나카는 다시 그 훌륭한 묘탑을 올려다보았다.

'재기가 넘친다'는 이 부인만이 사실을 말한 것 같았다.

2

하타나카는 서재로 돌아와 〈고쿠라 일기〉를 다시 읽었다. 오래전 『고쿠라의 오가이』를 쓸 때 숙독했지만, 이마이의 젠토쿠지 절에 있다가 소겐지 절로 이장한 묘에서 '하녀 모토. 덴. 아주머니 스에지 하나'의 묘석을 조우한 탓에 메이지 32년, 33년 당시에 쓰인 〈고쿠라 일기〉가 마치 현재처럼 느껴졌다.

> 비는 여전히 그칠 줄 모른다. 하녀 모토에게 비백무늬 천을 사다가 새로 맹장지를 만들게 했다.(32년 9월 7일)

> (모토의 언니 덴은) 키가 훤칠하고 살갗이 하얀 부인이며 이가 약간 튀어나왔다.(33년 1월 14일)

> 하녀 모토의 아주머니 스에지 하나가 찾아왔다. 처음 만나 보니 피부

가 희고 키가 큰 중년부인으로 얼굴에 재기가 넘친다.(32년 11월 15일)

하타나카는 그제야 깨달았다.

오가이는 '모토는 피부가 희고 통통하다'(32년 9월 2일)라고 썼을 뿐이어서 인물이 좋은지 나쁜지는 알 수 없다.

하지만 언니 덴은 '살갗이 하얀 부인'이다. 아주머니 스에지 하나 역시 '피부가 희다'고 했다. 모토도 마찬가지다. 하얀 피부는 기무라 가족과 그 친족의 특징 같았다.

상상해 보자면, 모토는 '이가 약간 튀어나왔다'는 언니 덴을 닮아서 이가 살짝 튀어나오지 않았을까. 결국은 남들보다 나을 것도 없는 용모였을까. 그녀가 오가이의 호감을 산 것은 성실한 자세 때문이었다. 오가이는 모토에게 비백무늬 천으로 이불도 짓게 했는데, 여기에서도 주종 간의 가정적 분위기가 풍겨난다. 그녀가 그만둘 때 오가이가 지은 '부지런한 하녀'라는 하이쿠에도 그의 생각이 잘 드러난다.

이마이의 소겐지 절에서 편지가 왔다. 주지 야마다 신엔이란 이름이 적혀 있었다.

일전에는 애써 왕림해 주셨는데 공교롭게도 소승이 교토 본산에 올라가 있던 탓에 참으로 큰 실례를 범했나이다. 궁금해하셨던 건은 귀산 후 번승에게 전해 들었습니다. 아무래도 젊은 사람이라 무례가 많았으리라 짐작됩니다만, 모쪼록 널리 용서하시길 바라나이다.

편지지에 붓으로 쓴 달필이었다.

선생의 저서 『고쿠라의 오가이』는 일찍이 접한 적이 있어 깊은 감명을 받았습니다. 이번에 왕림하셔서 당사가 흡수한 젠토쿠지 절의 메이지 32년과 33년 당시의 주지를 물으셨다고 하니, 역시 오가이 선생의 〈고쿠라 일기〉에 나오는 '기무라 모토'에 관하여 조사하시는 것으로 짐작하고, 변치 않는 작가적 정신에 더욱 감탄하였습니다.

헌데 저희가 그 묘를 인수한 젠토쿠지 절의 기무라 덴 님, 모토 님 자매의 부모는 농업에 종사하던 사족 기무라 요시타카 님이며, 부인은 다쓰 님입니다. 기무라 요시타카 님은 물론 젠토쿠지 절의 주지가 아니었습니다.

그리고 아래 글은 비밀로 해 주시기를 부탁드립니다. 후쿠오카 현 미야코 군 간다초에 마을에서 운영하는 공동묘지가 있는데, 그곳 중허리에 동자의 묘석이 하나 있습니다. 동자란 한 살 남짓으로 불행히 세상을 떠난 아기의 계명에 붙는 이름입니다. 그 계명이 '석정심동자釋正心童子'입니다. 예서체로 새겨져 있습니다.

이 근방에는 전부터 그 동자 묘에 대하여 한 가지 풍문이 돌고 있습니다. 본디 무책임한 도청도설道聽塗說이라 귀 기울일 가치가 없지만, 가령 풍문이라 해도 만약 거기에 진실을 닮은 잔영이 한 조각이라도 깊이 숨어 있다면, 감히 실례되는 말씀입니다만 선생의 『고쿠라의 오가이』도 동요하지 않을까 사료됩니다. 이 점에 관해서는 소승도 오해가 두려워 감히 다 말씀드리기가 어렵나이다. 모쪼록 선생께서 이해하실 수 있을 만큼 몸소 충분히 조사해 주실 것을 부탁드립니다.

하타나카는 이마이의 소겐지 절 주지에게 답장을 써서 감사를 표했다. 부재중에 불쑥 찾아가 폐를 끼친 점에 대하여 양해를 구하고, 젠토쿠지 절에서 이장한 묘지를 돌아보다가 뜻밖에 기무라 덴과 모토 자매의 묘를 발견한 사실을 전했다. 아울러 자매의 부모 이름을 편지로 가르쳐 준 데 대하여 감사를 표했다. 그 말미에 이렇게 맺었다.

> 후쿠오카 현 미야코 군 간다초의 공동묘지에 있는 석정심동자의 묘 와 관련하여 아무래도 근방에 풍문이 돌고 있고, 그것이 졸저 『고쿠라 의 오가이』하고도 관련이 있을 거라고 일러주신 점이 못내 마음에 걸립 니다만, 믿기 힘든 도청도설이라고 하시니 다음번에 직접 뵐 기회가 있 다면 가벼운 농담으로라도 교시를 주시기 바랍니다.

이렇게 쓴 이유는 대 놓고 물어도 주지가 응해 줄 것 같지 않았기 때문 이다. 하지만 하타나카가 다시 도쿄에서 일삼아 유쿠하시 이마이의 소겐 지 절까지 찾아간다면, 편지로 변죽을 울렸던 주지는 긴장해서 오히려 입 을 굳게 다물어 버릴 것이다.

야마다 신엔 주지한테서는 그 후 답장이 없었다. 답장을 써서 편지 왕 래가 시작되면 공연히 번거로운 일에 휘말려들지 않을까 저어하는 듯했 다. 스님은 신자를 비롯하여 근방의 여러 마을도 살펴야 한다. 주지는 사 람들의 이야기를 듣는 사람이며, 그 이야기를 발설해서는 안 된다. 고해신 부나 마찬가지다.

그러나 뭔가 있는 것 같았다. 『고쿠라의 오가이』에 담긴 내용을 뒤흔들 만한 어떤 비밀이 있음을 내비치는 글이었다. 믿기 힘든 풍문이라고 말머 리를 놓는 태도도 마음에 걸렸다.

하타나카는 생각다 못해 시라네 겐키치를 떠올렸다. 시라네는 죽은 친 구의 동생으로, 현재 모 사립대 문학부 조수로 있다. 근세 문학을 가르치는 교수 밑에서 공부하며 조교수나 강사진으로 구성된 연구 그룹에 가담하여 해마다 두 번쯤 기관지 《기요紀要》 따위에 글을 기고한다.

에도 문학을 전공하는 그에게 오가이에 관련된 사항은 관심 밖인지도 모르지만, 어설프게 현대 문학을 전공하는 사람에게 부탁하는 것보다는 폐가 덜할 듯싶었다. 그렇지만 오가이 문학 자체와 직접적인 관계가 없는 사항, 듣기 좋게 말하면 고증이지만 〈고쿠라 일기〉의 여주인공 같은 여성의 행방을 추적하는, 호사가나 좋아할 작업을 그가 과연 맡아 줄까? 턱수염이 많고 볼이 패인 모습이 죽은 형을 쏙 닮은 시라네 겐키치를 쳐다보면서 하타나카는 망설였다.

바쁘냐고 물으니,

"바쁘다면 바쁘고 한가하다면 한가하죠."

하며 모호하게 웃는다.

삼십 분쯤 잡담을 했다. 그중에는 사이카쿠17세기의 문인 이하라 사이카쿠나 지펜샤 잇쿠18~19세기에 활약한 대중 작가 등의 작품을 메이지 · 다이쇼 문학 연구자이며 평론가인 가쓰모토 세이치로 같은 독일 실증파(?)의 논법으로 여럿이 돌아가며 강의하면 재미있을 거라는 시라네의 이야기도 있었다.

하타나카는 적당한 틈을 잡아, 모리 오가이에 대하여 조금 조사해 줄 수 있느냐, 하고 이야기를 꺼냈다.

"오가이? 어떤 내용인데요?"

"오가이의 고쿠라 일기와 관련된 일인데 한마디로 말하기가 곤란하군. 노트를 가져다 놓고 말해 줄 테니까, 그것을 듣고 나서 가부간 대답을 해 주었으면 좋겠네."

"그래요? 하타나카 씨께서는 예전에 오가이의 고쿠라 시절에 대한 책을 쓰셨잖아요. 이거 아무래도 보통 일이 아닌 것 같은데요."

시라네는 길게 기른 턱수염을 쓰다듬었다.

"실은 별거 아니야. 하지만 자네도 아마 호기심이 발동할걸."

하타나카는 노트를 붙인 구도 도쿠사부로의 편지부터 보여 주었다. 시라네는 그것을 읽고 나서 의아해했다.

"모토 씨가 오가이에게 부잣집으로 시집갔다고 거짓을 고한 이유가 여자의 허영심 때문일 거라는 하타나카 씨의 의견에 저도 동감입니다. 하지만 그렇게 금세 탄로 날 거짓말을 왜 전 고용주 오가이 선생에게 했을까요?"

그리고 일주일쯤 지났다. 시라네 겐키치로부터 고쿠라 소인이 찍힌 엽서가 왔다.

> 생략하옵고. 모지 구 하타에 있는 도모이시 가의 저택을 보고 왔습니다. 국도에서 조금 들어간 곳인데, 하얀 벽에 붉은 기와를 올린 담을 사방으로 일 정丁 정도 두르고 회벽으로 지은 창고가 세 동 나란히 있더군요. 담 안에는 수목이 울창하고, 정문에서는 본체고 현관이고 보이지 않습니다. 앞뜰에 화초 따위가 많은 탓입니다. 지붕 여러 개가 그 위로 보입니다. 동쪽으로 걸어가면 스오나다 바다이고, 해상에는 작은 섬이 떠 있습니다. 북쪽은 낮은 언덕인데, 그 비탈도 숲을 이루고 있습니다. 오가이가 한지로 붙여서 삭제한 '전 하녀 모토의 남편 도모이시 사다타로'의 저택과 똑같이 생겼으며, 그 오래 묵은 자취는 지금이나 메이지 33년 당시나 마찬가지일 것 같습니다. 모토 씨가 오가이에게 한 말은 사실적입니다. 제철이 아니라 철쭉꽃은 볼 수 없었습니다만.

이틀 뒤 시라네한테 또 엽서가 왔다. 후쿠오카 간다 우체국 소인이 찍혀 있었다.

후쿠오카 현 미야코 군 간다초는 고쿠라와 유쿠하시의 중간에 있습니다. 석회암 산이 있어 시멘트 공장이 있습니다. 요바루라는 곳에는 전기 고분 시대의 거대한 전방후원분前方後圓墳이 있습니다. 공동묘지가 있는 비탈에서 바라보니 고분의 전모가 훌륭하더군요.

시멘트 공장이니 전방후원분이니 하는 것은 아마 덤으로 전하는 말이리라. 시라네는 공동묘지에 있는 '석정심동자' 묘를 보러 갔던 것이다.

묘석을 보았다면 속명과 사망년도와 묘 건립자의 이름도 알 수 있었을 것이다. 그리고 소겐지 절 주지가 말하는, 동자의 묘를 둘러싼 근방의 풍문이 어떤 내용인지도 듣고 올지 모른다.

하타나카가 시라네를 불러 놓고 전부 이야기하자 그는 결국 마음이 동해 하타나카를 대신하여 조사에 나선 것이다.

동자 묘가 있는 간다초가 유쿠하시와 고쿠라의 중간쯤에 있다고 전하는 구절도 의미심장해 보였다. 유쿠하시 시 이마이는 기무라 모토가 태어난 마을이고, 고쿠라에는 그녀가 하녀로 일한 가지마치 87번지 오가이 집이 있다.

하타나카는 시라네 겐키치가 돌아오기를 고대했지만 그로부터 열흘이 지나도록 소식이 감감했다.

대학 조수는 한가할 때는 한가해도 교수나 조교수 사정에 따라서는 혹 사당한다 싶을 만큼 바빠진다고 한다. 거반은 호기심에서 무리하게 부탁한 처지라 그 뒤에 어떻게 되었느냐고 재촉하기가 뭣했다. 그저 시라네가 스스로 찾아오거나 전화나 엽서가 오기를 기다릴 뿐이었다.

그동안에도 하타나카는 업무 틈틈이 〈고쿠라 일기〉를 다시 읽으며 '오가이의 하녀'를 중심으로 메모를 해 두었다.

- (메이지 33년 1월 23일) 마침내 하녀 모토의 산기가 다가오자 다른 집으로 옮기게 되었다. 그에 대비하여 사흘 전에 하녀 하나를 고용했다. 아라키 다마. 못생기고 아양을 부리는 구석이 있다. 대낮부터 술을 사다 마신다. 어제 돈을 훔치다 들켜서 도망쳤다. 오늘은 시험 삼아 한 하녀를 고용했다. 히라노 마사. 제법 용모가 있다.
- (27일) 하녀 마사는 품행이 바르지 못하다. 교혜휼힐^{巧慧譎黠}약삭빠르고 간교함하고 망언이 툭툭 튀어나온다. 참으로 심하다. 오늘 그녀를 내보냈다.
- (2월 4일) 밤에 모지에서 덴이 찾아와 묵었다. 동생 모토가 그만두게 되자 후임자를 찾으러 고쿠라에 온 것이다.

이날 도쿄의 가코 쓰루도오가이 평생의 친구. 이비인후과의이며 오가이와 마찬가지로 군의였다한테서 편지가 왔다. 거기에 신문 부고란을 오려 낸 쪽지가 들어 있었다. 미야시타 미치사부로의 처 도시코가 엔슈 미쓰게무라에 있는 아카마쓰 노리요시의 집에서 지난 1월 28일 사망했다는 부고였다. 도시코는 메이지 23년에 이혼한 전처이다.

- (4월 4일) 모토가 딸을 낳았다 한다.
- (15일) 늙은 하녀 사키는 성정이 너무 탐욕스러워, 출근하느라 집을 비운 사이 쌀이나 채소류를 훔쳐 커다란 보자기에 싸서 도리마치의 딸네 집으로 날랐다. 늙은 하녀를 추궁하고 내보냈다.
  그날 모토가 산파 집에서 가지마치 집으로 돌아왔다.

- (25일) 덴이 모지에서 찾아왔다.
- (26일) 스에지 덴로쿠의 처가 이마이에서 찾아왔다. 모토의 할머니로 나이는 일흔.
- (11월 30일) 전 하녀 모토가 찾아왔다. (이하를 한지로 붙여 전문 삭제)
- (12월 24일) 가지마치에서 교마치 5가 154번지로 이사하다. 문 앞에 센도마치가 있고 가까이 극장이 있고 하등 요리점도 처마를 나란히 하고 있어 매우 소란하다.
- (34년 2월 24일) 덴이 교마치 집에 양녀와 함께 찾아왔다.
- (35년 1월 4일) 지난 섣달에 상경. 시게코를 아내로 맞이하다. 시게코는 전 대심원 판사 아라키 히로오미의 장녀. 이날 간초로에서 피로연을 열었다.
- (8일) 시게코와 함께 고쿠라 집으로 돌아왔다.

전에 『고쿠라의 오가이』를 쓸 때 하타나카는 〈고쿠라 일기〉에서 '오가이의 하녀'에 관한 내용만 따로 모아 보기도 했지만, 눈길이 고루 미치지 못했던 것이다.

시각이 달라졌다고 할까 넓어졌다고 할까, 그렇게 변한 계기는 『오가이 전집』(결정판) 「후기」로 처음 알려진, 메이지 33년 11월 30일 '전 하녀 모토가 찾아오다' 뒤에 나오는 시댁에 관한 모토의 발언이었다. 만약 이 '결정판' 「후기」를 읽지 못했다면 그 이전의 전집에 수록된 〈고쿠라 일기〉를 백 번 읽어도 몰랐을 것이다. 아니, 이 '결정판' 「후기」를 읽고 의문을 품은 고쿠라 북구 도미노에 사는 구도 도쿠사부로의 편지 덕분에 하타나카도 비로소 눈을 뜬 것이다.

하타나카는 새로워진 눈으로, 딸을 낳고 오가이 집으로 '돌아온 모토'의 주변을 다시 한번 살펴보기로 했다.

모토가 다시 일하게 된 뒤로 그녀의 가족들이 가지마치 87번지 집에 거리낌 없이 찾아오게 된다. 덴이 와서 자고 간다. 할머니가 이마이에서 찾아와 묵는다. 할머니의 남편 스에지 덴로쿠까지 찾아오는 지경이다.

모토의 가족이 너무 뻔뻔하지 않은가. 모토를 중심으로 마치 오가이와 친척처럼 교류한다는 느낌이다. 모토는 '하녀'의 처지를 넘어선 것처럼 보인다. 그것이 모토가 산파 집에서 돌아온 이후에 보여 준 변화였다.

하타나카는 멍하니 앉아 팔짱을 꼈다. 다른 일을 제대로 할 수 없었다.

시라네 겐키치가 전화를 한 것은 마침 그때였다. 그는 낚아채듯 수화기를 잡았다.

"그 뒤로 너무 소식이 없었죠?"

시라네의 목소리는 달라진 데가 없었다.

"고쿠라와 간다에서 보내 준 엽서, 고마웠네. 그다음 소식을 목 빠지게 기다리고 있었네."

"아이고, 죄송합니다. 거기에 대해서 오늘 찾아뵙고 보고드리고 싶은데, 이야기가 조금 길어질 것 같습니다. 시간을 내주실 수 있는지요?"

"아무렴. 자네 오기를 학수고대하고 있었는걸."

3

시라네가 오랫동안 연락하지 않은 것은 불만이었지만, 그도 일이 있는 몸이니 뭐라고 탓할 수도 없는 노릇이었다. 이제 이렇게 나타나 주니 지금까지 아쉬웠던 마음도 싹 사라졌다. 시간이 길어질 거라고 하는 것을 보면 뭔가 수확이 있는 모양이다.

"보고부터 드리지요."

시라네는 푸석푸석한 장발을 그러 올렸다.

"기타큐슈 시 모지 구 하타의 도모이시 가 풍경은 앞서 편지로 일단 보고해 드렸지만, 도모이시 가는 지금도 유서 깊은 가문으로 알려져 있습니다. 하타라는 곳은 예전에 마쓰가에무라의 아자우리 나라의 '리' 혹은 '통반'쯤에 해당하는 작은 행정 단위인데, 고쿠라에 있는 아다치야마 산 동쪽에 북쪽으로 조금 치우쳐 있습니다."

"아다치야마 산? 그렇군. 오가이가 아다치야마 산과 와케노 기요마로의 사적인지 뭔지 하는 실증적 수필을 쓴 적이 있지."

"그리고 이마이에도 가 보았습니다. 소겐지 절의 공동묘지에서 예전 젠토쿠지 절에서 옮겨온 묘지를 둘러보고 왔는데, 전에 하타나카 씨가 말씀하신 대로였습니다. 저도 그 말씀을 듣고 〈고쿠라 일기〉를 읽어 보았지만 막상 '스에지 하나의 묘'를 보니 감개무량하더군요."

"그랬겠지. 스에지 하나는 오가이의 고쿠라 일기에는 몇 줄밖에 나오지 않지만 매우 인상적인 인물이니까."

"기무라 덴과 기무라 모토의 묘도 보았습니다. 하타나카 씨 이야기를 듣지 않았다면 덴이 구보 주조와 이혼하고 기무라 성을 회복한 사실에 놀랄 뻔했습니다."

"자매의 묘는 다른 묘들보다 딱할 정도로 초라했어."

하타나카의 눈앞에 푹 꺼진 두 기의 묘가 떠올랐다.

시라네 겐키치는 가방을 당겨 놓고 꽤 두툼한 봉투를 꺼냈다. 엉성하게 찍은 사진이지만 한번 보시죠, 하며 하타나카에게 내밀었다.

사진은 명함배판8센티미터×11센티미터으로 모두 여섯 매였다. 제일 위 사진은 공동묘지 전경으로 비탈에 묘지가 계단식으로 줄지어 있다. 주변은 소나무 숲이나 잡목림이다. 원경에 하얗고 뾰족한 산이 보인다. 사진 뒷면을 보니 시라네가 '후쿠오카 현 간다초의 공동묘지 전경'이라고 메모해 놓았다.

다음 사진은 화강암으로 만든 작은 묘였다. 일단 대석과 함께 앞에 향로석과 촛대석이 붙어 있는데 묘석은 아주 검게 퇴색하고 반점이 생겨 있었다. 하지만 그런 관찰 전에 '석정심동자의 묘'라는 희미한 각자가 먼저 눈에 들어왔다. 풍화 탓에 골이 무너져 글자가 무엇에 스친 듯이 여기저기 뭉개져 있다. 산속에 방치된 돌처럼 우산이끼가 퍼진 탓도 있으리라. 시라네는 각자의 음영을 도드라지게 촬영하는 데 성공했다. 사진 뒷면에는 '석정심동자의 묘. 높이 70센티미터, 대석 30센티미터'라고 메모되어 있다.

그다음은 묘석 뒷면을 촬영한 사진이었다. 뒷면에는 문자가 한 글자도 보이지 않았다. 풍화가 심해서 마치 돌 표면이 벗겨진 것처럼 보였다. 오랫동안 관리를 하지 않고 풍화되는 대로 방치해 둔 탓으로 짐작되었다.

네 번째 사진은 묘 측면으로, 근접 사진으로 각자를 촬영했다. 이 사진도 글자가 잘 드러나게 찍혀 있었다.

'메이지 43년 8월 2일 몰'

뒷면의 메모는 '동쪽 측면. 폭 12센티미터'.

다섯 번째 사진은 '서쪽' 측면으로, 각자刻字는 한 자도 없었다.

마지막으로 여섯 번째 사진은 향로석을 정면에서 찍었다. 이것은 글자 읽기가 묘석보다 더 힘들었다. 화강암이 전체적으로 풍화되어 골이 무너진 상태였다. 사진을 뒤집어 보았지만 시라네의 메모는 없었다. 향로석에는 특별히 메모할 것이 없었던 것이다.

"이것이 소겐지 절 주지가 편지에서 말하던 풍문의 주인공, 석정심동자의 묘비로군."

하타나카는 사진 여섯 매를 책상 위에 늘어놓으며 말했다.

"그렇습니다. 소위 도청도설에 따르면 오가이가 고쿠라에 살 때 하녀 모토라는 이름으로 일하던 기무라 모토와 관계하여 생겨난 아기라고 합니다."

하타나카는 놀라지 않았다.

시라네가 찍어온 '석정심동자의 묘' 사진을 보자 소겐지 절의 주지 야마다 신엔이 보낸 편지 구절, '(그 '풍문'에) 선생의『고쿠라의 오가이』도 동요하지 않을까'라는 구절이 떠올라, 그 내용이 무엇일지 충분히 짐작할 수 있었기 때문이다. 게다가 야마다 신엔도 그 '풍문'을 '진실'이라고 믿는 사람들 가운데 하나임도 눈치 챌 수 있었다.

왜냐하면 야마다 주지는 그 이상은 언급하지 않았고, 설사 이마이에 다시 찾아와도 말해 줄 수는 없다는 뜻을 에둘러 전했기 때문이다. 만약 주지가 '풍문'을 믿지 않았다면 그는 가볍게 웃으며 이유를 말했으리라. 회피하며 말을 얼버무리고, 더구나 '하녀 모토'를 거론한『고쿠라의 오가이』가 동요하리란 식으로 비난한 것은 풍문을 진실이라고 믿기 때문이다.

"그럼 지금도 이마이나 유쿠하시, 혹은 간다, 고쿠라 근방에서 그런 풍문이 떠돌고 있나?"

하타나카는 새 담배를 꺼냈다.

"여행자 처지여서 그것까지는 조사하지 못했습니다. 그러나 야마다 주지가 편지에 그렇게 쓴 것을 보면 지금도 그런 소문이 도는 모양입니다."

"자네는 어떻게 생각하나?"

"글쎄요. 저는 반신반의하는 쪽입니다."

"반신반의? 그럼 절반은 의심한다는 말인가? 문학 평론이든 뭐든 실증주의를 주장하는 자네가 증거도 없는 풍문을 절반이나 믿는다니, 재미있군."

하타나카는 새삼 시라네의 얼굴을 쳐다보았다.

"그렇게 말씀하실 줄 알았습니다."

하타나카는 석탑 측면 사진으로 눈길을 옮겼다.

"메이지 43년 8월 2일 몰. 출생년도는 없군."

"묘비에는 출생일을 새기지 않습니다. 그러나 '동자'라고 했으니 아마 세는나이로 두 살쯤 되었겠지요."

"속명은 없던가?"

"속명과 건립자 이름은 묘비 뒷면에 새깁니다. 그런데 사진에서 볼 수 있는 것처럼 돌 표면이 떨어져나가 한 글자도 남아 있지 않아요."

"그렇군."

하타나카는 사진을 가만히 들여다보며, 이상하네, 하고 중얼거렸다.

"뭐가 말입니까?"

"묘석 뒷면에 있는 글자가 떨어져 나갔다면 앞면도 마찬가지로 떨어져 나갔어야 할 텐데. 앞면은 이렇게 풍화되기는 했지만 완전하게 남아 있잖아. 희미하기는 해도 석정심동자라는 예서체 같은 각자도 분명히 읽을 수 있고."

"역시 날카로우시군요."

"뭐가?"

"아뇨, 말씀하신 그대로입니다. 뒷면은 풍화에 따른 자연적인 박리가 아닙니다. 인공에 의한 박리죠."

"인공이라고? 누가 일부러 깎아 냈다는 말인가?"

하타나카가 놀라서 시선을 쳐들자 시라네는 복잡한 표정으로 긴 머리에 손가락을 찔러 넣고 긁적였다.

"제가 찍은 사진에서는 잘 보이지 않지만, 실물을 육안으로 자세히 보면 깎아 냈다고밖에 볼 수 없습니다. 그것도 석공의 솜씨가 아니라 보통 사람이 정과 망치로 거칠게 깎아 냈는지, 그 흔적이 꺼칠꺼칠합니다. 구십 년 가까운 세월이 흐르는 동안 풍화된 듯이 보이는 것이죠."

"석정심동자의 속명과 묘 건립자 이름을 고의로 깎아 냈단 말인가?"

"뭐, 그런 셈이죠."

"무엇 때문에?"

"무슨 사정인지는 몰라도 그 글자들을 남기고 싶지 않은 사람의 짓이겠지요."

묘비 각자를 애써 깎아 낸다. 그것은 매장된 아기의 실체를 계명만 빼고 전부 말살하는 짓이다.

하타나카는 담배를 꺼내 입에 물었다. 하지만 불을 붙이지 않은 채 그대로 가만히 있었다. 깍지 낀 손으로 턱밑을 받쳤다.

"시라네 군. 자네는 석정심동자가 고쿠라 시절 오가이와 모토 사이에서 태어난 아기라는 풍문을 믿나?"

담배에 라이터를 가까이 대며 하타나카가 물었다.

"풍문은 믿지 않습니다. 스스로 이해할 수 있을 때까지는. 이른바 도청 도설 종류는 일체 배제할 겁니다."

"자네가 이해할 수 있는 근거는 어디에 있을까?"

"역시 오가이의 〈고쿠라 일기〉입니다."

"모토의 남편이 부잣집 아들 도모이시 사다타로라는 내용을 오가이가 한지로 붙여서 지운 것을 말하나 보군."

"아뇨, 그렇게 많이 말소한 부분은 그곳뿐입니다. 그 밖에는 이전 판이나 결정판이나 별로 다르지 않습니다."

"그러면 그 말소된 부분 말고 또 무엇을 발견했나?"

"메이지 33년 4월 15일 부분에 '모토, 산파 집에서 돌아오다'라고 되어 있지요. 바로 그날 늙은 하녀 사키를 해고합니다."

"늙은 하녀가 탐욕스러웠기 때문이지. 주인집에서 쌀이며 채소를 딸네 집으로 몰래 빼돌렸으니 해고당하는 게 당연하지."

하타나카가 노트를 펼치며 말했다. 〈고쿠라 일기〉에서 발췌해 둔 것이다.

"하지만 오가이는 산파 집에서 딸을 낳은 모토가 돌아오기를 기다렸다는 듯이 그 직전에 늙은 하녀를 내보냈더군요."

"어째 에둘러 말하는 것처럼 들리는군. 마치 모토가 돌아오면 늙은 하녀가 방해가 될 거로 생각했다는 듯이 말이야."

"그렇게 봐도 어쩔 수 없는 점이 있습니다. 32년 9월 1일 일기에 보면, 마부는 마구간에 딸린 방에서 잔다, 집 안에서 자는 것은 나와 하녀뿐, 마침내 하녀를 두 명이나 고용하지 않을 수 없었다고 되어 있습니다. 그런데 이른바 작은하녀들은 하나같이 오래 붙어 있지 않았어요. 잘 참고 일해 준 이는 큰하녀 모토뿐입니다. 이웃에 사는 집주인 우사미 가에서도 밤에 모토와 같이 잘 하녀를 보내지 않게 되었어요. 33년 1월 23일 산달이 된 모토를 다른 곳으로 옮기기 위하여 '하녀 히라노 마사를 고용했다. 용모가 조금 있다'고 나오는데, 이 사람도 금세 그만두었어요. 그러니까 집 안에서 자는 사람이 오가이와 모토밖에 없던 기간이 있었던 겁니다. 늙은 하녀 사키를 고용할 때까지는."

하타나카는 노트 내용을 보면서 말없이 담배를 피웠다.

"그것이 모토와 마부가 몰래 정을 통하고 있다고 사키가 오가이에게 일러바치는 구실이 되었습니다. 그러나 그녀가 정말로 의심한 것은 주인과 모토 사이였을 겁니다. 사키는 여기저기서 하녀로 일해 온 노인이라서 그런 쪽으로 의심이라고 할까 넘겨짚기라고 할까, 여하튼 눈치가 빨랐습니다. 오가이 선생은 이 늙은 하녀에게 넌더리를 내고 해고한 것 같습니다."

"자네야말로 의심이 많은 거 아닌가?"

"그럴지도 모르지요. 하지만 그렇지 않을지도 모릅니다. 오가이 정도 되는 사람의 일기라면 훗날 출간되는 상황을 당사자도 의식하게 마련입니다. 아무래도 위엄을 갖춘 글이 됩니다. 실제로 〈고쿠라 일기〉는 자필한 것을 다른 사람을 시켜 청서했습니다."

"그렇다면 고쿠라 일기에서는 정확한 단서를 찾을 수 없겠지."

"그렇지도 않습니다. 정장을 차려입은 것 같은 단정한 문장이긴 해도 역시 오가이는 솔직하게 썼습니다."

"무슨 말인가?"

"늙은 하녀 사키가 나가자 모토는 혼자 자게 됩니다. 도쿄에서 데려온 마부 다나카 도라키치는 변함없이 마구간에 딸린 방에서 잡니다. 집 안에서 자는 사람은 주인과 모토뿐이죠. 이런 상황이라면 어떤 상황도 상상할 수 있습니다. 보통은 일기에 쓰지 않을 일들 말입니다."

"그렇다면 무슨 말인가, 오가이와 모토가 실제로 관계가 있었다고 생각된다는 건가?"

하타나카는 시라네 눈을 지그시 쳐다보았다.

하타나카의 머리에도 모토가 딸을 낳고 가지마치에 있는 오가이 집으로 돌아온 뒤로 모토의 가족이 마치 오가이의 인척이라도 되는 양 무시로 드나들고 묵기도 했다는 내용이 떠올랐다. 그 내용은 마치 특별한 사건이 있었던 것을 말해 주는 듯했다.

시라네는 그 물음에는 직접 대답하지 않고 하타나카를 쳐다보며 물었다.

"『전집』의 「후기」에 보면, 전 하녀 모토가 남편 도모이시 사다타로의 집에 대하여 전하는 문장에 한지를 붙여서 말소해 놓았다는 주가 붙어 있지요. 보이지 않게끔 풀로 한지를 단단히 붙여 놓았을 텐데, 어떻게 그 밑에 있던 글자를 읽을 수 있었을까요? 한지를 떼어 내고 읽었을까요?"

그 질문에 하타나카는 할 말이 궁했다. 「후기」를 읽을 때 시라네와 같은 의문을 느끼기는 했지만 '일류 출판사가 하는 일이니 기술적으로 어떻게든 복원했겠지' 하는 정도로 생각했다.

그러자 시라네는 가방에서 종이 한 장을 꺼냈다.

"이것은 〈고쿠라 일기〉 메이지 33년 11월 30일 자 내용을 복사한 겁니다. 일기를 보존한 오가이 기념관에 가서 복사해 왔습니다."

하타나카는 건네받은 복사물을 들여다보았다.

'30일. 전 하녀 모토가 찾아왔다'부터 일곱 행 정도가 희미해져 있다. 희미하지만 읽을 수는 있었다. '처음 시댁에 가 보았는데, 소네 정차장에서 차를 타고……'라고 붓글씨로 쓴 백서른아홉 개의 글자가 다 비춰 보였다. 위에 붙인 한지가 아주 얇았기 때문이다.

일기의 붓글씨는 다른 사람이 청서한 해서체였다.

"이거 놀랍군."

하타나카는 꼼꼼히 들여다보며 말했다.

"역시 실물을 보기 전에는 알 수 없는 거였군. 이렇게 얇은 한지로 가려 놓았을 줄이야."

"저도 이걸 보았을 때는 정말 놀랐어요. 더 두꺼운 한지를 붙여서 아래 글자가 안 보이게 해 놓았을 줄 알았거든요."

"오가이는 왜 두꺼운 한지를 붙이지 않았을까?"

"그 부분 말고도 얇은 한지로 가린 부분이 더 있더군요. 그건 오가이의 버릇 같아요. 다만 다른 부분은 내용도 짧고 그리 심각한 말소도 아닙니다. 이렇게 무려 일곱 행에 걸친 말소를, 더구나 신뢰하던 하녀 모토의 거짓말이 빤히 보이는 내용을 얇은 한지로 가려놓은 것은 오가이답지 않은 경솔한 행동이었다고 말해야겠지요. 실제로 『전집』의 「후기」에 그 내용이 소개되는 바람에 구도 도쿠사부로 씨나 하타나카 씨나 제가 의문을 느낀 것 아닙니까."

"자네가 의문을?"

"그렇습니다. 부잣집 아들 도모이시 사다타로와 혼인했다는 모토의 거짓 보고도 의문이었지만, 저는 오가이 집을 그만둔 모토가 그 후 어떻게 되었는지도 궁금해졌습니다."

"조사했나?"

"어떤 사람을 시켜서 조사했습니다. 메이지 말까지 거슬러 올라가는 일이라 시간이 좀 걸렸어요. 제가 연락이 뜸했던 것도 그 때문이었습니다."

"그래서, 알아냈나?"

"대강 윤곽은 알아냈습니다. 구보 주조는 23년 삼월 덴과 혼인하고, 35년 시월에 이혼했습니다. 덴은 37년 삼월에 사망합니다. 그리고 39년 사월 덴의 동생 모토와 혼인하고, 40년 팔월에 모토하고도 이혼합니다."

시라네는 수첩을 들여다보며 말했다.

"잠깐만. 너무 복잡하니까 연표로 만들어서 보여 주면 좋겠군."

시라네는 순순히 그 자리에서 연필을 잡았다.

• (메이지) 23년 3월, 구보 주조가 덴과 결혼.

• 35년 10월, 덴과 이혼.

- 37년 3월, 덴 사망.
- 39년 4월, 주조가 모토와 결혼.
- 40년 8월, 모토와 이혼.

"흐음. 이렇게 하니 한눈에 들어오는군."

하타나카는 '연표'를 가만히 들여다보았다.

"〈고쿠라 일기〉에는 33년 11월 24일 하녀 모토가 그만두고 떠났다고 나오고, '부지런한 하녀 시집을 보내고 겨울을 칩거하네'라는 오가이의 하이쿠가 나오지. 일주일 뒤인 그달 삼십일, 모토가 오가이를 찾아와 마쓰가에무라의 부잣집 아들 도모이시 사다타로와 결혼했다고 거짓말을 한다. 그럼 그녀는 실제로 어디로 갔을까?"

"제 추측으로는," 하고 시라네가 말했다. "오가이 집을 나온 모토는 그 길로 모지의 구보 주조의 아내이며 친언니인 덴에게 가서 그 집에 의탁했다고 봅니다. 이 연표에 있는 대로 덴은 주조와 23년에 결혼했으니까, 결혼하고 십 년이 되었을 때 모토가 찾아와 동거한 것이 됩니다."

"과연. 모토는 달리 몸을 맡길 데가 없으니 언니한테 의지했겠지. 그런데 모토는 오가이 집을 그만둘 때 왜 사실대로 말하지 않았을까?"

"그게 수수께끼입니다. 도모이시 사다타로에게 시집갔다는 거짓말과 함께."

"무슨 말인가?"

"도모이시 가로 시집갔다는 것도 아주 부자연스러운 거짓말입니다. 모토는 오가이 집에 들어오기 전, 초혼 때 임신했던 딸을 이해 사월 사일에 낳았습니다. 그런 처지이므로 하타의 부유하고 뼈대 있는 집안으로 시집갈 수는 없었습니다. 게다가 연애도 아니고 중매로 말입니다. 오가이는 이

부자연스러움을 왜 눈치 채지 못했을까요?"

"자네 말을 들으니 과연 그렇군. 모토의 말을 그대로 믿고 일기에 적었다가 나중에 사실을 파악하고 한지를 붙여서 지웠다면 오가이가 무녀도 너무 무녔지."

"나중에 알았을까요? 오가이 처지에서는 그럴지도 모릅니다. 그러나 이 이야기에는 속사정이 있는 것 같습니다."

"속사정?"

"어쩌면 구보 주조가 쓴 각본이 아닐까요. 그는 모지 사람입니다. 마쓰가에무라 하타는 모지 동쪽에 이웃한 마을입니다. 그러므로 주조는 도모이시 가의 저택이나 부근 풍경을 잘 알고 있었을 겁니다."

하타나카는 신음 비슷한 소리를 냈다. 지금까지는 이마이에 사는 친구한테 도모이시 가에 대한 이야기를 듣고 있던 모토가 그 이야기를 바탕으로 꾸며냈으리라 생각해 왔다. 하지만 지금 시라네의 말을 듣고 보니 그쪽이 더 설득력이 있었다.

"그러면 왜 구보 주조는 모토를 시켜 오가이에게 그런 거짓말을 하게 했을까? 주조는 그것으로 무슨 이득을 보나?"

시라네는 대답하지 않고 잠시 입가에 웃음을 짓고 있었다.

"아, 그렇지. 자네는 모토와 오가이 사이에 남녀 관계가 있었을 거라고 추측했지."

"그 혐의는 농후한 정도가 아니라 아예 새카맣습니다. 그런데 모토는 오가이만이 아니라 언니의 남편인 주조와도 관계하고 있었던 것 같습니다."

"주조와? 형부하고 말인가?"

"제 추측으로는요."

"무엇을 근거로 그렇게 추측하지?"

"모토는 산달이 되자 산파 집으로 옮깁니다. 33년 삼월 말입니다. 산파는 구보 주조나 덴이 소개했을 겁니다. 산파의 남편은 후쿠오카 지방재판소 고쿠라 지소 앞에 사무소를 두고 있던 대서사입니다. 대서사는 요즘의 법무사에 해당합니다. 그 산파의 남편과 구보 주조가 친구 사이였습니다."

용케 그런 지엽적인 것까지 조사했구나, 생각하며 하타나카는 시라네가 하는 말을 흘려들었다.

시라네는 이마로 내려온 긴 머리카락을 그러 올리며 계속 말했다.

"산파 집에서 딸을 낳은 모토는 언니 덴에게 갓난아기를 맡겼습니다. 자식이 없던 덴은 아기를 양녀로 삼습니다. 〈고쿠라 일기〉 34년 2월 24일에 '덴이 양녀와 함께 오다'라고 되어 있는 내용이 그것인데, 덴은 교마치로 이사한 오가이 집에 이 아기를 데려갔던 겁니다. 그러나 그것은 나중 일이고, 지금은 33년 4월 15일 모토가 산파 집에서 가지마치의 오가이 집으로 돌아와 일하던 시점으로 돌아가기로 하죠."

"거기서 또 무엇을 건졌나?"

"언니 집에 맡긴 딸을 보려고 모토가 오가이 집에서 모지의 구보 집까지 종종 오갔으리라는 것은 쉽게 상상이 됩니다. 〈고쿠라 일기〉에는 그런 세세한 부분까지 적혀 있지는 않지만요."

"모토의 마음을 그렇게 짐작하는 데는 이견이 없네."

"언니 덴이 늘 집에 있었다 할 수는 없습니다. 덴이 집을 비웠을 때 아기 얼굴을 보러 온 모토에게 주조가 손을 댄 겁니다. 그 뒤로 두 사람의 관계가 시작됐을 거라고 봅니다."

"대단한 상상력이군. 근거는 뭔가?"

"주조가 덴과 이혼하고 사 년 뒤 모토를 아내로 맞이했기 때문입니다.

호적상으로는 사 년 뒤지만 실제로는 덴과 이혼한 직후에 모토를 집안에 들였을 겁니다. 주조와 덴이 이혼하기 전에 모토와 주조의 관계가 드러나서 세 사람 사이에 갈등이 있었겠지요."

시라네의 '조사' 결과를 의심하자면 한이 없겠지만, 아마 사실에 가까울 것으로 생각했다.

"그러면 앞으로 돌아가서, 도모이시 가의 아들 사다타로와 결혼했다는 모토의 이야기는 구보 주조의 각본이었다고 했는데, 그 근거는 뭔가?"

하타나카는 기분이 꽤 울적해졌다.

"그건 오가이에 대한 구보 주조의 앙심에서 나온 거라고 봅니다. 주조는 모토와 오가이 간에 뭔가 있었다고 의심했습니다. 덴의 눈을 피해 모토를 강제로 차지한 주조는 그런 대본을 써서 오가이에게 빈정댔겠죠. 그러나 오가이는 아무것도 모른 채 모토의 말을 믿고 일기에 그대로 적었습니다. 나중에 그 부분에 한지를 붙여서 말소한 거죠."

하타나카는 잠자코 담배를 피웠다.

"마지막까지 남는 문제는 석정심동자의 묘로군. 이걸 해결하지 않고는 아무것도 풀리지 않아. 조금 고리타분한 비유지만 이것이 모든 수수께끼의 고르디우스의 매듭이야."

"건립자 이름을 긁어내서 주변 관계를 감춘 이유는 수수께끼를 만들기 위한 조치였을 겁니다."

"수수께끼? 매장된 동자가 오가이의 숨겨 놓은 자식이라는 풍문을 퍼뜨리기 위해서?"

"이 사진에서 묘비 정면의 각자를 보십시오. 석정심동자는 예서체로 되어 있어요. 글자꼴도 위아래로 긴 사각형이나 정사각형이 아니라 옆으로 긴 자형입니다. 그것은 오가이가 고쿠라 시절에 썼던 붓글씨를 닮았습니다. 사실 〈자기재료自紀材料오가이가 자필로 쓴 자신의 연보〉 같은 것이 좋은 견본이 되겠지만, 그 책은 오가이 사후에 출간되었으므로 참고할 수 없었겠죠. 동자묘를 만든 사람은 오가이의 필적을 흉내 냈습니다. 마치 석정심동자가 오가이의 숨겨 놓은 아들이고, 아들이 요절하자 오가이가 묘비를 쓴 것처럼 꾸민 겁니다."

하타나카는 사진의 묘석에 새겨진 글자에 시선을 모았다. 오가이의 필적은 〈자기재료〉나 모리 준사부로의 『오가이 모리 린타로』, 모리 오토의 『아버지로서의 모리 오가이』의 사진판을 통해서 알고 있다. 시라네 겐키치가 말한 대로 묘석의 다섯 글자는 오가이의 필적을 흉내 냈지만, 형태가 일그러지고 힘이 없어 풍격風格이 전혀 없다.

그러나 메이지 40년대에는 이 저서들이 한 권도 출간되지 않았다. 당시 오가이의 필적을 보여 주던 것은 그가 제12사단 군의부장으로서 사단 예하 각지를 순시할 때 명문가의 청을 받고 휘호한 붓글씨뿐이다.

"자네가 말한 대로구먼. 누군가 마치 오가이가 묘석을 세운 것처럼 꾸민 거라고 생각되네. 너무 심하군. 그러나 이것 때문에 묘의 주인이 오가이의 숨겨 놓은 자식이라는 소문이 발생했을까?"

"그렇습니다. 그런데 풍문도 전혀 근거 없는 것은 아닙니다."

"뭐? 그건 또 무슨 소린가?"

"소겐지 절의 야마다 주지는 하타나카 씨에게 보낸 편지에서 이 묘의 주인이 오가이의 숨겨 놓은 자식이라고 하는 것은 도청도설이라고 얼버무렸지만, 그것은 야마다 주지가 어떤 사실을 알고 있었기 때문입니다."

"그래? 그럼 자네는 그 어떤 사실이란 것을 알아냈나?"

"알아냈습니다."

시라네는 앵무새처럼 대답하고 내처 말했다.

"묘석에 남아 있는 '메이지 43년 8월 2일 몰'이란 각자를 보고 알아냈습니다. 사망년도가 단서가 되었죠. 그러나 이 연도는 그다지 믿을 게 못됩니다. 왜냐하면 묘 자체가 꾸며 낸 거니까요. 동자가 사망한 실제 연도는 아닌 것 같습니다. 사실은 더 일찍 죽었을지도 몰라요. 따라서 태어난 시기도 더 일렀을 겁니다. 십 년을 보냈다고 치고 그것을 빼면 모토가 아직 고쿠라 가지마치 집에서 오가이를 위해 일하고 있을 때입니다. 메이지 33년입니다."

"너무 자네 편할 대로 가정하는 거 아닌가. 자네는 오가이와 모토의 관계가 시커멓다고 단정한 확신범이니까."

"그런 비판은 이해할 수 있습니다. 저도 그 점 때문에 메이지 33년과 34년 당시 구보 주조가 어떻게 생활하고 있었는지를 조사해 본 겁니다. 어떤 연줄을 찾아내서요. 고생 끝에 겨우 알아낸 내용은 구보 주조에게는 34년 5월 29일에 태어난 아들이 있었다는 겁니다. 주조가 덴과 결혼하고 십일 년 되었을 때 얻은 아들입니다. 헤이치라는 이름으로 입적되었습니다. 출생일로 계산하면 어머니 뱃속에 잉태된 것은 33년 팔월경일 겁니다."

"헤이치의 어머니는 덴이 아닌가?"

"호적상으로는 덴입니다. 그러나 헤이치를 낳은 사람은 모토라고 봅니다. 그 전에 모토가 초혼에서 임신한 딸을 낳은 것이 33년 4월 4일, 산파 집에서 오가이 집으로 돌아온 것이 십오일이지만, 아기는 덴이 키우고 있었습니다. 아기가 보고 싶어 모토가 종종 모지의 언니 집에 들렀다는 것은 앞서 말씀드린 바와 같습니다."

하타나카는 한숨을 지었다.

"자네 추측대로라면 모토는 오가이와 관계하고 있었고 모지에 가서는 덴의 눈을 피해 주조하고도 관계를 이어 나가고 있었다는 말이 되는군."

"그렇다고 봅니다. 그런 사실을 덴에게 들켜 집안에 갈등이 일어나고 마침내 덴이 주조와 헤어지는 결과를 불렀다고 봅니다. 주조는 그 뒤 모토를 불러들이게 되지요. 모토는 오가이 집을 그만두고 '시집'간 곳으로 마쓰가에무라 하타의 도모이시 사다타로를 둘러댄 것입니다. 오가이도 그 말을 믿고 '부지런한 하녀 시집을 보내고'라는 하이쿠를 남긴 겁니다."

"자네의 집념 어린 조사 작업에는 감탄할 수밖에 없군. 놀라워. 자네가 그렇게까지 정열을 불태울 줄은 전혀 예상하지 못했네."

이 에도 문학 전공 학도에게 하타나카는 경악을 금치 못했다. 그야말로 조사광이라고 할 만한 모습이었고, 신들린 듯한 기세였다.

"집념이라고 하셨지만,"

시라네는 겸연쩍은 듯 남은 차를 마시고,

"실은 조사를 하다 보니 저 스스로도 재미있어졌다고 할까 대단한 흥미를 느꼈기 때문입니다. 처음에는 부탁하시니까 해 보자는 생각으로 출발했지만요."

"적당히 알아볼 생각이었나?"

"그렇지는 않습니다. 죽은 형도 하타나카 씨에게 신세를 많이 졌는걸요."

"그런 의리를 빌미로 자네에게 이런 일을 맡긴 것은 정말 미안하이. 그래도 흥미를 느꼈다니 정말 다행이야. 고맙네. ……그런데 자네가 새로 발견한 사실이 더 있을 듯싶은데?"

하타나카는 시라네의 입가를 바라보았다.

"있습니다. 저는 헤이치가 죽은 실제 날짜를 알고 싶었습니다. 진실을 밝히려면 어떤 방법이 있을까 궁리한 끝에 문득 떠오른 이가 스님입니다. 구보 가의 보제사 말입니다. 그곳이라면 옛날 장부가 있을 게 틀림없다고 생각했지요."

보제사는 진종으로 짐작되었다. 모지는 그리 넓지 않은 도시다. 메이지 시대부터 내려오는 진종 사찰이 세 군데였다. 시라네가 조사해 보니 그 가운데 엔노지 절에 구보 가의 묵은 장부가 있었다. 메이지 12년부터 기입하기 시작한 장부였다. 분량이 꽤 많은 묵은 장부 중에서 메이지 30년대 장부를 보여 달라고 부탁했다. 36년 시월분 기록에서 구보 가라는 이름을 발견했다.

구보 헤이치. 구보 주조의 장남. 34년 5월 29일 생. 36년 10월 12일 몰. 향년 3세. 계명 석정심동자.

"역시!"

하타나카는 저도 모르게 소리쳤다.

"그걸 발견했을 때는 쾌재를 불렀습니다. 그리고 미야코 군 간다초의 공동묘지에 있는 '석정심동자' 묘비에 메이지 43년 8월 2일 몰이라고 되어 있던 것을 떠올렸습니다. 옛날 장부의 36년 10월 12일 몰이라는 기록하고는 칠 년이나 어긋납니다."

"꽤 차이가 나는군."

"이게 어떻게 된 걸까 하고 수첩을 꺼내들고 고민하고 있는데, 옆에 있던 십 몇 대째라는 주지 스님이 잠자코 옛날 장부를 들추더니 메이지 43년 8월 2일 부분을 손가락으로 짚어 주었습니다. 바로 이겁니다."

시라네는 그것을 베껴 온 메모를 꺼냈다. 하타나카는 그 내용을 보는 순간 가슴이 철렁했다.

모리 헤이치. 34년 5월 29일생, 36년 10월 12일 몰이라고 36년 10월 13일 고인의 아버지 구보 주조의 신청에 의해 기재되었으나, 43년 8월 2일 구보 주조가 다시 신청하여 구보 헤이치를 모리 헤이치로 정정하고, 또한 출생을 구보 쪽 기무라 모토로 고치고, 그 몰년을 43년 8월 2일로 정정한다. 석정심동자의 계명은 전과 같다.

시라네는 낯빛이 변하는 하타나카를 쳐다보았다.

"제가 여기 '구보 쪽'이라는 말은 무슨 뜻이냐고 주지에게 묻자, 그것은 어느 집에 머물고 있는 여성이 낳은 아이가 사망한 경우, 공양을 의뢰하거나 묘를 세울 때 절에 신고하는 형식이라고 합니다. 예를 들면 유곽의 창부가 낳은 사생아가 죽으면 업소의 주인 아무개가 보제사에 어느 쪽의 아무개 동자라든지 아무개 동녀라고 신고하는 거라고 합니다. 그러므로 모리 헤이치의 경우는 구보 가에 머무는 기무라 모토로 되어 있는 것입니다."

"그때까지 속명 구보 헤이치가 갑자기 모리 헤이치로 개명한 것은 참으로 기괴한 이야기가 아닌가."

하타나카는 얼굴에서 핏기가 가시는 것을 느꼈다.

"기괴한 일은 또 있습니다. 엔노지 절 주지가 옛날 장부의 43년 팔월 부분을 익숙하게 펼치기에, 이 페이지를 열람한 사람이 또 있습니까? 하고 묻자, 유쿠하시 시 이마이의 소겐지 절 주지가 확인한 적이 있다고 대답한 것입니다. 소겐지 절의 야마다 신엔 주지는 같은 진종 소속이기도 하고 마음이 잘 맞아 자주 왕래했다고 하더군요."

하타나카는 정수리를 얻어맞은 기분이었다.

소겐지 절의 주지 야마다 신엔은 편지를 보내, 간다의 공동묘지에 묻혀 있는 석정심동자가 오가이의 숨겨 둔 자식이라는 풍문이 근방에 떠도는데, 이는 믿음직스럽지 못한 도청도설이라고 하면서도 하타나카의 『고쿠라의 오가이』를 뒤흔들 수도 있다고 썼다. 하타나카는 그 저서에서 '모토'를 마음씨 곱고 오가이를 충실하게 모신 하녀로 묘사했다. 게다가 신엔은 편지 행간을 통해 무엇을 넌지시 암시하는 것 같았지만 그 후 다시는 편지를 보내지 않았다. 신엔은 엔노지 절의 옛날 장부를 보고 석정심동자가 모토가 낳은 '모리 헤이치'라는 사실을 알고 있었던 것이다.

구보 주조는 헤이치와 관련하여 엔노지 절에 두 번이나 신고했다. 두 번째 신고는 첫 신청 내용을 정정한 거라기보다 개찬한 것에 가깝다. 시청의 엄격한 호적 절차와 달리, 사찰은 신도가 신고하는 대로 기록했을 것이다. 엔노지 절은 구보 가의 보제사이므로 당시 주지는 구보 주조와 가까운 사이였음이 틀림없다. 그렇다면 주지는 더욱 주조가 하는 말을 들어주었을 것이다.

"도대체 무엇 때문에 구보 주조는 그렇게 오랜 시간이 흐른 뒤에야 그런 심각한 정정 신고를 했을까?"

하타나카가 말했다.

"연표를 다시 한번 봐 주십시오. 주조가 모토와 헤어진 것이 메이지 40년 팔월입니다. 처음에는 절에 장남 구보 헤이치라고 신고했지만, 모토와 이별한 뒤 갑자기 장남이 아니게 되고, 타인인 모리 헤이치로 바뀌었습니다. 아무래도 여기에 주조의 특이한 의도가 있는 것 같습니다. 왜냐하면 주조는 전부터 헤이치를 오가이의 자식이 아닐까 하고 강하게 의심하고 있었어요. 그러다가 모토와 이혼하자 그 의심이 표면으로 떠올라 헤이치의 구보 성을 모리 성으로 변경하여 절에 다시 신고한 거라고 봅니다. 모토와 오가이에 대한 주조의 증오에서 나온 일이겠지요."

하타나카는 몸을 앞으로 구부리고 급하게 담배를 빨았다. 새 담배를 꺼내 물었는데 필터 쪽에 불을 붙이고 말았다.

모토와 오가이에 대한 주조의 증오?

혼란스러운 머릿속에 안개까지 회오리를 틀었다.

하타나카는 갑자기 벌떡 일어나 서가에서 오가이 전집 두 권을 꺼내 들고 왔다. 35년의 〈고쿠라 일기〉는 3월 28일로 끝나 있었다. 그 이후 육년 동안의 일기는 없다. 석정심동자가 구보 헤이치로서 세는나이 세 살로 죽은 36년 10월 12일경의 오가이 동정은 〈자기재료〉를 통해서 보는 수밖에 없었다. 〈자기재료〉는 오가이가 언젠가 자서전을 쓸 요량으로 메모해 둔 원고라고 한다.

36년 10월 11일, 오쓰카 하이카이 온고 전람회를 보러 가서 바쇼 옹
의 편지에 대하여 글을 쓰다.
16일, 군의부軍醫部 회의를 연다

여기에는 '숨겨 둔 자식'이 모지에서 죽었음을 암시하는 내용은 전혀 나오지 않는다.
오가이의 일기는 메이지 41년부터 다시 「전집」에서 볼 수 있다.
세 번째 차를 내오게 했다. 뜰에 있는 나무들은 어느새 저녁놀에 붉게 물들어 있었다.

4

"주조의 증오라는 발상은 어디서 얻었나?"
하타나카의 재촉에 시라네 겐키치는 이야기를 시작했다.
"석정심동자의 몰년이 메이지 43년 8월 2일로 되어 있는 것이 힌트였

습니다. 연표를 보십시오. 구보 주조가 모토와 이혼한 것은 40년 팔월입니다. 만약 이 동자 묘의 주인이 모토와 오가이 사이에서 태어난 자식이라면 이 몰년은 맞지 않습니다. 계명에 동자라는 말을 붙이려면 그 아기는 두 살 미만, 고작해야 세 살이어야 하니까요. 가령 세는나이로 두 살에 죽었다면 메이지 41년에 태어난 셈이 됩니다. 오가이는 35년 삼월에 제1사단 군의부장이 되어 고쿠라를 떠났으니 모토가 임신했을 때는 그곳에 없었다는 소립니다. 그건 절대로 맞지 않습니다."

"그건 그렇군. 석정심동자가 오가이의 숨겨 놓은 자식일 리는 없어."

하타나카는 후련한 표정이 되었다. '후련한'은 오가이가 작품에 자주 쓴 어휘다.

"하지만 그렇게 단정할 수도 없다는 것이 난점입니다."

"뭐라고?"

"메이지 43년 팔월의 오가이 일기를 죽 훑어보면 오가이는 육군 군의총감 겸 의무국장으로서 군의부 최고위에 올라 있습니다. 그 이 년 전에는 일본을 방문한 코흐 박사의 접대를 담당했고, 문예계에서는 요사노 뎃칸·아키코 부부, 우에다 빈, 요시이 이사무, 고다 로한, 사사키 노부쓰나 등과 교유하는 한편, 명문귀족 가메이 백작, 쓰와노 번의 가로ﾞ老였던 후쿠바 가문의 당주 등에게도 인사를 게을리하지 않습니다. 야마가타 아리토모의 진잔소에는 가코 쓰루도와 함께 도키와회常磐會 간사로서 가회歌會에 참가하고 있습니다. 오다와라에 있는 야마가타의 별장 고키안에도 문안을 가서 『고키안기古稀庵記』를 헌상하고 있어요. 42년 8월 오가이에게 조금 뼈아팠던 사건으로, 잡지 《스바루》에 실린 소설 「비타 세쿠스아리스vita sexualis·'성욕적 생활'이란 뜻의 라틴어」가 관변에서 문제가 되어 이시모토 신로쿠 차관에게 근신 처분을 받습니다. 이시모토 신로쿠는 모리 린타로 의무국장과 잘 맞지 않았고, 시게코 부인도 파파(오가이)가 이시모토 차관과 관계가 원활하지 못한 것을 근심했다고 합니다."

"그 정도야 나도 모르는 건 아니네. 그런 이야기가 석정심동자와 어떤 관계가 있다는 거지?"

하타나카는 조금 분연한 말투가 되었다.

"이야기가 멀리 돌아왔지만 문제는 석정심동자의 몰년이 메이지 43년 팔월로 되어 있다는 점입니다. 오가이는 「비타 세쿠스아리스」를 발표한 뒤 고쿠라 시절에서 소재를 취한 「닭」과 「독신」을 42년, 43년 《스바루》에 발표합니다. 「닭」은 그 탐욕스런 늙은 하녀 사키가 모델 가운데 한 사람이고 특별히 주목할 것은 없지만, 「독신」은 보기에 따라서는 문제가 될 수 있어요."

"어떤 문제?"

"독신 생활을 하는 주인공 집에 두 친구가 찾아와 술을 마시다가, 중년 남자의 독신 생활은 역시 세상에 온갖 소문을 불러일으키게 마련이라고 말합니다. 그러자 한 친구가 이렇게 말합니다. 니가타 현 시바타 재판소에 근무하는 판사시보 중에 미야자와라는 홀아비가 있다. 그 사람이 계속 독신으로 지내는 것은 인색한 탓이라느니 뭐라느니 해서 친구들 사이에 말들이 많았지만, 본인은 너무 박봉이라 처자를 부양할 수 없다고 생각했을 뿐이라는 것. 그런데 일이 그리 되느라 그랬는지, 부리던 '하녀'의 몸에 손을 대 그만 동거를 하게 되었다는 일화를 이야기합니다. 그 대목을 여기 복사해 왔는데, 물론 벌써 읽으셨겠지만, 다시 한번 들어 보시겠습니까?"

그렇게 말하고 시라네는 낭독을 시작했다.

"지역이 지역인지라 꼭 오늘밤처럼 눈 내리는 밤이 며칠이나 계속되었다. 미야자와가 방 안에 혼자 틀어박혀 책을 읽고 있었다. 하녀는 벽 하나를 사이에 둔 옆방에서 바느질을 했다. 미야자와가 하품을 했다. 하녀가 이를 꼭 깨물고 몰래 하품을 했다. 그렇게 시간이 흘러갔다. 그러던 어느 날 밤 눈보라가 몰아쳐 덧문 밖에서는 휭휭 바람소리가 요란하고 뜰에 자라는 대나무는 비로 쓸듯이 연신 문에 스쳤다. 열시경 하녀가 차를 들고 들어와, 눈보라가 너무 무섭네요, 하고 잠시 머뭇거리고 있었다. 마침 너무 적적하던 미야자와는 하녀가 오죽 쓸쓸할까 싶어, 어떠냐, 너도 여기 건너와서 바느질을 하는 것이, 나는 상관없다, 하고 말했다. 그러자 하녀가 기꺼이 바느질거리를 들고 건너와 방구석에서 웅크리고 앉아 일을 하기 시작했다. 그날 이후로 하녀는 종종, 이제는 더 오실 손님도 없겠지요, 하며 바느질거리를 들고 미야자와 방으로 건너오게 되었다. (중략)

어느 날 밤 하녀가, 그럼 편히 주무세요, 하고 옆방으로 물러간 뒤 미야자와가 잠을 이루지 못하고 있는데, 벽 너머에서 하녀의 한숨짓는 소리와 뒤척이는 소리가 들렸다. 잠시 듣고 있자니 한숨 소리가 점점 커져서 마치 어디가 아파서 신음하는 소리 같았다. 그래서 미야자와가 그만, 왜 그러느냐, 하고 물었다. 이만큼 이야기했으니 그다음 이야기는 생략하겠다.”

하타나카는 무릎에 손깍지를 끼고 인(印)을 맺듯이 양 엄지 끝만 쳐들어 맞대고 있었다. 고쿠라 시절 오가이의 친구였던 조동종 안코쿠지 절의 주지, 소설에서는 네이코쿠지 절의 주지로 나오는 다마미즈 슌코처럼 좌선하는 자세로 눈을 감고서 시라네의 이야기를 들었다.

“다시 말하지만 모토는 40년 팔월에 구보 주조와 이혼하고 43년 십일월에 사망했습니다.”

시라네는 계속했다.

“모토와 이혼한 주조는 오래전부터 가슴에 응어리로 남아 있던 헤이치를 깊이 의식했을 게 틀림없습니다. 34년 오월생이라면 33년 팔월에 임신한 것이 됩니다. 호적 신고가 조금 늦었다고 해도 말입니다. 33년 팔월이라면 모토가 가지마치의 오가이 집에서 일할 때입니다."

"……."

"그러므로 구보 주조는 헤이치가 자신의 핏줄이 아니라고 생각해 왔습니다. 오가이의 「독신」을 읽고 나니 더 이상 구보 헤이치라는 이름을 견딜 수 없었을 겁니다. 오랜 의심이 이 시점에 폭발한 겁니다. 그래서 그는 고쿠라 재판소 앞에서 대서사로 일하는 친구와 상의했습니다. 모토가 딸을 낳을 때 신세를 졌던 모지의 산파 남편입니다. 이자가 주조에게 고약한 꾀를 빌려 주었다고 저는 생각합니다."

"고약한 꾀?"

하타나카는 저도 모르게 물었다.

"구보 주조는 모리 린타로에게 전처 모토의 대리인으로서 이미 죽은 아들 헤이치를 린타로의 친자로 인지할 것을 요구한다. 마침내는 소송 절차를 밟을 생각이 있음을 공개할 수 있다고 통고한다, 라는 편지를 오가이에게 보내는 것이겠지요."

"이보게, 어떻게 그런 엉터리가 통할 수 있겠나. 모토는 이미 이혼한 사람이야. 구보 주조는 대리인이 될 자격이 없어. 인지하라고 하지만 그 아이는 이미 갓난아기 때 사망했네. 황당하기 짝이 없는 요구 아닌가."

"그들도 처음부터 알고 있었습니다. 그러나 오가이에게는 그런 요구를 들이대는 것 자체에 의미가 있는 겁니다. 그러니까 대서사의 고약한 꾀라고 한 것이죠. 구보 주조는 오가이에게 앙갚음하려는 생각에 꾀를 받아들인 겁니다."

하타나카는 여전히 눈을 감은 채 시라네 겐키치의 주장을 듣고 있었다.

점차 몸이 달아올랐다.

"그 황당한 요구에 응하지 않을 수도 없었겠지요. 왜냐하면, 만약 이 이야기가 신문에 공개되기라도 한다면 어떻게 되겠습니까. 「비타 세쿠스아리스」를 써서 세상을 놀라게 하고 이시모토 차관에게 근신 처분을 받은 오가이입니다. 하녀에게 자식을 낳게 하다니, 용서할 수 없다. 그런 여론이 팽배해진다면 오가이의 변명 따위는 통할 리가 없겠지요."

"……."

"상대는 보통 사람이 아닙니다. 군의총감에 육군성 의무국장에 문화계의 거물이며 궁내성 쪽에서도 자문 역으로 있었어요. 육군성을 퇴직하면 결국 궁내성에 들어갈 거라는 하마평에 올라 있었습니다. 그런 위치에 있는 오가이가 구보 주조의 불합리한 요구에 금방 굴복하리라는 것은 불을 보듯 뻔합니다. 주조는 그렇게 예측했겠지요."

하타나카는, 으음, 으음, 하며 시라네 겐키치의 말에 고개를 끄덕이며 감탄했다. 심리 통찰이 상당히 날카로웠다.

"묘비 뒷면은 '속명 모리 헤이치. 모리 린타로의 차남. 모♯ 기무라 모토가 세우다'라고 되어 있었나?"

"그렇습니다."

"묘비를 긁어낸 사람은?"

"구보 주조입니다."

"왜 긁어냈지?"

"모토가 그해, 즉 메이지 43년 11월 5일에 사망했기 때문입니다. 가장 핵심적인 인물이 죽었으니 천하의 주조도 방법이 없었습니다. 그래서 묘비 뒷면이 훗날 화근이 되리라고 생각해서 긁어낸 겁니다. 그리고 구십 년이나 지났으니 풍화로 지워진 듯 보인 겁니다."

"그건 자네의 독단이야."

"모든 상황을 귀납한 당연한 추리입니다."

하타나카는 위 밑바닥에 고여 있던 이물질이 목구멍까지 치받혀 올라오는 것을 느꼈다. 그는 결인을 하던 양 손가락을 풀고 좌선하는 가부좌도 풀고서 무릎을 꿇는 자세로 고쳐 앉았다.

"시라네 군."

하타나카는 목소리를 가다듬었다.

"자네의 취재 능력, 조사 기법에는 감탄할 수밖에 없네. 참으로 놀라울 따름이야. 아마 어느 누구도 자네보다 나은 사람이 없을 걸세. ……그러나, 그러나 말일세, 참으로 안타깝게도 오가이에 대한 인식이 근본적으로 잘못되었네."

시라네도 자세를 바로잡았다. 하타나카의 노여움이 표정과 목소리에 묻어나자 그도 안색이 바뀌었다.

"오류가 있었다면 어떤 점인가요?"

반문하는 투가 아니라 조심스레 묻는 투로 선배의 핏줄이 도드라진 관자놀이를 올려다보았다.

"모리 오가이는 자네도 아는 대로 메이지 22년 아카마쓰 도시코와 결혼하고 이듬해인 23년 9월 13일 아들 오토를 얻었네. 그달에 오가이는 아내 도시코와 마음이 맞지 않아 일방적으로 결별했네. 스물아홉이었던 그 해부터 메이지 35년 정월 후처 아라키 시게코와 결혼할 때까지 약 십 년 동안 독신으로 생활한 이유는 오가이가 자신의 폐질환을 자각하고 있었기 때문일세. 결혼이 폐병을 악화시킨다는 것은 의사 오가이가 누구보다 잘 알고 있었네."

시라네는 고개를 살짝 숙이고 듣고 있었다.

"나는 오가이를 좋아하는 편이야. 군무에 임하면서도 그만한 양의 창작이며 평론이며 번역을 할 수 있었던 사람이 어디 있겠나. 그러한 편애 때문에 하는 말은 아니지만, 나는 무엇보다도 그의 극기심을 높이 평가하네. 지금은 상세하게 말할 여유가 없지만 그는 아카마쓰 도시코에게 일방적으로 이혼을 선언한 것 때문에 초기에 유력한 정치적 후원자에게 버림을 받았고 군의부 내에서도 출세가 늦어졌네. 야마가타 아리토모 같은 고위층의 호감을 얻고도 기대한 만큼 보답을 받은 적이 없었네. 그래도 그는 묵묵히 견뎌냈지. 다만 그에게는 문학이 있었네. 사람들은 문호 모리 오가이에게 눈길을 빼앗겨 외롭고 쓸쓸한 관료 모리 린타로는 알지 못하지."

하타나카는 어깨를 크게 움직이며 한숨을 지었다.

"오가이의 인내심, 극기심은 자신의 폐결핵을 아내 도시코를 비롯하여 오토, 나이 어린 마리, 안느 같은 친자식들은 물론이고 여동생 기미코에게도 알리지 않았네. 기미코의 남편인 의학박사 고가네이 요시키요와 코가만은 오가이가 타계하기 직전에 알았지. 오가이가 철두철미 감추었기 때문이야. 오가이의 사인은 위축신萎縮腎으로 알려져 있네. 현재 인물 사전이나 문예사 서류에도 대부분 그렇게 나와 있지. 그러나 또 하나의 주요 원인은 폐결핵이었네. 장년 때부터 오래도록 잠복해 있던 결핵 병소가 노년기에 접어들자 활발해진 거야. 오가이를 마지막으로 진찰한 사람은 가코쓰루도의 조카를 아내로 맞이한 의사 누카다 스스무인데, 누카다는 오토의 친구이기도 했지. ……오토가 쓴 책이 있네."

하타나카는 기운차게 일어나 서가에서 책 한 권을 뽑아 들고 돌아왔다. 모리 오토가 쓴 『아버지로서의 모리 오가이』였다. 권말 근처에 「오가이의 건강과 죽음」이란 소제목 부분을 팔랑팔랑 소리 내며 찾아냈다.

"여길 보면 주치의 누카다 스스무의 증언이라고 해서 이렇게 되어 있네. 누카다가 오가이의 객담을 현미경으로 조사해 보니 결핵균이 가득하여 마치 순배양을 보는 듯했다. 오가이는 누카다에게, 이제 자네도 알겠지, 허나 이 사실은 아내에게도 자식들에게도 절대로 말하지 말게, 하고 입막음을 했다. 누카다가 시게코 부인에게 오가이의 평소 모습을 묻자, 오가이는 가래를 뱉으면 종이에 꼭꼭 싸서 정원 구석으로 가져갔다고 했다. 그곳에서 불에 태워 없앴을 것이다.

오가이는 다이쇼 11년(1922) 7월 9일 아침 일곱시에 숨을 거두었다. 향년 61세였다. 임종 전에 가코 쓰루도의 배려로 나가이 가후가 병실로 가만히 들어갔다. 오가이의 코고는 소리는 천둥 같았다. 예순하나라면 요즘은 장년기에 속한다. 우리는 참담함을 견딜 수 없었다.

오토는 유학하던 베를린에서 부음을 받았다. 전보 발신인은 숙부에 해당하는 고가네이 요시아키였고, '린타로 신장병 편안히 영면 귀국치 말라'라는 내용이 로마자로 적혀 있었다.

이 년 뒤 오토가 귀국하여 간초로의 시게코를 찾아가자, 매사 거리낌이 없는 그녀는 '파파가 위축신으로 죽었다고? 거짓말이야. 사실은 결핵이었어. 네 엄마한테 옮은 거야'라고 말했다."

하타나카는 책을 치웠다. 시라네 겐키치에게 할 말은 거의 다 했으므로 기분이 한결 편해지고 점차 안정을 찾아갔다.

"오토는 그렇게 썼지만, 오가이는 더 일찍 자신의 결핵을 알았던 게 아닐까. 오가이의 동생 도쿠지로가 내과의사인데, 미키 다케지라는 필명을 쓰는 극평가로도 유명하지. 그 도쿠지로도 폐결핵으로 죽었네.

오가이와 이혼한 아카마쓰 도시코는 곧 좋은 남자와 재혼해서 아들딸 하나씩을 두고 메이지 33년에 폐결핵으로 사망했네. 가코 쓰루도가 그 부고가 실린 신문을 오려서 고쿠라 가지마치의 오가이에게 보내준 것은 〈고쿠라 일기〉에도 나오지. 오가이도 전처가 결핵으로 요양중이라는 것은 풍문으로 듣고 있었을 테니 자신의 결핵균에 신경이 예민해져 있었을 거야.

그 오가이가 십 년간의 독신 생활을 끝내고 35년 정월, 마흔한 살 나이에 열여덟 살 연하인 아라키 시게코와 왜 재혼했을까? 시게코도 첫 결혼에 실패한 사람인데, 초로기가 가까운 오가이가 결핵에 좋지 않은 부부생활에 들어선 것은 그녀가 걸출한 미인이었기 때문일세. 오가이는 말하자면 미모에 약한 사람이었지. 〈고쿠라 일기〉를 봐도 피부가 희고 키가 큰 스에지 하나나, 첫 하녀였던 히고 국 히나고 출신의 요시무라 하루에 대한 내용에 그의 취향이 나타나 있지 않은가.

아카마쓰 도시코가 조금만 더 미인이었다면 오가이는 그녀와 이혼하지 않았을 거야. 도시코는 독음을 전혀 달아 놓지 않은 한문 원문을 물 흐르듯 읽었다네. 그 교양은 시게코와 비교할 수도 없었지.

오가이가 고쿠라의 독신 생활 내내 결핵균 활동을 극도로 경계하며 충동을 억제했다는 것은 의심할 나위가 없네. 몇 번이나 말하지만 오가이는 극기심이 강한 사람이야.

충실하게 일하는 하녀 기무라 모토에게 호감을 가졌지만, 처음 들인 하녀 요시무라 하루처럼 여성적인 매력에 끌린 호의하고는 다르지. 〈고쿠라 일기〉에는 기무라 모토의 얼굴이나 자태에 대한 묘사가 한 줄도 없네. 가장 오래 일한 하녀인데 말이야. 그러므로 오가이와 모토 사이에 남녀관계가 있었다는 자네 판단은 잘못된 거야. ……"

—하타나카가 여기까지 말하고 앞을 바라보니 시라네 겐키치의 모습이 마치 그림자처럼 물러나고 있었다.

그 뒤로 일주일이 지났다.

하타나카는 문득 슈테판 츠바이크의 책을 읽었다.

　　그러나 문헌을 샅샅이 조사하면 할수록 모든 역사적 증언의 불확실
성만 깨닫게 된다. 비록 문헌이 친필로 작성되고 오래되고 믿을 만한
것이라 해도 문서 자체를 완전히 신뢰할 수 있는 것은 아니며 인간적으
로 보더라도 참이라고 할 수 없다. 같은 시간에 벌어진 같은 사건을 놓
고도 동시대 관찰자들이 얼마나 판이하게 보고하는지를 메리 스튜어트
의 경우보다 더 분명하게 보여 주는 사례는 아마 없을 것이다.
　　문헌으로 입증된 긍정이 문헌으로 입증된 부정과 대립하고, 어떤 비
난에도 변호가 대립하고 있다. 가짜와 진짜가, 날조와 사실이 참으로
혼란스럽게 뒤섞여서 어떤 해석이라도 지극히 신용할 만하다고 입증할
수 있을 정도다. (중략)
　　전기傳記에서 한 인간의 삶의 역사는 극도로 긴장된 결정적 순간만이
중시되며, 바로 그 순간만, 그리고 바로 그 순간에서 바라보아야만 전
기가 바르게 쓰인다. 사람은 자신의 모든 힘을 걸 때만 자기 자신에게
나 다른 사람에게나 정말로 살아 있는 것이다. 내면에서 영혼이 불타
오를 때만, 활활 타오를 순간에만 그는 외면적으로도 형상을 얻는 것
이다.(『메리 스튜어트』에서)

오가이 평전이라면 한우충동汗牛充棟이라고 할 만큼 많다. 그러나 자료 대
부분은 오가이가 직접 쓴 기록이거나 오가이의 세 아들, 혹은 동생이 쓴
회고록 종류이다. 이러한 자료를 이용하여 저술한 오가이 전기는 과연 얼
마나 신뢰할 수 있을까? 문헌으로 입증된 긍정이 문헌으로 입증된 부정과
대립하고, 어떤 비난에도 변호가 대립하고 있다고 츠바이크는 말하지만

엄밀하게 말하면 어린 시절의 기억(「어머니한테 들은 이야기」 등)을 근거로 저술된 전기는 문헌으로 입증된 것이라고 말할 수 없을 것이다.

시라네의 '조사 내용'이 과연 오가이의 소위 '인간적인 순간'을 포착한 것이라고 말할 수 있을까? 오가이가 고쿠라에 살던 때부터 구십 년이 지났다. 곧 한 세기가 되려고 한다. 이제 역사에 속한다. '역사적 증언의 불확실성'만이 남는다는 말도 있다.

시라네 겐키치는 그 뒤로 하타나카 앞에 나타나지 않는다.

—《분게이슌주》(1990년 1월)

3

노래가 들린다, 그림이 보인다

유치진 위의 조지
한의의 숲

해체—미야베 미유키

「수사권 외의 조건」과 「진위의 숲」

전자는 완전범죄물, 후자는 회화 위작물로 유명한 작품입니다. 이 장에서는 조금 다르게 접근하여 감상하고자 합니다.

「수사권 외의 조건」

이 작품에서는 콧노래가 중요한 역할을 맡습니다.

주인공의 누이동생 미쓰코가 집안일을 할 때 종종 흥얼거리는 노래.

이야기에서 결정적인 역할을 하는 주점 여점원(이름도 알 수 없지만, 매우 중요한 배역이죠)이 접시를 나르며 흥얼거리는 노래.

〈상해에서 돌아온 릴〉은 1951년 쓰무라 겐이라는 가수가 크게 히트시킨 유행가입니다. 작품에 그 가사가 일부 나옵니다.

'릴, 릴, 어디에 있느냐 릴, 누구 릴을 아는 사람 없소.'

이 소절이 제일 두드러지죠. 미야베도 이 소절이라면 부를 줄 안답니다. 그 정도로 귀에 쏙쏙 들어오고 어느새 콧노래로 나오는 멜로디입니다.

씁쓸한 범죄 드라마이며 복수극이기도 한 이 작품을 읽어 보면 '바로 여기!' 하는 결정적인 대목에서는 반드시 이 소절이 또렷하게 들려옵니다. ♪누구 릴을 아는 사람 없소~. 어떤 곳에서는 미쓰코의 밝고 달콤한 목소리로. 어떤 곳에서는 주인공을 추궁하는 심판의 신의 영리한 목소리로.

말이 나온 김에 일 절 가사를 소개할까요.

배를 바라보고 있었네

항구의 카바레에 있었네

뜬소문은, 릴

상해에서 돌아온 릴 릴

달콤하고 애달픈 추억만을

가슴을 더듬으며 찾아 헤매네

릴 릴 어디에 있느냐 릴

누구 릴을 아는 사람 없소

가사 속 남자의 릴을 향한 사랑이 주인공의 죽은 누이동생에 대한 정과 겹쳐집니다. 「수사권 외의 조건」이 《별책 분게이슌주》에 실린 것이 1957년이니까 〈상해에서 돌아온 릴〉이 대히트하던 당시로부터 제법 시간이 지났을 때입니다. 세이초 씨는 무엇을 계기로 이 유행가를 떠올리고 작품에 이용할 생각을 했을까요. 그것을 상상하면 즐겁습니다.

소설에 음악을 사용하는 것, 그것도 독자 귀에 생생하게 들릴 정도로 효과적으로 사용하기란 매우 어렵습니다. 활자로는 아무리 애써도 음성을 표현할 수 없기 때문입니다. 하지만 명인의 기량을 만나면 그것도 가능함을 보여 주는 본보기가 바로 이 작품입니다.

작가들은 작중에 음악을 묘사하려고 얼마나 궁리하고 고심하는지 모릅니다. 이 점에 대하여 더 알고 싶은 분은 사이토 미나코 씨의 『문학적 상품학』(기노쿠니야 쇼텐)을 읽어 보시기 바랍니다. '활용하자, 밴드 문학' 장에서 유명한 히트작이 분석됩니다. 장담하는데, 고개를 끄덕이고 무릎을 치며 쓴웃음을 지을 겁니다.

「진위의 숲」

　소설가 중에는 글뿐만 아니라 그림도 전문가 경지에 있는 사람이 드물지 않습니다. 두 종류의 창작에는 전혀 다른 감각이 필요할 것 같지만, 꼭 그렇지도 않습니다. 그림에서도 '묘사'라는 말을 쓰듯이 소설에서도 인물이나 풍경을 '묘사'하는 일이 많으며, 그 재능이 화필을 쥐는 솜씨로 연결되는 사람도 있습니다.

　그런 이유로 회화를 소재로 한 소설도 많습니다. 물론 '쓰다'와 '그리다'는 가까운 사이모두 '가쿠'라는 동사를 쓴다지만, 가까울 뿐이지 결코 동일하지는 않습니다. 그렇기 때문에 소설가는 그림에 더 흥미를 느끼는가 봅니다. 미술 세계에 존재하는 '활자에는 없는 무엇'을 동경하고 연모합니다.

　그런데 이 사랑을 실현하기가 쉽지 않습니다.

　막상 회화를 소설로 쓰려고 하면 아무래도 객관적인 설명을 할 수밖에 없습니다. 특히 미스터리에서는 독자에게 정보를 공정하게 전달해야 하는데, 어느 그림에 수수께끼나 힌트가 숨어 있게 되면 작가는 감성적인 표현을 억제하고 사실을 전하는 객관적인 설명으로 기울게 됩니다.

　이 난점을 어떻게 극복할 것인가?

　한 가지 방법은 철저한 묘사입니다. 그림에 어떤 것이 묘사되고 어떤 색채가 이용되고 구도는 어떻고 채광은 어떻고 원근법은 어떻고를 세세하게 묘사합니다. 물론 화가에게 이것이 어떤 작품이고 어떤 상황에서 그렸고 미술사에서 차지하는 위치는 어떻고 평가는 어떻고 하는 지식까지 충분히 망라하는 방식이지요. 작중에 등장하는 화가와 작품이 실재할 때에는 표지나 속지에 그 회화를 소개합니다. 그림이 실재하지 않아서 소설가가 직접 그린 예도 있습니다.

또 하나는 이것과 완전히 대조적인 기법인데, 구체적인 내용을 충분히 전하지 않는 것입니다. 회화에 묘사된 모티프가 무엇인지, 색조는 어떤 경향이지, 인상은 어떤지 하는 기본적인 내용만 슬쩍 묘사하고 나머지는 독자의 상상력에 맡기는 겁니다.

이 기법을 잘 보여 주는 훌륭한 작품으로 애거서 크리스티의 『다섯 마리 아기 돼지』가 있습니다. 크리스티의 묘사는 늘 간결하고 정확합니다. 그래서 상투적이라고 불평하는 사람도 많지요. 그런데 무슨 까닭인지 『다섯 마리 아기 돼지』에 등장하는 바람둥이 화가의 그림은 어느 것이나 자세히 묘사되지 않는데도 독자들은 마치 실물을 눈앞에 둔 것처럼 농염하고 아름답게 '보게' 됩니다.

말머리가 너무 길어졌군요. 「진위의 숲」에는 우라가미 교쿠도라는 화가와 그의 작품이 등장합니다. 미리 자수합니다. 이 저명한 일본 화가를 미야베는 모르고 있었습니다. 아마 세이초 씨가 창조한 가상 인물이겠지 했는데, 문득 생각이 나서 『국사 대사전』을 펼쳐보니 떡하니 실려 있더군요. 이럴 때는 얕은 지식이 부끄럽기만 합니다, 아하하! 죄송!

그런데 교쿠도와 그의 작품을 묘사하면서 세이초 씨는 세세한 묘사를 하지 않는 기법을 택합니다. 이유는 우선 교쿠도가 유명한 화가여서(무지한 미야베 미유키는 젖혀 둡시다) 이름만 말해도 독자들은 얼른 이미지를 떠올리리라 판단했기 때문일 겁니다. 그리고 또 하나는, 독자도 그렇지만 이 작품에 등장하는 인물들에게도 우라가미 교쿠도는 더 이상 설명이 필요 없는 인물이므로, 내레이터이자 위작의 교관인 '내'가 교쿠도를 구구하게 해설하는 장면이 부자연스럽다고 보았기 때문이 아닐까요. 이 '부자연스러움'은 '불공정함'으로 바꿔 말할 수도 있을 겁니다.

미야베는 그렇게 짐작하는 바입니다만, 그런데도 작중에서 우라가미 교쿠도의 그림이 멋지게 '눈에 보인다'는 데 감동했습니다. 풍부하게 상상할 수 있었습니다. 그래서 다 읽고 나자,

"필법에 구애받지 않는 자유분방함이 있어."

"교쿠도의 기법은 더 감각적이고 추상적이지."

하고 묘사된 교쿠도의 작품을 실제로 보고 싶다는 생각이 간절했습니다. 과연 내가 상상한 그림과 일치할까? 하고 말이죠.

교쿠도의 작품은 한곳에 모여 있지 않고 여러 미술관에 뿔뿔이 소장되어 있다고 합니다. 일일이 돌아다니며 감상해도 좋겠지만, 화집이라도 좋으니 가까이서 감상하고 싶은 독자가 있다면 신초미술문고 제13권 『우라가미 교쿠도』를 추천하고 싶습니다.

수사권 외의 조건

1

……귀하

'귀하'라고만 써 놓고 이름을 공백으로 놔둔 것은 아직 보낼 곳을 정하지 못한 까닭이다. 어쩌면 경시청 수사관 이름이 될지도 모른다. 혹은 적당한 변호사 이름을 써넣을지도 모른다. 아니면 이대로 공백으로 놔둘지도 모른다. 이 편지를 끝까지 쓰지 못한 지금으로서는 결정을 내리지 못하겠다.

게다가 이것이 편지인지 수기인지도 분명하지 않다. 편지라면 글이 너무 난잡하고 불손하다. 수기라면 수신인 기입란을 마련하여 개인에게 부치는 체제를 취하는 셈이다. 아, 그렇지, 글이 양다리를 걸친 것은 또 다른 의미가 될 수도 있지 않을까 하는 생각도 있다.

이 글을 시작하자면 먼저 1950년 사월에 있었던 일부터 쓰지 않을 수 없다. 지금으로부터 칠 년 전이다.

당시 나는 도쿄의 어느 은행에 근무하고 있었다. 서른한 살이었다. 일류 은행이었다. 독신에 아쉬울 것 없는 환경이라 생활은 즐거웠다. 남들처럼 앞날에 대한 희망도 있었다.

나는 아사가야 구석에 셋집을 얻어 놓고 여동생과 같이 살았다. 지금은 어떻게 되었는지 모르지만 당시만 해도 근처에 작은 잡목림이 있어서 애써 코를 벌름거리면 무사시노현재의 도쿄 도와 사이타마 현 남부에 걸친 지역으로, 일찍이 잡목림이 우거진 광활한 벌판이었다 냄새를 맡을 수도 있었다. 나는 즐거운 마음으로 통근했다.

여동생 미쓰코는 당시 스물일곱이었다. 열아홉에 결혼했지만 전쟁이 끝나기 직전에 남편을 여읜 불운한 전쟁미망인이었다. 하나밖에 없는 오빠고 누이동생이라 내가 거두어 준 것이다.

여동생은 천성이 명랑해서 설거지나 빨래를 할 때도 노래를 곧잘 불렀다. 나는 시끄럽다고 타박하곤 했다. 퇴근길에 집 근처에 오면 〈상해에서 돌아온 릴〉이 들려오곤 했다. 그 시절 유행하기 시작한 노래인데, 동생은 그 노래를 좋아했다. 근처에 같은 은행에 다니는 가사오카 씨가 살았는데, 그와 함께 퇴근할 때 노랫소리가 들리면 남우세스러웠다.

"뭘, 명랑해서 좋구만."

가사오카 씨는 나를 보며 웃었다. 그는 당시 마흔두엇으로, 직속 상사는 아니지만 다른 과의 과장으로 있었다. 집이 한동네라 퇴근할 때는 종종 동행했다.

"얘, 나잇살이나 먹어 가지고 그렇게 요란하게 노래를 부르냐, 작작하지 그러냐."

나는 격자문을 닫기 무섭게 현관에서 누이에게 역정을 냈다. 미쓰코는 혀를 낼름 하더니 말했다.

"어머, 내 나이가 그렇게 많은 거유?"

"그럼. 여자 나이 서른이면 할머니나 마찬가지지."

"세상에. 은근히 세 살이나 올려 가지고 할머니라고 하네. 나보고 아가씨라고 부르는 사람이 얼마나 많은데."

그것은 맞는 말이어서, 미쓰코는 덩치가 작은 탓인지 어리게 보였다. 신혼 생활이 금방 끝나서 그런지 마음도 젊고 화려한 양장이 잘 어울렸다.

"그런 소리 하면 남들이 웃는다. 방금도 가사오카 씨랑 요 앞까지 같이 왔는데, 요란한 노랫소리가 들려오니까 쓴웃음을 짓더라."

"어머, 그럴 수가."

누이는 말했다.

"나보고 노래 잘한다고 칭찬할 땐 언제고. 빈말 하는 사람이었구나. 나를 처음 봤을 때는 스물하나나 둘인 줄 알았다고 하더니."

"흥, 순진하기는."

나는 불쾌해졌다. 우선은 여동생 때문이었지만, 가사오카 씨가 어느새 동생에게 그런 말도 하게 되었나 하는 생각에 언짢았다. 내가 모르는 곳에서 나와 상관없이 어떤 일이 이뤄지는 것은 아무리 사소한 일이라도 역시 불쾌하다.

게다가 가사오카 씨는 마흔이 넘었는데도 눈썹이 진하고 코가 큼지막해서 정력적인 인상을 풍기고, 종종 여자 문제를 일으켜 부인이 마음고생이 심했다는 소문이 있었다. 그렇다면 조심하지 않으면 안 되겠다, 뭔가 징후가 보이면 누이에게 주의를 주어야겠다고 생각하고 그 뒤로 내색하지 않고 상황을 관찰했지만 특별한 일은 없었다. 아무 일도 없는데 내가 나서서 뭐라고 말할 수는 없었다. 오히려 공연한 오해를 반성했다.

그리고 몇 개월이 지나 유월 말이었다. 아침을 먹고 나서 미쓰코가 나에게 말했다.

"오빠. 모레가 데루오 기일인데, 오랫동안 성묘를 하지 못했으니 이번에 시골에 다녀왔으면 해요."

데루오는 미쓰코의 죽은 남편이고, 시골은 시댁이 있는 야마가타였다. 사실 미쓰코는 지난 이 년 동안이나 성묘를 못했다.

"그렇구나. 너무 발길을 안 하는 것도 좋지 않아. 그럼 다녀와라."

나는 흔쾌히 허락했다. 그날 은행에서 급료를 미리 받아 퇴근 후 미쓰코에게 건네주었다.

"괜찮아요. 돈은 필요 없어요."

미쓰코는 사양했지만 나는 굳이 쥐어 주었다. 나중에 생각하니 누이의 말이 맞았는지도 모른다.

이튿날 아침, 미쓰코는 씩씩하게 집을 나섰다. 마음이 설레는지 동트기 전에 일어나 준비하면서 〈상해에서 돌아온 릴〉을 노래했다. 조심하느라 작은 소리로 부르는 눈치였지만, 나는 잔소리를 하지 않았다. 동생은 마침 출근하는 나를 따라 신주쿠 역까지 동행했다.

"안녕."

동생은 플랫폼에 서서 도쿄행 만원 전차 속에 있는 나에게 손을 흔들었다. 여름 아침 햇살이 얼굴 절반을 환하게 비추고 있었다.

살아 있는 미쓰코의 마지막 모습이었다.

2

미쓰코는 그 길로 실종되었다.

그 사실을 분명히 알게 된 것은 일주일 후 내가 야마가타에 있는 동생의 시댁에 부친 전보에 답신이 왔을 때였다. 미쓰코가 온 적이 없다는 것이었다. 나는 아연실색했다.

확인차 야마가타까지 급히 가 보았지만, 정말로 여동생은 그곳에 온 적이 없었다. 시댁 사람들도 걱정스런 얼굴이었다. 그들과 상의한 결과 귀경해서 경시청에 수색원을 내기로 했다. 나이, 신장, 체중, 가출 당시의 옷차림, 특징을 상세히 쓰고 최근 사진을 첨부해서 제출했다. 끔찍한 상상이 잇달아 고개를 쳐들어 불안과 걱정으로 잠 못 이루는 밤이 이어졌다. 절반쯤은 수색원에 기대를 걸었지만 절반은 체념하고 있었다. 더 커다란 사건에 쫓기는 경찰이 그런 일에 친절히 나서 줄 것 같지 않았기 때문이다.

미쓰코가 집을 나간 거라면 원인은 전혀 짐작되지 않는다. 물론 그런 기미도 없었다. 만약 행방불명이라면 제 의지가 아니라 누구에게 강요당했으리라. 나는 여자 혼자 여행을 떠나게 하는 것이 아니었다고 자책했다. 실은 스물일곱이나 된 동생을 특별히 동반할 필요는 없지만, 이렇게 되고 보니 따라가지 않은 것이 심각한 실수처럼 여겨졌다. 하루하루 지날수록 최악의 사태만 떠올랐다. 나는 당장 신문을 세 가지나 구독하며 매일 사회면을 살폈다. 신문 보기가 두려웠지만 그러지 않을 수가 없었다.

미쓰코가 출발하고 나흘쯤 되었을 때였나, 한동안 만나지 못하던 가사오카 씨를 아침 출근길에 만난 적이 있다.

"요즘 동생은 집에 없나 보지? 자네가 없을 때 문이 꼭 닫혀 있던데."

그가 물었다.

"예, 시골에 갔습니다."

"그래? 시골이 어딘데?"

"야마가타입니다."

미쓰코의 실종 사실을 나도 아직 모를 때였다. 나는 그와 어깨를 나란히 하고 전차 손잡이에 매달려 세상 얘기를 하며 은행까지 동행했다.

마침내 미쓰코가 행방불명이라는 사실을 알았을 때 가사오카가 나를 위로했다. 은행 동료에게 알린 뒤여서 그도 다른 사람들과 함께 위로를 했던 것이다.

"동생한테 안 좋은 일이 있다고 하던데,"

그는 걱정하는 얼굴로 가만히 말했다.

"괜한 심려를 끼쳤습니다."

"경시청에 수색원을 냈나?"

"네. 냈습니다."

"수색원을 내고 그냥 기다릴 게 아니라 고위층에 줄을 대서 부탁해 두면 잘해 준다고 하던데."

그는 그런 조언을 해 주며, 명랑하고 좋은 동생이었는데, 어서 무사히 돌아왔으면 좋겠다고 위로했다.

미쓰코 소식을 알게 된 것은 가출하고 이십일 일째 되는 날, 수색원을 내고 열흘이 지나서였다. 역시 수색원이 효과가 있었다.

"I현 Y경찰서에서 해당자로 보이는 주검이 발견되었다는 보고가 있었습니다. 변사체는 아니므로 사진은 오지 않았지만, 가서 확인해 보시겠습니까?"

그를 불러낸 담당관이 말했다. Y라는 곳은 호쿠리쿠의 유명 온천지다. 야마가타와 방향이 반대라서 나는 망설였다.

"신고하신 내용과 인상이며 체격이며 옷차림이 비슷합니다. 온천 여관에서 급사했다고 하는데, 신원을 몰라서 그곳 동사무소에서 임시 매장해 두었답니다."

마침내 그 말에 Y에 가서 확인해 보자고 결심할 수 있었다. 야간열차로 출발해서 이튿날 오후에 도착했다.

산이 세 방향을 에워싸고 맑은 강이 한 줄기 흐르는 민요로 유명한 이 온천지도 나에게는 비극의 마을이 되었다. 동사무소 담당자의 안내로 공동묘지 한구석 임시 매장 터에서 발굴한 것은 틀림없는 미쓰코였다. 관 속에 있던 시체는 부패했지만 원형은 아직 남아 있었다. 나는 확인하고 울었다.

따로 보관해 둔 양장, 내의, 화장품을 넣은 슈트케이스, 핸드백 따위도 틀림없이 미쓰코의 것이었다.

"없어진 물건은 없습니까?"

담당자의 물음에 찬찬히 조사해 보니 단 하나, 늘 핸드백에 넣어 두는 미쓰코의 명함지갑이 없었다.

"명함지갑이 없습니다."

내가 대답하자 담당자는 다른 입회자와 얼굴을 마주 보며 묘한 표정을 지었다. 한 사람이 슈트케이스 한 군데를 가리켰다. 명함 꽂는 자리가 뜯겨 있다. 그걸 의식하고 다시 보니 미쓰코의 머리글자를 수놓은 손수건도 보이지 않았다.

비로소 상황 설명을 들을 수 있었다. 미쓰코는 협심증을 일으켜 여관 객실에서 갑자기 절명했다. 심장은 전부터 좋지 않았다. 새벽 다섯 시경 발작을 일으켰고 한 시간 뒤 의사가 달려왔을 때는 맥박이 없었다.

"혼자가 아니었습니다."

담당관은 조심스럽게 말했다. 대강 짐작은 하고 있었지만, 나는 얼굴이 화끈거려 고개를 들지 못했다.

나는 여관에 가서 동생이 끼친 폐를 사과했다. 주인과 여직원이 거북해하면서도 동정하는 얼굴로 사정을 설명해 주었다.

미쓰코는 칠월 일일 이 여관에 남자와 함께 투숙했다. 그날은 내가 미쓰코와 신주쿠에서 헤어진 이튿날이므로 도쿄에서 곧장 여기로 직행했다는 이야기가 된다. 그날 밤에는 아무 일도 없었다. 여관이 마음에 든다면서 하루 더 묵었는데, 이틀째 묵고 난 새벽에 불행한 일이 벌어진 것이다.

소동이 벌어지자 남자는 크게 낭패했다. 의사가 임종을 고하고 여직원의 호의로 여자 얼굴에 하얀 천이 씌워지자 남자는 급히 양복을 갈아입고 우체국에 다녀오겠다면서 여관을 뛰어나갔다. 여관 사람들은 그가 전보를 치러 간 줄 알았던 모양이다. 경황이 없는 터라 남자가 언제 서류가방을 들고 나갔는지, 언제 여자 핸드백에서 명함지갑을 꺼냈는지, 여관 사람들은 알지 못했다. 그 뒤 남자는 돌아오지 않았다. 역으로 달려가 기차를 탄 것으로 짐작된다고 했다.

숙박부에 기재된 주소와 이름은 가짜였다. 전보에 반송 안내서가 붙어서 돌아왔던 것이다. 여관에서는 어쩔 수 없이 동사무소에 시신을 넘겼다.

"세상에 그렇게 박정하고 독한 남자가 또 있을까."

여직원들은 그때까지도 여전히 비난하고 있었다고 한다.

나는 그 남자의 인상을 상세하게 묻고 숙박부의 필적도 살폈다. 여관에는 두 사람의 요금에 웃돈을 얹어서 치르고, 이튿날 동생을 화장해서 유골 단지를 들고 도쿄로 돌아왔다.

3

가사오카 유이치처럼 비열한 자도 없다.

미쓰코가 유혹에 넘어간 것은 본인한테도 절반의 잘못이 있다. 다만 온천 여관에서 미쓰코가 급사하자 혼자 줄행랑을 놓은 행위가 가증스러웠다. 졸지에 일어난 불상사 때문에 부인을 비롯하여 나나 세상 사람들에게 모든 일이 탄로 날까 두려워했으리라. 그자에게 미쓰코의 급사는 뜻밖의 재난이었으니 허겁지겁 도망친 심리도 이해 못할 일은 아니다. 그러나 미쓰코의 오빠인 나로서는 용서할 수가 없다. 미쓰코는 죽은 뒤에도 그자에게 모욕을 당한 것이다. 제 행적을 숨기려고 동생의 명함을 빼앗아 동생을 신원 불명의 시체로 유기한 비겁함에 나는 증오를 불태웠다. 생각해 보면 그가 시치미 뗀 얼굴로, 집에 동생이 없는 것 같던데, 하고 나에게 인사한 것은 Y에서 도망쳐 돌아온 이튿날이었다. 그때 해 준 수색원에 대한 조언도 진상을 감추기 위한 위장이었다.

여관 사람들이 말해 준 인상착의도 숙박부 필적도 가사오카가 분명했다. 은행에서 그가 작성한 서류를 몰래 살펴보니 특이한 버릇이 있는 글자체가 완전히 똑같았다. 알아보니 그는 칠월 초부터 일주일간 고향에 간다면서 휴가를 얻었다고 한다. 모든 것이 정확히 일치했다.

가사오카는 역시 미쓰코 장례식에 얼굴을 비치지 않고 몸이 안 좋다는 핑계로 부인을 대신 보냈다. 아무것도 모르는 부인은 여우처럼 생긴 얼굴로 영전에 얌전히 예배했다. 나는 사람들에게 동생이 친척 집에서 병사했다고 둘러댔다. 은행 사람들은 조금 의문을 품은 듯했지만 나는 그 이야기를 밀고 나갔다. 동생의 인격을 위해서이기도 하고 나의 수치심 때문이기도 했다. 그리고 아직 희미하기는 했지만 또 다른 생각 때문이기도 했다.

가사오카 유이치를 만난 것은 장례식이 끝나고 내가 처음 출근한 날이었다. 나는 그에게 옥상으로 같이 가자고 요구했다. 그때부터 그자의 안색이 변했다.

아무도 없는 옥상에는 바람이 불고 있었다. 뜨거운 햇볕에 달궈지는 도쿄 거리가 눈 아래 펼쳐져 있다. 희미하게 기어오르는 노랫소리 같은 소음 말고는 모든 것이 무기물 같았다.

가사오카의 얼굴은 백지장 같았다. 강한 햇볕 때문만이 아니라는 것은 알고 있었다. 그의 눈코입이 저마다 일그러져 있었다. Y에서 있었던 일을 추궁하자 그는 완강하게 부인했다. 간사이의 고향에 가 있었으며 자기는 전혀 모르는 일이라고 주장했다. 나는 웃으며,

"그럼 Y의 여관에서 일하는 여직원을 데려다가 대질해도 좋겠습니까?"

하고 말했다. 그러자 그는 입을 다물었다.

그가 고백을 시작할 때까지는 다소 시간이 걸렸다. 바람이 지나가며 그의 얼마 안 되는 머리칼을 헝클어뜨렸다. 용서해 주시게, 하고 그는 말했다. 그것이 자백의 시작이었다.

미쓰코하고는 두 달 전부터 관계가 있었다. 지금까지 다섯 번이나 따로 만났다고 한다. 나는 나의 아둔함에 놀라고 분노했다. 그때는 미쓰코까지 증오스러웠다. 온천 여행은 물론 두 사람이 입을 맞춘 것이다. 미쓰코는 내가 급료를 미리 받아서 건네주었을 때 사양했지만, 실은 이자가 여비를 댔던 것이다.

나는 동생을 그런 음탕한 여자라고 생각하지는 않는다. 성격이 밝기는 했지만 차분한 구석도 있었다. 결혼 생활도 금방 끝나고, 남편을 잃은 뒤로는 내 집에서 지냈는데 친구도 없고 외출도 거의 하지 않았다. 요컨대 세상 물정에 어두웠다. 한편 가사오카는 이미 여자 문제가 많았던 남자이니 미쓰코를 유혹하는 일은 아무것도 아니었으리라. 여자 경험이 많은 가사오카를 알게 된 스물일곱의 미쓰코가 얼마나 빠르게 빠져들었을지는 상상하기 어렵지 않다. 예감 같은 것이었는지, 한번은 나도 은밀히 경계했지만 아둔하게도 간파하지 못했다. 이제 와서 후회해 봐야 아무 소용없었다.

미쓰코가 여관에서 발작을 일으켜 고통받기 시작하자 가사오카는 깜짝 놀라서 즉시 여관 사람을 깨워 의사를 불러 달라고 했다. 어찌된 일인지 의사는 금방 오지 않았다. 고통이 심해지자 그녀의 안색이 짙은 보랏빛으로 변했다. 여직원이 뛰어다니는 바람에 한바탕 소동이 일어났다. 그는 그저 낭패할 뿐이었다. 그러다가 가슴을 쥐어뜯던 그녀의 손이 뚝 멈췄다. 죽은 줄 모르고 있다가 의사가 와서야 알았다.

설마 죽기까지야 할까, 하고 생각하던 가사오카는 이 사태에 경악했다. 즉시 떠오른 생각은 이 사태가 몰고 올 무서운 결과였다. 아내가 알면 안 된다, 미쓰코의 오빠가 알아도 안 된다, 직장에 알려져도 안 된다. 허둥거리면서도 그는 미쓰코의 명함지갑을 빼내고 슈트케이스에 달린 명함꽂이를 찢어 버리고 머리글자를 수놓은 손수건까지 주도면밀하게 챙겨서 도망쳤다. 그때는 도망치는 것 말고는 아무 생각도 없었다. 도망쳐야 한다는 생각만이 그를 사납게 사로잡았다.

"용서해 주시게. 내가 잘못했어. 얼마든지 때려도 좋아."

가사오카 유이치는 무릎을 꿇으며 말했다.

"때려?"

나는 기가 막혀서 그를 쳐다보았다. 보복이 어느 정도여야 하는지에 대한 생각이 서로 한참 달랐다.

"아무리 때려도 괜찮아. 그 대신 이 사실을 공표하지만 말아 주게. 공개되면 난 끝장이야. 그것만 도와달란 말일세."

끝장이라니, 무슨 뜻일까? 부인이 알면 곤란하다는 말인가? 은행에 붙어 있을 수 없게 된다는 말인가? 나는 그자의 철저한 에고를 건너다볼 뿐이었다. 몇 대 얻어맞으면 끝나리라 생각하는 모습은 한 여자를 희롱하고 시신을 쉽게 유기한 채 도망친 행위와 상통했다.

때려 달라는 값싸고 뻔뻔한 말만 내뱉지 않았다면 어쩌면 나도 살의를 느끼지 않았는지도 모른다.

4

　나는 가사오카 유이치를 살해하기로 결심했다. 그 이유는 구구이 쓸 필요도 없다. 요컨대 증오였다. 그 바탕에는 틀림없이 미쓰코에게 가해진 악행에 보복하자는 생각이 있었지만, 감정은 그런 생각을 가려 버릴 만큼 흘러넘쳤다. 감정은 시간이 지나자 시큼하게 발효되어 부글부글 끓었다. 가사오카 유이치라는 인물은 도저히 이 세상에 살려 둘 수 없는 존재가 되었다.

　나는 그를 살해할 방법을 이리저리 궁리했다. 방법 자체에 대한 고심은 필요 없었다. 살해 수단이라면 얼마든지 있다. 중요한 것은 내가 가해자라는 사실을 감추는 방법이었다. 목적을 이뤄도 내가 체포되면 소용없다. 보복이 보복을 당한다면 무슨 의미가 있겠는가.

　나는 방법을 궁리하면서 꽤 많은 책을 읽었다. 대부분의 범죄자가 범행을 은폐하느라 눈물겹게 고심했다. 그러나 대개 자멸한 까닭은 그런 노력에도 방법이 유치한 탓이다. 사실 책에 나오는 사례는 대부분 범인이 밝혀진 사건이므로 세상에는 알려지지 않은 범행, 잡히지 않은 범인도 무수히 많을 것이다. 따라서 책에 나오는 방법은 완전범죄에 이용하기에 적절하지 않다.

　만약 살해할 수만 있다면 나는 가사오카 유이치의 시체를 숨기려고 하지 않겠다. 대부분의 범죄자가 잔꾀를 부리다 실수한다. 어리석은 일이다. 요는 내가 범인임을 남들이 모르면 되는 것이다.

　탐정 소설도 조금 읽었지만 실전에는 보탬이 되지 않았다. 억지스레 꾸며낸 트릭만 두드러질 뿐이었다. 어차피 지어낸 이야기니까 그래도 상관

없겠지만 개중에는 실소를 금할 수 없는 이야기도 있었다. 요술사가 아니면 하지 못할 일이나 말도 안 되는 억지 말이다.

그중에 소소하나마 참고가 된 것은 알리바이라는 개념이었다. 체포를 면하려면 이것밖에 없다고 생각했다. 그러나 알리바이를 만드는 것이 얼마나 잔일이 많이 필요한지도 알 수 있었다. 길어야 한두 시간, 짧으면 이삼 분의 부재를 증명하기 위하여 마술사 같은 행동을 하기도 하고, 시계를 조작하는가 하면 배우처럼 잽싸게 변신하기도 하고 축음기를 이용하기도 했다. 재미있는 이야기였지만 실전하고는 거리가 멀었다. 짧은 시간이 약점이라고 생각했다. 나는 시간적으로 더 규모가 큰 알리바이를 궁리해 보았다. 여하튼 알리바이를 이용하겠다는 결심만은 확고부동했다.

그다음으로 가능하면 용의자 선상에서 배제되는 방법을 궁리했다. 아무리 교묘하게 행동해도 용의자 선상에 오르면 위험률이 지극히 높아진다. 요즘처럼 발전된 수사나 신문訊問에 걸리면 결국 파탄으로 몰릴 염려가 있다. 용의자로 주목받지 않는 안전지대에 서는 것이 중요하다.

한 사람이 살해되면 경찰은 피의자를 중심으로 모든 인적 환경을 짚어나간다. 혈연관계, 교우 관계, 공적 사적 교제 관계가 원주 속에서 떠돌게 된다. 동기라는 끈을 더듬고 들어와 당사자의 기억이 아니라 행동을 치밀하게 조사할 것이다. 이래서는 결국 벗어날 길이 없다.

나는 용의자 범위라는 원 바깥에 설 수 있는 길을 궁리했다. 그러려면 가사오카 유이치라는 인물과 연결된 선을 끊어야 한다. 가령 지금 그를 살해했다고 해도 직장 동료인 나는 그의 주변을 떠도는 인물로 되어 있다. 이래서는 위험하다.

숙고 끝에 마침내 계획을 세울 수 있었다. 그와 연결된 선을 끊어내기 위해 은행을 그만두기로 했다. 그와 이어지는 선은 직장밖에 없으므로 은행을 그만두기만 하면 그의 주변 환경에서 사라질 수 있다. 그러나 단순히 은행을 그만두기만 해서는 부족하다. 아예 집도 도쿄를 멀리 벗어날 필요가 있다. 그와 거리가 멀면 멀수록 혐의라는 조명은 닿지 않을 것이다. 직업도 은행과 전혀 관계가 없는 직종을 택하는 것이 효과적이리라.

그러려면 상당한 시간이 필요하다. 다른 사람의 기억 속에 계속 남아 있으면 위험률은 여전히 높다. 구로이 다다오라는 내 이름이 모두의 기억에서 완전히 소멸되려면 오랜 시간이 필요하다. 가사오카 유이치의 타살체가 발견되어도 구로이 다다오를 떠올릴 사람이 아무도 없도록 깨끗하게 사라지는 방법이 필수 조건이다. 이 조건이 성립해야만 나는 완전히 수사 범위 바깥쪽에 있을 수 있다.

나는 그 시간을 삼 년으로 정해 보았지만 삼 년으로는 아무래도 위험할 듯했다. 오 년으로 잡아 보았지만 그래도 안심할 수 없었다. 마침내 칠 년으로 정했다. 칠 년. 이 정도라면 나는 가사오카 유이치 주변에서 완전히 소멸될 것이다. 한 시간이나 두 시간의 알리바이를 궁리하는 일은 얼마나 조급하고 좀스러운가. 그러니까 실패하는 것이다. 칠 년이라면 느긋하고 너무 긴 듯하지만, 실패하면 사형당하기 쉬우니 이 정도 기다리기는 아무것도 아니다. 말하자면 커다란 시간적 부재다. 너무 거대하면 사람들 의식에 들어오지 않는 법이다.

그리고 또 한 가지 조건이 필요하다. 동기가 외부에 알려져서는 안 된다. 이것은 중대했다. 다행히 미쓰코의 죽음을 가사오카와 연결하는 사람은 아무도 없었다. 나는 아무한테도 말하지 않았다. 알고 있는 사람은 나와 가사오카뿐이다.

가사오카는 이 사실을 공개하지 말아 달라고 애원했다. 나는 요구를 받아들이기로 했다. 두 사람만 비밀을 지키면 나의 동기를 알아챌 사람은 달리 없다.

나는 모든 준비가 끝나자 새삼 가사오카에게 제안했다.

"이제 와서 당신한테 화를 내 봐야 무슨 소용인가. 동생도 애정을 가지고 있었던 모양이니 나도 다 잊기로 했다. 단, 이 일은 동생을 위해 영원히 비밀로 해 두길 바란다."

가사오카는 눈을 반짝이다가 눈물까지 글썽이며 기뻐했다.

"정말인가? 정말 고맙네, 고마워. 나는 자네한테 아무리 얻어맞아도 할 말이 없는 인간이네. 용서해 줘서 고맙네. 물론 무덤에 묻힐 때까지 비밀로 하겠네."

이런 말을 거침없이 내뱉는 인간이니 나의 증오는 더욱 불타오를 뿐이었다. 칠 년을 기다리겠다는 나의 집념은 당연했다.

가사오카는 내 말이 어지간히 반가웠는지, 그 뒤로는 나에게 한결 친숙하게 대하려고 했다. 나도 애써 거기에 부응했다. 사표를 낼 때까지 남들 눈에 두 사람 사이가 나쁘다는 인상을 주어서는 안 된다.

한 달 뒤 나는 구실을 마련해서 은행을 그만두었다.

5

나는 누군가의 소개로 야마구치 현의 우베라는 소도시에 있는 시멘트 회사에 취직했다. 도쿄와 혼슈 끝 바닷가의 작은 도시. 은행과 시멘트 회사. 판이한 환경이 어느 하나 나무랄 데 없었다.

가사오카 유이치는 나를 위한 송별회를 가장 떠들썩하게 휘젓던 한 사람이다. 그는 자꾸 내 손을 쥐며, 헤어지기가 섭섭하다고 했다. 원래 술을 좋아하는 그는 나의 새로운 출발을 축복한다면서 스스로 술자리를 주도했다. 그의 요란한 동작을 보고 있으니 어지간히 기쁜 듯했다. 그에게는 내가 역시 거북한 존재였던 게 틀림없다. 그를 보면서 그렇게 추측했다.

그는 다른 사람들과 함께 도쿄 역까지 나를 배웅했다. 만세를 부르고 몇 번이나 손을 흔들었다. 누구를 위해서 만세를 외쳤을까. 이제 그와 나의 관계가 험악했다고 상상할 사람은 아무도 없었다. 차창 밖으로 시나가와 근방의 불빛들이 사라지는 광경을 본 뒤로 당분간 도쿄하고는 안녕이다. 나는 스스로 멀리 격리되었다.

나는 아무 대책도 없이 도쿄를 떠난 것은 아니었다. 필요한 수는 두어두었다. 내가 있던 부에 시게무라라는 사환 출신의 젊은 남자가 있었다. 전부터 점찍고 공을 들여온 덕분에 나를 깊이 존경했다.

"시게무라 군. 이 은행을 그만두기는 하지만 오래 일하던 곳이라 그리울 거야. 내가 그쪽에 가도 여기 동료들의 소식을 알려줬으면 좋겠어. 인사이동이 있으면 편지로 알려 주지 않겠나?"

시게무라는 그러겠다고 했다. 실제로 그는 몇 년 동안이나 그렇게 해주었다. 인사이동이 있으면 사내보를 동봉해 주었다.

내가 걱정한 점은 가사오카 유이치가 다른 곳으로 이동하지는 않을까 하는 것이었다. 칠 년 뒤 그의 행방을 모른다면 아무것도 아니게 된다. 멀리 있어도 그를 늘 감시할 필요가 있다. 시게무라의 보고 덕분에 가만히 앉아서도 가사오카의 위치를 파악할 수 있었다. 칠 년 동안 그렇게 보고하게 하려면 시게무라에게 종종 선물을 보내 호의를 표해야 했다.

이렇게 나는 일 년, 이 년 시골에 웅크리고 있었다. 도쿄로 돌아가고 싶은 충동에 수도 없이 시달렸지만 그럴 때마다 꾹 참고 견뎠다. 어느덧 시골 생활에도 익숙해졌으나 의지는 변함이 없었다. 종종 결혼하라고 권하는 사람도 있었지만 거절했다. 처자식 때문에 의지가 둔해질까 두려웠기 때문이다.

삼 년이 지나고 사 년이 지났다. 가사오카는 기치조지 지점의 차장이 되었다가 메쿠로 지점의 차장으로 자리를 옮겼다. 시게무라의 보고는 끊이지 않았다. 오 년째가 되자 시부야 지점의 차장이 되었다.

이제 이 년 남았다. 나는 끈질기게 기다렸다. 의지는 조금도 변하지 않았다. 사정을 아는 사람이 보면 편집광이라고 할지도 모른다. 보이지 않는 곳에서 가사오카 유이치에 대한 증오와 적의를 불태우고 있었다. 이렇게 되자 동생을 위해 복수하겠다는 애초의 결정은 오히려 아주 작고 부차적인 것처럼 느껴졌다.

내 처지에도 약간의 변화가 있었다. 회사에서 계장으로 승진시켜 주었다. 좋아하는 여자도 생겼지만 결혼 약속은 하지 않았다. 우베는 시멘트 산업의 도시여서 늘 하얀 재가 날린다. 잔설을 쓴 것 같은 지붕들 너머로 푸른 바다가 평화롭게 펼쳐져 있다. 활짝 갠 날이면 규슈의 산들까지 보였다. 이 한가로운 경치도 나의 의지를 느슨하게 만들지 못했다.

육 년째가 되자 가사오카 유이치는 오모리 지점의 지점장으로 승진했다. 이제 일 년 남았다. 육 년이란 세월은 말이 쉽지 역시 긴 세월이었다.

이제 나는 가사오카의 주위 환경에 전혀 존재하지 않는다. 아무리 원주를 넓혀도 구로이 다다오라는 인물은 떠오르지 않았다. 그와의 인연은 완전히 끊기고 시간도 공간도 분리되었다. 가사오카의 신상에 어떤 사고가 생겨도 아무도 나를 떠올리지 않았다. 부재라기보다 아예 사라진 것이다.

육 년이 다 끝날 즈음 가사오카는 나카노 지점의 지점장으로 옮겼다. 마침 시게무라도 같은 지점 출납계로 옮기게 되었다.

지점장이 된 가사오카 씨는 전보다 더 술을 좋아하십니다. 거의 매
일 밤 신주쿠 니코우라의 술집들을 전전하십니다.

시게무라의 편지가 그렇게 전했다. 나에게 무엇과도 바꿀 수 없는 소중
한 정보였다.

드디어 칠 년째가 되었다. 참으로 길었다. 칠 년이라는 중량이 묵직하
게 느껴졌다. 머리로 생각하기 전에 촉감이 그렇게 느끼고 있었다. 그 세
월이 지났는데도 의지가 전혀 변색되지 않았다는 사실이 스스로 생각해도
기뻤다.

사월이 되자 나는 회사에 이 주간 휴가를 신청했다. 이 주까지는 필요
없을지도 모르지만, 그를 금방 만나지 못할 가능성까지 염두에 두었다. 그
를 만나면 한 시간 안에 해치워야 한다. 일을 끝내면 도쿄에서 즉시 퇴각
할 예정이었다. 내가 칠 년 전에 도쿄를 떠날 때부터 수없이 다듬었던 계
획이다.

청산가리도 일찌감치 구해 두었다. 공장 쪽에서 어렵지 않게 구할 수
있었다. 역시 이 재료가 제일 좋다. 승부도 빠르고 확률도 높다.

그것을 주머니에 넣고 부푼 가슴으로 상경했다.

도쿄 역에 내릴 때는 칠 년 전과 너무 달라진 풍경에 놀랐다. 전에는 없
던 고층빌딩이 여러 채 서 있었다. 역시 도쿄는 좋다. 오래간만에 보는 도
쿄가 반가웠다. 그러나 동시에 내 감각이 어딘지 무뎌졌다는 느낌도 들었
다. 시골 생활 칠 년이 나를 그만큼 갉아먹은 것이다. 거리 윈도에 비친
얼굴도 늙어 보였다. 청춘의 후반이 사라졌다. 그러나 가사오카라는 목표
물을 덮치기 위한 방치의 시간이므로 아깝지 않았다.

나는 도쿄 역에서 출발하는 하행 열차 시각을 다 외우고 있었다. 도착

하자마자 탈출 준비부터 해 두었다.

저녁에는 간다로 가서 작은 여관방을 빌렸다. 신주쿠도 가깝고 도쿄 역도 가까우면서도 눈에 띄지 않는 여관이었다.

6

그날 밤부터 나는 신주쿠 니코우라부터 가부키초 일대까지를 돌아다녔다. 열시부터 열두시 가까이까지. 술집을 전전하는 가사오카 유이치를 만날 가능성이 가장 큰 시간대였다. 실제로 그와 비슷한 자들이 많이 돌아다니고 있었다. 그러나 어떤 사람이 보더라도 나는 인파 속에 있는 한 행인일 뿐이다. 나를 알아볼 사람은 하나도 없었다. 나는 어디서 굴러들었는지 알 수 없는 사람이었다. 칠 년 전 ××은행 도쿄 본점 증권계의 구로이 다다오는 전혀 존재하지 않았다.

그날 밤에는 가사오카 유이치를 만날 수 없었다. 도착하자마자 만나기를 바란다면 과욕일 것이다. 이튿날, 나는 대낮에는 거의 숙소에서 나오지 않았다. 대낮에는 조심하는 편이 좋다. 만에 하나라는 사태가 있다. 지인과 마주치는 사태를 경계해야 했다.

하지만 실은 그것조차 쓸데없는 경계심이라고 해도 좋았다. 설령 예전에 알던 사람과 마주쳐서 반갑다고 인사를 나누더라도 가사오카 유이치의 변사와 결부 지을 사람은 결코 없으리라. 그와 나를 연결하던 선은 토막토막 끊긴 지 오래다. 칠 년이라는 시간과 천오십 킬로미터라는 거리가 있다. 나는 가사오카 주변 어디에도 서 있지 않았다. 대낮에 외출하지 않았던 것은 완벽을 기하려는 노력일 뿐이다.

그날 밤 다시 신주쿠를 배회했지만 역시 허탕을 치고 돌아왔다. 그러자 조금 걱정도 들었다. 병에 걸렸다거나 출장을 갔을 수도 있기 때문이다. 그렇다면 이 주 휴가를 다 쓰고 돌아가면 된다. 그리고 다음에 다시 오는 거다. 낙담할 필요는 전혀 없다. 칠 년을 기다린 수고에 비하면 아무것도 아니다.

그러나 이튿날 밤 시부야에 갔을 때 그것이 기우임을 알았다. 열시 이십 칠분, 니코우라 술집에서 나오는 가사오카 유이치를 금방 발견한 것이다.

그를 발견했을 때 특별히 가슴이 뛰거나 하지는 않았다. 엄청나게 커다란 감동은 생리적으로 평정을 강요하는 것일까. 조금 비틀거리며 걸어오는 가사오카 유이치의 어깨를 나는 마치 어제 만났던 사람처럼 툭 쳤다. 예전에 성기던 그의 머리에는 한복판에 널찍한 공터가 자리 잡고 있었다.

"가사오카 씨 아니세요? 오랜만입니다."

하고 나는 말했다. 짐짓 아무렇지도 않게 말한 뒤에야 비로소 감동이 목구멍으로 치받혔다. 가사오카 유이치는 나를 금방 알아보지 못했다. 자기 앞에 서서 웃고 있는 나를 보면서, 어느 거래처 사람이더라? 하고 기억해 내느라 애쓰는 눈치였다. 사실 그 시간은 그리 길지 않았을 것이다. 그의 얼굴에 경악이 떠오르고, 다음에는 취한 사람 특유의 요란한 몸짓으로 두 손을 쳐들어 내 어깨를 힘차게 붙들었다.

"오, 구로이?"

눈을 휘둥그레 뜨고 있는 것은 여전히 경악이 가시지 않았다는 증거다.

"오호!"

그는 또 외쳤다. 그다음에 무슨 말을 해야 좋을지 모르는 듯했다.

"오래간만입니다. 건강해 보이시네요."

나는 그자보다 더한 격정을 억누르고 미소를 지으며 상대가 차분해지도록 유도했다. 길 한복판이다. 행인들이 우리 두 사람을 피해서 줄줄이 지나가고 있었다. 우리를 주목하는 사람은 없었다.

"언제 이쪽으로 왔어?"

가사오카는 그제야 그렇게 말했다. 그의 머릿속도 복잡한 감정이 엉키고 있겠지만, 그것을 꾹 누르고 있는 듯했다.

"방금 도착했습니다. 오래간만에 온 겁니다. 도쿄가 더 번창했군요."

나는 그렇게 대답했다. 그는 그제야 안정을 찾고 다시 취한 얼굴로 돌아갔다.

"사람이고 자동차고 엄청나게 늘어나서 답답해졌지, 뭐."

하고 말했다. 칠 년 전보다 체격도 풍채도 좋아지고 말투도 지점장답게 관록이 묻어났다.

"아, 인사드리는 걸 깜빡했군요. 지점장이 되셨다니 축하합니다."

나도 모르게 아부하듯이 말했다. 가사오카가 내 얼굴을 보며,

"누구한테 들었나?"

하고 반문했다. 나는 움찔했다.

"풍문으로 들었습니다. 잘되셨다고요."

하고 얼렁뚱땅 넘겼다. 축하한다는 말 때문인지 가사오카는 특별히 의심하지 않았고, 기분이 한결 좋아진 모습이었다.

"정말 오래간만이잖아. 어디 가서 한잔하자고."

그가 말했다. 나는 가슴을 쓸어내렸다. 괜한 말을 떠벌이면 안 된다. 어이없는 실수라고 자책했다.

가사오카가 한잔하자는 말을 해 주기를 기다리고 있었다. 그야말로 내가 노리던 기회였다. 일이 순조롭게 진행될 것 같았다.

"몇 년이나 됐지, 그 뒤로?"

가사오카는 걸으면서 흡족한 말투로 물었다. 이제 그는 과거를 잊은 것처럼 보였다.

"칠 년입니다."

"칠 년? 벌써 그렇게 됐나?"

그는 말했다. 벌써 그렇게 됐나, 라는 한마디가 나의 적개심을 부채질했다. 이자는 칠 년의 내용도 무게도 알지 못하리라. 이자 때문에 은행도 그만두고 서쪽 구석으로 내려갔다. 인생의 전반기가 그곳에서 사라졌다. 이제 곧 그것을 알려주마. 나는 그의 넓은 어깨를 훔쳐보았다.

"아, 가사오카 씨."

하고 나는 문득 생각났다는 듯이 말했다.

"술집에 들어가더라도 칠 년 만이라는 말씀은 말아 주세요. 역시 칠 년 전 기억은 여전히 힘드니까요."

이야기는 그것으로 통했다. 그도 내 말에 수긍하는 듯했다.

"그러자고. 늘 만나는 사람들처럼 마시자고."

7

처음 들어간 술집은 넓고 손님도 많았다. 내가 원하던 조건이었다. 혼잡할수록 유리하다.

가사오카는 여기 단골인지, 지나가던 여점원들이 눈웃음을 보냈다.

"지금 다니는 회사는 재미있나?"

가사오카가 물었다.

"특별히 재미있을 만한 것은 없지만 시골이라 여유롭습니다."

"여유로운 게 최고지. 나처럼 매일 신경을 곤두세우고 사는 것도 고달픈 일이지."

그는 조금 우쭐거리는 투로 말했다. 그리고 맥주를 잔에 따르며, 자, 마셔, 마셔, 하고 권했다. 그는 취했고 나도 취한 척했다.

긴 세월을 투자하며 혼슈 서쪽 구석에서 노려 왔던 사내가 바로 코앞에 앉아 있다는 현실이 참으로 이상했다. 혹시 착각하고 있는 것은 아닌가 할 정도로 기묘했다. 종종 그가 가짜처럼 느껴지곤 했다.

그때 그가 문득 낮은 목소리로 노래를 부르기 시작했다. 아주 느린 박자여서 처음에는 무슨 노래인지 알 수 없었다. 하지만 그가 목소리를 높였을 때 나도 모르게 그의 얼굴을 응시했다. 그것은 〈상해에서 돌아온 릴〉이었다.

그래, 이자도 미쓰코가 부르는 그 노래를 여러 번 들었을 것이다. 아니면 배웠을지도 모른다. 아마 이자는 미쓰코의 오빠인 나를 보고 그 기억을 떠올렸으리라. 그는 벌겋게 변한 얼굴에 후우후우 숨을 내쉬며 느려터진 박자로 〈상해에서 돌아온 릴〉을 노래했다. 나는 왠지 슬퍼졌다. 조금 취기가 오른 탓인지도 모른다. 어느새 나도 박자를 맞추며 노래하고 있었다.

릴, 릴, 어디에 있느냐, 릴, 누구 릴을 아는 사람 없소—노래를 하다 보니 예전에 시끄럽다고 타박하던 미쓰코의 목소리가 들려오는 듯했다. 어느새 볼에 눈물이 흘러내렸다.

"아, 좋은 노래야."

노래가 끝나자 가사오카는 고개를 가로저으며 말했다.

"아마 이 노래가 유행할 때였지. 자네도 생각나지, 응?"

마침 옆을 지나가던 젊은 여점원이 그렇게 말하는 가사오카의 얼굴을 힐끔 보고는 내 얼굴로 시선을 던졌다. 한순간이지만 가사오카가 하는 말을 들은 모양이다. 그 증거로 그녀도 돌아다니면서 릴, 릴, 하고 노래하기 시작했다. 나는 기분이 언짢아졌다. 마치 터널 속으로 들어선 양 기분이 어두워졌다.

어서 일을 결행해야겠다고 생각했다. 가사오카를 보니 눈을 감고 카운터에 기대어 졸고 있다. 앞에 놓인 맥주 컵에는 노란색 액체가 절반쯤 남아 있었다. 주위는 손님들로 혼잡해서 이쪽을 쳐다보는 사람은 아무도 없었다.

주머니에서 약봉지를 꺼내 펼쳤다. 아스피린처럼 하얀 가루가 조그맣게 뭉쳐져 있었다. 손가락 끝으로 약봉지를 살짝 접고 가사오카 앞에 놓은 맥주 컵을 카운터 그늘로 가져다가 약봉지를 기울였다. 하얀 분말 더미가 살짝 떨어져 노란 액체 속으로 녹아들었다. 가슴이 뛰거나 하지는 않았다. 나는 그 맥주 컵을 카운터 위에 돌려놓고 얼른 맥주를 꽉 차게 부었다. 맥주 거품이 일어나자 하얀 혼입물이 눈에 보이지 않게 되었다.

"가사오카 씨."

큰소리로 부르며 어깨를 흔들었다. 엉, 하며 그가 빨간 눈을 게슴츠레 뜨며 고개를 들었다.

"잔을 싹 비웁시다, 자."

내 컵에도 술을 따라 높이 쳐들었다. 그는, 우우, 하는 소리를 내고 눈앞에 놓인 컵을 잡았다. 컵을 입술에 댄 그가 얼굴을 살짝 찡그렸다. 나는 숨을 삼켰지만 곧 가슴을 쓸어내렸다. 그는 목울대를 울리며 깨끗이 잔을 비웠다. 그리고 마치 의무를 다한 양 다시 카운터에 엎드렸다. 고통이 시작되기까지 일 분 정도 여유가 있다고 짐작했다. 나는 구두를 신고 잠깐

밖에 나갔다 오려는 것처럼 문을 밀고 나갔다. 거리로 나서자마자 성큼성큼 걷기 시작했다. 절명하기까지 사오 분이 걸릴 것이다. 심각한 사태가 너무나 쉽게 벌어지고 있었다. 너무 싱겁다. 사람들은 변함없이 웃고 떠들며 걷고 있었다. 아무 상관도 없고 무정한 사람들이다. 나는 다시 도쿄의 낯선 이방인으로 돌아갔다.

시계를 보니 열한시 삼분이 지나고 있었다. 오사카 행 이십삼시 삼십오 분 열차가 있다는 것을 암기하고 있었다. 여관으로 돌아가서 준비를 하고 나와도 시간은 충분할 듯싶었다. 마침 다가오는 빈 택시를 보고 손을 번쩍 쳐들어 세웠다. 문을 열고 몸을 밀어 넣으며 "간다#田" 하고 기운차게 말했다.

택시는 속도를 내며 '현장'에서 멀어졌다. 지금쯤 가사오카 유이치의 호흡이 멎었을 것이다. 칠 년을 공들인 성과에 대한 감정은 너무나 가볍고 충실한 느낌도 없었다. 이것이 양감##이 되어 밀착되려면 시간이 더 필요하리라. 나는 창으로 들어오는 바람을 맞으며 그렇게 멍하니 생각했다.

……귀하

이제 이 빈자리에 이름을 적어 넣어야 할 단계에 다다른 것 같다. 하지만 결정을 망설이게 하는 무엇이 있다. 이 글을 더 써 보지 않으면 안 되겠다.

나는 돌아가는 야간열차에 앉아 혹시 무슨 실수는 없었는지를 생각했다. 세밀하게 되짚어 보았지만 생각나는 실수는 없었다. 일단은 만족스러웠으나 어딘가에 미세한 빈틈을 남겨 놓은 것 같았다. 그 빈틈이 만족감을 희미하게, 그러나 완강하게 밀어내고 있어서 마음을 차분하지 못하게 만들고 있었다.

왼쪽에 바다가 있겠지만 캄캄한 밤이었고, 바다 위에도 불빛 하나 보이지 않았다. 그 암흑 풍경을 보고 있을 때, 어, 그렇지, 하고 빈틈의 정체를 깨달았다. 맥주를 마실 때 보았던 술집 여점원의 시선이었다. 그때 언짢은 기분을 느꼈던 것 같은데, 당시의 불길한 예감이 여전히 꼬리를 끌고 있었던 것이다. 나는 고개를 가로저었다. 걱정하지 마. 설마 무슨 일이 있겠어. 너무 예민해진 탓이야. 불안해할 거 없어. 진정해, 진정해, 하고 타일렀다.

나는 절대 안전지대에 있다. 가사오카 유이치 주변에서 완전히 격리되어 있다. 수사 당국이 주변 인물을 아무리 샅샅이 뒤져도 절대로 수사권 안으로 떠오르지 않으리라. 칠 년 전에 직장을 떠난 사람을 무엇 때문에 떠올리겠는가. 참고 증언을 하는 사람들도 구로이의 구 자도 떠올리지 않을 것이다. 강도가 아니므로 당국은 오로지 치정 관계나 원한 관계를 뒤지고 다닐 것이다. 아무도 모를 것이다. 나는 모두의 기억에서 소멸되었다. 술집 점원이 얼굴을 보았지만 전혀 걱정할 일이 아니다. 무엇보다 술집이 혼잡했고, 처음 들어온 손님을 무엇 때문에 주목하겠는가. 설령 인상을 정확하게 기억하고 있다고 해도 도쿄에 살지 않는 외지인이다. 용모에 대한 진술 때문에 수사관이 나를 지목할 일은 절대로 없다. 이 몸 자체가 누구의 기억에도 없으니까.

오랜 세월을 두고 면밀한 조건을 마련한 뒤에 확보한 안전이다. 고통과 인내도 이것을 얻기 위한 희생이었다.

가사오카 지점장이 누군가에게 청산가리로 살해당한 것, 범인을 추정하지 못하고 있다는 사실을 시게무라가 편지로 잇달아 알려 주었다. 나는 아무 일도 없으리라.

그러나 그로부터 삼 주가 지난 오늘, 갑자기 경시청 수사관이 총무과에 찾아와 나에 대하여 묻고 갔음을 알았다. 이 주 휴가를 얻은 것을 집요하게 물었다고 한다. 그 사실을 총무과 친구한테 들었을 때 나는 즉시 술집 여점원의 시선을 떠올렸다. 그때의 언짢은 예감이 순식간에 정체를 드러냈다. 나는 그 순간 모든 것을 깨달았다.

그때 가사오카 유이치와 나는 〈상해에서 돌아온 릴〉을 노래했다. 그 노래가 끝났을 때 가사오카가, 아마 이 노래가 유행할 때였지, 자네도 생각나지, 응? 하고 감개무량하다는 듯이 말했다. 그 말이 여점원의 귀에 들어갔다. 여점원은 그 말을 듣고 내 얼굴을 바라본 다음 자기도 〈릴〉을 노래했던 것 같다. 아마 수사관의 질문에 그 이야기를 했을 것이다. 가사오카는 그 술집의 단골이다. 여점원은 단골이 데려온 손님을 아무래도 더 주목하게 마련이다.

수사 당국은 나와 피해자가 〈릴〉이 유행하기 시작할 무렵, 즉 1950년경에 가까운 사이였을 것으로 추측했으리라. 용의자 범위가 축소된다. 거기까지 도달하면 그다음부터는 일사천리다. 여점원이 전한, 가사오카와 함께 들어온 손님의 인상착의를 근거로 1950년 ××은행에 재직하던 한 명을 지목하고 행방을 추적하는 것은 어렵지 않은 일이다.

세밀한 계산도 칠 년간 쌓아 올린 인내도 이렇게 허무하게 무너져 버렸다. 나는 혼자 큰소리로 웃기 시작했다. 미쓰코의 〈상해에서 돌아온 릴〉이 나를 함정에 빠뜨렸다. 역시 그 노래는 처음부터 듣기 싫었다!

이 글을 계속 써 나가는 데 피로를 느낀다. 다만 한 가지는 말하고 싶다. 비록 패배했지만 후회는 전혀 없다. 수사관이 곧 이 집 대문을 두드리겠지. 그의 주머니에 체포영장이 들어 있을 게 틀림없다.

이 글의 수신자를 수사1과장으로 할지 변호사 이름으로 할지, 아니면 아무도 적시하지 않고 유서로 삼을 것인지, 몇 분도 안 남았을 유예 시간인 지금도 나는 여전히 망설이며 결정을 내리지 못하고 있다.

—《별책 분게이슌주》 59호(1957년 8월)

진위의 숲

1

막 깨어나는 의식 속으로 빗소리가 들어오고 있다. 눈을 뜨니 방 안은 어둑하고, 2층 창밖으로 우듬지만 보이는 감나무에는 이파리들이 빗물에 젖어 번들거렸다.

등에 땀이 차서 담요까지 축축하다. 일어나 창밖으로 고개를 내미니 내가 널어놓은 내의 두 장이 비에 젖어 묵직하게 처져 있다. 바지랑대에 빗방울이 머물다 떨어지고 있었다. 아래층 담뱃가게 아줌마도 알면서 그랬는지 몰라서 그랬는지 거둬 주질 않았다.

시계를 보니 세시가 지난 참이다. 나는 아직 개운치 않은 머리로 방바닥에 앉아 담배에 불을 붙였다. 오늘 아침에 잠든 것이 여덟시였다. 그저 그런 잡지에서 청탁받은 미술 기사를 마치고 나서야 잠이 들었는데, 여하튼 방세 절반을 철야 작업으로 번 셈이다. 돈을 생각하면 득을 본 것도 같고, 들인 수고를 생각하면 손해를 본 것 같기도 한 기분이었다. 그렇게 멍하니 앉아 담배 한 대를 다 피워도 뒤통수에는 여전히 졸음기가 들러붙어 있었다.

목욕이나 다녀올까, 하고 수건과 비누를 챙겨 들고 아래층으로 내려갔다. 젖은 빨래를 곁눈으로 보며 빗속으로 나섰다. 우산살이 또 하나 빠져 대롱거렸다.

한낮이라 남탕에는 손님이 별로 없었다. 뜨거운 물에 몸을 담그고 있으니 머릿속이 얼마간 개운해졌다. 창문으로 비껴드는 빛이 희미해서 욕조 속은 황혼이 진 것처럼 어둑했다.

다미코에게 가 볼까 하다가 벌써 네시가 다 되었으니 아마 가게로 출근하느라 집을 비웠으리라는 생각에 나중에 가게로 전화해 보자고 생각을 고쳤다. 오랜만에 여자를 만나러 가는 것은 좋지만, 얼마 전부터 이만 엔만 마련해 달라는 부탁을 받고 있던 터라 오늘 저녁에는 오천 엔 정도라도 쥐어 줘야 한다. 그러면 수중에 사천 엔밖에 남지 않는다. 사천 엔으로는 열흘도 버틸 수 없다. 그래서 앞으로 돈 나올 데를 궁리해 보았다. 당분간은 오늘 아침에 넘긴 원고의 고료를 조금 일찍 달라고 재촉하는 방법 말고는 마땅한 수가 떠오르지 않는다.

거울 앞에 쪼그리고 앉아 면도를 하는데, 바깥에 비가 내려 날이 어두운데다 욕탕에 전등을 켜 주지 않아 얼굴이 거뭇거뭇하게 비쳐서 제대로 보이지 않았다. 백발만은 둔한 역광에 제법 예술적으로 도드라졌지만 알몸 실루엣은 어수선한 얼굴과 뾰족한 광대뼈, 긴 목과 수척한 몸뚱이와 팔 따위를 빈약한 윤곽으로 부각시켰다. 나는 욕탕 의자에 엉덩이를 올려놓은 채 잠시 내 그림자를 들여다보았다.

아무리 봐도 예순이 다 된 노인으로밖에 보이지 않는다. 요즘은 쉬 피로해서 글 쓰는 일도 힘들다. 이래서는 다미코와 맺은 인연도 그리 오래갈 것 같지 않다. 벌써 그런 징후가 나타나고 있다. 거울 속 몸뚱이 주변에서 바람이 울고 있었다.

대중탕에서 돌아와 보니 뒷문 계단 밑에 새 나막신이 가지런히 놓여 있었다. 찾아오는 손님도 드물지 않으므로 나는 별 생각 없이 올라갔다.

"아, 다쿠다 선생님."

정신없이 어질러 놓은 세 평짜리 단칸방 구석에 앉아 있던 손님이 인사를 건넸다.

"어, 자네 왔나."

나는 젖은 수건을 못에 걸면서 오랜만에 나타났구나 생각했다. 가도쿠라 고조가 본명이지만 고라쿠도라는 아호 비슷한 이름을 쓰는 사람이다.

"그간 격조했습니다. 오늘 불쑥 찾아왔다가, 자리를 비우셨기에 염치불구하고 이렇게 들어와 앉아 있었습니다."

가도쿠라 고라쿠도는 고쳐 앉으며 정중하게 양해를 구했다. 소하쓰머리전체를 뒤로 빗어 넘긴 머리 모양라고 해야겠지만, 한가운데가 시원하게 벗겨져 주위에만 긴 머리가 꼬불꼬불 붙어 있다. 그런 머리 모양도 그 비만한 체구와 어우러져 제법 관록이 있어 보이게 했다.

가도쿠라는 화가도 뭣도 아니다. 도도미술클럽 총무라는 직함이 찍힌 명함을 뿌리며 지방을 돌아다니는 골동품 감정사. 시골에는 고화나 불상, 항아리, 찻잔 따위를 소장한 명문가의 후손이나 부자들이 많다. 가도쿠라 고라쿠도는 지방지에 광고를 내고 여관방에 묵으며 감정 의뢰인을 만나는 것이다. 벌이가 제법 짭짤한 듯하다.

도도미술클럽이라는 그럴 듯한 이름을 만들어 놓았지만, 명함에 '회장'이 아니라 '총무'로 박아 넣은 까닭은 규모가 큰 조직처럼 보이게 하려는 것과 그런 권위가 있음 직한 조직의 회장이란 사람이 지방 출장을 다닐 리가 없다는 것, 총무라고 하면 의심하지 않을 거라는 고객의 심리를 고려했기 때문이라고 한다.

명함에는 조직의 소재지와 전화번호도 빠짐없이 인쇄되어 있다. 마냥 가짜는 아니다. 나중에 지방 고객이 편지나 전화로 문의할 때가 있으므로 안정적인 영업을 위해 필요하다.

그러나 실체는 우에노 근처 잡화점 2층에 방 한 칸을 얻어 놓고, 아래층 전화를 연결시켜 놓은 전화였다. 그리고 '사무'를 위하여 여직원도 하나 앉혀 놓았다. 가도쿠라의 처제인데, 소박맞고 돌아온 삼십 대 부인으로, 그녀와 관계를 맺었네 아니네 해서 아내와 다툼이 끊이지 않는다고 했다.

이것은 어떤 이를 통해 들은 소문으로, 나는 가도쿠라하고는 거의 교류가 없다. 가도쿠라에게는 내가 왠지 어울리기 거북한 사람으로 비치는 모양이다. 상당한 학문과 경력이 있고 감식안도 있으며 고미술에 대하여 별로 튀지 않는 잡문을 쓰면서 혼자 살고 있는 다쿠다 이사쿠라는 사람이 어딘지 정체 모를 인간처럼 보이는 듯하다. 그러나 골동품을 감정받으려고 해마다 한두 번씩 불쑥 찾아온다. 사실 그는 늘 지방을 돌아다니느라 도쿄에 있는 날이 많지 않을 것이다.

"요즘은 경기가 어떤가?"

나는 담배를 물고 마주 앉았다. 앉으면서 힐끔 살펴보니 가도쿠라 옆에 네모난 상자와 긴 상자가 보자기에 따로따로 싸인 채 놓여 있었다. 네모난 쪽은 선물로 들고 온 것 같고, 긴 쪽은 두루마리임을 금방 알 수 있었다. 또 무엇을 감정해 달라고 부탁하러 왔구나 하고 짐작했다.

"예, 살펴 주시는 덕에 조금씩 나아지고 있습니다."

가도쿠라는 벗겨진 이마를 손가락으로 긁적였다. 손마디가 울퉁불퉁하고 얼굴 생김생김은 다 큼지막하다. 두툼한 입술로 씨익 웃으면 어지러운 치열이 누렇게 드러난다.

"그래 요즘은 어디를 다녔나?"

"규슈입니다."

가도쿠라는 그렇게 대답하고는 문득 생각났다는 듯이 네모난 상자의 보자기를 풀고 선물을 내밀었다. 성게알젓 상자였다.

"규슈라. 변함없이 눈먼 자들이 많은 게로군."

"어디나 마찬가지입니다."

가도쿠라는 대답했다.

"요즘은 감정료를 얼마나 받나?"

"감정서 써 주고 천 엔입니다. 상자에 넣어 서명해 주면 그 배를 받습니다. 너무 싸도 신용해 주지 않고 너무 비싸면 손님이 끊어지죠. 그 정도 선이 딱 적당합니다."

가도쿠라는 소리 내어 웃었다.

가도쿠라도 감정안이 보통은 되므로 시골에서라면 충분히 통할 거라고 나는 짐작했다. 그 안목을 이십 년 전쯤에 박물관에 근무하면서 키웠다. 용역 직원으로서 박물관 진열품 교체 작업 따위를 돕다가 자연스럽게 고미술품에 대한 흥미를 느낀 듯하다. 그 방면으로 전문적인 교육은 받지 않았지만 담당자한테 배우거나 해서 마침내는 어지간한 골동상보다 나은 안목을 갖게 되었다. 하지만 그렇게 배우고 얼마 지나지 않아 박물관을 그만두었다. 해고되었다는 설도 있다. 어느 골동상의 부탁을 받고 작은 물건 하나를 빼돌렸다느니 빼돌리려고 하다가 들켰다느니, 여하튼 별로 아름답지 못한 이유 때문인 것은 분명하다.

그러고 보니 가도쿠라의 커다란 덩치 어딘가에는 어두운 그림자 같은 것이 들러붙어 있다.

"그럼 꽤 벌겠는걸."

마치 동양화가나 되는 양 까맣고 얇은 기모노를 차려입은 가도쿠라를 바라보며 내가 말했다.

"아이고, 웬걸요, 그렇지도 않습니다. 이렇게 계속 지방을 돌아다니자면 여비가 꽤 들거든요. 지방 신문에 광고도 마음껏 내질 못합니다. 비용만 날리고 빈손으로 돌아올 때도 있고요."

말은 그렇게 해도 그리 나쁘지만은 않은 표정이다. 그리고 비굴해 뵈는 눈매 어딘가에는 오만한 빛이 있어, 나의 초라한 옷차림을 경멸하고 있었다.

"규슈 쪽에는 대체로 어떤 것이 많던가?"

나는 마른 어깨를 펴고 물었다.

"그림으로는 뭐라 해도 지쿠덴입죠. 그게 압도적입니다. 역시 고향땅이니까요."

가도쿠라는 얼굴에 흐르는 땀을 훔치며 말했다.

"제자 조쿠뉴의 낙관을 지우고 이름과 인장을 찍어 놓은 물건도 있더군요. 그 정도는 나은 축이고, 나머지는 다 한심한 것들입니다. 다이가나 뎃사이 것도 상당히 있습니다."

"그런 것들에도 다 감정서를 써 주나?"

"장사니까요."

가도쿠라는 엷은 웃음을 지었다.

"저한테만 감정을 받은 것이 아닌지, 상자 하나에 감정서가 보통 두어 장씩 들어 있더군요. 여차하면 그 물건을 팔아서 한 재산 만들 수 있다고 다들 진지하기 짝이 없습니다."

"벌 받을 얘기로군."

나는 담배꽁초를 재떨이에 비벼 끄고 하품을 했다. 가도쿠라는 그런 내 모습에 조금 당황한 목소리로 말했다.

"선생님. 실은 그 지쿠덴 말씀입니다만, 잠깐 봐 주셨으면 하는 물건이 있습니다요."

"저거?"

나는 시선을 긴 상자 쪽으로 던졌다.

"그렇습니다. 일단 보시지요."

가도쿠라는 보자기 매듭을 풀고 낡은 오동나무 상자를 꺼냈다. 뚜껑을 열자 역시 낡은 표장의 두루마리가 들어 있었다. 가도쿠라가 그것을 꺼내

내 앞에 둘둘 펼쳐 놓았다.

애초부터 얕잡아 보던 나의 눈길은 고색창연한 착색 목단도로 향하는 동안 조금씩 끌려들어 갔다. 가도쿠라는 그런 내 표정을 관찰하듯이 옆에서 힐끔거리고 있다.

"자네, 이건 어디에 있던 건가?"

나는 족자에 얼굴을 가까이 했다 뗐다 하면서 물었다.

"기타큐슈 탄광 주인이 가지고 있던 겁니다. 출처를 물으니 후고의 갑부 집에서 나왔다고 하더군요."

"자네가 맡아 온 건가?"

"예, 뭐 그런 셈입니다."

가도쿠라는 말을 흐렸지만, 아마 오래간만에 물건 하나 건졌다 생각하여 한몫 잡으려고 가져왔음이 틀림없다. 가도쿠라의 얼굴에는 전에 없이 마른침을 삼키는 듯 진지한 기운이 드러나 있었다.

"선생님, 어떻습니까?"

하고 가도쿠라도 함께 그림을 들여다보았다.

"어떠냐니, 자네도 잘 알 텐데?"

"그것이 좀⋯⋯. 아뇨, 솔직히 말씀드리면, 이게 제 눈앞에 나타났을 때는 깜짝 놀랐습니다. 그때까지 변변치 못한 지쿠덴만 질리게 보아 왔으니까요."

"그러면 진품일지도 모른다고 생각했구먼?"

"아닙니까, 선생님?"

가도쿠라는 조심스레 물었다.

"아니야."

내가 그림에서 시선을 거두며 말하자 가도쿠라는, 어허, 역시, 하고 신음하듯 말하고, 이번에는 제가 그림을 핥을 것처럼 얼굴을 가까이 대고 들여다보았다. 벗겨진 머리에는 가는 머리칼이 반점처럼 나 있었다. 낙담하는 모습을 보니 이 물건에 어지간히 기대했던 것이 틀림없다. 가도쿠라는 전부터 나의 감식안을 한 치도 의심하지 않았다.

"자네가 속은 것도 무리는 아니야."

나는 짐짓 심술궂은 눈초리를 보내며 말했다.

"이것은 우에노나 간다 쪽 물건하고는 전혀 달라. 그렇다고 교토 쪽 물건도 아니야. 전혀 다른 계통에서 흘러나온 위작이지. 이만큼 그럴듯하게 그렸다니 실력이 대단한 화가로군. 이와노 스케유키 군이라면 속을지도 모르지. 가네코 군 같은 자는 미술잡지에 도판까지 곁들여 해설을 쓰기 십상이고."

나는 가도쿠라를 조롱하며 말했지만, 실은 이 마지막 한마디가 마음 한 켠에 생선 가시처럼 걸린 모양이다.

2

가도쿠라가 돌아간 것은 여섯시경이었다. 싫다는 것을 억지로 놓고 간 봉투에는 천 엔권이 두 장 들어 있었다. 감정료라고 내놓은 모양이다.

기대하지도 않던 이천 엔 수입이 생기자 다미코가 돌아오는 열두시경까지 기다릴 수가 없었다. 사람들 발소리도 뜸해졌으니 다미코가 일하는 주점으로 가 볼까 하는 생각에 옷을 갈아입었다. 밖으로 나서니 비는 어느새 그쳐 있다. 젖은 빨래가 어둠 속에 희뿌옇게 보였다.

길을 이 정■을 걸어 전차 정류소에 서 있는데, 오늘밤 다미코가 가게에 출근했는지 어떤지 모르겠다는 생각이 들었다. 모처럼 도착한 전차를 그냥 보내고 근처 공중전화에서 주점으로 전화를 걸었다.

"다미짱은 오늘 안 나왔습니다."

내 목소리를 아는 가게 여자가 전화를 받았다. 수화기 너머로 손님들 떠드는 소리가 들린다.

"어젯밤에 너무 취해서 오늘은 몸이 안 좋다며 쉬게 해 달라고 전화가 왔었어요."

나는 수화기를 내려놓고, 나온 김에 담배를 한 갑 사서 왔던 길을 되돌아가서 버스를 탔다.

고탄다 번화가를 지나 이삼 정 옆으로 빠지면 한적한 동네가 나온다. 나는 눈에 익은 골목 안에 있는 연립 주택 뒷문으로 들어갔다. 다미코가 사는 집은 맨 구석이다. 콘크리트 현관에 나막신 울리는 소리를 죽여서 다가가니 유리문에는 평소처럼 불그레한 커튼이 쳐져 있고 안쪽에서 불빛이 새어 나오고 있었다. 빈 집은 아니었다.

손가락 끝으로 유리문을 두어 번 두드리자 커튼에 다미코의 그림자가 어른거리고 조용히 문이 열렸다.

"가게에 전화했었어요?"

다미코는 화장기 없는 가무잡잡한 얼굴로 웃었다. 잇몸이 드러나는 웃음이다. 얇은 담요밖에 없는 잠자리에는 재떨이며 컵이며 낡은 잡지 따위가 흩어져 있었다.

"어젯밤에 많이 마셨다고?"

늘 보던 까만 칠이 벗겨진 동그란 앉은뱅이 밥상 앞에 앉자 다미코가 작은 찻장에서 잔을 두 개 내려놓으며,

"그래요. 단골손님이 세 팀이나 몰려왔거든요. 이것저것 섞어 마시니 잔뜩 취할 수밖에요. 스미코 씨가 차로 데려다 주었어요."

하고 말했다. 아닌 게 아니라 연한 눈썹 아래 눈꺼풀이 부어 있다. 가무잡잡한 얼굴에 창백한 기운이 돌아 핏기가 없었다. 바래다준 사람이 스미코 하나일 리는 없다고 생각했지만, 어찌되었든 상관없는 일이므로 잠자코 있었다.

"그 이만 엔 말인데, 아직 마련하지 못했어. 일단 이거라도 받아 둬."

하며 천 엔권 다섯 장을 내밀었다.

"어려운 부탁을 해서 죄송해요."

다미코는 살짝 사례하는 시늉을 하며 주머니에 넣었다. 그리고 시골 부모한테 맡긴 열세 살 난 아들의 폐결핵이 영 좋아지질 않는다는 것과 아버지가 노쇠하여 기동을 못한다는 이야기를 늘어놓기 시작했다. 익히 들어서 아는 이야기라 별 흥미를 느끼지 못하고 건성으로 대답하며 듣고 있는데 문득 하품이 나왔다.

"어머, 피곤하세요?"

"응. 작업이 아침 여덟시에 끝나는 바람에."

"그래요? 그럼 여기 누우세요."

다미코는 이불 주위를 정돈하고 유리문으로 가서 안에서 잠갔다. 그리고 서랍 속에서 풀을 먹여 개켜 둔 내 유카타를 꺼냈다.

바닥에 드러눕자 다미코는 타월로 만든 잠옷 차림이 되어 전등 끈을 당겼다. 작고 파란 조명이 방 안을 어둑하게 만들었다. 다미코의 커다란 몸이 옆에 눕자 기가 눌리는 심정이 되었고, 금방 허탈감에 빠져들었다. 무슨 까닭인지 비에 젖어 처마 끝에 축 늘어져 있던 하얀 빨래가 뇌리를 스친다.

눈을 뜨니 방은 원래 밝기로 돌아가 있고 유카타로 갈아입은 다미코가 거울 앞에 앉아 있었다.

"잘 주무시던데요, 코까지 골면서."

다미코는 제 볼을 찰싹찰싹 치며 나를 돌아보았다. 곱슬머리가 성겨지고 안면이 넓어진 다미코를 나는 새로 발견했다는 듯한 표정으로 바라보았다.

"요즘 피곤하신가 봐요."

다미코는 커다란 입술로 미소 지었다.

"지금 몇 시지?"

"여덟시 반이요. 벌써 일어나요? 돌아가시게요?"

"응."

"바쁘신가 보네요?"

나는 볼일이 있다 없다 대답하지 않고 돌아갈 준비를 했다. 마른 종이처럼 끈끈한 기운이 전혀 없는 초조감이 바작바작 타고 있었다. 방이 좁은 탓인지도 모른다. 무기력하고 탁한 공기가 콧구멍을 후텁지근하게 막고 있었다. 다미코는 굳이 말리지도 않고 허리를 숙여 나막신을 챙겨 주며 문을 열었다.

"다음에는 언제쯤?"

문에 손을 대고 가는 목소리로 묻는다.

"글쎄, 이 주쯤 후가 되려나."

말은 그렇게 했지만 이 여자와 곧 헤어지게 되리라 생각했다. 볼이 쳐진 그녀의 커다란 얼굴이 소리 없이 웃었는데 그녀도 분명히 그렇게 짐작하고 있을 것이다.

나막신 소리를 죽이며 연립 주택 뒷문으로 나오자 검은 지붕들 사이 작은 공간으로 별들이 보였다. 골목에 서 있던 세 사람이 내 쪽을 힐끔거렸다. 그 눈길이, 내가 도로로 나설 때까지 계속 딸각거리는 나막신 소리에 달라붙어서 따라오는 것 같았다. 여자를 만나고 연립 주택 뒷문으로 빠져나가는 머리 희끗희끗하고 깡마른 오십 대 남자를 저들은 무슨 생각으로 바라보고 있을까 생각했다.

도로로 나서자 시원한 밤공기가 얼굴과 가슴을 쳤다. 별들도 훨씬 많아졌다. 그러자 방금 전의 허탈한 심정이 조금씩 채로 걸러지는 기분이었다. 늘어졌던 무엇이 찬바람에 금방 응고되어 가는 것과 비슷했다.

길 한쪽은 나지막한 집들이 이어지고 다른 쪽은 돌을 쌓은 축대 위 높은 곳에 밝은 등을 밝힌 커다란 집들이 나란히 있었다. 말수 적은 남녀 한 쌍이 천천히 지나갔다. 나는 걸으면서 다미코와 헤어지기로 결심한 것이 매우 잘한 일이란 생각을 했다.

한적했던 길은 조금 번잡한 곳으로 이어졌다. 어느 가게나 여전히 문을 열고 있었다. 가게 안에는 사람들의 움직임이 보이지 않았고 도로로 던져진 불빛을 밟으며 행인들이 지나다니고 있었다. 누구나 나보다는 나은 생활을 가진 듯 보였고, 또 나처럼 슬퍼 보이기도 했다. 이런 거리를 걷다 보면 예전에도 이런 곳을 여러 번 오갔던 기분이 든다. 그곳이 조선 경성이었을까 산요 지방의 어느 도시였을까.

문득 오른편으로 상당히 큰 헌책방이 눈에 띄었다. 가게 앞에 전집물이 몇 개의 더미를 이루며 쌓여 있고, 내부에 넓은 서가가 들여다보였다. 나는 별 생각 없이 그곳으로 들어갔다.

헌책방을 들여다보는 것도 오랜만이었다. 내 눈길이 가는 자리는 정해져 있다. 미술 관련서를 모아 놓은 서가를 살피는 것이다. 어느 가게나 그렇지만 그런 책들은 대개 안쪽 계산대 근처에 꽂혀 있다. 내가 그쪽 서가 앞에 멈춰서자 가게 안주인이 내 모습을 힐끔 올려다보았다.

이 가게는 비교적 미술 책을 많이 갖춰 놓았지만 특별한 것은 보이지 않았다. 그러나 이런 서적들 앞에 서면 내 마음에서는 늘 어떤 변화가 시작된다. 본성이라고 할까, 혹은 학문을 해 온 인간의 습성 같은 것이다.

책은 흔해빠진 것들뿐이다. 그러나 어떤 이가 소장하고 있었는지 모토우라 조지의 저서가 다섯 권이나 꽂혀 있었다. 『고미술논고』, 『남송화 개설』, 『모토우라 단스이안 미술논집』, 『일본 고화 연구』, 『미술 잡설』이 똑같은 정도로 퇴색한 책등의 글자를 보여 주고 있었다. 만약 한두 권뿐이었다면 지금까지 그랬던 것처럼 코웃음으로 지나쳤을지 모른다. 하지만 모토우라 조지의 저서가 다섯 권이나 꽂혀 있자 내 눈은 평소보다 더 유심히 살펴보았다.

책들을 누가 소장했고 왜 헌책방에 팔았는지에는 물론 관심이 없었다. 거기에 모토우라 조지가 이룬 업적의 거의 전부가 얇은 먼지를 쓴 채 헌책을 눈요기하는 자들 눈에 노출되어 있다는 데 특별한 흥미가 일어났다.

나는 그중에 한 권 『고미술논고』를 손가락 끝으로 끌어냈다. 그리고 그 무거운 책을 받쳐 들고 팔랑팔랑 페이지를 넘겼다. 읽은 흔적이 거의 없다. 그러나 전 주인이 읽지 않은 책이라도 나는 어느 페이지나 암기한 것처럼 알고 있다. 어느 활자 어느 행에서도 차가운 빛을 담은 가는 눈매와 품위 있는 하얀 수염 밑에 늘 조소를 띄우고 있는 작달막한 노인의 얼굴이 떠오른다.

마지막 페이지 뒷면에 저자 소개가 실려 있다.

메이지 11년생. 제대 졸. 동양미술 전공. 문학박사. 도쿄제대 교수, 도쿄미술학교 교수. 일본 미술사학의 권위자. 제국학사원 회원. 고사사古社寺오래된 신사와 사찰 보존회 위원, 국보보존회 위원. 『남송화 개설』 외 일

본 미술사에 관한 저서 다수. 호는 단스이안. 수필 다수.'

백 자 남짓한 짧은 글이지만 단스이안 모토우라 조지의 화려한 이력이
꽉 채워져 있다. 다만 그가 생존해 있을 때 출간된 책이므로 '쇼와 18년 타
계'가 빠졌다. 그리고 '다이쇼—쇼와 시대 일본 미술계의 우두머리'라는
글도 넣어야 할 것이다. 더 나아가, 적어도 내가 보기에는 '다쿠다 이사쿠
를 미술학계에서 몰아냈다'라는 글도 보태야 할 것이다.

내 인생은 이 사람 때문에 매장되었다고 해도 좋다. 나를 이렇게 백발
섞인 헝클어진 머리, 낡아빠진 홑옷에 나막신을 꿰신은 추레한 인간으로
만든 자는 이 책의 저자인 문학박사 모토우라 조지다.

만약 내가 모토우라 조지 교수의 눈 밖에 나지 않았다면 지금쯤 어느 대
학에서 미술사 강좌를 맡고 저서도 여러 권 펴냈을 것이다. 가령 교수 자
리에 올랐다면 이와노 스케유키를 대신하여 도쿄대나 미술학교 주임교수
로서 학계의 권위자가 되었을지도 모른다. 이와노와 나는 도쿄대 미학과
동기였다. 자랑하는 말은 아니지만 이와노보다는 내가 성적이 훨씬 좋았
다. 이는 모토우라 교수도 인정할 것이다.

학생 시절에 나는 한 여자와 연애를 하다 동거를 했다. 모토우라 교수
는 그런 나를 비난했다.

"그렇게 불결한 놈에게는 기대할 게 없다."

교수는 사람들에게 그렇게 말했다고 한다. 그때부터 나는 완전히 교수
의 눈 밖에 나고 말았다. 그것이 그렇게 제자를 내칠 만큼 부도덕한 짓이
었을까. 나는 그 여자를 사랑했고, 정식으로 결혼할 생각이었다. 교수야
말로 아카사카 근방에서 일하는 게이샤를 정부로 삼았던 부도덕한 자다.

나는 졸업하면서 도쿄대 조수를 지망했지만 받아들여지지 않았다. 나는

미술사 학도로 살아가고 싶었다. 이와노 스케유키는 즉시 채용되었다. 나는 교토대에서도 도호쿠대에서도 규슈대에서도 거절당했다.

하는 수 없이 박물관 감사관보를 지망했다. 그것이 당장 힘들다면 용역 직원이라도 좋았다. 그러나 도쿄도 나라도 안 된다고 했다. 모든 관립 현장에서 나를 거부했다. 모토우라 조지 세력은 문부성 쪽이든 궁내성 쪽이든 그렇게 전국에 두루 퍼져 있었다. 관립 계열만이 아니다. 사립대학에도 그의 제자나 졸개들이 진을 치고 있었다.

모토우라 조지의 눈 밖에 나면 학계에서는 절대로 자리를 잡을 수 없다는 철칙을 나는 학교를 나오자마자 체험한 것이다.

모토우라 조지가 어떻게 그런 세력을 쥐게 되었는지 이유를 설명하기는 쉬운 일이다. 고미술품 소장가는 대개 조상에게 그 지위를 물려받은 다이묘 귀족_{메이지 유신을 계기로 영지제도가 해체되면서 귀족이 된 옛 제후}이고, 그런 귀족은 대개 정치세력을 가지고 있다. 그리고 재벌과 직업적인 정치가 중에도 소장가가 많다. 고미술학계의 권위자이며 국보보존회 위원인 모토우라 조지가 그런 상층부의 후대를 받고, 그가 그런 지위를 이용한 것은 당연한 결과였다. 그는 미술 행정에서 우두머리가 되어 설사 문부성이라도 그가 반대하면 아무 일도 할 수 없게 되었다. 각 학교의 미술 교수, 조교수, 강사 임명은 그의 동의 없이는 이루어질 수 없었다. 조금 과장해서 말하자면 그는 그 분야의 문부대신이나 마찬가지였다.

그 모토우라 조지가 보잘 것 없는 청년학도인 나를 왜 그렇게 배척했을까. 물론 여자와 동거 운운은 구실이었다.

그가 싫어하는 쓰야마 세이치 교수에게 내가 접근한 일이 역린_{逆鱗}을 건드렸다. 때문에 나는 조선을 방랑해야 했고, 일본으로 돌아와서도 변두리를 돌아다니며 살다가 마침내는 오십 대 중반을 넘어선 지금도 하잘것

없는 골동상의 상담역이나 이류 출판사의 미술전집물에 곁들이는 월보 종류를 편집하거나 전람회 도록의 해설 같은 잡문이나 쓰면서 호구하고 있다.

내 인생이 어긋나 버린 기점은 바로 모토우라 조지였다.

나는 책을 서가에 돌려놓고 나막신 소리를 울리며 헌책방을 나왔다.

3

모토우라 조지의 저서 다섯 권을 보고 오랜만에 감정이 격해진 듯했다. 전차를 탈 마음도 없어서 그 길을 그냥 걸었다. 수척하게 마른 남자 하나가 취한 듯한 눈으로 나막신을 끌며 걸어가자 행인들이 멀리 피해서 지나갔다.

비록 나의 불운이 쓰야마 세이치 선생에게 접근한 일에서 비롯되었지만 선생의 제자가 된 것을 지금도 후회하지 않는다.

나는 쓰야마 선생에게 귀한 것을 배웠다. 어떤 책에서도 배울 수 없는 것이었다. 사실 선생은 저서를 한 권도 쓰지 않았다. 이렇게 저서가 전무한 학자도 없을 것이다.

선생은 어디까지나 실증적인 학자였다. 국보감사관으로서 문부성 고사사 보존사업에 관계하며 전국의 고사사나 명문가를 거의 남김없이 돌아보았다. 선생처럼 감상 체험이 풍부한 학자도 없다. 그 해박한 지식은 자비를 들여서 찾아다닌 활동의 소산이다.

게다가 선생은 어떤 권위나 권력에도 접근하지 않았다. 그런 기회는 종종 선생에게 먼저 손을 뻗었으리라 짐작된다. 미술을 애호하는 귀족 중에는 유난히 권력을 탐하는 모토우라 박사의 기질을 마뜩찮게 보는 사람도 적지 않았다. 예를 들면 귀족원의 신참으로 알려진 마쓰다이라 요시아키 후작이나 혼다 나리사다 백작 같은 이들이다. 하지만 선생은 호의는 고마워해도 그들의 접근을 달가워하지 않았다. 아마도 모토우라 박사에 대한 경계심 때문이었을 것이다.

전하는 바에 따르면 모토우라 박사는 선생을 질투했다고 한다. 그런 상층계급 일부가 쓰야마 선생에게 호의를 보이는 것이 마치 자기 세력을 빼앗기는 것처럼 두려워했음이 틀림없다. 아니, 자기 고객의 호의가 조금이라도 다른 사람에게 옮겨가는 것이 불쾌했으리라. 모토우라 박사는 그런 사람이었다.

쓰야마 선생은 모토우라 박사를 내심 경멸했던 것 같다. 그의 권세욕만이 아니라 고미술에 대한 감식안의 부족 때문이다. 물론 일본 고미술사를 학문적으로 확립한 모토우라 조지의 업적은 위대하다 하기에 모자람이 없다. 하지만 그것은 모토우라 조지가 아니라도 조만간 누군가가 할 수 있는 일이었다.

기존 고미술 작품을 적절히 배치하여 미술사 이론을 연역적으로 세운 모토우라의 업적은 얼핏 화려해 보이지만 실증의 축적이 부족했다. 실제로 모토우라의 미술사론은 매우 조잡하고 충실성이 떨어지는 이론이다. 무엇보다 작품에 대한 감식안이 없는 데서 나타난 당연한 결과였다. 사람들은 학구적 장식품으로 꾸며진 화려한 개론에 현혹되지만, 자료 선택에 오류가 있다면 그 위에 구축된 이론은 애초에 비딱하게 기울어져 있는 것이다.

예를 들면 『일본 고화 연구』는 모토우라 이론의 근간을 이루는 대저이지만, 거기 실린 자료의 절반은 명백히 진품이 아니다. 박사는 아무런 의문도 없이 그 가짜 재료를 모든 저서에 도판으로 사용했다. 물론 당시는 오늘날처럼 양식 고증이 발달하지 못했지만, 그렇다고 해도 그만한 대가가 위작, 다른 작가의 작품, 후세의 모작을 구별하지 못한 것이다.

내가 쓰야마 선생에게 접근할 즈음 『일본 고화 연구』에 실린 작품 한두 점이 잘못된 것임을 규명했을 때 선생은 냉철하고 하얀 얼굴에 수수께끼 같은 미소를 흘렸을 뿐이다. 그 뒤로 계속 선생의 지도를 받고 나라나 교토나 산인까지 함께 답사를 다니는 등 상당히 긴밀한 사제 관계가 생겼을 때 선생은 그제야 『일본 고화 연구』에 실린 자료들에 대한 비밀을 맥없이 토로했다.

"그 책에 실린 것들 중에 적어도 삼분의 이는 진품이 아니야."

삼분의 이라는 말에 나는 아연실색했다. 그 말은 모토우라 박사를 부정한 것이나 마찬가지였다. 더구나 엄밀하게 따지니 그보다 더 많다는 사실이 나중에 밝혀졌다.

"하지만 모토우라 씨가 살아 있는 동안은 발설해서는 안 되네. 그것이 학자의 예의겠지. 모토우라 씨도 나름대로 생각이 있어서 주장했을 테니까."

선생은 나에게 그렇게 말했다.

지금 생각하면 그 말에는 두 가지 의미가 있었다. 하나는 선생이 '학자의 예의'를 지켰다는 사실이다. 쓰야마 선생은 평생 저서를 한 권도 쓰지 않았다. 만약 썼다면 모토우라 박사의 이론에 근거가 되었던 자료를 언급했으리라. 그것은 결국 박사를 전면적으로 부정하는 셈이 된다.

혹은 선생이 만약 모토우라 박사보다 오래 살아 있기만 했더라도 필시 저서를 남겼을 게 틀림없다. 모토우라 박사가 살아 있는 동안에는 쓸 수 없다. 하지만 죽으면 쓴다. 물론 그것은 선생이 모토우라 조지라는 우두머리를 두려워해서가 아니다. 일본 미술사를 학문적으로 세우고 그 분야가 번영하도록 이끈 모토우라 박사에 대한 예의다. 존경하지는 않아도 선배 학자에 대한 '예의'를 지켰다. 선생은 학문적으로 그렇게 나약한 면이 있었다. 선생은 저서를 쓰고 싶었는지도 모른다. 내가 추측하기에 선생은 모토우라 박사가 죽기를 기다렸던 것 같다.

그러나 쓰야마 선생이 50세라는 한창 나이에 먼저 타계했다. 모토우라 박사는 그 후 십오 년을 더 살다가 67세로 타계했다. 일본 미술사에 그토록 실증적이고 해박한 지식을 가진 쓰야마 선생에게 저서가 한 권도 없다는 기이한 일은 바로 그런 사정 때문이었다.

훨씬 나중에 깨달은 사실이지만, '모토우라 씨도 나름대로 생각이 있어서 주장했을 테니까'라는 말의 또 다른 의미는 모토우라 박사가 저서에 실을 자료를 선택할 때 어떤 작의가 개입되었으리라는 이야기가 아닐까. 그 자료는 대개가 권문부호가 소장하는 물건과 관련되어 있다. 작품의 성질상 당연한 일이다. 그러나 어떤 의지가 작용해서 심히 의문스런 작품까지 실었다면 소장가의 호의를 샀으리라는 것은 지극히 자연스러운 결과다. 박사가 감식안이 부족하다 해도 전혀 없었던 것은 아니다. 박사 스스로 의문스럽게 생각하면서도, 자신의 솔직한 소견으로는 명백히 진품이 아닌 물건인데도 권위자로 인정받는 자신의 저서에 굳이 실었던 사정이 있었으리라고 짐작된다. 모토우라 박사가 권문가를 뒷배로 세력을 쥐게 된 비밀이 여기 있다. 선생은 그러한 사정을 간파하고 있었다. 그것을 이른바 '모토우라 씨의 독자적인 생각'이라고 표현한 것이다.

쓰야마 선생의 실력을 가장 잘 알던 사람은 바로 모토우라 박사였다. 그리고 박사는 자신의 약점도 잘 알고 있었음이 틀림없다. 박사는 선생을 경원시했다. 선생에게 열등감을 가지고 있었다. 타고난 거만한 표정으로 감추고는 있었지만, 분명히 선생을 두려워했다. 그 두려움이 선생에 대한 음습한 적의로 변했고, 선생의 제자가 된 나를 증오하게 만든 것이다.

모토우라 박사는 뒤에서는 이런 말을 하고 다녔다.

"쓰야마 군이 작품을 보는 눈은 골동상 눈이야. 직인의 기술이지."

실제 작품 감정에서 학자의 엉성한 눈이 얼마나 진위를 가려낼 수 있을까. 감정은 어디까지나 구체적이어야 한다. 풍부한 감상 경험과 엄격한 단련이 필요하다. 직감으로 발언하기는 쉽다. 하지만 직감은 무엇을 기준으로 하는가. 관념적인 학문에서는 나올 수 없는 것이다. 사실 실증은 즉물주의이며, 직인적인 기술을 방법으로 한다. 모토우라 박사의 험담은 자신의 열등감을 그런 식으로 바꿔서 말했다고밖에 생각할 수 없다.

다행히 나는 선생에게 그 '직인적' 감상 기술을 배웠다. 이는 무엇과도 바꿀 수 없는 귀한 것이었다. 어느 학자의 저서로도 배울 수 없는 지식이었다. 학술적인 이론의 고도한 엉성함보다 내용적으로 몇 배나 충실했다.

모토우라 박사의 눈 밖에 나 어디에서도 직장을 찾지 못한 나에게 조선총독부 박물관 촉탁 자리를 찾아 준 사람도 선생이었다.

"탁무성拓務省 식민지의 통치·사무와 이민 업무를 담당하던 부서. 1942년 폐지에 아는 이가 있는데, 그 사람에게 부탁했네. 내키지 않겠지만 잠시 참고 일해 보는 건 어떤가. 그러다가 국내에 좋은 자리가 비면 부를 테니까."

선생은 작은 눈을 맥없이 끔뻑이며 말했다.

선생은 모토우라 박사와 달리 행정부 쪽으로는 더욱 연고가 적었다. 그 선생이 익숙지 않은 취직 운동까지 벌인 이유는 그만큼 나를 걱정했기 때문이다. 물론 내가 모토우라 박사에게 미운털이 박혀서 갈 곳이 전혀 없다는 사실을 알고 있었고, 그 원인이 내가 당신의 제자가 됐기 때문이므로 책임을 느꼈는지도 모른다. 사실대로 말하면 당시 나는 외지로 나가기를 그리 열망하지 않았다. 하지만 어찌 내키지 않는다고 말할 수 있겠나. 나는 선생의 배려를 고맙게 알고 군말 없이 받아들였다. 조선총독부는 궁내성이나 문부성 관할이 아니고 외지이기도 하므로 천하의 모토우라 박사도 거기까지는 촉수를 뻗치지 않았다. 쓰야마 선생의 소개이기도 하고 정식 직원이 아니라 촉탁 자리였던 만큼 어쩌면 모토우라 세력이 못 본 척 묵인해 주었던 것인지도 모른다.

나는 조선에서 십삼 년 남짓이나 견뎠다. 승진도 없는 만년 촉탁이었다. 그 사이에 은사 쓰야마 세이치 선생은 타계했다. 내 평생 눈물을 흘린 것은 어렸을 적 어머니를 여의었을 때와 선생의 부음을 받았을 때뿐이다.

선생에게는 송구스러운 말이지만 나는 조선에서 주색잡기로 세월을 보냈다. 지금의 내 얼굴이 누가 봐도 예순이 넘어 보이는 까닭은 그 시절에 방탕하게 산 결과인지도 모른다. 아내라 부를 만한 여자가 한 사람 있었지만 금세 헤어졌다. 그 후 여자를 바꿔 가며 동거한 것이 한두 번이 아니었지만 오래간 경우는 한 번도 없었다. 위장이 타 버릴 듯한 초조함과 절망에 시달려 안정을 원했지만 어떤 여인과의 동거도 나를 안정시켜 주지 못했다. 까닭 모를 분노가 뒤통수로 기어오르면 실성한 사람처럼 갑자기 닥치는 대로 난폭하게 날뛰었으니 어느 여자가 참고 살겠는가.

쓰야마 선생을 여의자 언젠가 일본으로 돌아갈 수 있을지도 모른다는 나의 허망한 희망은 완전히 사라졌다. 정년으로 대학을 물러난 모토우라 조지 박사는 변함없이 우두머리 같은 존재였다. 부하나 제자들을 주요 대학이나 전문학교, 박물관 등에 포진시켜 이질적인 분자가 개미처럼 잠입하지 못하도록 막았다. 상층에 더욱 밀착되어 정치력은 조금도 시들지 않았다.

나의 초조함은 다만 일본으로 돌아갈 수 없다는 이유 때문만이 아니었다. 동기 이와노 스케유키라는 자가 쑥쑥 성장하여 조교수가 되고 교수가 되어 모토우라 조지의 지위를 물려받아 마침내 제대 문학부에서 일본 미술사 주임교수로서 강좌를 맡게 된 일이 뼈아픈 타격이 되었다. 나는 그가 계단을 뛰어오르듯이 그 위치로 올라가는 광경을 조선 한구석에서 굴욕적인 심정으로 건너다보고 있었다.

이와노 스케유키는 머리가 좋지 않다. 나는 학창시절의 그를 잘 알고 있어서 자신 있게 말할 수 있다. 다만 그는 이른바 명문가의 자손이다. 어느 작은 다이묘 귀족으로, 당주인 남작이 그의 맏형이다. 실제로 이와노는 어릴 때부터 대단한 미남이었고 제법 대범한 귀족 같은 얼굴을 가지고 있었다. 이런 씨알이야말로 모토우라 조지가 제일 좋아하는 것이었다.

이와노 스케유키도 자신의 머리가 나쁘다는 사실을 잘 알고 오로지 모토우라 박사를 떠받드는 데 전념했다. 거의 노예나 다름없는 봉사였다. 소문에 따르면 그가 가지고 있던 광대한 토지의 절반을 그 짓을 하느라 잃었다고 하는데, 사실인지 어떤지는 알 수 없다. 그 밖에 비슷한 소문이 여러 가지 있는데, 진위는 차치하고 최소한 실제로 있었음 직한 일처럼 여겨졌다. 이런 헌신적인 봉사도 모토우라 박사 같은 사람이 좋아하는 것이었다. 그는 마침내 애제자 이와노 스케유키를 후계자로 삼았다.

학문 세계에 그런 일이 통하느냐고 분노한다면 그것은 물정을 모르는 소리다. 본래 아카데미즘이란 그런 것임을 나는 한참이 지나서야 깨달을 수 있었다. 하지만 그때는 나도 젊었다. 이와노 스케유키 같은 자가 생각지도 못한 지위에 오르는 불합리에 분노를 불태우며 경멸과 질투와 증오에 몸부림쳤다. 너희가 애원을 해도 내가 관립 대학이나 관립 박물관에는 들어가나 봐라, 하고 생각했다. 경성에서도 조선인 빈민이 모여 있는 종로

뒷골목을 몇 날 밤이나 술에 취해 방황했는지 모른다. 지금도 어둡고 지저분한 골목의 집들이 꿈에 나타나곤 한다. 파고다공원 바닥에 드러누워 밤새 잠잔 적도 있다. 하지만 멀리 조선에서 그 사내가 무엇을 번민하고 무슨 짓을 하든 모토우라 조지나 이와노 스케유키가 알 바 아니었다. 그들과 나 사이에는 공기 상층부와 지하만큼이나 거리가 있었다. 아마도 나 다쿠다 이사쿠라는 이름도 벌써 잊었으리라. 그러나 이 생각이 잘못이라는 것을 나중에야 알았다.

쇼와 15년, 16년경이었는데, 일자리를 알선해 준 사람이 있어서 나는 십삼 년간의 조선 생활을 마치고 일본으로 돌아왔다. H현 K미술관에 촉탁이 되었는데, 미술관은 민영으로는 전국적으로 유명한 K재벌의 수집품을 소장한 재단법인이다. 컬렉션 중에는 일본의 고화가 많았다.

나는 가슴을 쓸어내렸다. 이 정도라면 도쿄에 가지 않아도 되겠다고 생각했다. 그곳에 있는 오랜 회화만으로 충분했다. 미술을 애호하는 K씨가 돈을 아끼지 않고 수집한 만큼 질 좋은 것들뿐이라 나는 눈을 씻고 새로 태어나는 심정이었다. 쓰야마 선생의 가르침이 이때처럼 도움이 된 적도 없다. 수집된 고화를 마주하면 선생이 말없이 지도하고 격려해 주는 듯했다. 나는 용기를 얻었다. 학생처럼 신선한 용기로 고화들에 몰두했다. 조선에서 보낸 십삼 년의 무위를, 아니 조선 박물관에도 동양 미술의 명품이 있었으므로 반드시 무위는 아니었지만, 오랜 정신적 허탈감을 치유하기 위하여 진지하게 고화 연구에 몰두했다.

선생은 생전에 나에게 무엇이든 구체적으로 가르쳐 주었다. 선생의 해박한 지식은 세세한 기술에까지 미쳐, 아무리 세세한 부분이라도 의사의 임상 강의처럼 실증적이고 정밀했다. 모토우라 박사가 비하한 '직인의 기술'이다. 만약 그렇다면 그 직인의 기술은 모토우라 단스이안의 이른바 추상적 논문집보다 몇 배나 가치가 있는 셈이다. 내가 노력한 결과였는지 K미술관에서 감식안을 다소 인정받았지만, 이 년 뒤 갑자기 해고되었다. 촉탁 신분이므로 미술관 사정으로 그리 되었다고 하면 그뿐이지만, 해고를 전한 이사는 명백한 이유를 말해 주지 않았다.

나중에 누군가 살짝 일러준 바에 따르면, 이사가 상경하여 모토우라 박사와 이와노 스케유키를 만났는데 두 사람이 입을 모아,

"당신 밑에 이상한 자가 있다고 하더군요."

하고 말했다는 것이다. 이사가 돌아와 K이사장과 상담하고 나를 내보내기로 결정했던 모양이다. 당시 K미술관 측은 역시 모토우라 조지와 이와노 스케유키에게 거슬러서는 좋지 않다고 생각했으리라.

모토우라 조지도 이와노 스케유키도 다쿠다 이사쿠라는 이름을 여전히 똑똑히 기억하고 있었던 것이다.

그로부터 일 년 뒤 도쿄대 명예교수 모토우라 조지가 타계했다. 장례식에는 명사와 학자가 구름처럼 참석했다고 신문은 전했다. 당시 나는 그의 죽음을 축하했다.

4

집에 도착한 시각은 아홉시경이었다. 아래층 현관문은 벌써 닫혀 있고, 안쪽에서 소곤소곤 이야기소리가 들렸다. 나는 뒷문을 단속하고 2층으로 올라갔다.

이부자리도 탁자 위에 있는 어지러운 원고지도 외출할 때 그대로였다.

처마에 널어놓은 빨래도 푹 젖은 채 바지랑대에 늘어져 있었다. 가도쿠라가 놓고 간 성게알젓 상자도 그 자리에 있다.

그 선물을 보자 가도쿠라가 가져왔던 지쿠덴 위작이 떠올랐다. 참으로 정교하게 흉내 낸 그림이었다. 가도쿠라가 진품일지도 모른다고 생각하고 가져온 것도 무리가 아니다. 상당한 재주를 가진 자가 그린 게 틀림없다.

가도쿠라에게, 이와노나 가네코라면 속을지도 모른다고 했던 내 말이 떠올랐다. 실제로 그럴 것이다. 모토우라 조지의 뒤를 이은 이와노 스케유키는 저서 『일본 미술사 개설』에서 스승을 쏙 닮은 주장을 했다. 구성도 같고 문투도 같아서, 계승이라기보다 모토우라 설의 평범한 재탕이었다. 내용에 창의도 없고 발전도 없으며 오히려 퇴화하고 늘어졌다. 모토우라 조지에게는 그나마 예리한 구석이라도 있었지만 이와노에게는 늘어짐과 지루함뿐이다. 감식안 없기는 스승 모토우라 교수보다 더 심하다.

이와노는 스승을 따라 남송화를 전공으로 삼아 『문인화 연구』니 『남송화 총설』이니 하는 저서를 냈지만, 어느 책이나 모토우라 조지를 확대하고 물타기한 것에 지나지 않았다. 우선 거기 실린 도판부터가 대개 변변찮은 것들이었다. 그도 모토우라 조지 이상으로 보는 눈이 없는 것이다. 그의 무지를 폭로하고 있다는 점에서 그 저서들은 매우 흥미로웠다.

그러나 세상은 그런 사정을 알지 못하므로 이와노 스케유키를 남화 연구의 권위자로 믿고 있다. 도쿄대와 예술대에서 미술사를 강의하고, 모토우라 조지 정도는 아니더라도 상당한 실권자이며 저서도 여러 권 냈으니 세상이 그렇게 알고 있는 것도 어쩔 수 없는 일이다. 이러한 이력이라는 장식이 그를 권위자로 만들어 주었다.

이와노 스케유키는 고화 감정을 요청받으면 그 그림을 잠자코 바라만 본다. 때때로 그의 입에서 "흐음" 하는 신음 같은 소리가 새어 나온다. 삼십 분이고 사십 분이고 그렇게 잠자코 바라만 볼 뿐 아무 말도 하지 않는다. "으음" 하는 신음 소리만 가끔 낼 뿐이다.

곁에 있던 가네코나 도미타 같은 제자가,

"선생님, 이건 아니군요."

하고 말하면 그제야,

"그렇지, 아니야."

하고 결론을 내린다. 혹은,

"선생님, 이건 좋지 않습니까?"

하고 말하면,

"좋군."

하고 말한다. 곁에서 제자가 언질을 주기 전에는 결코 의견을 말하지 않고 한 시간이라도 잠자코 응시한다는 것이다.

설마 했지만 정말로 그렇다고 했다. 나는 그 말을 듣고 소리 내어 웃었다. 이와노 스케유키에게는 애초에 의견이 없는 것이다. 자신감도 용기도 없다. 감정의 기초를 닦지 못했다. 모토우라 조지한테 배운 지식은 대략적인 개설이나 체계적인 이론일 뿐, 구체적인 대상에 대한 실증은 텅 비어 있다. 그 점에서는 조교수나 강사인 가네코나, 도미타가 나이는 어려도 연구심이 있어서 실속 없는 이와노보다는 나을 것이다. 그러나 그들도 역시 내 눈에는 별것 아니다.

애초에 일본 미술사라는 학문은 그 방법론에서 실증주의를 더 강조해야 한다. 모토우라 조지는 쓰야마 선생의 능력을 '직인적 기술'이라고 비웃었지만, 그런 기술이 대상에 집중되어 각 재료에 대한 연구 조사가 이루어져야 한다. 그 축적 위에서 귀납적으로 체계가 잡혀 가는 것이다. 실증적인 방법을 두고 직인적 기술이니 뭐니 비하하는 것은 허영에 사로잡힌 자가 직감이라는 모호한 것을 신비스럽게 꾸미려고 할 때 쓰는 상투적인 말버릇이다.

감정이라는 분야에서는 세간에 그렇게 명성을 떨치는 학자보다 골동상이 훨씬 낫다고 해도 무방하다. 골동상에게 감정은 금전이 걸린 사업이다. 진지할 수밖에 없다. 골동상이라면 나도 한때 아시미 사이코도라는 상당히 큰 골동상과 관계한 적이 있다. 주인 아시미 도키치가 나를 높이 평가하여 난해한 물건을 만나면 늘 나에게 감정을 청했던 것이다. 나는 그때마다 품삯인지 고문료인지 모를 돈을 받았다.

그런데 하루는 어디서 다이가의 그림이라는 것을 구해다가 나에게 보여주었다. 잘 그렸지만 위작이었다. 아시미는 아쉬워했다. 나중에 생각하니 구입해 줄 사람을 점찍고 있었음이 틀림없다.

아시미 도키치는 빈틈이 없는 장사꾼이라 거래하는 거물 고객에게는 평소 헌신적으로 봉사한다. 고객의 취미나 그 부인의 취미 따위를 알아내면 자기도 그 취미를 연구해서 고객에게 동화된다. 아니, 동화된 듯이 보여서 환심을 사는 것이다. 그야말로 호칸연회에서 손님의 비위를 맞추는 남자 게이샤 같은 짓이지만, 그만큼 대단한 노력을 기울이는 것이다. 고객이 바둑을 둔다면 고단자를 찾아가 열심히 배워서 초단 정도가 된다. 부인이 나가우타5·7구를 반복하다 7·7구로 맺는 정형 시가에 취미가 있다면 자기는 나토리스승으로부터 예명 사용을 허락받을 만큼 수준이 높은 사람 정도가 될 만큼 배우는 식이다. 그렇게 해서 요쿄쿠가면극 노(能)에 나오는 대사 따위에 곡을 붙여 부르는 것나 다도의 다양한 유파를 전부 섭렵하고 상당한 경지에 도달했으니 대단한 노력가인 셈이다. 그렇게 했기 때문에 고객의 신용을 얻을 수 있었을 것이다. 일례를 들자면 그는 진종, 진언종, 정토종, 법화종은 물론이고 신도에 이르기까지 각 종파의 경문이나 축사를 전부 암송했다. 고객의 종파에 따라 언제든 활용하는 것이다. 게다가 각

종단 대표자 이름이 박힌 수계 가사까지 돈을 들여 마련할 정도로 세심하게 신경을 썼다. 뿐만 아니라 고객의 주변 인사까지 두루 살펴서, 그 고객이 골동품을 구입할 때 상담을 하는 고문 같은 인물이 있으면 이번에는 그 사람의 취미에 맞추어 접근한다. 상대가 고고학자라면 고고학을 공부해서 발굴 작업까지 다녀온다고 하니 사업에 대해서는 보통 노력을 기울이는 사람이 아니다.

그런데 내가 위작으로 판단한 다이가의 그림이 몇 개월 뒤 어느 권위 있는 미술 잡지에 사진과 함께 소개된 것을 발견했다. 필자는 이와노 스케유키로, 새로 발견된 다이가 작품에 요란한 찬사를 늘어놓았다. 나는 이와노 스케유키가 딱하다고 생각했지만, 그의 이름과 잡지의 권위 때문에 위작이 세상에 진품으로 알려져서는 곤란하다는 생각도 했다. 내가 비록 초라하게 살아도 일본 미술을 연구해 온 학도로서 공분 같은 것을 느끼고 어느 잡지에 그 다이가 그림이 위작인 이유를 썼다. 불행하게도 내 원고를 실어 준 잡지가 이류나 삼류여서 과연 그 글이 이와노 스케유키 눈에 띄었는지 어떤지는 알 수 없다.

그런데 잡지가 발간되고 보름 남짓 지났을 때 아시미 도키치가 나를 불러 안색이 변해서 역정을 냈다. 실은 그림을 위탁받아서 판매한 자가 아시미였던 것이다. 그림을 샀던 사람이, 일전에 구입한 다이가는 마음이 들지 않으니 물러 달라고 해서 돈을 마련하느라 혼났다고 한다. 그쪽에서 당신이 쓴 글을 읽었을 거라고 그는 말했다.

내가 위작이라고 감정했는데도 아시미가 위탁받아 판매했던 것이다. 나는 그가 틀림없이 위탁을 거부해서 아마 다른 사람이 위탁해서 팔았으리라 생각하고 글을 썼다. 나는 위작이라고 설명했다, 분명히 위작이라고 말한 물건을 왜 팔았는가, 하고 되묻자, 당신은 장사를 몰라, 하며 그가 반발했다. 그리고, 당신하고는 오늘로 끝이야, 라고 해서 다투고 결별했다. 만약 아시미 사이코도와 그렇게 헤어지지 않았다면 아직도 수당 비슷한 돈이 매달 꾸준히 들어와 지금의 어려운 생활도 조금 나아졌을지 모른다.

나는 침상에 누운 채 줄담배를 피웠다. 모토우라 조지의 저서 다섯 권을 헌책방 서가에서 보고 들어온 참이라 조금 흥분해 있었다. 그 흥분은 지금의 내 생활하고도 연결되어 있다. 지저분한 세 평짜리 셋방 한 칸에 붉게 바랜 다다미. 그 위에 책과 종이, 풍로와 냄비 따위가 어지럽게 흩어져 있다. 그곳에서 예순 줄로 오해받을 법한 깡마른 독신남이 꿈지럭꿈지럭 밥을 짓고 빨래를 삶고, 원고를 청탁받으면 밤새 잡문을 쓴다. 그리고 가끔은 무기력한 정사를 하러 나갔다가 권태를 품고 돌아온다. 모토우라 조지의 눈 밖에 난 뒤로 내 인생은 어느새 티끌처럼 하찮아졌다.

이와노 스케유키는 장려한 직함에 기대어 공허한 미술사론을 펴고 있다. 그에게는 세속적인 허식과 충실한 사생활이 있다. 모토우라 조지라는 보스에게 졸개처럼 아부한 이와노 스케유키가 그런 존재가 되어 있다는 사실이 내 눈에는 불합리하기 짝이 없어 보였다. 내가 나와 그를 비교하는 걸까? 아니, 이미 비교 따위가 아니다. 불합리는 비교를 넘어선 곳에 있었다. 내 눈에는 이른바 이와노 같은 부류의 학자도, 그 아카데미즘에 꽁꽁 틀어박힌 자들도 감정인도 미술상도 다 가짜처럼 보였다.

생각해 보면 오늘날 일본 미술사라는 학문부터가 불합리하다. 재료가 대부분 다이묘 귀족이나 메이지 신귀족메이지유신에 공을 세워 귀족에 오른 가문이나 재벌의 손안에 들어가 창고 안에서 잠자고 있다. 그들은 그것을 공개하기를 달가워하지 않는다. 그것을 볼 수 있는 특권은 모토우라 조지처럼 권문가에 접근한 높으신 아카데미 학자들만의 몫이다. 또 소유자는 감상은 허용해도 조사 연구는 좋아하지 않는다. 전후 구 화족일본의 귀족 제도는 패전에 이은 신현

^{법으로 폐지됨}이나 구 재벌의 몰락으로 상당수 소장품이 방출되었지만, 그것은 전체의 삼분의 일에도 못 미친다. 특권층만 재료를 볼 수 있다는 봉건적인 학문이 세계 어디에 또 있을까. 서양 미술사와 비교할 때 일본 미술사가 아직 학문이 되지 못한 것은 그 탓이다. 게다가 감상이 허용된 사람이 이와노 스케유키처럼 장님이나 다름없는 학자들이니 더 말해 무엇 할까. 일본 미술사는 조사 작업이 필요한 단계에 있건만, 그 재료의 절반이 소장가라는 땅속에 매장되어 있는 셈이다. 이렇게 숨겨 두는 상황이 위작이 날뛸 여지를 넓혀 주고 골동상을 번영케 한다. 잘 만들어진 위작을 그럴 듯한 내력과 함께 보여 주며 안목 없는 학자를 홀리는 일은 어렵지 않다. 십수 년 전에 일어난 슈레이안 위작 사건은 지금 생각해도 이상하지 않다.

그때는 감정하고 추천까지 한 요시카와 세이란 박사가 딱하게 희생되었지만, 요시카와 박사 한 사람의 불찰을 탓하는 것은 온당치 못하다. 모두 오십 보 백 보였다. 더구나 그때도 이와노 스케유키는 요시카와 박사와 나란히 바람잡이 노릇을 하려다가 그전에 위작이 폭로되어 가까스로 안도하는가 싶더니 얼른 다른 이의 허물을 공격하는 쪽으로 돌아섰다고 한다. 이와노라면 능히 그랬음 직하다.

여하튼 이 바닥의 봉건적 속성이 일본 미술사라는 분야의 맹점이다.

나는 성냥불을 그리려다 문득 손을 멈췄다.

"맹점이라."

나도 모르게 중얼거렸다. 머릿속에서 반짝 스친 어떤 생각이 그렇게 중얼거리게 했으리라.

나는 베개를 베고 눈을 감았다. 처음에는 단편적인 생각들이었으나 이내 서로 이어지고 끊어지고 다시 이어지면서 길이를 늘려 나갔다. 나는 생각을 다듬어 나가는 데 도취했다. 어찌된 일인지 비에 젖어 축 늘어진 하얀 빨래와 보랏빛 잇몸을 드러낸 여인이 있던 어둑한 방이 맥락도 없이 눈앞에 떠올랐다. 그것은 어딘가에서, 이런 생각에 탐닉케 하는 음습한 분위기를 자아내고 있었다.

5

이튿날 나는 오전에 집을 나서서 우에노의 가도쿠라 사무실로 갔다. 골목으로 들어서서 잡화점 2층으로 올라가니 세 평 크기 방 다다미 위에 책상 두 개가 놓여 있다. 그곳이 가도쿠라의 '도도미술클럽' 사무실이다.

가도쿠라 고조는 여사무원과 둘이서 머리를 맞대다시피 하고 뭔가를 들여다보고 있다가 나를 보고는 "어" 하고 놀라는 소리를 냈다. 내가 나타난 것이 뜻밖이라는 얼굴이다. 살집이 묘하게 단단해 뵈는 서른을 넘긴 여직원은 서둘러 자리를 피해 아래층으로 내려갔다.

"어제는 실례가 많았습니다."

하며 가도쿠라는 나를 창가 손님용 의자에 앉혔다. 명색이 팔걸이의자였지만 탄력이 없고 하얀 커버도 지저분했다.

책상 위를 보니 『일본 미술가 명감』이라는 스모 선수 순위표를 닮은 인쇄물이 놓여 있다. 방금 전까지 여직원과 함께 그걸 들여다보고 있었던 모양이다.

"이번에 새로 순위를 매기나?"

인쇄물을 집어 들며 말하자 가도쿠라는, 에헤헤, 하고 쓴웃음을 지었다. 동서 요코즈나와 오제키요코즈나는 스모 선수 중에 으뜸 계급으로 '천하장사'에 해당하며, 오제키는 버금가는 계급이다. 스모는 동과 서의 대결로 진행되므로 선수도 동서 양편으로 편성된다는 역시 세상에 익히 알려진 대로 유명 화가의 이름을 집어넣었으나 그 아래 순위는 이름도 없는 화가들을 나열해 놓은 엉터리였다. 가도쿠라는 돈을 많이 내놓은 화가일수록 상위에 배치한 명부를 만들고, 지방에 갔을 때 이것을 호사가에게 팔아치우는 것이다. 말하자면 감정업에 딸린 부업 같은 일이다.

"여러 가지로 버는구먼."

하고 말하자 가도쿠라는 고개를 가로저으며, 이런 거야 벌이가 뻔한걸요, 하고 말했다.

여직원이 아래층에서 올라와 잎차를 내놓았다. 이마가 넓고 눈이 작고 아래턱이 나온 것이 과연 남자를 아는 여자 같다는 인상이다. 가도쿠라는 찻잔을 내려놓는 여자에게 어디어디에 전화를 하라고 지시했다. 체면치레하느라 공연히 그러는 듯한 분위기가 느껴졌다.

"어제저녁 지쿠덴은 유감이야. 잘 그린 물건이던데."

나는 노란 차를 마시며 말했다.

"그것과 관련해서 자네와 할 얘기가 있네. 어디 가서 커피라도 마실까?"

가도쿠라는 눈알을 반짝였다. 나의 의도를 즉시 읽어 낸 듯했다. 하지만 그의 상상은 틀렸다. 여직원은 가는 눈으로 웃으며 내가 나가는 모습을 지켜보았다.

"뭔데요?"

그는 다방에 들어서자 냉큼 물었다.

"지쿠덴 위작을 그린 화가 말인데, 어디에 사는 누구인지 찾아냈으면 싶네."

내가 말하자 가도쿠라는 잠시 내 얼굴을 바라보다가 이윽고 목소리를 낮춰 반문했다.

"찾아내서 어쩌시게요?"

그는 어제 보여 준 그림에 대하여 나에게 뭔가 계획이 있다고 생각하는 듯했다.

"그자를 내 손으로 키워 보고 싶어서. 아까운 솜씨를 가졌으니 말이야."

가도쿠라는 눈을 깜빡였지만, 그것은 이내 광채로 변했다. 알아들었다는 표정으로 몸을 앞으로 내밀었다.

"그거 괜찮은 생각이십니다, 선생님 밑에 들어오면 실력이 더 좋아질 겁니다. 저는 그 지쿠덴조차 반신반의였을 정도니까요."

가도쿠라는 솔직하게 말했다. 실제로 그는 진품일지 모른다고 생각하고 가져온 듯했다. 소유자한테는 위작이니 뭐니 기를 죽여 놓고 싸게 사들였으리라. 나에게 감정을 부탁하러 온 이유는 마지막으로 확인하기 위해서였던 것이다.

가도쿠라도 그 바닥에 훤한 자라 내가 뱉은 짧은 말만 듣고도 금방 내용을 알아들었다. 그는 입맛을 다시는 표정이 되었다.

"그자가 있는 데를 알 수 있겠나?"

"알 수 있지요. 제가 눈에 불을 켜고 찾을 테니까요. 뱀 다니는 길은 뱀이 알지요. 몇 군데만 짚어 보면 알아낼 수 있습니다."

가도쿠라의 목소리에 생기가 붙었다.

"시간이 많이 걸려, 양성하려면. 게다가 그자가 과연 물건이 될지 어떨지 알 수도 없고."

내가 말하자 그는, 그건 그렇지요, 하며 내 마음을 이해한다는 듯이 찬성하며,

"하지만 그걸 그린 자니까 실력 하나는 확실합니다. 아마 가능성이 있

을 겁니다."

하고 기세를 올렸다.

"돈도 들어, 많은 돈이."

나는 커피를 한 모금 마시고 말했다. 가도쿠라는, 그건 알고 있습니다, 하며 알았다는 듯이 고개를 끄덕였다.

"그자를 도쿄로 불러올리려면 방도 한 칸 마련해 줘야 해. 일 년이 걸릴지 이 년이 걸릴지 모르지만 그동안 계속 뒤를 봐 줘야 해. 처자식이 있으면 생활비도 대 줘야 하고. 미리 말해 두지만 내가 됐다고 할 때까지 그림은 한 점도 처분할 수 없네."

가도쿠라는 제법 엄숙한 표정이 되었다. 그는 내가 생각 이상으로 열의를 가지고 있음을 느끼고 조금 놀란 눈치다.

"알겠습니다. 돈은 제가 어떻게든 마련해 보겠습니다."

그는 한번 해 보겠다는 투로 대답했다.

"아니, 그게 아니야. 돈 문제만이 아니라고."

하고 나는 말했다.

"만약 그자에게 가능성이 보이면 상당히 발이 넓은 골동상도 하나 끌어들여야 해. 단숨에 팔아 치워야 하는데 자네가 나서면 믿어 주지 않을 테니까. 그 대신 골동상이 일하는 데 드는 비용은 스스로 부담하라고 하면 돼."

가도쿠라는 아무 말도 하지 않았다. 몫이 절반으로 줄었다. 그는 침묵 속에서 다양한 계산을 하고 있었다. 내 계획이 뜻밖에 크다는 것을 감지한 듯했다.

"좋습니다. 그렇게 해야지요."

가도쿠라는 진지한 말투로 대답했다.

"그럼 골동상은 누구를 생각하십니까?"

"아시미가 좋을 거야."

"사이코도 말입니까?"

라고 하며 내 얼굴을 쳐다본다.

"그러나 선생과 사이코도는 사이가 틀어졌지 않습니까?"

"그렇지. 하지만 이런 일에는 아시미를 쓰는 게 최선이야. 고객들에게 얼굴이 꽤 알려져 있고 수상쩍은 짓도 적당히 하고 있으니까. 게다가 돈벌이에 관한 한 확실한 사람이라서 나하고 얽힌 관계에 연연하지 않을 거야."

가도쿠라는 소리를 내지 않고 웃었다. 그 얼굴에 땀이 배어서 마치 빛이 피부 위에 자잘한 알갱이로 살짝 떠 있는 듯 보였다.

"당장 내일 아침 급행 편으로 규슈로 떠나겠습니다. 그자를 찾으면 전보를 치겠습니다."

하고 그는 말했다.

다방을 나서는 길로 그와 헤어졌다. 가슴에 어떤 충실감 같은 감정이 번져 온다. 뜨거운 태양이 바로 위에 있었다. 사람들이 나른한 걸음으로 길을 걸었다.

나는 전차를 타고 다미코의 연립 주택으로 향했다. 왠지 그런 충동이 고개를 들었던 것이다. 나른하게 걷는 사람들을 보니 그 비좁은 방의 탁한 공기가 떠올랐다. 지금의 들뜬 기분을 그 방에 고여 있을 게 분명한 무기력 속에 되돌려 놓고 싶은 유혹을 느꼈다. 잠시 동안 익숙한 권태에 몸을 맡기고 싶은 충동이 일렁거렸다.

내복 차림으로 선잠이 들어 있던 다미코가 유카타를 걸치고 나와서 문을 열었다. 부은 눈으로 희미하게 웃고, 내가 들어서자 커튼을 쳤다.

"웬일이세요? 아, 어제저녁엔 정말 고마웠어요."

하고 돈에 대해서 사례를 했다.

다다미 위에 휘갑친 돗자리를 깔아 놓았는데, 그녀가 누워 있던 자리가 땀에 젖어 연한 얼룩이 져 있었다.

나는 그 위에 벌렁 누웠다.

"더운데 좀 벗지 그래요?"

다미코가 끈끈한 표정으로 말했다.

괜찮아, 하고 나는 말했다. 커튼 사이로 비껴든 햇빛 속으로 먼지가 소용돌이치며 떠다녔다.

"이제는 안 오시는 줄 알았어요."

하며 나에게 부채질을 해 주었다. 발을 끊기로 했던 내 생각을 안다는 듯한 투였다. 그리고 그 말투에도 후끈한 풀 비린내 같은 비릿한 냄새와 나른함이 있었다.

바로 이거야, 하고 나는 생각했다. 이 냄새와 나태가 내 생활에 녹아들어서 같은 계열의 색조처럼 적응을 마쳤다. 마치 동물이 자기 굴의 온기와 냄새에 께느른하게 웅크린 채 눈을 감고 있는 것과 같다. 혹은 나의 낙오적 권태가 이 여자와 이 방에 온기를 옮겼는지도 모른다. 그러나 그것은 끊임없이 나를 초조하게 만드는 결과를 품고 있었다.

여자는 천천히 부채질을 해 준다. 나는 휘갑친 돗자리에 등을 댄 채 꼼짝도 하지 않았다. 가도쿠라는 내일 아침 규슈로 떠난다. 그자의 본바닥이므로 예의 위작가를 틀림없이 찾아내리라. 향후 계획이 단편적으로 떠올랐지만 지금은 부유물 같은 것이다. 나는 애써 그것을 밀어내고 익히 적응을 마친 평소의 무위 상태로 가라앉았다.

무위라고 해도 아무 짓도 하지 않고 있을 수는 없다. 헌 잡지라도 없을까 하며 고개를 틀어 보니 작은 불단을 모신 탁자 밑에 명함지갑 같은 것이 떨어져 있었다. 못 보던 물건이라 내가 손을 뻗는데 다미코가 재빨리 그것을 집어 들었다.

"손님 거예요."

하고 여자는 말했다.

"가게에 흘리고 가서 주머니에 넣어 두었는데, 퇴근할 때 깜빡하고 그냥 가지고 왔네요."

나는 잠자코 있었다. 그젯밤 술에 취했을 때 가게 동료가 데려다 주었다고 했는데 그중에 남자가 섞여 있었던 모양이다. 다미코는 명함지갑을 주머니에 넣고 내 안색을 살피는 듯했다.

이제 곧 낯익은 초조가 머리를 들겠구나 생각하며 천장을 보고 있었지만 내내 그런 기미가 없어 아무렇지도 않았다. 아시미 사이코도의 얼굴이 떠오르기도 했다. 다미코가 일어나 묘한 미소를 지으며 허리끈을 풀려고 해서 나는 자리에서 일어나 앉았다. 땀 때문에 등에 셔츠가 들러붙었다. 돗자리 자국이 찍혀 있을지도 모른다.

"어머, 가시게요?"

다미코는 손길을 멈추고 내 얼굴을 보았다. 그리고 곧,

"당신, 오늘은 좀 다르네요."

하고 말했다. 어딘지 관찰하는 눈초리다.

"어떻게 다른데?"

"달라요. 왠지 긴장한 것 같아요. 무슨 일 있었죠?"

일은 무슨, 하고 내가 대답했다.

그리고 천천히 콘크리트 바닥으로 내려서서 밖으로 걸어나갔다. 이웃을 의식하는 다미코는 늘 그랬듯이 문까지만 배웅했다. 다음번에 올 때도 이 여자가 여기 있을지 어떨지 알 수 없다는 생각이 들었다. 그리고 나와 여

자의 체취로 발효시킨 그 방의 무기력한 온기가 사라진다는 데 미련을 느꼈다.

바깥의 눈부신 빛과 열기가 나에게 쏟아졌지만 내 살갗은 금세 덥다고 느끼지는 않았다.

6

규슈에서 돌아온 가도쿠라와 함께 나는 F현 I시로 갔다. 가도쿠라가 사오 일이나 규슈를 뒤지며 다녀서 알아낸 지쿠덴의 위작가 사코 호가쿠를 만나기 위해서였다.

"사코 호가쿠는 올해 서른여섯 살이고 부인과 중학생 아들이 하나 있습니다. 교토 회화 전문학교를 나왔다고 합니다."

가도쿠라는 사코 호가쿠라는 인물에 대한 예비지식을 들려주었다.

"I시는 F시에서 남쪽으로 십 리쯤 들어간 탄광촌입니다. 호가쿠는 거기서 동양화를 가르치며 살고 있어요. 미인화, 화초, 남화 등 뭐든지 그리는 재주꾼입니다. 탄광촌이라고 해도 대규모 회사가 두 개나 있어서 사택에 사는 사원이나 부인들이 배우러 온다고 하는데, 몇 명 안 되는 모양입니다. 역시 위작이라도 그려서 벌어야 하겠지요."

"어느 골동상한테 위작 주문을 받지?"

하고 나는 물었다.

"E시에 있는 골동상입니다. 그곳 딱 한 곳뿐인데, 소심한 골동상인지 가끔밖에 주문하지 않는 모양입니다. 우리야 그래서 더 잘됐습니다만,

그만한 실력이 있으니 도쿄나 오사카의 업자들이 알면 가만있지 않을 거예요."

"이쪽 의향을 전하니까 그자가 뭐라고 했나?"

"잠시 생각하더니 하겠다고 하더군요."

가도쿠라는 어느새 흥분한 투로 말했다.

"마침 도쿄에 한번 가 보고 싶었다면서 뭐든지 그리겠다고 했습니다. 그리고 그런 것을 그리는 일은 화가로서도 좋은 공부가 된다고, 꼭 하게 해 달라더군요."

나는 고개를 끄덕였다. 맞는 말이다. 지금 대가로 알려진 아무개도 소싯적에 고화 위작을 그렸다는 사실을 나는 알고 있다. 본인은 물론 애써 숨기고 있지만 나는 지금도 종종 그런 작품을 만나곤 한다.

"여하튼 선생을 모시고 와 보겠다고 말해 두었습니다만, 그자는 선생이 지도해 주시면 위작으로 크게 성장하리라고 봅니다."

위작으로 크게 성장한다는 말이 이상하지만 가도쿠라 입에서 나오니 이상하게 들리지 않았다.

도쿄에서 스무 시간 이상 급행을 타고 I시에 도착하니 과연 시내 한복판에 궤도탄차가 다니는 탄광 지대였다. 삼각형 버력 더미가 어디에서나 보였다.

사코 호가쿠를 처음 대면한 곳은 강가에 있는 그의 작고 낡은 집이었다. 탄진이 흐르는지 좁은 강을 흐르는 물은 탁하고 건너 기슭은 까맣게 반짝였다. 강 건너에 나지막한 언덕이 있고 탄광의 회색 건물과 각종 시설 옆으로 하얀 서양식 건물이 나란히 서 있었다. 탄광 직원들의 주택이라고 가도쿠라가 가르쳐 주었다.

사코 호가쿠는 키가 크고 비쩍 마른 사내로, 눈두덩이 움푹 패고 콧등이 높았다. 눈이 크고, 웃으면 콧등에 잔주름이 모였다.

"변변치 못한 그림이 어쩌다 선생님 눈에 뜨였나 봅니다."

호가쿠는 푸석푸석한 장발을 그러 올리며 말했다. 볼이 패고 면도 자국이 검푸르다. 그림을 팔거나 가르치는 탓인지 비교적 물정을 아는 눈치였다. 그가 앉은 자리 뒤에는 그림 도구들이 정리되지 않은 채 어질러져 있었다.

호가쿠의 처는 동그란 얼굴에 조신해 보였지만, 맥주를 사다가 식탁에 내려놓는 동안 얼굴을 연신 흠칫거렸다. 도쿄에서 온 손님과 남편의 생활이 지금 여기서 접촉하고 있다. 이제부터 시작되려는 미지의 운명을 두려워하는 표정이다. 중학교에 다닌다는 아들은 보이지 않았다.

대체적인 이야기는 가도쿠라가 이미 해 놓았으므로 나는 바로 호가쿠의 작품을 보자고 했다. 그림은 훌륭하다고 할 수는 없어도 붓놀림이나 물감을 쓰는 요령에서 그의 재주를 확인할 수 있었다. 하지만 개성이나 참신함이 없고 구도도 서툴렀다. 요컨대 호가쿠는 이런 시골에 숨어 있는 화가치고는 보기 드문 재주꾼이지만 중앙에 내놓으면 아무도 주목하지 않을 화가였다. 스스로 스케치북을 꺼내 보여 주었지만, 이것도 그가 비단에 그린 채색화와 마찬가지로 평범했다.

"모사한 것은 없소?"

하고 묻자 호가쿠는 선반에서 두루마리 네댓 개를 꺼냈다.

펼쳐 보니 호가쿠의 소질을 금방 알 수 있었다. 모사라고 하지만 판매하면 위작이 된다. 호가쿠의 실력은 창작에서는 전혀 가망이 없지만 모사에서는 뜻밖에 광채를 발했다. 셋슈도 뎃사이도 다이가도, 가도쿠라가 가져다 보여 주었던 지쿠덴과 비슷한 수준이다. 고린도 한 장 있었지만, 이쪽은 어울리지 않는지 질이 많이 떨어져 남화가 가장 적합하다는 것을 알 수 있었다. 미술 잡지에 실린 사진판을 보고 베낀 것들로, 누구나 아는 작품들이다.

가도쿠라는 옆에서 들여다보고 있었다. 그는 흠, 흠, 소리를 내며 마치 혀로 핥을 것처럼 뜯어보다가 종종 내 얼굴로 눈길을 던졌다. 그 눈은 꿈에 부풀어 나를 재촉하는 듯했다.

"글자체를 흉내 내느라 고생하는 중입니다."

호가쿠는 어딘지 자랑스레 말했다. 지쿠덴의 글자체, 다이가의 글자체를 익히려고 잡지의 사진판을 보며 며칠이나 연습했다고 한다. 과연 상당한 고수가 보더라도 고개를 갸웃할 만큼 흡사했다.

이 정도면 물건이 되겠다 싶었다. 내 가슴에도 어떤 기대가 번져 나갔다. 기대는 아까 보았던 강가의 진흙처럼 까맣고 끈적끈적한 것이었다.

도쿄로 옮기는 문제에 대해 호가쿠와 합의했다. 가도쿠라는 호가쿠가 도쿄에서 지낼 장소며 생활비 따위를 이야기했다.

"가족은 여기 두고 당분간 저 혼자 가고 싶습니다. 아이 학교 문제도 있으니까요."

호가쿠는 말했다. 나는 찬성했다. 그 말을 듣고 깨달은 것이지만, 호가쿠에게는 돌아갈 곳이 필요했다. 그가 무너졌을 때 받아줄 곳을 준비해 두어야 한다. 이것은 가도쿠라도 호가쿠 자신도 모르고 있는 계획이다.

가도쿠라는 벗겨진 머리 뒤쪽에 남아 있는 긴 머리를 흔들며 호가쿠에게 나를 요란하게 소개했다. 이분의 지도만 받으면 당대 최고 기량이 될 수 있다, 벌이도 당신이 짐작할 수 없을 만큼 많아진다, 이런 시골에 썩히기가 아까워서 우리가 이렇게 도쿄에서 먼 길을 마다 않고 찾아온 것이다, 선생께서 모처럼 밀어 주신다니까 잘해 봐라, 그때까지 금전적인 문제는 미력하나마 내가 다 지원해 줄 테니까 돈 걱정은 하지 말고 오로지 공부에 매진하면 된다고 열성적으로 타일렀다. 가도쿠라는 나와 호가쿠에게 번갈아 시선을 던지며, 듣기좋은 소리도 적당히 섞어 가며 말했다.

"앞으로 잘 가르쳐 주십시오."

호가쿠는 나에게 고개를 숙이고 긴 얼굴에 유쾌한 웃음을 지었다. 웃으면 좁은 콧등에 잔주름이 잡히고 얇은 입술이 일그러져 빈상이란 인상을 풍겼다.

거처가 마련되면 즉시 연락해 주기로 하고 우리는 호가쿠의 집을 나섰다.

호가쿠의 처가 바깥까지 나와서 배웅했지만, 동그란 얼굴에는 불안한 표정이 가시지 않았다. 뜨거운 볕이 그녀의 얼굴을 종이처럼 하얗게 비추었고, 햇살 속에서 작은 눈이 의심스러운 듯이 내 등에 못박혀 있었다. 나의 속셈을 본능적으로 간파한 사람이 있다면 그것은 아마 행색이 초라한 호가쿠의 처 한 사람뿐인지도 모른다.

"호가쿠는 꽤 쓸 만하지 않습니까?"

가도쿠라는 기차를 타자마자 말했다. 사코 호가쿠는 역까지 따라 나와 훤칠한 모습으로 플랫폼에서 손을 흔들고 돌아갔다. 그 모습에 들뜬 기미가 있었다.

"글쎄, 뭐, 다듬기 나름이지."

나는 커다란 강이 흐르고 제방의 여름 풀밭 위로 소들이 노니는 차창 밖 풍경을 바라보며 말했다. 가도쿠라의 기대를 적당히 눌러 두어야 했다.

"그런데 호가쿠에게는 무엇을 그리게 하죠?"

가도쿠라는 다른 곳에는 눈길도 주지 않고 물었다.

"이것저것 그리게 하면 안 돼. 교쿠도 정도가 적당할 거야. 그자라면 교쿠도가 제격이겠어."

나는 생각하던 바를 전했다.

"교쿠도? 우라가미 교쿠도 말씀이군요."

가도쿠라는 금세 눈을 반짝이며 소리를 높였다.

"그거 좋지요. 교쿠도라니, 아주 좋은 대상을 잡으셨습니다. 지쿠덴이나 다이가라면 이제 너무 흔하지만 교쿠도라면 시장에 나온 물건도 별로 없습니다."

가도쿠라가 말하는 시장이란 이류, 삼류 골동상의 경매 시장이다. 고금의 명장들의 위작이 거래되는 곳이다.

"교쿠도는 비싸거든요. 웬만한 것도 오륙십만, 좋은 물건이면 사오백만 정도 합니다. 역시 안목이 대단하십니다."

가도쿠라는 열심히 나를 칭송하고, 벌써부터 목돈을 거머쥘 공상을 하는지 얼굴이 상기되었다.

"그런데 가도쿠라 군."

내가 말했다.

"요즘 교쿠도를 열심히 수집하는 사람이 누구인지 아나?"

"그야 하마시마나 다무로겠지요."

가도쿠라가 냉큼 대답했다. 하마시마는 민간철도를 운영하는 신흥재벌이고, 다무로는 설탕과 시멘트 사업을 부모한테 물려받은 재벌이다. 젊은 다무로 소베는 고미술품을 좋아해서 개인 별장이 있는 H온천에는 컬렉션을 진열한 미술관이 있다. 하마시마와 다무로는 컬렉션을 놓고 경쟁하고 있다.

"그렇지. 그렇다네. 교쿠도를 좋아하는 그 두 사람을 목표로 삼는 거야. 이상한 곳에 팔면 오히려 의심을 받지."

하고 나는 말했다.

"그런데 아시미 사이코도가 다무로한테 드나들고 있네. 그자도 전에는 의심쩍은 물건을 취급했는데, 지금은 신용을 유지하고 있지. 가도쿠라 군, 아시미가 이 일에 필요한 것도 다 그런 이유 때문이야."

사실대로 말하면 사기꾼이나 다름없는 가도쿠라 따위가 떠들어 봐야 아무도 상대해 주지 않는다. 정통 골동상을 통해, 즉 깨끗한 경로로 들여보내지 않으면 이 계획은 성공할 수 없다. 이것은 가도쿠라한테 이미 말한 적이 있지만, 잔뜩 들떠 있는 가도쿠라에게 이쯤에서 다시 확인시켰다.

"알고 있습니다. 그런 일이라면 꼭 아시미를 끌어들여야겠지요."

가도쿠라도 순순히 고개를 끄덕였다.

"다무로 미술관에 호가쿠의 그림이 당당하게 들어가면 아주 재미있을 겁니다."

가도쿠라는 자못 유쾌하게 말했다.

물론 재미있을 것이다. 그러나 내 계획은 거기서 그치지 않는다. 고만한 계획이라면 애초에 호가쿠 같은 자를 도쿄로 불러내 일본 최고의 위작 작가로 양성하겠다는 정열도 품지 않았다.

나는 이미 희망이라는 것을 잃었다. 오십 대도 중반이 접어드니, 이제 출세하기도 틀렸음을 알고 있고, 젊을 때 품었던 야심도 퇴색했다. 어느 권력자의 눈 밖에 난 사람은 평생을 매몰당하고, 실력 없는 자는 권력자에 아부하고 노예처럼 봉사하여 권위 있는 자리를 물려받아서 짐짓 장중한 목소리로 거들먹거리고 있다. 그 부조리를 찔러보고 싶다. 인간에게도 진짜와 가짜가 있음을 드러내고 싶은 것이다. 가치를 판단하려면 역시 방편이 필요하다.

도쿄로 돌아오자 가도쿠라는 즉시 사코 호가쿠를 숨겨 둘 셋집을 찾겠다고 나섰다. 적당한 시기까지 호가쿠와 그 처자식의 생계는 가도쿠라가 책임지기로 되어 있다. 그만큼 투자하는 셈이니 대단한 의욕이다. 이번 여행에서도 내 여비는 전부 그가 부담했다.

"사이코도가 참가하면 이익 분배는 어떻게 되겠습니까?"

가도쿠라가 물었다.

"아시미에게는 절반을 떼 주지 않으면 안 돼. 그 정도가 아니면 움직이지 않을 거야."

나는 말했다.

"나머지 절반의 삼분의 일은 자네 몫이야. 나머지는 나한테 주면 돼. 호가쿠에게는 전체 매출의 일정 비율을 주면 될 거야."

가도쿠라는 궁리하는 눈초리였다. 하지만 그의 수완만으로는 그림을 팔수 없음을 저도 알고 있으므로 그 조건을 받아들였다. 분명 그의 머릿속에서는 다양한 곱셈이 이루어지고 있었다.

가도쿠라와 헤어지자 내 발은 다시 다미코의 집으로 향했다. 규슈를 다녀오느라 나흘의 공백이 있었고, 그 공백 속에서 뭔가 변동이 있지 않았을까 하는 예감이 꿈틀대고 있었다.

기차가 아침에 도착한 탓에 내가 다미코의 집에 이른 때는 오전이었다. 당연히 그녀가 깊은 잠에 빠져 있을 시각이다. 하지만 현관 앞 콘크리트 바닥을 딛고 문 앞에 섰을 때 유리문 안쪽에 늘 비치던 연분홍빛 커튼이 보이지 않음을 알 수 있었다. 어둑한 불투명유리가 오싹할 만큼 차가운 느낌으로 내부의 공허를 전하고 있다.

연립 주택 정문으로 돌아가 관리실 창문을 두드리자 쉰쯤으로 보이는 여인이 얼굴을 내밀었다.

"이틀 전에 어디로 이사했어요."

하고 다미코 소식을 일러 주었다.

"가게도 바꾼다고 하던데, 어디로 옮겼는지는 몰라요."

관리인 아내는 탐색하는 눈초리로 내 얼굴을 빤히 쳐다보았다. 백발 섞인 머리에 주름살이 깊고 비쩍 말라서 족히 예순은 돼 보이는 내 얼굴이 어쩌면 얼간이처럼 보였을지도 모르겠다.

저 권태로운 체취가 섞인, 초조하게 만들면서도 눈을 감고 싶어지는 온기는, 이제 어디론가 도망쳤다. 지금 생각하니 그곳이 진정한 내 자리였다는 기분이 든다. 다만, 미련은 남지만 생각했던 것처럼 끈끈하지는 않았다.

길로 나서서 걷기 시작하자 내 사고가 벌써 그곳을 떠나 다른 곳으로 향하고 있음을 느꼈다. '사업'을 궁리하는 세상 사람들의 심정이 이렇지 않을까 싶었다.

7

사코 호가쿠를 위하여 내가 제안하고 가도쿠라가 계약한 셋집은 주오선 고쿠분지 역에서 지선으로 갈아타고 세 번째 역에 내리면 되는 곳이다. 그곳에는 무사시노의 잡목림이 경작지에 침식되면서도 여전히 여러 방향에 빽빽이 남아 있었다. 차가 다니는 길을 벗어나 숲 사이 좁은 길을 잠시 걸으면 나무를 병풍처럼 두른 자리에 그 농가가 있다.

도쿄의 주택 건설 공세가 이 근방까지 미쳐서 주위에 맵시 나는 신축 주택이나 아파트도 보이지만, 아직은 드문드문 들어섰을 뿐이고, 오래된 부락과 밭이 완강하게 저항하고 있었다. 초가지붕을 얹은 농가에는 양잠에 사용하던 중이층이 있는데, 그곳을 개조하여 다다미를 깔아 놓으니 그림 그리는 데 알맞은 채광을 가진 방이 되었다. 아래층 농가가 식사까지 제공하기로 약속했다.

"역시 좋은 곳입니다. 도쿄를 벗어난 곳에 은신처 같은 집이니 과연 아무도 모르겠어요. 그런 그림을 그리는 데는 딱 알맞겠습니다."

가도쿠라는 나와 함께 집을 보러 갔을 때 말했다. 전망이 좋으니 차분하게 화필을 잡을 수 있을 것이다, 게다가 아래층은 농부가 사니까 그냥 화가라고 생각할 것이 틀림없다며 기뻐했다.

"선생은 역시 눈이 밝으시네요."

라는 말도 했다.

열흘쯤 지나자 사코 호가쿠가 규슈에서 올라와 훤칠한 몸을 드러냈다. 뽀얀 먼지로 윤기가 사라지고 헝클어진 장발을 한 모습으로 낡은 대형 트렁크를 거북하게 껴안고 있었다.

"이 안에 있는 것은 다 그림 도구입니다."

저녁에 도쿄에 도착한 호가쿠는 처음 보는 도쿄의 요란한 조명에는 눈길도 주지 않고 트렁크를 가리키며 자랑스레 웃었다. 높은 콧등에 잔주름이 드러났다. 규슈에서 만났을 때 받은 인상대로 역시 그 긴 얼굴은 어딘지 빈상이란 느낌을 풍겼다.

호가쿠가 고쿠분지에서 가까운 농가에서 이틀을 보냈을 때 내가 그에게 말했다.

"자네가 앞으로 그릴 것은 교쿠도야. 그거 하나면 돼. 교쿠도를 아나?"

"가와이 교쿠도입니까?"

호가쿠가 엉뚱한 이름을 댔다.

"우라가미 교쿠도야. 교쿠도를 그려본 적 있나?"

"아직 없습니다."

호가쿠는 눈길을 내렸다.

"없는 편이 나아. 당장 교쿠도를 보러 가세. 지금 박물관에 걸려 있으니까."

나는 호가쿠를 데리고 우에노 박물관으로 갔다. 같이 가면서, 그 박물관으로 갈 때 전차 갈아타는 요령이며 지리 따위를 꼼꼼하게 가르쳤다.

"잘 기억해 두게. 자네 혼자 매일 이 박물관에 다녀야 하니까. 교쿠도를 전시하는 기간도 앞으로 일주일밖에 남지 않았네. 그때까지는 폐관 시간까지 도시락을 먹어 가며 버텨야 하네."

호가쿠는 고개를 끄덕였다.

고요한 해저처럼 암울한 박물관 복도를 걸어 우리는 제 몇 호실이라는 전시실로 들어갔다. 천장에서 비춰드는 밝은 광선이 유리로 마감한 거대한 케이스 속으로 쏟아지고 있었다.

케이스 하나에 교쿠도의 커다란 병풍과 족자그림이 세 점 걸려 있었다. 병풍 이름은 〈옥수심홍도玉樹深紅圖〉, 족자그림은 각각 〈욕우욕청도欲雨欲晴圖〉, 〈사우사제도乍雨乍霽圖〉, 〈초옹귀로도樵翁歸路圖〉로, 모두 중요미술품으로 지정되었다. 내가 그 앞에 서자 호가쿠는 옆에 나란히 서서 케이스 속으로 커다란 눈을 모았다.

"잘 보게, 이게 교쿠도야."

나는 낮은 목소리로 말했다.

"앞으로 자네가 완벽하게 익혀야 할 그림이지."

호가쿠는 고개를 끄덕이고 큰 키를 약간 기울여 들여다보았다. 그의 코끝이 케이스 유리에 닿을 듯했다. 눈에는 당혹한 빛이 드러났다.

"우라가미 교쿠도는,"

하고 나는 가까이 지나가는 관람자에게 방해가 되지 않도록 작은 목소리로 말했다.

"분세이 3년(1820) 일흔 몇 살로 죽었네. 비젠에서 태어나 이케다 가에서 도모가시라나 오오메쓰케두 지위 모두 고위급 무사가 맡던 직책로 일하면서 종종 에도에 올라오곤 했네. 쉰 살에 자리에서 물러나 칠현금과 화필을 들고 여러 지방을 편력하며 마음 내키면 칠현금을 뜯고 흥이 생기면 그림을 그리며 홀로 즐겼네. 그래서 그의 그림은 스승이 없는 독자적인 그림이라 필법에 구애받지 않는 자유분방함이 있어. 아무렇게나 그린 듯한 그림이지만 자연을 옮기기보다 자연의 유구한 정신을 보여 주고 있네. 이 산수며 나무며 인물 따위를 잘 보게. 표현은 서툰 것 같지만, 이 그림 같지 않은 것이 조금 거리를 두고 보면 공간이며 원근 처리가 훌륭하고 구도에도 한 치의 허점이 없네. 그래서 바라보는 이의 마음으로 파고드는 게지."

호가쿠는 이해했는지 못 했는지 망연한 표정으로 쳐다보고 있었다.

"그리고 이 제발題跋의 글씨를 보게. 예서 같은 것도 있고 초서 같은 것도 있지. 특히 예서는 치졸함 속에 풍격이 있다네. 이 제발도 감정의 중요한 재료이니까 특징을 잘 기억해 두게."

그러고는 말했다.

"자네에게는 이것이 유일한 견본이네. 매일 와서 달마처럼 눈을 크게 뜨고 들여다보게. 아무리 교쿠도라도 이렇게 훌륭한 작품은 이 박물관에서도 좀처럼 진열하지 않아. 자네가 운 좋게 시간에 맞게 상경한 거야."

운이 좋은 쪽은 사코 호가쿠가 아니라 바로 나였다. 나는 호가쿠 훈련에 성공할 것 같은 느낌이 들었다.

여기 전시된 교쿠도의 네 작품은 나도 오래간만이다. 벌써 삼십여 년 전에 쓰야마 선생을 따라 소장가를 찾아서 먼 길을 여행해서 실물을 보거나 사진으로 관찰했던 작품들이다. 지금 이것을 보고 있으니 선생의 손가락이며 말씀이 옆에서 쑥 튀어나올 것 같았다.

하지만 나는 내가 아는 바를 호가쿠에게 그 자리에서 다 말해 주지는 않았다. 그것은 오히려 위험한 짓이기 때문이다. 호가쿠에게 다 말하지 말고 스스로 실물을 접하며 오래도록 관찰을 계속하게 해야 한다.

박물관 출입이 끝나자 나는 호가쿠에게 말했다.

"좀 알겠나?"

"알 것 같습니다."

호가쿠는 말했다. 나는 화집 두 권과 책 한 권, 잡지 한 권, 스크랩북 한 권을 꺼냈다.

"이건 우라가미 교쿠도의 평전이야. 잘 읽고 교쿠도의 인물 됨됨이와 품성을 알아두게."

그리고 잡지를 가리키며 말했다.

"이 잡지에는 〈도쿠가와 시대의 미술 감상〉이라는 짧은 논문이 실려 있네. 교쿠도 시대의 미술의 의의를 알 수 있을 걸세. 필자는 내 스승이야. 이 스크랩에는 교쿠도에 대한 단문 중에 주목할 만한 것만 모아 놓았네. 이것만 꼼꼼히 읽어도 교쿠도에 대하여 얼추 파악했다고 할 수 있네."

다음으로 화집을 팔랑팔랑 넘기며 보여 주었다.

"여기에는 교쿠도의 그림만 모아 놓았네. 그러나 전부가 진품은 아닐세. 위작이 꽤 섞여 있어. 어느 게 진품이고 어느 게 위작인지, 당분간 이것만 들여다보며 생각해 보게. 박물관 출입으로 자네 눈도 교쿠도에 상당히 익어 있을 테니까."

호가쿠는 곤혹스런 눈빛으로 나를 보았다.

그 뒤 이 주 남짓 동안 나는 무사시노의 잡목림에 둘러싸인 농가에 통 발걸음을 하지 않았다. 아마 사코 호가쿠는 그 긴 몸뚱이를 가로뉘고 매일

화집을 들춰 보았으리라.

가도쿠라는 종종 들여다보러 다니는지, 나에게 들러 보고를 해 주었다.

"정말 열심이더군요. 감탄했어요. 역시 지방 사람은 자세부터가 다릅니다."

가도쿠라는 호가쿠를 높이 평가했다.

"교쿠도 도판과 열심히 눈싸움을 하고 있다고 합니다. 점차 알 것 같아서 이제는 직접 그려 보고 싶다더군요. 글씨도 연습하고 있는데, 선생님이 오시기 전에는 보여 줄 수 없답니다. 그 사람은 선생님을 존경하고 있더군요."

존경이란 말에 내심 나 자신을 비웃었다. 나는 호가쿠에게 무엇을 주려고 하는가. 내가 정말로 주고 싶은 것은 호가쿠하고는 다른 유의 인간에게 그가 기쁨으로 충실해 질 수 있는 지식이나 학문이었다. 그것이 젊은 시절 몽상하던 염원이다. 위작가를 키우는 잔재주는 아니었다. 내 눈앞에는 끝없는 진창이 펼쳐져 있다. 그러나 이제는 그곳을 건너야만 한다.

이 주 후 나는 농가로 찾아갔다. 여름이 막 끝나가는 참이라 숲으로 쏟아져 내리던 매미 소리도 가늘어졌다. 논도 노랗게 물들기 시작했다.

호가쿠는 뾰족한 턱에 수염을 기르고 머리도 더 길어졌다. 나는 그에게 화집 두 권을 펼치라고 했다.

"어느 게 위작인지 고를 수 있겠나?"

호가쿠는 페이지를 열고 긴 손가락으로 도판을 짚으며 이것과 이것이 진품이 아닌 듯하다고 말했다. 맞춘 것도 있고 틀린 것도 있다. 그러나 좋은 작품을 위작이라고 말하지는 않았고, 틀린 것은 많지 않았다.

"아직 눈이 좀 부족하군."

하고 나는 말했다.

"더 자세히 보게. 어떤 점이 엉성한지 생각하면서 보게. 사흘 뒤에 다시 올 테니까."

호가쿠의 긴 얼굴에는 다시 곤혹스러운 빛이 떠올랐다. 하지만 전보다 안정된 표정도 엿보였다.

그 뒤에도 이러기를 두세 번 거듭했다. 그의 지목은 순조롭게 착오를 고쳐 나갔지만, 전에 진품이라고 했던 것을 위작이라고 번복하기도 했다. 그러나 그에게 더 이상 정확성을 요구하는 것은 무리여서, 나는 그 정도로 만족했다.

"자네 눈이 꽤 밝아졌군."

나는 말했다.

"하지만 이걸 보게. 이 그림은 잘 그려졌지만 붓놀림이 서툴지 않은가."

하고 〈산중누실도山中陋室圖〉를 가리켰다.

"교쿠도의 붓은 더 거칠어. 가까이 당겨 보면 이것도 그림인가 싶은 구석이 있지. 하지만 원근감이 전체적으로 잘 살아 있네. 이 그림은 교쿠도의 필벽, 이른바 '볏집재 기법'을 닮았지만, 세부를 다듬는 데 연연한 나머지 박력이 모자라. 그건 이 그림을 그린 위작가가 위축되는 심리를 극복하지 못한 탓이야."

호가쿠는 두 손을 무릎에 받치고 들여다보면서 묵묵히 고개를 끄덕였다.

"다음으로 이걸 보게."

하고 〈계간어인도溪間漁人圖〉를 가리켰다.

"이것도 잘 된 작품이라 자네가 진품이라고 본 것도 무리가 아니야. 실제로 그렇게 생각하는 사람이 많다네. 묵은먹 먹은 것이나 숯먹 상태, 구도도 나쁘지 않아. 하지만 거친 느낌이 없어. 너무 계산되었어. 교쿠도의 그림은 즉흥적으로 그린 것이라서 더 직감적이지. 이 그림은 지나치게 정돈되어 있네. 그건 이 위작가가 객관적인 풍경을 머릿속에 떠올리며 구성했기 때문이야. 교쿠도의 기법은 더 감각적이고 추상적이지. 알겠나?"

그렇게 묻자 호가쿠는 다시 뾰족한 턱을 희미하게 주억거렸다.

"그리고 여기 다리를 건너는 인물이 있는데, 교쿠도는 발을 이렇게 그리지 않아. 비슷하다고 생각하고 그렸지만 이런 사소한 점에서 마각이 드러난 거야. 늘 직감으로 그린 사람이라서 인물이 다리를 그린 두 가닥 선 위쪽에 올라가 있는 경우가 많아. 사람이 다리 위를 걸어가지 않는 것이지. 이것도 교쿠도의 버릇이니까 잘 기억해 두는 게 좋아. 제발의 글씨도 틀렸어. 모양은 비슷하지만 교쿠도는 글씨를 이렇게 낭창낭창하고 맥없게 쓰지 않아. 우아하게 멋을 부릴 요량으로 꼴만 흉내 내려다가 이렇게 된 거지."

그런 설명을 시작으로 나는 마침내 그 화집의 모든 도판에 대하여 설명했다. 그동안 호가쿠는, 예, 아, 예, 하는 정도로만 대답하고 내내 침묵을 지키며 들었다. 나는 그가 뜻밖에 순순히 열성을 보여 주는 데 조금 놀랐다.

"다음엔 일주일 뒤에 올 테니까 뭐든 생각나는 대로 한 점 그려 놔 보게."

하고 말했다. 호가쿠는, 그려 놓겠습니다, 하고 힘주어 대답했다. 실제로 그의 얼굴에는 그려 보겠다는 의지 같은 것이 흘러넘치는 듯했다.

사코 호가쿠는 농가를 나와 자동차가 다니는 도로까지 나를 배웅했다. 나무들이 총총히 늘어선 하늘을 배경으로 서 있는 구부정하고 커다란 체구가 내 눈에는 한없이 고독한 모습으로 비쳤다.

"부인한테서는 편지가 오나?"

나는 물었다.

"옵니다. 어제도 왔습니다."

호가쿠는 콧잔등에 주름을 모으며 멋쩍게 웃었다.

"가도쿠라 씨가 주신 돈을 송금했습니다."

눈부신 태양의 직사광선에 얼굴을 찡그리며 불안한 눈초리로 서 있던 그의 부인을 떠올렸다. 그 의심쩍어하는 눈길이 규슈에서 여기까지 미치는 것 같았다. 호가쿠는 공손히 인사하고 그 자리에 멈추었다.

8

여름이 완전히 끝나고 가을이 시작되었다. 무사시노의 상수리나무나 전나무 숲이 때깔을 띠었다.

시간이 흐를수록 사코 호가쿠의 그림은 점차 내가 만족할 만한 방향으로 향상되었다. 호가쿠는 애초에 그 방면에 소질이 있었다. 모사에 관한 한 천재가 아닐까 싶을 정도였다. 교쿠도의 필벽도 잘 이해하여 나무나 바위, 절벽, 계곡물, 폭포, 인물 따위의 선, 근경이나 원경을 묘사하는 갈필과 윤필의 구사, 나아가서는 볏집재 기법의 특징 등을 매우 교묘하게 종이 위에 표현해 냈다.

다만, 당연한 일이지만, 교쿠도를 닮는 데는 여전히 직감적인 표현이 부족했다. 아무래도 머릿속에서 만든 자연 형상에 끌려들고 만다. 떨쳐 버리려 애써도 어느새 드러나고 만다. 모방적 재능이 승한 호가쿠는 개성적인 정신이 없으니 어쩔 수 없는 일이었다. 같은 문인화라도 지쿠덴이나 다이가나 모쿠베이처럼 사실적인 화풍에는 강할지 모르나 우라가미 교쿠도는 조금 무리일지도 모른다고 생각했다.

부분적인 원근감에 연연한 탓에 교쿠도의 특징인 분방한 필치 속에서 공간감과 거리감이 크고 박력 있게 표현되는 점이 부족했다. 구도에서도 긴밀감이 없었다. 이것은 그가 '교쿠도'를 수십 장 그리는 동안 내가 입이 아프게 지적한 점이다.

그래도 사코 호가쿠는 열심이었다. 내 지적을 들을 때마다 그의 커다란 눈은 자기 작품을 무섭게 들여다보았고, 붓을 움직일 때는 그 기세가 더욱 처절해지는 듯했다. 긴 머리는 이마 앞에 어지럽게 늘어지고 높은 콧대는 기름으로 번들거리고 여윈 볼 근육은 경직되었다. 화선지 위에 몸을 꺾고 있는 모습은 티끌만 한 여념도 없는 응고된 정신을 보여 주었다.

그러나 호가쿠가 아무리 심혈을 기울이는 모습을 보여 주어도 나는 그런 모습에서 순수한 감동을 받을 수 없었다. 그것은 나의 사악함의 반영이고, 나의 에고이즘이었다. 그는 나에게 배양되는 일개 생물체일 따름이다. 내가 마련한 조건 속에서 조금씩 성장하는 생물이다. 그것을 관찰하는 내 눈에는 감동이 아니라 어떤 유쾌함이 있었다.

호가쿠는 그렇게 해서 상당 정도 숙달되었다. 상당 정도라고 말했지만, 그가 현재 그리는 수준이라면 상당한 감식안을 가진 사람이라도 속을 거라고 생각했다.

"잘 따라와 주었네."

하고 내가 호가쿠를 칭찬했다.

"교쿠도를 꽤 이해하고 있군. 자네 그림에 다 드러나네. 이제는 구도도 한결 좋아졌고."

호가쿠는 기쁜 낯으로 웃었다. 그의 얼굴은 야윌 대로 야위었다. 도쿄로 올라와 나무들에 둘러싸인 농가 2층 밀실에 격리된 채 나와 격투를 벌여 왔다. 주위의 무사시노 숲은 가을빛이 한창이었다. 누렇게 변한 논에는 농부들이 가을걷이를 하고 있었다.

"도쿄에 올라온 직후 매일 박물관에 가서 교쿠도를 보았지. 그게 꽤 도움이 되었군."

하고 나는 말했다.

"자네는 매일 가서 하루 종일 교쿠도를 응시했네. 그 진품 관찰이 자네의 눈과 실력을 키운 바탕이 된 거야. 지금도 머릿속에 그 병풍과 세 폭의 그림이 들어 있겠지?"

"눈을 감으면 다 떠오릅니다. 먹 색깔도 번짐도 스침도 작은 점도, 그리고 희미한 얼룩의 위치까지 다 떠오릅니다."

호가쿠는 말했다.

"그래? 그 정도로 기억하고 있다니까 말하겠네. 그건 교쿠도 작품 중에서도 A급 작품들에 속해. 그런데 세 족자그림 중에 위작이 하나 있네. 위작이라고 해도 아직 아무도 모르는 사실이야. 나 하나뿐이야. 아니, 내 스승 쓰야마 박사와 나만 알고 있는 사실이네. 어느 것이 위작인지 알겠나?"

호가쿠는 눈을 감고 가만히 생각하다가 이윽고 커다란 눈을 번쩍 떴다.

"제일 오른쪽에 있던 족자입니까?"

나란히 걸린 세 작품 중에 오른쪽 작품은 〈초옹귀로도〉였다. 나도 모르게 미소를 지었다.

"잘 알고 있구면."

"선생님이 그리 말씀하시니까 생각해 본 것입니다. 그렇지 않았다면 도저히 알 수 없었겠지요."

호가쿠도 역시 기쁜 낯으로 웃었다.

"그렇다고 해도 바로 그 그림을 집어낸 것은 자네 눈이 좋아졌다는 증거야. 그건 쇼와 11년(1926)에 중요 미술로 지정되었네. 지정을 추진한 사람이 국보보존위원이던 모토우라 조지였어. 그는 자기 저서에도 도판을 곁들여 요란하게 칭송했지."

모토우라 조지만이 아니다. 이와노 스케유키도 스승을 본받아 자기 저서에 칭송을 늘어놓았다. 그러나 그것이 위작임을 간파한 사람은 쓰야마 선생이었다. 원래는 주고쿠의 구 다이묘 가문의 소장품이었는데, 쓰야마 선생은 그 작품을 감상하러 나와 함께 귀족의 저택으로 갔다. 당주인 노후작이 일삼아 나와서 금고에서 자랑스레 꺼내서 보여 주었다. 선생이 형식적인 인사치레만 할 뿐 힘주어 칭찬하지 않으므로 후작은 매우 불편한 심기를 드러냈다. 어둡고 커다란 저택을 나와 밝은 길을 걸으면서 선생은, 그건 위작이야, 모토우라 씨가 뭐라고 하든 진품이라는 말에는 찬성할 수 없어, 하고 말했다. 그 이유를, 당시 학생이던 나에게 세세하게 설명해 주었다. 나는 그때 걸었던 도로변 풍경이며 햇살까지 기억하고 있다.

사코 호가쿠가 그리는 그림이 앞으로 어떤 가치를 낳을지는 알 수 없다. 아니, 그런 가치를 만들어 내기 위해 나는 호가쿠를 훈련시켜 왔다. 나의 노쇠한 정열은 호가쿠를 지도하는 일에 잔불처럼 불타올랐다. 나의 지혜는 거의 다 그에게 쏟아 부은 듯했다. 하지만 거기에는 주는 기쁨이 없었다. 충실감이 있었다면 아마도 사코 호가쿠라는 위작가를 배양하는 사업욕에서 비롯된 것이리라. 그리고 그것은 또 다른 '사업'을 준비하는 과정이었다.

이즈음부터 나는 계획대로 사이코도의 아시미 도키치를 한패로 끌어들였다.

호가쿠가 그린 그림 한 장을 잠자코 그에게 보여 주자 아시미는 눈을 휘둥그레 뜨며 물었다.

"선생, 이게 어디서 나온 겁니까?"

그는 진품이라고 믿어 의심치 않았다. 나는 그 그림에 고색을 만들어 놓았지만 낙관은 찍어 두지 않았다. 표구만은 표구상을 시켜 오래된 재료로 만들었다.

"잘 보게, 낙관이 없잖나."

아시미 정도 되는 사람도 그제야 그 점을 알아차렸다. 어, 하고 입을 벌린 채 내 얼굴을 멀거니 올려다볼 뿐이었다.

아시미는 당장 호가쿠를 만났다. 그 방에 있던 '교쿠도' 습작을 몇 점 보여 주자 안색이 달라졌다.

"선생, 이거 정말 천재 아닙니까."

아시미 도키치는 제발 자기한테 맡겨 달라고 흥분해서 부탁했다. 내가 생각한 대로 이익 앞에서 구원恩寵 따위는 금세 날아가 버렸다.

나는 가도쿠라를 아시미가 있는 자리에 불러 셋이서 향후 방침을 합의했다. 내가 기획자로서 발언했다.

"호가쿠가 그린 물건은 내 허가 없이는 한 장도 반출하지 말 것. 반출할 때는 셋이 합의해서 방법을 정할 것. 이 비밀은 어떠한 일이 있어도 지킬 것."

물론 내 발언은 존중되었다. 그리고 사코 호가쿠에게는 보수를 최대한 유리하게 주기로 했다. 그것만이 훈련 교관으로서 내가 그에게 줄 수 있는 애정이었다. 혹은 농가 2층에서 화선지 위에 몸을 구부리고 있는 호가쿠보다 새하얀 햇살 아래 우두커니 서서 의심스러운 눈초리를 보내고 있던 그의 처에 대한 사죄였다.

아시미는 제일 잘 된 그림 한 장을 당장 다무로 소베에게 가져가 보겠다고 했다. 가도쿠라는 찬성했다.

제3장 노래가 들린다, 그림이 보인다

"선생, 이건 예행연습 같은 겁니다."

아시미 사이코도는 주장했다.

"다무로 씨는 요즘 가네코 씨를 고문처럼 대합니다. 그러니까 이 그림을 놓고도 가네코 씨와 상담할 것이 뻔합니다. 가네코 씨만 통과하면 정말로 자신감을 가져도 좋으리라 봅니다. 여하튼 시험적으로 내보내 봅시다."

가네코라는 말에 떨떠름했던 내 마음도 움직였다. 그는 현재 강사인데, 스승인 이와노 스케유키보다 감식안이 뛰어나다는 소리를 듣는 유능한 인물이다. 이와노에게 그림을 주고 감정을 부탁하면 옆에서 가네코가 언질을 주기 전에는 판정을 내리지 못한다. 가네코가 언질을 줄 때까지 "흐음" 하는 신음을 흘리며 한 시간이라도 응시만 하고 있다는 것이다.

가네코라면, 하는 투지가 꿈틀댔다. 그는 문인화에서 장차 권위자가 되겠다는 야심을 품고 있다. 지금도 미술 잡지의 청탁을 받고 그 분야에 관해 기고하고 있다.

그의 자신만만한 말투를 나는 잘 알고 있다.

"가네코가 본다면 좋겠지."

나는 승낙했다. 시험은 이쪽이 아니라 가네코 쪽이 치르는 것이다. 가네코를 시험하는 것이다.

나는 호가쿠 그림 중에 한 점을 골라 꼼꼼하게 고색을 들였다. 나라 근방의 위작자들처럼 땅콩껍질 타는 연기를 씌워서 썩은 낙엽 같은 색을 들였다.

이 방법은 흔히 쓰이는 호쿠리쿠 지방의 농가 굴뚝에서 채취한 그을음을 칠하는 것보다 종이 섬유질에 지방이 잘 배어서 좋다. 종이도 먹도 사이코도가 옛날 것을 구해다 주었다. 낙인은 전각사에게 부탁할 것도 없이 『교쿠도인보玉堂印譜』나 『고화비고古畵備考』를 보고 내가 직접 팠다. 이런 정도는 나도 할 줄 안다. 인주는 사이코도가 만들었지만, 그 요령은 내가 일러주었다. 모든 조건이 다 갖춰졌다.

사흘 뒤에 나타난 아시미 사이코도가 다무로 씨가 그 그림을 놓고 가라고 했다고 보고했다. 다무로 소베는 고미술에 정통하다고 자부하는 사람이다. 자기와 거래하는 골동상에게 해설을 할 정도였다. 골동상에게는 이런 고객이 가장 만만한 고객일 것이다. 다무로 소베는 아시미가 가져온 호가쿠의 〈추산속신도秋山束薪圖〉를 보자마자 눈빛이 달라졌다고 한다. 하지만 그는 신중을 기하기 위해 가네코에게 보여 줄 생각일 거라고 사이코도는 짐작했다.

문제는 가네코였다. 그가 어떻게 감정할지 여간 흥미로운 게 아니었다. 아시미와 가도쿠라는 걱정이 이만저만 아니었다.

그로부터 닷새 후 사이코도가 번들거리는 얼굴에 웃음을 가득 지으며 우리 앞에 돌아왔다.

"됐습니다. 가네코 씨가 도장을 찍어 주었답니다."

가도쿠라가 손뼉을 쳤다.

"얼마나 준답니까?"

아시미는 양 손의 손가락을 내밀었다.

"팔십만 엔입니까!"

도도미술클럽 총무는 갈라진 목소리로 환호했다. 벗겨진 이마에까지 핏기가 올랐다.

"가네코 씨가 다무로 씨의 부름을 받은 것을 알고, 그 사람이 돌아가는 길목에서 기다리고 있었지요."

사이코도는 흥분이 가시지 않은 얼굴로 말했다.

"문밖으로 나온 가네코 씨가 내 얼굴을 보더니, 어디서 그렇게 대단한 물건을 가져왔소, 어떻게 건진 거요? 하고 눈을 동그랗게 뜨고 묻더군요. 그래서 내가, 그럼 통과된 거군요, 하고 가슴이 조마조마해서 묻자, 물론 이지, 내가 좋다고 했으니까, 하고 으스대더이다. 다무로 씨도 아주 좋아 하더라고 하더군요. 그래서 가네코 씨를 당장 요정으로 데리고 가서 술 한 잔 먹이고 삼만 엔을 찔러주었죠."

가도쿠라는 열심히 맞장구치며 듣고 있었다. 그리고 다음날 아시미가 다무로를 찾아가자, 그는 과연 마음에 들었다며 팔십만 엔 호가를 두말없 이 받아 주더라는 이야기를 듣고 가도쿠라는 도저히 어찌할 바를 모르겠 다는 듯이 감격해서 내 손을 움켜쥐었다.

"역시 선생은 대단하십니다! 호가쿠도 대단하지만, 선생이 지도하지 않 았으면 여기까지 올 수 없었습니다. 감사합니다. 수고하셨습니다!"

가도쿠라는 눈물을 흘릴 듯이 기뻐했다. 이 미술클럽 총무는 경제적으 로 그다지 여유롭지 못했던 모양이다. 그의 이상하게 번뜩이는 눈은 앞으 로도 계속 굴러들어 올 엄청난 금전을 보고 있는 게 분명했다.

가네코는 시험당했다. 그것은 동시에 이와노 스케유키가 시험당했음을 의미한다. 어쩌면 아카데미즘의 최고 권위자가 시험당하게 될지도 모른 다. 나의 '사업'은 이 작은 시험 덕분에 다음 단계로 접어들어야 했다. 그 것이 애초의 목적이었다. 장차 인간의 진위를 가려내기 위한 하나의 장대 한 박락剝落 작업이 될 것이다.

이 주쯤 지난 뒤 미술 관계자를 독자로 하여 발행되는 《순간旬刊 미술타 임즈》가 가네코 다케오의 다음과 같은 발언을 실었다.

나는 최근 우라가미 교쿠도의 미발견 그림을 볼 기회가 있었다. 교 쿠도 작품으로서는 만년의 작품이 아닌가 한다. 조만간 세밀하게 조사하여 결과를 발표할 생각이지만, 교쿠도의 수작 가운데 하나가 아닐까 생각하고 있다.

나는 그 글을 읽고 너무나 만족스러워 요란하게 웃었다. 가네코 정도 되는 자가 이런 말을 했다. 내 눈에는 전도의 성공이 손에 잡히는 듯했다.

9

사코 호가쿠는 점차 '교쿠도'를 잘 그리게 되었다. 교쿠도를 모방하며 그리다 보니 그 위대함을 이해하게 되었다는 점도 있고, 그의 마음이 교쿠도에게 정말로 동화되었기 때문일지도 모른다. 그는 손을 움직여 그리면서 교쿠도를 연구했다. 실제 제작자인 만큼 기법에 관한 연구에서는 나보다 더 나은 점도 있었다. 그리고 내가 그렇게 누누이 지적한 덕분인지 구도도 매우 교묘해졌다.

아시미와 가도쿠라가 함께 찾아와,

"호가쿠가 그린 것이 벌써 스무 점쯤 됩니다만, 하나같이 일품입니다. 선생, 앞으로 어찌하실 겁니까?"

하고 물었다.

"스무 점이라고 하지만 내 눈에는 쓸 만한 것이 서너 점에 불과해."

하고 나는 말했다.

"적어도 열두세 점은 쌓여야 해. 자네들도 조금만 더 참아 주게."

아시미와 가도쿠라는 얼굴을 마주 보았다. 표정을 보니 아마 두 사람은 여기 오기 전에 입을 맞춘 듯했다.

"열두세 점이 쌓여야 한다니, 무슨 말씀이신지요?"

말을 꺼낸 사람은 아시미였다.

"생각을 말씀해 주세요. 아무래도 무슨 계획이 있는 모양인데, 지금 다 말씀해 주셨으면 합니다만."

두 사람은 그 말을 하려고 같이 찾아온 것이다. 뭔가 정체 모를 목적을 가지고 있는 듯하다고 어렴풋이 느낀 모양이다. 그래서 불안했으리라.

보통 위작은 한 점 혹은 두 점씩을 눈에 띄지 않게 띄엄띄엄 파는 것이 안전하다고 알려져 있다. 여러 장을 모아 한꺼번에 내놓으면 좀처럼 보기 힘든 고화인 만큼 너무 이목을 끌어서 의혹을 부르거나 파탄 나기가 쉽다. 그래서 두 사람은 이제 슬슬 처분하기 시작해도 좋으리라 생각했을 것이다. 하지만 내가 가로막고 있으니 뭔가 따로 셈이 있나 보다 짐작하고 걱정을 했던 것이다.

무엇보다 한 점이든 두 점이든 빨리 돈으로 바꾸고 싶은 유혹이 강했다. 이미 한 점을 다무로에게 팔십만 엔에 팔았다. 성과를 확인하니 어서 빨리 돈으로 바꾸고 싶은 욕망에 불이 붙은 것이다. 생각해 보면 그럴 만하다. 투자는 늘 빠른 회수를 바라게 마련이니까.

"어허, 기다려 달라니까."

하고 나는 담배를 피우며 말했다.

"자네들 마음은 잘 아네. 호가쿠의 생활비나 내 수당으로 상당히 썼겠지만, 다무로한테 팔십만 엔이 들어왔으니 당장은 그리 곤란하지 아닐 터. 조금 더 참아 주었으면 좋겠네. 나는 호가쿠의 그림을 한꺼번에 처분하고 싶은 걸세."

"한꺼번에 말입니까?"

아시미 사이코도가 눈을 휘둥그레 떴다.

"그러면 이목이 쏠려서 오히려 탄로 나기 쉬울 텐데요. 위험하지 않습니까."

"게다가 그렇게 한꺼번에 사 줄 사람이 있기나 하겠습니까?"

가도쿠라도 가세했다.

이목이 쏠린다. 그것이 바로 내 의도였다. 우라가미 교쿠도의 그림이 새로 발견되었다. 더구나 양이 많다고 하므로 고미술에 관심 있는 자들이 깜짝 놀랄 수밖에 없다. 화제가 선풍처럼 일어날 것이다. 이내 저널리즘으로 확산된다. 당연히 이와노 스케유키가 감정인으로 끌려나올 것이다. 이와노와 가네코 일문 말이다. 그들이 어느 살롱에서 하는 개별적인 감정이 아니라 훨씬 넓은 사회적인 장에 서게 되는 것을 말한다. 결국 이와노 아카데미즘이 전 사회가 지켜보는 가운데 거꾸러진다. 내가 보고 싶은 것이 바로 그러한 광경이다. 죽은 회화보다 산 인간의 진위를 드러내는 것이다.

"사람들 앞에 내놓았을 때 의심을 받거나 탄로 날 그림은 내놓을 수 없네."

하고 나는 말했다.

"또 그것들을 모두 한 개인에게 팔아야 할 필요는 없어. 즉, 경매로 처분하는 거야."

"경매라고요?"

아시미와 가도쿠라는 뜻밖이라는 얼굴로 나를 보았다.

"그렇지. 경매야. 누구든 그럴 듯한 일류 고미술상을 대리인으로 세워서 당당하게 경매를 하는 거야. 그러려면 고급스런 장소를 빌려 예비조사 모임을 열어야겠지. 그 전에 대대적인 홍보도 필요하므로 신문이나 잡지의 미술기자들을 초대해서 대서특필하게 해야지."

아시미와 가도쿠라는 동시에 눈길을 떨어뜨렸다. 그들은 잠시 말이 없었다. 내 이야기가 너무 대담하게 들렸는지, 미처 대답할 말을 찾지 못하는 듯했다.

"선생님, 괜찮겠습니까?"

가도쿠라가 마침내 불안스레 물었다.

"자네는 호가쿠의 그림이 불안한가?"

내가 물었다.

"지금까지 그를 조련해 왔으니 내가 책임을 져야겠지. 가령 내가 상황을 전혀 모른다고 가정할 때, 호가쿠가 그린 교쿠도를 누가 지금 내 앞에 내민다면 아마 나라도 진품이라고 믿을 걸세. 내가 이렇게 말하고 있지 않나. 나 말고 또 누가 간파한단 말인가."

아시미와 가도쿠라는 다시 말이 없었다. 그것은 내 말을 긍정한다는 뜻이다. 그러나 불안이 가시지 않아 표정은 여전히 흠칫거렸다.

"하지만,"

아시미가 주저주저 말했다.

"교쿠도 작품이 그렇게 한꺼번에 나오는 것은 이상하지 않겠습니까?"

"이상할 거 없어."

나는 피우던 담배를 비벼 끄고 발을 바꿔 꼬았다.

"일본은 넓은 나라야. 지금도 명문가나 구 귀족 가문에 어떤 명품이 얼마나 숨어 있는지 아무도 몰라. 물건이 이 정도 나왔다고 해서 그렇게 거짓말처럼 들리지는 않아."

그것이 맹점이다. 일본 미술사의 봉건성이 가지고 있는 맹점이라고 해야 할 것이다. 서양 미술사의 재료들은 거의 다 개방되고 공개될 것은 다 공개되었다고 해도 과언이 아니다. 서구의 넓은 영역에 흩어져 있는 박물관이나 미술관에는 서양 미술사의 재료 대부분이 소장되어 있어서 연구자나 관람자는 누구나 쉽게 볼 수 있다. 고미술이 민주화되어 있는 것이다. 하지만 일본에서는 그렇지 않다. 소장가는 장롱 깊숙이 숨겨 두고 다른 사람의 관람을 허락하는 데 매우 인색하기 때문에 무엇이 어디에 있는지 분명치가 않다. 게다가 미술품이 투기 대상이 되어, 전후 변동기에 구 귀족이나 구 재벌에서 흘러나온 물건도 박물관에 공개되는 것이 아니라 신흥 재벌들 사이를 떠돌고 있어서, 설령 문부성 같은 곳에서 고미술품 목록을 작성하려 해도 쉽지가 않을 것이다. 게다가 현존하는 고미술품의 삼분의 이 정도는 아무도 모르는 곳에 아무도 모르는 물건으로 잠들어 있으리라 추정된다. 그 맹점이 내 계획의 출발점이었다.

"그럼 출처나 내력은 어떻게 둘러댑니까?"

아시미가 반론하듯 물었다.

"출처 말인가? 어느 구 화족이라고 하면 될 거야. 체면상 실명을 밝히지 못한다고 해 두는 것이지. 우라가미 교쿠도는 비젠 영주의 번사였네. 따라서 그쪽과 연줄이 닿는 구 다이묘나 메이지 시대 고관쯤으로 해 두면 돼. 유신 당시 구 다이묘 가문의 소장품이 메이지 정부 요로의 권력자에게 많이 헌납되었으니까. 그런 쪽으로도 냄새를 피우면 되지."

"그러자면 우리 힘으로는 불가능합니다."

하고 아시미 사이코도가 항복한다는 투로 말했다.

"그렇게 대대적인 경매라면 우리 같은 사람이 주관해서는 믿어 주질 않아요. 일류 골동상이 아니면 역시 수상쩍은 물건이라고 의심할 겁니다."

"일류 골동상을 끌어들이면 돼."

나는 태연하게 말했다.

"그런 업체가 과연 상대해 주겠습니까?"

"상대하게 만들어야지."

"어떻게요?"

"현물을 보여 주는 거야. 호가쿠 그림이라면 굳이 출처를 밝히지 않아도 대번에 홀딱 반할 걸세. 하지만 골동상은 워낙 의심이 많지 않은가. 대어라고 생각해도 냉큼 달려들지 않아. 반드시 그 방면의 권위자에게 감정을 받아서 그 보증이 붙어야 인수하겠다고 할 거야. 거기에 성공하면 이 계획은 완성되는 것이지."

성공하면, 하고 나는 말했지만, 확률은 매우 높았다. 그런 계산이 없었다면 애초에 이런 일을 생각하지도 않았다.

"권위자라면 남송화니까 이와노 선생이나 가네코 선생일까요?"

아시미는 꽤 동하는 얼굴로 물었다.

"그렇지, 우선은 그쪽이야."

만약 아시미와 가도쿠라가 주의 깊게 내 표정을 살폈다면 입가에 떠오른 희미한 웃음을 보았으리라. 그야말로 회심의 미소라고 할 만했다. 이와노 스케유키나 가네코 일당을 끌어내는 것이 나의 진짜 목적이었다.

"그렇다면 대리인은 누구로 하나요?"

이번에는 가도쿠라가 물었다. 나는 골동상 이름을 두어 개 꼽았다. 모두 일류 고미술상이다. 가도쿠라와 아시미는 다시 기가 죽은 표정이었다. 이제 두 사람의 마음속에서는 모험심과 공포심이 교차하는 듯 보였다.

"조금 더 생각해 보지요."

하고 아시미가 말하자,

"호가쿠의 그림을 찔끔찔끔 내다 팔면 안 돼. 처음에 약속한 대로 내 허락 없이는 한 점도 내다 팔지 말게."

하고 나는 오금을 박아두었다. 아시미와 가도쿠라는 돌아갔지만, 왔을 때보다 훨씬 흥분한 표정을 보였다. 나는 두 사람이 결국은 내 말에 따르리라 확신했다.

그래서 향후 계획을 더 구체적으로 다듬었다. 나의 인생 후반부에서 의지와 희열이 가장 충만한 시간이었다.

아시미 사이코도가 마침내 결심을 굳히고 내 말대로 결단한 것은 잡지 《일본 미술》에 가네코의 〈새로 발견된 교쿠도 그림에 대하여〉라는 글이 실렸기 때문이다. 이 미술 잡지는 일본 고미술계에서 가장 권위 있는 것으로, 잡지에 소개되는 것만으로도 그 물건은 권위 있는 보증서를 얻은 거나 마찬가지라고 했다.

가네코의 소개 글은 네 페이지에 걸쳐 실렸고 〈추산속신도〉 사진이 크게 곁들여졌다. 바로 호가쿠가 그린 〈추산속신도〉였다.

가네코가 쓴 글에 따르면, 이것은 교쿠도가 아마 50세에서 60세 사이에 그린 작품일 것이고, 원숙함 속에서도 충실한 기력이 엿보인다, 교쿠도 작품 중에서는 A급 수준이며 구도도 뛰어나고 필치도 교쿠도의 특징을 유감없이 보여 주는 일품이다. 조만간 국보보존위원회에서 정식으로 조사해서 중요미술품 지정을 신청했으면 좋겠다, 일본에 아직도 이런 수작이 잠자고 있었나 생각하니 참으로 마음이 든든하다, 라고 마무리 되어 있었다.

아마 가네코는 이 글을 마음을 다해 썼을 것이다. 소유자 다무로 소베의 환심을 사려는 것이 아님은 그 발랄한 문투로도 읽을 수 있었다.

나도 도판을 보았지만, 이렇게 새삼스레 바라보니 과연 진품 교쿠도처럼 보였다. 제작 과정을 다 아는데도 전혀 다른 느낌이었다. 어쩌면 가네코가 아니라 나라도 그렇게 판정했을지 모르겠다는 안이한 기분이 들었다.

"선생, 이렇게 되면 안심입니다. 가네코 씨가 이렇게까지 말하니 자신감이 생깁니다. 선생님 말씀대로 하겠습니다."

아시미는 의기양양 말했다.

아시미는 가네코가 인정했으니 다른 교쿠도 권위자들도 뒤를 따라올 거라고 에둘러 말하고 있었다. 그렇겠지, 하고 나는 생각했다. 소장파지만 가네코는 확실한 전문가다. 감정에 관해서는 그의 스승 이와노 스케유키보다 훨씬 좋은 눈을 가지고 있다. 가네코가 말했으니 이와노가 끌려오는 것은 정해진 이치였다. 하지만 가네코가 아무리 실력이 있다 해도 그 한 사람만 말해서는 해결되지 않는다. 나는 현재 아카데미 최고 지위에 있는 이와노 스케유키가 직접 나서서 발언하게 만들고 싶었다. 그게 아니면 내 목적은 이루어지지 않는다.

그러나 가네코가 선도하고 있으므로 이와노 스케유키도 따라나올 것이 틀림없다. 반드시 정면에 나설 것이다. 자기 일파를 거느리고 나올 것이다. 내 마음은 기쁨과 용기로 가득 찼다. 나의 장대한 박락 작업은 먼저 비계부터 실수 없이 짜 놓아야 했다.

"아시미 군. 그럼 드디어 시작해 보자고. 가도쿠라를 오카야마에 보내게."

"오카야마요?"

아시미가 의아해하는 표정을 지었다.

"오카야마 근방에는 교쿠도 위작이 득시글거리네. 그중에 잘 된 놈 대여섯 점만 사 가지고 오는 거야."

"그것도 진품으로 팔 건가요?"

아시미는 놀라는 투로 말했다.

"그게 아니야. 예비조사 모임에 섞어서 내놓는 거지. 위작은 누구 눈에도 위작이므로 전문가들이 금방 알아낼 거야. 그러면 되는 거야. 생각해 보게. 소장가가 진품만 가지고 있다면 이상하지 않겠나? 옥석이 뒤섞이는 게 보통이지. 최대한 자연스럽게 보이지 못하면 소소한 것 때문에 의심을 부를 수 있다는 말일세."

내 설명을 듣고 아시미 사이코도는 고개를 크게 끄덕였다. 그의 눈은 내 의견을 깊이 신뢰하고 있었다.

10

사코 호가쿠는 몰라보게 건강해졌다.

턱은 여전히 뾰족하지만 혈색이 좋아지고 깊이 팼던 볼도 살이 올라 보였다. 커다란 눈은 자신 있게 빛났다.

"저도 감히 교쿠도의 정수를 파악한 것 같다고 느낍니다. 붓을 놀리다 보면 왠지 교쿠도가 제 몸에 내려온 듯하더군요."

그는 높은 콧잔등에 주름을 모으며 커다란 입을 벌리고 탄력 있는 목소리로 웃었다. 처음 도쿄에 올라왔을 때와는 달리 어딘지 들떠 있었다.

그것은 무엇보다 주머니 사정이 윤택해졌기 때문일 것이다. 아시미가 〈추산속신도〉를 다무로에게 팔았을 때 호가쿠도 십만 엔을 받았다. 그 뒤에도 규슈에 있는 가족의 생활비를 비롯하여 아시미한테 상당액을 수당으로 받아 왔다. 아시미가 보자면 투자일 뿐이지만, 여하튼 호가쿠는 전에 없는 많은 돈을 벌어들였다. 규슈 탄광촌에서 그림을 가르치며 한 사람당 매달 이백 엔 삼백 엔을 받던 시절하고는 차원이 다른 수입이다. 경제적인 충실감이 호가쿠의 자신감과 풍채에, 어깨를 으쓱하게 만드는 의기양양한 기세를 주고 있음이 분명했다.

"자네, 실력이 많이 좋아졌군."

나는 위작의 천재에게 말했다.

"이걸 보게. 이런 글이 실렸네."

《일본 미술》을 건네주자 호가쿠는 눈을 반짝이며 얼굴을 바짝 대고 읽었다. 한 번으로 만족하지 못하고 두세 번 거듭 읽었다. 그것은 자신의 희열과 만족에 익숙해지기 위한 행동이었다.

"이젠 정말 자신감이 생겼습니다."

호가쿠는 감격에 겨운 눈빛으로 말했다. 그의 표정은 글을 되새김질하느라 여념이 없었다.

"자네가 정말 애썼네. 그러나 방심하면 안 돼. 긴장을 풀면 금방 표가 나니까. 그게 무서운 거야."

호가쿠는 고개를 끄덕였다. 하지만 적어도 지금은 내 훈계도 그의 마음을 표피만 스치고 지나가는 것처럼 보였다.

"아시미 씨한테 들었습니다만, 한꺼번에 처분할 계획이라고요."

호가쿠는 말했다. 나는 그제야 아시미에게, 호가쿠에게는 실행 직전까지 아무 말도 하지 말라고 단단히 일러두었어야 했다는 것을 깨달았다.

"제가 지금까지 스물여섯 점을 그려 놓았는데, 그것으로 부족할까요? 모두 〈추산속신도〉 수준은 됩니다. 물론 앞으로도 계속 좋은 그림을 그리겠습니다만."

호가쿠의 얼굴에는 과연 자부심이 배어 나오는데, 언뜻 불만스런 표정으로 비치기까지 했다. 이때 나는 희미한 불안 비슷한 예감을 느꼈다.

"자네는 잘 그렸다고 생각하는지 모르지만 내 눈에는 통과시킬 만한 것이 아직 한두 점 정도야."

나는 차갑게 말했다.

"더 나은 그림이 아니면 세상에 내보낼 수 없네. 아시미가 뭐라고 했는지 모르지만, 경매 건은 아직 아무것도 결정되지 않았네. 세상은 그리 호락호락하지 않으니까."

호가쿠는 잠자코 있었다. 시선을 옆으로 비키고 입술을 꼭 닫은 표정이, 방금 전의 들뜬 모습은 어디로 가고 기분이 언짢아졌다는 것을 알 수 있었다. 나는 그가 오만을 드러낸 것에 화가 났다. 그러나 뭐라고 더 쏘아 주고 싶은 심정을 꾹 참고 그와 헤어졌다.

그 뒤에도 무사시노 구석에 있는 농가를 찾아갔지만, 세 번에 두 번 정도는 호가쿠를 만날 수 없었다. 아래층 주인에게 물어보니 시내 쪽에 다녀오겠다면서 나갔다고 했다. 이틀 연속 들어오지 않은 적도 있다고 했다. 전에 없던 일이다.

그러고 보니 호가쿠의 차림새가 한결 좋아졌다. 전에는 나와 마찬가지로 초라한 옷만 입었는데 요즘은 새로 나온 양복을 입고 외출했다. 구두도 고급이고 어깨에는 카메라까지 매고 다녔다. 저 중이층 잠실 방에도 새 양복장이 들어섰다. 모두 급격한 경제적 변화를 말해 주었다.

나는 아시미와 가도쿠라가 공모하여 나도 모르게 호가쿠의 그림을 두세 점 내다판 것이 아닌가 의심했다. 아마 그랬을 것이다. 아시미가 〈추산속신도〉 한 점만으로 호가쿠에게 그렇게 많은 돈을 줄 리가 없다. 이런 일이 발생하지 않게 하려고 그렇게 단단히 일렀건만, 하며 나는 혀를 찼다. 하지만 생각해 보면 아시미나 가도쿠라 같은 자들이 코앞에 먹이를 놓고 그렇게 언제까지 인내할 리가 없었다. 참으라고 요구한 내가 잘못인지도 모른다. 그러나 이런 사태가 벌어지고 있으니 더는 시간을 미룰 수 없다는 절박한 심정이 들었다.

어느 날 호가쿠의 집에 가 보니 교쿠도 도판을 놓고 글씨를 연습하고 있었다. 그렇게 공부하는 모습에 나도 조금은 마음이 놓였다. 창밖으로 보이는 주변 숲은 가을을 보내고 겨울 풍경을 맞이하는 중이다. 그것이 호가쿠가 규슈에서 여기로 옮겨서 보낸 세월을 말해 주었다. 사코 호가쿠라는 한 시골 화가의 인생에 변화가 일어난 세월이기도 하다.

"선생님."

호가쿠가 입을 열었다.

"어제는 시내에 나갔다가 우연히 교토회전교토 시립 회화전문학교 동창을 만났습니다. 녀석이 요즘 한창 잘나가더군요. 선생님도 이름을 아실 겁니다, 시로타 세이요라는 자입니다."

"오, 시로타 세이요가 자네 동기였나?"

시로타 세이요라면 나도 이름은 들어서 알고 있다. 그러고 보니 나이도 호가쿠 또래다. 그는 스물일고여덟 살 때 일본 미술전람회에서 특선을 차지했고, 최근 그 참신한 작풍으로 주목을 받아, 동시대 중견 중에서는 선두를 달리는 동양화가다. 전람회 때마다 이름이 신문 학예란에 화려하게 등장하고 있다.

장래를 보장받아 욱일승천의 기세에 있는 시로타 세이요와 사코 호가쿠의 우연한 만남은 과연 어떠했을까, 하며 나도 조금 흥미를 느꼈다.

"어깨에 잔뜩 힘이 들어가 있더군요, 동료라기보다 숭배자 같은 무리와 미술기자들을 거느리고 긴자를 걷고 있었습니다. 대단한 기세더군요. 양복도 대단한 것으로 빼입고. 나를 보더니, 너는 언제 도쿄에 왔느냐, 하며 깜짝 놀라더군요. 그리고 오늘은 바쁘니까 조만간 느긋하게 만나자고 하더군요. 어딘지 나를 얕보는 것 같아서 기분이 씁쓸했습니다. 사실 그놈도 학창시절에는 나랑 별반 다를 것 없는 그림을 그렸거든요."

호가쿠는 세이요가 자기랑 별반 다를 것 없는 그림을 그렸다고 말하지만, 그것은 호가쿠의 착각이거나 오기에서 나온 말일 거라고 나는 생각했다. 그럴 리가 없다, 그 시절부터 실력은 이미 벌어져 있었을 게 틀림없다.

"그래서, 자네는 세이요에게 뭐라고 했나?"

"그림 그려서 먹고살고 있다고 해 두었습니다. 전람회에서 못 보았는데, 하며 나를 위아래로 훑어보기에, 뭐 조만간 야심작을 그리려고 준비하고 있다, 지금은 의뢰받은 그림을 그려내느라 정신이 없다고 말했지요. 그러자 그는, 그렇게 잘나간다니 반가운 얘기다, 내 집에 꼭 한번 놀러 오라, 하고 헤어졌습니다. 내가 생각보다 궁상이 아니라는 것을 가늠하고 그렇게 말했겠지요."

호가쿠는 다시 콧잔등에 주름을 모으며 살짝 웃었다. 그의 콧잔등 주름을 보니 나는 영 개운치가 않았다. 빈상이어서가 아니라 높고 살집 없는 코가 그의 표정을 만들고 있었기 때문이다. 어둡고 친밀감을 느끼지 못하게 하는 음침함이 있었다. 그를 이렇게 조련해 온 나였지만, 그 콧잔등 주름과 얇은 입술을 보면 마음속으로 어떤 증오 같은 것이 생긴다.

"자네, 너무 돌아다니지 않는 게 좋겠네."

내가 말했다.

"지친 머리를 쉬게 하려고 근처를 산책하는 정도는 괜찮지만, 멀리 놀러 나가기는 삼가게. 경매에 부칠 그림이 완성될 때까지는 자중해야 해."

호가쿠는 내 충고에 일단은 고개를 끄덕이며, 그렇게 하겠습니다, 라고 순순히 대답했다. 하지만 언짢은 기색은 풀리지 않았다. 또다시 내 마음에 막연한 불안감이 물처럼 서서히 차올랐다.

어서 '사업'을 완성하지 않으면 안 되겠다는 생각에 마음이 급해졌다. 시간적으로 급하다기보다는 어디에선가 파탄이 닥칠지 모른다는 두려움 같은 것이었다. 뭔가를 필사적으로 뿌리치며 도망치는 기분과 닮았다.

가도쿠라가 오카야마에서 위작을 사들고 돌아왔다. 교쿠도도 있고 다이가도 있고 지쿠덴도 있었다. 다이가와 지쿠덴 위작도 섞어 넣자는 것은 나의 꾀였다. 어차피 많은 돈이 드는 일도 아니므로 이 정도 투자는 어쩔 수 없다고 나는 주장했다. 교쿠도 작품만 있다는 것도 이상하고, 진품만 내놓는다는 것도 모양새가 이상하다.

"시간을 좀 앞당기세. 호가쿠가 그린 그림 중에서 무난히 통과할 것 같은 그림이 열두 점이야. 교쿠도가 너무 많은 것도 이상하니까 이 정도가 적당하겠지. 당장 준비에 들어가세."

내가 제안하자 아시미도 가도쿠라도 반가워했다. 기다리고 있었다는 듯한 태도였다.

대리인으로는 시바의 가네이 기운도를 점찍고 아시미에게 교섭을 맡겼다. 상대는 일류 고미술상이다. 이 많은 교쿠도의 출처는 모 다이묘 화족인데, 어느 인사에게 처분해 달라는 위탁을 받은 물건으로 설명하라고 훈수했다. 구 화족이 어느 인사라고 실명을 감추는 상대라면 황족밖에 생각할 수 없다. 황족과 그 구 다이묘 화족은 인척 관계에 있으며, 그 다이묘와 교쿠도는 연고가 있다. 이런 배경을 넌지시 내비치라고 했다. 내력 따위야 어떻게든 둘러댈 수 있는 것이다.

고미술상은 일본의 명품이 발견되어도 어지간해서는 놀라지 않는다. 장롱 속에 잠자고 있는 것들이 여전히 많기 때문이다. 이런 상황이 나의 계획이 성립할 수 있는 중요한 조건이었다.

가네이 기운도는 아시미 사이코도가 가져간 물건을 보고 크게 놀랐다고 한다. 물론 오로지 교쿠도의 작품 때문이었다. 다이가와 지쿠덴에는 눈길도 주지 않았다고 한다. 하지만 이 공연한 낭비가 매우 요긴했다. 골동상이 신용하게끔 만들어야 하기 때문이다. 이 연출은 적중했다. 이 몇 점만은 교쿠도의 진품이 분명하다고 하며 그림 몇 점을 꼼꼼이 살펴보았다는 것이다.

"가네코 선생이 《일본 미술》에 기고했던 그림이 바로 이것과 함께 나온 것이었나?"

하며 기운도 주인은 교토 사투리로 경탄했다고 한다. 좋아, 우리가 맡도록 하지, 하고 그가 말했을 때 아시미는 일이 완전히 성공한 줄 알았다고 한다.

"다만, 혹시 모르니까 이와노 선생의 추천을 받아 두세. 목록에 그 추천문을 인쇄해서 전국에 뿌리는 거야. 이와노 선생의 추천만 받아낼 수 있다면 내가 대리인이 되어 주겠네."

기운도는 그렇게 대답했다고 한다.

역시 기운도답구나, 하고 생각했다. 그는 이 교쿠도 컬렉션에 절반쯤 의문을 품은 것이다. 그림 자체가 의심스러워서가 아니라 아시미 사이코도 같은 이류 골동상이 가져왔다는 사실이 의심스러웠을 것이다. 그래서 문인화의 권위자로 알려진 이와노 스케유키의 추천문을 목록에 넣자고 말한 것이다. 설사 위작이라도 그렇게만 해 두면 진품으로 신용을 얻을 수 있으므로 팔기가 쉽고, 나중에 문제가 생겨도 책임을 면할 수 있다.

교쿠도 그림만 열일곱 점, 점당 백만 엔만 잡아도 천칠백만 엔 이상의 매출이 기대된다. 기운도로서도 손가락 빼물고 그냥 놓아 주기가 아까웠으리라. 그래서 기운도는 이렇게 제안한 것이다.

경매 장소는 시바에 있는 일본 미술클럽의 이름으로 아카사카의 일류 요정을 빌리자. 프리뷰 전시에는 가능한 한 많은 방면에 안내장을 보내고 신문 잡지의 기자들도 부르자. 그러려면 사전에 이와노 스케유키 선생에게 그 감정을 부탁해야 하고, 기운도가 선생에게 소개할 때는 아시미를 데려가겠다고.

며칠 뒤 그 제안이 실행되었다. 그리고 아시미가 뛸 듯이 기뻐하며 돌아왔다.

"만세입니다, 만세! 이와노 선생이 크게 감격했어요. 세상은 오래 살고 볼 일이라고 하면서 눈물을 흘리려고 하더군요. 이렇게 많은 교쿠도 작품을 한 자리에서 볼 수 있을 줄은 꿈에도 몰랐다는 겁니다. 방 두 개를 터서 열두 점을 전부 걸어 놓았는데, 바라만 봐도 숨이 턱 막힐 것 같은 것이, 정말 대단하더군요. 가네코 씨도 다시로 씨도 모로오카 씨도 조교수, 강사들이 섰다 앉았다 하며 수첩을 꺼내 메모를 하는 등 난리가 났습니다. 이것은 미술사상 전례가 없는 대발견이라고 말입니다. 이와노 선생은 당연히 추천문을 쓰겠다, 나아가 《일본 미술》에 특집호를 내게 하고 가네코 씨 이하가 모두 나서서 이 발견에 대하여 집필하겠다고 아주 흥분을 하더군요. 중요미술로 지정하고 싶으니 프리뷰 전시 때는 문부성에 말해서 촬영기사를 보내도록 하겠다고 했습니다. 너무 야단들이라 옆에 앉아 있는 내가 무서워지더라고요."

아시미 사이코도는 정말로 흥분 때문에 얼굴에 핏기가 없었다.

"기운도가 말하더군요. 이렇다면 매출은 이천만 엔이 넘을 것 같다고, 희희낙락이었어요. 내 손을 덥석 쥐고 고맙다고 하더군요."

그 말을 들은 가도쿠라가 우는 것인지 기뻐하는 것인지 종잡을 수 없는 괴성을 질렀다. 그는 아시미를 부둥켜안았다. 그리고 두 사람은 사코 호가쿠가 어안이 벙벙한 얼굴로 옆에 서 있는 것을 발견하고는 원수라도 만난 양 달려들었다.

─아카사카의 일류 요정에서 교쿠도 그림을 죽 걸어놓고 프리뷰 전시가 열린다. 수집가나 학자, 미술 저널리스트가 밀려든다. 도쿄에서도 일

류 고미술상이 회장 안을 정신없이 뛰어다닌다. 문부성에서 촬영하러 나온다. 그 화려한 풍경을 나는 머릿속에 떠올렸다.

이와노 스케유키가 판매품 목록에 쓴 추천문은 아마 이런 글일지도 모른다. 이것은 틀림없는 교쿠도의 진품이며, 중기, 후기에 걸친 걸작 컬렉션이다. 이 발견은 일본 고미술사상 최대 경사다, 라고. 가네코나 다시로나 모로오카, 그리고 그 밖의 이와노 스케유키 일문은 권위 있는 잡지에 그럴 듯한 논문을 학구적인 용어를 구사해서 장중하게 쓴다.

모든 것은 내 계획대로 이루어졌다. 이와노 스케유키는 빼도 박도 못할 곳까지 빠져들었다. 무슨 일이 있어도 이제는 도망칠 길이 없다. 그들은 '일본 미술사'의 신처럼 엄숙한 걸음으로 나의 박락 작업장에 근엄하게 들어서는 것이다.

내가 작업을 시작한다. 마치 시계 초침을 보며 움직이듯이 계획적으로 시간을 정해서 해치울 것이다. 내 목소리가 절규할 것이다. 그것은 다 위작이다!

돌풍이 소용돌이치는 혼란이 일어날 것이다. 그 소용돌이로 인한 먼지가 가라앉을 즈음, 이와노 스케유키가 거꾸로 추락하는 모습이 보일 것이다. 장엄한 권위의 좌석에서 가련하게 굴러 떨어질 것이다. 가짜 아카데미즘이 껍질이 벗겨지고 뭇사람의 비웃음 속으로 추락하는 것이다.

―나의 눈에 비치는 것은 그런 광경이었다. 그것이 나의 최종 목적이다. 인간은 자기 목표를 너무 응시하면 마치 그것이 실제 풍경인 듯한 환시나 환각에 빠지고는 한다.

그런데 나의 응시도 마침내 환각으로 끝나고 말았다!

어디에서 파탄이 났을까.

사코 호가쿠가 떠벌린 것이다. 그는 시로타 세이요에게 딱 한마디를 흘렸다. 물론 위작을 그리고 있다는 말은 하지 않았다. 하지만 나도 교쿠도 정도는 그릴 줄 안다고 말했다. 중견화가로 명성을 누리는 옛 친구에게 꿀리고 싶지 않아서 자기 재주를 드러내고 싶었을 것이다. 결코 발설해서는 안 되는 비밀이었지만, 자신이 무능의 모래 속에 매몰되기가 너무나 싫었던 것이다. 아주 조금은 누군가에게 알리고 싶었던 것이다.

실제로 그는 남아 있던 한 점을, 아직 낙관을 찍지 않은 것이었지만, 세이요에게 자랑스레 보여 주었다!

그렇게까지 하자 붕괴를 일으킬 구멍이 갑자기 넓어졌다. 가네이 기운도가 약속을 취소하러 허겁지겁 달려왔다. 그리고 불행하게도 이와노 스케유키의 추천문이 실린 목록은 한창 인쇄중에 중지되어 외부에 유출되는 사태는 없었다. 이와노는 가까스로 추락을 면했다.

나는 사코 호가쿠를 책망하지 못했다. 나도 자기 존재를 인정받고 싶었던 남자였다.

나의 '사업'은 뜻밖의 불행한 좌절에 빠르게 무너져 내렸다. 그러나 나는 아무것도 하지 못했다는 심정은 결코 아니었다.

어떤 일을 완성했다는 작은 충실감은 분명히 있었다. 그것은 사코 호가쿠라는 위작가를 멋지게 조련해 냈다는 것이다.

얼마 후 나는 여자와 나 사이에서 발효되는 음습한 온기가 그리워, 백발 섞인 얼굴을 쳐들고 다미코를 찾으며 거리를 걸었다.

―《별책 분게이슌주》 64호 (1958년 6월)

4

'일본의 검은 안개'는 걷혔나

쇼와사 발굴 — 2.26 사건

구름과 테크에서 ... '인부의 검은 안개, 에서'

해체─미야베 미유키

단편 컬렉션이란 콘셉트에서 벗어나고 말겠지만, 이 장에서는 마쓰모토 세이초 씨의 논픽션 작품을 두 편 소개할까 합니다. 이 기획은 미야베가 특히 마쓰모토 세이초 월드에 이제 막 입문한 젊은 독자들을 상정하고 진행하는 것이므로 '이미 읽었다'는 열혈 팬에게는 조금 지루할지도 모릅니다. 그런 분들은 이 장을 건너뛰어 주세요.

자, 그럼 시작합니다.

요즘 십 대, 이십 대 젊은 독자 여러분은 사회파 추리 작가 마쓰모토 세이초에게 쇼와사 연구가라는 면모가 있다는 것을 잘 모를지도 모르겠습니다. 그래도 'ㅇㅇ의 검은 안개'라는 표현은 어디서 많이 들어 보았을 겁니다. ㅇㅇ에서 부정이 저질러지고 있다는 의혹이 있다, ㅇㅇ을 두고 아무개와 아무개가 아무래도 좋지 못한 거래를 하고 있는 것 같은데 아직 전모는 분명치 않다─라는 식으로 자주 쓰이는 표현이죠. 쉽고 적확하여 이미지 환기력이 뛰어난 이 수사를 낳은 어버이가 바로 세이초 씨입니다.

1960년 1월부터 월간지 《분게이슌주》에 십이 회에 걸쳐 발표된 『일본의 검은 안개』. 패전 후 일본이 미국에(정확하게 말하자면 '연합국에'가 되겠지만, 사실상 미국 단독이었죠) 점령 통치되었던 시대에 일어난 수수께끼 같은 사건이나 사고에 대하여 상세하게 조사하고, 그렇게 밝혀낸 사실을 토대로 참신한 가설을 세우고, 그것을 누구나 읽을 수 있는 간결하고 냉정한 문체로 엮은 이 논픽션 연작은 연재가 시작될 때부터 대단한 반향을 일으켰다고 합니다. '검은 안개'는 유행어가 되었죠.

"네? 미국이 점령 통치를 해요? 이라크 얘기 아닌가요?"

어쩌면 이렇게 생각하는 독자가 있을지도 모릅니다. 그래요. 이라크가 아니라 우리가 살고 있는 여기 일본 얘기입니다. 일본 역사에는 제2차 세계 대전에 패한 뒤 미국에 점령 통치되어 진주군의 주도로 민주화 정책이 펼쳐진 시기가 있습니다. 요즘 이라크에서 일어나는 일은 그런 의미에서도 결코 일본인과 무관하지 않지요.

그리고 또 하나, 세이초 씨의 작품 중에는 제목이 곧 주제를 말해 주는 『쇼와사 발굴』이라는 논픽션도 있습니다. 1964년부터 1971년까지 《주간분슌》에 연재되었죠. 『일본의 검은 안개』가 패전 직후 일본에 관한 이야기라면 이것은 패전 이전의 일본. 특히 태평양 전쟁으로 치닫던 정계와 군부의 동향, 그리고 거기에 영향을 받으며 변해 가는 세태를, 어떤 데는 확대경을 들이대고 어떤 데는 서치라이트로 비추어서 부각시킨, 역시 대단한 노작勞作이자 걸작입니다. 1964년이라면 고도성장이 막 시작되던 시기죠. 도쿄 올림픽이 개최된 해입니다. 이제 '전후 시대는 끝났다'는 단계를 지나 '부흥'조차 유행이 한참 지난 말이 된 시대에, 패전 이전 사회를 치밀하게 검증하고 재현한 글입니다. 말 그대로 '발굴'이었습니다.

정말이지, 연재물 형식으로 이런 대단한 글을 써 나갔다는 것을 생각하면 이 미야베는 새삼 머리가 어찔어찔합니다.

그런데 말입니다.

『일본의 검은 안개』는 분게이슌주 문고에서 상하 두 권으로 출간되었고, 『쇼와사 발굴』은 무려 열세 권이나 됩니다! 학교에서는 쇼와사를 거의 가르치지 않으니 예비지식이 없음은 둘째로 치더라도 문턱이 너무 높다는 느낌을 팍팍 안겨 주는 그 덩치. 읽기 시작하면 절대로 중간에 그만둘 수 없어요, 좌우지간 재미있다니까요, 하며 제가 여기서 아무리 부채질을 해도 열다섯 권을 한꺼번에 구입해서 읽기는 역시 어려운 일입니다. 아아, 어떡합니까, 이게 현실인걸. 젊은 독자분들의 시간과 용돈에도 한계가 있고요.

그리하여 가장 결정적인 대목만 들여다보자, 라는 발상을 하게 되었습니다.

『쇼와사 발굴』

총 열세 권 중에 7권부터 13권까지를 '2·26 사건*'이 차지하고 있습니다. 일본 현대사의 유일한 군사 쿠데타이며, 이 사건으로 의회에 대한 군부의 발언권이 빠르게 강해진 탓에 그 후 일본의 행로가 달라졌다고 할 만큼 중대한 길목이었습니다. 패전 이전의 일본 상황을 말할 때 도저히 빼놓을 수 없는 사건이죠.

육군 간부로 대표되는 국가 권력과 청년 장교들의 청렴한 이상의 격돌. 비정한 운명. 찢겨 나가는 우정과 애정. 역사의 전환점에 연출되는 인간드라마. 이런 재료를 고루 갖춘 탓인지 2·26 사건은 이미 영화나 소설, 만화 등 다양한 픽션에 소재로 이용되었습니다(부끄럽지만, 이렇게 말하는 저도 『가모우 저택 사건』이라는 작품한국어판은 도서출판 북스피어에서 출간을 썼습니

• 1867년 '메이지유신'으로 일본이 낡은 막번 체제를 버리고 천황 친정 체제로 전환하여 강국으로 발돋움할 수 있었던 것처럼 지금(1930년대 중반) 다시 한번 '유신'을 일으켜야 한다는 주장. 당시는 이를 '쇼와 유신' 운동이라 일컬었다. 천황 측근에서 부패를 일삼는 고위층과 군 상층부, 부패한 재벌 따위를 타도하고, 청년 장교를 비롯한 신진 세력이 나서서 나라를 바로잡고 아시아를 서구의 지배에서 해방시켜야 한다는 것이다. 이들의 주장은 일종의 국가 사회주의 운동=파시즘 운동과 궤를 같이한다.

다). 젊은 독자분들에게도 낯익으리라 여겨지는 이 부분에서 발췌하기로
하겠습니다.

2·26 사건은 1936년 2월 눈 내리는 날에 일어납니다. 세이초 씨가 『쇼
와사 발굴』의 이 대목을 쓴 것이 1967년부터 1971년까지. 그 글을 읽는
독자분들은 결코 실시간에 작성된 조사 보도가 아니라는 점을 잊지 마시
기 바랍니다. 1936년 당시에는 이 나라에 '언론의 자유'가 없었습니다. 국
민은 '알 권리'가 없었죠. 다시 말하지만 바로 그렇기 때문에 '발굴'인 겁
니다. 그 시대를 살았던 사람들조차 알지 못했던 사실을 백일하에 드러내
기 위해 세이초 씨는 이 장대한 현대사 논픽션을 쓴 것입니다.

『일본의 검은 안개』에서—「추방과 레드 퍼지」

레드 퍼지—'빨갱이 사냥'이라는 말을 아십니까? 빨갱이, 즉 공산주의
사상이나 좌익 사상을 신봉하는 사람을, 공직이나 미디어 관계, 논단, 문
단, 혹은 예술계 등 그의 발언이나 행동이 일반 사회에 강한 영향을 끼치
는 업계나 조직에서 글자 그대로 사냥을 하듯 쫓아낸다는 매우 섬뜩한 '운
동' 혹은 정치적 지침을 가리키는 말입니다.

1991년에 제작된 로버트 드 니로 주연의 〈비공개〉라는 할리우드 영화
가 있습니다. 작품에서 드 니로는 1950년대 전반 할리우드에 불어 닥친
빨갱이 사냥 선풍에 희롱당하는 각본가를 연기했습니다. 실제로 미국 영
화 산업 내에서는 당시 레드 퍼지가 대대적으로 이루어져, 그때 희생되어
자리에서 쫓겨난 사람이 헤아릴 수 없이 많습니다. 그중에서도 유명한 사
람이라면 '할리우드 텐'이라 불린 열 명의 영화감독·각본가 들로, 드 니
로가 분한 주인공은 가공의 인물이지만, 모델은 분명 할리우드 텐이라고

짐작됩니다.

당시 미국이 왜 그렇게까지 공산주의 사상을 두려워했을까요? 말할 것도 없이 공산주의 확대는 곧 소비에트 연방의 확대를 의미했기 때문입니다.

제2차 세계 대전이 끝나자 세계는 가까스로 평화를 되찾습니다. 그러나 그 평화는 결과적으로 양대 초강국으로 정착하는 미소의 결코 타협할 수 없는 갈등의 시작이기도 했습니다. 그것이 '냉전'입니다. 2004년 현재 미국은 냉전에 승리한 듯 보이지만, 당시는 양대 초강국이 아직 팽팽히 맞서던 때라서 무슨 계기만 있으면 마치 오셀로 게임처럼 세계의 세력판도가 백에서 흑으로, 혹은 흑에서 백으로 순식간에 바뀌어 버릴 가능성이 많았던 것입니다.

따라서 당시 미국은 국내에 공산주의가 뿌리내리고 커가는 것을 날카롭게 경계했습니다. 이른바 제5열이 되기 십상이기 때문입니다. 분노만이 아니라 강한 공포심도 느끼고 있었죠.

원래 민주주의 사상의 근본에는 설령 자기와 다른 의견이라도 존중하고, 상대가 그 의견을 믿는 것을 방해하지 않는다는 사고방식이 있습니다. 하지만 인간은 분노하거나 두려움에 사로잡히면 그런 원칙론대로 행동하지 못하는 동물인가 봅니다. 게다가 정부는 수많은 사람이 모인 조직이어서, 어떤 제한된 시간에 커다란 목소리를 효과적으로 외치는 사람들이 나타난다면 나라 전체가 와르르 눈사태를 겪듯이 그 방향으로 기울어 버릴 수 있습니다.

미국에서 벌어진 빨갱이 사냥은 그런 연유로 이루어졌습니다. 물론 이는 할리우드만의 이야기는 아닙니다.

앞에서도 썼듯이 일본은 패전 후 연합국(미국)의 점령 통치 정책에 의해 민주화되었습니다. 이때 미국은 점령국 일본에서도 자국에서와 마찬가지로 공산주의 사상에 대하여 엄중한 경계 태세를 폈습니다. 잠시라도 방심하면 소련이 빈틈으로 파고든다! 우리 땅에는 한발도 못 들여 놓을 줄 알아라! 이렇게 말하면 마치 총부리를 겨누고 대치한 양 군대가 서로 으르렁거리는 소리처럼 들리겠지만, 실제로 그렇게 생각하는 편이 실상에 가까울 것입니다.

점령 초기만 해도 GHQ는 패전 이전에 일본을 지배하던 군국주의적 사상과 그것을 신봉하는 세력을 박멸하기 위하여 공산주의나 사회주의가 일본에 뿌리내려 커 가는 것을 환영했습니다. 그러나 냉전이라는 현실은 곧 그 방침을 백팔십도 바꾸라고 강요합니다. 단순하게 비유하자면, 오른쪽으로 휘어진 막대기를 펴려고 왼쪽으로 당겼지만, 이번에는 너무 왼쪽으로 휘었다며 낭패하고 다시 오른쪽으로 당기는 작업이 이루어진 겁니다. 그것이 바로 '추방'이고 '레드 퍼지'였습니다.

전쟁 전에는 자유로운 사상을 접하는 것조차 허용되지 않았지만, 전후는 달랐습니다. 군국주의적 사상은 비난을 받고 전쟁 범죄를 저지른 사람들은 단죄되었습니다. 그 결과 모든 국민은 평등해지고 누구나 어떤 사상이든 안심하고 믿을 수 있으며, 어떤 의견이든 아무 두려움 없이 밝힐 수 있게 되었습니다…….

실은 그렇지 않았습니다.

점령 당시 일본 국민은 글자 그대로 이리저리 휘둘렸습니다.

아무리 자유를 귀하게 받드는 사상이라도 그것을 기치로 한 나라가 다른 나라를 점령 통치하는 현실에서는 온갖 더러운 일, 교활한 일, 눈을 감고 싶은 일들이 일어나게 마련입니다. 결과가 좋으니 과거는 잊어도 좋은 걸까요? 저는 그렇지 않다고 생각합니다. 일본이 민주화되는 과정에 이런 사건들이 있었음을 젊은 독자들이 꼭 알았으면 좋겠습니다. 틀림없이 미래를 돕는 지혜가 되리라고 생각하기 때문입니다.

온갖 '검은 안개'가 싹 사라지고 활짝 개는 일은, 어느 시대 어느 나라에서도 있을 수 없습니다. 슬픈 일이지만 인간이 국가와 사회를 주관하는 이상 그것은 냉혹한 사실입니다. 하지만 오히려 그렇기 때문에 '검은 안개'를 정확히 꿰뚫어 보는 눈이 필요하고, 그것을 걷어치우겠다는 의지를 잃지 말아야겠지요.

중권의 '불쾌한 남자들의 초상' 장에 수록한 「카르네아데스의 판자」는 당시의 세태가 그랬기 때문에 더욱 절실했던 어떤 동기가 작품의 핵심을 이루고 있으니, 함께 읽으면 더 깊게 이해할 수 있지 않을까 생각합니다.

그런데 「추방과 레드 퍼지」와 관련해서는 처음부터 인명이 많이 나오고 'GHQ', 'G2', 'G3', 'GS' 같은 약칭도 자주 나와서 조금 번거롭게 느껴질지도 모르겠습니다. 아주 간략하게나마 해설을 보태겠습니다.

GHQ란 연합국 최고 사령관 총사령부^{General Headquarters}의 약칭입니다. 명칭 그대로 일본에 진주하여 점령 통치 정책 전체를 관장한 조직입니다. 맥아더는 물론 최고 사령관인 더글러스 맥아더 원수(장군보다 더 높은 계급)를 말합니다. 꽤 오래된 영화인데, 〈맥아더〉라는 작품에서 그레고리 펙이 그를 연기해서 '실제 인물과 꼭 닮았다!'는 평을 들었죠.

GHQ는 '간접 통치'를 폈습니다. 진주군이 직접 일본 국민에게 이렇게 해라 저렇게 해라 지시하는 게 아니라 일본 정부나 지방자치체에 지시·지도해서 통치하는 식이죠. 그래도 일국의 내정을 구체적으로 지도하는 것이므로 GHQ는 매우 거대한 조직이 될 수밖에 없었고 내부에는 많은 부서가 있었습니다.

그 맨 꼭대기에 최고 사령관.

그 밑에 '참모부'와 '막료부(또는 특별참모부라고도 함)'.

'참모부'는 제1부부터 제4부까지 있는데, 그 약칭이 'G1', 'G2', 'G3', 'G4'입니다. 주요 임무는 이렇습니다.

'G1' 기획, 인사, 서무

'G2' 첩보, 보안, 검열

'G3' 작전, 인양, 명령 실행

'G4' 예산, 조달, 무장 해제

무장 해제란 일본 내에 있던 일본군의 무장 해제를 뜻합니다.

'막료부'에는 더 많은 부서가 있었는데, GS는 그 가운데 '민생국'의 약칭입니다. 점령 초기에는 이 부서가 일본 민주화 정책을 담당했습니다. 본문에,

"일부 일본인이 G2나 GS의 갈등을 파고들고 이용하여"

라는 구절이 있는데, 이는 '첩보(스파이 활동) 부서와 민주화 정책을 펴는 부서가 서로 으르렁댔다'는 뜻입니다. 그래서 그 틈을 파고들어 이용하는 일본인이 있었음을 말하는 것이죠.

요즘 우리는 타국 정부가 파견한 군대가 내 나라 정부 위에 올라타고 모든 결정권을 행사하는 상황을 좀처럼 상상하기 힘들지요. 그런 상황을 겪지 않고 산다는 것은 참 고마운 일입니다. 평소 의식하기 힘든 것이긴 하지만.

위 설명은 지쿠젠 에이지 씨가 쓴 『GHQ와 사람들』(아카시쇼텐)을 참고했습니다. 매우 감사하다는 말씀을 드립니다.

쇼와사 발굴
—2 · 26 사건

지금까지 나온 2 · 26 사건 관련서나 기록들은 십중팔구 아이자와 사건에서 곧장 2 · 26 사건으로 들어간다. 사실 아이자와 사건에서 2 · 26 사건까지라고 해도 불과 육 개월이므로 그렇게 써 나가는 것이 부자연스럽다고 할 수는 없다. 물론 그 중간 시기의 상황을 어느 정도 언급한 글도 있지만, 그것도 거의 막간 때우기 같은 정도로 간략하게 언급하고 있다.

그러나 2 · 26 사건이 발발하기 이전의 육 개월은 중요하다. 그 시기를 충분히 살펴보지 않으면 2 · 26 사건의 본질을 잘못 파악하기 쉽다. 당시의 유동적이던 정치 · 사회 정세를 봐도 사람들의 동향을 봐도 그 반년간처럼 흥미로운 시기도 없다.

필자는 지금까지 알려지지 않은 사정이나 비공개 자료를 상당수 접할 수 있었다.

사건 직전의 형세를 간단히 개관하자면, 나가타 데쓰잔 암살 사건은 육군에 동요를 일으키고 중신들과 정계에 충격을 주었다. 하야시 육상陸相은 사건에 책임을 지고 마침내 사직하지만, 육군은 그 전후에, 그리고 가와시마 요시유키가 새로 육상에 임명된 뒤에 사태 수습과 군기 확립을 놓고 고민했다. 이 고민의 내용은 단순하지 않았다. 마사키를 선두로 하는 황도파가 이를 기회로 일대 반격을 꾀하고 있었다. 그들은 몸을 낮게 도사리고 주변을 살피며 주도권 탈취를 호시탐탐 노렸다. 통제파는 이들을 막느라 전보다 더 애써야 했다.

일개 중좌가 백주에 육군성에 당당히 걸어 들어가 상관을 참살하자 세상은 육군의 위신을 의심했다. 국민은 군의 노골적인 내분과 하극상을 목도하고 무너진 군기에 경악했다. 아이자와 사건이 보도되자 군 내부 사정을 모르는 국민은 다들 제 눈을 의심했다.

군의 위엄이 크게 실추되었다. 군은 국내뿐만 아니라 대외적으로도 위신 회복에 부심해야 했다. 그러나 '숙군肅軍' 방침은 확고하지 못해, 통제파와 황도파의 격화되는 주도권 다툼으로 흔들린 탓에 매우 모호하고 결단력이 결여된 결과를 드러냈다.

그 결과 황도파 청년 장교나 우익 낭인들의 활동에 대한 철저한 억압이 불가능해졌다. 헌병대나 경시청 특고를 통해 주목하고는 있었지만, 그것은 거의 방관이나 다름없었고 구체적인 예방조치도 전혀 취하지 못했다.

황도파 청년 장교들은 아이자와 사건이 일어나자 크게 흥분했다. 이 사건으로 가장 커다란 자극과 흥분을 느낀 이는 청년 장교들이었다.

그들은 47세인 아이자와가 과감하게 나가타를 벴다는 사실에 뜨거운 감동을 받았다. 나이 든 아이자와 씨가 나섰다, 우리 젊은 녀석들이 했어야 할 일을 노선배가 실행했다, 면목이 없다, 아이자와 씨에게 미안하다, 우리가 늦었다, 이렇게 가만있어서는 안 된다. 이러한 감격이 그들을 더욱 과격하고 맹목적인 심리로 몰아세웠다.

아이자와 피고에 대한 예심은 사건 발생 후 팔십여 일이 지난 11월 2일 종결되었다. 이듬해 1월부터 제1회 공판이 시작되려는 참에 느닷없이 새로운 상황이 발생했다. 12월경 제1사단을 만주로 옮긴다는 소식이 그것이다. 이듬해인 1936년 5월경에 실행된다고 했다. 이 소식이 청년 장교들을 초조하게 만들었다. 특히 보병 제1연대와 보병 제3연대 장교들의 충격이 컸다. 러일전쟁 이래 삼십 년 동안 도쿄를 떠난 적이 없는 제1사단을 만주로 이동시키려는 군 상층부의 의도는 '위험 분자'의 소굴로 비치던 보1^{제1}사단 제1연대과 보3을 멀리 떼어 놓기 위해 아예 사단을 만주로 옮기겠다는 것이었다.

일단은 만주로 건너갔다가 이 년 뒤에는 귀환한다고 하지만, 청년 장교들의 운명은 알 수 없었다. 전사할 수도 있고, 현지에서 뿔뿔이 흩어 놓을지도 모른다. 결속력도 지금 같지는 못할 것이다. 행동에 나서려면 만주로 옮기기 전이어야 한다. 이번 기회를 놓치면 쇼와 유신을 단행할 기회는 영영 사라지거나 한참 연기될 것이다. 이렇게 시간이 절박하다는 상황이 2·26 사건을 촉발시킨 심리적 방아쇠가 되었다. '시간'이 그들을 2월 '궐기 행동'으로 몰아넣었다고 할 수도 있다. 물론 시간이 행동을 촉발시킨 유일한 요인은 아니지만, '궐기'의 다른 조건들도 이 '시간'에 무리하게 맞춘 바가 적지 않다.

이런 긴박한 분위기에서 11월 1일 아이자와에 대한 제1회 공판이 시작되었다. 특별변호인 미쓰이 사키치 중좌를 비롯하여 아이자와 피고 지원자(군인, 우익 단체)들은 5·15사건 법정 전술을 모방하여 법정 투쟁에 들어갔다. 제1사단 군법 회의가 공개라는 점을 이용하여, 피고의 의도나 변호인의 주장을 법정 투쟁으로 세상에 널리 알리겠다는 것이다. 우나 좌나 일단 국가 권력의 심판인 재판을 받는 처지에 놓이면 전술이 엇비슷해진다. 이리하여 아이자와 측은 법정 투쟁으로 아이자와 피고의 감형을 꾀하고 존황 사상에 의한 '혁신'을 선전하고 아울러 황도파 세력의 우위를 노렸다.

법정 투쟁은 대체로 순조롭게 진행되었다. 이 점에서는 아이자와 지원 단체도 희망을 가질 수 있었다. 그러나 한편에서는 제1사단의 만주 이주가 비공식으로 발표되었다. 실력 행사를 계획하던 보1, 보3의 급진 청년 장교를 '시간'이 압박했다. 1936년 5월로 예정된 동원 이전에 뭔가 해야만 한다. 그들의 초조는 '기한'이 다가옴에 따라 더욱 심해졌다.

그 밖에 미노베 다쓰키치의 천황기관설*에 대한 공격 같은 곁길도 있지만, 2·26 사건이 일어나기까지의 상황을 요약하면 대략 그렇게 말할 수 있겠다. 다만 너무 거친 요약이라 2·26 직전 상황을 적절히 설명했다고는 할 수 없다. 대체로 대사건은 크고 작은 다양한 요인이 뒤얽히고 상호작용하여 발생하기 때문이다.

—제7권 「군벌의 암투」에서

1935년 말까지의 움직임은 광범한 의미에서 아이자와 공판 투쟁 운동이며, 보편적인 유신 운동이었다. 이때만 해도 당분간은 아이자와 공판을 중심으로 운동을 추진한다는 결정이 내려져 있었다. 이는 앞에서 소개한 지방에 있던 선배 대위들을 포함한 일동의 의견으로, 구리하라나 이소베도 일단은 이 결정을 받아들였다. 이를 운동의 초기로 본다면 1936년 1월 하순경까지 그런 상황이 계속된다.

1월 28일 아이자와에 대한 첫 공판이 열린 그날 저녁, 아자부에 있는 음식점 류도켄에서 첫 회합이 있었다. 고다, 구리하라, 안도, 무라나카,

---

• 일본은 메이지 유신으로 입헌군주 체제를 취했으나, 내부에서는 천황의 지위 혹은 의회의 지위를 놓고 여전히 두 가지 다른 견해가 상존해 있었다. 천황이 절대 권력을 가진다는 전통주의자와, 통치권은 국민의 의향에 따라야 한다는 입헌군주파가 그것이다. 양자는 때때로 충돌하면서도 대체로 1934년경까지는 입헌군주파의 시각이 일반론으로 인정되었다. 그러나 우익 논자들이 도쿄제대 법학부 교수 미노베 다쓰키치가 저서에서 천황을 '기관(organ)'이라 칭했다고 공격하면서 '천황기관설'은 1935년 당시 일본 사회를 뒤흔든 커다란 문제로 불거졌다. 우익 논자를 비롯한 전통주의자들은 천황폐하를 감히 일개 '기관'으로 치부했다며 거두절미하고 공격했는데, 미노베의 법학 이론을 전혀 모르는 대중들에게도 이 감성적 공세가 먹혀들었다. 결국 미노베 교수는 저서가 발매 금지되고 귀족원 의원직을 사퇴하였으며, 정부는 여론에 몰려 천황이 곧 국체라는 '국체 명징'을 두 차례나 성명하여 스스로 입헌군주주의와 모순되는 태도를 취했다. 우익은 이 논쟁을 좌파와 자유주의파에 대한 억압에 효과적으로 이용했으며, 2·26 사건도 이러한 연장선상에서 일어났다. 하지만 천황 자신은 '천황기관설'이 옳다고 믿었으며, 2·26 거사 장교들에 대한 불신과 즉각 진압을 명한 배경에는 천황의 그런 인식이 있었다.

이소베, 가메카와, 시부카와 등으로 보1, 보3의 중·소위 열두세 명이었다. 그날 저녁 모임은 재판을 방청하고 온 시부카와 젠스케에게 공판 진행에 대하여 보고를 듣는 단순한 자리였다.

달이 바뀌어 2월 4일 있었던 제2차 류도켄 회합에서는 면면이 조금 달라졌다. 보3의 노나카 대위, 동 안도 대위, 동 사카이(다다시) 중위, 보1의 구리하라 중위, 동 하야시(하치로) 소위, 보3의 다카하시(다로) 소위, 보1의 니우 중위, 근보3 근위보병 3연대의 나가하시 중위, 보3의 도키와(미노루) 소위, 동 기요하라(야스히로) 소위, 거기에 무라나카, 이소베, 시부카와 등이다.

모두들 나중에 2·26 사건에 참여한 자들이다. 도키와, 기요하라의 무기금고형을 제외하면 모두 사형에 처해진 면면이기도 하다(노나카 대위는 자결).

아라이 이사오의 회고에 따르면 이렇다.

> 그렇게 시부카와가 중심이 되어 그날 공판정 상황을 들려주고 종종 기억이 불확실한 대목은 무라나카, 이소베에게 묻곤 했다. 그리고 "이제부터는 증거 조사로 들어간다고 합니다"라는 말로 마무리하고 산회했다.(아라이,『일본을 두려움에 떨게 한 나흘간』)

아라이에 따르면 12일 제4차 류도켄 회합에서는 보1 측 장교와 보3 측 장교 사이에 방법론에 관한 논쟁이 있었다. 구리하라, 이소베, 무라나카들은 당장이라도 결행에 옮기고 싶다는 급진론이었으나, 안도 대위가 있는 보3은 이를 냉정히 듣고 시기상조론을 폈다고 한다.

산회 후 안도, 아라이의 보3 측과 무라나카, 이소베가 각각 다른 방에 남아서 토론했다. 보1 측의 이소베, 무라나카의 주장에 대하여 안도는 '보1이 뭐라고 하든 보3은 보3 나름의 태도가 있다고 생각한다'고 말한다. 그리고 류도켄을 나와 아라이와 함께 롯폰기 쪽으로 걷던 안도는 '아라이, 오늘 밤 일은 아무한테도 말하지 마라. 어디까지나 보3은 보3대로 가자'라고 했다고 한다(아라이, 위의 책).

류도켄 회합에 한정해서 보자면, 제3차 회합은 제2차가 열린 4일과 문제의 12일의 중간인 2월 8일 밤에 열렸는데, 헌병의 보고에 따르면 '고다, 무라나카, 이소베, 시부카와 외 한 명'으로 몇 명 안 된다. 고다 대위는 앞에서 썼듯이 사토 판사장의 부관이었던 만큼, 다른 민간인 네 명(외 한 명도 민간인으로 추정)과 함께 공판 대책 회의를 연 것으로 짐작된다.

급진파, 신중파가 분명해진 것이 2월 상순이라면, 이때부터 하시모토 증인이 비공개 재판에 출정하는 12일경까지를 사건 전의 중기로 볼 수 있겠다. 즉 초기의 폭넓고 느슨한 모임을 벗어나 실제 행동에 나설 사람들로 추려진 것이다. 그런데 추리고 보니 공판을 지원하는 민간인 그룹과 청년 장교들에게 급진파, 자중파라는 한 줄기 균열이 생겼던 것이다.

이미 1월경부터 급진파 장교 중에는 나중에야 납득이 가는 행동을 하는 사람이 적지 않았다. 보1의 구리하라, 니우 중위 등은 평소 하사관들에게 쇼와 유신에 관한 교육을 하고 있었는데, 1월에 들어서자 그 내용이 구체적으로 변해 갔다. '특히 초년병에 대한 교육 방법이 노골적'(헌병 보고)이 되는 한편 연대에서는 헌병 출입을 기피하기 시작했다.

병력 동원에 대비하여 평소 하사관에 대한 '특수 교육'이 중요했다. 하사관에게 그 정신을 주입하고 훈련을 시켜 두지 않으면 유사시에 쓸모가 없어 작전을 그르친다. 특히 직속 부하들은 1월 10일에 입대하여 군대에 대해 아는 것이 전혀 없는 신병이 절반 이상이었으니 구리하라 등의 노고가 보통이 아니었을 것이다.

　신병과는 또 다른 의미에서 문제가 되었던 것이 하사관에 대한 장악이다. 하사관이 외면해 버리면 지휘관은 손발을 잃는 거나 마찬가지다. 하사관을 아무리 교육해 본들 청년 장교와 같은 수준의 유신 정신을 가지리라 기대할 수 없고, 게다가 각처를 습격하여 대관을 살해할 계획인 만큼 과연 하사관들이 명령대로 따를지 어떨지 미덥지가 않았다.

　이소베도 그 점을 의식하고 이렇게 회상한다.

　　　어느 조건을 놓고 보더라도 부대에 대한 유신적 훈련이 도저히 우리 뜻대로 될 것 같지가 않다. 이에 나는 하사관이 우리 뜻대로 훈련될 수 없다면 지휘관의 결심을 비상하게 높여 둘 필요가 있겠다 생각하고, 다나카(마사루 중위), 고노(히사시 대위)와 긴밀하게 연락하는 한편 나 자신의 결의를 확고히 다지기 위하여 수양을 했다.(「행동기」)

　지휘관의 '비상한 결심'으로 하사관을 복종케 하려면 당연히 '상관의 명령은……' 절대 복종*'이라는 군대 철칙에 의지해야 했다.

　그런데 사병 쪽은 어떻게든 이끌고 나갈 수 있다 해도 하사관 다루기가 이만저만 까다로운 일이 아니었을 터이다. 하사관은 '짬밥'을 오래 먹은 닳고 닳은 자들로 군대 안팎에 두루 훤하고 이른바 요령도 꿰고 있다. 개중에는 중대장에게 은근히 저항하는 자도 있다. 그런 하사관을 '감화'시키려는 것이니 여간 어려운 일이 아니다.

---

* 1882년 메이지 천황이 군인에게 하사한 '군인칙유'의 한 구절인 '상관의 명령은 짐의 명령인 줄 알라'를 말한다. 당시에 '군인칙유'는 모든 병사가 암송해야 했다.

하지만 사건이 일어나고 보니 하사관은 예상외로 지휘관을 위하여 유 감없이 행동했다. 사건 경과를 보면 그것이 지휘관의 엄명 때문이라고만 생각할 수는 없다. 특히 군대 생활을 오래한 하사관에게는 청년 장교의 평소 인간성과 정신 교육이 힘을 발휘했을 것으로 짐작된다. 이 점은 제9 권에서 상세히 살펴보게 될 것이다.

—제8권 「기타, 니시다와 청년 장교 운동」에서

25일 밤 보1 제11중대(중대장 대리 니우 요시타다 중위) 장교실에서는 이소베, 무라나카, 고다가 다음 날 미명의 결행에 대하여 상의하고 있었 다. 한편에서는 야마모토 다스쿠 예비 소위가 '궐기 취지서'를 등사판으로 열심히 인쇄하고 있었다.

습격 목표 중신들을 벤 뒤의 사후 처리가 문제가 되는 것은 당연하다. 결행 자체보다 오히려 결행 후에 국면을 어떻게 유리하게 끌고 갈지가 더 중대하다.

이소베의 「행동기」에는 이렇게 적혀 있다.

궐기 취지서를 인쇄하고 육군대신에 대한 요망 사항안 등을 만들었 다. 또 참살해야 할 군인, 통과를 허락할 사람의 명부 따위를 만들었다.

요망 사항은 무라나카, 고다 두 사람이 만들었다. 개요를 소개하면,

하나. 사태가 용이하지 않으니 신속히 선처할 것.

하나. 고이소(구니아키), 다테카와(요시쓰구), 우가키(가즈시게), 미나미(지로) 등 장성을 체포할 것.

하나. 동지 장교 오기시(요리요시), 스가나미(사부로) 등을 불러올

릴 것.

　하나. 행동 부대를 현지에서 움직이지 말 것.

　우리는 유신의 서광을 볼 때까지는 결코 물러서지 않을 것이며 죽음
으로 목적을 관철할 것이다.

　라는 것이었다. 또 내가 작성한 참살할 군인은 하야시, 이시와라(간
지), 가타쿠라(다다시), 무토(아키라), 네모토(히로시) 등 다섯 명이었
다고 기억한다. 그러는 사이에 2월 25일 밤은 점점 깊어 갔다.

　육상에 대한 요망 사항 네 개 항목 중에 두 번째 항목은 '황군에 해를 끼
치는' 우가키 일파를 철저하게 체포하여 처단한다는 것이고, 세 번째 항목
은 혁신파 선배 동지 장교를 도쿄로 불러 사후 처리에 참가시켜 협력할 것
을 꾀하는 내용이다. 여기에는 지방을 대표하는 자로 와카야마의 오기시
요리요시, 가고시마의 스가나미 사부로, 조선 나남의 오쿠라 에이치, 마
루카메의 오가와 사부로, 아오모리의 스에마쓰 다헤이 등을 불러올려 이
들을 통해 전국 각 지방부대를 아군으로 끌어들이려는 의도가 담겨 있다.

　애초에 거사에 참가한 장교들은, '우리가 궐기하면 전군이 반드시 일어
날 거라고 생각했다'(다카하시 다로 소위의 조서)고 하므로 이소베가 이렇
게 지방부대의 동지 책임자를 소집하려고 한 이유도 전군의 궐기를 기대
했기 때문이다.

　요망 사항 네 번째 항목 '행동 부대를 현지에서 움직이지 말 것'은 제1의
'사태 선처'를 지원하는 내용이다. 거사 부대가 각 요소를 점거하고 있어
야 정부나 군 당국에 압박이 먹힐 것이다. '결단코 물러서지 않고'라는 내
용도 이와 관련된다. 철수한다면 실패는 정해진 이치였다.

　따라서 '요망'이라는 것도 이 실력을 배경으로 군 당국이나 정부에 '협

박'하는 것이다. '황군상격皇軍相擊천황의 군대끼리 총격전을 벌임'을 피하고 싶은 군 중앙부에게 거사 부대를 '의군'으로 인식하라고 강요하는 의미이기도 하다.

이소베가 '참살해야 할 군인'으로 꼽은 사람 중에 가타쿠라 다다시 소좌는 '사관 학교 사건'을 꾸며 낸 자로 알려졌다. 그 사건으로 이소베, 무라나카가 육군에서 쫓겨났으니 이소베로서는 원수나 다름없었다.*

요망 사항 '의견 개진안'은 이소베, 무라나카, 고다가 작성했고, 고다도 이를 육군통신지에서 인정했다는 사실은 앞에 소개한 이소베 조서에도 나온다.

여기서 시점을 하사관으로 옮기자. 보1, 보3, 근보3의 각 거사 부대를 차례대로 보기로 한다.

보1에서는 구리하라 중위의 기관총대(대장 오자와 마사유키 대위)와 니우 중위의 제11중대가 출동했다.

말할 것도 없이 구리하라는 거사 장교 중에서도 핵심이므로 우선 구리하라의 기관총대부터 움직이기 시작한다.

사건이 진정된 직후 보1 측에서 조사한 「사건 전부터 사건 종료까지의 개황」이라는 보고서를 통해서 그 개략을 알 수 있다. 이 보고서는 기관총대 하사관을 조사한 결과를 정리한 것이다.

그 가운데 「사태 돌발 전의 개황」은 다음과 같다.

① 2월 25일 오후 7시 30분경, 구리하라 중위가 기관총대 장교실에

• 1934년, 육군 사관 학교 내에서 쿠데타 계획이 발각되었다 하여 이소베를 비롯한 청년 장교와 생도 다섯 명이 체포되었으나, 사건은 증거 불충분으로 기소되지 않았다. 통제파가 황도파의 유력한 장교를 없애기 위해 꾸민 음모로 알려졌다.

와서 당시 기관총대 주번 사관 하야시(하치로) 소위와 회담했다. 오후 8시 하야시 소위는 갑 주번 상등병 우메자와 도미히사를 제10중대 병기 담당에게 보내 병사들에게 경기관총 교육을 하려 한다는 명목으로 경기관총을 빌려 오라고 명령하고 9시경 그 중대에서 경기관총 세 정을 빌렸으며, 또 9시 반경에는 제1중대에서도 같은 구실로 경기관총 세 정을 빌렸다.

② 구리하라 중위는 병기 담당 상등병 도라미 잇페이를 병기실로 불러 내일(26일) 이른 아침부터 기본 사격을 하라고 명하고 탄약을 가져갈 수 있느냐고 물었다. 도라미 상등병이 야간에는 반출할 수 없다고 대답하자 그는 탄약 수수 장부를 들고 자기가 직접 반출 교섭을 하겠다고 말한 뒤에 떠나면서 도라미에게 권총을 준비하라고 했다.

③ 오후 9시 전후 제1내무반장 아와타 오장은 하사관실에서 각반 선임상등병을 불러, 사용할 수 있는 기관총을 조사하게 한 사실이 있다. 상등병들은 병기 담당 하사관이 부재이므로 아와타가 대리로 조사하는 것이라고 생각하며 별로 이상하게 여기지 않았다.

11시 전후, 아와타 오장은 반내 초년병을 은밀히 기상하게 하여 하야시 소위의 지휘 아래 탄약고에서 탄약을 병기실로 운반하게 하고 병사들을 다시 취침하게 했다. 그 뒤 도라미 상등병에게 탄약 충진 정비를 명했다.

④ 11시가 조금 지났을 무렵, 다른 연대의 장교가 드나들었다.

⑤ 병기 담당 도라미 상등병은 구리하라 중위의 명령으로 기관총 여섯 정, 공포용 총신 세 정, 부속품 상자, 탄약을 각 총당 약 칠백 발씩 분대마다 막사 앞에 준비하라는 명을 받고 11시 이후 이시카와, 구라토모, 오사다와 함께 준비했다.

동시에 소총도 막사 앞에 준비했다. 경기관총은 탄창 일곱 개에 탄약을 채워 막사 앞에 준비했다. 하야시 소위는 이를 정리하여 각 부대와 제11중대에게 배당했다고 한다.

도끼는 미리 기관총대 측이 준비했는데, 누가 조치를 취했는지는 알수 없었다. 그러나 그 후 조사에서 하야시 소위가 26일 오전 1시가 지나서 회중전등을 들고 소방 펌프 창고에서 뭔가 찾고 있었다는 사실이 판명되어, 하야시 소위가 도끼를 찾아 들고 갔던 것으로 짐작된다.

이것이 이튿날인 26일 오전 3시경 기관총대 전원에게 '비상소집'을 내리기 전까지의 상황을 간단히 정리한 것이다.

이상에서도 알 수 있듯이 구리하라가 거사용 병기와 탄약을 하사관과 상등병을 시켜서 확보하고, 주번 근무 하야시 소위가 구리하라를 보조했다. 각 내무반에는 병기 담당과 피복 담당 상등병이 있다. 병기위원은 위관급 몇 명으로 구성되며, 조수로 하사관 몇 명이 붙지만, '조수에는 병장이나 상등병을 임명할 수 있다'고 되어 있다.

따라서 병기위원 조수 상등병에게도 책임이 있으므로, 대장도 아닌 구리하라(하사관들이 교관이라 불렀다)의 이 명령에는 순순히 따르지 않았다. 그러므로 병기 담당 도라미 상등병이 '야간에는 탄약은 반출이 안 된다'고 하자 구리하라는 '그럼 내가 직접 반출할 수 있도록 교섭하겠다'고 할 수밖에 없었던 것이다.

탄환이 없으면 아예 싸울 수도 없으므로 구리하라는 가능한 많은 탄약을 확보해야 했다. 더구나 기관총대뿐만 아니라 근보3 나카하시 부대 분량과 제11중대 니우 부대 분량까지 조달해야 했다. 그의 어려움이 여기 있었다.

판결문에는 이렇게 되어 있다.

> (구리하라 야스히데는 25일 오후) 11시경 연대 병기위원 조수 이시
> 도 노부히사를 기관총대 방으로 불러 하야시 하치로와 함께 권총을 들
> 고 그를 협박하여 소총, 기관총 및 권총 등의 각 실탄을 탄약고에서 반
> 출하고.

'동지'가 아닌 병기위원 조수 하사관을 상대하다 보니 이런 방법으로 탄
약을 반출해야 했다.

보1 위병 근무는 23일에 6중대, 24일에 7중대가 담당이었는데, 25일에
는 무슨 까닭인지 혼성이 된데다 10중대에서 이제 막 오장 근무를 시작한
세키네 시게카즈라는 상등병이 위병 사령을 명받았다. 세키네 상등병은
25일 오후 갑자기 명을 받았던 것이다.

위병소는 영문^{營門} 옆에 있다. 위병 사령은 통상 하사관이 맡고, 주번 사
령 명을 받아 위병을 지휘한다.

세키네 상등병은 오장으로 근무하고 하사관에 준하므로 군대 내무령 규
정에 어긋난 것은 아니지만, 오장 근무를 막 시작한 그에게 경험이 없는
위병 사령에, 더구나 25일 오후 갑자기 근무를 명한 점에서 주번 사령 야
마구치 이치타로 대위의 의도를 짐작할 수 있다.

내무령 규정에 위병 사령의 임무에는 다음 세 가지가 있다.

> ① 병영 내 단속, 경계. 영문 출입자 감시.
> ② 하사관 이상을 면회하겠다고 청하는 외부인이 있을 때는 면회부
> 에 성명을 기입한 뒤 주번 하사관에게 통보하여 필요한 조치를 취한다.

③ 탄약고에 위병 초소를 둔다. 금고, 열쇠, 탄약 등을 맡을 때는 이를 감시한다.

즉 25일 밤부터 외부 동지 이소베, 무라나카, 그리고 유가와라 쪽에서 미즈카미 겐이치 외 네 명의 민간인이 속속 '면회'를 온다. 26일 새벽에는 거사 부대가 영문을 나설 예정이었다. 정문 초소를 지키는 위병 사령에 고의로 경험이 없는 신참 오장인 세키네 상등병을 배치했으니 야마구치 주번 사령의 의도를 짐작할 수 있겠다. 또한 세키네 상등병은 10중대 소속 하야시 하치로 소위가 기관총대 소속으로 옮기기 전에 주목하던 부하였다.

위병소는 탄약고 열쇠를 맡아 보관한다. 구리하라는 반드시 탄약고를 열고 싶었다.

다음은 세키네 시게카즈의 이야기다.

나는 초년병 교육 담당이어서 바빴다. 그런데 왜 경험도 없는 나를 갑자기 위병 사령으로 임명했는지 의아하게 생각했다.

(25일) 오후 7시경까지는 아무 일도 없었다. 나는 종종 순시를 나가느라 바빴다. 이상하게 추운 밤이었고 종종 눈발이 날렸다. 위병소 난로를 새빨갛게 피워 놓고 모두 난로를 껴안다시피 하고 있었다.

오후 10시가 지나 하야시 소위가 와서 "탄약고 열쇠를 달라"고 했다. 주번 사령에게 그런 연락을 받지 못한 나는 거절할 수밖에 없었다.

"아무리 교관님이라도 그 명에는 따를 수 없습니다."

하야시 소위는 아무 말도 하지 않고 돌아갔다.

세키네 상등병이 '아무리 교관님이라도'라고 한 것은 그가 하야시 소위에게 총애를 받고 있었기 때문이며, 친애하는 상사와 부하 사이를 엿볼 수 있다. 사실 그것이 노림수여서, 하야시는 세키네라면 자기 요구를 뭐든지 들어주리라 생각하고 위병 사령이 되도록 야마구치 주번 사령에게 추천했는지도 모른다.

그런데 예상과는 달리 세키네는 규칙에 충실하여 탄약고 열쇠를 내놓지 않았다. 하야시는 하는 수 없이 물러갔다. 이 점은 구리하라에게 탄약 수령 임무를 거절한 기관총대 병기 담당 도라미 상등병과 마찬가지다.

하야시 소위는 그렇다고 탄약고 열쇠를 포기하지는 않았다. 세키네의 이야기는 이렇게 이어진다.

잠시 후 하야시 소위가 다시 찾아왔다. 이번에는 병기위원 조수 이시도 군조와 함께 왔다. 이시도 군조는 나에게 "탄약고 열쇠를 내놔라" 하고 말했다. 병기위원 조수가 그렇게 말하므로 따르지 않을 수 없었다.

주번 사관을 뜻하는 빨간 멜빵을 걸친 하야시 소위는 그때 "역사에 남을 일을 하겠다"고 말했던 것으로 기억한다. 나는 특수탄약고 열쇠는 도저히 내놓을 수 없었다. 그곳에는 독가스탄이 들어 있었기 때문이다.

그러던 중에 탄약고 초소에 있는 위병이 "지금 병사 열 명 정도가 와서 탄약고를 열고 있다"라는 연락을 해서 잠시 후 내가 가 보니 초소에 서 있던 다카하시 지토세 일등병이 보이지 않았다.

판결문에는 구리하라와 하야시가 이시도 군조에게 권총을 들이대고 탄약고에서 탄약을 실어내게 했다고 나오는데, 협박을 받은 이시도는 하야시를 따라 위병소에 가서 열쇠를 받아냈던 것이다.

그 후 이시도는 거사 부대가 영문을 나갈 때까지 기관총대 병기고에 갇혀 있었다. 여담이지만 나중에 이시도(당시 준위)는 피스톨로 자살을 했다고 하는데, 그 사태에 대한 책임을 느끼고 자결했다는 사람도 있고 그렇지 않다고 하는 사람도 있다.

거사 장교는 천사백 명 남짓 되는 하사관과 병사를 이끌고 가야 하므로 병기 담당, 피복 담당, 급여 담당(식량) 등 거사에 불가결한 요소를 장악한 하사관을 아군으로 끌어들여야 했다. 또 태반이 1월 10일에 막 입영한 초년병이므로 그들을 움직이는 상등병(신병 교육 담당이 많다)을 장악해야 했다.

거사를 준비하는 청년 장교가 일반 병사에게 정신 훈화 시간에 쇼와 유신 정신을 주입하는 한편, 중대 하사관과 상등병 들에게 평소 '혁신'의 필요성을 주입한 이유는 그들이 실질적으로 병사를 인솔하는 자들이기 때문이다.

그러나 하사관과 상등병이 얼마나 거사 청년 장교의 '동지'였는지는 의심스럽다. 이전에도 썼듯이 동지라면 구체적 계획에 참여하거나 상의하고 거사 날짜에 대해서도 사전에 통지를 받아야 한다. 하지만 그들은 그런 정보는 일체 듣지 못했다. 그들이 들었던 것은 쇼와 유신 정신과 지금이 바로 혁신의 시기라는 지극히 추상적인 말뿐이었다.

신참 장교도 거사 직전에야 간부한테 정보를 통지받지만, 그들은 계획이 진행되고 있다는 것을 어느 정도 짐작하고 있었기 때문에 각오는 하고 있었다. 하지만 하사관과 상등병은 아무것도 모르고 있었다.

—제9권 「2월 25일 밤」에서

보병 제1연대 구리하라 야스히데 중위가 기관총대 병사 약 삼백 명에게 비상소집을 실시한 것은 26일 오전 3시 30분경이다. 구리하라는 기관총대 장교였다.

'2월 26일 오전 2시경에 일부 반장과 병사를 깨우고, 오전 3시 30분경에 기관총대 전원 비상소집령을 내려 막사 앞에 정렬시켰다. 그리고 내가 모두에게,

평소 말하던 것처럼 드디어 오늘 유신을 향해 전진한다.

라는 요지의 훈시를 하고, 암호를 '존왕참간尊王斬奸'으로 정하여 하달'(도쿄헌병대 구리하라 조서)했다.

니우 요시타다 중위는 구리하라 기관총대보다 삼십 분 먼저 제11중대 병사 전원에게 비상소집령을 내렸다. 니우는 중대장 대리였다.

'26일 오전 3시 중대 백칠십 명 전원에게 비상소집령을 내리고 오전 4시 환자를 제외한 전원을 운동장에 정렬'(니우 조서)하게 했다.

보병 제3연대에서는 안도 데루조 대위가, '나의 중대 및 기관총대 네 개 분대, 기관총 네 문, 계 이백사 명을 지휘하여 오전 3시 30분에 연대를 출발'(안도 조서)했다. 안도의 제6중대 비상소집은 오전 0시, 막사 앞 정렬은 3시경이다.

사카이 다다시 중위의 제1중대 비상소집도 빨랐다. 사카이는 야전부대 장교였다.

26일 오전 0시, 병사를 일제히 기상하게 하고 준비에 들어가 오전 3시 20분까지 모든 준비를 완료, 막사 앞에 정렬시켰다.(사카이 조서. 도쿄헌병대 작성—이하 동일)

다음은 노나카 시로의 부대.

　26일 오전 0시에 주번 사령 안도 대위의 명령으로 비상소집령을 내린
뒤 보병 제1연대의 구리하라 중위 지휘 아래 출발(도키와 다다시 조서)
　26일 오전 0시 30분, 각 반장이 병사를 깨우고(스즈키 긴지로 조서)
　(장교실에서) 휴식하고 있는데 26일 오전 0시경 주번 사령의 전령이
와서 비상소집령을 전했다.(기요하라 고헤이 조서)

　도키와, 스즈키, 기요하라 등 세 명의 소위는 안도의 명으로 노나카 대
위의 제7중대에 합류했다.
　판결문에는 안도가 '26일 오전 3시경 비상소집을 내리고 전원 막사 앞
에 정렬시켰다'라고 나오지만, 3시는 실은 정렬 시간이다. 보3의 비상소
집은 오전 0시가 맞다. 매우 이른 시각이지만 노나카 부대(도키와, 기요하
라, 스즈키 부대를 포함), 안도 부대, 사카이 부대 등 세 개 부대를 편성해
야 하므로 안도가 충분한 시간을 두고 준비하려고 했을 것이다.
　근위보병 제3연대 나카하시 모토아키 중위는, '26일 오전 4시 20분 비
상소집으로 근보3의 7중대 전원에게 집합을 명하고'(나카하시 조서) 있다.
　각 거사 부대의 병영 출발 시간은 다음과 같다.

　보1. 수상 관저 습격 · 구리하라 부대(하야시 하치로, 이케다 도시히
코 소위, 쓰시마 가쓰오 중위) = 오전 4시 30분경.
　육상 관저 점거 · 니우 요시타다 부대(고다 대위, 다케시마 쓰구오
중위, 야마모토 다스쿠, 이소베 아사이치, 무라나카 다카지) = 상동.
　보3. 시종장 관저 습격 · 안도 부대 = 오전 3시 30분경.

사이토 내부內府 _{궁중에서 천황을 보필하는 내대신} 저택 습격 · 사카이 부대(다카하시 다로, 무기야 세이사이, 야스다 마사루 소위) = 오전 4시 30분경.

경시청 습격 · 노나카 부대(도키와, 기요하라, 스즈키 소위) = 오전 4시 30분경.

근보3. 다카하시 장상 습격 · 나카하시 부대(나카지마 간지 소위) = 오전 4시 30분경.

일제히 습격하는 시간을 오전 5시로 잡고, 모든 일을 거기에 맞춰 각 부대마다 목표 지점까지 걸리는 시간을 감안하여 출문 시간을 정했다. 안도 부대의 영문 출발이 다른 부대보다 한 시간 빨랐던 이유는 스즈키 시종장 관저가 멀었기 때문일 것이다. 습격 목표 지점 도달 시간은 너무 빨라도 너무 느려도 안 된다. 때문에 그들은 결행 전에 실지 답사나 훈련 등으로 거리를 조사해 두었다. 그래도 이치카와 야포의 다나카 마사루 중위의 부대(수송 담당)는 이치카와에서 도쿄에 들어온 시간이 너무 일러, 목표 지점인 육상 관저에 도착할 때까지 야스쿠니 신사, 궁성 니주바시 다릿목, 아카사카의 보1연대 앞 등을 어슬렁거리며 시간을 때웠을 정도다.

유가와라에 있는 마키노를 습격할 고노 히사시 대위(도코로자와 비행학교) 부대도 행동 개시는 도쿄에 맞춰 오전 5시였다.

도쿄 부대가 비상소집을 하던 오전 3시 반에서 4시경, 고노 부대가 나누어 탄 두 대의 차는 어디를 달리고 있었을까?

거사에 참가한 민간인 와타비키 쇼조의 수기.

……도중에 두세 번 소변 때문에 정차했다. 오다와라 시내에 도착했다. 시가지는 희미한 전등 불빛만 보일 뿐 조용했다. 거리를 통과해 해

안 도로를 달리기 시작했다. 네부카와라는 역참에서 정차했다. 예정 시간보다 일러 시간을 보내기로 했다.

어느 마을 회관 사람을 들깨워 모닥불을 피워 달래서 추위를 달랬다. 약 사십 분 정도 쉬었다가 다시 달렸다. 약 삼십 분쯤 달리자 대위(고노 히사시)가 정차를 명했다. 산으로 난 도로라 아래쪽으로 민가의 등불이 띄엄띄엄 보였다. 바다에서 파도 소리도 들렸다.

밤 추위가 발끝으로 스며들었다. 대위는 모두에게 내리라고 했다.

모두 대위 주위에 모였다. 도면(마키노가 있는 이토야 별관의 겨냥도)을 꺼내 돌입 요령을 구체적으로 설명했다.

하나, 저항하지 않는 자는 죽이지 않는다.

둘, 마키노는 노인(70여세)이다. 발견하면 즉시 사살한다.

셋, 부녀자는 해치지 마라.

넷, 목적을 마치면 즉시 물러난다도쿄 구리하라 중위 부대에 합류—인용 사료 주.

다섯, 도요하시에서 원병이 올 것이다. 그들에게 밖을 지키게 할 것.

등등이었다.

설명을 다 들은 우리는 운전사 두 명에게 비로소 여차여차 사정을 설명했다. 그들은 우리 기세에 눌려 승낙했다. 자동차는 다시 어두운 해안 도로를 달렸다. 4시가 지났다. 목적지인 유가와라 온천지가 사오 정町일정은 약 백구 미터 남은 지점까지 왔다. 온천 숙소들의 등불이 멀리 보였다. 마키노를 생각했다. 이제 한 시간 남았다. 우리는 자동차를 세우고 삼십 분 정도 쉬었다. 4시 반경 다시 차를 달려 유가와라를 서행……

역시 일행 속에 있던 구로사와 쓰루이치 전 일등병의 수기.

오전 4시가 지나서 유가와라 초입에 도착했다. 일단 차를 세우고 회중전등을 꺼내 도면을 살피며 일동에게 마키노가 숙박하는 가옥의 위치를 대강 일러 주고 경찰과의 거리 등도 확인해 두었다. 그리고 누가 안으로 들어갈지를 정했다. 피스톨을 가진 자가 안으로 들어가고 일본도를 든 자가 망을 보기로 했다.(잡지《진부쓰오라이人物往來》 1965년 2월호)

그들은 쓰시마, 다케시마, 이노우에 다쓰오 중위, 스즈키 고로 주계 등의 도요하시 교도학교教導學校 부대가 사이온지 습격을 중지했다는 것은 꿈에도 모른 채 응원대가 오키쓰에서 유가와라로 오리라 기대하고 있었다.

사이토 저택 습격조는 제1돌격대(사카이 중위, 무기야 소위), 제2돌격대(다카하시, 야스다 소위), 경계대(스에요시 조장)로 편성할 예정이었으나 스에요시 조장이 나카지마 군조와 함께 직전에 자취를 감추어 경계 대장을 따로 두지 않고 각 경계 분대장 책임으로 했다. 스에요시·나카지마 하사관의 '도망'에 대해서는 앞에서 설명했다.
하지만 구체적인 편성안은 예정했던 것이 아니라 결행 직전에 사카이가 각 부서를 임명했다.

정렬을 마치자 사카이 중위님이 편성을 했는데, 그 편성은 소대 편성이 아니고 중대 하사관과 제2중대에서 모아 온 하사관을 기준으로 하여 아무개 군조 이하 몇 명이라는 식의 변칙적인 분대 편성이었습니다. 분대 수는 아마 열두세 개 같았습니다. 나는 중대 후방을 따라오라는 명을 받았습니다.(무기야 세이사이 조서)

소대 편성이 아니라 분대 단위로 편성한 이유는 사이토 저택 주위를 분산해서 경계하기 위함이고, 소대로 장악하는 것은 오히려 불편하겠다고 봤기 때문이다.

부대는 영문을 나서자 아오야마 1가, 시나노마치, 요쓰야 나카마치 3가 코스를 취했다. 아오야마 1가, 곤다와라자카, 주오선中央線 철도교 밑, 사이토 저택 코스는 시간적으로는 조금 빠르지만 황거皇居 앞을 통과해야 하므로 황거 경계 부대의 의심을 살 염려가 있다.

사이토 저택 사전 정찰은 사카이도 했고, 사카이의 명을 받은 다카하시와 무기야도 했다. 24일 오후 9시경에 했는데, 다카하시는 25일 아침에도 출근하는 도중에 상황을 살피러 갔다. 그리고 사카이가 사이토 저택 부근의 지도를 그렸다.

이 부대와 동행한 야스다 마사루 소위(포공학교 학생)의 공술.

> 사카이 중위가 하사관에게 구체적인 배치를 정해 주고, 내가 그에 대하여 의견을 말했습니다. ……
>
> 오전 4시에 막사 앞에 집합하고 사카이 중위가 훈시를 하자 병사들은 용기백배했습니다. 그 중대를 데리고 출발한 것입니다. 그리고 외원황궁에 인접한 공원을 돌아 시나노마치를 지나서 사이토 저택에 도착하여 계획대로 (편성을) 완료한 것입니다.(야스다 조서)

행진 도중에 사카이가 각 하사관에게 편성을 전달한 것이다.

> 사이토 저택 뒤쪽 경계 = 소총 분대장 군조 아타라시 마사오. 병사 아홉 명.

동 = 소총 분대장 오장 가지마 마스지. 병사 여덟 명.

동 저택 밖 서남쪽 3차로 경계 = 경기관총 분대장 군조 구보카와 야스오. 병사 일곱 명.

동 저택 서쪽 벼랑 아래 위 경계 = 소총 분대장 오장 우치다 이치로. 병사 아홉 명.

동 저택 부근 성선 철도교 위 경계 = 소총 분대장 오장 기베 마사요시. 병사 아홉 명.

동 저택 북쪽 구석 밖의 3차로 경계 = 경기관총 분대장 오장 마루이와 마사오. 병사 다섯 명.

동 저택 서쪽 벼랑 아래 도로 부근의 경계 = 기관총 1개 분대 및 소총 2개 분대 지휘 조장 와타나베 세이사쿠.

동 저택 뒷문 부근 3차로 경계 = 경기관총 분대장 조장 히루타 마사오. 병사 여섯 명.

동 저택 뒷문 부근의 경계 = 소총 분대장 군조 아오키 긴지. 병사 열두 명.

동 저택 정문 부근 경계 = 소총 분대장 오장 기타지마 히로시. 병사 아홉 명.

이상이 판결문에 나오는 경계선 배치다.

사카이, 다카하시, 야스다 등 장교 세 명에 이어서 내부 습격조인 경기관총 분대장 하야시 다케시 오장이 병사 열네 명을 이끌고 저택 안으로 들어간다. 경기관총 분대장 나가세 하지메 오장은 병사 여섯 명을 이끌고 현관으로 향해 경기관총을 설치했다. 2중대 소속 나가세는 안도 대위가 점찍은 하사관 중에 유일한 '동지'적 존재로, 2중대 하사관을 1중대 사카이

지휘 아래 조직한 것은 그의 노력 덕분이다.

사이토 저택은 요쓰야와 곤다와라자카가 남북으로 만나는 골짜기에 있어 서쪽이 시나노마치 방향으로 벼랑으로 되어 있다. 남쪽에는 주오선 철도교가 있다.

사카이 중위가 공술한 동 저택의 침입 상황.

앞서 말한 것처럼 행진중에 각 경계 부대를 둘로 나눠, 제1돌격대는 정문, 제2돌격대는 통용문에 집결을 완료하고, 오전 5시를 기하여 개요도 제1을 보면 알 수 있듯이 문을 열고 돌입하여 경계대가 배치에 들어갔습니다.

이때 정문이 쉽게 열리자 제2돌격대는 통용문 돌입을 중지하고 정문으로 돌아갔습니다.

당시 현관 앞 경찰 초소에서는 경찰관 스무 명 안팎이 낭패하여 옷을 입을 때 돌격대가 쇄도하여 포위했기 때문에 아무런 저항도 없었습니다.(사카이 조서)

아오키 긴지 전 군조의 이야기.

나는 1중대 병사를 이끌고 뒷문 경관 초소를 경비하게 되었다. 순사는 세 명이 있었던 것 같다. 무장을 해제하고 그곳 의자에 앉혀 두었다. 움직이면 죽인다고 하자 순사들은 꼼짝도 하지 않았다.

—제10권 「습격」에서

거사 부대를 배출한 각 사단과 연대가 받은 충격에 대해서 쓰겠다.

나카하시 중위의 근위보병 제3연대를 관할하는 근위사단장 하시모토 도라노스케 중장의 메모에는 다음과 같이 기록되어 있다.

> 4시 30분경, 궐기.
> 6시 20분 제1D_{제1사단─마쓰모토 세이초 주} 부관이 통보. 이때쯤 비상 경비.
> 7시 30분 등청. 제4R_{근보4연대─마쓰모토 세이초 주} 귀환 준비.
> 7시 45분 제1R장에게 수위대 총지휘 맡김. 9시에 일단 교대를 완료

위에서 4시 30분경 '궐기'라고 되어 있는 것은 물론 나카하시 부대가 근보3 영문을 나간 시각이고, 다카하시 저택 습격은 5시경에 있었다. 6시 20분이 되어서야 제1사단 부관이 처음으로 통보했다면 꽤 늦은 것처럼 보이지만, 이미 말했듯이 「근위사단 행동 상보」에 따르면 근위사단 일직 사관 오시마 대위가 경비사령부에서 '안도 대위가 지휘하는 약 오백 명의 부대가 중신 등을 습격하는 중'이라는 제1보를 접한 것은 5시 50분경이며, 이에 근위사단은 즉시 궁성 비상경비(비상 어근화 복무규정^{非常御近火服務規程}에 따름)에 들어갔다고 되어 있다.

하시모토 메모는 제1사단 부관의 통보만을 기재하고 근위사단 일직 사관의 연락은 생략했음을 알 수 있다.

하지만 하시모토의 가족 이야기로는, 아직 밖이 어두울 때 근보3 비상 소집 나팔 소리가 울리자 하시모토 사단장이 놀라서 일어나 즉시 군복을 갈아입고 권총을 찼다고 한다. 근위사단장 관사는 보병1연대 동쪽에 있었는데, 지금의 롯폰기 하이유자 극장 뒤쪽 부근에 해당한다. 관사에는 보1, 보3, 근보3 나팔이 조석으로 들려오지만, 나팔 연주 전에 각 연대 부호 가

락이 붙으므로 구별할 수 있었고, 또 훈련인지 실제 상황인지도 알 수 있게 되어 있었다. 동이 트기 전에 들려온 하시모토 사단의 나팔은 근보3의 실제 상황을 알리는 소리였다. 그렇다면 근위사단 일직 사관 오시마 대위가 5시 50분경 경비사령부에서 받은 제1보를 하시모토 사단장에게 통보하기 전에 근보3에는 이미 그 통보가 가서 병사들이 모두 기상한 것으로 보인다.

다카하시 저택 습격을 마친 나카하시가 궁성으로 향하다가 연락병을 시켜 '제도帝都에 돌발 사건 발생'을 연대에 보고하고 곧 궁성에 도착한다고 통보한 것이 5시 30분경으로 생각되므로, 근보3 비상소집 나팔은 그 직후였는지도 모른다. 또 전후에는 궁성 수위대 사령관 가도마 소좌로부터도 통보가 있었다고 생각할 수도 있다. 이 시각이면 밖은 여전히 어둡다.

하시모토 사단장이 군장을 갖추고 현관을 나서자 밖에는 근위사단 부관 대위와 제1사단 부관 대위가 서 있다가 하시모토에게 경례를 했다. 하시모토는 두 사람에게 짧게 보고를 들었고, 가족에게 '사나흘은 집에 돌아오지 못할지도 모른다'는 말을 남기고 갔다. 가족은 영문을 몰랐지만 아이자와 사건 때보다 더 긴박감을 느꼈다고 한다.

그런데 하시모토 메모에는 '7시 30분 등청'이라고 되어 있어 시간이 상당히 늦다. 이 메모는 사나흘 후에 작성되었는지 기록에 다소 오류도 있는 듯하지만, 그보다 이 메모는 '7시 30분에는 이미 등청하여 근보4연대를 훈련지에서 귀환하도록 준비했다'고 읽어야 아래의 「근위사단 행동 상보」 내용과 정확히 일치한다.

오전 7시 30분경, 동경작명도쿄경비작전명령—마쓰모토 세이초 주 제2호에 따라 병력 출동을 준비하라고 명하는 동시에 오전 7시 40분 근보3을 훈련지에서 불러들였다.

근보4연대는 지바 현 나라시노에서 훈련중이었다.

이어서 오전 8시경 근보1장에게 부하 1대대와 지금 수위중인 근보 3의 1대대 및 다케하시, 궁성 동북쪽 모퉁이 및 도서료황실 관련 법령의 정 본이나 귀중한 궁중 서적을 관리하는 관청 부근에 있는 보병2의 3중대비상 배치로 배치한 것—인용 사료 주를 모두 지휘하여 궁성을 지키도록 맡겼지만, 오전 9시 30 분경, 보병1의 1대대를 근보3의 대대와 교대하게 하고, 오후 1시경 이 를 완료했다.

8시경에는 근보 제1연대장에게 동 연대의 1대대, 근보 제3연대 수위대 (나카하시 중위가 이끄는 제7중대를 포함), 근보 제2연대의 3중대 궁성 경비 혼성부대를 전부 일괄하여 총지휘하도록 맡겼다. 따라서 수위대 사 령관 가도마 소좌도 8시경 이후는 근보1연대장 지휘 아래 들어간 것이다. 이것이 제1단계 조치였다.

제2단계는 문제의 근보3이 맡은 수위대를 근보1의 대대에게 오후 1시 경에 교대하게 한 것이다. 사실 이는 통상적인 교대 시각이기도 했지만, 그보다는 문제 부대를 배제하는 의미가 컸다.

이리하여 근위사단은 궁성 수위 태세를 가까스로 안전하게 갖추었다. 여기까지 오는 데는 사단에서도 대단한 소동이 있었을 것이 틀림없다.

—제10권 「여러 인물의 행동」에서

사건 발발 첫날인 2월 26일 밤에는 거사 부대가 거점을 철야로 경계했다. 전시경비령에 따라 그들은 보3 연대장 시부야 대좌의 지휘 아래 들어가 경비대 일부에 편입되었다. 그들이 '관군' 의식에 젖은 탓에 사태는 일단 소강상태를 유지했지만, 그 사이에 계엄령 시행 절차가 늦게나마 착착 진행되고 있었다.

문제는 향후 내각이었다. 하루라도 빨리 결정해야만 하는데, 거사 부대에 유리한 정세인 만큼 당연히 그 동조자들의 주도권 아래 토의가 이루어지게 된다.

그런 사례 가운데 하나로 '제국 호텔 회합'이 있다. 이는 결실을 맺지 못한 모임이지만 당시 상황을 살펴보는 데 빠뜨릴 수 없는 삽화다. 그것에 대하여 소개하겠다.

미시마의 야전중포 제2연대장 하시모토 긴고로 대좌에게 전화로 사건을 알린 사람은 《도쿄니치니치신문》의 하야시 고이치였고, 때는 26일 아침 7시 반경이었다.

하야시는 다테카와 요시쓰구 중장에 밀착된 인물로, 오사카 사단장이던 다테카와에게 도쿄 방면의 정보를 올리고 있었다. 다테카와는 고이소 구니아키 중장과 함께 우가키 계이며 황도파의 적대 세력이다. 다테카와가 1933년 지방으로 옮긴(제10사단장) 이래 중앙으로 돌아오지 못한 것도, 고이소가 1932년 육군 차관에서 관동군 참모장으로 나간 이후 제5사단장, 조선군 사령관을 역임하며 중앙의 부름을 받지 못한 것도, 군 중추를 장악한 황도파, 특히 마사키에게 배척을 당한 탓이었다.

하시모토 긴고로, 조 이사무 등의 3월 사건, 10월 사건을 일으킨 '사쿠라회'의 주도자는 고이소, 다테카와 계인데, 그 관계자들은 10월 사건 때문에 만주를 비롯한 여러 지방에 분산되었다. 이것이 대의명분을 분명히 밝히는 명쾌한 처분이 아니었기 때문에 사관 학교 사건으로 처벌을 받은 무라나카, 이소베가 늘 불공평함을 문제 삼고 있었다. (제4권 「사쿠라회'의 야망」, 제6권 「사관 학교 사건」 등 참조)

지방에 좌천당해 있던 구 사쿠라회 사람들도 1935년 말경에는 하나둘 중앙으로 돌아오고 있었다. 그런데 중앙 정세는 크게 달라져 있어서 이른바 통제파 대 황도파의 대립 구도가 자리 잡고 있었고, 황도파도 마사키, 아라키를 비롯한 주축은 이미 뒤로 밀려나고 통제파에 대항하는 중심 세력은 야전부대 청년 장교로 옮겨 가 있었다. 이에 하시모토는 옛 동지를 모아 세력을 회복하려고 이른바 '청군파'(군부를 숙청한다는 의미)를 결성했지만, 유력한 제3세력으로 크지는 못했다. 구 사쿠라회 멤버 중에 여전히 지방에 있는 자가 많다는 점, 그 후 전향자가 나왔다는 점 따위를 꼽을 수 있는데, 가장 중요한 이유는 혁신 운동의 중심이 위관급으로 옮겨간 탓에 좌관급이 젊은 혈기에 압도되어 생기를 잃었다는 것이다. 게다가 두령 격인 하시모토 긴고로가 미시마 야포 연대에 떨어져 있어서 도쿄에서 행동을 취할 수 없어서 더욱 조건이 나빴다. 조 이사무는 참모본부 중국과에 돌아와 있었지만, 그는 '호걸형'일 뿐 책사가 못 되었다.

앞에서 언급했듯이 청군파는 중립이라기보다 통제파에 가까웠다. 이는 하시모토 일파가 청년 장교에게 배척을 받은 탓에 자연히 그렇게 되었다고 할 수 있다. 하시모토 들은 3월 사건, 10월 사건의 쿠데타 계획에서 볼 수 있듯이 혁신 운동의 선구이지만, 그때는 정치색이 너무 강하고 출세주의로 치달았다. 모임도 화려한 요정이나 마치아이모임 장소를 제공하고 출장 요리와 기생이 제공되는 업소에서 가지니 늘 술과 여자가 따르게 마련이었다. 따라서 청년 장교에게 불순하고 불결한 모임으로 비쳐 그들과 이반되었다. 또 군 중앙부가 반 황도파 막료에게 장악되어 있었다는 점도 하시모토 들을 통제파로 밀착시켰다.

미시마에서 도쿄 정세를 살피던 하시모토는 사건 당일 하야시 고이치에게 전화로 소식을 듣자 조바심이 나서 여단장에게 달려가 하루만 상황을 살펴보고 오겠다는 명목으로 도쿄 출장 허가를 무리하게 받아 냈다. 연대장은 위수지에서 떠나서는 안 된다고 되어 있었지만, 하시모토로서는 풍운을 탈 절호의 기회였다.

하야시 고이치는 니혼바시에 있는 마치아이 '후타미'에서 하시모토의 상경을 기다렸다. 하시모토는 오후 3시 열차로 미시마를 출발하여 5시에 시나가와 역에 도착했고 다나카 와타루 대위의 영접을 받으며 야나기하라 백작 저택으로 갔다. 다나카 와타루는 참모본부원 겸임 육군 교관으로, 조, 오하라 시게타카 소좌 계열의 말석에 있는 하시모토 직계다.

하시모토는 야나기하라 저택에서 잠시 쉰 다음 다나카를 데리고 자동차로 군인회관 경비사령부로 갔다. 여기서 미쓰이 사키치 중좌와 연락이 되어, 마쓰이의 주선으로 육상 관저에서 청년 장교를 만날 약속을 했다. 새 내각을 짜는 것과 관련하여 그들의 의향을 직접 듣기 위해서였지만, 하시모토에게 자기가 '쿠데타 선배'라는 의식이 없었다 할 수는 없다.

하시모토는 자정을 지난 시각에 '후타미'에서 하야시 고이치를 만났는데, 그때 하시모토가 들려준 이야기를 하야시가 저서 『혁명을 이루지 못하고』에 옮겨 놓았다. 육상 관저 경비 상황 등과 관련하여 흥미로운 내용이므로 그 부분을 인용하겠다.

제1보초에 도착하자 차를 세우더니 조수석의 다나카 와타루가 뛰어내렸지. 그리고 오른손을 높이 쳐들며 "존황!" 하고 외치더군. 그러자 보초가 즉시 "토간討奸간신배를 처단함!" 하고 대답하더군. '존황, 토간'이

'산, 강'과 같은 암구호였던 셈이야. 그리고 다나카가 "야전중포 제2연대장 하시모토 긴고로 대좌! 연락 끝!" 하니까, "좋다, 통과하시오!" 하더군.

그래서 다나카가 차를 타고 다시 달리자 곧 제2초라는 곳이 나왔네. 그곳도 마찬가지 절차를 밟아서 통과하고 대신 관저에 도착해 보니 하사 초소가 있더군. 모닥불을 크게 피워 놓고 착검한 총을 든 자가 열대여섯 명이나 되는 살벌한 풍경이었지. 경비가 꽤 엄중했던 거야. 여기에서도 마찬가지 절차를 밟자, "원로遠路에 얼마나 노고가 많으셨습니까. 부디 양해해 주시고 어서 안으로 드시지요!" 하더군.

초소장은 조장이었는데, 연극 대사처럼 고풍스러운 말을 진지한 얼굴로 하는 거야. 그야말로 메이지 유신 지사 흉내를 내고 있더군.

메이지 유신 지사 흉내라면 찻집에서 쿠데타 계획을 짜고 '취해서 베는 미인의 무릎'을 연출했던 하시모토 쪽이 선배일 것이다.

육상 관저 경계선은 이렇게 삼중으로 쳐져 있었다. 마지막 내선은 하사관들이 지켰다. 거사 부대 사령부인 만큼 엄중했던 것이다. 하시모토는 관저 안으로 들어간다.

복도에 책상과 의자를 가득 쌓아 올린 것이 꼭 바리케이드 같더군. 기합이 바짝 든 청년 장교들이 군도를 짤각짤각 울리며 살벌한 얼굴로 돌아다니는데, 한 구석에 아베(노부유키)나 하야시(센주로) 같은 육군 대장들인 군사참의관 네다섯 명이 허리를 구부리고 흠칫거리고 있더군. 도저히 눈뜨고 볼 수가 없는 꼴이었지. 중위 따위가 턱짓으로 "저리 가" 하고 명령조로 소리치더군.

마침 군사참의관과 거사 간부 들이 회견할 때였던 모양이다. 하시모토의 이야기에 과장된 점이 있었으리라 감안하더라도 군사참의관들의 비굴함과 청년 장교들의 방자함은 위 내용과 크게 다르지 않았을 것이다. 육군 대장에게 턱짓으로 지시하는 위관의 상쾌한 기분은 상상하고도 남음이 있다. 하시모토는 넓은 방으로 들어서서는 힘차게 말했다.

"야전중포 제2연대장 하시모토 긴고로 대좌, 지금 대령했습니다. 이번 장거^{壯擧}는 참으로 감격스럽습니다! 이때 일거에 쇼와 유신의 단행이라는 초지를 관철할 수 있도록 이 하시모토 긴고로도 미력한 힘이나마 거들려고 왔습니다."

이것도 고풍스럽긴 마찬가지였지만, 유신 기분을 내던 그 자리 분위기에는 잘 어울렸는지도 모른다. 대위_{고다 기요사다?}—마쓰모토 세이초 주가 그를 방 하나로 안내하여 대화를 나눴다. 하시모토 긴고로는 무라나카 다카지, 이소베 아사이치하고도 이야기를 했는데, 그는 이때 마사키 수반^{首班}, 다테가와 육상안^案을 냈다가 이소베 일파에게 거절당한다.

—이렇게 육상 관저에서 보기 좋게 쫓겨난 하시모토가 마치아이 '후타미'에서 이 이야기를 하야시 고이치에게 들려주는 동안, 다나카 와타루 대위는 하시모토 명으로 그 자리를 떠나 미쓰이 사키치 중좌와 이시와라 간지 대좌에게 연락을 취하고 있었다.

다나카가 돌아와 미쓰이와 회견할 약속이 잡혔고, 이시와라하고도 잘될 것 같다고 보고하고, 회견 장소를 어디로 하면 좋으냐고 묻는다.

"제국 호텔로 하자. 이럴 때는 차라리 호텔 로비가 제일 눈에 띄지 않을 거다."

—제11권 「점거와 계엄령」에서

거사 부대에 대한 군 중앙부의 무력 진압 결정은,

오전 5시 봉칙 명령을 계엄사령관에게 교부했다. 이에 의거하여 사
령관은 계엄명령을 내리고, 봉칙 명령과 함께 육상 관저에서 고토 대좌
에게 비공식적으로 전했다. 만약 유신 부대가 이 명령에 복종하여 철수
하면 다행이지만 그렇지 않을 경우에는 정오 또는 오후 1시를 기하여
공격을 명하기로 정했다.(스기야마 메모)

라고 되어 있어 28일 오전 5시가 결정적이었음을 알 수 있다. '비공식
적' 형식이지만 이를 보1 연대장 고토 대좌에게 전했을 때 봉칙 명령은 거
사 부대를 거느린 직속 지휘관에게 사실상 하달되었다.

고토는 두 시간 전인 오전 3시경에도 야마구치 이치타로 대위, 스즈키
사다카즈 대좌와 함께 계엄사령부에 와 있다가 이시와라의 '즉시 공격'이
라는 봉칙 명령을 수령자에게 하명하는 모습을 눈앞에서 보았으므로 중
앙부의 토벌 태세는 충분히 알고 있었다. 하지만 고토 등은 두 번에 걸친
봉칙 명령을 거사 부대에게 전하지 않았을 뿐만 아니라 오히려 11시 반경
이 되도록 여전히 거사 부대의 희망을 중앙부에 연락하고 알선하려는 태
도였다.

이어서 무라나카의 말을 소개한다.

고토 대좌의 방을 나와 시바 아루토키 대위를 만났다. 대위가 말하기
를, "오늘 새벽 계엄사령부의 분위기가 악화되어 지사들을 현 위치에서
철퇴시키기로 했다. 이에 관한 봉칙 명령을 받는 형세임을 알고 야마
구치 대위에게 이를 알리자 동 대위는 경악을 금치 못하여 즉시 계엄사

령관, 군사참의관 등을 만나 이를 억지하려고 노력하는 중이다"라고.(무라나카의 유서「속단심록續丹心錄」, 고노 쓰카사 편編『2 · 26 사건』수록)

전날 밤의 시간 관계를 따져볼 때 무라나카가 고토 방에 찾아간 때는 오전 11시 반경일 것이다. 소노야마 보3 연대장이 나카하시에게 전화를 걸어 봉칙 명령을 전한 때는 11시경(소노야마 청취서)이다. 그 전화에 무라나카가 고토에게 불평을 하러 갔으므로, 전화를 받은 뒤가 분명하다. 그리고 고토의 방을 나선 때는 12시경이었을 것이다. 무라나카의 유서에는 시간이 기록되어 있지 않지만 그렇게 추정해도 좋다.

시바 대위는 야마구치가 계엄사령관과 군사참의관 등을 만나 이를 억지하려고 노력중이라고 말했는데, 이것은 나중에 나오는 가시이 사령관, 아라키, 하야시 양 군사참의관과 미쓰이 들의 회견을 말하는 것으로 보인다. 이 회견은 '스기야마 메모'에 따르면 오전 7시 30분에 시작되었다.

야마구치는 오전 0시경 시바 대위에게 봉칙 명령에 대해서 전해 들은 뒤로 내내 분주하게 뛰어다녔다. 시바 대위가 보았던, 고토 대좌의 방에서 나오는 무라나카의 모습은 막료부 형세를 처음 듣고 '경악을 금치 못'하던 야마구치의 얼굴과 똑같았을 것이다. 짐작건대 오전 0시 이래의 사태 진행이 무라나카에게 이때까지도 전달되지 않았을 것이다. (중략)

거사 부대는 언제쯤부터 군 중앙부에게 '반란 부대'라 불리게 되었을까?
정식으로는 3월 1일의 육군차관 통첩, '이번 불법 출동 부대(자)를 반란군(자)이라 칭하기로 한다' 이후인데, 데라우치 히사이치 육상은 '반란은 영문을 나설 때 시작된다'(제69의회, 귀족원 미무로도 유키미쓰의 질의에 대한 답변)라고 말했다.

이는 나중 일이지만, 보통은 28일 오후 6시에 계작령(계엄사령부 작전
명령) 제12호, '고토 대좌는 계작명 제7호에 규정된 장교 이하를 지금부터
지휘하지 못한다'가 나온 시점부터 '반란 부대'가 되었다고 알려졌다.

예를 들면 하타 이쿠히코의 호저⁑ 『군 파시즘 운동사』에도 "2월 28일
저녁, 제1사단장은 고토 제1연대장에게 '지금부터 점거 부대의 장교 이하
를 지휘하지 않는다'는 명령을 전하였고, 이로써 반군은 글자 그대로 반군
으로 간주되게 되었다"라고 나온다.

그러나 정확하게는 그보다 삼십 분 앞선 오후 5시 30분에 나온 계작명
제11호,

　　반란 부대는 끝내 대명에 따르지 않았다. 따라서 단호히 무력으로
　　치안을 회복하기로 한다.

에 의해 정식으로 '반란 부대'라 불렸다.

그때까지는 '궐기 부대', '유신 부대', '행동 부대', '점거 부대', '고토 지
대支隊' 또는 '지구경비 부대' 등 다양하게 불리고 있었다. 양측에서 자의적
으로 불렸던 것이다. 그럼 진압군 측의 정식 명칭을 계엄사령부 참모부 제
1과가 편찬한 「작전명령집」을 보고 순서대로 정리해 보자. 호칭 변천은
곧 사건 경과에 대하여 중앙부가 고민한 흔적이다.

우선 26일 오후 3시, 동경작명 제3호.

　　제1사단장은 오늘 아침 이래 행동을 계속하는 군대에 대해서도 1935
　　년도의 전시 경비 계획서에 의거하여 필요한 방면을 경비하고 치안 유
　　지에 임해야 한다.

'행동 부대'라는 명칭이 여기서 생겼다.

'군대에 대해서도'라는 말로는 제1사단도 '행동 부대'가 적인지 어떤지 판단할 수 없었을 것이다. 다만 제6항에 '군대 상호간에 절대로 총격을 하지 말라'고 되어 있으므로 모호하게나마 대립하는 군대라는 것은 느낄 수 있었겠지만.

27일 오전 10시 반. 경비사령부를 계엄사령부로 바꾼 계작명 제3호.

제1사단은 대체로 아카사카 초소에서 후쿠요시초, 도라노몬, 히비야 공원에 이르는 지역에 유력한 부대를 배치하여 점거 부대의 행동이 확대되지 않도록 막아야 한다

여기서 '점거 부대'라는 이름이 주어져서 구분이 명료해졌다.

27일 오후 7시. 계작명 제7호.

26일 아침에 출동한 장교 이하는 제1사단 고지마치 지구 경비대장 고토 대좌의 지휘 아래 행동해야 한다.

여기에서는 '26일 아침에 출동한 장교 이하'는 고토 보1 연대장이 지휘한다는 사실이 명기되었다. 여기서 '고토 부대'나 '고토 지대', 혹은 '지구 경비대'라는 이름이 생겨난다. 즉 아직까지는 '관군'이다. 명목상으로는 '공산당에 대한' 방비.

28일 오전 5시 30분. 계작명 제8호.

귀군은 우선 점거 부대를 속히 고토 대좌의 지휘 아래 보병 제1연대

로 집결시키도록 하라. 또 그 부대가 아카사카 초소를 통과하게 하고, 이를 위해 양 사단의 부대는 그 지역 부근을 개방해야 한다.(근위, 제1 사단장 앞. 고토 대좌에게는 '통보'라고 되어 있다)

28일 오전 7시. 계작명 제9호.

목하 평온하게 점거 부대를 철거시킬 전망이 크므로 이들을 자극하여 불측한 사태를 일으키지 않도록 유의할 필요가 있음.(근위사단장에게 주는 글)

여기까지는 '점거 부대'였다.
28일 오후 4시. 계작명 제10호.

나는 대명을 받들어 신속히 치안을 회복하고자 한다. 이를 위하여 단호히 무력을 행사할 것이다
제1사단장은 그 예하 및 지휘하에 있는 부대(보병 제2연대 및 보병 제59연대의 각 보병 1개 대대 및 공병 제14대대의 1개 중대를 포함)로 수상 관저 부근부터 미야케자카 부근 일대에 걸쳐 있는 반항 부대에 대하여 공격을 준비할 것

여기서 '반항 부대'가 된다.
가시이가, 스기야마 차장에게 '정부 사람들 대부분은 이제 단호한 처분을 요망하고 있다'고 하며 무력 진압을 압박하고 야스이 계엄참모장의 귀띔도 있어서 '결심 변경, 단호 토벌'을 표명한 것이 그날 오전 10시 10분

경이다. 위의 계작명 제10호는 그 여섯 시간 뒤에 발령된다.

그날 오후 5시 30분에는 앞서 소개한 계작명 제11호가, 동 6시에는 계작명 제12호가 나온다.

그리고 28일 밤 11시에 나온 계작명 제14호는 이렇게 말한다.

> 반란 부대는 끝내 대명에 따르지 않았다. 따라서 단호히 무력으로 당면의 치안을 회복하고자 한다.
>
> 제1사단은 명 29일 오전 5시까지 대체로 지금의 선을 견고히 수비하고 언제든 공격을 개시할 수 있도록 준비를 갖추고 전투지 경내의 적을 소탕해야 한다.(근위사단에게도 동일한 명령)

여기서는 분명히 '적'이 되었다.

천변만화라고까지는 못하더라도 단 사흘간에 격심한 변화를 거쳤다. 중앙부의 당혹과 의견 불일치를 그대로 보여 준다.

—제11권 「봉칙 명령」에서

점거 지역에 머물러 있는 이상 '황군상격'을 회피하는 군 중앙부는 손을 쓸 길이 없다. 정치, 군사의 중추 지대를 '인질'로 잡힌 꼴인 군 중앙부는 결국 거사 측 요구를 받아들일 것이다. 이것이 거사 간부들의 계산이었다. 그런 계산이 있었기에 그들은, 특별한 사후 보장도 없이 철수가 제일이라고 외치는 설득이나 권고를 거부할 수 있었다.

그런데 막료파는 그들의 예상보다 훨씬 강경했다. 감히 '황군상격'도 회피하지 않겠다고 나온 것이다. 막료파의 대의명분은 거사한 자들이 '봉칙 명령을 어긴 반도'라는 낙인이다. 막료파의 공격 태세도 28일 저녁부터 갑자기 활발해졌다.

이렇게 되자 거사 장교들도 응전을 위해 방비를 굳히지 않을 수 없었다. '나는 사태 추이를 보건대 조만간 황군이 상격하는 비참한 사태가 일어나리라 판단했다', '그 뒤에는 손쓸 방법이 없겠다 생각하며 사태 추이를 기다릴 뿐이었고, 밤이 되자 공격을 받으리라는 것이 더욱 명료해지고 야습이 있으리라는 정보도 있어서 경계를 엄하게 했다'는 것이다.(무라나카 유서, 고노 쓰카사 편編『2 · 26 사건』수록)

이 상황을 병사 입장에서 보도록 하겠다.

보3 제3중대의 사와다 아구타로 전 상등병(기요하라 소위 부대)의 수기.

28일 아침 얼마 남지 않은 휴대 식량으로 아침을 먹고 대장대신★藏★ 圧 관저를 나섰다. 짐수레에 가재도구를 실은 피난민들이 눈 쌓인 포장도로를 경황없이 지나갔다. 그 살벌한 공기가 마침내 언제 전투 개시로 발전해 갈지 알 수 없었다. 실전 경험이 없는 우리는 그 위치에서 작전 등 여러 가지를 생각하고 있었다. 긴박한 공기 속에서 사태는 시시각각 변해 가는 듯했다. 외부 접촉이 끊겨 있던 우리도 사태가 여의치 않음을 느끼고, 앞으로 어떻게 될까 하는 불안과 초조를 어찌할 수 없었다.

마침내 그날도 저물고 피난 가는 시민 모습도 보이지 않게 되었다. 우리는 궁성에서 가까운 야시키초에 가서 나카무라 도타로라는 문패가 걸린 훌륭한 저택에 들어갔다. 가족은 피난을 갔는지 서생 두 명이 집을 지키고 있었다. 그 집에서 26일 이후의 신문을 보았는데, 28일 자에는 내일 새벽을 기하여 반란군에 대한 일제 공격이 시작되므로 고지마치 주변 시민은 한시라도 빨리 피난하라는 기사가 지면 가득 실려 있었다. 우리가 어느새 반란군이 되었음을 알고 아무도 입 밖에 내지는 않았지만 복잡한 심정이 되었다. 그리고 점차 벼랑 위에 서 있는 듯한 절망감에 빠져들었다. 어두운 전등 아래 자식의 안부를 걱정하고 있을 부모님 얼굴이 뇌리에 떠올랐다가는 사라졌다. 휴식 시간에 나는 고향집 부모님에게 유서 삼아서 편지를 써 보냈다. '쇼와 유신을 위해 궐기했으나 불행히 반란군이란 오명을 쓰고 말았습니다. 저는 상관 명령에 충실히 따랐을 뿐이니 남들이 뭐라고 해도 부끄러워할 것 없습니다. 지금까지 베풀어 주신 은혜에 감사드립니다.'

아무 소리도 들리지 않는 심야에 확성기로 뭐라고 방송하고 있었지만, 잘 알아들을 수가 없었다. 우리는 주변 쓰레기통이나 다른 물건들을 찾아내서 방루로 삼고 그곳에 경기관총을 설치하고 대기했다. 적의 공격이 시작되어도 저쪽에서 발포하기 전에 이쪽에서 먼저 사격해서는 안 된다, 각자 총검을 들고 응전하라, 라는 강력한 명령이 있었다.

이쪽 행동을 숨기기 위해 외등은 절단기로 전선을 잘라서 껐다. 손이 닿지 않는 외등은 돌을 던져 깨뜨렸다. 이상한 파괴음과 함께 사방이 캄캄해지자 뭐라고 형용키 어려운 언짢은 기분이 들었다.

동쪽 하늘이 희미하게 밝아 오기 시작해서 마음을 놓았는데 곧 출동 명령이 떨어졌다. 집합지는 미야케자카였다. 그곳에서 굶주림과 추위를 잊기 위해 삭은 나뭇가지를 모아다가 모닥불을 피웠다. 담소하는 자는 아무도 없었다.

그곳에 기요하라 소위가 와서 모두를 원형으로 세워 놓고 말했다.

"우리는 나라를 위해 최후의 일인이 될지라도 쇼와 유신을 실현할 작정이었으나 배알 없는 일부 동지들의 배반으로 대오가 무너지려 하고 있다. 현재 남아 있는 것은 우리 제3중대와 제6중대뿐이다. 그래서

너희에게 결의를 묻고 싶다. 최후의 일인이 되더라도 결행할 각오가 되어 있는 자는 손을 들라."

그 말에 우리는 생각도 하기 전에 일제히 "예" 하고 대답하며 손을 들고 말았다.

"고맙다. 여러분의 각오를 들으니 이 교관은 진심으로 기쁘다."

전우 동지들은 서로 얼굴을 마주 보며 마지막으로 천황폐하 만세를 삼창했다.

군장을 점검하고 총과 경기관총에는 탄창을 아낌없이 장진하여 전투 준비를 마쳤다.(중략)

거사 부대 병사들 사이에 투항 징조가 분명히 드러난 것은 29일 동이 튼 뒤였다. 「보병 제1연대 주력의 상황」은 다음과 같이 기록하고 있다.

하사관과 병사를 구명하고 싶은데, 그와 관련하여 고토 대좌가 수상 관저로 가 주었으면 좋겠다는 보병 제57연대장의 전화 통보를 받고 즉시 수상 관저에 갔다. 그러나 행동이 서로 맞지 않아 결국 구리하라 중위를 만나지 못했다. 나는 반군에게 경거망동을 삼가고 공격군에게는 자중할 것을 부탁했다. 반군은 대체로 산노 호텔 및 수상 관저산노 호텔은 거사 부대의 지휘 본부가 있었고, 수상 관저도 그 근처에 집결하여 투항할 뜻이 분명해 보였다. 나는 필요한 조치를 취하려고 연대로 향했다.

이에 앞서 고가(다케시) 중좌는 오전 9시경 장교 척후 이노마타 소위에게, 반란 부대에 동요하는 분위기가 있으며 점차 제1선 부대로 투항하고 있다는 보고를 듣고, 오전 10시 중대장 이상을 소집하여 상황을 전달하고, 각 중대장에게 제1선에 가서 연대 소속 반란 부대 하사관과 병사들을 귀순시킬 방법을 강구하도록 했다.

이에 따라 마쓰나가 대위 이하 장교 여덟 명은 아카사카 초소, 산노시타, 다메이케 등 세 방면을 향해 출발했다.

이어서 고가 중좌는 앞서 파견한 장교로부터 반란 부대는 대체로 산노 호텔 및 수상 관저 부근에 집결중이라는 보고를 받고 가와무라 소좌를 기관총 부대, 혼고 소좌를 제11중대 위치로 파견하여 현장에서 무장해제를 하고 부대를 정리한 뒤 명령을 기다리고 있으라고 명했다.

오전 9시경부터 반란 부대 병사들 사이에 동요가 일어나 잇달아 제1선 부대(포위군)로 투항하고 있다는 보고다. 라디오, 유인물, 풍선 등을 이용한 봉칙 명령 선전이 제대로 먹힌 것으로 보인다.

보1의 기관총 부대는 구리하라 야스히데의 부대, 11중대는 니우 요시타다의 부대로, 모두 거사 부대의 핵심이었다. 연대에서 그런 부대로 두 소좌를 보내서 무장 해제와 병사 정리를 준비한 것으로 보아 대세는 이미 기울어 있었다.

구리하라 부대와 함께 수상 관저에 있던 나카하시 모토아키 중위의 근보3 부대는 야간부터 그날 미명에 걸쳐 이미 와해되어 있었다.

보3의 노나카 부대 중에 기요하라 고헤이 소위의 제3중대는 기요하라가 병영으로 돌려보냈다. 독일 대사관 앞에서 이소베에게 "아무 말도 마십시오. 저는 병하사를 돌려보내겠습니다"라고 말한 사카이 다다시 중위도 병사를 설득하고 장교에게 넘겨서 귀영시켰다.

무너지는 대하大河를 막대기 하나로 막을 수 없다고 하더니, 과연 옛 말대로구나. 대세는 이미 도저히 어찌해 볼 도리 없이 기울어, 한두 사람의 강경 의견은 아무런 영향도 미치지 못했다.(「행동기」)

이소베도 이렇게 개탄하는 수밖에 없었다. (중략)
거사 부대 하사관과 병사의 원대 복귀는 29일 오후 2시경에 거의 다 완료되었다.

—제11권 「붕괴」에서

주일 미국 대사 조지프 그루는 2월 26일 아침 10시, 워싱턴의 국무장관 앞으로 다음과 같은 긴급 전보를 쳤다.

오늘 새벽 군은 정부와 시 일부를 점령하고 고관 몇몇을 살해했다고 한다. 현재 어떤 사실도 확인 불가능. 신문 특파원은 외국에 전보 치는 것도 전화 통화도 허용되지 않는다.
이 전보는 우리의 암호 전보가 제대로 송신되는지 확인하고자 시험 삼아 보내는 것이다. 암호실은 수신이 잘되는지 즉시 알려 주기 바란다.(조지프 그루, 『체일 10년』)

그로부터 나흘이 지난 3월 1일, 그루는 일기에 이렇게 적는다.

지난 나흘간 일어난 일을 생각하면 반란 이전에 일어난 일들은 참으로 사소해 보여서 새삼 글로 남길 생각조차 일어나지 않을 정도다. 나는 2월 26일과 29일 사이에 일어난 모든 일들을 조금씩 정리하려고 노력해야 할 것이다. 이 사건의 대단원, 즉 우리를 비롯하여 다들 암살된

줄로만 알았던 오카다 수상이 상처 하나 없이 불쑥 나타난 것은 너무나 연극 같은 일이었으며, 세계는 어떤지 모르지만 일본에서는 반란자들을 다시없는 바보 천치의 표본처럼 여겼다. 이것은 좋은 일이다. 하지만 슬픔과 분노는 이 사건의 유머를 지워 버렸다.(조지프 그루, 위의 책)

그루는 2월 26일부터 7월 13일까지의 일기를 한 장으로 묶고 '조산적 혁명에서 공공연한 전쟁으로'라는 제목을 달았다.

그가 말하는 '조산적 혁명'이 진행되는 나흘간, 도쿄 시내는 반란군이 점거한 지역 말고는 참으로 평온했다. 그 구역에 사는 주민들도 군대끼리 곧 전투를 벌인다는데도 냉정하게 행동하여 특별한 혼란은 생기지 않았다. 계엄사령부를 믿고 라디오나 기타 매체를 통한 지시에 잘 따랐다.

여기에는 반란군 병사들이 시민을 전혀 난폭하게 대하지 않았다는 안도감이 있었을 것이다. 시민은 반란 부대에도 군대의 규율이 있다고 믿었다. 하지만 시간이 지나면서 시민들의 이런 인식은 점차 사라지고 계엄사령부 측의 선전도 있어서 반란 부대 지휘자에 대한 반발심이 강해졌다.(중략)

3월 9일 데라우치 신임 육상의 성명 중에서.

애초에 본 사건이 유래한 바는 극히 심각하고 광범한 것이며, 이로써 군은 건군의 본의를 더욱 분명히 밝히고 군 전체가 한 몸이 되어 먼저 스스로를 바르게 하여 폐를 시정하고 군기를 진흥하여 군 질서를 확보하고 천황 친솔親率의 실을 잘 발휘하여 황운皇運을 부익扶翼하고 신금宸襟이 편안토록 받들어야 한다. 이와 함께 국체를 더욱 명징하게 하고

황기皇基를 회홍恢弘하고 국력을 크게 함양하여 국민의 경복을 증진하고
소위 국정일신의 실을 거두고 국방을 완성하여 국가의 확고한 안정을
기하고 비상시국을 타개하여 국운 흥륭에 진력해야 한다.

반란 사건의 '원인'은 '극히 심각하고 광범'하다고 하면서도 '원인'에 대
한 설명은 전혀 없이 '이로써' 군 전체가 한 몸이 되어 먼저 스스로를 바르
게 하고 군기를 진흥시켜야 한다고 건너뛰어 버린다. 그리고 '이와 함께'
국정 일신, 국방 완성을 고취하고 있는데, 읽어 보면 숙군을 강조하는지
국정이나 국방을 강조하는지 얼른 알 수가 없다.

문장도 양자가 반반씩 섞여 있어 논지가 흐트러졌다. 후반에 '천황의 친
솔'이니 '국체 명징'이니 하는 말이 나오는 데서도 알 수 있듯이 황도파 군
인이나 국수 단체를 만족시키고, '국정일신, 국방충실'이란 문맥으로 군부
내 이른바 신통제파(후술)의 주장도 집어넣었다. 즉 숙군과 군의 정치 개
입이라는 상호 모순하는 방향이 이 성명문에 나란히 제시되어 있는 것이
다. 느낌으로는 오히려 후자가 더 강하다. (중략)

상설 군법 회의(고등 군법 회의, 사단 군법 회의 등 통상 군법 회의를
말함)에서는 공개, 변호, 상고 등이 인정되지만, 특설 군법 회의에서는 재
판관 기피, 공개, 변호, 상고가 전혀 인정되지 않았다.(육군헌병학교 교
관·육군대학 교수 이노우에 가즈오『육군 군법 회의법 대강』, 히다카 미
노『육군 군법 회의법 강의』)

따라서 2·26 사건을 심리하는 재판이 특설 군법 회의이므로 비공개,
비변호, 비상고 방침을 취한 것은 전혀 위법이 아니다.

하지만 몇 번이나 말했듯이 특설 군법 회의는 전시 사변 또는 교통이 단

절된 계엄 지구(합위지경合圍地境)에 구성하는 것이므로 이를 국내에 적용하는 데 대해서는 이론이 있을 수 있다. 적지나 점령지라면 그 특수한 상황 때문에 최대한 빨리 재판을 종결지어야 한다. 적당한 변호사가 없다는 사정도 있다. 그러나 국내에는 전쟁도 없고 긴급 절박한 전시도 아니다. 적당한 변호인이라면 얼마든지 있다. 계엄령 상태이긴 해도 3월 들어서는 도쿄의 치안도 회복되어 평온했다. 그렇게까지 할 필요는 없을 것 같았다.

그러나 육군 당국은 아이자와 재판에 진저리를 친 상태였다. 아이자와에 대한 제1사단 군법 회의는 이른바 상설 군법 회의이므로 공개, 변호 등이 인정되었다. 이 공개 심리를 이용하여 소위 법정 투쟁이 이루어졌다. 아이자와 피고는 연설을 하고 마쓰이 특별변호인은 마사키, 하야시, 하시모토 같은 고위 장교를 증인으로 출정시키고, 그 밖의 거물들을 속속 증인으로 신청했다. 무라나카 다카지, 시부카와 젠스케 등은 법정 방청기를 써서 이 문서를 애초의 선전 방침에 따라 청년 장교나 우익 단체를 선동하는 데 이용했다. 실제로 2·26 사건의 '궐기'도 아이자와 사건에서 촉발되었다. (중략)

특설 육군 군법 회의는 육군대신이 장이 되어 지휘했다. 육군대신이 우두머리로서 지휘하므로 설령 그것이 명목뿐이라 해도 재판에는 이미 육군성의 의도가 개입하게 마련이다. 이 점은 나중에 다시 살펴보기로 하고, 심리는 다음 다섯 개 반으로 분리되었다.

제1반.
(1) 고다 대위 이하 거사 장교 스물세 명(시부카와 젠스케 포함).
(2) 아타라시 군조 이하 보3(6중대 제외)의 하사관 마흔 명.

(3) 오에 조장 이하 근보3, 보1, 보3 6중대의 하사관 서른네 명.

(4) 구라토모 상등병 이하 보1, 보3의 병사 열아홉 명.

(5) 우지노 군조 이하 유가와라 조 일곱 명.

반을 몇 그룹으로 세분했는데, 여기에서는 장교, 하사관, 병사로 대별하고 있다. 물론 제1반이 중요하며, 그중에서도 사건의 핵심인 (1)의 장교 그룹이 가장 중요하다.

(1) 재판장 이시모토 도라조 대좌

법무관 후지이 기이치

판사 무라카미 소지 소좌, 가와무라 사부로 소좌, 마노 도시오 대위

(2) 재판장 와카마쓰 다다이치 중좌

법무관 야마가미 무네하루

판사 아사누마 요시타로 대위, 후타가미 쓰토무 대위, 나카오 긴야 대위

(3) 재판장 야마자키 미네지로 중좌

법무관 오카다 지이치

판사 다니가와 가즈오 대위, 후쿠야마 요시오 대위, 다카야마 시노부 대위

(4) 재판장 히토미 슈조 대좌

법무관 고세키 마사유키

판사 네기시 가즈에 대위, 이시이 아키호 대위, 스기타 이치지 대위

⑸ 위의 ⑷와 동일.

　제2반은 야마구치, 아라이, 야기시타 같은 보1, 보3의 거사 방조 장교조와 스즈키, 이노우에, 시오타의 도요하시 교도학교 장교조(사이온지 습격 예정), 제3반은 마쓰이, 스에마쓰, 스가나미, 오쿠라 등의 동조파 장교조에 이시하라 고이치로 등의 실업가(구하라는 불기소)와 후쿠이(다카시), 마치다(센조), 마쓰이(가메타) 같은 우익 낭인들도 포함되었다. 사이토 류도 포함되었다.

　이 반 역시 각 그룹으로 나뉘는데, 야마구치 등 재경 그룹과 스즈키(고로) 등 도요하시 그룹의 재판장에 제1반의 이시모토 도라조 대좌가 같은 판사들과 함께 배치된 것은 피고들이 고다 등 거사 장교조와 밀접한 관계에 있는 만큼 중요시했기 때문이다.

　제4반은 기타, 니시다, 가메카와, 나카하시(데루오)의 민간조. 재판장은 요시다 신 대좌(판결 때는 소장), 요시다 대좌는 제3반 낭인조의 재판장도 겸한다.

　제5반은 마사키 진사부로 대장. ―재판장은 이소무라 도시 대장. 판사는 마쓰키 나오스케 대장. 법무관 오가와 세키지로. 이에 대해서는 다른 곳에서 설명할 것이다. 제2반과 제3반의 각 그룹, 제4반의 법무관과 판사 이름은 생략하겠다.

　법무관은 전문 육군 법률가로, 재판장 명을 받아 사실상 심리를 담당한다. 판사는 민간 재판소의 배심 판사에 해당하지만 그들은 재판에는 완전한 초보자였다. 전국 각 부대의 장교 중에서 골라서 임명하는데, 그 기준은 과연 무엇이었을까.

―제12권 「특설 군법 회의」에서

제4장 '일본의 검은 안개'는 걷혔는가

위 반란 피고 사건에 대하여 당 군법 회의는 검찰관 육군법무관 다케자와 우이치의 간여 아래 심리를 마치고 다음과 같이 판결한다.

판결문

피고인 무라나카 다카지, 이소베 아사이치, 고다 기요사다, 안도 데루조, 구리하라 야스히데, 다케시마 쓰구오, 쓰시마 가쓰오, 시부카와 젠스케, 나카하시 모토아키, 니우 요시타다, 사카이 다다시, 다나카 마사루, 나카시마 간지, 야스다 마사루, 다카하시 다로, 하야시 하치로를 각 사형에 처한다.

피고인 무기야 세이사이, 도키와 미노루, 스즈키 긴지로, 기요하라 고헤이, 이케다 도시히코를 각 무기 금고에 처한다.

피고인 야마모토 다스쿠를 금고 십 년에 처한다.

피고인 이마이즈미 요시미치를 금고 사 년에 처한다.

이 뒤로 약 이만 자에 걸친 장문의 '이유'가 이어지고,

쇼와 11년 7월 5일
도쿄 육군 군법 회의
재판장 판사 육군기병대좌 이시모토 도라조
재판관 육군법무관 후지이 기이치
재판관 판사 육군보병소좌 무라카미 소지
재판관 판사 육군보병소좌 가와무라 사부로
재판관 판사 육군보병대위 마노 도시오

이렇게 각 판사의 연명으로 끝난다.

무기야, 도키와, 스즈키, 기요하라, 이케다는 신임 소위로 주로 안도 대위에게 명령 또는 강제에 의해 노나카 부대나 사카이 부대에 배치되었다는 수동적 처지가 인정되고, 야마모토 다스쿠 예비 소위는 실행중에도 중신 등을 습격하는 데는 참가하지 않았으며 점거중 육상 관저 경계에 임한 데 불과했다는 것과 '자수'했다는 점이 인정되었다. 근위보병 3연대의 이마이즈미 요시미치 소위는 '유신 사상'에 무관심했음에도 나카하시 모토아키 중위에게 거의 협박을 받다시피 강제로 끌려 나가 궁성 수위대 사령관에게 사정을 고하지 않고 지정 장소에 병사와 함께 위치했지만, 근무 교대를 명받자 즉시 귀대한 점을 인정받아 사형을 면했다.

　시부카와 젠스케는 민간인이지만 유가와라에 있는 마키노 노부아키의 동정을 정찰하고 반란 장교와 연락했으며, 28일 안도 부대에 참가한 이래 사카이 다다시 중위 들과 육상 관저 부근의 '경계선을 순시하여 정보를 제공하는' 등의 행동이 반란 방조죄가 되어 사형 판결을 받았다.

　마노의 수기에 따르면, 이때 판결을 듣는 피고들의 모습은 이랬다.

　　며칠 밤낮을 고뇌하며 판결문 작성에 참여한 나는 판결 공판 때는 조용한 심경으로 피고들을 바라보고 있었습니다. 재판장이 이유를 읽고 마지막으로 주문을 언도할 때 피고들은 재판장을 날카로운 눈길로 지그시 쳐다볼 뿐 한마디도 하지 않았고 동요하는 기색도 없었습니다. 다만 사형 구형을 받았지만 판결에서 사형을 면한 자들 가운데 두어 명이 저도 모르게 안도하는 표정을 짓던 것이 기억납니다.

　그들은 아이자와 중좌의 사형 판결이 확정될 때부터 각오를 굳히고 있었을 것이다. 아이자와는 처형장으로 갈 때 천황폐하 만세를 소리 높여 외쳐서 재소자들을 미명의 잠에서 깨웠다. 오 일 전 아이자와의 상고 기각과 이틀 전의 사형 집행은 군법 회의가 그들에게 '예고'를 한 것이나 마찬가지였다.

다만 그들도 사형자가 이렇게 많이 나올 줄은 예상하지 못했다. 고작해야 고다, 안도, 구리하라, 나카하시, 니우, 사카이, 무라나카, 이소베 정도만 사형을 받으리라고 생각했을 것이다. 오히려 여기에 야마구치 이치타로 대위(구형과 판결이 모두 무기 금고)가 포함될지 모른다고 짐작했을 것이다.

구리하라는 판결이 끝나고 감방으로 돌아가자 "너무 많다"고 중얼거렸다고 한다. 예상 밖으로 많았다는 뜻이다.

—제13권 「판결」에서

판결에 대하여—.

사형 열일곱 명, 무기 다섯 명, 야마모토 십 년, 이마이즈미 사 년. 단연코 이번 판결은 폭거다. 나는 궐기 동지 및 전국의 동지들에게 너무나 미안해서 밥술도 뜰 수 없었다. 특히 안도에게는 한없이 미안하다. 안도는 내 말 한마디에 결단하고 그 많은 부대를 이끌어 냈다. 안도가 나에게 말하기를, "이소베 귀하의 말씀 한마디에 연대를 전부 끌고 나왔습니다. 하사관과 병사를 불쌍히 여겨 주십시오"라고 했다. 그 말이 귓불에 매달려 떨어질 줄 모른다. 니시다 씨와 기타 선생한테도 미안하다. 다른 모든 동지들에게 미안하다. 나의 관찰만으로 너무 서두른 탓에 많은 동지를 허무하게 죽게 했으니 모두 내 죄라는 생각에 밤낮 고통에 허덕여야 했다. 내가 할 수 있는 일은 기도밖에 없었다. 그러나 기도도 아무 효험이 없어 12일 아침에 동지들이 학살되었다.

이렇게 이소베는 재판이 재판관 측의 일방적인 밀어붙이기로 진행되었다고 비난했다. 지금까지 종종 나왔던 판사 측 수기하고는 재판 진행 상황을 다르게 전하고 있다. 피고들은 입을 거의 봉쇄당한 채 이를 갈며 분개하고 억울해하는 모습이다.

하지만 자세히 들여다보면 사실 심리는 원활하게 이루어졌다. 피고인단 대표로 무라나카가 진술하는 것은 재판관 측의 방침이었으며, 심리는 '불과 이틀 반, 총 열 시간 남짓'으로 끝났다. 피고 측도 범행 사실 자체는 전적으로 인정하며 다투지 않았으므로 시간은 그리 오래 걸리지 않았다. 피고들은 '신념'에 따라 결행했다고 믿었으므로 기가 죽지도 않았다.

단, '신념 토로'를 놓고는 재판관과 다투었다. 피고 측에게는 신념을 밝히는 것이 중요했다. 특히 국체관, 일본개조법안 정신, 결행 이유를 충분히 밝히고 싶어 했다. 이 진술이 곧 '법정 투쟁'이 되리라 기대했던 것이다. 그러나 재판은 그들의 기대와 달리 비공개로 진행되었다. 방청인도 없고 진술 내용이 외부에 보도되지도 않았으니 아무리 '사상 신념'을 진술해도 청중 없는 무대에서 혼자 떠드는 것과 다름없었다.

듣는 사람이라고는 재판관(소수의 특별방청인은 논외로 하고) 다섯 명뿐이다. 그들은 육군성이 설정한 시간 때문에 결심을 서둘러야 했다. 그들은 피고가 말하고 싶어 하는 국체관이나 개혁 사상이나 신념 따위를 늘어놓는 장광설에 아무런 흥미도 없었다. 야스다가 외쳤던 것처럼 어차피 결론이 나 있는 재판이었다. 피고들의 일장연설은 시간 낭비일 뿐이었다.

재판관에게는 피고의 '열혈지성熱血至誠'이 담긴 '고론대설高論大說'도 지루하기 짝이 없었을 것이다. 종교적인 국난론은 코웃음거리일 뿐이고, 피고가 법관 앞에서 국법을 논하는 것은 분수를 모르는 짓이었다. 재판관으로서는 그런 한가로운 담론을 듣고 있을 여유가 없었다.

마노 전 판사의 수기에는 '피고에게 하고 싶은 말을 다하게 했다'고 나오지만, 거기에도 한도가 있었을 것이다. 물론 이소베 이야기만 듣고는 진상을 알 수는 없지만, 그의 유서는 법정 상황을 잘 전하고 있다고 본다.

이소베는 사형 판결을 받은 안도에게 유서에서 '참으로 미안하다'고 용서를 빌었다. 마지막까지 결행을 주저하던 안도를 일으켜 세운 것이 이소베의 열렬한 권유였기 때문이다. '나의 관찰만으로 너무 서두른 탓에 많은 동지를 허무하게 죽게 했으니 모두 내 죄'라고 하면서 이때야 비로소 이소베는 조건이 무르익지 않았는데도 결행을 서둘렀다면서 실수를 인정했다(다른 유서에서는 실패 원인을 전부 막료부의 모략으로 돌렸다). 구리하라 야스히데도 마찬가지 심정이었을 것이다. 그러나 이소베 들을 그쪽으로 치닫게 만든 것은 마사키 진자부로를 비롯한 군 상층부 황도파에 대한 기대감이었다. 그것도 막연한 기대가 아니라, 이소베에 따르면 '이심전심' 비슷한 승낙이 있었다. 이 점에서 이소베가 크게 잘못 생각했던 것이다.

여기에서는 명령으로 드러난 천황의 의지가 중요한 것이 아니라 그들이 생각하는 국가관 내지는 국가 이익이 주체라는 것이다. 역으로 말하면 그들이 생각하는 국가관 혹은 국가의 이익에 반하는 천황의 명령은 지상 명령이 아니라 측근이나 제도상 상관의 자의일 뿐이며, 만약 그것이 정말로 천황의 의지라고 해도 그것은 천황 개인의 불명이며 부덕이다.

우가키가 "천자님이 (나에게 정국 수습에) 나서라고 말씀하셨는데 그들이 그 자리에서 '나서면 안 된다'라고 말하는 것은 기이한 일이다"라고 하며 이시와라 간지를 비롯한 중견 막료부의 대권사의大權私議천황만이 행사할 수 있는 권한을 신하가 무단으로 행사하는 것에 분개했지만, 실상이 그렇게 되어 있었다. 천황의 의지조차 그렇게 비쳤던 것이다. 이시와라 들에게는 데라우치 육상도 스기야마 교육총감도 제도상 상관일 뿐이며 '그들의 말에 복종하지 않는 것은 당연'했다.

거사 청년 장교 등 몇몇은 당시 천황에게 불만을 품고 있었다. 이소베의 유서가 그것을 잘 보여 준다. 또 외곽에 있던 동지 중에도 비판적인 마음을 가진 자가 있었던 듯하다.

그럼에도 거사 장교들은 처형 전에 "천황폐하 만세"를 삼창했다고 한다. 이는 천황 개인의 만세를 외친 것은 아니다. 당시 천황으로 대표되는 '천황제'(국체라는 관념)를 위해 만세를 외친 것이다. 굳이 분석하자면 그렇다는 것이다. 이 점에 세상의 혼동이 있었고, 심지어 당사자들조차 인식에 혼동이 있었다고 보인다.

2·26 사건 뒤 이시와라 간지가 급속히 대두하여 한때는 '이시와라 시대'가 열리는 듯 보였다. 하지만 마침내 우메즈 요시지로(육군차관) 들을 중심으로 하는 '보수파'가 회귀하고 '만주조'라 불린 이시와라 그룹은 붕괴하였다. 이시와라는 부하들과 격리되어 고립되었다가 마침내 도조 히데키 일파에 의해 군부에서도 쫓겨난다. 그러는 동안에도 군부는 끊임없이 '2·26' 재발을 슬쩍슬쩍 내비쳐 정재계와 언론계를 위협했다. 이리하여 군수 산업을 중심으로 하는 중공업 재벌을 껴안고 국민을 잡아끌며 전쟁 체제를 향해 성큼성큼 걷기 시작한 것이다. 이 변화는 국민의 눈앞에 태평양 전쟁이 갑자기 현실로 닥칠 때까지 국민의 눈이 미치지 않는 상층부에서 조용히, 그러나 확고하게 진행되었다. 천황의 개인적 의지와 상관없이. ─'천황제'라는 고대의 신권적인 거인은 '모든 산천이 울리고 모든 국

토를 뒤흔들어 수많은 백성을 죽이며'(『고사기』·『일본서기』) 움직이기 시
작한 것이다.

『쇼와사 발굴』(《주간 분슌》 1964년 7월 6일~1971년 4월 12일)에서 발
췌했습니다.

추방과 레드 퍼지
―『일본의 검은 안개』에서

1

일본의 정치 · 경제계의 '추방'은 미국이 일본에게 항복을 받을 때부터 세워 놓았던 방침이다. 1945년 8월 29일 미국 정부는 맥아더에게 「항복 후 미국의 초기 대일 정책」이라는 문서를 전하고, 나아가 동년 11월 3일 자로 「일본 점령 및 관리를 위한 연합국 최고 사령관에 대한 항복 후 초기의 기본적 지령」이라는 제목의 문서를 건넸다. GHQ는 이 두 문서에 기초하여 점령 정책을 실행에 옮기게 된다.

11월 3일 자 미 정부의 지령은 추방에 대하여 GHQ에게 폭넓은 권한을 부여했다.

> 일본의 침략 계획을 작성하고 실행하는 데 있어서 행정, 재정, 경제 및 기타 중요한 문제에 적극적 역할을 한 모든 자들, 나아가 대정익찬회, 일본정치회와 그 기관, 그리고 그 뒤를 이은 단체의 중요 인물을 전부 구치하고 향후 조치를 기다릴 것. 또 고위직 중에 누구를 추방할지를 결정하는 최종 책임을 부여한다. 나아가 1937년 이래 금융, 상공업, 농업 부문에서 고위직에 있던 자들도 군국적 내셔널리즘이나 침략주의 주창자로 간주해도 좋다.

지령은 극비여서 총사령부와 접촉하던 당시 일본 측 수뇌도 쉽게 엿볼 수 없었다.

이러한 방침에 따라 미증유의 추방이 정계, 관계, 사상계를 휩쓸었다.

그런데 추방을 실행에 옮기는 단계에서 GHQ 전체가 반드시 하나의 의견으로 통일되었던 것은 아니다. 일찍부터 G2의 의견과 GS의 의견에 차이가 있었다.

이 점에 대하여 마크 게인은 이렇게 쓴다.

> 총사령부 내부에는 극적인 분열이 심화되어 전체 정책 입안자들을 두 개의 대립하는 진영으로 갈라놓고 말았다고 비평가들은 말한다. 한 진영(GS)은 일본을 근본적으로 개조해야 한다고 확신하는 쪽이고, 다른 진영(G2)은 향후 대두할 러시아와 투쟁하려면 보수적 일본이 최선의 아군이라는 이유로 근본적인 개혁에 반대했다. 일본에서 해야 할 일은 얼굴을 살짝 위로 쳐들게 해 주는 것뿐이라는 것이다. 철저한 추방에 반대한 사람들은 다음과 같은 점들을 그 이유로 꼽았다.
>
> ①철저한 추방은 일본을 혼란에 빠뜨리고 심지어 혁명까지 부를 우려가 있다. ②설사 추방이 필요하다 해도 점진적으로 실행해야 하며 그동안 국민에게 숨 쉴 틈을 주어야 한다. ③추방은 최고 지도자로 한정해야 한다. ④명령에 대한 복종은 규율이 정한 바이므로 부하들은 복종 말고는 달리 방법이 없었기 때문이다.
>
> 군 첩보부 대표를 선봉으로 군 관련 사 개국이 모두 결속하여 추방에 반대했다. 국무성 쪽에서도 일부가 이들을 지지했다. 추방을 지지한 것은 주로 민정국이며, 총사령부의 다른 부국도 일부는 민정국을 지지했다.(『일본 일기』)

마크 게인이 이 글을 쓴 때는 1945년 12월 20일로, 소련이 여전히 미국의 '전우'였던 시절이다. 하지만 GHQ의 점령 정책이 향후 전환할 것을 일찌감치 예고한 시각이어서 흥미롭다.

미국 통합참모본부가 맥아더에게 내린 지령처럼 추방은 '일본 국민을 기만하여 세계 정복이라는 과오를 저지르게 만든 자의 권력과 세력을 영구히 제거'할 것을 목적으로 하며, 그 대상은 이런 관점에 따라 정해져야 했다.

그런데 펜타곤이 맥아더에게 준 '추방'이라는 거대한 무기는 애초의 목적과는 반대로 민주 진영에게도 향했다. 이는 세계 정세의 변화, 즉 소련과의 대립이 격화되자 미국이 자신의 안보를 위해 GHQ의 정책을 크게 바꾸었기 때문이다. 달리 말하자면 '탄압을 엉성한 외과 수술쯤으로 보는' 윌러비가 '곤봉을 휘두르기보다는 소규모 개혁이 더 많은 아군을 획득할 수 있게 해 준다고 믿는' 휘트니에게 승리를 거둔 것이다.

점령을 해도 예전처럼 강력한 힘으로 상대국을 제압하기보다 서서히 자국에 동화시키자는 것이 미국의 발상이었다. 이를 위하여 '동화'에 방해가 될 법한 구세력 몰아내기가 추방의 목적 가운데 하나였다.

똑같은 추방이라도 그것을 '징벌'로 보느냐 '예방 조치'로 보느냐, 라는 관점의 차이가 있다. 애초에 추방은 분명 두 가지를 다 포함했다. 구세력 제거는 결국 군부 대두와 패권적 국가 사상의 부활을 예방하기 위한 것이며, 아울러 '일본 민중을 오도했다'기보다 미국에 적대하는 행동에 나서게 만든 지도층을 추방한다는 징벌의 의미도 포함되었다. 전범 처형은 징벌의 가장 극단적인 표현이다.

그러나 추방의 의의는, 나중에 다시 언급하겠지만 머지않아 크게 변해서 징벌이 아니라 그저 '예방 조치'라는 의의만 커졌다.

즉 군부 대두나 군국주의 부활을 경계한 것이 아니라 그 반대 방향, 러시아나 중공에 '동조하는 분자'의 세력이 확대되는 것을 막으려고 했다. 바꿔 말하면 대對소련 작전에 지장을 줄 법한 인자의 제거로 중점이 옮겨 간 것이다.

2

맥아더가 수행한 추방 작업은 일본의 비밀경찰 조직을 철저히 파괴할 목적으로 1940년 이래 고위 경찰 관리였던 야마자키 이와오 내상과 기타 고위 경찰관을 전원 파면하는 것으로 시작되었다. 이 명령은 열흘간 실시되어 내무성 관리 4,960명이 파면되었다. 그러나 어떤 이유에선지 구 군부 상층 계급에 대해서는 추방이 철저하지 못했다. 이것이 의미하는 바는 나중에 언급하겠다.

당초 GHQ 수뇌부는 누구를 추방해야 하는지를 잘 몰랐다.

추방 계획을 세운 사람부터가 도대체 자기 앞에 어떤 과제가 있는지 별다른 확신이 없었고 또 누구를 배제해야 하는지를 아는 사람도 전혀 없었다. 그래서 무엇이 군국주의적이고 무엇이 파시즘인지, 또 지도적이니 유력한 자라느니 하는 말은 어떤 의미를 가지는지를 정의하고 해석하는 데서 커다란 차이가 생겨났다. 게다가 일본의 경제를 오직 평화적 목적만으로 이끌지 않았던 모든 개인을 중요한 경제적 지위에서 배제하라는 명령을 맥아더가 받음으로서 이 불명료함은 더욱 심해졌다.(H. E.와일스, 『도쿄 선풍』—이하 와일스로 칭함)

우선 GHQ는 일본 정부에게 경제, 신문, 출판, 라디오, 연극 등 각계 파시스트 지도자의 명부를 작성하라고 요구했다. 10월 7일 지령은 1,250명에 이르는 정치 단체 회원 전원의 명부를 제출하라고 요구했다. 이 방식은 추방 실행을 예상 이상으로 오래 끌게 만들었다. 왜냐하면 일본 정부가

제4장 '일본의 검은 안개'는 걷혔는가

명부에 빠뜨린 인명이 잇달아 발견되었기 때문이다. 공직 적부 심사위원회公職適否審査委員會 위원 가운데 한 사람이던 이와부치 다쓰오에 따르면, 일본 측에서 어떻게든 일본 스스로 전쟁 범죄인을 결정하고 징벌하고자 희망하며 해당자 3천 명을 선별해서 그 명부를 휘트니에게 제출했더니, 휘트니는 겨우 이 정도냐, 하며 몹시 화를 냈다. 휘트니는 독일에서 똑같은 추방령 아래 나치 30만 명이 추방되었으므로 일본에서도 그 이상은 아니더라도 적어도 그에 상당하는 인원을 추방해야 한다고 질타했다고 한다.

얼마나 되는 인원이 추방되었는지는 아무도 모르며, 그 기록과 보고는 불완전하고 보관도 허술했고, 그나마 그것도 대부분 민정국이 수수께끼라고 했던 화재로 소실되고 말았다. 휘트니의 정식 보고에는, 1948년 6월 현재 71만 7,415명을 심사한 결과 총 8,781명이 추방되었다고 나온다. 여기에 직업 군인 19만 3,180명을 보태야 하고, 추방이 두려워 자발적으로 사직한 자가 약 10만 명은 된다고 봐도 좋을 것이다.(와일스)

이러한 추방은 중앙에만 그치지 않았다. 신헌법이 제정되고 지방 제도가 개혁되면서 현 지사를 비롯하여 시정촌장, 지방 의회 방면에 대해서도 추방령이 확대 적용되었다. 이중에는 조야쿠각급 지방 행정 조직의 장을 보좌하거나 장이 부재할 때 대리하는 특별 지방 공무원으로 대개 해당 장이 지명한다나 회계 책임자, 농지 위원까지 포함되어 있다.

게다가 추방은 이것만으로 끝나지 않아, 1946년 11월 22일에는 관공직에서 공적인 활동이라는 분야까지 범위가 크게 확대되었다. 이로 인하여 공익단체, 신문, 출판, 영화, 연극 등 각 흥행 회사, 방송 회사, 기타 보도

기관까지 적용받게 되고, 대상 기관은 240개, 경제 관계에서는 250명, 보도 관계에서는 170명이 추방되었다. 나아가 신문사는 삼류, 출판사는 오류 등급까지 포함시켜, 그때까지 정계, 재계의 추방을 강 건너 불구경하듯 바라보던 분야에도 뜻하지 않은 선풍을 일으켰다. 그 밖에 새로운 특징으로는 추방자의 3촌 범위까지 공직 취임을 막았다는 것이다.

『아사히 연감』(1949년판)에 따르면 1948년 5월 1일 현재 19만 3,142명이 추방되었다.

추방이 3촌 범위까지 이른다는 것은 극악한 범죄자에게도 적용되지 않는 일이다. 그러나 이런 항의는 휘트니에게 통하지 않았다. 추방된 자들이 여전히 예전 회사에 출입하며 그 속에 사무소를 두거나 부하와 이야기하거나, 자기 대신 자식을 일하게 한다는 사실이 휘트니에게 투서를 통해 알려졌기 때문이다. 이렇게 GHQ 측에서는 추방 해당자를 일본이 제출한 명부뿐만 아니라 밀고나 투서를 통해서도 결정한 사례가 많다. 누구를 추방해야 할지 몰랐던 점령군 수뇌부로서는 이런 방법도 채택하지 않을 수 없었다. 이것이 일본인으로 하여금 서로를 악랄하고 음험하게 모략하도록 부추겼다. 일단 추방이란 낙인이 찍힌 자는 제 힘으로 자신의 무죄를 입증해야 하는 비참한 처지에 빠졌다.

추방은 당초 '영구'적인 것으로 일본 각계에 알려져 있었다. 설마 사 년 후 해제되리라고 생각한 사람은 아무도 없었다. '영구'라고 알려진 까닭은 GS지령에 '구세력의 영구 배제'라는 문구가 있었기 때문이다. 교도통신의 가토 마스오에 따르면, 민정국의 네피아 의회과장이, 다른 사람한테는 절대로 말하지 말라, 내가 보기에는 사 년이다, 라고 흘렸다고 한다. 즉 추방은 유효기한이 사 년이라는 뜻이니, 말하자면 시한 입법과 같은 것이었다. 만약 이 계획이 기밀이 아니라 실질적인 예정이나 계획으로 알려져 있었다면 일본의 피추방자들이 그토록 낙담하고 낭패하며 타격을 받는 일도 없었을 것이다. 사 년 후 복귀한다고 예상했다면 적절한 대책을 강구했을 것이다. 그들이 추방을 '영구'라고 해석한 탓에 앞서 소개한 바대로 일본 인들끼리 권모술수로 서로를 궁지로 모는 어두운 투쟁이 일어났다.

3

추방 명부는 처음에는 전적으로 정부가 일방적으로 작성했으나, 46년 6월부터는 공직 적부 심사위원회가 설치되어 정부로부터 독립하여 심사를 했다. 위원장은 미노베 다쓰키치, 위원회는 바바 쓰네고, 이이무라 가즈아키, 이루마노 다케오, 다니무라 다다이치로, 데라사키 다로, 야마가타 기요시로 구성되었다. 추방이 지방에까지 확대되자 각 지방마다 심사위원회가 설치되었다. 또 이의 제기에 대해서는 별도로 공직 자격 소원 심사위원회公職資格訴願審査委員會를 두어 사와다 다케지로 등 일곱 명의 위원이 임명되었다.

이 공직 추방이라는 방식을 통한 구질서 붕괴는 곧 신질서 탄생으로 이어질 만큼 원활한 것이 못되었다. 거기에는 모략도 간청도 있고 몇몇 예외도 있었다. 하지만 '숙청'은 대체로 GHQ가 생각하는 방향으로 진행된 듯하다.

앞에서 소개한 두 가지 심사회는 일본인들로 구성되었지만, 이는 거의 유명무실했다. 자칫 걸려들 만한 인물은 일본인 위원들에게 청탁하기보다 직접 GHQ에 소원하는 편이 빠르고 효과적이었기 때문이다. 그래서 자기만은 빠져나가려는 필사적인 공작이 도처에서 벌어졌다. 또 도저히 피할 수 없겠다고 체념한 많은 그룹 중에서는 추방 자체가 잘못이라는 이론을 내세워 형식이야 여하튼 간에 실질적으로 추방을 면하려고 하는 엄청난 반격이 이루어졌다. 자기가 미국에 이익을 줄 수 있는 존재라는 점을 GHQ 사람들에게 과시하면 추방을 면할 가능성이 있었고, 또 뒷거래로 재산을 헌납하거나 여성을 접근시켜서 청탁을 하는 뒷공작도 있었다.

추방당한 자들은 한때는 허탈감에 빠졌으나 곧 미국의 대일 정책의 본질을 간파했다. GHQ 측에 샛구멍이 뚫려 있었던 것이다.

JCS(통합참모본부)의 명령을 곧이곧대로 지키면 당연히 추방되었어야 할 군인 중에 육군 중장 두 명이 있었다. 히틀러 정권 당시 독일 주재 무관으로 있다가 훗날 마닐라에 파견한 항복 사절단의 단장이던 가와베 도라시로와 육군 정보부장이던 아리스에 세이조가 그들이다. 두 사람 모두 영어를 못해서 윌러비하고는 독일어로 이야기했다. 독일에서 태어난 윌러비의 옛 이름은 폰 체페 운트 바이덴바흐였다.

맥아더의 보호를 받은 세 번째 군인은 핫토리 다쿠시로 대좌로, 전에 도조의 비서관과 참모본부 작전과장을 맡았다. 일본 해군 군인 중에 맥아더의 보호를 받은 대표적 인물은 해군을 대표하여 맥아더를 마중한 나카무라 가메사부로 중장과 해군 최고의 전략가로 알려진 오마에 도시카즈 대좌였다. 이 그룹에 미국 쪽 편집자로 배치된 클라크 H. 가와카미에 따르면, 가와베, 아리스에와 함께 일하던 구 일본 군인과 다른 사람들도 이 두 사람과 평소 접촉할 때는 예전 계급으로 부르라는 명령을 받았다고 한다. 그들만큼 혜택을 받지 못한 다른 일본인들은 황족을 포함하여 일반인 지위로 격하되고 말았다. 당연히 추방되어야 할 장교들이 특권을 받았을 뿐 아니라 예전에 독일에 교환 교수로 파견되었던 아라키 고타로 교수와 예술가인 부인은 전쟁 당시 재일 독일 외교관들과 특히 친했다는 이유로 일반 일본인보다 후대를 받았다.(와일스)

아라키 고타로는 화가 아라키 짓포의 아들로, 그 부인이 나중에 유센비루도쿄 마루노우치에 있는 미쓰비시 계열 해운회사 니혼유센(日本郵船) 빌딩의 속칭. 미쓰코는 미쓰비시 재벌의 딸에 개인실을 받고 역사 편찬 작업을 했다는 아라키 미쓰코다. 미쓰코가 윌러비의 후대를 받아 '유센비루의 요도기미요도기미는 토요토미 히데요시의 측실로서 한때 권세를 휘두르던 여인을 얕잡아 부르는 이름이다'라는 소문이 나돌기도 했지만, 케이디스와 친했던 자작 부인 도리오 쓰루요나 가쿠슈인현재는 사립 학교지만, 1947년 이전에는 궁내성에서 설치한 귀족층 자녀를 위한 관립 학교였다 그룹하고는 성질이 달랐다. 아라키 부인은 윌러비에게 능력을 높이 평가받은 경우고, 도리오 부인은 케이디스와 애정으로 맺어진 경우다. 나라하시 와타루는 부인을 통해 케이디스를 움직여 추방에서 일찍 풀려났다고 알려졌다.
이와부치 다쓰오는 말한다.

"추방자를 30만 명 만들라면 만들겠지만, 그것은 정말 책임이 있어서 추방하는 것이 아니라 반성할 기회를 주자는 것이다. 그러므로 일단 추방해서 형식을 갖췄으면 바로 구제할 방법을 강구해야 한다. 미국이 이를 허락한다면 내가 그 일을 맡겠다"라고 하자 요시다는 즉시 맥아더를 찾아가 상의했습니다. 맥아더는 "그건 나도 처음부터 생각하던 일이오. 당신들이 먼저 요구하지 않기에 지금까지 잠자코 있었지"라고 해서 요시다가 지원 기관으로 소원위원회를 만들었습니다. 그와 동시에 유명무실해진 위원회를 없애고 공직 자격 적부 심사위원회라는 것을 만든 겁니다.

그래서 나나 가토 씨, 그리고 현재 니폰카야쿠 사장인 하라 야스사부로 씨들과 함께 실제로 위원회를 해 보니, 아무래도 이상했어요. 요시다가 맥아더를 직접 만나 양해를 얻었다고 하는데도 GS의 케이디스 같은 이가 영 달가워하질 않는 겁니다. 소원위원회 쪽에서 아무리 신청자 서류를 제출해도 전혀 허가를 내주지 않았어요.

드디어 1947년 총선거가 시작되고 우리가 나라하시에게 추방 조치를 내렸더니 그제야 저쪽에서 "소원위원회는 무슨 짓을 하는 거요" 합다. "나라하시는 일주일 안에 재심사를 해서 선거에 나갈 수 있도록 하시오"라고 했지만, 그때까지는 소원위원회를 인정하질 않았지 않습니까. 우리가 위원회를 만드는 데는 그런 전말이 있었어요.(《니혼슈보》 1956년 4월)

물론 도리오 부인 같은 연줄에 매달린 사람이 나라하시만은 아니었다. 효과가 있는지 없는지는 차치하고라도 정재계 거물들은 필사적인 구명 공작을 펼쳤다.

이 군인들은 어떤 명목으로 GHQ에 일자리를 얻었을까. 사령부는 역사과라는 부서를 두고 전사戰史를 편찬한다는 명목을 내세웠다. 이 작업에 임했던 핫토리 다쿠시로는 말한다.

지금까지 이른바 맥아더 전사 편찬에 대해서 이러쿵저러쿵 정치적으로 다뤄 왔지만, 결코 그렇게 정치적인 작업은 아니었으며, 우리는 다만 전사 자료를 꾸준히 모았을 뿐이다. 인선만 해도 전시에 육해군 통수부에서 오랫동안 직함을 가지고 있어서 전사 관련 업무를 하는 데 적합한 사람들을 고른 것에 불과하다고 본다. 그리고 전사 자료 수집에 우리가 흔쾌히 협조했던 까닭은 윌러비 장군의 우정, 나라는 달라도 군인들 사이에 통하는 우정이 있었기 때문이라고 생각한다. 그것은 내가 지금껏 감동하고 있는 점이다.

그런데 윌러비는 그런 역사가 씌어진 것을 나중에 부정했다. 이들 직원이 했던 작업의 진짜 목적은 소련의 동향에 대한 첩보 관련 업무로 추측된다. 이 일에 전전戰前부터 대소련 작전에서 잔뼈가 굵은 직업 군인들이 적임자였음은 말할 나위도 없다. 일본 참모본부는 시베리아에서 연해주에 이르기까지 정밀한 지도나 작전 계획을 가지고 있었다.

나중에 '핫토리 기관' 소문을 생각하면 이것이 설득력이 있다.

또 일부 사람들이 믿는 소문에 따르면 아라키 부인은 역사과에 근무할 당시 다른 그룹과 함께 윌러비를 위해 저 유명한 조르게 사건제2차 세계대전 중에 일어난 스파이 사건 관련 자료를 정리했다고 한다. 이 자료가 나중에 윌러비에 의해 GS의 뉴딜파GHQ 안에 용공파=뉴딜파와 반공파=대소련강경파가 대립하고 있었다. 윌러비는 '꼬마 히틀러'라는 별명이 붙을 만큼 강경한 반공파였다들을 쓰러뜨리는 무기가 되었다는 점을 생각하면 (「혁명을 파는 남자 이토 리쓰」 참조) 이 직원들이 '윌러비 장군의 우정'을 누렸던 이유를 알 수 있으리라. 이 문제도 뒤에 다시 언급하겠다.

아라키 부인은 매력적이고 머리가 명석한 사교계의 꽃으로, 정치적 야심을 가지고 독일이나 이탈리아 외교관들과 즐겨 어울렸다아라키 고타로 교수는 대전 전에 교환교수로 독일에 가서 오시마 대사와 친교가 있었다―마쓰모토 세이초 주. 그러나 윌러비는 그녀의 성실함을 깊이 신뢰하며 그녀의 조언을 높이 샀다. 자기 사무소에 자유롭게 드나들게 했을 뿐만 아니라 역사 편찬과 관련한 번거로운 기술적, 재정적 책임까지 그녀에게 맡겼다. 급히 긁어모은 미국인 직원을 지원하기 위해 윌러비는 대략 이백 명에 달하는 일본인을 고용하고, 이들을 형식상 아라키 교수의 감독하에 두었다. 이들 가운데 열다섯 명은 육해군 고위 장교였는데 그중 어떤 이는 실제 공작 계획에 참여한 인물이었으며, 대부분 매우 중요한 위치에 있던 자들이다. 이들 '유센회사반'에는 역사가나 문필가가 한 명도 없는데도 일본 측 기록을 긁어모아 일본 측 공식 전사를 편찬한다고 했던 것이다. 그들의 업무가 기밀이고 외부에 알려지기를 매우 경계했다는 것은 윌러비가 《뉴욕 타임스》의 프랭크 클러크혼의 질문에, 그런 전사는 편찬되지 않는다고 정면으로 부인한 점을 보더라도 알 수 있었다.(와일스)

그가 이렇게 부인한 이유는 당시 전사 편찬이 맥아더 개인의 공을 기리기 위해서라는 비난이 있었기 때문이다.

핫토리 다쿠시로는 여하튼 일본의 패전 원인을 파헤친 『대동아 전쟁사』 전4권을 완성했다. 그러나 아라키 반은 방대한 인원과 예산과 시간을 쓰고도 그것을 해내지 못했고, 때문에 일반의 눈에 띄지 않고 끝났다. 와일스는 역사과의 업무가 대소련 작전에 관한 정보 자료를 정리하는 것이었다고 지적한다.

4

추방되어야 할 군인들이 GHQ에 고용되었을 뿐 아니라 앞서 제일 먼저 추방된 특고 관계자들이 어느새 GHQ에 채용되어 다시 숨을 쉬고 있었다.

마크 게인은 『일본 일기』에서 그가 야마가타 현 사카타에서 겪은 일화를 이렇게 소개했다.

게인이 그 지역 경찰서장과 나눈 대화는 다음과 같다.

"나는 단순한 경찰관일 뿐 특고 경찰에 대해서는 모릅니다. 여기 경찰서에도 특고계는 있었지만 계장은 현청에서 내려온 사람이었습니다."(서장)

"그 사람은 어떻게 되었습니까?"(게인)

"추방당했습니다. 9월 23일이었는데, 특고 사람들은 전부 해직되었습니다."

"그 계장은 지금 어디 있습니까?"

"저기를 보세요, 저기 문 옆에 앉아 있는 사람이 보이죠? 미군 보초 옆에. 저 사람이 전에 특고 계장을 하던 사람입니다."

"그럼 저 사람은 지금 미군 숙사에서 무슨 일을 하고 있습니까?"

"일본인과 미군을 연락하는 일입니다. 9월 24일에 임명되었죠."

"다른 특고 사람들은요?"

"여기 경찰서에는 여섯 명이 있었는데, 세 명은 연락사무소에서 미군을 돕는 일을 하고 있습니다."

이런 상황은 로버트 B. 텍스터의 『일본에서 겪은 실패』에서도 볼 수 있다.

1946년 내가 일하던 현의 이웃 현에 근무하던 CIC 대장이 나에게 말하기를, 가장 중요한 임무를 맡기는 자신의 가장 '귀한' 부하는 직업적 테러리스트 단체로 세계적으로 유명했던 일본 비밀경찰의 고위 경찰관 출신이라고 했다. 이 CIC 분대의 한 대원은, 그 비밀경찰관 출신이 현에서 일어나는 모든 일을 알고 있더라며 경탄했다. 분대장은 이 유능한 '일본인 부하'의 협조를 얻어 온건한 뉴딜파 점령군 직원과 일본인의 접촉을 세심하게 지켜보고 있었다.

GS가 '추방'이라는 무기를 쥐고 있는 데 반해 G2는 CIC라는 '첩보' 무기를 쥐고 맞섰다. 따라서 CIC가 정보 활동에 유능한 특고 경찰관 출신들을 고용한 것도 이상한 일이 아니다. 이리하여 점령 직후 제일 먼저 추방당한 특고 조직이 어느새 G2 아래 재조직되었다.

5

이쯤에서 원래 하던 이야기로 돌아가자. 추방당한 정치가들이 GHQ의 이런 동향을 놓쳤을 리 없다. 그들은 일찌감치 G2와 GS의 대립에 주목하고, 그것이 미국의 일본 관리 정책의 본질에서 비롯되었음을 깨달았다. 나아가 안전보장이사회 등에서 미소 대립이 두드러지게 되자 G2 쪽이 튼튼한 동아줄임을 확인한다.

정치가들은 추방을 사실상 모면할 유일한 길은, 추방 대상자를 정하는 GS에 대항하는 G2의 신임을 얻어 GS를 물리치는 수밖에 없다고 생각했다. 그들은 또 추방 대상자로 지정되는 것은 피할 수 없다 하더라도 다른 형식으로, 즉 사실상 추방되지 않고 예전과 똑같은 권리를 확보하려고 했다.

처음에 GHQ의 각 부서는 저마다 일본인을 최대한 많이 추방자로 지정하여 맥아더의 신임을 얻으려고 했다. 그럼으로써 자기들이 얼마나 열심히 일하는지를 맥아더에게 보여 주고 싶었다. 따라서 추방 대상자가 아닌 자까지 포함시키고 말았다. 지방 시정촌 의원까지 추방 대상자로 지정한 것은 희극과 비극이 교차하는 난센스였지만, 일본이 이에 항의해도 휘트니가 완강하게 받아들이지 않은 까닭도 실은 맥아더에게 잘 보이려는 심리 때문이었다.

그러므로 당연히 추방할 이유가 없는 자가 추방 대상자가 되어 생계마저 끊기는 처지에 빠질 때, 한편에서는 당연히 추방 대상자로 지정되어야 할 거물들이 앞서 소개한 공작으로 추방을 사실상 면하려고 운동을 했던 것이다. 점령군의 엉성한 추방 대상자 지정은 힘없는 피라미를 벌하고 교활한 거물들은 활보하게 해 주었다.

필자는 여기서 정치가나 관료의 추방에 얽힌 이면을 들추려고 하는 것이 아닐 뿐 아니라 흥미도 없다. 그런 부분이 궁금한 독자는 이미 출간된 관련서를 찾아 읽으면 될 터이니 여기서는 일단 그 가운데 하토야마 이치로의 사례 하나만 소개하기로 한다.

하토야마의 경우는 GS와 사이가 좋았던 나라하시 와타루가 음모를 꾸민 것으로 알려져 있다. 『하토야마 이치로 회고록』에는 그때의 상황이 다음과 같이 씌어 있다.

당시 활약하던 미국 기자나 나중에 건너온 미국인이 전하는 바에 따르면 그 무렵 사령부에는 '불그스름한' 무리가 많았다고 한다. 그런 자들이 나를 추방했다고 들었다. 그러나 사실 나를 추방한 이유는 내가 했던 반공 성명 때문이었다고 할 수 있다. 결국 내가 추방에 무감각했던 셈이다. 또 하나는, 나라하시 와타루가 당시 요란하게 선전했던 것처럼 미 본국에서 나를 정계에서 추방하라고 요구했기 때문이다. 나는 자유당 창립 위원회나 총무회 등에서 정부를 괘씸하다고 공격했다. 만약 미국이 그런 요구를 했다면 정부는 왜 미국에게 나를 추방해야 할 이유가 없다고 해명하지 않는가, 불친절하지 않은가, 하며 나라하시의 말을 근거로 공격했다. 다만 나는 공격만 할 뿐 방어에 대해서는 전혀 주의를 기울이지 않았다. 마크 게인과 각국의 특파원들이 『세계의 얼굴』을 빌미로 나를 괴롭혔는데 그것은 전후 맥락을 무시한 채 문제가 될 만한 이상한 구절만 잘라내서 영어로 번역하여 외국 기자단에게 배포했기 때문이다. 영문을 확인해 보지는 않았지만, 직역했을 게 틀림없다고 본다. 직역하지 않았다면 나를 공격할 재료가 나오지 않았을 테니까 말이다. 그래서 기자단이 나를 호되게 닦달하여, 게인이 스스로 쓴 것처럼 나를 추방으로 몰고 갔다고 본다.

지금은 누구나 알고 있듯, 하토야마가 추방당한 이유 가운데 하나는 그가 전시에 유럽에서 돌아왔을 때 여행기 삼아서 펴낸 저서 때문이다. 세계 각국 지도자의 인상을 정리한 이 책이 바로 『세계의 얼굴』이다. 하토야마는 저서에서 히틀러나 무솔리니를 칭송했다. 그래서 걸려든 것이다.

처음에 GS는 하토야마 추방에 그리 적극적이지 않았다. 하토야마야 어찌되든 상관없었기 때문이다. GS를 압박하여 추방으로 몰고간 이는 게인을 비롯한 미국의 진보적인 기자라고 한다. 게인은 하토야마를 마루노우치의 프레스 클럽으로 불러내 이 책을 근거로 추궁했다. 당시의 상황을 게인의 『일본 일기』에서 발췌해 보자.

이 만찬회 직전에 나는 정치적인 심문회를 조직했다. 피고는 하토야마였다. 신문사 특파원은 정치에 개입하면 안 되는 것인지도 모른다. 하지만 어떤 관점에서 보더라도 나의 시도는 정당하다고 생각했다. 한 사람의 미국인으로서 나는 일본이 주요 전쟁 범죄인—차기 총리로 하마평에 오를 만큼 위험성이 큰 사람—의 손에서 벗어나도록 도와주고 싶었다. 히틀러와 무솔리니를 만나고 귀국한 하토야마가 1938년에 썼던 책의 번역본을 총사령부의 어떤 장교들이 일주일쯤 전에 나에게 건네주었다. 그 책은 민주 일본의 차기 총리 입에서 나왔던 말이라고는 도저히 상상할 수 없는 내용을 듬뿍 담고 있었다. 장교들은 이 책을 근거로 하토야마를 추방하려고 시도했지만 끝내 실패하고 말았다. 그래서 번역본을 나에게 넘겨주었던 것이다. 만찬회가 시작되기 전에 나는 이 책을 열두 개로 갈라 관심을 표하는 중국이나 영국, 미국의 특파원들에게 나눠 주고 각자 맡은 부분을 살펴보도록 했다.

첫 방아쇠는 뜻밖에 INS 특파원 호주인 프랭크 로버트슨이 당겼다. 어디서 구했는지 그는 하토야마의 저서에서 한 구절을 끄집어내고, 이 구절에 대하여 하토야마가 어떻게 생각하는지 묻고 싶다고 포문을 열었다. 1938년에 쓰인 구절은 다음과 같았다. '히틀러는 진심으로 일본을 사랑한다. 일본 국민은 정신 훈련에 더욱 매진하여 히틀러의 신뢰에 어긋나지 않도록 해야 한다.' 이것을 시작으로 심문은 열기를 띠기 시작했다. 분명 다소 사납게 몰아붙이는 경향도 있었다. 그러나 하토야마는 자기 과거에 관해서는 자기 말고는 어느 누구도 원망할 수 없었다.

심문이 매서워짐에 따라 하토야마는 점점 혼란에 빠졌다. 처음에 그는 아무것도 기억하지 못한다고 버텼다. 그래서 그의 저서에 있는 구절을 들이밀자 책에 쓴 내용은 거짓이었다고 말했다. 하지만 우리의 무기는 저서만이 아니었다. 다양한 자료가 계속 나오자 하토야마는 이제 사냥꾼들과 쫓고 쫓기는 추격전을 감당할 만한 사고의 신속함을 잃어버리고 완전히 겁에 질린 초라한 노인으로 변했다. 치명적인 일격은 하토야마가 유쾌한 만찬회인 줄 알고 그 자리에 앉은 뒤 약 여덟 시간 후에 가해졌다. 내일 신문의 제목에 총사령부나 일본 정부(하토야마를 심사해서 통과시켰다)가 어떤 반응을 보일지 기대된다.

그러나 기자들이 제시한 『세계의 얼굴』 인용구는 하토야마의 회상에도 나오는 대로 앞뒤 문맥을 잘라낸 구절로, 중간에 있는 문장을 채워 넣으면 그렇게 문제가 될 만한 내용은 아니었는지도 모른다. 게다가 더욱 불리하게도 책은 하토야마가 쓴 것이 아니라 야마우라 간이치가 대필했다. 그러므로 하토야마는 무엇을 물어도 당연히 기억하지 못할 수밖에 없었다. 분명히 이 경우는 사소한 빌미를 잡아 하토야마를 추방으로 몰아넣었다고 봐야 한다.

만약 그런 정도로 시비를 건다면 윌러비가 예전에 썼던 이런 글은 어떻게 되겠는가.

무솔리니가 프랑스에 침입하기 직전, 윌러비는 프랑코 원수 및 중국 내 일본의 활동을 대체로 동정하는 책을 썼다. 이를테면 이런 내용이었다. '그 순간의 감정이라는 안개에 방해받지 않은 역사적 판단은, 백인종의 전통적 우월성, 군사적 우월성을 재건함으로써 패배의 기록을 지워 버린 공을 장차 영원히 무솔리니에게 돌릴 것이다.'(텍스터, 『일본에서 겪은 실패』)

6

당시 정국은 어느 당도 절대다수를 차지하지 못한 탓에 정체되어 있었다. 하토야마는 사회당과 손잡을 생각이었다. 손도 미리 써 둔 터라 충분히 가능하리라 여겼다. 그런데 사회당은 아흔두 개 의석을 얻고 흥분해 있었다. 제휴하자는 하토야마의 제안에 응하려 하지 않았다. 시데하라 수상은 나라하시 서기장관과 진보당 간사장 이누카이 다케루 일파의 손으로 현직 수상 자리를 유지한 채 진보당 총재가 되기로 결정했다. 그러나 하토야마는 사회당과 연립하는 방안을 생각할 뿐 진보당과 연계할 마음은 전혀 없었다.

만약 나라하시의 하토야마 추방 공작이 진실이라면, 수상으로 눌러 앉기를 꾀하던 시데하라 내각을 위하여 하토야마 추방이 이루어졌다고 볼 수 있다. 그러나 여기서 문제가 되는 것은 일본의 정당 간에 이루어지는 거래나 정쟁이 아니라 그런 공작에 GHQ가 가담했다는 사실이다. 이를 역으로 말하면 일부 일본인이 G2나 GS의 갈등을 파고들어 이를 이용하여 상대방을 거꾸러뜨리거나 자기를 부각시키려고 했다는 소리다.

사회당의 한 여성 의원이 사령부에 매일처럼 드나들며 자기 당의 거물을 참소하여 추방하라고 청원한 것은 잘 알려진 사실이다.

이 모함은 일본인에게 향했을 뿐 아니라 나중에는 GHQ 내에 있는 '적'에게도 시도된다.

히라노 리키조는 GS의 눈 밖에 나 추방을 당했지만, 그의 '적' 케이디스의 실각에는 히라노 부인이 한몫을 했다.

이와부치 : 거기에는 비화가 있소. 케이디스에게 최후의 일격을 가한 사람은 실은 히라노 씨 부인이었소. 49년이었던 것 같은데, 어느 날 제8군 사령부에서 허드슨이라는 대령이 당시 참의원 의원이던 히라노 시게코를 찾아와서, "케이디스를 일본에서 쫓아내지 않으면 점령 정책이 제대로 돌아가지 않을 겁니다. 그와 관련한 증거는 많은데, 서명해 줄 사람이 없습니다. 이래서는 증거 서류도 효력이 없을 겁니다. 미세스 히라노가 서명을 해 주었으면 합니다"라고 했던 거요. 부인은 기꺼이, "당장 서명하지요" 하며 그 자리에서 서명을 해 버렸던 거요.

히라노 : 나를 추방하고 천벌을 받은 거죠.(《니혼슈보》 1956년 4월 좌담회)

케이디스 추방 음모는 이렇게 G2가 일본인의 협력을 얻어 추진한 일이다. CIC라는 유능한 모략 기관을 부하로 거느린 G2에게는 그리 어려운 일도 아니었다.

정계에 대한 추방 작업과 재계 변혁은 차량의 두 바퀴와 같은 관계였다. 재계 변혁은 경제, 금융, 산업의 지배자였던 ESS(경제과학국)가 추진했다. 적어도 경제 민주화라는 과업에서 보조가 잘 맞은 GS와 ESS는 떼려야 뗄 수 없는 사이였다.

애초에 GHQ의 기구는 G섹션(참모부)과 행정 부문(GS)과 섭외국 등 세 개의 기둥으로 이루어졌다. 여타 부서는 그저 부部라고 불렸다.

일례를 들면 나중에 천연자원국이 된 NRS는 원래 국이 아니라 부였다. 이 부서의 관할 안에는 일본의 운명을 결정지은 사건 가운데 하나로 꼽히는 농지 개혁을 포함하여 일본의 농림성 영역에 해당하는 것들이 있었다. 그래서 '추방'은 GS, '민주화 정책'은 NRS라는 식으로 양자의 관계가 긴

밀했다. NRS에 있던 라데진스키가 주도한 농지 개혁이 나중에 GS의 적화 행위라는 비난을 뒤집어쓰게 된 것도 이렇게 그룹별 연계를 보여 주는 예증이라고 할 수 있다. 민주화라는 방향에서는 ESS도 다른 목소리를 내지 않았다.

또 하나 빠뜨려서는 안 되는 것으로 리갈 섹션(LS)이라 불린 법률국(이것도 전에는 일개 부였다)이 있다. LS는 GS와 관계가 매우 밀접하여, 이들의 주도로 특심국이 탄생했다. 특심국의 변모 과정이야말로 GHQ가 정책을 크게 전환하는 과정을 잘 보여 준다. 즉 우익 추방에서 좌익 추방으로 바뀌는 모습을 특심국이 똑똑히 보여 주고 있다.

7

특심국은 1945년 9월 내무성에 설치된 조사부에서 발족되었다. 46년에 부에서 국으로 승격되지만, 그 후 해산되어 총리청 내사국 제2국으로 위축된다. 이는 내무성 해체에 관한 '맥아더 명령' 때문이었다.

48년에 사법성이 법무청이 될 때, 제2국은 그제야 '특별심사국'이라는 이름을 얻고 법무청 관할로 들어갔다.

특심국은 '일본 군국주의의 제거, 민주주의에 대한 방해물 제거'라는 포츠담 선언에 따른 점령 목적을 위하여 감시자 역할을 부여받는다. 따라서 특심국과 점령군의 관계는 극히 밀접했다.

GHQ에서는 특심국 구성원으로 내무성 관리를 발탁할까도 생각했지만, 내무성은 군 다음으로 국가주의가 강한 곳이라, 비정치적인 곳으로 비치던 법무청의 검사들 중에서 고르기로 한다. 미국에서는 판사에 대한 민중의 신뢰가 깊으므로, 판사와 동격인 검사를 발탁하면 권위와 신뢰를 발판으로 중책을 감당해 낼 수 있으리라 여긴 듯하다.

초대 심사국장은 가타야마 내각이 임명한 다키우치 레이사쿠였다. 그는 오래전 사법관 적화 사건1932년 공산당 일제 검거 당시 사법부 내에 공산당 비밀조직이 꾸려져 있었다는 사실이 밝혀진 사건으로 세상을 떠들썩하게 한 오자키 판사와 연결되어 있던 사람이다. 당시 삿포로 지재地裁 예심 판사였는데, 친구 오자키 판사를 동정하여 자금을 보내 준 혐의로 잠시 투옥되었다가 형 집행 후 판사를 그만둔 경력의 소유자였다. 그런데 가타야마 내각이 성립하고 변호사 스즈키 요시오가 법무총재가 되자, 그가 친구 다키우치를 국장으로 발탁했다. 좌익 동조자로 알려진 다키우치를 특심국 초대 국장에 앉힌 모습에서도 특심국의 성격이 잘 나타난다. 즉 GS와 특심국은 떼려야 뗄 수 없는 사이라기보다는 GS의 정책 실현 기관이었다고 할 수 있다.

그러므로 내각 조직이 출범하자 특심국에는 각 신문사의 정치 기자들이 몰려와 조각 정보를 캐내려고 했다. 내각은 GHQ의 눈 밖에 나지 않은 사람들로 구성될 터인데, GHQ의 눈 밖에 났는지 아닌지를 판단할 수 있는 유력한 정보원이 바로 특심국이기 때문이다.

"아아, A씨말입니까? 그 사람은 좀 곤란하지 않겠습니까."

특심국의 과장급이 득의양양하게 흘린 한마디가 신문사에는 중요한 정보가 되었다. 말하자면 특심국은 GS, LS라는 두 조직을 대변하는 일본 측 기관이었던 셈이다. (사법 기자단 편編, 『법무성』)

한마디로 말해서 특심국은 연합국 최고사령부에 직결되어 있습니다. 여러분이 담당하는 사무에도 이 연락 역할이란 성격이 면면히 흐르고 있는 겁니다. 우리는 민정국과 관련하여 두 가지 원칙을 지켜야 합니다. 첫 번째는 특심국을 유리 상자에 넣어 둔 것처럼 모든 일을 민정국에 보고해야 합니다. 감추거나 뒤에서 몰래 일하거나 해서는 안 됩니다.

두 번째는 일본인으로서 자부심을 가져야 합니다. 민정국에 대해서도 주눅 들지 말고 당당히 할 말을 해야 합니다. 우리가 하는 일은 일본 정부의 이름으로 집행됩니다. 그러므로 민정국에 책임을 전가해서는 안 됩니다. 밖에서 일할 때는 사령부니 민정국이니 하는 말은 절대로 입 밖에 내지 말아야 합니다. ……(1950년 10월, 요시카와 특심국장이 인사원 5층 강당에서 신규 채용된 직원들에게 했던 훈시)

우선 이런 점이 특심국의 성격일 것이다. 즉 GHQ에 직결되어 있어도 어디까지나 일본 정부의 이름으로 움직이는 전형적인 간접 통치 기구였다.

이 요시카와 특심국장이 윌러비의 눈에 들게 된 사연이 재미있다. 앞에서 소개한 GHQ의 '역사과'하고도 연관된 일화다.

8

역사과가 대（對）소련 전략에 관한 정보를 정리하고 있었던 듯하다는 말은 이미 했다. 그리고 윌러비는 조르게 자료를 찾고 있었다. 이 조르게 관련 자료를 정리한 이들이 아라키 부인과 그 그룹이었다고 한다.

당시의 기록은 공습으로 거의 소실되고, 남은 자료라고 해 봐야 검찰관이나 판사가 개인적으로 가지고 있는 등사판본이 고작이었다. GHQ의 조사를 받은 검사나 경찰관 들은 조르게의 담당 검사가 실은 요시카와 미쓰사다였다는 사실을 감추고 있었다. 발설하면 틀림없이 숙청을 당할 것이고, 그런 젊은 검사를 숙청당하게 하면 나중에 경찰의 체면이 서지 않을 터이니 최대한 이름을 감춰 주자는 합의가 있었던 듯하다.

사건의 핵심을 파악하지 못한 G2는 CIC를 시켜 이 잡듯이 뒤져 보았으나 아무래도 조르게를 직접 취조한 인물이 공백으로 남아 있었다. 초조해진 G2는 일본 측을 집요하게 추궁한 결과, 끝까지 숨기지 못한 일본 측에서 마침내 요시카와 검사라는 이름을 댔다. 이리하여 요시카와 미쓰사다가 G2의 주목을 끌게 되었다.

G2에 출두한 요시카와 검사는 불에 타다 만 타이프 용지를 가지고 있었는데, 구류소에서 조르게가 연필을 잡고 독일어로 정정해 놓은 문서라고 했다. 조르게가 작성한 문서임을 어떻게 입증할 거냐고 묻자, "우선 연필로 쓴 독일어, 그것은 틀림없이 조르게의 필적이다. 타자기에도 다 특징이 있는데, 개인용 타자기에도 기계마다 활자가 마모된 정도가 다르기 때문에 특징이 나타나는 법이다. 조르게가 타자기로 작성한 다른 문서와 비교해 보면 알 수 있을 것이다. 이 문서는 그가 평소 애용하던 타자기를 가져다가 치게 했다"고 대답했다. 이 귀중한 자료는 즉시 윌러비에게 제출되었다. 미국에서 출판된 『윌러비의 보고』에는 '이것은 폭격으로 폐허가 된 도쿄에서 미스터 요시카와가 구해 낸 유일한 자료이다'라는 글이 적혀 있다. 하지만 이 책의 핵심 부분은 이런 과정을 통해 확보되었다. 『윌러비의 보고』는 실은 GS에 타격을 주려던 윌러비에게 좋은 무기가 되었다.

보고서에는 조르게의 스파이 활동이 일본의 작전을 어떻게 교란했는지가 나온다. 멀리는 노몬한에서 일본을 패하게 한 것부터 일본군에게 북진

이 아니라 남진 작전을 취하게 한 모략 활동까지 '조르게의 자백'을 골자로 세세하게 작성되어 있다. 이 보고서에서 스파이 이토 리쓰라는 이름이 처음으로 드러난 것은 유명한 이야기다.

당시 GS뿐만 아니라 본국 정부에도 '적색분자'가 있었으므로 그에 대하여 경고하는 의미도 있었지만, G2가 노리는 바는 GS에서 뉴딜파를 철저히 쫓아내는 것이었다.

요시카와 미쓰사다는 학생 시절 도쿄대 신인회_{좌익 사상 단체로, 일본 좌익 학생 운동}의 리더이며 일본 공산당의 리더들을 배출한 단체에 속했고, 그로 인하여 사법성 입성이 일 년 늦춰졌다고 할 만큼 좌익 사정에 밝았다. 다키우치 레이사쿠의 후임으로 그를 특심국장에 앉힌 사람은 요시다 수상으로, 처음부터 적색 추방의 밑바탕은 갖춰져 있었다고 해도 좋다.

앞서 소개한 요시카와 국장의 훈시는 1950년에 있었는데, 바로 그해 GHQ의 정책이 크게 선회한다.

정재계에 대한 일제 추방이 이루어지자 이에 대하여 외부에서 비판이 없었던 것은 아니다.

미국 잡지 《뉴스위크》 47년 1월 28일 호에 〈일본에서 실시되는 추방의 이면—미국 군인 간의 갈등〉이라는 글이 실린다. 필자는 이 잡지의 도쿄 지국장 콤튼 파켄엄이었다.

이 논문은 경제계에 대한 추방이 잘못된 정책이라고 비판했을 뿐만 아니라 GHQ 내부의 갈등을 드러냈다. 주장의 요지는 이렇다. '추방을 재계로 확대한 탓에 일본 재계에서 2만 5천 명 내지 3만 명이 자리에서 쫓겨나고, 게다가 3촌 범위에 있는 사람까지 취직하지 못하므로 희생자는 약 20만 명에 이른다. 이에 따라 일본의 전체 경제기구가 지능을 잃게 되었다. 당연한 결과로 일본 경제는 신엔나리킨_{암시장에서 벼락부자가 된 자}, 암시장 상인, 사기꾼 등에게 넘어가 버릴 것이다. 극좌 무리는 호시탐탐 노리고 있는 소련을 위해 이런 상황을 이용할 것이다. 유능하고 경험 많고 교양 있는 국제적인 계층—늘 미국과 협력하려고 하는 계층이 떨어져나가는 것이다'라고 비판한 것이다.

GHQ는 가만있을 수 없었다. 이 글이 명백히 '유해'하다고 보고 즉시 맥아더의 이름으로 반박문을 발표하자 논쟁이 달아올랐다. 맥아더는 먼저 위의 기사가 문제에 대하여 아무런 지식도 이해도 없다고 전제하고서 이렇게 언급했다.

> 추방 대상자는 신중하게 선별되었으며, 일본을 침략 전쟁으로 몰아넣은 정책을 입안하는 데 영향을 주지 않는 보통 사업가나 기술자 들은 포함되지 않았다. 이것을 미국의 이상인 자본주의 경제에 반하는 거라고 이해하거나 반대한다는 것은 참으로 이상한 일이다. 지령을 실행하기 위하여 나는 각종 정세를 바르게 파악하고 사령관으로서 마땅히 취해야 할 대책을 취했다. 나아가 나는 그러한 대책의 실행을 촉진했는데, 이는 최고 사령관이 따라야 할 기본적 지령에 합치할 뿐 아니라, 다른 방법을 취한다면 다시 세계를 전쟁으로 이끄는 원인을 놓치게 되고, 나아가서는 새로운 전쟁을 야기할 터이기 때문이다.

민정국은 맥아더의 반박 노선에 따라 추방이 이루어졌지만 일본 경제에는 전혀 영향이 없었다고 주장했다.

그러나 파켄엄은 펜을 멈추지 않고 4월부터 5월까지 일본 경제의 혼란상을 폭로하는 기사를 싣고 5월 26일 호에는 다시 이시바시 단잔의 추방*을 다루며 GS를 비난했다.

대다수 점령군 관계자는 추방이 어디까지 확대될지 의문을 가지고 있고, 친미적인 일본인이 거침없이 제거되고 있다는 의견을 숨기지 않고 말하기 시작했다. 민정국은 추방이 일본 정부에 의해 이루어지는 거라고 거짓말을 계속하고 있다. 그러나 실제로는 민정국이 지도하고 때로는 직접 지령을 내린다는 것이 도쿄에서 상식으로 통한다.

라고 쓴 뒤에, 이시바시 단잔 사건을 사례로 들어 일본 측 심사위원회가 비해당자라고 판정한 사람을 휘트니 국장이 추방해 버린 과정을 상세하게 폭로했다.

나아가 《뉴스위크》는 6월 13일 호에 〈일본의 혼란〉이라는 기사를 다섯 페이지에 걸쳐 실었다.

추방은 이를테면 일본 공산당의 대두보다 훨씬 심한 타격을 미국에 주었다. 추방 범위는 맥아더가 정하게 되어 있었지만, 그는 민정국장 휘트니 대장에게 이 일을 맡겼다. 휘트니는 추방에 관한 광범한 시행 세칙을 만들고 일본 정부에게 이 지시를 정령으로 내려보내라고 강요했다. 일본인이 스스로 추방을 실행하고 있다는 거짓된 형식을 취하기 위해서였다. 추방 방식은 전반적으로 좌익이나 반자본주의자 색채를 풍겼다. 도쿄에 있는 많은 미국인들은 민정국 내부에 공산당 동조자가 있을 뿐만 아니라 그 이데올로기를 추방 정책에 쏟아 넣었다고 믿고 있다. (스미모토 도시오, 『점령 비록』)

• 미군 주둔군 경비는 일본이 배상비 명목으로 부담했는데, 그 액수가 일본 전체 예산의 삼분의 일을 차지할 만큼 막대했다. 이시바시는 미국에게 그 경비를 삭감해 달라고 요구하여 국민의 인기를 얻는 한편 GHQ의 눈 밖에 났다

파켄엄은 이러한 점령 정책 비판 때문에 GHQ의 눈 밖에 나서 결국 일본에서 추방당했다.

점령 초기에는 파켄엄의 비판이 GHQ를 언짢게 했지만, 역설적이게도 머지않아서 그의 주장대로 점령 정책은 크게 변화했다.

9

GHQ에 있는 맥아더의 측근 세 사람은 하나같이 무능했다. 그들은 그저 전쟁을 해 왔을 뿐이라 다른 일에는 쓸모가 없었다.

> 상층부의 무능과 무경험은 예외가 아니라 철칙이었다. 실례로, 점령군 측에서 경제과학 방면을 담당한 소장은 평생을 포병대에서 보낸 사람이다. GHQ 민정국장을 맡은 소장은 정규 보병 장교로, 일본 전체의 지방 민사행정관 감독관의 적임자라고 볼 만한 경험을 가진 사람은 분명히 아니었다. 군정 아래 교육 일체를 담당하던 중좌는 특별히 발전된 학교 제도를 갖고 있지 않은 것으로 알려진 남부 어느 주에서 이름 없는 중등학교의 관리인으로 일하던 사람이다. 군정 아래 민간 정보 일체를 담당하던 중좌는 어느 대규모 석유 회사의 광고 전문가 출신이다. 경제과학부장 자리는 경제학자에게 양보해야 한다. 민사학부장 직무는 행정 경험을 가진 자에게 맡겨야 한다. 교육부장에는 폭넓은 경험과 넓은 식견을 가진 교육자, 그리고 정보부장에는 홍보나 여론 조사 전문가, 그리고 이들과 교체할 사람은 문관이어야 한다.(텍스

티, 『일본에서 겪은 실패』)

누구나 비판하는 이 무능한 군인 수뇌부를 본국 정부는 왜 교체하라고 지령하지 않았을까? 답은 간단하다. 그들에 대한 맥아더의 신뢰가 두터웠고, '현지군'은 본국 정부보다 힘이 세기 때문이다. 일찍이 일본 관동군의 막강한 권력을 떠올리면 짐작할 수 있을 것이다.

이 가운데 군사 전문가로 알려진 윌러비는 나중에 한국전 당시 만주에 있던 중공군의 실력을 과소평가하여 패전으로 이끈 책임자가 된다.

윌러비는 성격이 거칠고 사람을 함부로 부리며 하루에 명령을 세 번씩 바꾸는 일도 마다하지 않았다. 휘트니는 모든 일을 케이디스에게 맡겨 놓은 채 놀러 다니고, 맥아더는 회의석상에서 지극히 초보적인 경제 용어에 대하여 황당한 질문을 해서 일동을 놀라게 했다. 이들 무능한 수뇌부가 저마다 자기 부서에서 맥아더에게 '잘 보이기' 위해 추방자 수를 필요 이상으로 늘렸으니 당연히 일본 각계는 혼란에 빠졌다. 더구나 거기에 중상과 모략이 끼어들고 GHQ 관리나 통역 들의 농간도 있어서 추방은 더욱 복잡기괴해졌다.

이들을 추스르면서 GHQ는 마침내 크게 선회하여 한 방향으로 통합되어야 했다.

GHQ의 정책 방향이 선회하고 있음을 보여 주는 사건이 마쓰모토 지이치로에 대한 추방이다. 반평생을 부락민일본의 피차별 천민 집단 해방에 바친 마쓰모토가 왜 추방되어야 했는지 누구나 의아하게 생각했지만, GHQ의 정책이 바뀌는 도중이었다는 점을 생각하면 수긍이 될 것이다.

마쓰모토는 46년 1월에 추방 대상자로 지정되었는데, 곧 항의를 하고 당시 수상 비서관이던 후쿠시마 신타로가 GHQ에 진정을 하기도 해서 일단 비대상자임을 확인했다. 이에 따라 마쓰모토는 참의원 부의장이 되었고, 국회 개회식에서 천황 배알 문제천황을 배알할 때는 게걸음으로 움직여야 하는데, 마쓰모토가 이를 거부했다가 일어났다. 이것이 보수당에 반감을 주어 48년 9월 다시 자격 문제가 제기되었다. 49년 1월 23일 총선거가 있었지만, 이튿날 마쓰모토 지이치로는 다시 추방당했다.

마쓰모토는 '우익'이라 해서 추방되었으나 사실은 좌익이었기 때문에 추방된 것이며, 말하자면 레드 퍼지 제1호라고 할 수 있다.

이런 시각이 아니면 마쓰모토 지이치로 추방 문제의 본질을 알 수가 없다.

점령 초기에 GHQ 민정국에서 일하던 요원들은 대부분 진보적인 생각을 가지고 있었다.

그들은 일본의 민주화를 위해 미 본국에서는 실시할 수 없는 이상적인 정책, 급진적인 정책을 일본에서 시험적으로 실시하려고 했다. 케이디스가 말하듯이 일본을 자기 이상의 실험장으로 삼고 싶었던 것이다.

그러나 이러한 민주화 정책은 GHQ가 예기하지 못한 결과를 낳았다. 공산당의 진출과 노동조합의 성장이 그것이다. GHQ는 제 손으로 부채질해서 키운 불을 제 손으로 꺼야 하는 처지가 되었다.

점령 관리라는 현실적인 정치 문제에서는 통치 혹은 관리하는 나라의 현실적인 이익이 최우선적으로 고려되게 마련이다. 따라서 한국 전쟁 이후 국제정세 변화에 따라 연합국, 특히 미국의 정치적 실리가 요구하는 내용이 변함에 따라 일본 관리 방침에도 수정이 가해졌음은 의심할 나위가 없는 사실이다. 한편 연합국, 특히 미국이 국제 관계에서 일본에 어떤 역할을 기대하느냐에 따라 일본의 국제적 지위에 변화가 생겼다는 것도 역시 당연한 사실이다.(오카 요시다케, 야나이하라 다다오 편, 『전후 일본사』)

10

레드 퍼지의 수수께끼는 아직 풀리지 않았다. 누가 이 선풍을 주도했는지, 트루먼 대통령인지 맥아더 원수인지, 아니면 GHQ 노동과인지 당시 요시다 내각의 아이디어였는지, 그것조차 파악하지 못하고 있다. 추방 명부 작성자도 그 협력자도, 그리고 신문이나 방송이 왜 제일 먼저 피의 제단에 올랐는지도 밝혀지지 않았다. 1950년 여름부터 약 반년 동안 전 산업에 불어 닥친 레드 퍼지는 규모에서나 수법에서나 그만큼 복잡기괴했다.(〈일본의 오점 레드 퍼지〉, 《분게이슌주》 1959년 6월)

48년 1월 로열 성명*은 일찌감치 좌익 진영과 노동 운동계에 충격을 주었다. 마침 그해 3월에는 전체신노동조합全遞信勞動組合의 투쟁이 시작되었다. 이는 노동 투쟁의 선두를 차지한 투쟁으로 관공청 노조 중에서 가장 강경하다고 알려진 전체신全遞信이 중심이었는데, 가히 기억할 만한 투쟁이었다.

• 육군 장관 로열이 샌프란시스코에서 한 연설로, '세계 정치 정세에 새로운 상황이 발생하여 일본은 원조가 없으면 침략적, 비민주적 이데올로기에게 먹잇감이 될 수 있는 정세가 조성되었다. 따라서 우리는 일본이 충분히 자립할 수 있도록 강력하게 만들고 안정시키는 동시에 향후 동아시아에서 발생할지도 모를 새로운 전체주의적 전쟁 위협에 방벽 역할을 맡길 만한 충분한 목적을 가지고 있다'라고 말했다. —마쓰모토 세이초 주

종래 중앙에서만 이루어지던 투쟁을 직장이나 지역마다 실행하여 민주 전선 결성을 실천했다는 점에서 특기할 만했다. 그들은 지역마다 파상적으로 파업을 하여 정부와 자본가 진영을 위협했다. 이로 인하여 공무원에게는 파업권을 허용하면 안 된다는 방침이 나오게 되었지만, 이 방침을 채택한 데는 GHQ의 공무원제도 과장으로 본국에서 파견한 책사 후버의 영향도 있었다.

후버는 일본 공무원을 미국처럼 파업권이 없고 정식 단체교섭권도 없는 조합으로 만들어 버리는 조항을 공무원법 속에 집어넣으려고 했다.

GHQ 노동과의 키렌 과장은 후버와 충돌하여 맥아더 앞에서 여덟 시간에 걸쳐 논쟁을 벌였다. 그 결과 키렌이 패하여, 그는 임기 일 년 몇 개월을 남겨두고 화물선을 타고 초연히 미국으로 돌아갔다.

키렌은 귀국하기 네 시간 전에 전체신全遞信 간부들을 불러 삼십 분 동안 연설했다. 요지는, '앞으로 일본 공무원은 대단한 힘든 길로 접어들 것이다. 그러나 여러분은 충분한 힘을 가지고 있으므로 싸워나갈 수 있으리라 생각한다. 다만 여러분이 지금 싸우는 것이 득이 될지 해가 될지 딱 잘라 말하기 힘들다'는 것이었다.

키렌의 말대로 그해 12월 공무원법이 개정되고 '공공기업체 등 노동관계법'도 제정되었다. 나아가 국철, 전매일본전매공사는 단체교섭권을 갖지만 기타 국가공무원은 단체교섭권을 잃었다. 자치체 관계자는 정령 201호에 의해 손발이 꽁꽁 묶이고 말았다.

이렇게 한국 전쟁 발발과 나란히 레드 퍼지를 향한 진군이 착착 이루어졌던 것이다.

11

레드 퍼지는 해고 조치가 'GHQ 시사에 따른 절대 명령'임을 대상자에게 고시하고, '이 지상 명령은 국내의 어떤 법령에 우선한다'고 고했다. 따라서 어떤 협약도 이 명령 앞에서는 효력이 없었다.

우선 방송 관계가 표적이 되었다. 당시는 민방이 없었으므로 NHK가 표적이었는데, 그 사례를 소개하겠다.

NHK는 이미 46년 1월에 투쟁을 시작했다. 단체교섭권 확립, 임금 인상을 위해 신문, 통신, 방송 노동조합이 함께 시작했지만, 신문 쪽이 전부 중도 포기하자 결국 NHK만 남아서 투쟁에 돌입한 것이다. 당시는 아직 민주 세력이 강했으므로 노조는 이 투쟁에 점령군이 개입하지는 않으리라 예측했다. 경영자 측도 처음에는 수세적이었다. 하지만 도중에 갑자기 태도가 강경해졌는데 점령군과 정부가 경영자를 지지한다는 사실을 알았기 때문이다.

라디오 부문은 CIE(민간 정보 교육국) 라디오과 관할이었는데, 이때 부서 사람들이 쟁의단 앞에 나타나 당장 파업을 중지하라고 권했다. 갑자기 직장에 찾아와 당장 파업을 중지하지 않으면 큰일 난다고 위협하기도 했다. 이것이 경영자 측을 강경하게 만들어 조합의 전면적인 패배를 불렀다.

NHK는 전쟁 당시의 방송 행태에 대한 반동도 있어서 민주적인 프로그램을 열심히 내보내고 있었다. 노동절 노래를 널리 퍼뜨린 것도 그즈음이었다. CIE 라디오과에서도 천황제 문제에 대하여 토론을 하라고 지시하기도 했다. 이런 일들 때문에 사람들은 미국 방식이 민주적이라고 착각했다. 그래서 〈진상 상자 GHQ 점령 정책의 일환으로 제작된 라디오 프로그램으로, 제2차 세계 대전의 진상을 밝힌다는 기조 아래 일본 군국주의를 고발했다〉라는 프로그램이 나오기도 하고, 뉴스도 민주화 운동의 영향을 강하게 받았다. 그러다가 라디오과 부과장이 국회 토론회 방송에서 공산당 발언을 줄이라고 요구했다. 우익으로 치우친 이 새로운 동향은 조합과 경영자 사이에 마찰을 불렀는데, 49년 봄 기누타의 방송기술연구소에서 열린 대회에서 조합은 둘로 갈라지고, 직장에서도 〈진상 상자〉라든지 〈일요 오락판GHQ의 비호 아래 정치풍자와 꽁트를 내보내 놀라운 청취율을 기록했다〉 같은 프로그램이 압박을 받기 시작했다. 또한 제1조합에서 투쟁을 중도 포기하는 자 다수가 잇따라 제2조합어용 노조으로 빠져나갔다. 팔천 명 이던 조합원이 마지막에는 백 수십 명 정도가 되었다. 결국 끝까지 남았던 조합원은 모두 레드 퍼지에 희생되었다.

그 가운데 편성국 관계자는 퍼지 일 년 전에 이미 메쿠로에 있는 방송문화연구소로 좌천되었다. 연구소에서도 이들에게 아무 업무도 맡기지 않아 유배 생활이나 마찬가지였다.

대체로 라디오 방송은 뉴스와 음악을 양대 구성 요소로 하고, 이 두 요소를 이리저리 버무려서 드라마를 비롯한 다양한 형식으로 제작 방송하고 있었다. 따라서 한국 전쟁 전후에는 뉴스의 비중이 대단히 높았다. 연예 프로그램의 경우는 전전에는 만담가가 나와서 만담을 하거나 로쿄쿠浪曲샤미센 반주를 곁들여 이야기를 들려주는 예능 가수가 나와서 로쿄쿠를 들려주기도 했지만, 이런 것은 '자리 빌려 주기'나 마찬가지여서 그저 스튜디오만 제공하면 되는 일이었다. 즉 대단한 창의나 궁리가 필요 없었다. 구보타 만타로가 부장으로 있는 문예부가 있었지만 문예라는 것은 사실상 존재하지 않았다.

그래서 일찍이 뉴스 민주화를 두고 마스다 관방장관이 NHK에 항의한 적도 있다.

NHK에 대한 레드 퍼지는 다른 신문사의 경우와 달리 경영자가 단행하는 형태를 취하지 않고 연합국 최고 사령관의 명령에 따랐음을 분명히 밝혔다.

당시 GHQ는 전파를 관리하고, 건물 일부도 진주군 방송이라는 형식으로 사용하고 있었다. 라디오는 작전 명령이든 군 명령이든 가장 빠르게 전할 수 있고, 국내 캠페인을 할 때도 즉시성과 광범위함 때문에 신문하고는 비교할 수 없을 정도로 영향력이 강했다. 그런 의미에서 한국 전쟁에서 라디오의 역할, NHK의 사명은 신문사하고는 비중이 달랐다. 예를 들면 라디오 방송은 한국에서도 들을 수 있고 당시 한국인은 일본어를 알아들을 수 있었으므로 GHQ도 라디오 정책에서는 대단히 신중했다. 따라서 그 무렵 NHK에는 자주성이 거의 없고 사령부에서 직접 관리한다고 해도 좋을 정도였다. 때문에 해고자 통고도 GHQ의 명령이란 형식이 취해진 것이다.

이 명령은 사령장도 없이 몇 시간 뒤에 퇴거하라는 것으로, 50년 7월 25일 아침 해당자를 모아 놓고 어느 시각까지 건물에서 나가라는 요구였다. NHK에서 해고당한 사람은 이렇게 전했다.

퍼지 당하던 날, 아침 10시가 지났을 때 방송문화연구소에 있는 사람은 전부 모이라고 하더니, 어떤 문서를 읽어 주는데, 대뜸 여기 있는 사람들은 앞으로 건물에 출입하면 안 된다는 겁니다. GHQ에 호출되어 갔다가 허겁지겁 돌아온 사장이 부과장에게 그렇게 전달하라고 했답니다. 문서를 들고 있는 손이 바르르 떨리더군요. 대체 그게 무슨 소리냐고 따졌지만, 여하튼 그런 명령이 내려왔다, 이건 맥아더 명령이다, 거부할 도리가 없다, 나는 그저 전달만 했을 뿐이다, 라며 상대는 어디까지나 맥아더 탓으로만 돌렸습니다. 오사카에서는 흑인 MP가 총

을 들고 왔다고 하더군요. 총으로 무장한 MP가 본관에 들어와 나가라
고 명령했다고 합니다.

12

어느 회사에서나 레드 퍼지는 다음과 같은 공통점이 있었다.

①점령군의 절대적 명령이라는 것, ②명부가 이미 작성되어 있었다
는 것, ③해고 통고를 받는 즉시 직장이나 건물에서 퇴거하라는 요구를
받았다는 것, ④반대 투쟁이 일어나지 않았다는 것, ⑤대부분의 회사
에 제1조합과 제2조합이 있어 노조 세력이 분열되어 있었다는 것.

해고가 점령군의 명령임은 대개 간접적으로 통고되었다. 그것을 직접
공개한 곳은 NHK뿐이다. 이는 점령군이 전파를 관리하며, 건물도 점령
군이 사용하고 있었기 때문이다. 그 밖에는 이렇게 직접적인 형식이 아니
라 사령부에서 지도했다거나 시사하더라는 식으로 경영자가 간접적으로
통고하는 형식이 취해졌다. 예를 들면 요미우리에서는 사장 이름으로 다
음과 같은 포고문이 발표되었다.

연합군 최고 사령관 더글러스 맥아더 원수의 1950년 6월 6일, 7일,
26일, 7월 18일 자 지령 및 서한은, 일본의 안전을 공공연히 파괴하는
공산주의자를 언론 관계에서 배제하는 것이 자유롭고 민주주의적인 신

문의 의무라고 지시했다. 사령부 쪽에서 거듭 시사하므로 우리 회사도 이번에 공산주의자 및 이에 동조한 자들을 해고할 방침을 세우고, 오늘 아래와 같은 사람들에게 퇴사를 명했다. 이번 조치는 일체의 국내 법규나 노동협약 등에 우선한다는 점을 사원 여러분은 양지하고 회사 업무에 차분히 힘쓰기를 바라는 바이다.

당사자에게 건넨 사령장에는 위와 같은 이유로 '일본의 안전에 대한 공공연한 파괴자인 공산주의자 및 이에 동조하는 자를 해고할 방침을 정했다. 따라서 오늘 중으로 귀하에게 퇴사를 명한다'고 되어 있었다.

맥아더 서한이란 '공산당이 유해한 단체이며, 대중의 폭력 행위를 선동하여 평화롭고 조용한 나라를 무질서의 싸움터로 만들려' 하므로 일본 공산당 중앙위원회 전원을 공직에서 추방하고, 나아가 6월 7일, 《아카하타일본 공산당 기관지》를 '허위에 가득 차고 선동적이며 반동적으로 호소하는 기사와 사설을 가득 싣고 있다'고 하여 편집국원을 숙청하고, 6월 26일에는 일 개월 정간을, 나아가 7월 18일에는 무기 정간을 명한 것을 말한다.

각 신문과 방송국 추방 작업은 《아카하타》에 대한 이 조치를 확대 적용한 것이다.

지명된 사원들은 수위의 감시 아래 중역, 국장, 사복 형사들이 죽 늘어선 곳에서 사령장을 받아야 했다. 사원들이 일제히 '이 해고는 미군 지령이나 명령인가, 아니면 연합국의 시사에 따른 조치인가?' 하고 추궁했지만, 국장 측은 말끝을 흐리며 자세한 대답을 피했다.

추방 지령을 받은 회사는 아사히, 마이니치, 요미우리, 교도, 니혼게이자이, 도쿄, 지지통신, 방송협회 등 여덟 개 회사로, 그 후 전국의 지방지에도 마찬가지 조치가 취해져서 전국 49개 사에서 총 700명이 해고되었다. (『일본신문협회 10년사』)

신문에 대한 GHQ의 감시는 그 전부터 전조가 있었다. 49년 5월 30일 공안조례 반대 시위에 참가한 동교東京 도 교통국交通局 노조의 하시모토 긴지라는 조합원이 건물 2층에서 추락사한 사건이 있었다. 교도통신사에서 이 사진을 보도하며 2층에서 지면까지 점선을 그려 표시했는데, 이것이 마치 경찰의 폭행 사고처럼 보인다고 하여 GHQ가 격분했다. GHQ는 사내 공산당 세포의 짓이라고 하며, 이사장 이토 마사노리를 비롯하여 도쿄에 있는 주요 신문사의 대표들을 즉시 호출하여 엄중한 경고를 내렸다. 그 결과 교도통신사는 당시 일본 공산당 세포 아홉 명을 편집이나 업무가 아닌 자료실로 배치했다. 나중에 이토 마사노리 자신도 GHQ의 압력으로 교도통신사에서 쫓겨났다. 이런 일들이 나중에 있을 레드 퍼지의 복선이 되었다.

문제의 일제 숙청이 단행되기 며칠 전(《아카하타》가 정간되고 일주일 후), CIE는 각 회사 수뇌부를 불러 '사내에 있는 공산주의자와 동조자를 즉시 해고하라'는 중대한 지시를 내렸는데, 통고를 받은 각 회사가 28일 오후 3시를 기해 일제히 해고 통고를 단행했다.

이는 조합이 전혀 예상하지 못한 사태였다. 따라서 미리 예감하고 있었다고 해도 동요가 컸다. 안색 하나 변하지 않은 채 해고 통고를 받아들고, 장차 혁명에 성공한 일본에 대하여 일장연설을 하며 "그때는 각오하라"고 기세를 올리는 용감한 여성이 있는가 하면, 나는 아니라며 통고 철회를 애원하는 남자가 있는 등, 풍경은 어느 회사나 비슷했다. 그러나 대체로 피해고자는 해고 통고를 반납하고 조합에 모여 대책을 논의한 후 사 측에 이유 설명을 요구했지만, "지금은 아무 말도 할 수 없다. 고소하려면 해라. 그럼 다 말하겠다"라고 거부했다. 어느 회사에서는 사복 경관이나 제복 경관을 대기시켜 놓고 시간을 정해 나갈 것을 강요하고 이에 응하지 않는 자는 경관이나 수위의 완력을 빌어 끌어냈다.(아카자와 신이치, 〈신문가에 일어나는 붉은 선풍〉, 《중간 분게이슌주》 1952년 12월)

신문사뿐만 아니라 다른 분야의 회사에서도 대체로 비슷한 일이 벌어졌다. 다만 경영자 측이 지령을 받고 나서 겨우 나흘 만에 해고 대상자 명부를 만들었다고 하니, 그 신속함에 모두 경탄했다. 당연히 공산당원이나 동조자 명부가 이미 작성되어 있었다는 추측이 가능하다.

명부를 작성할 때, 회사에 따라서는 경영자 측, GHQ 측, 특심국 측이 따로 작성한 세 가지 명부를 대조하여 공통된 자를 골라낸 경우도 있고, 꼭 그렇지 않은 경우도 있었다. 당시 공산당원은 '단체 등 규제령'에 따라 등록을 하고 있었으므로 이들이 제일 먼저 당했다. '단규령'은 주로 특심국이 관장하므로 특심국 명부라고 할 수도 있다. GHQ의 지명은 대체로 이 특심국 쪽에서 주도했다고 봐도 좋다.

그 밖에 투서 등도 감안한 듯하다. 또 경영자 측에서는 GHQ의 지령과 상관없이 해고자를 선별하였다. 주로 조합 활동을 하면서 '과격한 발언'을 했던 사람들이 명부에 올랐다.

근거도 없이 억울하게 퍼지 명부에 오른 자도 있다. 본인도 놀라지만 주변 사람들도 "그 사람이?" 하고 놀라는 경우가 있었다고 한다. 어쨌든 일단 지명당하면 불문곡직 건물 밖으로 쫓겨날 수밖에 없었다.

십 년 전 7월 29일, 도쿄에는 가랑비가 내리고 있었다. 나는 동료 스무 명과 함께 교도통신사 건물에서 빗속으로 쫓겨났다. 경영자는 우리를 강제로 내보내려고 경찰을 불렀다. 경관 십 수 명이 우리를 에워싸고 퇴거를 거부하면 실력을 행사하겠다고 위협했다. 우리가 나가는 길을 경관들이 줄지어 에워싸고 있었다. 경관들 사이로 데스크를 나란히 하고 일하던 동료가 손을 흔들며 작별을 아쉬워했다. 건물을 나서서 비 오는 거리를 걷다 보니 팽팽하던 마음도 어느새 느슨해졌다. 비에 젖어 걷는 내가 집에서 쫓겨난 개처럼 느껴졌다.(오구라 히로카쓰, 《사상^{思想}》 1960년 8월)

그 밖에도 추방자는 사소한 이유로 지정되기도 했다.《아카하타》를 구독했다는 이유는 그래도 나은 편이다. 마르크스의 『자본론』을 가지고 있었다는 이유로 명부에 오른 이도 있다. 동생이 동조자라는 이유로 과장이던 형이 해고된 사례도 있다. 직장 모임에서 상사를 험담했다고 추방당한 사람도 있다. 이런 추방들도 전부 '점령군 지시'라는 '헌법에 선행하는' 절대성을 가지고 있어서 저항이 불가능했다.

당연히 경영자 측에서는 평소 조합 운동에 열성적이던 자들까지 속에 끼워 넣었다. 실제로 GHQ 신문과장 인보덴은 지령의 확대 해석을 경계하는 말을 했지만, 경영자 측으로서는 아무 말썽 없이 '마음에 안 드는 자'들을 쫓아낼 수 있으니 이처럼 귀한 기회도 없었다. 그러는 한편 관리직 승진을 대가로 '전향'한 자는 살아남았다. 바로 얼마 전까지 격려하며 손을 쥐어 주던 여성부장이 추방 지령이 나오기 이삼일 전부터 갑자기 외면하는 장면도 볼 수 있었다. 또 회사 측 명부 작성에 '협력'하고 나중에 계장으로 승진한 자도 있다.

이에 대하여 조합은 대체로 저항하지 않았다. '하나, 점령 정책에 따른다. 둘, 현재 상황을 보건대 이번 조치는 어쩔 수 없는 것으로 보인다'라는 결정을 내린 신문사 조합도 있었다. 신문 노련은 재경 중앙집행위원회를 열었지만, '결국 이번 조치는 공산당이 지금까지 민주주의 원칙에 저항하며 취해 온 행동 및 현재 한국에서 일어나고 있는 사태에 대해 취하는 태도에 대한 조치이지, 민주주의의 근본 원칙 및 신문 언론의 전반적 방향, 노동 운동에 대한 규제로 취해진 것은 아니라고 인정한다'며 깨끗하게 승복한다. 깨끗하게 승복하나마나 중압 앞에 저항할 도리가 없었던 것이다.

조합의 무저항은 당시 노동 운동 상황이라는 점에서도 살펴봐야 한다. 국철 정원법이 발동되고 제1차 해고가 통고되어 반대 투쟁이 일어나려고 할 때 시모야마 사건1949년. 일본 국유 철도 초대 총재가 출근 중에 실종되어 이튿날 사체로 발견된 사건이 일어나고, 이어 제2차 해고 통고 직후에는 미타카 사건미타카 역 구내에서 무인 열차의 폭주로 여러 명이 사망한 사건, 마쓰카와 사건마쓰카와에서 일어난 열차 탈선 사건이 일어났다. 이 사건들이 하나같이 노동조합에 불리한 쪽으로 선전되었기 때문에 노조는 대중으로부터 고립되어 투쟁 전열이 무너졌다. 덕분에 정부는 소기의 행정 정리를 강행할 수 있었다. 반대로 조합의 투쟁은 퇴조했다. 그 뒤에 히타치에서 사 개월에 걸쳐 기업 정비 반대 투쟁이 벌어졌지만 패배로 끝났다. 이를 계기로 노동조합 운동은 다시 후퇴를 거듭했다. 그러는 동안 산별전 일본 산업별 노동조합회의 산하에 있던 각 유력 노조 내부에서 이른바 '민동' 세력공산당이 주도하는 산별 회의에 반대하는 여러 그룹이 모여 조직한 '산별 민주화 동맹'의 약칭이 일어나 조합 조직의 분열이 심해졌다. 민동파가 우세한 조합은 잇따라 산별을 탈퇴하여 마침내 '총평'을 결성하였고, 산별은 주도권을 잃고 약소한 집단으로 위축되고 말았다. 이런 노동 운동 정세가 정부와 점령군에게 레드 퍼지를 강행해도 되겠다는 자신감을 주었다.

또 이 레드 퍼지에 대하여 공산당이 거의 아무 대응도 하지 못한 것도 반대 투쟁이 없었던 요인 가운데 하나였다.

레드 퍼지와 투쟁할 시기에 공산당은 가장 어리석은 모습으로 내부 항쟁을 거듭하여, 투쟁을 조직화하기는커녕 대중의 투쟁에 찬물을 끼 얹고 있었다.(사이토 이치로,『전후 일본 노동 운동사』)

이런 상황에서 레드 퍼지 명부 작성에 한몫을 한 것이 특심국이다. 특심국은 본디 47년에 공직 추방을 위한 자격 심사 기관으로 내각 조사국에서 변신한 조직이다. 처음에는 어디까지나 점령군 방침에 따라 군국주의적, 극단적인 국가주의 비밀단체, 즉 반민주적 단체나 인물의 조사가 목적이었다. 그런데 '단체 등 규제령'이 나올 즈음, 반민주주의적 단체에 좌익도 포함시키는 쪽으로 확대 해석하여 갑자기 칼끝을 좌익 세력을 조사하는 활동으로 돌리게 된 것이다.

여기서 레드 퍼지 명부를 작성할 때 '단규령'에 따른 신고 명부가 바탕이 되었는데, 세포 명부를 중심으로 그 동조자를 비롯하여 각 관청별로 조사가 진행되었다. 이때 경제 안정 본부 등에서는 생활물자 국장 도바타 시로저명한 농학자, 당시 농림성 산하 농업 종합 연구소 소장이었음(도바타 세이치의 동생)까지 명부에 올라 있음을 알고 초대 특심국장 다케우치 레이사쿠가 깜짝 놀랐다는 이야기가 있다. 조사가 얼마나 광범위하면서도 엉성했는지 알 수 있다.

신문사들에 대한 레드 퍼지는 국회에서도 문제가 되어 사회당 아카마쓰, 공산당 나시키 의원 등이 질의를 했지만, 오하시 법무총재는 '신문 보도 기관의 공산주의자와 동조자에 대한 해고 조치는 적절하며, 정당한 이유가 있다고 생각한다. 정부는 이 조치에 전폭 찬성을 표하는 동시에 이를 극력 지원할 것이다'라는 취지로 발언했다. 이어서 총사령부 CIE 뉴젠트 중령도 8월 3일 성명을 발표하여 정부의 견해를 지지했다.

두 가지 사건을 배경으로 레드 퍼지는 뜻대로 이루어지고, 뒤이어 공무원, 교육계, 국철, 사철 등 민간 산업에까지 파급되어 갔다.

그럼 이 숙청으로 쫓겨난 사람들은 어떻게 되었을까? 『일본신문협회 10년사』에 따르면 이렇다.

> 그냥 해고를 승인하고 퇴사한 자, 부당 해고라 하여 지방 재판소에 신분보장 가처분 신청을 한 자, 본격적으로 소송을 제기한 자, 부당 노동 행위라 하여 노동위원회에 제소한 자, 노동위원회 제소와 더불어 지방재판소에 가처분 신청을 한 자 등 다양했으나 재판소에서는 가처분 신청이 전부 기각되고, 노동위원회에서는 제소 건수 19건, 신청 인원 183명을 헤아렸지만, 기각, 각하, 화해, 구제 등의 조치로 51년 8월경까지는 일부 극소수를 제외하고는 대체로 결말이 났다.

중앙노동위원회는 해고에 대하여 레드 퍼지는 조합 활동에 따른 해고가 아니며 따라서 부당 노동 행위에 의한 해고가 아니다. 그러므로 이 해고는 노동위원회의 관할 밖에 있는 문제다, 라는 해석을 내렸다. 만약 레드 퍼지를 부당 노동 행위라 하여 중앙노동위원회에서 다룬다면 위원회가 GHQ에 의해 궤멸되리라는 우려에서 나온 궁여지책이었다. 맥아더 서한에 따른 추방은 어떤 국내법에도 의거하지 않으며, 헌법에도 구속되지 않는다는 생각을 GHQ도 정부도 가지고 있었다. 그리고 각 지방재판소에서는 신청을 기각했다. 이런 상태에서는 아무리 심리를 진행해도 소용이 없다는 것을 알았는지 대개 화해를 권했다.

이 가운데 《아사히 신문》의 오하라, 가지타니 두 기자의 사례는 특별한 경우였다. 원래 두 사람은 공산당 동조자도 아니었다. 다만 오하라 기자가 당시 파업중이던 가이조샤에 관한 기사를 썼는데, 그 내용이 GHQ 신문과장 인보덴의 비위를 건드렸다. 그래서 인보덴이 신문사 간부에게, '오하라는 공산당원이다. 내 신문사였으면 당장 잘라 버렸을 텐데'라고 말하는 바람에 추방을 당했다. 또 가지타니 기자는 어느 공산당원의 죽음에 조사를 썼다는 이유로 명부에 올랐다. 두 사람의 부당 해고에 대한 재판은 최고재판소까지 올라가, 마침내 팔 년 뒤 승소하고 회사에 복귀했다.

이런 경우는 매우 드물고, 설령 소송을 하더라도 오래 지속된 소송을 끝까지 버티지 못하고 도중에 좌절하고 '화해'하거나 소송을 취하하는 것이 대부분이다. 경제적으로 어려움에 처한 해고자로서는 어쩔 수 없는 일이었다. 제소할 수 있는 모든 기관에 대하여 희망을 접은 해고자는 그 후 생활고에 시달리며 가난과 싸우게 마련이었다.

가령 NHK 기술자였다면 라디오 수리점포를 열고, 기술 없는 이들은 번역, 잡문 쓰기, 행상, 군고구마 장수, 포장마차, 서점 따위를 시작했다.

이들의 생계난을 파고들어 스파이로 끌어들이려는 공작이 시작된 것도 정해진 과정이었다.

언론 방면에 대한 레드 퍼지는 다른 산업 부문으로도 파급되어 해고자는 신문, 통신, 방송의 745명 외에 전기 산업 2,137명, 석탄 산업 2,020명, 화학 공업 1,246명, 제2차 금속 제조업 1,048명을 비롯하여 총 10,869명에 달했다. (노동성 노정국 발표)

이밖에 8월 30일에는 전국 노동조합 연락협의회(전노련)가 공산주의적인 단체라 하여 해산 명령을 받았다.

이리하여 일본 노동 운동에서 공산당 세력은 거의 자취를 감추게 되었다.

해고자에게 밀고자가 되라고 유혹한 사례는 많다. 어느 산별 회의 간부가 길을 걷고 있는데 지프 한 대가 옆에 정차하더니 그 안에 있던 자가,

너, 우리랑 손잡고 일해라, 하며 한 손에 권총을 들고 위협한 일도 있다. 전체신全遞信 노동조합의 무라야마 부위원장에 따르면, 48년 투쟁 당시 점령군 전용 회선을 누가 절단한 일이 있었다. 그래서 반송공사搬送工事 분회장, 전체신 청년부장, 부부장, 공사협의회 서기장 들이 체포되어 군사 재판에 회부되었다. 서기장은 전향하여 밀고자 노릇을 하고 공산당을 탈당했다. 그는 곧 계장으로 승진했다. 또 조합 내부 상황을 알려 주면 기소하지 않고, 따라서 군사 재판에 회부하지 않겠다고 회유한 사례도 있다. 전체신 노동조합의 무라야마 부위원장에 따르면 이렇다.

누마즈에서 이발소를 하는 사람이 있는데, 전체신全遞信 출신으로 가나가와 지구 전체신의 본부 서기장을 했던 사람입니다. 49년 9월 7일부터 10일까지 전체신 제12회 가미스와에서 열린 중앙위원회에 출석하여 통일파에 찬동하는 발언을 했다가 해고되었는데, 그 뒤 밀고자로 일하라는 집요한 압박을 받았다고 합니다. 나중에 그는 요코하마 진주군에서 일했습니다. 그런데 전체신 이력이 드러나 해고되었습니다. 자꾸해고되다가 마지막에는 요코스카 CID육군성 범죄수사사령부에서 일했어요. 영어를 할 줄 알아서 통역으로 들어갔는데, 그곳에서도 전력이 드러나 해고되었지요. 가나가와 형사가 미행을 해 보니 그 사람이 요코스카 CID 정보국에 들어가는 거예요. 큰일 낼 놈을 채용했구나 하면서 당장해고했겠지요. 그는 그쪽 일본계 미국인한테, 이제 그 직장도 그만두었으니 과거 이야기를 해 줘도 좋지 않은가, 평생 뒷배를 봐 주겠다, 매월 오만 엔을 주마, 하고 제안하더랍니다. 받아들이지 않자 액수가 십만 엔까지 늘어났다고 합니다. 당신이 지금까지 보고 들은 것을 말해 달라는 것이었답니다. 그래도 거절했답니다. 그런데 《재팬 타임스》에 광고란이 있잖습니까. 자동차를 판다든가 집을 구한다든가, 거기에다 이런 저런 내용을 내달라, 라고 하더랍니다. 이것도 무슨 책략이겠죠. 극히 최근까지 그렇게 종용해 왔습니다. 전체신 사람 중에서는 가장 노골적으로 밀고를 강요당한 사례 가운데 하나입니다. 그 밖에 지방에서도 비슷한 일들이 많았습니다. 대부분 위협을 당한 사례입니다. 시키는 대로 하지 않으면 해고할지도 모른다는 위협이죠. 실제로 삿포로 전화국에서 그런 일이 있었습니다.

이렇게 정보 수집을 위해서 육성한 자들이 특심국의 후신인 지금의 공안조사청 정보망에서 아직까지 일하고 있지 않다면 다행이겠다.

13

빨갱이라는 낙인이 찍혀 해고당한 사람은 어떤 회사에서도 예외 없이 거부당했다.

미쓰비시전기에 근무하던 조합장이 레드 퍼지를 당해 직장을 잃고 여러 직업을 전전하다가 진주군 자동차 운전수가 되려고 응모했다. 그러자 도라노몬에 있는 CIC에서 호출을 해서, "당신이 미쓰비시에 있었다는 사실이 이렇게 사진에 다 나와 있어" 하며 사진을 내밀어서 깜짝 놀랐다. 전에 회사 측이 점령군 관련 일을 할 때 점령군 측에서 종업원들의 얼굴 사진을 촬영했던 것이다.

얼굴 사진은 없다 해도 레드 퍼지를 당한 사람이 전력을 숨기고 취직했다가도 사실이 드러나면 어김없이 해고되었다. 계속되는 무직 상태에 절망하여 자살한 사람도 있을 정도다.

전체신全遞信의 에바라 전화국 지부에서 일하던 한 조합원은 다른 지구에 응원하러 갔다가 경관에게 체포되고, 그것 때문에 레드 퍼지를 당했다. 그 후 몇 번 취직했지만 그때마다 전력이 드러나 해고되었다. 그러다가 54년 요코하마에서 전차에 뛰어들어 자살했다. 당시 그의 나이 31세였다.

이런 사례는 그 밖에도 있다. 도쿄 도청은 현장 근로자를 포함하여 170명에 대한 숙청을 단행했는데, 그중에 에도가와 구청 직원으로 일하다가 해고된 한 사람은 그 후 일용 노동자로 일하거나 지방 신문 기자 노릇도 했다. 33세였던 그는 세 식구를 부양하고 있었는데, 51년 말 아라카와 방수로에 몸을 던져 자살했다. 유서는 없었다.

도영 결핵 병원에 근무하던 29세의 간호사는 노조 임원이었는데, 퍼지를 당한 뒤 개인 병원을 전전했다. 그녀는 종합 병원에 취직하려고 했지만, 그때마다 신원 조회에서 퍼지 전력이 드러나 아무 데도 취직할 수 없었다. 52년 봄 그녀는 실의에 빠져 고향 도치기 현으로 돌아가다가 열차 속에서 음독자살을 했다.

그 밖에 레드 퍼지로 직장에서 쫓겨나 새 일자리를 찾지 못하고 가난과 고뇌에 시달리다 정신 착란을 일으켜 정신 병원에 수용되어 있는 자는 도쿄 도만 해도 네 명은 된다. 이것은 도쿄 도의 상황이고, 전국적으로는 더 많을 것이다.

경영자는 직원을 채용할 때 상대가 좌익인지 어떤지 까다로운 신분 조회를 실시했다. 일경련 소속 각 회사는 49년과 50년에 퇴직한 사람일 경우 더욱 엄밀하게 조사한다. 때문에 그들은 그 그물눈을 통과하지 못한다고 한다.

같은 해고자라도 신문 기자 출신은 글 솜씨가 있으니 그것을 살려서 살길을 찾기도 하므로 그래도 나은 편이다. 마땅한 기술이 없는 사람들이 가장 비참했다.

또 오히려 레드 퍼지를 당한 사람을 고용하는 회사도 있었다. 그들의 경험을 조합 운동 탄압에 이용하기 위해서다. 전전 공산당 전향자 가운데 거물들이 오늘날 어떻게 사는지를 보면 이해할 수 있을 것이다.

퍼지로 쫓겨난 사람들은 아무 데도 취직하지 못하면 작은 장사를 하거나 일용 노동자가 되는 수밖에 없다. 빈곤과 경제적 궁핍은 그들로부터 이데올로기를 야금야금 빼앗는다. 목구멍에 풀칠을 하려면 뭐든지 해야 한다. 철저한 당원이라도 좌절하고 만다. 이렇게 되면 사회적 경제적으로 버림받고 당으로부터도 버림을 받아, 심약한 자는 성격 파탄자가 되고 만다.

또 당시 공산당도 코민포름의 비판을 받아 소감파와 국제파로 분열되어 있었기 때문에 어느 한쪽에 속해 있던 일반 당원들은 당에서 쫓겨났다. 공산주의 운동이라는 정신적인 지주가 고통스러운 일상생활을 어떻게든 버텨 주고 있었으므로 당적을 잃는 것은 곧 파멸을 뜻했다. 그 밖에 추방당한 사람들도 빈궁과 싸우다 패하여 양심적인 삶을 감당하지 못하게 된다. 때문에 왕년의 조합 운동의 투사가 사기 행각을 벌이거나 폭력단에 가입하거나 횡령을 하고 도피하는 예도 있다. 레드 퍼지가 끼친 영향은 오늘날에도 비참하게 살아 있다.

아니, 거기에 그치지 않는다. 당시 해고당한 사람들은 지금은 대개 4, 50세 정도가 되었다. 그래서 이제는 자식들의 취업에 부모 경력이 영향을 미친다. 자식의 취직을 위해 자신의 경력을 어떻게든 숨겨야만 한다.

당초에 GHQ는 극단적인 국가주의자, 일본을 전쟁으로 이끈 지도자에 대하여 '영구 제거'를 주장하고, 추방은 '3촌 관계까지 해당된다'고 했지만, 실제로 응징을 받은 이들은 다름 아닌 레드 퍼지 해고자들이다.

그들은 영원히 취직에서 제외되었다. 더구나 그것이 자식한테까지 미치고 있다.

그 비참함에 비하면 점령 초기에 추방된 자들은 지금은 완전히 소생하여 정계, 재계, 관계 등 온갖 위치에서 안락하게 살고 있다. '빨갱이' 낙인이 찍힌 노동자는 '영구'히 추방되고, 미국이 점령하면서 추방 대상자로 정했던 '검은' 지도자 계급은 제 몸에 찍힌 낙인을 이미 오래전에 지워 버렸다.

마지막으로, 레드 퍼지를 지령한 진짜 주인공은 극동 정세에 낭패한 펜타곤이라고 해도 그리 틀린 말은 아닐 것이다.

원제 「검은 세력의 추방과 빨갱이 낙인」(『일본의 검은 안개』 제11화)—《분게이슌주》(1960년 11월)

커피 브레이크 ❶
—담당 편집자의 추억

텔레비전 드라마를 보면 종종 작가나 문예물 편집자가 중요한 역할로 등장할 때가 있습니다. 잘나가는 미남 작가에 아리따운 담당 편집자가 엮어 가는 로맨스. 혹은 잘나가는 미녀 추리 작가와 사내다운 담당 편집자가 머리를 맞대고 연속 살인 사건을 해결하는 등등.

재미있는 드라마이긴 하지만, 현실을 돌아보면 극에 나오는 작가나 문예물 편집자는 열이면 열, 실상과 한참 동떨어진 모습이라고 할 수밖에 없죠. 미야베가 텔레비전 앞에 혼자 앉아 "어머머~" 하며 얼굴을 가리는 모습을 상상해 주세요.

하지만 이 몸도 작품에 다양한 직업을 등장시키는 만큼 타산지석으로 삼아야겠죠. 웃을 처지가 아니네요.

여하튼 작가 하면 편집자요, 편집자 하면 작가죠. 때로는 서로 어깨를 빌려 주고 때로는 네가 옳으니 내가 옳으니 다투며 기쁨도 슬픔도 함께하기를 몇 해이던가. 떼려야 뗄 수 없는 관계입니다. 훌륭한 작가 옆에는 반드시 훌륭한 편집자가 있는 법.

그래서 마쓰모토 세이초 씨를 담당했던 편집자들에게, 기억에 남는 작품이 무엇인지, 어떤 추억을 가지고 있는지를 들어 보았습니다. 듣고 보니, 세이초 씨는 늘 정력적으로 일하고 적당히 넘기거나 부실한 작업을 허락하지 않는 반면, 따뜻하고 익살도 많았던 분이라고 합니다.

미야베 미유키

지금도 종종 놀라는 선생의 직감력

쓰쓰미 신스케

"그러고 보니 그 비서한테는 화려한 부인이 있었던 것 같은데."

세이초 선생이 말했다. 하마다야마 자택 응접실, 《주간 신초》에 연재할 소설 『성수배열聖獸配列』을 놓고 상의할 때였다. 이 소설의 모티프는 다나카 가쿠에이 전 수상과 그의 '자금원'이었는데, 이와 관련하여 수상 비서들의 역할이 화제에 올랐다. 《주간 신초》의 야마다 히코야 편집장이 고개를 끄덕였다.

"그랬죠, 아주 화려하게 생긴 부인이었어요."

"쓰쓰미 군, 좀 조사해 주겠나? 부인이 지금 뭘 하는지."

세이초 선생 댁을 하루가 멀다 하고 드나들 때였다. 휴일에 찾아갔다가 점심 전부터 심야까지 선생과 계속 이야기한 적도 한두 번이 아니었다. 그럴 때는 점심, 저녁, 야식까지 밥상을 세 번이나 받았다.

세이초 선생의 담당 편집자라면 《분게이슌주》의 후지이 야스에 씨라는 '제1인자'가 있어, 선생에 대한 공헌도에서 나는 그분의 발치에도 미치지 못했지만, 아직 젊은 이십 대였고 주간지 기자로 일하는 만큼 조사 작업이라면 자신이 있었기 때문에 선생에게 종종 취재를 부탁받았다. 우리 회사 연재물이나 단행본만이 아니라 선생이 다른 출판사나 신문사, 심지어 방송국을 위해 집필한 원고라도 예외가 없었다고 할 만큼 협력했다. '그래서 바빴다'고 핑계를 대려는 것은 아니지만, '모 비서의 화려한 부인'의 근황은 다른 조사 작업이 끝난 다음에 알아보자고 생각하고 있었다.

그러던 차에 느닷없이 튀어나온 것이 유명한 '벌침 한 방' 발언이다. 록히드 재판의 결정적 증언으로 검찰이 내놓은 비장의 카드가 바로 에노모토 도시오 비서의 전처 미에코 씨였다. 1981년 가을 일이다.*

"아뿔싸, 그때 즉시 조사했으면 우리 잡지에서 특종을 잡는 건데" 하며 발을 동동 굴렀음은 말할 것도 없다. 당시 도쿄 지방 재판소에 계류중이던 록히드 재판의 향방을 둘러싸고 모든 매스컴이 특종 경쟁을 벌이고 있었기 때문이다.

참고로 '화려한 부인' 미에코 씨가 잡지에 누드 사진을 싣는 등 화려함을 유감없이 발휘한 것은 '벌침 한 방' 이후의 일이었다.

다행히 세이초 선생은 "왜 그때 냉큼 조사하지 않았나!" 하고 핀잔을 주지는 않았다. 이 년쯤 뒤에나 시작할 예정인 연재물에 참고할 예정이었기 때문이다. 그러나 선생의 직감을 가벼이 넘기면 안 되겠다고 새삼 다짐하면서 하마다야마 역까지 걸어가던 기억이 난다.

그 뒤에도 세이초 선생의 날카로운 직감에 놀란 적이 여러 번 있었다. 심지어 타계하신 뒤에도 말이다. 바로 얼마 전에도 "정말 대단한 직감이었구나!" 하고 통감한 일이 있다.

네덜란드 동부 서독(당시) 국경 가까이에 소도시 알멜로가 있는데, 그 교외에 있는 어느 연구소 주위를 한 일본인이 서성이고 있었다. 1973년의

---

* 민간 항공기 기종 선정을 둘러싸고 미국 록히드사(社)로부터 정치권에 거액의 뇌물이 전달된 스캔들. 다나카의 비서의 아내가 법정에서 '전 남편이 오억 엔 수뢰를 인정하는 말을 했었다'라고 증언하여 다나카 수상의 유죄를 결정지었다. 증언 직전에 "벌은 침 한 방 쏘려면 제 목숨도 잃어야 한다고 하는데, 내가 꼭 그 심정입니다"라고 하여 다나카 수상에게 불리한 증언을 하는 심정을 토로했는데, '벌침 한 방'은 곧 유행어가 되었다.

일이다.

카메라를 멘 그는 가만히 연구소로 다가가 거대한 시설물을 촬영하기 시작했다. 그러자 부근 노상에 주차되어 있던 차량에서 경비원들이 내려서 다가왔다. 차량 후사경으로 남자의 동태를 살피고 있었던 것이다.

"하마터면 체포될 뻔했지."

본인한테 그 일화를 들은 것이 십 년쯤 전이다. 그 사람은 물론 세이초 선생이다.

선생이 카메라에 담았던 것은 71년도에 막 완성된 원자력 연구소. 서독, 네덜란드, 영국 등 삼 개국이 공동 출자한 컨소시엄 유렌코^{URENCO}가 만든 시설이며, 핵연료인 농축 우라늄을 제조하는 공장이었다. 선생은 "여기에 어떤 문제의 '뿌리'가 있"으리라 직감하고, 소설 『불의 길』을 위한 취재 여행 중에 파리행 예정을 변경하여 네덜란드로 향했던 것이다. 호기심이 고개를 쳐들면 당장 행동에 옮기지 않고는 못 배기는 사람이었다. 예상 밖으로 삼엄한 경비가 인상적이었는지, 선생은 '알멜로' 일화를 한두 번 말한 것이 아니었다. 그때 압수를 면한 사진은 나중에 신초샤의 『마쓰모토 세이초 카메라 기행』(돈보노혼)에 실렸다.

세이초 선생과 갈마들듯 어느 파키스탄 사람이 연구소에 잠입했다. 아니, 그때는 이미 안에 들어가 있었는지도 모른다. 바로 한 해 전인 72년, 유렌코의 거래처인 핵 관련 기업에 취직함으로써 경계가 삼엄한 알멜로 연구소에 아무 어려움 없이 드나들 수 있게 된 그가 바로 훗날 파키스탄에서 '원폭의 아버지'라 불리게 되는 압둘 카딜 칸이었다.

얼마나 놀라운 작가적 직감인가. 세이초 선생은 "그곳이 뭔가 커다란 사건의 발단이 될 거라고 생각했다"라는 말을 했는데, 현실은 선생 말대로 되었다. 네덜란드와 벨기에의 대학에서 공부한 칸은 파키스탄에 대한

‘충성심’을 잃지 않았다. 74년, 이웃 나라 인도가 첫 핵 실험을 실시하자 파키스탄 군부도 이에 맞서 핵무기 제조를 서두른다. 칸은 우라늄 농축에 필요한 원심 분리기의 청사진을 비롯하여 원폭 제조에 필수적인 노하우를 연구소에서 빼내고, 아울러 유럽 각국에 흩어져 있는 크고 작은 핵 관련 기업을 중개해 주는 ‘죽음의 상인’ 네트워크도 파악하여 76년 파키스탄으로 돌아간다. 그리고 파키스탄 원폭 제조의 중심인물이 되었다.

자국에서 핵무기 제조를 마친 칸은 노하우와 네트워크를 다른 독재 국가에 팔기 시작했다. 이란, 리비아, 그리고 북한에 말이다. 알멜로에서 새어 나간 핵 기술이 일본의 이웃 나라에까지 확산된 셈이다. 현재 북한 핵 의혹은 플루토늄형 원폭 제조 문제도 문제지만 우라늄 농축형 원폭을 이미 제조했는지의 여부에 초점이 맞춰져 있다. 오늘날 일본의 최대 위협이 바로 알멜로에서 비롯된 셈이다.

2003년 10월, 원심 분리기 부품을 싣고 리비아로 향하던 화물선이 지중해에서 나포됨으로써 칸을 중심으로 하는 ‘어둠의 네트워크’가 드러난다. 동시에 핵 확산을 탐지해 온 구미 정보 기관의 활동이 그때까지 얼마나 엉성했는지도 밝혀졌다. 조사해 보니 칸과 연결된 무기 상인이나 관련 업자들은 이미 오래전부터 유럽과 아시아까지 오가며 손쉽게 ‘핵’ 거래를 해 오고 있었다. 미국은 당황하여 대책을 강구하기 시작했다.

하지만 아무리 제도적인 방지책을 강구해도 칸이나 그 일당 같은 ‘죽음의 상인’들은 아마 샛길을 찾아낼 것이다. 정보 활동을 강화하고 적발해서 단죄해 가는 것 말고는 핵 확산을 막을 결정적인 방법은 없다. 세이초 선생처럼 직감이 뛰어난 정보부원은 없을까……

세이초 선생은 92년에 타계했으므로 ‘알멜로발發’ 핵 위협이 오늘날 이토록 중대한 문제가 될 줄은 몰랐겠지만, 아마 지금쯤 저 세상에서, “어때, 쓰쓰미 군, 내가 말한 대로 되었지?" 하며 언제나처럼 빙그레 웃을 게 틀림없다. "이런 게 바로 사회파 추리라는 거야" 하면서.

선생이 떠난 뒤 옴 진리교의 지하철 사린 가스 테러나 고베 소년의 연쇄 살인 사건 등 충격적인 사건이 잇달았다. 그때까지 일본에서 일어나지 않았던 범죄들이다. 물론 해외에서도 9·11 동시다발 테러를 비롯하여 보통 사람들의 상상을 불허하는 사건들이 잇따르고 있다. 요즘 나는 국제 정보지 편집에 종사하고 있는데, 이런 사건이 일어날 때마다 세이초 선생이 살아 계셨다면 뭐라고 말씀하실지 한번 물어보고 싶은 생각이 간절해진다. 선생이라면 당장 눈앞에서 벌어지는 현상에 눈길을 팔지 않고 배후에 있는 것, 장차 일어날 수 있는 사태를 날카롭게 내다보실 것 같기 때문이다. 그리고 이런 세상을 세이초 문학이 어떻게 다루는지 작품으로 만나 보고 싶기 때문이다.

(신초샤 《포사이트》 편집장)

자유자재한 창작 공간

후지이 야스에

마쓰모토 세이초는 평생 '단편'이라는 형식에 애착을 품었던 작가다. 일백 편이 넘는 '장편'을 남겼으면서도 말이다. 만년에 들어서도 "그때 (아쿠타가와 상 수상 직후에 발표한 초기 단편이) 평가를 받았더라면 그 길을 내처 달려갔을 거야" 하고 술회하곤 했다.

1963년 전임자가 갑자기 입원하는 바람에 내가 졸지에 선생을 담당하게 되었을 때 《주간 분슌》은 선생의 『별책 검은 화집』을 연재하고 있었다. 이 연작으로 나는 단편 추리의 매력에 눈떴다.

그중에서도 「육행수행陸行水行」은 많은 독자를 매료하고 고대사 붐의 선구가 되었다. 고도 성장기에 전국 각지에서 개발 사업이 이뤄지고, 그에 따른 발굴 작업이 활발하여 고대사를 향한 관심이 널리 확산되던 때였다. 그런 절묘한 타이밍에 발표된 작품이 「육행수행」이다.

《아사히 신문》에 다니던 시절부터 취미로 공부하던 고고학과 고대사가 작가의 내부에서 다시 타올라 본격적인 공부를 시작한 지 이 년 몇 개월 만에 『고대사 수수께끼』를 쓰기 시작했다. 이 분야에 관한 관심은 말년까지 수그러들 줄 몰랐다.

77년 정월에 나는 하카타로 와 달라는 선생의 연락을 받고 젠닛쿠 호텔에서 열린 '야마타이국 심포지엄'에 참가했다. 전국에서 일반 독자 육백명 남짓이 참가한 열기 넘치는 이벤트였다.

사회를 맡은 마쓰모토 세이초는 나란히 앉아 있는 학자들 앞에서도 주눅 들지 않고 종횡으로 논쟁을 끌어내는 당당한 모습으로 강한 인상을 남겼다.

고고학·고대사에 대한 깊은 지식은 장단편을 불문하고 작품 세계에도 짙게 반영되었다. 내가 관계한 것만 해도 「화신피살火神被殺」, 대작 『불의 길』 등이 있다.

「육행수행」을 쓰고 불과 반년 뒤에 《주간 분슌》에서는 『쇼와사 발굴』을 시작하기로 했는데, 지금 돌아봐도 모골이 송연하다. 준비 기간이 이 개월이라는 것도 무모했지만, 병행으로 집필하던 작품이 다양한 방면에 걸쳐 있었다는 사실을 생각하면 지금도 경이롭다. 처음 이 년간 쓴 작품 가운데 주요한 것만 꼽아도 『현대 관료론』, 『채색 에도 지도』, 『풀의 음각』, 『사설 일본 전투담』, 『소설 도쿄대학』, 『사막의 소금』, 『D의 복합』 등이 있다.

『쇼와사 발굴』이 마침내 연재 이 년차를 맞을 무렵, 나는 「스파이 M의 모략」을 열심히 취재하고 있었는데, 작가는 아무 말도 없이 『고대사 수수께끼』 집필에 착수했던 것이다 스파이 M은 일본공산당 역사상 최고 거물 스파이. 1932년의 공산당 일망타진을 연출했다.

미스터리, 시대 소설, 현대사, 고대사……. 한 사람의 두뇌에서 이렇게 폭넓고 깊이 있는 작업이 동시에 이루어질 수 있을까? 그것은 누구라도 쉬 믿지 못할 모습이었다. 그래서 유령 작가가 따로 있다느니 집필 공방이 있다느니 하는 풍문이 나돌았으리라. 가까이 있던 사람들은 그가 얼마나 대단하게 노력하는 사람인지 알고 있었다.

그렇게 팔 년에 걸쳐 『쇼와사 발굴』이란 힘겨운 작업을 하면서도 작가는 소설로 쓸 소재들을 착실히 마련하고 있었다.

「수상관저」에서 마지막 작품 『신들의 난심亂心』까지, 이 작업중에 구상한 주제들이 다양한 소설로 잇달아 결실을 맺었다. 담당자로서는 참으로 행복한 세월이었다.

나로서는 그중에서도 만년의 연작 단편집 『풀의 길』에 수록된 「노공老公」과 「'은인隱人' 일기초日記抄」를 잊을 수 없다.

「노공」은 2·26사건 당시의 사이온지 공작 주변을 취재한 자료를 이용해서 쓴 작품이고, 「은인」은 스파이 M 추적 취재를 바탕으로 한 작품처럼 보인다. 모두 『쇼와사 발굴』의 주요한 주제였다.

《분게이슌주》에 『풀의 길』을 연재하던 어느 날, 마쓰모토 자택에서 회사로 돌아온 젊은 담당 편집자가, 선생이 다음 작품으로 '사이온지 공작의 2·26'을 쓰고 싶어 한다고 전했다.

"곤란한데. 그건 무리야." 내가 말했다. 소설로서 부피를 갖추기가 불가능하다고 판단했기 때문이다. 그러나 담당자가 "강력하게 희망하는걸요" 하고 어쩔 줄 몰라 하기에, 하는 수 없이 자료를 정리해서 전해 주게 했다. 직접 전화해서 내 의견을 전하지는 않았다.

그러자, 아니나 다를까, 며칠 뒤, "이것 갖고는 못 쓰겠어. 그만둘래" 하는 전화가 왔다. 아무렇지도 않게 연재를 중단하겠다고 말하는 모습이 뻔히 예상되었다. 80세가 넘었으니 무리도 아니라고 생각하면서도, 역시 차질이 생기도록 놔둘 수 없는 것이 편집자의 처지다.

2·26 취재중에 만난 사이온지 공의 집사 구마타니 야소조 씨의 자료에 2·26 말고도 다양한 내용들이 나왔던 것이 기억났다. 그때 본 일기가 서랍 아래쪽 절반을 꽉 채우고 있었다. 보물더미라면서 놀라던 기억도 또렷하다. 마침 들고 있던 메모를 들춰 보며 작가가 관심을 가질 만한 시기를 골라냈다. 그다음부터가 힘들었다. 전집 스태프들에게 각 시기를 정해주고, 구마타니 야소조 씨를 몇 번이나 찾아가서 필사를 해 오게 했다. 그

결과 작가의 관심이 사라지기 전에 어떻게든 자료를 만들어 전달할 수 있었다.

과연 반응은 빨랐다. 담당자는 선생이, "재밌군, 이 정도면 되겠어" 하며 기뻐하시던걸요, 하고 벙글벙글 웃으며 전해 주었다.

나도 급히 방침을 정하고 담당자를 데리고 오키쓰로 취재하러 갔다. 현지 분위기를 확인해 두고 싶었다. 다행스럽게도 2·26 당시 자교조坐漁莊* 경비를 했던 전 경찰관을 찾아냈다. 경비 체제나 교대 근무 방식뿐만 아니라 내부에서 일하던 사람들의 상황도 구체적으로 파악할 수 있었다.

그 후 이야기의 무대가 되는 자교조 도면을 입수한 뒤에는 작가도 작업에 완전히 몰입하여 원고는 순조롭게 다듬어졌다.

스파이 M에 대해서는 오랜만에 단독 취재를 했다. 어느 날 아침, "잠깐 와 보게" 하는 전화를 받고 얼른 가 보니, "이번에는 예전처럼 혼자 해 주지 않겠나?" 하는 이야기였다. M은 여러 가지 미묘한 문제도 있고 어려운 주제다, 모처럼 담당 편집자도 따로 있는데 미안하다면서 나에게 부탁했다. 나로서는 뜻밖의 반가운 말씀이라 용기백배하여 여행에 나섰다. M을 추적하는 일은 생각보다 훨씬 어려웠다. 그러나 『쇼와사 발굴』 완결 뒤에도 계속 관심을 두고 조사해 오던 주제였으므로 흥미로운 작업이었다. 이젠 됐으니 그만 돌아오라는 말을 들은 뒤에도 끈질기게 매달린 결과, 모든 실타래가 풀어져 나도 M을 향한 오랜 추적을 마칠 수 있었다.

타계하기 일 년 전 『풀의 길』이 상재되었다. 나도 동행하여 유럽을 취재하고 썼던 세 개의 작품과 『쇼와사 발굴』 관련 두 개 작품이 수록된 기념

• 2·26 쿠데타 당시 일부 거사 장교는 사이온지 긴모치가 천황의 간신이라 하여 처단할 것을 주장했으나, 실행되지 않았다. 사이온지는 말년에 오키쓰에 별장 자교조를 짓고 주로 그곳에서 기거했다

작품집이다. 마쓰모토 세이초 책이라면 많이 만들어 왔지만, 마지막으로 이 책을 건네 드릴 수 있어서 행복했다. 작가가 내내 매력을 느껴 온 단편, 더구나 이 시기가 아니면 태어나지 않았을 작품이 보여 주는 인생 만경에 감개가 무량했다.

예전 작업이 모습을 바꾸어 다른 작품으로 결실을 맺어 가는 모습은 마쓰모토 세이초의 자유자재한 창작력을 유감없이 보여 주었다. 유연한 발상, 거침없이 전개되는 표현 스타일, 시공을 넘어 비상하는 작가의 두뇌를 담당자들만 즐기는 것은 아깝다는 생각이 들었다. 세이초 타계 후 기념관을 세울 때는 어떻게든 작가의 특질을 다만 일부라도 전할 수는 없을까 고민했다.

기념관이 완성되고 공개회가 열리던 날, 요즘도 대부분의 관람객이 그냥 지나치는 '작품 계통도' 앞에서 어떤 이가 나를 불렀다.

"이건 어떻게 만든 겁니까?" 하는 질문이었다. "전집 작업을 할 때 전체 작품을 카드로 작성한 적이 있는데, 그 카드들을 분야별로 시간 순서대로 늘어놓고 생각해 본 겁니다. 작가의 발상이 저쪽으로 튀기도 하고 다시 돌아오기도 하는 것을 점선으로 시각적으로 표시하려고 한 겁니다" 하고 대답하자, "고생이 많았군요" 하고 위로해 주셨다. 그때 현지에도 이런 분이 계셨구나, 하는 생각에 앞으로 더욱 노력하자는 의욕이 솟아났다. 이것 역시 세이초 작품이 내뿜는 힘이었는지도 모른다.

(기타큐슈 시립 마쓰모토 기념관 관장, 전 《분게이슌주》 편집자)

장어와 와인과 세이초 씨

시게카네 아쓰유키

아카사카에 있는 히에 신사 옆에 '야마노차야'라고 장어를 잘하는 요정이 있다. 1966년 11월, 내가 마쓰모토 세이초 씨를 처음 만난 곳이다. 이듬해부터 《주간 아사히》에서 연재가 시작되는 단편 추리 소설의 담당자로 내가 임명된 것이다. 입사 이 년차 때다.

세이초 씨로부터, "힘차게 뛰어다닐 수 있는 젊은 기자를 보내 달라"는 요청이 있었다고 하는데, 회사의 높은 양반은 신참 기자인 내가 영 미덥지 않았는지, "전에 어떤 작가를 담당해 봤나?" 하고 아래로 내려다보며 물었다.

"『백주당당』의 유키 쇼지 씨입니다" 하고 대답하자 "요번엔 조금 더 거물이거든" 하고 중얼거리더니, "어느 곳으로 모시는 게 좋을까" 하고 혼자 들떠 있었다.

세이초 씨 '단편'의 매력을 세상에 알린 작품은 《주간 아사히》에서 연재했던 『검은 화집』(58~60년)이라고 해도 틀린 말은 아닐 것이다. 그 후 『덴포도록天保圖錄』을 거쳐 『검은 화집』의 속편을 의뢰하려고 할 때였다.

『검은 화집』을 담당한 사람은 당시 부편집장이며 아동문학가였던 나가이 호지 씨, 『덴포도록』은 각계에 두루 정통했던 도노오카 고마키치 씨였는데, 두 사람 모두 타계했지만 세이초 씨와의 인연을 나에게 아주 조심스럽게 넘겨주셨다. 젊은 내가 영 미덥지 않았는지도 모른다.

세이초의 작품이라면 고교생 때 월간지 《다비鼻》(니혼고쓰코샤)에 연재된 『점과 선』(57~58년)을 열독했다. 수험 공부로 밤을 새면서도 등산과 여행을 꿈꾸고 있어서 《다비》와 《알프》(소분샤)를 애독했다. 나중에 야마후지 쇼지 씨일러스트레이터도 《다비》로 『점과 선』을 읽고 있었다는 것을 알고 둘이서 한참 이야기꽃을 피웠던 적이 있다.

장어를 대접하며 가졌던 상견례인지 회의인지는 무사히 끝났다. 물론 처음 만났을 때는 이 사람이 그 유명한 마쓰모토 세이초 씨인가? 하는 생각뿐이었다. 무슨 이야기를 했는지도 기억나지 않고 선생이 내 이름을 기억해 주었는지도 알 수 없다. 그 뒤로 타계할 때까지 인연이 계속될 줄은 꿈에도 생각하지 않았던 것만은 분명하다.

그런데 눈 깜짝할 사이에 장어를 다 먹고 난 세이초 씨가 "이게 다인가?"라고 해서 자리가 한순간 썰렁해졌다. 술도 안 하고, 아직 환갑 전이라 식욕도 왕성했으니 당연히 자리가 따분했으리라. 덕분에 나는 장어 요리는 금세 사라진다는 것을 배웠다. 요즘 장어 요리집은 이것저것 많이 내주는 모양이지만, 당시는 잉어냉회에 구운 간, 장어구이 정도가 고작이었다.

제목은 '흑黑의 양식樣式'으로 정했다. 모임을 마치고 내가 준비해 간 차량으로 바래다드릴 때, "대접이 허술해서 죄송합니다" 하고 말했던 것을 지금도 기억한다. 이튿날 그 높으신 양반이 일삼아 편집장에게, '대접이 허술해서 죄송합니다'란 말을 하면 곤란하지 않은가, 하고 말했다고 한다. 장소를 '야마노차야'로 정한 사람이 누구였냐고 항변하고 싶었지만 꾹 참았다.

해가 바뀌고 제1화 「쐐기」부터 작업이 시작되었다. 조금만 틀어져도 음습한 이야기가 되기 쉬웠지만 《주간 아사히》 독자를 의식해서 담채화 같은 필치로 자연스럽게 마무리했다. 이는 다른 작가가 쉽게 따라 하기 힘든 경지였다. 이 작품과 관련해서는 특별히 취재 작업을 한 기억이 없다.

이어서 제2화 「범죄 광고」에서는, '물고기 박사'란 별명을 가진 스에히로 야스오 씨를 찾아가 갯반디에 대해서 취재했다. 갯반디는 바다 속에서 생물 사체에 들러붙어 요상한 빛을 발한다는 플랑크톤의 일종인데, 마쓰모토 씨가 어디서 그 이야기를 들었던 모양이다. 최근 도쿄만 아쿠아라인의 중계도中繼島 '우미호타루'에서 실물 갯반디를 볼 수 있었다.

소기 가스를 취재한 것은 제3화 「미소의 의식」 때였다. '아카익 스마일archaic smile'을 남긴 채 살인하려면 어떤 수가 있겠느냐는 까다로운 문제를 받고 당황하던 기억이 난다. 그러나 '고졸古拙한 웃음'을 보여 주는 아스카 불상이나 와쓰지 데쓰로의 세계라면 고교 때부터 관심이 있었던 만큼, 한동안 그 세계에서 노닐 수 있었던 것은 정신없이 바쁜 주간지 기자에게 작은 호사가 되어 주었다. 「두 개의 목소리」(제4화)에서는, '들새 소리' 녹음 기술에서는 제1인자라고 하는 NHK 디렉터에게 이야기를 들었다.

제1화 「쐐기」는 팔 주 만에 끝났지만, 바로 「범죄 광고」가 시작되려는 참이라 쉴 틈이 없었다. 결말이 다가오면 세이초 씨의 머릿속은 벌써 다음 작품에 대한 구상으로 가득 찬다. 속되게 비유하자면 사건의 '싹 틔우기'와 '착지 자세'에는 그다지 집착하지 않는다. 다음 작품의 구상을 짜는 일이 훨씬 즐거운 것이다.

와인에는 애프터라고 해서 혀에 남는 향기도 평가 대상이 되는데, 세이초 작품은 의외로 부리나케 수습되는 사례가 많다. 말하자면 담백하고 깨끗한 애프터가 특징이다. 늘 집필에 몰두할 뿐 따로 노는 모습을 거의 볼 수 없어서 내가 하루는, "선생님은 언제가 제일 즐거우세요?" 하고 물어본 적이 있다. "연재가 거의 마무리돼서 다음엔 뭘 쓸까 구상할 때지" 하는 대답이 돌아왔다.

『검은 화집』의 제1작 「조난」은 십일 주로 완결되고, 걸작 중의 걸작으로

평가되는 「증언」은 이 주로 끝났다. 글자 그대로 단편이며, 장편長篇이라
해도 좋을 만한 작품이다.

『흑의 양식』에서는 「쐐기」와 「범죄 광고」는 팔 주로 끝났지만 「미소의
의식」이 십 주, 「두 개의 목소리」가 십칠 주로 늘어나고, 제6화 「무적霧笛의
마을」(나중에 「내해內海의 고리」로 제목을 바꿈)에서는 삼십칠 주로 아예
'장편'이 되고 말았다. 도저히 '단편 연작'이라고는 말하기 힘들었다.

특별히 양을 늘리려는 의도는 아니었겠지만 등장인물의 성격이나 심리
상태를 꼼꼼하게 써 나가므로 아무래도 길어질 수밖에 없었다. 독자는 새
로운 사건과 빠른 전개를 기대한다. 『흑의 양식』 때는 아니었지만, 사 년
쯤 지나서 《주간 아사히 컬러 별책》에 실을 단편 「두 권의 같은 책」(71년)
을 집필할 때였다. 계간 잡지라서 단 1회로 마무리해야 하는데 좀처럼 마
무리될 기미가 보이지 않았다. 지면도 제한이 있었다. 참다못한 내가 전화
로, "선생님, 이야기가 너무 장황합니다"라고 말하고 말았다.

세이초 씨도 그때만은 거친 목소리로, "뭐가 장황하다는 거야, 줄거리
만 좇으라면 추리 소설 같은 거 안 써" 하고 심하게 역정을 냈다. 당신도
의식하고 있었을 텐데, 아픈 곳을 찌른다고 느꼈으리라.

곁에서 전화 통화를 듣고 있던 이토 도진 데스크(나중에 《아사히그라
프》 편집장·고인)가 "잘 말씀드렸네. 그래도 사실인 걸 어쩌겠나" 하고
당혹스러운 표정으로 위로해 주었다. 그때 세이초 씨 나이가 61세, 나는
갓 서른. 지금 생각하면 젊었으니까 할 수 있는 말이었다.

(전 《주간 아사히》 편집위원, 도키와 대학 교수, 수필가)

마쓰모토 세이초를 말한다 ❶

─한국어판에 부쳐

번역을 시작하며

'마쓰모토 세이초의 장녀'라 불리는 미야베 미유키가 자신이 존경하는 그 작가의 단편을 고르고 작품마다 일일이 해제를 달아 놓았으니, 이렇게 귀한 선집도 드물겠습니다. 상권 말미에 있는 편집자들의 글과 중·하권에 곁들인 후배 작가들의 글은 마쓰모토 세이초를 입체적으로 이해하도록 도와줄 참신한 자료더군요. 그런 선집에 옮긴이의 글이 더 필요할까 싶지만, 사족이 됨을 무릅쓰고 간단히 쓰겠습니다.

제가 처음 읽어본 마쓰모토 세이초는 헌책방에서 구입한 하서출판사의 세계추리문학전집 『0의 초점』과 『점과 선』입니다. 판권에 1974년도라고 되어 있으니 최소한 삼십오 년 전에는 한국에 소개되어 있었던 셈이죠. 저도 우연히 접한 것이 아니라 익히 명성을 듣고 있다가 일삼아 찾아서 읽었을 만큼, 한국에서도 그는 일찌감치 추리 소설의 대가로 알려져 있었습니다. 다만 명성에 비해 소개된 작품이 몇 편 되지 않을뿐더러 그나마 모두 장편 추리 소설이었습니다. 그의 대표작으로 꼽히는 것들이었죠. 덕분에 저도 그를 '사회파' 추리 소설의 대가라고만 알아 왔습니다.

이 단편집은 그런 점에서 매우 신선했습니다. 몰랐던 작가를 발견한 기분이고, 어쩌면 작가는 추리 소설 작가라는 시각이 그닥 탐탁지 않았을지도 모르겠다는 생각마저 들었습니다. 작품의 장단이 문제가 아니라 성격이 사뭇 다른 것을 금방 느낄 수 있었기 때문입니다. 미야베 씨는 데뷔작

「사이고사쓰」를 3권으로 돌리고 아쿠타가와 상 수상작 「어느 〈고쿠라 일기〉전」을 맨 앞에 놓음으로써 마쓰모토 세이초의 출발점이 '순문학'이었음을 환기합니다.

그가 일본 문단에 사회파 추리 소설을 유행하게 만든 작가인 것은 분명하고, 많은 현역 추리 작가들이 그를 사숙私淑했다고 말하지만, 마쓰모토 자신은 '사회파' 작가라고 자처한 적이 없답니다. 퍼즐 풀기보다는 범죄의 동기와 사회적 배경을 추구한 까닭도 '사회파 추리 소설' 작법을 염두에 두어서가 아니라 그가 태생적으로 리얼리티를 중시하는 사람이었기 때문일 겁니다.

이는 작가가 41세에 늦깎이로 등단하고 47세에 전업 작가로 나섰다는 점과 무관하지 않습니다. 그 나이에 등단하기까지 그의 삶은 여느 작가와 사뭇 달랐습니다. 학력은 초등학교 졸업이 전부이고 일찍이 십 대 때부터 노동자로서 다양한 직업을 전전했으며 등단할 당시도 신문사 광고부에서 일하고 있었습니다. 십 대 시절에 일찌감치 해고, 경찰 검속, 프롤레타리아 문학도 잠깐 경험했습니다. 갑부의 아들로 태어나 최고 학부에서 공부하며 문학 수업을 쌓던 동갑내기 문호 다자이 오사무와 견주어 보면 마쓰모토 세이초의 이단아적인 모습이 두드러집니다. 당시 그와 같은 이력을 가진 작가는 거의 없습니다. 노동자로, 병사로, 한 가정의 가장으로 일본사의 가장 어두운 시대를 겪어낸 마쓰모토 세이초가 퍼즐 놀이를 즐기는 추리보다 사회를 리얼하게 그리는 쪽으로 걸어간 이유가 사뭇 자연스러워 보입니다.

마쓰모토 세이초는 권력자를 경계하고 사이비 아카데미를 증오하고 평론가를 싫어한 것으로 유명합니다. 승부욕이 강하고 경쟁자를 결코 인정하려고 하지 않을 만큼 강골이었습니다. 소위 '주류' 사회에 빚진 적이 없다는 자의식과 콤플렉스가 그를 강골로 만들었겠지요. 그런 기질은 이 단편집에서 금방 느낄 수 있습니다.

권력과 권위에 대한 작가의 결기 어린 시선도, 욕망에 휘둘리고 운명에 치이는 연약한 인간에게는 연민의 빛을 띱니다. 아무도 알아 주지 않았을 무명씨의 헛된 노고를 「어느 〈고쿠라 일기〉 전」이라는 단아한 작품으로 진혼하는 모습에서 작가의 속정을 느낄 수 있을 것입니다. 인간에 대한 그러한 연민과 거칠게 느껴지는 문장의 어울림도 역자로서는 매력적이었고요. 그런 의미에서 마쓰모토 세이초의 진면목을 보려면 초기 단편들을 놓치지 말라고 말하고 싶습니다.

미야베 미유키는 자기 작품의 고향이 마쓰모토 세이초였음을 느꼈다고 했지요. 그래서 그런지 미야베 씨도 발 벗고 나서서 열정적으로 해제를 써 나갑니다. 그이에게 마쓰모토 세이초의 단편집 편집 책임을 맡긴 것은 탁월할 기획이었습니다.

그나저나 타계한 지 한참 지나서도 후배 작가들의 헹가래를 받는 마쓰모토 세이초는 참 행복한 작가처럼 보이는군요.

이규원(옮긴이)

세이초—가난과 차별과 문학 (1909년부터 1949년까지)

만약 나에게 형제가 있었다면 나는 좀 더 자유로울 수 있었을 것이다.
집이 빈곤하지 않았다면 내가 좋아하는 길을 걸을 수 있었을 것이다. 그
렇다면 이 '자서전' 엇비슷한 것은 더 재미가 있었으리라. 그러나 소년 시
절엔 부모의 맹목적인 사랑 때문에, 열여섯쯤부터는 가계의 보탬이 되기
위해, 서른 가까이부터는 가정과 양친을 부양하느라 꼼짝도 할 수 없었
다—나에게 재밌는 청춘이 있었을 리 없다. 탁하고 어두운 반생이었다.

(마쓰모토 세이초, 『반생의 기록』, 《분게이슌주》 1963년 8월호~65년 1월
호—원제 『회상적 자서전』)

마쓰모토 세이초는 1909년 12월 21일 기타큐슈 고쿠라에서 낙천적이
지만 미덥지 못한 아버지와 걱정은 잦지만 심지가 곧은 어머니 사이에서
외동아들로 태어난다. 본명은 세이초와 같은 한자(淸張)를 쓰고, 기요하
루라 읽는다. 돈이 없어도 신문을 챙겨 읽던 아버지는 어린 기요하루에게
지적인 자극이 되었다. 그러나 그의 집은 가난하여, 고등소학교를 졸업하
자마자 박한 월급을 받으며 급사로 일을 시작했다. 경제 불황 속에서 다
니던 회사는 부도를 맞고, 그럴 때면 또 새로운 회사의 견습으로 들어가
일을 해야 했다. 그의 집엔 할머니가 돌아가셨을 당시 영구차를 부를 돈
조차 없었다.

그런 생활 속에서도 세이초는 문예지를 사고 도서관에 다니며 문학 소

양을 키운다. 특히 아쿠타가와 류노스케를 좋아해서 그의 신작은 누구보다 먼저 구입해서 읽었다고 한다. 문학도들과 어울리며 습작도 몇 편 썼다. 그에겐 자신의 글에 대한 자부심이 있었다. 그러나 소학교밖에 나오지 못한 세이초를 신문사 사장은 매몰차게 쫓아낸다. '신문기자는 대학을 졸업한 사람만 할 수 있다'는 것이다. 중학교에 가지 못했던 설움과 굴욕감이 그를 짓눌렀다.

비슷한 때 세이초는 '빨갱이 사냥' 사건에 휘말린다. 그의 문학 친구들이 비합법 사상 잡지 《전기戰旗》, 《문예전선文藝戰線》을 구독했다는 이유 때문이었다. 친구와 함께 체포된 세이초는 십수 일간에 걸쳐 고문을 당하며 구류되었다. 이때의 체험은 훗날 『떠돌이 별첩無宿人別帳』 등의 글을 탄생시킨다. 석방되어 돌아오니 아버지가 모든 장서를 처분한 뒤였다. 문학서 읽기를 금지당한 채 세이초는 문학에의 꿈을 접어야 했다.

수습으로 들어갔던 인쇄소에서의 칠 년, 홀로서기를 해도 좋을 정도로 실력을 쌓은 세이초는 가장으로서 안정된 수입을 찾아야 했다. 28세(1936년), 일면식도 없던 아사히신문사 규슈 지사의 지사장에게 편지를 보낸 세이초는 운 좋게 광고 판밑 일을 위탁받는다. 31세 때 드디어 아사히신문사 서부 본사 광고부 의장계意匠係에 상근 직원이 되지만 그곳에서 그를 기다리는 것은 높은 학력 차별의 벽이었다. 당시 아사히신문사에는 정사원은 대졸자, 준사원은 고졸 혹은 전문대졸, 용역은 중졸이라는 삼단계의 신분제가 있었다. 용역은 월급날도 다르고 사내 행사에도 초대받지 못했다. 학벌뿐 아니라 일하는 직종에 따른 차별도 있었다. 기자에 비해 교정계와 의장계는 무시받는 처지였다.

세이초가 고고학에 관심을 가지고 된 것은 당시 같은 사무실에 있던 교정계 부장의 영향이다. 세이초는 틈이 날 때마다 규슈의 유적지를 찾아다녔고, 때로는 교토며 나라에 가기도 하면서 고대사의 소양을 키워갔다.

1939년, 시류는 요동쳤다. 제2차 세계 대전이 발발하고, 세이초에게도 소집영장이 나왔다. 삼십 대인 그에게 소집영장이 나온 이유는 '교련에 열심히 참가하지 않은 벌'이었다고 한다. 뉴기니 전선에 보내질 예정이었던 세이초는 전황의 변화로 조선에서 약 일 년 반을 보낸다. 실전 경험은 없었다. 항상 학력 콤플렉스에 시달리던 세이초는 빈부, 연령차, 사회적 지위도 관여하지 않는 군 생활을 통해 의외의 '해방감'을 느낀다. 조선의 아름다운 사계절도 만끽했다. 조선에서의 체험은 이후 그의 소설의 폭을 더욱 넓히는 계기가 된다.

패전 후 일본에 돌아온 세이초는 생활을 위해 신문사의 휴일을 이용해 부업으로 빗자루 중개업을 시작한다. 농가에서 만든 빗자루 견본을 들고 상점을 돌아다녔다. 그는 좀 더 많은 거래처를 확보하기 위해 야간열차를 타고 히로시마, 교토, 오사카, 나라까지 걸음을 했다. 짬짬이 유적지를 돌며 여행과 고대사 연구에 대한 욕구도 채웠다. 본디 활동가인 그는 이 자유로운 생활을 사랑했다. 그러나 이 년 후 넷째 아이가 태어나고, 신문사 일이 정상화되면서 중개업은 그만둔다. 대신 부업으론 현상금이 걸린 포스터 콩쿠르에 응모할 그림을 그리게 된다.

이러한 단조로운 생활 속에서 세이초는 점점 지쳐 갔다. 자신이 그린 포스터가 전국에 걸리는 쾌감도 그를 충족시키지 못했다. 그는 마음껏 돌아다니던 시절을 그리워한다. 『반생의 기록』에는 '끊임없이 초조해하면서도 이 늪 속에서 기꺼이 질식하고 싶은 절망적인 상쾌함, 그러한 자학과도 같은 감정이 나에겐 항상 있었다'라고 기록되어 있다.

책 한 권 읽을 기력조차 그에겐 없었다. 40세의 세이초에게 문학은 이미 너무 먼 곳에 있는 듯이 보였다. (중권 「세이초—화려한 등단과 끝없는 투쟁(1950년부터 1992년까지)」으로 이어집니다.)

추지나(한국어판 책임편집자)

마쓰모토 세이초 연보

1909년	12월 21일, 후쿠오카 현 기쿠 군 이타비쓰무라(현재의 기타큐슈 시 고쿠라 북구)에서 태어남. 본명은 기요하루.
1916년 (7세)	시모노세키 시립 세이가 소학교 입학.
1924년 (15세)	이타비쓰 고등소학교(현재의 기요미즈 소학교) 졸업. 가와키타 전기 주식회사 고쿠라 출장소의 급사로 채용됨. 월급 11엔. 이즈음부터 문학서를 읽기 시작한다.
1929년 (20세)	어울리던 문학 친구들과 프롤레타리아 잡지를 구독한 일로 고쿠라서署의 '빨갱이 사냥'에 검거되어 십수 일간 구류된다. 아버지가 모든 장서를 불태우고 독서를 금했다.
1930년 (21세)	고쿠라의 지방지 《진제이호鎭西報》의 기자를 지망하지만 낮은 학력 때문에 면접조차 제대로 보지 못한다.
1937년 (28세)	《아사히신문》 규슈 지사에 위탁으로 광고 판밑 일 시작. 부하린과 플레하노프의 문학 이론을 읽는다.
1943년 (34세)	아사히신문사의 정사원이 된다. 10월부터 삼 개월간 교육소집으로 입대.
1944년 (35세)	6월, 임시 소집으로 재입대.
1945년 (36세)	패전을 전라북도 정읍에서 맞이하여 10월 일본으로 돌아온다.

1950년 (41세) 《주간 아사히》의 '백만 인의 소설'에 응모한 「사이고사쓰」
로 3등 입선.

1951년 (42세) 「사이고사쓰」로 제25회 나오키 상 후보작에 오른다.
전국 관광포스터 공모에 응모했던 「아마쿠사로」가 차석
으로 추천상(특선상 다음가는 상).

1952년 (43세) 「어느 〈고쿠라 일기〉 전」을 《미타문학》에 발표.
일본 선전 미술협회의 규슈 지구 위원을 맡다.

1953년 (44세) 나오키 상 후보작이었던 「어느 〈고쿠라 일기〉 전」이 제
28회 아쿠타가와 상 수상.
《올요미모노》에 투고한 「슈슈긴^{짯짯빠}」이 제1회 올요미모
노 신인배 가작 선정.

1956년 (47세) 아사히신문사 퇴사. 일본문예가협회 회원이 된다.

1957년 (48세) 첫 영화화 작품인 〈얼굴〉 상영.
「얼굴」로 제10회 일본 탐정 작가 클럽 상 수상.

1958년 (49세) 『점과 선』, 『눈의 벽』이 베스트셀러가 되어 사회파 추리
소설 붐을 일으켰다. 두 작품 다 영화화된다.

1959년 (50세) 집필에 열중한 나머지 손에 근육 경련이 온다. 이후 구술
로 원고를 청서한다. 「소설 제국은행 사건」으로 제16회
분게이슌주 독자 상 수상.

1960년 (51세) 《분게이슌주》에 『일본의 검은 안개』 연재. '검은 안개'란
말이 유행어가 되었다. (미야베 미유키 태어남^{만세.})

1961년 (52세) 국세청 발표 1960년 소득액으로 작가 부문 1위를 차지
(이후 거의 매년 1위 차지). 나오키 상 심사 위원이 된다.

1962년 (53세) 일본문예협회 이사(임기 2년)로 선발된다.

1963년 (54세)	『일본의 검은 안개』, 『심층해류』, 『현대관료론』 등의 업적으로 제5회 일본 저널리스트 회의상 수상. 일본추리작가협회이사장으로 취임(4기 팔 년간 종사)
1966년 (57세)	『사막의 소금』이 제5회 《후진코론婦人公論》 애독자 상 수상. 고대사 관련 작품을 발표하기 시작.
1967년 (58세)	『쇼와사 발굴』, 『꽃 얼음花氷』, 『도망』 등의 작품과 폭넓은 작가 활동으로 제1회 요시카와 에이지 문학상 수상. 에도가와 란포 상 심사위원이 됨.
1968년 (59세)	베트남 민주공화국 대외문화 연락위원회로부터 초대장을 받아 2월 25일 북베트남 시찰여행을 떠난다. 4월 4일 팜 방돔 수상과 단독회견. 귀국 후 에드거 스노와 대담(《시오潮》 6월호).
1969년 (60세)	갓파노벨스에서 나온 저서 판매고가 천만 부 돌파.
1970년 (61세)	『쇼와사 발굴』을 축으로 한 의욕적인 창작 활동에 의해 제18회 기쿠치 칸 상 수상.
1971년 (62세)	일본추리작가협회 회장으로 취임(1974년까지). 4월, 『마쓰모토 세이초 전집』 제1기 전38권 간행 시작. 「빈집 사건」이 독자 투표로 제3회 《소설 겐다이》 골든 독자 상 수상.
1972년 (63세)	젊은 사학자를 알리는 장으로서 《계간 현대사》를 창간함.
1978년 (69세)	방송문화의 향상에 공적이 인정되어 제29회 NHK 방송문화상 수상.
1982년 (73세)	11월, 『마쓰모토 세이초 전집』 제2기 전18권 간행 시작.
1988년 (79세)	11월, 도쿄 여자의대 병원에 입원.

1990년 (81세)	사회파 추리 소설의 창시, 현대사 발굴 등 다년에 걸친 폭넓은 작가 활동으로 89년도 아사히 상 수상.
1991년 (82세)	1월, 후쿠오카 현에서 고대사를 테마로 한 강연회를 엶.
	4월, 작가활동 사십 년을 기념해 TBS, 후지TV, TV아사히, 니혼TV 민방 4국이 열두 작품을 드라마화.
	취재 여행차 가족과 함께 야마나시 현 니시야마 온천으로 여행.
1992년	4월 뇌출혈로 쓰러져 도쿄 여자의대 병원에 입원. 수술은 성공적이었으나 7월 하순 병상이 급변. 간암 선고를 받고 8월 4일 사망. (향년82세)
	10월 1일~12월 27일 기타큐슈 시립 중앙 도서관에서 '마쓰모토 세이초 기념 사진전' 개최.
1994년	일본문학진흥회 주최 '마쓰모토 세이초 상' 재정.
1995년	6월, 『마쓰모토 세이초 전집』 제3기 전10권 간행 개시.
1998년	8월, 7주기에 맞춰 고쿠라 성 유적지인 가쓰야마 공원 안에 마쓰모토 세이초 기념관 개관.
2004년	마쓰모토 세이초 십이 주기, 세이초 문학을 가장 많이 이어받았다고 평가되는 미야베 미유키가 책임편집을 맡아 『마쓰모토 세이초 걸작 단편 컬렉션(상·중·하)』(분게이슌주) 출간.
2009년	**탄생 100주년.**
	100주년을 기념하여 2008년부터 많은 작품들이 새롭게 영상화되고 있다. 〈점과 선〉, 〈야광의 계단〉(이상 TV아사히), 〈역로駅路〉(후지TV), 〈검은 회랑〉(니혼TV) 등이

방영되거나 방영 예정이며 영화화 작업 또한 활발하다
(현재 〈제로의 초점〉이 2009년 개봉 예정).

기념 행사 또한 다양하게 열리고 있는데, 세이초를 대상
으로 한 오사와 아리마사 · 교고쿠 나쓰히코 · 미야베 미
유키의 토크쇼(2008)를 시작으로 2009년 3월에는 100주
년 기념 심포지엄(「지금 세이초를 어떻게 읽을 것인가」)
등이 열린다.

『마쓰모토 세이초 걸작 단편 컬렉션』 한국어판 출간.

참고문헌

『松本清張—昭和と生きた、最後の文豪마쓰모토 세이초—쇼와와 함께 살아간 마지막
문호』, 헤이본샤, 2006년

『松本清張辞典(増補版)마쓰모토 세이초 사전(증보판)』, 시무라 구니히로 · 역사와
문학 모임 공저, 벤세이슛판, 2008년

웹사이트

松本清張記念館마쓰모토 세이초 기념관 http://www.kid.ne.jp/seicho/

『마쓰모토 세이초 걸작 단편 컬렉션-상』과 함께 읽으면 좋은 책들

제1장과 제2장 관련 :

모리 오가이는 나쓰메 소세키 등과 어깨를 나란히 하는 일본 문학의 거장인데도 한국에는 제대로 소개되어 있지 않다. 작품집으로 『기러기』(김영식 옮김, 리토피아, 2006)와 『아베일족』(노재명 옮김, 북스토리, 2006), 『모리 오가이 단편집』(손순옥 옮김, 지만지고전천줄 128, 지만지, 2009)이 나와 있고, 작가론으로는 『모리 오가이의 삶과 문학』(이기섭, 시간의물레, 2008)이 유일하다.

제3장 관련 :

『내가 만난 일본 미술 이야기』, 안혜정, 아트북스, 2003

『수묵, 인간과 자연을 그리다』, 고바야시 다다시, 윤철규, 이다미디어, 2006

제4장 관련 :

『1945년 8월 15일, 천황 히로히토는 이렇게 말하였다』, 고모리 요이치, 송태욱 옮김, 뿌리와이파리, 2004

『가모우 저택 사건』(전2권), 미야베 미유키, 이기웅 옮김, 북스피어, 2008

『천황과 도쿄대』(전2권), 다치바나 다카시, 이규원 옮김, 청어람미디어, 2008

마쓰모토 세이초 걸작 단편 컬렉션 상

미야베 미유키 책임 편집

초판 1쇄 발행 2009년 3월 27일

10 9 8 7 6 5 4 3 2 쇄

지은이	마쓰모토 세이초
엮은이	미야베 미유키
옮긴이	이규원

발행편집인	김홍민 · 최내현
편집장	임지호
책임편집	추지나
마케팅	유덕형
표지디자인	이혜경디자인 만세!
용지	화인페이퍼
출력	스크린출력
인쇄	현문
제본	현문
독자교정	김수진, 김은영, 김혜진, 이하영

펴낸곳	도서출판 북스피어
출판등록	2005년 6월 18일 제105-90-91700호
주소	(135-010) 서울특별시 강남구 논현동 77-1 2F
전화	02) 701-0427
팩스	02) 701-0428
홈페이지	www.booksfear.com
전자우편	editor@booksfear.com

ISBN 978-89-91931-51-0 (04830)
978-89-91931-50-3 (SET)